Sophie Martaler

Das Schiff der Träume

Sophie Martaler bei Goldmann

Die Erben von Seydell. Das Gestüt. Roman

Die Erben von Seydell. Die Schicksalsjahre. Roman

Die Erben von Seydell. Die Heimkehr. Roman

Sophie Martaler

Das Schiff der Träume

Roman

GOLDMANN

Sollte diese Publikation Links auf Webseiten Dritter enthalten,
so übernehmen wir für deren Inhalte keine Haftung,
da wir uns diese nicht zu eigen machen, sondern lediglich auf
deren Stand zum Zeitpunkt der Erstveröffentlichung verweisen.

Penguin Random House Verlagsgruppe FSC® N001967

1. Auflage
Originalausgabe Januar 2023

Gestaltung des Umschlags und der Umschlaginnenseiten:
UNO Werbeagentur München
Umschlagmotiv: © Ysbrand Cosijn/arcangel images; Rekha/arcangel images; FinePic(R), München; Andr Reis/EyeEm/getty images; fhm/getty images; Illdiko Neer/ trevillion images
Redaktion: Marion Voigt
BH · Herstellung: ik
Satz: Uhl + Massopust, Aalen
Druck und Bindung: GGP Media GmbH, Pößneck
Printed in Germany
ISBN: 978-3-442-49182-7

www.goldmann-verlag.de

KAPITEL 1

Passau, Mittwoch, 12. August 1925

Alma schloss die Augen und reckte das Gesicht der Nachmittagssonne entgegen. »Ich bin eine alternde Schriftstellerin«, sagte sie. »Reich und ein wenig exzentrisch.«

Ida lachte. »Du bist verrückt!«

»Und ich habe jede Menge Marotten«, spann Alma den Faden weiter. »Zwei Schoßhunde, Mimi und Mopsi, die ich in meiner Handtasche überallhin mitnehme. Ins Café, ins Kintopp … und natürlich auf Reisen. Ich reise für mein Leben gern. Am liebsten mit dem Schiff. Ich räkle mich auf einem Liegestuhl an Deck und diktiere meiner Sekretärin meine Manuskripte, die natürlich allesamt Kassenschlager werden.«

»Was schreibst du?«

»Liebesromane. Die verkaufen sich immer.« Alma grub die Füße in den warmen Sand, die Augen noch immer geschlossen. Ida und sie hatten das schöne Wetter genutzt und waren ins Ilzer Bad gefahren, das Strandbad am Ufer des kleinsten der drei Flüsse, die in Passau zusammenflossen.

Ida kicherte. »Du hast wirklich komische Ideen, Alma.«

Alma öffnete die Augen und sah, wie ihre Freundin die kinnlang geschnittenen blonden Haare schüttelte. Schick sah sie aus mit der modischen Frisur und dem funkelnagelneuen Badeanzug. Damit hätte sie sich auch am Wannsee in Berlin oder in einem Ostseebad sehen lassen können. Anders als Alma, die noch immer den alten Anzug trug, den ihre Mutter ihr zum sechzehnten Geburtstag genäht hatte, kurz nach dem Krieg, als Stoff Mangelware war.

Alma drehte sich auf den Bauch. »Du bist dran, Ida. Verrat mir, wer du bist!«

Sie spielten dieses Spiel schon, seit sie Kinder waren, erträumten sich eine Zukunft als Primaballerina, Piratenbraut oder Löwendompteurin, erfanden ausführliche Biografien, erdachten sich ein Leben, das sie nie leben würden. Wenn sie die Augen schlossen, konnten sie alles sein, was sie wollten.

»Heute nicht mehr«, sagte Ida. »Ich muss los.«

»Du drückst dich? Das ist unfair, Ida.«

»Felix holt mich ab. Ich will ihn nicht warten lassen. Du musst doch bestimmt auch bald heim.«

»Ist es etwa schon so spät?« Alma blinzelte in die Sonne und bemerkte, wie tief diese stand. Jetzt im August waren die Tage bereits merklich kürzer als zu Beginn des Sommers. Sie blickte zu der Uhr bei den Umkleidekabinen. Zehn vor fünf. »Großer Gott!«, rief sie und sprang auf. »Ich muss noch Besorgungen für meine Mutter machen.«

Rasch zogen sie sich an, packten ihre Badesachen zusammen und brachen auf. Idas Verlobter wartete mit seinem Motorrad vor dem Bad. Er arbeitete auf der Baustelle des riesigen Stauwerks, das vor den Toren der Stadt in der Donau errichtet wurde, und redete gern davon, dass es das größte Kraftwerk von Deutschland werden würde.

Als er Ida in die Arme nahm und küsste, wurde Alma das Herz schwer. Obwohl es mehr als drei Monate her war, dass Paul sie hatte sitzen lassen, tat es noch immer weh. Sie hatte geglaubt, das mit ihnen beiden wäre etwas Besonderes, und sich eine Zukunft an seiner Seite ausgemalt. Sie war unsterblich verliebt gewesen und hatte sich eingebildet, er wäre es auch. Bis er ihr eines Tages von seiner Verlobten erzählte.

Es hatte sich angefühlt, als würde er ihr ein Messer ins Herz stoßen.

»Aber ich dachte …«, hatte sie gestammelt und vergeblich versucht, die Tränen wegzublinzeln.

»Was?«, hatte er gefragt, und seine blauen Augen hatten ungläubig geblitzt. »Du hast doch nicht geglaubt, du und ich …« Er hatte den Kopf geschüttelt. »Aber Alma, nur weil wir ein paarmal zusammen ausgegangen sind … wo denkst du hin?«

Wie dumm von ihr, in der Tat. Paul Laina würde eines Tages den Passauer Hof erben, eines der besten Hotels der Stadt, und sie war die jüngste Tochter eines Postboten, der wegen einer Kriegsverletzung nicht mehr arbeiten konnte. Am kommenden Wochenende würden Paul und seine Dorothea heiraten, und Alma wünschte, sie könnte aus der Stadt verschwinden, möglichst weit weg, bis das Fest vorüber war. Ihr graute davor, die Hochzeitsglocken läuten zu hören oder gar das Brautpaar in der weißen Kutsche vorbeifahren zu sehen.

Alma schob die düsteren Gedanken beiseite und winkte Ida und Felix zum Abschied. Dann warf sie ihre Badetasche in den Fahrradkorb und machte sich ebenfalls auf den Weg. Der Fahrtwind kühlte ihre Haut, die von der Sonne spannte, zwischen ihren Zehen spürte sie Sand. Ein Junge, der laut schreiend die *Donau-Zeitung* anpries, lief ihr beinahe ins Fahrrad.

»Randale bei Verfassungsfeier in Berlin!«, rief er und wedelte mit der Ausgabe. »Lesen Sie alles über die neuesten Unruhen in der Hauptstadt!« Gestern war Nationalfeiertag gewesen, und auch in Passau war am Vormittag trotz Dauerregens eine Gruppe Männer vom Reichsbanner mit schwarz-rot-goldenen Fahnen über den Residenzplatz marschiert. Dabei war der Jahrestag der Weimarer Verfassung in Bayern gar kein offizieller Feiertag. Zusammenstöße mit den Nationalsozialisten oder anderen Randalierern hatte es aber zum Glück nicht gegeben.

Laut klingelnd wich Alma dem Zeitungsjungen aus und fuhr durch das Felsentor, hinter dem sich die Donau weit und träge vor ihr ausbreitete. Beim Überqueren der Luitpoldbrücke bot sich ihr der vertraute Anblick ihrer Heimatstadt mit den pastellfarbenen Häuserfronten und den Türmen von Dom, Pfarrkirche und Rathaus, die in warmes Licht getaucht waren. Davor erstreckte sich der Donauhafen, wo neben einigen Lastenkähnen auch ein schneeweißes Passagierdampfschiff vor Anker lag, die *Regina Danubia*. Schon auf dem Hinweg war Alma daran vorbeigekommen, und bestimmt hatte der Anblick sie zu der Geschichte von der reisenden Schriftstellerin inspiriert. Alma wusste, dass die *Regina Danubia* einer Passauer Reederei gehörte und regelmäßig die Donau hinunter bis zum Schwarzen Meer fuhr.

Obwohl es schneller gewesen wäre, quer durch die Altstadt zum Kurzwarenhändler zu radeln, um die Einkäufe zu erledigen, schlug Alma den Weg an der Donau entlang ein und hielt vor dem Dampfschiff an. Der Anblick der riesigen Schaufelräder, mit denen es sich durchs Wasser pflügte, des hohen, schräg geneigten Schornsteins und der blitzsauberen Decks ließ sie von fernen Ländern träumen. Wien, Budapest, Belgrad. Allein die Namen verliehen ihrer Fantasie Flügel. Und am Ende der Reise das Meer. Alma war noch nie am Meer gewesen. Sie war überhaupt noch nie weiter gereist als nach Vilshofen, wohin ihre Schwester Margot geheiratet hatte.

Alma ließ den Blick über das Schiff wandern. Welche Pracht sich wohl hinter den vielen Fenstern verbarg? In einem Buch hatte sie einmal Abbildungen vom Inneren der *Titanic* gesehen, jenes luxuriösen Dampfers, der vor dreizehn Jahren so tragisch gesunken war. Samtweiche Teppiche, funkelnde Kronleuchter, Möbel und geschwungene Treppen aus edlen Hölzern. Ganz ähnlich stellte Alma sich die Einrichtung der *Regina Danubia* vor. Nicht ganz so pompös vielleicht, und auch nicht ganz so groß. Aber nicht weniger eindrucksvoll. Wie wunderbar musste es sein, mit einem solchen Schiff zu reisen.

Gerade als sie sich abwenden wollte, fiel ihr Blick auf ein handgeschriebenes Schild, das jemand mit einer

Schnur an der weiß lackierten Reling aufgehängt hatte: *Zimmermädchen gesucht*. Alma sog scharf die Luft ein und starrte auf die ungelenk geschriebenen Worte. Es war wie ein Zeichen, als wäre dieses Schild nur für sie dort hingehängt worden. Hatte ihre Großmutter nicht immer behauptet, es gebe keine Zufälle? »Alles im Leben folgt einem wohldurchdachten Plan«, hatte sie gesagt, »den zu verstehen wir Menschen bloß zu dumm sind.« Was, wenn es genau so war?

»Kann ich Ihnen helfen, Fräulein?«, ertönte eine Stimme hinter ihr.

Alma fuhr herum. Die Stimme gehörte zu einem jungen Mann, der hastig seine Mütze vom Kopf nahm und sich verbeugte. »Entschuldigen Sie, ich wollte Sie nicht erschrecken.«

»Das haben Sie nicht. Ich war bloß in Gedanken.«

»Ein prachtvolles Schiff, nicht wahr?«

»Wunderschön«, bestätigte Alma.

»Und mein Arbeitsplatz«, erklärte der Mann nicht ohne Stolz.

»Ist das wahr?« Alma betrachtete ihn interessiert. Sein Anzug war einfach, aber sauber, sein Haar ordentlich nach hinten gekämmt. Er streckte ihr die Hand entgegen. »Kurt Rieneck, Hilfskoch.«

Sie schlug ein. »Alma Engel.«

»Freut mich, Fräulein Engel.«

Alma streckte den Rücken durch. »Sie können mir doch sicherlich sagen, an wen ich mich wenden muss wegen der Stelle«, platzte es aus ihr heraus, bevor sie darüber nachdenken konnte.

»Das dürfte Frau Marscholek sein, die Hausdame«, antwortete Rieneck. »Wenn Sie möchten, bringe ich Sie zu ihr.«

»Ähm … ich …« Alma biss sich auf die Unterlippe. Was für eine schwachsinnige Idee! Sie hatte keine Ahnung von den Pflichten eines Zimmermädchens, ganz zu schweigen davon, dass sie überhaupt nicht aus Passau wegkonnte. Wie sollte Mutter ohne sie zurechtkommen?

»Nun, was sagen Sie?«, hakte der Hilfskoch nach.

Alma dachte wieder an die Worte ihrer Großmutter und gab sich einen Ruck. Fragen kostete schließlich nichts. Und bestimmt bekam sie nie wieder die Gelegenheit, an Bord eines solch prunkvollen Schiffs zu gehen.

»Das wäre sehr nett, danke«, erwiderte sie und stellte ihr Fahrrad an einer Laterne ab.

Dann ließ sie sich von dem Hilfskoch über den Landgang an Bord helfen und folgte ihm durch eine Stahltür und eine Treppe hinunter in den Bauch der *Regina Danubia*. Obwohl das Schiff fest am Ufer vertäut war, glaubte Alma ein Schwanken zu spüren. Der Gang unter Deck war schmal und schlecht beleuchtet, an den Türen, die zu beiden Seiten abgingen, blätterte die Farbe ab, und der Gestank von Maschinenöl hing in der Luft. Dies hier musste der Dienstbotentrakt sein, und er besaß nichts von der Pracht, die Alma sich ausgemalt hatte, sondern war sogar noch schäbiger als der Flur des Mietshauses in der Höllgasse, in dem sie mit ihren Eltern und ihrem jüngeren Bruder wohnte.

Es herrschte ein eifriges Gewusel, Männer und Frauen

drängten sich vorbei, ohne Alma und ihren Begleiter zu beachten.

Kurt Rieneck lächelte entschuldigend. »So kurz vor einer Reise ist immer viel zu tun.«

»Sie legen bald ab?«

»Morgen früh.«

Eine junge Frau kam ihnen entgegen. Sie trug eine Dienstmädchenuniform, ihre dunklen Haare steckten unter einer Haube.

»Weißt du, wo die Marscholek steckt, Grete?«, fragte Rieneck sie.

»Die macht Besorgungen an Land.« Die junge Frau musterte Alma neugierig.

Hastig zog Alma den Hut tiefer ins Gesicht. Sie kam sich plötzlich plump wie ein Bauerntrampel vor mit den albernen Mädchenzöpfen, dem sonnenverbrannten Gesicht und dem altmodisch langen Rock. Warum schaffte sie es nicht, so elegant auszusehen wie Ida?

»Wann kehrt sie denn zurück?«, fragte Rieneck die junge Frau.

»Keine Ahnung. Jedenfalls solltest du dich sputen, du wirst in der Küche erwartet.« Das Dienstmädchen warf einen letzten Blick auf Alma und eilte dann weiter den Gang hinunter.

»Vielleicht sollte ich später wiederkommen«, sagte Alma, halb enttäuscht, halb erleichtert.

»Kommt gar nicht infrage«, protestierte der junge Mann.

Er führte sie tiefer in den Schiffsbauch hinein, bis sich der Korridor zu einer Art Vorraum öffnete, und klopfte an eine Tür, die nicht ganz so schäbig aussah wie die anderen. Auf das Herein, das von drinnen ertönte, öffnete er sie einen Spalt und steckte den Kopf hinein.

»Entschuldigen Sie die Störung, Herr Lerch, ich habe hier eine junge Dame, die sich für die Stelle interessiert, und da Frau Marscholek von Bord gegangen ist …«

»Schicken Sie sie herein.«

Kurt Rieneck drehte sich zu Alma um. »Vielleicht ist es Ihr Glück, dass Frau Marscholek nicht da ist. Herr Lerch ist in Ordnung, wie Sie sehen werden. Gehen Sie, ich drücke Ihnen die Daumen!« Er nickte ihr ermutigend zu, dann hastete er davon.

Alma wandte sich zur halb geöffneten Tür und schluckte. Ihr Hals war mit einem Mal ganz eng. Was hatte sie sich da nur eingebrockt? Aber für einen Rückzieher war es zu spät.

»Nun kommen Sie schon rein!«, ertönte es ungeduldig von drinnen.

Alma schob die Tür ganz auf und trat ein. Der Raum war klein, aber wohnlich eingerichtet. Es gab einen Schreibtisch aus dunklem Holz, einen Schrank, einen Waschtisch und in der Ecke ein Bett, über dem eine Tagesdecke lag. An den Wänden hingen Bilder, die mediterrane Landschaften mit Pinien und Zitronenbäumen zeigten, und in einem schmalen Regal standen neben einigen Aktenordnern in Leder gebundene Bücher.

»Schließen Sie die Tür und treten Sie näher, junge Frau.«

Alma gehorchte und nahm auf dem Stuhl vor dem Schreibtisch Platz, auf den der Mann deutete, der dahinter saß. Erst jetzt wagte sie, ihn genauer anzusehen. Er war etwa im Alter ihres Vaters, hatte jedoch nicht dessen vom Krieg gebeugte Haltung. Sein Gesicht war streng, aber nicht unfreundlich, sein akkurat frisiertes Haar von grauen Strähnen durchzogen. Sein Anzug wirkte teuer und saß tadellos. Womöglich war er der Schiffseigner oder der Kapitän.

»Sie möchten also auf der *Regina Danubia* arbeiten, Fräulein …?«

»Engel«, antwortete sie mit belegter Stimme. »Alma Engel.«

Er faltete die Hände unter dem Kinn und nickte. »Wie alt sind Sie, Fräulein Engel?«

»Zweiundzwanzig.«

»Und Sie haben Erfahrung in diesem Bereich?«

Alma wurde es heiß. »Ich habe noch nie auf einem Schiff gearbeitet«, gestand sie.

»Ich meinte die Arbeit als Zimmermädchen. Sie ist auf einem Schiff nicht viel anders als an Land.«

»Ehrlich gesagt, habe ich auch noch nie als Zimmermädchen gearbeitet.« Alma spürte, wie ihr die Röte ins Gesicht stieg. Was für eine Schnapsidee. Worauf hatte sie sich da nur eingelassen? »Bis vor wenigen Wochen hatte ich eine Stelle bei einem Rechtsanwalt«, erklärte sie. »Ich habe Briefe und Rechnungen für ihn getippt. Aber er hat sich zu Ruhe gesetzt, und nun brauche ich etwas Neues.«

Der Mann runzelte die Stirn. »Sie waren Schreibkraft und wollen als Zimmermädchen arbeiten?«

Alma blickte an dem Mann vorbei durch das runde Bullauge, hinter dem jedoch nur die feuchte Kaimauer zu sehen war. »Es ist nicht einfach, eine gute Arbeit zu finden«, erklärte sie. »Meine Familie braucht das Geld. Mein Vater ist kriegsversehrt, er kann nicht mehr arbeiten. Meine Mutter nimmt Näharbeiten an, sie tut, was sie kann. Mein Bruder geht in die Lehre, da bringt er kaum was nach Hause. Meine älteren Schwestern sind beide verheiratet und haben ihren eigenen Haushalt, sie können nicht helfen. Eine wohnt zudem gar nicht mehr in Passau.« Alma wandte den Blick vom Fenster ab und sah Herrn Lerch direkt an. »Ich bin fleißig, und ich lerne schnell. Außerdem beherrsche ich alle möglichen Arbeiten. Ich helfe meiner Mutter seit vielen Jahren im Haushalt. Ich kann nähen, Wäsche waschen, Betten machen, putzen, bügeln, kochen …«

Alma brach ab. Sie redete zu viel. Wie stets, wenn sie nervös war, lief ihr der Mund über. »Du redest dich noch um Kopf und Kragen, Kleine«, hatte Margot früher oft gesagt.

»Es ist etwas anderes, ein wenig im Haushalt zu helfen, als jeden Tag zwölf Stunden auf einem Schiff zu schuften, Fräulein Engel«, sagte der Mann, dessen Position an Bord sie noch immer nicht kannte, mit scharfer Stimme. »Und der Lohn ist auch nicht sonderlich hoch. Zwölf Reichsmark in der Woche, zuzüglich Kost und Logis. Sicherlich haben Sie bei Ihrem Anwalt deutlich mehr verdient.«

Das hatte sie in der Tat. Fünfundsiebzig Reichsmark im Monat hatte sie erhalten. Und die Arbeit war ihr leichtgefallen. Das Tippen auf der Maschine hatte sie im Nu gelernt, und die korrekten Formulierungen für juristische Schreiben waren ihr schnell in Fleisch und Blut übergegangen. Aber es hatte sie gelangweilt, am Schreibtisch zu sitzen und die immer gleichen Sätze zu tippen. Außerdem würde sie auf der *Regina Danubia* aus Passau hinauskommen. Statt heulend auf dem Sofa zu liegen, die Hände auf die Ohren gepresst, um die Hochzeitsglocken nicht zu hören, würde sie etwas von der Welt sehen. War das nicht viel mehr wert als ein paar Reichsmark?

Sie beugte sich vor. »Bitte geben Sie mir die Möglichkeit, Ihnen zu beweisen, dass ich die Richtige für die Stelle bin, Herr Lerch. Ich verspreche, ich werde Sie nicht enttäuschen.«

***

»Bist du von Sinnen, Junge?« Anton Sailer stellte ärgerlich das Cognacglas ab. »Das ist eine vollkommen absurde Idee.«

»Bitte lass mich …«

»Ich denke gar nicht daran, auch nur darüber zu diskutieren.«

»Du hast keine Wahl, Vater.« Vincent straffte die Schultern. Er würde sich nicht kleinkriegen lassen, diesmal nicht. »Du wolltest, dass ich mehr Verantwortung in der Reederei übernehme, jetzt musst du auch akzeptieren, dass du nicht mehr alles allein entscheidest.«

Sein Vater kniff die Augen zusammen. »Ich bin noch immer der Eigentümer und dein Vorgesetzter.«

Vincent wich seinem Blick nicht aus. »Und ich möchte, dass noch etwas von der Firma übrig ist, wenn ich sie eines Tages übernehme.«

»Untersteh dich!«

Vincents Blick schoss zur Tür. Sein Vater hatte so laut geschrien, dass Mutter und Sophie ihn bestimmt gehört hatten. Vater und er hatten sich nach dem Essen ins Herrenzimmer zurückgezogen, um bei einem Cognac über die Geschäfte zu sprechen, so wie sie es oft taten. Die beiden Frauen ahnten nicht, wie schlecht es um die Reederei stand. Mutter wollte grundsätzlich nichts über die Geschäfte ihres Mannes wissen, und Sophie interessierte sich bloß für ihre bevorstehende Hochzeit mit dem schneidigen jungen Anwalt Bertold Krohn, der zum Glück ebenfalls nicht ahnte, dass seine vermeintlich gute Partie womöglich gar nicht so gut war. Nicht dass Vincent bezweifelte, dass Krohn seine Schwester aufrichtig liebte und sie auch heiraten würde, wenn die Mitgift weniger üppig ausfiele. Doch enttäuscht wäre er sicherlich. Und Sophie noch viel mehr, wenn Vater ihr eröffnen müsste, dass das rauschende Fest mit mehr als zweihundert Gästen, das sie für das kommende Frühjahr plante, einige Nummern kleiner würde ausfallen müssen.

Vater hatte Vincents Blick bemerkt und senkte die Stimme. »Das war mein letztes Wort, lass uns das Thema wechseln.«

Vincent leerte sein Glas in einem Zug. »Nein«, sagte er so ruhig wie möglich. »Wenn du darüber nicht reden willst, reden wir gar nicht.«

Anton Sailers Gesicht färbte sich puterrot, sein Schnauzbart zitterte. »Du wagst es …«

Vincent hob die Hände. »Dann gehe ich jetzt, Vater.

Aber behaupte später nicht, ich hätte dich nicht gewarnt.« Er wandte sich zur Tür.

»Warte!«

Vincent drehte sich um.

Sein Vater war ans Fenster getreten und blickte hinunter auf die Donau. Großvater hatte die Villa in den Hang bauen lassen, auf dem Anger am linken Donauufer, von wo er den Hafen mit seiner Flotte stets im Blick hatte.

»Wenn du glaubst, dass du den Verbrecher dingfest machen kannst, indem du auf dem Schiff mitreist«, sagte Anton, »dann tu es in Gottes Namen. Aber ganz offiziell als Sohn des Reeders, nicht inkognito unter Deck.«

»Aber dann nützt es nichts. Wenn der Dieb erfährt, dass ich an Bord bin, ahnt er bestimmt auch den Grund, und dann wird er sich zurückhalten. Ich muss unsichtbar sein, mich im Schatten bewegen. Und ich muss mit dem Personal offen reden können. Dem Sohn ihres Arbeitgebers können sich die Leute nicht so anvertrauen wie einem Kollegen, der ihr Los teilt.«

Auf den letzten beiden Fahrten der *Regina Danubia* waren einigen Gästen wertvolle Schmuckstücke abhandengekommen. In allen Fällen konnte Anton Sailer die Angelegenheit diskret mit einer größeren Summe klären, doch auf Dauer wäre das ruinös, ganz abgesehen davon, dass es eine Frage der Zeit war, bis etwas über die Diebstähle an die Öffentlichkeit drang. Nicht jeder Bestohlene würde sich mit Schadenersatz zufriedengeben und den Mund halten. Und wenn die Sache erst öffentlich war, würde niemand mehr eine Reise auf dem Schiff buchen.

Der Reederei ging es ohnehin schlecht, der Krieg und die schweren Jahre danach mit der am Boden liegenden Wirtschaft und der Hyperinflation hätten beinahe den Ruin bedeutet. Nun, wo es endlich wieder bergauf gehen könnte, machte ihnen ein Juwelendieb das Leben schwer.

Vincents Vater trat vom Fenster weg und ließ sich auf einen Sessel am Kamin nieder. »Vielleicht sollte ich das Kaufangebot der Donaudampfschifffahrtsgesellschaft annehmen. Es ist gar nicht so schlecht. Ohne die *Regina Danubia* könnten wir uns voll auf den Transportsektor konzentrieren. Und den Dieb wären wir auch los.«

Die Reederei Sailer bestand vor allem aus Frachtern, die Güter auf der Donau transportierten. Doch die Auftragslage war bescheiden. Sie waren auf die Passagierschifffahrt angewiesen, um kostendeckend zu arbeiten.

»Ohne die *Regina Danubia* trägt sich die Reederei nicht«, erinnerte Vincent seinen Vater. »Das weißt du genau.«

»Mit dem Erlös aus dem Verkauf hätten wir etwas Luft. Bestimmt geht es bald wieder bergauf mit der Frachtschifffahrt.«

»Und wenn nicht?« Vincent hätte seinen Vater am liebsten gepackt und geschüttelt. Warum war er nur so stur und uneinsichtig?

Anton Sailer seufzte. »Es muss doch eine andere Lösung geben.«

»Und welche?«

»Ich könnte das komplette Personal austauschen, dann wären wir den Dieb los.«

Vincent starrte ihn an. »Du willst verdiente Mitarbeiter rausschmeißen, weil einer davon unehrlich ist?«

»Habe ich eine Wahl?«

»Es arbeiten mehr als vier Dutzend Menschen an Bord der *Regina Danubia*. Heizer, Maschinisten, Bootsleute, Schiffsjungen und das gesamte Hotelpersonal, die kannst du nicht alle auf einen Schlag ersetzen. Das Schiff läuft morgen früh aus und ist fast ausgebucht. Wie stellst du dir das vor?«

»Du hast ja recht, Junge.« Anton Sailer rieb sich müde über das Gesicht. »Aber was soll ich tun? Ich stehe mit dem Rücken zur Wand.«

Vincent nahm auf dem zweiten Sessel Platz und beugte sich vor. »Lass es mich auf meine Art versuchen. Bitte!«

»Und als was willst du an Bord gehen? Als Heizer? Du hast doch gar keine Ahnung von dieser Arbeit.«

»Ich geh als Zimmerkellner, da komme ich überallhin. In die Kabinen, in den Salon, an Deck. Ich kann Augen und Ohren offen halten, mich unauffällig umsehen.« Vincent atmete erleichtert aus. Endlich gab sein Vater nach. »Aber es darf niemand außer dem Kapitän Bescheid wissen, sonst ist der Plan zum Scheitern verurteilt.«

***

Alma stieg die Treppe in den dritten Stock hinauf. Mit jeder Stufe wurde sie langsamer. In der Gasse hatte sie sich noch beeilt, weil sie ihren Eltern unbedingt die freudige Nachricht überbringen wollte, doch nun kehrten die

Zweifel zurück. Was hatte sie nur getan? Hatte sie vollkommen den Verstand verloren?

Als Herr Lerch ihr den Vertrag hingeschoben hatte, hatten ihre Hände vor Aufregung gezittert. Trotzdem hatte sie nach dem Federhalter gegriffen und schwungvoll ihren Namen unter das Dokument gesetzt. Nun brannte es ein Loch in ihre Tasche.

Alma erreichte die Wohnungstür und blieb stehen. Zum ersten Mal in ihrem Leben hatte sie eine derart weitreichende Entscheidung getroffen, ohne zuvor mit ihren Eltern zu sprechen. Mehr noch, sie hatte es in dem Wissen getan, dass ihr Vater und ihre Mutter niemals eingewilligt hätten. Sie würden außer sich sein.

Alma horchte. In der Wohnung war es still, nur ein leises Rattern war zu hören. Also saß Mutter an der Nähmaschine. Sie nahm Näh- und Stopfarbeiten an, um die Invalidenrente des Vaters aufzubessern. Alma fasste sich ein Herz, schloss auf und trat ein.

»Alma! Bist du das?«, rief ihre Mutter aus der Küche. »Wo bist du gewesen? Wir haben uns Sorgen gemacht!«

Alma nahm den Hut vom Kopf und legte ihn auf die Kommode, warf einen Blick in den fleckigen Spiegel, der darüber hing. Ihr Gesicht war gerötet, ob von der Sonne, ihrer hastigen Rückkehr oder vor Aufregung, war schwer zu sagen. Sie wandte sich vom Spiegel ab und trat in die Küche, die zugleich als Wohnraum diente.

Die Wohnung der Familie Engel bestand neben dieser Küche lediglich aus dem winzigen Flur mit der Kommode, einem Schlafzimmer für die Eltern und einer Kammer, in der Almas Bruder schlief. Sie selbst verbrachte die Nächte auf dem Sofa in der Küche. Das Zimmer, das sie früher mit ihren älteren Schwestern geteilt hatte, war untervermietet. Ein verwitweter Postbeamter lebte dort, ein ehemaliger Kollege von Almas Vater, der wie durch ein Wunder unverletzt durch den Krieg gekommen war, jedoch seine Frau im November 1918 durch die Spanische Grippe verloren hatte.

»Es tut mir leid, ich musste noch etwas erledigen.« Alma stellte die Tasche auf einem Stuhl ab. Sie sah erst ihre Mutter, dann ihren Vater an, der an seinem Stammplatz am Kopfende des Tischs saß, die Pfeife im Mundwinkel. In den ersten Wochen nach seiner Heimkehr hatte Mutter noch versucht, ihn vom Rauchen abzubringen. »Ist dir der Lungenschuss nicht genug? Du bekommst ohnehin kaum Luft, musst du dich nun ins Grab qualmen?«, hatte sie gejammert. Doch er hatte jedes Mal erwidert, dass die Pfeife das einzige ihm verbliebene Vergnügen sei, und so hatte sie es irgendwann aufgegeben.

Tatsächlich tat Vater selten etwas anderes, als am Tisch zu sitzen, die Pfeife in der Hand, und schwermütig ins Leere zu starren. Dabei war er früher so ein lebenslustiger Mann gewesen. Er hatte seinen Beruf als Postbote geliebt. »Da kommt man herum«, hatte er immer gesagt. »Und man lernt die Leute kennen, hält einen Plausch, hört sich die Sorgen und Freuden an, kann hie und da mit einem Rat zur Seite stehen.«

Walter Engel war immer gesellig und unternehmungslustig gewesen. Fast jedes Wochenende hatte er mit Alma und ihren Geschwistern Ausflüge unternommen, sie hatten Kahnfahrten auf der Donau und dem Inn gemacht, Spaziergänge an den Ilzschleifen und waren die dreihunderteinundzwanzig Stufen der Wallfahrtsstiege zur Mariahilf-Kirche hinaufgestiegen, von wo man eine wunderbare Aussicht auf die Stadt hat. Jetzt saß Vater nur noch zu Hause, und die Welt draußen scherte ihn nicht mehr.

Die Pfeife war das Einzige, was Alma mit dem Mann verband, der er früher gewesen war. Der süße Tabakgeruch erinnerte sie an die Momente, wenn er sie in den Arm genommen hatte, um sie zu trösten, weil die großen Schwestern sie beim Spiel nicht dabeihaben wollten, oder wenn er sie auf die Schultern gehoben hatte, um mit ihr durch die enge Wohnung zu reiten. Sie war dann die Prinzessin gewesen und er der feurige Schimmel, auf dem sie durch den Zauberwald zu ihrem Schloss galoppierte.

Die Mutter holte Alma zurück in die Gegenwart. »Hast du die Sachen mitgebracht?«

»Natürlich.« Alma öffnete die Badetasche und entnahm ihr die Einkäufe. Zum Glück hatte sie das Kurzwarengeschäft noch vor Ladenschluss erreicht. Nacheinander legte sie eine Rolle weißes Nähgarn, Saumband und eine Papiertüte mit Wäscheknöpfen auf den Tisch.

Ihre Mutter nickte zufrieden. »Du kannst dir den Rest Suppe warm machen, Vater und ich haben schon gegessen. Und dein Bruder ist noch mal fort.« Katharina Engel presste die Lippen zusammen und warf ihrem Mann einen Blick zu. Offenbar hatte es zu dem Thema Unstimmigkeiten gegeben, doch Alma wollte lieber nicht nachfragen. Leo war Kommunist, was immer wieder zu Streitigkeiten in der Familie führte.

Sie nahm ihr feuchtes Handtuch aus der Tasche und hängte es an die Leine über dem Ofen. Sie war erleichtert, dass Leo nicht da war und für Spannungen sorgte, das Gespräch mit den Eltern würde auch so schon schwierig genug werden.

»Wollt ihr denn gar nicht wissen, was ich noch zu erledigen hatte?«, fragte sie, während sie zwei Wäscheklammern aus dem Beutel nahm.

»Du wirst es uns schon sagen, Kind.« Die Nähmaschine begann zu rattern.

»Ich habe eine neue Stelle.« Alma zupfte das Handtuch zurecht und drehte sich um.

Katharina unterbrach ihre Arbeit. »Das ist ja wunderbar. Wo?«

»Auf der *Regina Danubia.* Als Zimmermädchen. Wir laufen morgen früh aus.«

»Auf einem Schiff?«, rief Katharina entsetzt. »Bist du von Sinnen?«

»Es ist anständige Arbeit, und gut bezahlt«, verteidigte sich Alma. »Ich verdiene zwar nicht ganz so viel wie als Schreibkraft, aber dafür sind Kost und Logis eingeschlossen. Und die Arbeitskleidung wird auch gestellt.«

»Und wer macht die ganze Arbeit hier, während du fort bist?«, fragte ihre Mutter vorwurfsvoll und deutete auf den Wäschestapel. »Wie stellst du dir das vor? Einfach auf Reisen gehen und mich mit allem alleinlassen!«

»Es ist doch nur für vier Wochen.«

»Vier Wochen!« Statt ihre Mutter zu besänftigen, schien diese Information sie noch mehr aufzubringen. »Auf keinen Fall!«, bestimmte sie. »Das erlaube ich nicht.«

»Du hast selbst gesagt, dass uns das Geld fehlt, das ich bei dem Anwalt verdient habe.« Alma blickte hilfesuchend zu ihrem Vater.

Der legte seine Pfeife auf dem Tisch ab. »Ich fürchte, du hast das nicht zu Ende gedacht, mein Kind. Du besitzt nicht einmal einen Pass, für dich wäre die Reise nach ein paar Kilometern vorbei.«

Alma lächelte triumphierend. »Ich habe wohl einen. Erinnerst du dich nicht, dass ich im vergangenen Sommer mit Ida zu ihrer Tante nach Linz fahren wollte? Wir hatten schon die Pässe beantragt, als die Tante absagen musste.«

Ihr Vater hob die Brauen. »Du hast offenbar an alles gedacht, Kind.« Er wandte sich an ihre Mutter. »Ich schätze mal, unsere Tochter hat bereits Nägel mit Köpfen gemacht. Ist es nicht so, Alma?«

Sie nickte stumm.

»Dann können wir nichts mehr machen, sie ist schließlich volljährig.«

»Ist das alles, was du dazu zu sagen hast, Walter?« Almas Mutter verschränkte die Arme. »Unsere Tochter lässt uns von heute auf morgen im Stich, und du nimmst es einfach so hin? Früher hättest du dir nicht so auf der Nase herumtanzen lassen.«

Walter zuckte bei ihren letzten Worten zusammen, und Katharina redete schnell weiter. »Volljährig oder nicht, solange sie bei uns wohnt, muss sie sich fügen.«

»Aber ich habe den Vertrag schon unterschrieben«, wandte Alma ein.

Ihr Vater sah sie an, und für einen winzigen Augenblick glaubte sie, in seinen Augen etwas funkeln zu sehen, das sie daran erinnerte, wie er früher war. Doch es verschwand so schnell wieder, dass sie nicht sicher war.

»Katharina, meine Liebe«, sagte er in beschwichtigendem Ton. »Reg dich nicht auf. Lass dem Kind das kleine Abenteuer. Eine Reise auf der Donau wie eine feine Dame, das stellt sie sich bestimmt vergnüglich vor. Nur dass sie von der Donau gar nichts sehen wird, weil sie den ganzen Tag unter Deck schuften muss. Ich garantiere dir, nach dieser Eskapade wird dein Töchterchen reumütig in den Schoß der Familie zurückkehren. Bevor sie nicht am eigenen Leib gespürt hat, wie die Welt da draußen wirklich ist, wird sie ohnehin keine Ruhe geben. Du kennst sie doch.«

Alma spürte, wie ihr die Röte ins Gesicht schoss. »Aber ich stelle mir gar nicht vor …«

Ihr Vater hob die Hand, um sie zum Schweigen zu bringen. »Ich hoffe, du bist dir darüber im Klaren, dass du deiner Mutter Kummer bereitest. Sie hat es wirklich nicht leicht mit einem Mann, der bloß noch ein nutzloser Krüppel ist. Da kann sie nicht auch noch eine Tochter mit Flausen im Kopf gebrauchen.«

Alma senkte den Blick. »Es tut mir leid, Mutter.«

Katharina Engel seufzte. »Hättest du nicht wenigstens vorher mit uns reden können?«

»Ich habe doch selbst vorhin erst von der freien Stelle erfahren. Und morgen geht es schon los. Ich musste mich sofort entscheiden.«

»Also gut, vier Wochen. Die stehen wir irgendwie durch.« Katharina Engel griff wieder nach der Näharbeit. »Aber vorher hilfst du mir noch mit den Hemden.«

Sie deutete auf den Stapel mit der Wäsche. »Sonst werde ich nicht rechtzeitig fertig.«

»Aber ich muss noch packen«, protestierte Alma. »Morgen früh muss ich um sechs Uhr an Bord sein.«

»Dann solltest du dich sputen, damit du noch ein paar Stunden Schlaf bekommst.« Ihre Mutter nickte zum Herd. »Iss einen Teller Suppe, und danach übernimmst du die Knöpfe.«

***

Ludwig prüfte noch einmal den Sitz seiner Kapitänsuniform, deren Größe sich in den letzten dreißig Jahren nicht geändert hatte, strich sich über den weißen Vollbart und stieg die sieben Stufen zum Portal der Sailer-Villa hinauf. Der Abend war lau, dennoch fröstelte er. Das bevorstehende Gespräch bereitete ihm Magenschmerzen. Auch wenn es so aussah, als würde es weniger schwierig werden als befürchtet.

Aus welchem Grund hätte Anton Sailer ihn zu dieser späten Stunde rufen lassen, wenn nicht, um über die *Regina Danubia* zu reden? Hätte sein Arbeitgeber ihn nicht um ein Gespräch gebeten, wäre Ludwig von sich aus zu ihm gegangen. Die *Regina Danubia* durfte morgen nicht auslaufen, nicht unter diesen Umständen. Er, Ludwig Bender, ehemaliger Kapitän zur See, war einmal seiner Verantwortung nicht gerecht geworden, ein zweites Mal würde das nicht geschehen.

Er streckte die Hand nach der Glocke aus, ließ sie jedoch wieder sinken. Es war nicht einfach, Anton Sailer mit derart schlechten Nachrichten gegenüberzutreten. Aber vielleicht hatte der ja bereits eine Lösung. Vielleicht gab es nur eine Verzögerung. So lange, bis alle Probleme behoben waren. Ludwig zog an der Glocke, das Hausmädchen öffnete.

»Kapitän Bender«, begrüßte sie ihn. »Kommen Sie herein, der gnädige Herr erwartet Sie.«

Ludwig folgte ihr in die Eingangshalle, wo auf Marmorsäulen Schiffsmodelle standen, vom Anfang der Flussschiffahrt bis heute. In einer Vitrine bewahrte Anton Sailer sein wertvollstes Stück auf. Den Bug eines afrikanischen Einbaums. Ein Archäologe aus Berlin, eine Koryphäe auf diesem Gebiet, hatte das Fundstück als echt bestätigt und es auf ein Alter von mindestens dreizehnhundert Jahren geschätzt. Sailer hatte ein kleines Vermögen dafür ausgegeben.

Das Hausmädchen ging voran in den ersten Stock. Sie führte Ludwig in den Raum, wo Anton Sailer gewöhnlich seine männlichen Gäste empfing: das Herrenzimmer mit dem einzigartigen Blick auf die Donau und über die Dächer von Passau.

»Herr Kapitän Ludwig Bender, gnädiger Herr.«

Sailer, der am Fenster stand, drehte sich um, kam auf Ludwig zu und reichte ihm die Hand.

»Danke, Marie«, sagte er. »Du kannst gehen.«

Das Hausmädchen ließ sie allein und schloss die Tür. Das Zimmer war in warmes Licht getaucht, nicht zu hell jedoch, sodass man die erleuchteten Fenster und Straßenlaternen am anderen Ufer sowie die im Mondlicht glitzernde Donau noch erkennen konnte.

»Etwas zu trinken?«, fragte Sailer. »Kaffee oder eine frische Limonade vielleicht?«

»Nein, danke.«

Sailer hielt eine Cognacflasche hoch. »Ich hoffe, es ist in Ordnung, wenn ich mir noch einen genehmige.«

»Selbstverständlich.«

Sailer goss sich ein. Ludwig bemerkte, dass auf dem Tisch neben dem Kamin ein zweites Glas stand. Womöglich hatte Sailer früher am Abend bereits einen Besucher empfangen.

»Auf die *Regina Danubia*, möge sie eine gute Reise haben.« Sailer hob sein Glas und trank.

Ludwig erkannte, dass er sich zu früh gefreut hatte. Aus welchem Grund auch immer Anton Sailer ihn sprechen wollte, es hatte offenbar nichts mit Ludwigs Anliegen zu tun.

»Mein lieber Bender. Sicherlich fragen Sie sich, was ich zu dieser späten Stunde von Ihnen will. Glauben Sie mir, ich hätte Sie nicht so kurz vor der Abfahrt hergebeten, wenn es nicht wichtig wäre.«

Ludwig wusste nicht, was er darauf erwidern sollte, also schwieg er abwartend.

»Ich will nicht lange drum herumreden«, fuhr Sailer fort. »Mein Sohn wird mit Ihnen reisen. Inkognito, als Kellner. Niemand außer Ihnen darf davon wissen. Denn er hat einen Auftrag, den er nur erfüllen kann, wenn er unerkannt bleibt. Er soll den Juwelendieb ergreifen.«

Ludwig schnappte überrascht nach Luft. Diese Ankündigung musste er erst verdauen. Vincent Sailer als Detektiv an Bord der *Regina Danubia*? Was für eine verrückte Idee. Aber wenn er es recht bedachte, doch nicht ganz so verrückt. Sailer konnte die Polizei nicht einschalten, das hätte Staub aufgewirbelt und seinem Ruf erheblich geschadet. Vielleicht hätten viele Gäste ihre Buchung storniert, in dem Wissen, dass es auf der *Regina Danubia* einen Dieb gab.

»Nun, äh«, stammelte er. »Das ist sehr unkonventionell, Herr Sailer, aber womöglich eine gute Idee.«

»So ganz wohl ist mir bei der Sache auch nicht«, gestand Sailer. »Aber wer nicht wagt …«

Sailer lächelte, doch Ludwig brachte nur ein krampfhaftes Zucken der Mundwinkel zustande. Jetzt würde es noch schwieriger werden, den Reeder zu überzeugen.

»Sie sind skeptisch?«, fragte Sailer.

»Nicht, was das Vorhaben Ihres Sohnes angeht«, beeilte Ludwig sich zu sagen. »Aber …«

»Aber was?«, fragte Sailer scharf.

»Es geht um das Problem, über das wir vor zwei Wochen sprachen. Es ist noch nicht gelöst, oder besser gesagt, es hat weitere Probleme zutage gefördert.«

Sailer stellte sein Glas so fest ab, dass Ludwig schon die Splitter fliegen sah, aber es war dickwandig genug, dass es hielt.

»Was soll das heißen, Bender? Ich dachte, es ging um ein Ventil, nicht mehr.«

»Das dachte ich auch. Aber als wir das Ventil ausbauten und dabei eine Routineinspektion durchführten, stellten wir fest, dass die Hälfte der Heißdampfrohre von innen angerostet sind. Und einer der beiden Druckkessel an einigen Stellen ebenfalls.«

»Sie haben die *Regina Danubia* doch gerade von Regensburg nach Passau gefahren, und da gab es bis auf das Ventil keinerlei Störungen, oder sehe ich das falsch?«

»Das ist richtig, aber die Überholung der Dampfmaschine ist seit einiger Zeit überfällig. Das wissen Sie genauso gut wie ich.«

»Natürlich weiß ich das, aber wir müssen im Moment den Gürtel etwas enger schnallen. Ist das Heißluftventil jetzt wenigstens in Ordnung?«

»Es funktioniert einwandfrei.«

»Läuft die Maschine heiß? Haben Sie Risse an dem Kessel feststellen können? Besteht eine unmittelbare Gefahr?«

Auf all diese Fragen musste Ludwig mit Nein antworten. Ihm brach der Schweiß aus. Es ging ja nicht um eine unmittelbare Gefahr, sondern um Wahrscheinlichkeiten. Vielleicht hielt der Kessel noch fünfhundert oder fünftausend Stunden, vielleicht aber auch nur fünfzig. Niemand wusste das. Wenn er barst, bestand die Möglichkeit, dass die Explosion Menschenleben forderte. Bei Fahrt waren rund um die Uhr mindestens vier Personen im Maschinenraum. Zwei Heizer und zwei Maschinisten. Die würde es zuerst erwischen.

Ludwig schüttelte den Kopf. »Ich will kein Risiko eingehen, Herr Sailer. Es sind einmal durch eine Fehlentscheidung meinerseits Menschen ums Leben gekommen, und ich habe mir geschworen, dass es nie wieder so weit kommt. Das verstehen Sie doch sicherlich.«

Sailer nickte. »Natürlich, Bender. Aber ich kenne mich auch ein bisschen mit Schiffen aus, und ich weiß, dass die

Regina Danubia fahrtüchtig ist. Glauben Sie ernsthaft, ich würde meinen Sohn an Bord gehen lassen, wenn ich es für gefährlich hielte?«

»Natürlich nicht, Herr Sailer.«

»Sehen Sie? Ich kenne die *Regina Danubia* in- und auswendig, mein lieber Kapitän. Sie ist eine Diva, aber gut in Schuss. Ein bisschen Rost hier, ein schwergängiges Ventil da, das ist vollkommen normal. Die Maschine ist für die Ewigkeit gebaut, der kann so leicht nichts etwas anhaben. Außerdem ist es noch keine zehn Jahre her, dass sie gründlich überholt wurde. Sobald sie ein paar Tage gelaufen ist, wird der Rost weggebrannt sein, glauben Sie mir. Und wenn es Sie beruhigt, können Sie die Heißdampfrohre während der ersten längeren Liegezeit austauschen lassen. Aber wir müssen morgen auslaufen. Das steht fest.«

Rohre austauschen, das ging schnell und kostete nicht viel, und es würde zumindest ein Problem beseitigen. Aber damit war es noch nicht getan.

»Das werde ich gern ausführen lassen.« Ludwig zögerte einen Moment. »Allerdings ist das nicht alles. Der Maschinist weigert sich mitzufahren, solange der Kessel nicht ausgetauscht ist.«

Sailer schnaubte. »Und das fällt ihm wenige Stunden vor der Abfahrt ein? Jetzt verstehe ich, worauf der Kerl aus ist. Seit Tagen schon geht er mich um höheren Lohn an. Da hat er sich verkalkuliert, ich lasse mich nicht erpressen. Soll er doch zum Teufel gehen. Morgen früh haben Sie einen neuen Maschinisten, mein lieber Bender, das verspreche ich Ihnen.« Anton Sailer streckte ihm die Hand entgegen. »Einverstanden?«

Ludwig zögerte. »Unter einer Bedingung«, sagte er schließlich. »Wenn der neue Maschinist ebenfalls die Sicherheit der Maschine infrage stellt, bleibt die *Regina Danubia* im Hafen.«

Sailer lächelte zufrieden. »Das ist fair.«

Ludwig schlug ein, doch die erwartete Erleichterung wollte sich nicht einstellen. Er hatte das Gefühl, das Schicksal herauszufordern. Und er wusste, dass es ihm nicht gewogen war.

* * *

»Treten Sie ein, Fräulein Ravensberg.« Theodor Keller machte eine einladende Handbewegung, fast so, als wäre sie ein Gast, nicht seine Sekretärin.

Keller war Mitglied der DVP, der Deutschen Volkspartei, und saß als Abgeordneter für Niederbayern im Reichstag. Natürlich hatte er ein Büro in Berlin, aber in seiner Heimatstadt Passau erledigte Claire seine Schreibarbeiten. Wenn Keller sich in Passau aufhielt, kam es nicht selten vor, dass er sie abends noch kommen ließ, um ihr Briefe zu diktieren. Claires Vater war nicht sehr angetan von diesen späten Besuchen, zumal Keller aus seiner Sicht in der falschen Partei war. Die Anhänger der Deutschen Volkspartei, der auch Außenminister Gustav Stresemann angehörte, waren seiner Ansicht nach keine wahren Patrioten. Claire sah das anders, doch zu Hause behielt sie ihre Meinung lieber für sich.

Überrascht blieb sie stehen, als sie bemerkte, dass sich ein zweiter Mann in Kellers Arbeitszimmer befand. Er saß in einem Ledersessel der Sitzgruppe, wo der Abgeordnete häufig seine Parteigenossen empfing. Der Unbekannte war einige Jahre älter als Keller, hatte ein schmales Gesicht und eine Halbglatze. Claire hatte ihn noch nie gesehen.

Nun erhob er sich, trat auf sie zu. Keller räusperte sich. »Das ist das Fräulein Ravensberg, Herr Staatssekretär.«

Der Fremde reichte ihr die Hand. »Carl von Schubert, angenehm.«

Claire blinzelte überrascht. Das Gesicht kannte sie nicht, den Namen schon. Carl von Schubert war Stresemanns rechte Hand.

Als Keller sie vor einigen Tagen gefragt hatte, ob sie einen delikaten Auftrag für ihn übernehmen wolle, hatte sie nicht geahnt, von wie hoch oben diese Anfrage kam. Sie hatte sich auf ein wenig Abwechslung vom Alltag gefreut und spontan zugesagt. Erst jetzt dämmerte ihr, dass ihre Aufgabe womöglich schwieriger war, als sie angenommen hatte.

»Guten Abend«, erwiderte sie steif.

»Der Abgeordnete Keller spricht in den höchsten Tönen von Ihnen«, sagte Schubert und strich sich über seinen Schnurrbart. »Hat er Ihnen erklärt, wie wichtig Ihre Mission ist?«

Claire warf ihrem Arbeitgeber einen raschen Blick zu. »Das hat er, in der Tat. Sie können sich auf mich verlassen, ich werde Sie nicht enttäuschen.«

»Und er hat Sie auf die Gefahren hingewiesen?«

Wieder schaute Claire zu Keller, der zu ihrem Erstaunen kaum merklich nickte. Von Gefahren war nie die Rede gewesen.

Trotzdem bemühte sie sich um ein zuversichtliches Lächeln. »Jawohl, Herr Staatssekretär.«

»Die Wahl ist auf Sie gefallen, weil Sie eine Frau sind«, erklärte Schubert. »Niemand würde vermuten, dass wir etwas so Wichtiges einer so schwachen Person anvertrauen. Dennoch müssen Sie äußerst vorsichtig sein. Mächtige Feinde bedrohen unsere Mission. Das wissen Sie hoffentlich.«

Claire schluckte. »Ja, Herr Staatssekretär.«

»Ich muss mich darauf verlassen können, dass Sie Ihren Auftrag gewissenhaft ausführen.« Er beäugte sie, als wäre er noch immer nicht überzeugt. »Das Schicksal des Reichs hängt vom Gelingen Ihrer Mission ab.«

Claire hatte plötzlich einen dicken Kloß im Hals. »Ich werde mein Bestes geben«, versprach sie.

Theodor Keller räusperte sich. »Sie haben hoffentlich mit niemandem über ihre bevorstehende Reise gesprochen, Fräulein Ravensberg.«

»Doch, das habe ich.«

Carl von Schuberts Brauen schossen hoch.

Claire lächelte, zufrieden über ihren kleinen Triumph. »Natürlich musste ich überall herumerzählen, dass ich meine Cousine in Deggendorf besuche. Ich kann ja nicht einfach so von heute auf morgen verschwinden. Das würde viel zu viel Aufmerksamkeit erregen.«

»Selbstverständlich«, bestätigte Schubert, sichtlich aus dem Konzept gebracht. »Und die Cousine?«

»Deckt meine romantische, wenn auch etwas unschickliche Reise mit meinem Verlobten an die Ostsee.«

»Aha.« Der Staatssekretär betrachtete sie einen Moment lang, dann griff er nach einer Aktentasche, die auf dem Boden neben dem Sessel stand, und entnahm ihr eine Mappe.

»Hüten Sie dieses Dokument wie Ihren Augapfel, Fräulein Ravensberg. Niemand darf es sehen. Unter keinen Umständen. Und übergeben Sie es ausschließlich der Person, die die Losung kennt. Herr Keller wird Sie über die weiteren Details der Übergabe unterrichten.«

Der Staatssekretär reichte Claire die Mappe, deren Leder sich dick und schwer anfühlte. Die kunstvoll verschlungenen Initialen GS waren mit silberner Farbe in das Leder geprägt, ein kleines Schloss sicherte den Inhalt vor unbefugtem Zugriff.

»Das war alles von meiner Seite.« Von Schubert nickte Keller zu, der nach dem Dienstmädchen klingelte. »Unser Gast möchte gehen.«

Das Mädchen holte von Schuberts Hut und Mantel. Nachdem er beides angelegt hatte, schüttelte der Staatssekretär Keller die Hand. Dann trat er zu Claire und lüftete den Hut. »Habe die Ehre, Fräulein Ravensberg. Alles Gute für Ihre Reise.« Er setzte den Hut wieder auf, nahm seine Aktentasche und folgte dem Mädchen nach draußen.

»Ich hatte ja keine Ahnung«, murmelte Claire, nachdem sie die Haustür hatte zufallen hören.

Keller hob eine Augenbraue. »Wollen Sie einen Rückzieher machen?«

»Keinesfalls.«

Keller nickte zufrieden. »Dann sollten wir die Details durchsprechen.«

KAPITEL 2

Passau, Donnerstag, 13. August 1925

»Ihr wisst, was ihr zu tun habt, also an die Arbeit«, befahl Olga Marscholek. »In zwei Stunden kommen die Gäste an Bord, dann muss alles bereit sein.« Sie drehte sich zu Alma um. »Sie bleiben bei mir, ich muss Ihnen noch einige Dinge erklären.«

Alma nickte, zu aufgeregt, um auch nur ein Wort zu sprechen. Sie war eine halbe Stunde vor dem Wecker aufgewacht, obwohl dieser auf fünf Uhr gestellt war. Immerhin hatte sie so noch Zeit gehabt, schnell bei ihrer Freundin vorbeizulaufen, bevor sie sich zum Dienst melden musste.

Ida hatte nicht schlecht gestaunt, als Alma sie im Morgengrauen mit Steinchen, die sie an die Fensterscheibe warf, aus dem Schlaf riss, um ihr zu erzählen, dass sie in den kommenden Wochen nicht in Passau sein würde.

»Was soll das heißen, du bist nicht in der Stadt?«, hatte sie verschlafen gefragt.

»Ich habe eine Stelle auf der *Regina Danubia*.«

»Das hast du dir ausgedacht.«

»Nein. Um sechs muss ich dort sein.«

Ida hatte die Strickjacke enger um den Körper geschlungen und sich aus dem Fenster gelehnt. »Warum hast du mir nichts davon erzählt?«

»Weil ich es selbst erst seit gestern Abend weiß. Ich habe mich auf dem Heimweg beworben und bin genommen worden.«

Ida schüttelte den Kopf. »Aber warum ...«

»Ich brauche die Stelle. Und in Passau hält mich ohnehin nichts mehr ... außer dir natürlich.«

»Ach, Alma«, seufzte Ida. »Du trauerst doch nicht noch immer diesem Taugenichts hinterher.«

»Ich dachte ...« Alma verstummte.

»Er ist es nicht wert, ihm auch nur eine Träne nachzuweinen, Süße. Eine wie dich hat der gar nicht verdient.«

»Du hast gut reden, Ida. Du hast deinen Felix.«

»Du wirst schon noch den Richtigen finden.« Auf Idas Gesicht breitete sich ein schelmisches Grinsen aus. »Gibt es nicht jede Menge junge Männer an Bord eines Passagierdampfers?«

»Die interessieren mich nicht.«

»Das werden wir ja sehen.«

Alma schüttelte den Kopf. »Ich muss los, sonst komme ich gleich am ersten Arbeitstag zu spät.«

»Was soll ich nur ohne dich machen, Alma? Schämst du dich nicht, in die weite Welt zu reisen, während ich hier versauere?«

»Ich bin schneller zurück, als dir lieb ist, Ida, wirst schon sehen.«

»Versprich mir, so oft wie möglich zu schreiben. Ich

will alles wissen über die aufregenden, skandalösen Dinge, die sich an Bord zutragen.«

Alma hatte schmunzelnd geseufzt. »Ich gebe mein Bestes.«

Mit diesem Versprechen war sie losgespurtet und gerade noch rechtzeitig eingetroffen, um die Ansprache der Hausdame zu hören, mit der sie die Zimmermädchen an die Arbeit schickte.

Alma schätzte Olga Marscholek auf etwa vierzig, auch wenn die Frau auf den ersten Blick älter wirkte, was vor allem an den eher harschen Gesichtszügen lag, die wohl nur selten ein Lächeln verzauberte. Und an den Haaren, die zu einem altmodischen Knoten im Nacken zusammengesteckt waren.

»Dann wollen wir doch mal sehen, was Herr Lerch mir da eingebrockt hat«, sagte sie nun und musterte Alma von oben bis unten. »Ein bisschen mager sind Sie, Kind. Ich hoffe, Sie kippen nicht bei der kleinsten Anstrengung um.«

»Das wird bestimmt nicht geschehen, Frau Marscholek«, erwiderte Alma mit einem zuversichtlichen Nicken.

»Wir werden sehen.« Die Hausdame deutete auf einen Wäschestapel. »Handtuch, Waschlappen und die Uniform. Die müssen Sie an Bord stets tragen, denn Sie sollen jederzeit als Mitglied der Besatzung zu erkennen sein. Nur wenn Sie frei haben, während wir in einem Hafen liegen, und an Land gehen wollen, dürfen Sie Ihre Privatkleidung anziehen. Und achten Sie darauf, dass das Uniformkleid immer tadellos sauber ist und ordentlich sitzt. Ich fürchte, dieses hier ist Ihnen etwas zu weit, Ihre Vorgängerin war ein wenig kräftiger um die Hüften. Sie müssen es heute Abend nach Dienstschluss ändern. Das können Sie doch, oder?«

Alma nickte. »Ja, Frau Marscholek.«

»Dann noch zu den übrigen Regeln an Bord. Die Räumlichkeiten der Passagiere sind für Sie tabu, keinesfalls dürfen Sie sich dort aufhalten. Das gilt nicht nur für die Kabinen, sondern auch für den Speisesaal, die Salons, die Bibliothek und alle anderen Räume. Und natürlich auch für das gesamte Deck. Dort haben Sie überhaupt nichts verloren. Betreten dürfen Sie diese Bereiche nur, um Ihre Arbeit zu verrichten. Die besteht darin, die Kabinen in Ordnung zu halten. Alle Gästekabinen werden jeden Tag gründlich aufgeräumt und gereinigt. Zudem werden frische Handtücher und Seife bereitgelegt. Des Weiteren müssen die Korridore, Bäder und alle anderen Passagierbereiche geputzt werden. Natürlich immer nur, wenn sich dort gerade niemand aufhält. Sie müssen für die Gäste unsichtbar sein, haben Sie das verstanden?«

»Das habe ich, Frau Marscholek.«

»Sie bleiben auf dem Mitteldeck, wo die Kabinen der zweiten Klasse sind. Gehen Sie auf keinen Fall in die erste Klasse, dort arbeiten nur die erfahrenen Zimmermädchen. Sollte ich Sie auf dem Oberdeck erwischen, wäre das ein Kündigungsgrund. Gleiches gilt übrigens für das Unterdeck. Dort sind der Maschinenraum, der Kohlenbunker, die Küche und die Kajüten der Schiffsleute. Da haben die Zimmermädchen nichts verloren. Einzig in die Wäscherei dürfen Sie gehen, aber nur, wenn ich oder eines der dienstälteren Mädchen es ausdrücklich anordnet. So weit alles klar?«

»Ich bleibe auf dem Mitteldeck«, bestätigte Alma. Immerhin wusste sie, dass das Deck, auf dem sie sich gerade befanden, das Mitteldeck war, sozusagen das Erdgeschoss der *Regina Danubia*. Das Oberdeck war der erste Stock, die Beletage, darüber kam noch das Promenadendeck, wo die Gäste die Reise an der frischen Luft genießen konnten. Das Unterdeck war der Keller.

»Und noch etwas, bevor Sie an die Arbeit gehen: Ihre Kabine müssen Sie selbst sauber halten, und zwar tadellos. Am besten erledigen Sie das morgens vor Dienstbeginn. Mindestens zweimal in der Woche findet eine Inspektion der Kabinen statt, selbstverständlich unangekündigt. Dabei wird auch kontrolliert, ob Sie heimlich Speisen hineingeschmuggelt haben. Lebensmittel in den Kabinen sind strengstens untersagt.«

Alma schwirrte der Kopf. So viele Regeln und Verbote. Doch sie würde sich daran gewöhnen, schon bald würde ihr das alles selbstverständlich sein. Sie dachte daran, mit wie viel Stolz Kurt Rieneck ihr erzählt hatte, dass er auf der *Regina Danubia* arbeitete. Jetzt gehörte sie ebenfalls dazu. Sie hatte fest vor, das Beste aus ihrer Zeit an Bord zu machen, ganz gleich wie schwierig es zu Beginn sein mochte.

Olga Marscholek sah sie an. »Noch Fragen?«

»Ich glaube nicht, nein.«

»Dann gehen Sie sich umziehen. Sie teilen die Kabine mit Emmi Kühn, sie wird in den nächsten Tagen mit Ihnen zusammenarbeiten und Ihnen alles zeigen.«

* * *

Die Droschke wartete bereits vor dem Haus. Der Fahrer hielt den Schlag auf, Ludwig Bender stieg ein und sank in das Plüschpolster. Müdigkeit überkam ihn. Das musste daran liegen, dass er kaum ein Auge zugetan hatte. Immer wieder waren ihm dieselben Gedanken durch den Kopf gegangen: Was, wenn er doch recht hatte? Wenn die Kessel nicht hielten, wenn einer oder gar beide unter Volllast platzten? Jetzt war es zu spät, er hatte zugesagt, die *Regina Danubia* ans Schwarze Meer und wieder zurück zu steuern. Und genau das würde er tun, sofern die Maschine nicht schlappmachte und er einen leitenden Maschinisten an Bord vorfand.

Er streckte den Rücken durch. Es musste Schluss sein mit den trüben Gedanken. Er würde das Beste aus der Situation machen, so wie immer, seit er wieder klar denken konnte, seit er den schlimmsten Dämon besiegt hatte.

Die Droschke rollte auf den Donaukai, schon von Weitem konnte Ludwig sehen, dass die *Regina Danubia* bereits unter Dampf stand. Die Heizer hatten die Kessel angeheizt, der Schornstein qualmte, das Hauptventil blies weißen Dampf aus, alle Rohre standen unter Druck. Dieser Anblick erweckte in Ludwig das Flussfieber. Es gab für ihn nichts Schöneres, als ein stolzes Schiff, so wie die *Regina Danubia* es war, durch Untiefen und an Riffen vorbei zu steuern. Er liebte es, wenn die Mannschaft wie ein Uhrwerk arbeitete, wenn die Maschine voller Kraft vor sich hin stampfte und die Schaufelräder unablässig ins Wasser tauchten.

Ludwig wies den Fahrer an, an dem kleinen Landgang zu halten, der am Vorderschiff direkt zum Ruderhaus führte. Er gab ein großzügiges Trinkgeld, der Fahrer bedankte sich überschwänglich und trug Ludwigs Koffer bis auf die Kaimauer, wo der herbeigeeilte Bursche ihn entgegennahm. Ein Glücksgefühl durchströmte Ludwig. Er wünschte sich plötzlich nichts sehnlicher, als dass es Sailer gelungen war, einen Maschinisten zu finden, und dass er selbst bald oben auf der Brücke stehen und die Maschinen mit dem Telegrafen auf volle Kraft voraus stellen konnte.

Ludwig atmete tief durch und stieg hinauf zur Kapitänskajüte. Wie alles auf der *Regina Danubia* war auch sie mit einem Luxus ausgestattet, den man auf einem Frachter vergeblich suchte. Es gab eine Klingel, mit der er einen Burschen herbeirufen konnte, eine eigene Toilette und fließendes Wasser. Die Hähne ließen sich so leicht öffnen und schließen wie die Schieber der Dampfmaschine. Und es gab nichts auf einem Dampfer, das besser geschmiert war als die beweglichen Teile der Maschine. Die Maschinisten liefen unablässig mit Ölkannen herum, sorgten dafür, dass niemals ein Teil trocken lief.

Das Bett war bequem, auf dem Schreibtisch aus Kirschholz lag eine Schreibunterlage aus grünem Leder. Eine Lampe mit Messingfuß und schwarz lackiertem Schirm sorgte für das nötige Licht. Hier konnte Ludwig seine Verwaltungsaufgaben erledigen. Zu seinen Pflichten gehörte nämlich auch, die Zahlung der Heuer zu veranlassen, Schichtpläne zu schreiben und per Funkschreiber dafür zu sorgen, dass die *Regina Danubia* in den Zielhäfen genug Kohle bunkern konnte.

Dazu kam der Dienst auf der Brücke, in aller Regel

acht Stunden pro Tag. Da blieb kaum Freizeit. Wenn er mal eine Stunde für sich hatte, dann vertiefte er sich in ein Buch. Zurzeit las er *Moby Dick.* Es ging um einen Kapitän mit Namen Ahab, der einem weißen Wal hinterherjagte, der ihm bei einer früheren Jagd das rechte Bein abgebissen hatte. Ludwig hatte mit sich selbst eine Wette abgeschlossen, dass Ahab den Wal nicht erlegen würde. Ahab war zu besessen. Er würde Fehler begehen. Und Ludwig wusste, was geschah, wenn man vor Ehrgeiz und Hochmut die Realität aus den Augen verlor.

Er räumte seine Sachen in den Schrank, prüfte, ob seine Uniform korrekt saß, und machte sich auf den Weg zur Brücke. Seit er zur See fuhr, war dieser Moment von Vorfreude geprägt, von einem Gefühl der angenehmen Spannung, so als würde er eine Bühne betreten und das Publikum wartete darauf, dass er sein Bestes gab.

»Käpt'n auf der Brücke!«, rief Max Lohfink, der zweite Kapitän, ein Mann von Mitte dreißig.

Alle standen einen Moment stramm, widmeten sich dann aber sofort wieder ihren Aufgaben. Schließlich waren sie hier nicht bei der Marine. Dort mussten die Untergebenen warten, bis der Kapitän den Befehl zum Rühren gab. Wie oft hatte er dieses Wort ausgesprochen! Und dann hatte er eines Tages einen Befehl gegeben, der das Leben Hunderter gekostet und sein eigenes fast vollständig zerstört hatte.

»Haben wir einen leitenden Maschinisten?«, fragte Ludwig.

Lohfink sah ihn verwundert an. »Aber ja, Käpt'n.«

Ludwig holte tief Luft. Anton Sailer war wirklich ein

Teufelskerl. Er hatte über Nacht einen Maschinisten besorgt, wie versprochen, jetzt musste Ludwig sein Wort halten.

* * *

Alfred Lerch rückte den Knoten seiner Krawatte zurecht und kontrollierte sein Aussehen vor dem kleinen Spiegel in seiner Kabine. Alles sah tadellos aus, nur ein kleiner Kratzer unter dem Kinn, wo er sich heute Morgen beim Rasieren geschnitten hatte, trübte das Bild. Er hoffte, dass der winzige Makel niemandem auffallen würde.

Ein letztes Mal zupfte er die Ärmel des Jacketts zurecht, dann nahm er die Liste vom Schreibtisch und ließ sie in die Tasche gleiten. Das Blatt Papier war sein wichtigstes Arbeitsutensil. Darauf waren die Namen der Gäste notiert, mit allen wichtigen Angaben wie der Kabinennummer, etwaigen Reisebegleitern, dem Ziel ihrer Reise und Sonderwünschen, die bereits bei der Buchung vorgetragen worden waren. Dahinter war Platz für Notizen.

Dort schrieb Alfred auf, was ihm an seinen Gästen auffiel, wonach sie fragten und worum sie baten, damit er ihre Wünsche nach Möglichkeit bereits kannte, bevor sie dazu kamen, sie in Worte zu fassen. Auf diese Weise war es ihm möglich, den bestmöglichen Service zu bieten. Er wollte, dass jeder Gast am Ende der Reise mit dem Gefühl von Bord der *Regina Danubia* ging, nie besser umsorgt worden zu sein.

Alfred verließ die Kabine und eilte zur Personalmesse auf dem Mitteldeck. Dort hatten sich wie vor jeder Abreise alle Mitarbeiter des Hotelbereichs eingefunden. Ordentlich aufgereiht standen sie da, der Restaurantchef, der Koch und die Hilfsköche, die Küchenjungen, die Kellner, die Hausdame, die Zimmermädchen, die Zimmerburschen und die Wäscherinnen.

Einen Moment lang ließ Lerch seinen Blick über die Gesichter wandern, sah jedem kurz in die Augen. Bei dem neuen Mädchen, das er gestern erst eingestellt hatte, verharrte sein Blick ein wenig länger. Sie sah nervös aus, hatte leicht gerötete Wangen, doch sie wirkte entschlossen. Er war sicher, dass er eine gute Entscheidung getroffen hatte.

Er räusperte sich und hob zu sprechen an. »Wie Sie wissen, geht es wieder auf Fahrt«, begann er. »In den nächsten vier Wochen, in denen wir bis ans Schwarze Meer und zurück fahren, werden wir Tag und Nacht eng zusammen leben und arbeiten. Ich erwarte, dass auch diesmal alles reibungslos läuft. Das geht nur, wenn wir an einem Strang ziehen. Wir sind eine große Familie, und die *Regina Danubia* ist unser Zuhause.« Er machte eine bedeutungsvolle Pause. Dieser Aspekt war ihm besonders wichtig. Das Schiff war in der Tat sein Zuhause und seine Familie, eine andere besaß er nicht. »Wir haben alle das gleiche Ziel«, fuhr er fort, »nämlich unseren Gästen die schönste und komfortabelste Reise ihres Lebens zu bereiten, und deshalb unterstützen wir uns gegenseitig, wo immer es nottut.« Er blickte nacheinander in einige Gesichter. Er wusste genau, welche seiner Mitarbeiter fleißig und hilfsbereit waren und welche sich eher schwer damit taten, anderen zu helfen. Und er wusste auch, dass den Drückebergern klar war, wen er mit seinen Worten meinte, denn sie senkten beschämt den Blick.

»Gleich strömen die ersten Gäste an Bord«, schloss er seine Ansprache. »Dann muss jeder an seinem Platz sein und das Beste geben, verstanden?«

»Jawohl, Herr Lerch«, ertönte es wie aus einem Mund.

Er warf einen Blick auf die Uhr. Fünf vor neun.

»Dann lasst uns loslegen. Die Zimmerburschen kommen mit mir an die Rezeption, alle anderen gehen an ihre Arbeitsplätze.«

Alfred tauschte einen Blick mit Olga Marscholek. An der Falte auf ihrer Stirn erkannte er, dass sie noch immer verärgert war. Er hatte sich in ihre Angelegenheiten eingemischt, als er das Fräulein Engel eingestellt hatte, denn die Auswahl der Zimmermädchen fiel in ihr Ressort. Aber sie war nicht da gewesen, und die Zeit hatte gedrängt. Zudem war er der Hotelchef und somit auch ihr Vorgesetzter. Dennoch würde er sich bemühen müssen, die Wogen zu glätten. Er wollte nicht, dass die gesamte Reise über dicke Luft zwischen ihnen herrschte. Das würde sich auch auf die Stimmung des Personals auswirken. Vielleicht konnte er sie am Abend auf ein Gläschen Likör in seine Kabine einladen. Er wusste, dass sie geistigen Getränken gegenüber nicht abgeneigt war.

Alfred hatte sich gerade hinter der Rezeptionstheke positioniert, als der Kapitän die Order gab, mit der Einschiffung der Passagiere zu beginnen. Zehn Minuten später herrschte reges Treiben an Bord. Die Gäste wurden in ihre Kabinen geführt, die Burschen mühten sich mit dem Gepäck ab, und die Kellner servierten Begrüßungscocktails an der Bar auf dem Oberdeck.

Alfred kümmerte sich persönlich um die Gäste der beiden Suiten im Heck des Schiffs. Die Franz-Joseph-Suite war von einem sehr speziellen Gast gebucht worden, auf den Alfred ein besonderes Augenmerk haben würde, während die Sisi-Suite für ein junges Hochzeitspaar reserviert war. Alfred hatte dafür gesorgt, dass ein Strauß Blumen und gekühlter Champagner für die frisch Vermählten bereitstanden.

Zwei Stunden später waren alle an Bord, und die *Regina Danubia* war bereit zum Ablegen. Zweiundfünfzig Gäste hatten sich eingeschifft, genauso viele, wie es Bedienstete an Bord gab, die für ihr Wohlergehen sorgen würden. Damit war die *Regina Danubia* gut belegt, aber nicht ausgebucht. Maximal achtundsechzig Gäste hatten Platz an Bord. Zwei Doppelkabinen der ersten Klasse und einige weitere in der zweiten Klasse waren leer geblieben. Einige davon würden sich jedoch noch füllen, da ein halbes Dutzend weitere Passagiere in Wien zustiegen.

Alfred war zufrieden, alles lief wie am Schnürchen. Er steckte seine Liste ein und übergab den Dienst an der Rezeptionstheke dem Concierge, bei dem die Passagiere Ausflüge buchen, Briefe aufgeben und Wünsche bezüglich ihrer Kabinen wie etwa zusätzliche Kissen anmelden konnten.

Auf dem Weg in den Personaltrakt dachte er über einen Gast nach, der eine Kabine in der ersten Klasse gebucht hatte. Irgendetwas an ihm war Alfred merkwürdig vorgekommen. Im Laufe der vielen Jahre hatte Alfred ein

Gefühl für seine Passagiere entwickelt. Er spürte, wenn es etwas gab, das sie zu verbergen versuchten, egal, ob es eine heimliche Liebschaft war oder eine nicht ganz saubere Vergangenheit. Edmund Valerian verbarg etwas, da war Alfred sicher. Er würde ihn im Auge behalten, nur für alle Fälle.

* * *

»Klar zum Auslaufen?«, fragte Ludwig.

»Klar zum Auslaufen, Käpt'n«, erwiderte Max Lohfink.

Das hieß, dass der Maschinist im Bauch des Schiffs darauf wartete, den Dampf durch die Rohre in die Zylinder zu jagen, der schließlich tausend Pferdestärken auf die Schaufelräder bringen würde.

Die Passagiere waren inzwischen alle an Bord. Zum Glück war es auf der *Regina Danubia* üblich, dass der Hotelchef die Gäste in Empfang nahm und nicht etwa der Kapitän selbst. Sosehr Ludwig seine Arbeit an Bord liebte, so sehr hasste er die gesellschaftlichen Verpflichtungen, die damit einhergingen. Einige Begegnungen ließen sich natürlich nicht vermeiden. Bei Konzerten, Bällen oder beim Kapitänsdinner musste er sich blicken lassen. Doch davon abgesehen hielt er sich von den Passagieren fern. Unter seinen Männern fühlte Ludwig sich wohl, aber zwischen all den vornehmen Damen und Herren war ihm immer unbehaglich zumute.

»Leinen los?«, fragte Ludwig weiter.

»Leinen sind los!«

»Brücken eingefahren?«

»Brücken sind eingefahren.«

Der zweite Kapitän trat zur Seite. »Bitte, Herr Kapitän.«

Ludwig nickte Lohfink zu. »Danke.« Er ergriff den Telegrafen, stellte ihn auf »Volle Fahrt voraus« und beugte sich zum Sprachrohr vor, das direkt in den Maschinenraum führte. »Beide Kessel volle Kraft voraus.«

Um zu verstehen, was der Maschinist antwortete, musste er sein Ohr fest auf das Rohr drücken.

»Maschinen klar für volle Fahrt«, tönte es aus dem Maschinenraum. »Gehe auf volle Kraft.«

Ludwig stutzte. Er kannte diese Stimme. Aber das musste ein Irrtum sein.

Er wandte sich an Lohfink. »Sie haben die Brücke.«

Während die Maschine zu stampfen anfing und die *Regina Danubia* sich langsam von der Kaimauer wegschob, verließ Ludwig die Brücke und eilte hinunter in den Maschinenraum. Er musste Gewissheit haben, jetzt sofort.

»Käpt'n im Maschinenraum«, rief Friedrich Krömer, einer der Heizer, als er ihn erblickte.

Ludwig hob seine Stimme, um den Maschinenlärm zu übertönen. »Schon gut, Krömer, machen Sie weiter.«

Krömer packte seine Schaufel und verschwand in den Kesselraum. Der Maschinist hatte beide Hände am Hauptdampfrad, mit dem die Leistung der Maschine bestimmt wurde. Langsam drehte er sich zu Ludwig um, ohne die Messinstrumente aus den Augen zu lassen.

Georg Opitz. Also doch. Ludwig hatte sich nicht getäuscht. Ihre Blicke trafen sich, und Ludwig erkannte, dass Opitz sich ebenso erinnerte wie er. Wie hätte es auch anders sein können. Sie wären beinahe zusammen gestorben, damals auf der *SMS Süderstedt*. Ludwig war der Kapitän gewesen, der das Schiff ins Verderben geführt hatte. Damals war Opitz ein blutjunger Bursche gewesen, noch in der Lehre. Ein heller Kopf, kein Wunder, dass er inzwischen leitender Maschinist war.

Opitz deutete einen militärischen Gruß an. »Käpt'n.«

Ludwig konnte nichts Feindseliges an Opitz' Haltung erkennen. Aber das hatte nichts zu bedeuten. Ganz sicher verachtete der Mann ihn für seinen fatalen Fehler. Nicht so sehr jedoch, wie Ludwig sich selbst verachtete. Zwar hatte das Militärgericht ihn freigesprochen, und er galt vor dem Gesetz als unschuldig. Vor seinem eigenen Gewissen aber nicht.

»Willkommen an Bord, Herr Opitz.«

Opitz nickte kaum merklich. »Danke, Käpt'n.«

Ludwig wartete einen Moment, aber Opitz sagte nichts weiter.

»Haben Sie die Maschine inspiziert?«, fragte er.

»Ja, Käpt'n. Die Heißdampfrohre müssen bald gewechselt werden. Und die Kessel sind ein wenig rostig, aber sie werden noch eine gute Strecke halten. Die Pleuel sind in bestem Zustand, das neue Ventil funktioniert einwandfrei, die Schieber laufen ohne Widerstand.«

»Sehr gut, Herr Opitz.«

Der Maschinist schien sich zu entspannen. »Die *Regina Danubia* ist eine echte Lady, Käpt'n. Man muss sie anständig behandeln, damit sie bei Laune bleibt.«

Ludwig reichte ihm wortlos die Hand. »Auf gute Zusammenarbeit, Opitz.«

Opitz drückte fest zu. »Ich bin stolz, wieder unter Ihrem Kommando fahren zu dürfen.«

Ludwig schluckte hart. Stolz? Auf sein Konto ging der Verlust eines Schiffs mit mehr als dreihundert Mann Besatzung. Was gab es da für einen Grund, stolz zu sein? War das Ironie?

Er löste seine Hand. »Wenn wir zurück in Passau sind, lassen wir die Maschine gründlich warten. Sorgen Sie dafür, dass es bis dahin keine Zwischenfälle gibt.«

»Zu Befehl, Käpt'n.« Opitz wandte sich wieder den Messinstrumenten zu.

Als Ludwig den Maschinenraum verließ, fühlte er sich um zehn Jahre gealtert. Er hatte geglaubt, das Schlimmste wäre überstanden und er hätte gelernt, mit der Schuld zu leben, doch die Begegnung mit dem Maschinisten führte ihm vor Augen, dass es nie vorbei sein würde.

* * *

»Sag mal, Vincent, was machst du da?«

Vincent hob die Gabel wieder hoch, die er gerade neben den Teller gelegt hatte. Er war dabei, mit seinem neuen Kollegen Julius Zacher, der zugleich auch sein Kabinengenosse war, die Tische für das erste Mittagessen an Bord zu decken, das um ein Uhr serviert werden sollte. Bis dahin wären sie bereits in Österreich, etwa auf der Höhe der Schlögener Schlinge, wo die Donau eine Kehre um hundertachtzig Grad beschrieb.

Vincent war nervös, nicht nur weil er noch nie einen Tisch gedeckt hatte, sondern auch wegen des Grenzübertritts. Er hatte zwar einen Pass dabei, aber in dem stand Vincent Sailer, nicht Vincent Jordan, wie er sich an Bord nannte. Angeblich wurden die Pässe des Schiffspersonals nie näher in Augenschein genommen, und selbst die der Passagiere, die alle beim Concierge aufbewahrt wurden, blätterten die Grenzbeamten nur flüchtig durch. Dennoch wäre es ärgerlich, wenn schon an der ersten Landesgrenze seine Tarnung auffliegen würde.

»Was ist denn?«, fragte er.

»Die Gabel gehört auf die andere Seite, man könnte meinen, du machst das zum ersten Mal.«

Julius war ein freundlicher, wenn auch etwas verschlossener junger Mann mit blassem Gesicht, dessen kränkliche Farbe durch die dunklen Haare noch betont wurde. Vincent hatte versucht, mehr über ihn in Erfahrung zu bringen, doch Julius beantwortete seine Fragen nur einsilbig.

»Wie dumm von mir.« Vincent schüttelte ärgerlich den Kopf. Als wüsste er nicht, wo die Gabel hingehörte. Aber bisher hatte er sich immer bloß an den gedeckten Tisch gesetzt und automatisch nach dem Essbesteck gegriffen, ohne weiter darüber nachzudenken, wie Messer, Gabel und Löffel für die verschiedenen Gänge ausgelegt waren.

Er beschloss, seinem Kollegen reinen Wein einzuschenken, teilweise zumindest. »Erwischt«, sagte er und setzte eine verlegene Miene auf.

»Willst du damit sagen, dass du gar kein …?« Julius starrte ihn ungläubig an.

»Ich habe noch nie als Kellner gearbeitet«, gestand Vincent. »Aber verrat es bitte niemandem, sonst fliege ich höchstwahrscheinlich sofort raus.«

Julius verzog argwöhnisch das Gesicht. »Wie bist du denn an die Stelle gekommen, und das auch noch so plötzlich über Nacht?«

»Beziehungen.« Vincent senkte den Blick. Es fiel ihm nicht leicht zu lügen, also versuchte er, so nah wie möglich an der Wahrheit zu bleiben. »Ich brauche diese Arbeit dringend, das Wohl meiner Familie hängt davon ab.«

Julius nickte. »Da hast du aber Glück, dass es geklappt hat.«

Vincent lächelte. »Und dass meine Kollegen so nett sind.«

Julius' blasses Gesicht errötete. »Dann zeige ich dir am besten mal, wie es geht. Wir müssen nur aufpassen, dass der Negele nichts mitbekommt.« Er warf einen Blick über die Schulter, um sich zu vergewissern, dass der Restaurantchef nicht in Hörweite war. »Wenn der erfährt, dass du das noch nie gemacht hast, darfst du für den Rest der Reise nicht in die Nähe der Gäste kommen, sondern musst Töpfe schrubben, bis deine Finger wund sind. Das wäre wirklich übel, zumal es in der Küche auch keine Trinkgelder gibt.«

»Gibt es denn gutes Trinkgeld von den Gästen?«, hakte Vincent sofort nach. Jedes Thema, bei dem es um Geld ging, brachte ihn seinem Ziel näher, möglichst viel über die Vermögensverhältnisse seiner Kollegen in Erfahrung zu bringen.

»Mal so, mal so«, erwiderte Julius vage. »Hängt ein bisschen davon ab, an welchen Tischen man bedient. Es gibt großzügige und knauserige Gäste, wie überall. Und die in der ersten Klasse geben nicht unbedingt das meiste. Dabei sollte man meinen, dass sie wirklich genug haben.«

»Tatsächlich?« Vincent tat erstaunt, obwohl ihn das überhaupt nicht verwunderte.

»Kannst du mir glauben.« Julius beugte sich vor, als wollte er Vincent ein Geheimnis verraten. »Die besten Chancen hat man, wenn man für den Zimmerservice eingeteilt ist. Wenn sie etwas in die Kabine gebracht bekommen, sind die Leute oft besonders großzügig.«

»Gut zu wissen.« Vincent grinste verschwörerisch.

Ein Poltern ertönte. Kurz darauf war das leise Quietschen des Speisenaufzugs zu vernehmen, der sich in einem kleinen Vorraum hinter der Theke befand.

»Lass uns lieber weitermachen«, flüsterte Julius und schwenkte eine Gabel. »Sieh her, es ist ganz einfach.«

* * *

Alma hastete den Gang entlang, einen Stapel Laken im Arm. Es war noch nicht einmal Mittag, und ihr taten bereits die Füße weh vom vielen Laufen. Sie war dazu eingeteilt, die Wäsche, die aus der Wäscherei aufs Mitteldeck geschickt wurde, auf die Schränke in der Wäschekammer zu verteilen, wo sie morgens beim Reinigen der Kabinen entnommen werden konnte. Die *Regina Danubia* schien über endlose Vorräte an Weißwäsche zu verfügen, die über endlose Korridore und Treppen an Ort und

Stelle gebracht werden musste. Da die Gäste möglichst wenig von ihrer Arbeit mitbekommen sollten, musste Alma zudem die Passagierbereiche meiden und Umwege durch den Schiffsbauch in Kauf nehmen.

Almas Kabinengenossin hatte sich als wortkarg und unnahbar erwiesen. Obwohl Alma sich bemühte, freundlich zu sein, verhielt Emmi Kühn sich äußerst reserviert. Sie war einige Jahre älter als Alma, eine zarte Schönheit mit leuchtend roten Haaren, von denen unter der Haube jedoch nicht viel zu sehen war. Vielleicht war es Emmi lästig, die neue Kollegin einweisen zu müssen, vielleicht hätte sie lieber mit jemand anderem die Kabine geteilt. Alma ließ sich davon jedenfalls nicht verdrießen und bemühte sich, ihre Arbeit zügig und gewissenhaft zu erledigen.

Als sie um eine Ecke bog, wäre sie beinahe mit einem jungen Mann zusammengestoßen, der ein Tablett balancierte. Erschrocken sprang er zurück, das Tablett geriet ins Wanken, eine der beiden Kaffeetassen darauf kippte um.

»Mist!«, stieß er zwischen den Zähnen hervor.

»Tut mir leid«, entschuldigte sich Alma und zog rasch die Laken weg, damit sie keinesfalls etwas von dem Kaffee abbekamen. »Ich habe Sie nicht gesehen.«

»Aber das ist doch nicht Ihre Schuld.« Er lächelte sie zerknirscht an. »Ich war so damit beschäftigt, das Tablett gerade zu halten, dass ich nicht auf den Weg geachtet habe. Ich fürchte, ich bin nicht nur ein Trottel, sondern habe mich auch noch verlaufen.«

Alma betrachtete ihn. Er war etwa in ihrem Alter,

hatte kastanienbraunes Haar und Augen von der gleichen Farbe. Er war glatt rasiert, trug das Haar im Nacken akkurat kurz geschnitten, und das Jackett saß tadellos. Die Hose seiner Unform reichte allerdings nur bis zu den Knöcheln. Offenbar hatte sie zuvor jemandem gehört, der deutlich kleiner war als er.

»Wohin möchten Sie denn?«, fragte sie ihn.

»Kabine einundvierzig, in der zweiten Klasse.«

»Die Kabinen der zweiten Klasse liegen weiter hinten im Heck, hier im Bug sind nur die Wirtschaftsräume und die Kabinen des Personals.«

»Wie dumm von mir.« Er verzog das Gesicht. »Und unhöflich bin ich obendrein. Ich heiße Vincent Jordan. Leider kann ich Ihnen nicht die Hand geben.« Er blickte auf das Tablett hinunter.

»Alma Engel.«

»Freut mich, Alma. Ich darf doch Alma sagen?«

»Natürlich.«

»Heute ist mein erster Tag an Bord«, fuhr er fort. »Und wohl auch mein letzter, wenn ich mich weiterhin so dumm anstelle.«

»Du schaffst das schon.« Alma lächelte. »Es ist übrigens auch mein erster Tag.«

»Ach wirklich? Du scheinst dich aber viel geschickter anzustellen als ich, Alma.«

»Das sieht nur so aus. Ich bin heilfroh, dass ich keine Tabletts voller Kaffeetassen durch die Korridore balancieren muss. Schon auf festem Boden hatte ich damit Schwierigkeiten.«

»Es ist viel komplizierter, als ich es mir vorgestellt

habe«, gab Vincent zu. »Dabei sind wir bloß auf einem Fluss und nicht auf hoher See.«

»Eine Freundin von mir kellnert in einer Gaststätte«, fiel Alma ein. »Sie sagt, es funktioniert besser, wenn man sein Ziel ins Visier nimmt. Das Schlimmste sei, auf das Tablett hinabzuschauen, dann kommt man aus dem Tritt.«

»Also immer die Augen geradeaus, das werde ich mir merken. Jetzt muss ich mich aber sputen, schließlich muss ich erst zurück in die Küche, neuen Kaffee holen.« Seine dunklen Augen zwinkerten verschmitzt. »Halt die Ohren steif, Alma. Und verpetz mich bitte nicht. Wir Neulinge müssen schließlich zusammenhalten.«

***

Claire ließ sich von dem Kellner, einem blassen jungen Mann, an ihren Tisch führen. Den Vormittag hatte sie in der Kabine verbracht und ein Versteck für die Mappe gesucht. Dreimal hatte sie sich umentschieden, jetzt lag das brisante Dokument in der Kommode zwischen ihrer Wäsche. Kein guter Ort, aber der beste, der ihr auf die Schnelle eingefallen war. Vielleicht hatte sie später eine bessere Idee, doch im Augenblick war sie viel zu nervös, um darüber nachzudenken.

Beim Einschiffen hatte sie den Hotelchef gefragt, ob es einen Tresor an Bord gebe. Dort wäre die Mappe sicher untergebracht, bis Claire sie in Belgrad übergeben musste. Doch der Hotelchef, ein äußerst zuvorkommender Mann, hatte ihr mitgeteilt, dass der Tresor seit

Wochen defekt sei und man auf ein dringend benötigtes Ersatzteil warte.

Eigentlich hatte sie sich auf die Reise gefreut. Eine Fahrt auf der Donau auf Kosten ihres Chefs und als einzige Verpflichtung die Übergabe eines Papiers an den richtigen Empfänger, das hatte sie sich äußerst angenehm vorgestellt.

Erst gestern Abend, als sie begriffen hatte, wie wichtig und zugleich heikel ihr Auftrag war, hatte sie angefangen, sich Sorgen zu machen. In der Nacht hatte sie kaum geschlafen, weil sie darüber gegrübelt hatte, wie sie sich möglichst unauffällig verhalten, wie sie einen potenziellen Widersacher erkennen und ihm entkommen sollte. Nachdem sie endlich eingeschlafen war, träumte sie wirr von einem Mann ohne Gesicht in der Uniform eines Zimmerkellners, der sie in ihrer Kabine überwältigte und die Mappe stahl. Dann kam die Polizei und verhaftete sie, und Außenminister Stresemann höchstpersönlich verurteilte sie wegen Landesverrats zum Tode. Als der Henker die Schlinge um ihren Hals legte, war sie schweißgebadet aufgewacht.

Immerhin war ihre Kabine sehr geräumig und luxuriös ausgestattet. Allerdings hatte sie ausgerechnet die Nummer dreizehn. Nicht dass Claire besonders abergläubisch gewesen wäre, aber sie verspürte dennoch eine leise Unruhe und hoffte, dass die Zahl kein schlechtes Omen war.

Theodor Keller hatte ihr geraten, sich möglichst ungezwungen zu verhalten und an allen Vergnügungen an Bord teilzunehmen, um nicht aufzufallen. Also hatte

Claire sich bei der Einschiffung für alle möglichen Ausflüge eingetragen. Der erste würde sie heute Abend nach Linz führen, wo ein Stadtspaziergang unter Leitung des Reiseführers geplant war.

An dem Tisch direkt am Fenster saßen bereits zwei Personen, eine blonde junge Frau in einem eleganten Kleid und ein etwa gleichaltriger Mann mit Schnurrbart und verträumten blauen Augen.

Der Kellner rückte ihr den Stuhl zurecht, Claire nahm Platz und nickte ihren beiden Tischnachbarn zu.

»Weibliche Verstärkung, wie nett«, sagte die Frau mit schwerem russischem Akzent. »Jekaterina Daschkowskajewa.« Sie hielt Claire die Hand hin. »Angenehm, Ihre Bekanntschaft zu machen.«

»Gräfin Jekaterina Daschkowskajewa«, verbesserte der junge Mann. »Nur keine falsche Bescheidenheit.«

»Die Titel sind abgeschafft«, wandte Daschkowskajewa ein und verzog theatralisch das Gesicht. »In Deutschland ebenso wie in meiner Heimat. Ich bin bloß noch eine gewöhnliche bürgerliche Frau.«

»An Ihnen ist nichts gewöhnlich, Gräfin«, widersprach der junge Mann. Er wandte sich Claire zu. »Hans Harbach, aus Dortmund.«

»Claire Ravensberg«, stellte Claire sich vor. »Sie beide reisen zusammen?«

Harbach und die Gräfin tauschten einen Blick.

»Aber nicht doch«, korrigierte der junge Mann. »Wir haben uns eben beim Begrüßungscocktail kennengelernt und zu unserer Freude festgestellt, dass wir am selben Tisch platziert wurden. Ich bin nur ein bescheidener

Fabrikantensohn und verkehre nicht in denselben Kreisen wie die verehrte Frau Gräfin.«

Daschkowskajewa seufzte. »Meine Kreise gibt es nicht mehr. Ich habe nicht nur meinen geliebten Gemahl, sondern auch meine Heimat verloren durch diese verfluchte Revolution.« Sie schlug die Hand vor den Mund. »Verzeihen Sie meine Ausdrucksweise, Fräulein Ravensberg. Manchmal lässt der Schmerz über den Verlust mich meine gute Erziehung vergessen.«

»Aber das verstehen wir doch, Verehrteste.« Harbach sah sie mit großen Augen an. »Ihr Leid muss unermesslich sein.«

Claire verdrehte innerlich die Augen. Sie wusste, dass die russische Bevölkerung im Bürgerkrieg schrecklich gelitten hatte, dass es Terror und Mord sowohl vonseiten der Roten Armee als auch seitens der Weißgardisten gegeben hatte. Aber Jekaterina Daschkowskajewa klang, als entstammte sie einem Groschenroman.

»Was für ein Glück, dass Sie mit dem Leben davongekommen sind«, sagte sie dennoch höflich.

»Leider konnte ich nur einen Teil meines Vermögens retten«, seufzte die Gräfin. »Aber es genügt für ein bescheidenes Leben im Exil.«

Claire blieb eine Vertiefung des Themas erspart, denn in dem Augenblick führte der Kellner eine weitere Person an ihren Tisch, einen etwa fünfzigjährigen Mann mit silbergrauen Schläfen. Er stellte sich als Edmund Valerian aus Pirmasens vor und setzte sich gegenüber von Claire.

Die erste Vorspeise wurde aufgetragen, Lachsröllchen mit Kaviar. Hans Harbach langte kräftig zu, und auch die

Gräfin zeigte einen gesunden Appetit. Edmund Valerian hielt sich vornehm zurück, Claire selbst stocherte lustlos auf ihrem Teller herum. Sie war zu nervös, um Hunger zu haben.

Als die Teller abgetragen waren, beugte Gräfin Daschkowskajewa sich vor. »Und was machen Sie so ganz allein an Bord der *Regina Danubia*, Fräulein Ravensberg?«

»Ich reise nach Belgrad«, antwortete sie und bemerkte, wie ihr Gegenüber aufhorchte. »Ich besuche eine Cousine, die dort lebt.«

»Wie überaus interessant.« Die Gräfin sah Harbach an. »Finden Sie nicht auch?«

»In der Tat«, bestätigte der Fabrikantensohn. »Meine gesamte Familie lebt im Ruhrgebiet. Niemand wohnt an einem so exotischen Ort wie der Hauptstadt Serbiens.«

Auch Claire war mit niemandem verwandt, der im Königreich der Serben, Kroaten und Slowenen, wie das Land seit Kriegsende offiziell hieß, lebte, und sie hoffte inständig, dass die junge Witwe sie nicht weiter mit Fragen bedrängen würde. Denn sonst müsste sie rasch passen. Claire hatte sich keine Details zu ihrer Legende überlegt, was sich hoffentlich nicht als Fehler erweisen würde. Sie nahm sich vor, nach dem Essen in ihrer Kabine an ihrer Geschichte zu feilen. Keinesfalls wollte sie dadurch auffallen, dass sie bei einer dummen Lüge erwischt wurde.

Die Gräfin schien ihr Interesse zum Glück bereits verloren zu haben, abgelenkt durch ein anderes Dampfschiff, dass gerade an ihnen vorüberfuhr.

»Schauen Sie nur, Herr Harbach, die Liegestühle an

Deck, sehen die nicht gemütlich aus? Gibt es solche auch auf der *Regina Danubia*?«

»Davon bin ich überzeugt, Gräfin. Wenn Sie wollen, gehen wir nach dem Essen zusammen hinauf aufs Promenadendeck und sehen nach. Wir könnten unseren Kaffee dort einnehmen.«

Sie strahlte ihn an. »Eine wunderbare Idee, mein Lieber.«

Während der folgenden Gänge rauschte die pausenlose Plauderei der beiden an Claire vorbei. Sie schnappte nur hin und wieder ein paar Fetzen auf und nickte, wenn die Höflichkeit es erforderte. Edmund Valerian tat es ihr gleich.

Als der Nachtisch verspeist und die Tafel aufgehoben war, verabschiedete Claire sich erleichtert und kehrte zu ihrer Kabine zurück. Kurz bevor sie die Tür schloss, sah sie, dass ihr Tischgenosse zugleich ihr Kabinennachbar war, und mit einem unangenehmen Gefühl erinnerte sie sich an sein Aufhorchen bei der Erwähnung Belgrads.

Hastig schloss sie ab und versicherte sich, dass die Dokumentenmappe noch in der Kommode lag. Sie musste dringend ein besseres Versteck finden. Doch wo?

* * *

Alma schlug das Herz bis zum Hals, als sie vorsichtig die Tür aufstieß und nach draußen trat. Laue Nachtluft schlug ihr entgegen, es duftete nach frisch gemähtem Gras und kühlem Wasser. Ein dumpfes Stampfen war zu hören, das aus dem Bauch der *Regina Danubia* drang, zudem das Wuschen der Schaufelräder und ein leises Plätschern.

Die *Regina Danubia* glitt sanft über die Donau, rechts und links waren schemenhaft bewaldete Hügel im Mondlicht zu erkennen, gesprenkelt mit vereinzelten Häusern und Dörfern, in denen hier und da ein Licht schimmerte. An Bord war es dunkel, nur die Positionslichter brannten.

So leise wie möglich schloss Alma die schwere Tür des Promenadendecks und schlich an die Reling. Den ganzen Tag hatte sie unter Deck verbracht, seit morgens um sechs hatte sie den Himmel nicht mehr gesehen, so lange nicht wie noch nie in ihrem Leben. Vorhin hatte sie eine Panikwelle überrollt bei dem Gedanken, in ihre Koje zu kriechen, ohne wenigstens noch einmal einen Blick nach draußen geworfen zu haben. Sie hatte sich mit einem Buch in der Messe niedergelassen, in der Hoffnung, dadurch zur Ruhe zu kommen. Ein paar Zimmerburschen saßen an einem der Tische und tranken Bier. Sie forderten Alma auf, sich zu ihnen zu gesellen, doch danach stand ihr nicht der Sinn. Irgendwann zogen sich die Männer in ihre Kabinen zurück. Alma hätte es ihnen nachtun sollen, sie war zum Umfallen müde, doch gleichzeitig war sie noch viel zu aufgekratzt. Zudem fühlte sie sich eingesperrt. Sie sehnte sich nach einem Blick in den Himmel, nach dem Gefühl von frischer Luft auf der Haut.

Also beschloss sie, trotz des strengen Verbots an Deck zu schleichen, nur für einen winzigen Augenblick. Schließlich war es kurz vor Mitternacht, und um diese Zeit hielten sich keine Gäste mehr draußen auf.

Sie hatte ihre Strickjacke aus der Kabine geholt, wo

Emmi tief und fest in der unteren Koje schlief, und war über die hintere Treppe erst aufs Oberdeck und dann aufs Promenadendeck gestiegen. Alle paar Schritte hatte sie innegehalten und gehorcht. Doch zum Glück hatte sie außer dem Ächzen des Schiffs und dem Stampfen der Maschinen nichts vernommen.

Alma griff nach dem Geländer und legte den Kopf in den Nacken. Abertausende Sterne funkelten am Himmel, einige blass, einige leuchtend hell. Wie es wohl wäre, ein solcher Stern zu sein und frei durch Raum und Zeit zu fliegen? Alma seufzte und richtete den Blick aufs Ufer. Gerade glitt eine Ortschaft vorbei. Alle Häuser waren dunkel, die Menschen, die darin lebten, waren längst zu Bett gegangen. Das sollte sie ebenfalls tun. Schließlich hatte sie ja jetzt den Himmel gesehen. Sie sollte machen, dass sie in ihre Kabine kam, bevor sie erwischt wurde, und sich in ihre Koje legen. Arme und Beine taten ihr weh, sie brauchte Ruhe, damit sie für den morgigen Tag gerüstet war.

Irgendwo im Schiffsbauch war ein lautes Ächzen zu hören, und Alma erstarrte. Ängstlich horchte sie, doch nichts weiter geschah. Sie wandte sich von der Reling ab und betrachtete die Liegestühle, deren weiße Bezüge einladend zu leuchten schienen. Einmal in einem solchen Stuhl liegen, wie schön musste das sein! Doch sie würde es nicht riskieren. Nicht auszudenken, wenn sie vor lauter Erschöpfung einschlief!

Statt auf einen der Stühle ließ Alma sich auf dem eisernen Sockel des Krans nieder, mit dem das Rettungsboot zu Wasser gelassen werden konnte. Am Nachmittag hatten sie mit den Passagieren eine Notfallübung gemacht, daher wusste Alma, dass in der großen Kiste, die neben dem Kran stand, Rettungswesten verstaut waren und dass der Kran Davit hieß und nur wenige Flussschiffe über eine solche Einrichtung verfügten. Sie lehnte sich an und streckte die müden Beine aus, ihre Gedanken glitten fort, entführten sie in prächtige Salons mit silbernen Kerzenleuchtern, funkelnden Kristallgläsern und riesigen Fenstern, hinter denen die Landschaft sanft vorüberschwebte.

Ein Poltern riss Alma aus dem Dämmerschlaf. Entsetzt fuhr sie zusammen. Leise Schritte waren zu hören, die langsam näher kamen. Panisch sah Alma sich nach einem Versteck um. Aber da war keines. Die Liegestühle boten nicht genug Deckung, der Kran ebenfalls nicht, und die Kiste mit den Rettungswesten stand zu dicht an der Wand.

»Nanu?«, rief eine Stimme, die Alma vage bekannt vorkam. »Was machst du denn hier?«

Es war der Zimmerkellner Vincent Jordan.

Erleichtert atmete Alma auf. Vincent war selbst verbotenerweise hier oben, also würde er sie nicht verraten. »Ich konnte nicht schlafen«, antwortete sie.

»Ich auch nicht.« Er ließ sich neben ihr auf dem Sockel nieder. »Du erlaubst?«

»Wir sollten nicht hier sein«, erinnerte sie ihn.

»Alle schlafen. Bis auf den ersten Steuermann, hoffe ich.« Vincent nickte zur Brücke hoch.

»Trotzdem.«

Vincent zog eine Bierflasche aus seiner Jacketttasche

und öffnete sie mit einem Ploppen. »Tu mir den Gefallen und trink einen Schluck mit mir, Alma, ich verspreche, dass dir nichts geschehen wird.«

»Wie kannst du da so sicher sein?«

»Vertrau mir.«

Alma zögerte, dann nickte sie. Auf ein paar Minuten mehr oder weniger kam es nun auch nicht mehr an. »Also gut. Aber wirklich nur ein Schluck. Ich bin müde und muss mich hinlegen.«

Vincent hielt ihr die Flasche hin. »Du zuerst.«

Alma griff danach und trank. Sie hatte erst wenige Male in ihrem Leben Bier getrunken, und es war ihr immer ein wenig zu bitter gewesen, doch heute Abend schmeckte es angenehm kühl und würzig.

»Ein traumhafter Abend«, sagte Vincent, nachdem er ebenfalls einen Schluck genommen hatte. »So friedlich und still. Schade, dass wir nicht hier draußen unter den Sternen schlafen können.«

»Das wäre wunderbar«, stimmte Alma ihm zu.

Er reckte sich. »Tun dir auch alle Knochen weh?«

»Jeder einzelne.«

»Was hast du vorher gemacht, wenn ich fragen darf? Oder ist das deine erste Stelle?«

»Ich war Schreibkraft bei einem Rechtsanwalt. Aber das hat mir keinen Spaß gemacht.«

»Und hier gefällt es dir besser?«

»Kann ich noch nicht sagen. Ich wollte einfach nur weg aus Passau.« Sie biss sich auf die Lippe. So viel hatte sie gar nicht von sich preisgeben wollen.

Er sah sie an, hakte jedoch nicht nach.

»Wenn der Krieg nicht gewesen wäre, hätte ich vielleicht studiert«, fuhr sie fort. »Ich habe Abitur gemacht, als Einzige in unserer Familie. Aber mein Vater kam versehrt zurück, ein Lungenschuss, und seine Rente reicht hinten und vorn nicht.« Warum nur hatte sie das Bedürfnis, sich zu rechtfertigen? Und warum redete sie schon wieder viel zu viel?

»Was nicht ist, kann ja noch werden«, sagte Vincent und hielt ihr die Flasche hin.

Sie trank und reichte sie zurück. »Und was ist mit dir?«

Er drehte die Flasche in den Händen. »Ich habe so dies und das gemacht bisher«, antwortete er ausweichend.

»Und was?«

»Hauptsächlich habe ich meinem Vater geholfen. Er hat ein … ein kleines Transportunternehmen.« Vincent betrachtete seine Finger.

Schon am Vormittag war Alma aufgefallen, wie sauber und glatt seine Hände waren. Sie sahen eher wie die eines Studenten oder Buchhalters als wie die eines Arbeiters aus.

»Und wie hat es dich auf die *Regina Danubia* verschlagen?«, fragte sie.

»Persönliche Gründe.«

Alma wartete auf eine nähere Erklärung, doch der Kellner schwieg. Sie musste an Paul denken und fragte sich, ob Vincent Jordan auch vor einer verlorenen Liebe davonlief. Zwei gebrochene Herzen auf der Flucht, die Vorstellung entlockte Alma ein Lächeln. Allerdings war Vincent ein charmanter, aufmerksamer und zudem äußerst gutaussehender junger Mann. Welches Mädchen wäre so dumm, einem wie ihm den Laufpass zu geben, vor allem in Zeiten, wo junge Männer rar waren, ganz besonders solche, die noch alle Gliedmaßen besaßen und die der Krieg nicht vollkommen aus der Bahn geworfen hatte?

»Was geht in deinem hübschen Köpfchen vor?«, fragte er nun schmunzelnd.

»Das Gleiche habe ich mich auch gerade über dich gefragt«, gab sie keck zurück.

Er lachte auf. »Du gefällst mir, Alma Engel.«

Verlegen strich sie ihr Kleid glatt. »Ich gehe jetzt besser hinunter in die Kabine. Frau Marscholek macht mir die Hölle heiß, wenn ich morgen früh verschlafe.«

»Du hast recht. Es ist spät, und morgen wartet ein harter Tag auf uns.« Er stand auf und half ihr hoch. »Es war schön, mit dir zu plaudern, Alma.«

Sie eilten zur Tür und schlichen die Treppen ins Mitteldeck hinunter. Vor der Tür zur Personalmesse trennten sich ihre Wege.

»Schlaf gut«, flüsterte Vincent.

»Du auch.«

Er wandte sich ab und verschwand im Korridor mit den Männerkabinen. Alma lief in die entgegengesetzte Richtung. Sie hatte ihre Kabine schon fast erreicht, da glaubte sie, aus den Augenwinkeln eine Bewegung wahrzunehmen. Doch als sie sich umdrehte, war der Korridor leer. Fünf Minuten später krabbelte sie in ihre Koje und schlief wider Erwarten sofort ein.

KAPITEL 3

Wachau, Freitag, 14. August 1925

»Du musst die Bettdecke so falten, schau her«, sagte Emmi ungeduldig. »Nun mach schon, wir müssen uns beeilen.«

Alma legte die Decke neu zusammen, was gar nicht so einfach war, weil sie dabei auf Emmis Bettkante balancieren musste, und strich sie glatt. Dann sprang sie herunter.

»Das Handtuch ordentlich über die Stange hängen, los«, drängte Emmi.

Seit sie vor einer halben Stunde aufgestanden waren, mahnte Emmi pausenlos zur Eile. Sie ließ Alma die Kabine auskehren, während sie selbst das Waschbecken auswischte und den Spiegel auf etwaige Flecken kontrollierte. Sie zeigte Alma, wie sie ihr Nachthemd zusammenlegen und unter dem Kopfkissen deponieren und die Schuhe neben dem Schrank abstellen musste.

Im selben ruppigen Befehlston hatte sie Alma auch gestern schon herumgescheucht. Immer wenn Alma versucht hatte, ein privates Wort mit ihr zu wechseln oder ihr wenigstens ein Lächeln zu entlocken, war sie an Emmis verschlossener Miene abgeprallt wie an einer Betonwand.

Bei den Mahlzeiten hatte sich Emmi am anderen Ende des Tischs niedergelassen, und während der kurzen Kaffeepause am Nachmittag hatte sie einen Füllfederhalter und Papier aus der Kabine geholt und einen Brief verfasst. Aus irgendeinem Grund wollte sie so wenig wie möglich mit Alma zu tun haben und scheute sich nicht, ihr dies deutlich zu zeigen. Alma hatte versucht sich zu erinnern, ob sie Emmi ganz am Anfang mit irgendetwas vor den Kopf gestoßen haben könnte, doch ihr fiel nichts ein.

Statt mit Emmi hatte Alma ihre freie Zeit mit Grete Teisbach verbracht, dem Zimmermädchen, das Kurt Rieneck und ihr im Korridor begegnet war, als sie sich auf die Stelle beworben hatte. Grete war in jeder Hinsicht das Gegenteil von Emmi. Die lebhafte Frau mit den dunklen Locken plapperte munter drauflos, erzählte von illustren Gästen und ihren manchmal merkwürdigen Wünschen. So hatte wohl einmal eine Dame aus Italien verlangt, dass man ihre Badewanne mit Eselsmilch und Honig fülle. Grete musste die Wanne am nächsten Morgen schrubben und hatte über die Verschwendung von kostbaren Lebensmitteln nur den Kopf schütteln können. Und ein Gast aus dem fernen Osten hatte die gesamte Reise lang auf dem Boden geschlafen, weil ihm das Bett zu weich war.

Grete konnte aber nicht nur lustig erzählen, sie war auch hilfsbereit, und als Alma mit einer Frage bezüglich der Bettwäsche zu ihr kam, weil sie Emmi nicht finden konnte, zeigte Grete ihr geduldig, wie sie es angehen musste.

Draußen war Türenschlagen zu hören. Olga Marscholek hatte auf ihrem Kontrollgang schon die Nachbarkabine erreicht. Obwohl alles sauber und aufgeräumt war, kaute Alma nervös auf ihrer Unterlippe.

Rasch hängte sie das Handtuch auf, warf einen Blick in den Spiegel und schob eine Haarsträhne zurück unter die Haube. Dann stellte sie sich neben Emmi vor das Bett.

Gerade als sich draußen Schritte näherten, bückte Emmi sich noch einmal, um die Ecke ihres Lakens glatt zu streichen. Dabei fiel ein Apfel aus ihrer Schürzentasche und kullerte über den Boden. Ein paar Wimpernschläge lang waren beide Mädchen wie erstarrt. Die Tür wurde aufgestoßen. Bevor sie ganz offen war, erwachte Alma aus ihrer Starre und kickte den Apfel mit Schwung unter den Schrank.

Schon stand Olga Marscholek im Raum. »Guten Morgen.«

»Guten Morgen, Frau Marscholek«, erwiderten Alma und Emmi.

Die Hausdame ließ den Blick durch die Kabine wandern. Dann trat sie ans Bett, schlug die Decken zurück, hob die Kissen an. Als Nächstes war der Schrank an der Reihe. Marscholek öffnete die Türen, schob die Bügel hin und her, tastete die Manteltaschen ab. Doch außer einem gebügelten Taschentuch in Almas Strickjacke fand sie nichts.

Sie drehte sich einmal im Kreis, bis ihr Blick an Almas Uniformkleid hängen blieb. »Sie haben es noch nicht umgenäht«, stellte sie fest.

»Tut mir leid, Frau Marscholek«, entschuldigte sich Alma. »Ich war gestern …«

»Schon gut«, unterbrach die Hausdame sie. »Holen Sie es heute Abend nach.« Sie wandte sich zur Tür.

Alma atmete auf.

Olga Marscholek blieb stehen. Langsam wandte sie sich um und bückte sich.

Alma hielt die Luft an. Sie musste sich zwingen, nicht auf den Spalt zwischen Schrank und Fußboden zu schauen.

Marscholek spähte unter das Bett. »Ich dachte, ich hätte etwas gesehen«, murmelte sie und erhob sich wieder. Sie strich sich das Kleid glatt und sah Alma und Emmi an. »Sie beide übernehmen heute die Kabinen auf der Backbordseite.«

»Jawohl, Frau Marscholek«, sagte Emmi.

Als sich die Tür endlich hinter der Hausdame geschlossen hatte, stieß Alma die Luft aus.

Emmi bückte sich und fischte den Apfel unter dem Schrank hervor.

»Danke«, sagte sie.

»Keine Ursache.«

»Ein guter Rat noch.«

Alma sah sie überrascht an. »Ja?«

»Überleg dir genau, wem du hier an Bord vertraust.«

Alma runzelte die Stirn. Sie dachte an ihr nächtliches Abenteuer, den Schatten, den sie glaubte gesehen zu haben. Aber Emmi hatte in ihrer Koje gelegen, als sie in die Kabine zurückgekehrt war.

»Wie meinst du das?«, fragte sie.

»So wie ich es sage.«

»Hast du eine bestimmte Person im Auge, der ich nicht trauen sollte?«

Emmi zuckte mit den Schultern. »Sei einfach auf der Hut«, sagte sie.

Bevor Alma nachhaken konnte, öffnete Emmi die Tür und trat auf den Korridor. »Komm schon«, sagte sie. »Wenn wir uns beeilen, haben wir bis zur Frühstückspause die Hälfte der Kabinen geschafft.«

***

Vincent strich Butter auf seine Brotscheibe. Im Vergleich zu dem üppig gedeckten Tisch, den er von zu Hause gewöhnt war, fiel das Personalfrühstück auf der *Regina Danubia* eher bescheiden aus. Zwei Scheiben Brot, ein wenig Wurst und Marmelade, dazu eine Tasse Ersatzkaffee, mehr gab es nicht. Und sie waren seit sechs Uhr auf den Beinen.

Er nahm sich vor, mit seinem Vater darüber zu reden. Auf ein paar Brote mehr oder weniger kam es nicht an, vor allem, wenn man an den Überfluss dachte, der ein Stockwerk über ihnen herrschte. In der vergangenen Stunde hatte Vincent Croissants, gebratenen Speck, pochierte Eier und unzählige weitere Köstlichkeiten serviert.

Zunächst musste er jedoch ein anderes Problem lösen. Wenn er den Dieb nicht identifizierte, würde es bald gar kein Frühstück mehr auf der *Regina Danubia* geben, weder für die Gäste noch für das Personal.

Er kaute und schluckte. »Wie lange arbeitest du eigentlich schon an Bord?«, fragte er Julius, der neben ihm saß.

»Das ist meine dritte Saison«, antwortete der Kellner. »Im Frühjahr dreiundzwanzig bin ich zum ersten Mal mitgefahren.«

»Dann kennst du ja bestimmt jede Ecke des Schiffs. Und alle Geheimnisse der Kollegen.«

»Geheimnisse?« Julius sah ihn stirnrunzelnd an.

»Na ja, wer von den Männern ein heimliches Liebchen in Wien oder Preßburg hat oder wer hin und wieder eine kleine Extraration aus der Küche abzweigt.«

»Bist du verrückt? So was tut keiner.«

»Das glaubst du doch selbst nicht.«

Julius biss in sein Brot und kaute heftig.

»Schon gut«, ruderte Vincent zurück. »Du sollst ja niemanden verraten.«

Julius schluckte den Bissen hinunter. »Was willst du eigentlich?«

»Ich wollte nur ein wenig plaudern, das ist alles.«

»Ein Liebchen in Wien, du kommst wirklich auf komische Ideen. Als hätte einer von uns für so etwas Zeit.« Julius zuckte mit den Schultern. »Natürlich weiß ich nicht, wie es bei den Schiffsleuten aussieht. Womöglich haben die weniger zu tun, wenn wir im Hafen liegen. Man kennt ja eigentlich nur die Kollegen aus den Bereichen, in denen man arbeitet.«

»Ach, komm«, widersprach Vincent. »Ihr habt doch bestimmt schon mal miteinander einen getrunken, oder etwa nicht?«

»Kann sein.« Julius schob seinen Teller weg und stand auf. »Ich geh dann mal wieder an die Arbeit.«

Vincent fluchte innerlich. Wenn alle so zögerlich und ausweichend auf seine Fragen antworteten, würde es Wochen dauern, bis er seinen Kollegen brauchbare Informationen entlockt hatte. Vielleicht ging er es falsch an. Vielleicht fragte er zu direkt.

Womöglich hatte aber auch sein Vater recht, und es wäre besser gewesen, wenn er offiziell als Sohn des Reeders an Bord gegangen wäre. Dann müsste jeder seine Fragen beantworten, und er hätte das Recht, Kabinen zu durchsuchen. Wenn wenigstens Alfred Lerch eingeweiht wäre, könnte Vincent sich von ihm die Personalliste besorgen und gezielter ermitteln. Im Augenblick hatte er nicht einmal einen Überblick darüber, wer alles an Bord arbeitete. Er war viel zu schlecht vorbereitet. Vincent seufzte.

»Schon die Nase voll von der Plackerei an Bord?«, neckte Kurt Rieneck, einer der Hilfsköche, der schräg gegenüber saß.

»Aber nicht doch.« Vincent grinste. »Ich dachte nur, es wäre schön zu wissen, wie man sich hier nach Feierabend noch ein wenig vergnügen kann.«

Kurt zog die Brauen hoch. »Wovon redest du?«

Vincent schob seinen Teller von sich weg. »Von einem kleinen Spiel zur Entspannung.« Vielleicht waren die Männer bei einer Runde Poker und einem Bier redseliger. Einen Versuch wäre es wert.

Kurt sah ihn abschätzend an. »Da musst du mich nicht fragen, ich spiele nicht.«

»Schade.« Vincent gab es auf und erhob sich. Sein

Blick wanderte zum Nachbartisch, wo Alma mit den anderen Zimmermädchen saß und ihm einen verstohlenen Blick zuwarf.

Er lächelte ihr zu, sie errötete und senkte den Blick.

Vincent kam ein Gedanke. Alma war neu an Bord, also konnte sie nichts mit den Diebstählen zu tun haben. Und als Zimmermädchen hatte sie Zutritt zu den Kabinen der Passagiere. Vielleicht konnte er sich das irgendwie zunutze machen. Er musste sich nur noch eine Möglichkeit überlegen, wie er sie um Hilfe bitten konnte, ohne ihr zu verraten, wer er war und worum es ging.

* * *

Alma wollte sich gerade an den Tisch setzen, um in Ruhe ihren Kaffee zu trinken, als eine Klingel schrillte. An der Wand der Personalmesse war eine Tafel angebracht mit einer Klingel und Metallschildern mit den Zimmernummern der ersten und zweiten Klasse, jeweils mit einem kleinen Lämpchen darunter, damit man wusste, aus welcher Kabine der Ruf kam.

Die Lampe blinkte unter der Franz-Joseph-Suite. Erste Klasse, also war Alma nicht zuständig. Außer ihr war nur Grete im Raum, die dabei war, die Tische für das Mittagessen zu decken.

»Willst du nicht hochgehen?«, sagte sie nun und sah Alma auffordernd an.

»Erste Klasse, da darf ich nicht hin.«

»Ist aber niemand anders da.«

»Dann geh du doch, ich decke derweil weiter.« Alma

war zwar nicht glücklich darüber, auf ihre Pause verzichten zu müssen, aber sie hatte wohl keine Wahl.

»Ich darf ebenfalls nicht in die erste Klasse«, erklärte Grete. »Außerdem hat Frau Marscholek mir die Aufgabe zugeteilt, die Tische zu decken.«

»Aber du bist doch schon so lange dabei«, wunderte Alma sich. »Warum darfst du nicht in die erste Klasse?«

Grete winkte ab. »Du kennst doch die Marscholek. Und nun mach schon, beeil dich. Wenn sie erfährt, dass einer der Passagiere nach dem Klingeln zu lange warten musste, gibt es Ärger.«

»Aber ich kann doch nicht …«

»Du musst bestimmt bloß ein Kissen aufschütteln oder einen Fleck aufwischen, das geht ganz schnell.«

Alma war gar nicht wohl dabei, gegen die Regeln zu verstoßen, doch ihr blieb wohl nichts anderes übrig. Rasch erhob sie sich, richtete ihr Häubchen und machte sich auf den Weg. Auf dem Oberdeck kannte sie sich überhaupt nicht aus, deshalb brauchte sie einen Augenblick, um sich zu orientieren. Sie rief sich den Plan ins Gedächtnis, der in der Personalmesse hing. Die beiden Suiten lagen im Heck der *Regina Danubia*, Sisi auf der Steuerbordseite, also rechts, Franz Joseph auf der Backbordseite, also links. Oder war es umgekehrt?

Der Teppich auf dem Korridor der ersten Klasse war so dick, dass er Almas Schritte vollständig schluckte, niemand begegnete ihr. Vor der Tür zögerte sie kurz, dann fasste sie sich ein Herz, klopfte und trat ein.

»Da sind Sie ja, mein Kind«, rief eine brüchige Stimme mit fremdländischem Akzent.

Alma blickte sich um. Sie war in einer Art Salon, der mit zwei Sesseln mit rotem Veloursbezug, einer Anrichte aus Mahagoniholz und einem passenden kleinen Tisch eingerichtet war. Auch hier lag Teppich auf dem Boden, und ein bodentiefes Fenster gab den Blick auf den Fluss frei.

In einem der Sessel saß eine Frau. Sie war dünn, hatte graues, im Nacken hochgestecktes Haar, und ihr Gesicht war von unzähligen Falten durchzogen. Ihre blauen Augen jedoch blickten Alma wach und klar an.

»Wie kann ich Ihnen helfen, gnädige Frau?«, fragte Alma.

»Ich komme nicht in meine Schuhe«, erwiderte die Frau. »Und ich kann wohl kaum auf Strümpfen zum Mittagessen gehen.«

»Ich werde Ihnen beim Anziehen helfen«, sagte Alma, erleichtert darüber, dass nichts Komplizierteres von ihr verlangt wurde. »Wo finde ich die Schuhe denn?«

»Ich habe sie schon bereitgestellt.« Die Frau deutete auf den Boden vor dem Sessel, wo ein Paar Spangenschuhe mit niedrigem Absatz stand.

»Dann wollen wir mal.« Alma kniete sich vor den Sessel.

Die Schuhe waren aus feinem schwarzem Leder, das sich unglaublich weich in Almas Händen anfühlte. Ganz anders als ihre groben Stiefel. Schnell streifte sie der Frau die Schuhe über die schmalen Füße und erhob sich wieder. »Kann ich sonst noch etwas für Sie tun?«

»Bringen Sie mir meinen Schmetterling.«

»Was denn für einen Schmetterling?«

»Die Kette dort auf der Kommode.«

Alma drehte sich um und entdeckte eine silberne Kette mit einem Anhänger in Form eines Schmetterlings, die in einer offenen Schmuckschatulle lag. Die Augen bestanden aus Diamanten, die Flügel waren mit kleinen Rubinen besetzt. Vorsichtig nahm Alma das Schmuckstück in die Hand.

»Sie ist wunderschön«, flüsterte sie.

»Nicht wahr?« Die alte Dame lächelte. »Mein verstorbener Mann hat sie mir zum fünfundzwanzigsten Hochzeitstag geschenkt. Damit ich nie das Fliegen verlerne, hat er gesagt.«

Alma legte der Frau behutsam die Kette um den Hals und schloss sie. »Sie steht Ihnen sehr gut.«

»Ihnen würde sie besser stehen.«

»O nein«, rief Alma erschrocken. »Ganz bestimmt nicht. Ich hätte nicht einmal ein Kleid, das dazu nicht schäbig aussähe.«

Die alte Frau lächelte mild. »Setzen Sie sich, mein Kind.«

Alma sah sie ungläubig an. »Ich verstehe nicht …«

»Dort auf den Sessel.« Sie nickte Alma aufmunternd zu. »Ich weiß, dass Sie viel zu tun haben. Schenken Sie mir nur ein paar Minuten, bitte.«

Vorsichtig ließ Alma sich auf der Sesselkante nieder und faltete die Hände im Schoß. So schön es in dem kleinen Salon war, sie konnte es nicht genießen. Sie wollte so schnell wie möglich wieder hinunter aufs Mitteldeck, aber was sollte sie tun? Alfred Lerch hatte ihnen eingebläut, dass der Gast König war. Also musste sie sich dem Wunsch der alten Dame fügen.

»Wie heißen Sie, meine Liebe?«

»Alma Engel.«

Die Frau lächelte. »Ein Engel, der Engel heißt, wie entzückend. Ich bin Millicent Simmons.«

Eine Engländerin. Daher also der Akzent. »Freut mich, Mrs Simmons«, sagte Alma, weil sie nicht wusste, was sie sonst sagen sollte.

»Mich auch, Fräulein Engel. Ich stamme aus England, wie Sie sicherlich schon erraten haben, aber ich habe einige Jahre in Berlin gelebt. Mein Mann war Diplomat.«

»Wie interessant.« Alma leckte sich über die Lippen. »Dann sind Sie bestimmt viel gereist.«

»Das sind wir.« Millicent Simmons lächelte verträumt. »Ich habe einiges gesehen von der Welt: Indien, die Vereinigten Staaten, Siam, Ceylon. Doch letztlich hat es mir nirgendwo so gut gefallen wie in meiner Heimat Devon.«

»Ich habe leider noch nicht viel gesehen außer meiner Heimatstadt.«

»Das werden Sie bestimmt«, versicherte die alte Dame. »Sie sind ja noch jung. Ein so fleißiges Mädchen wie Sie bringt es bestimmt weit. Mögen Sie Ihre Arbeit, Fräulein Engel?«

»Ich denke schon.«

»Sie denken?« Millicent Simmons legte den Kopf schief.

»Heute ist mein zweiter Tag, alles ist noch so neu.«

»Großer Gott.« Die alte Dame klatschte in die Hände. »Ihr zweiter Tag, und ich bringe Sie so durcheinander. Vergeben Sie einer alten Frau, Fräulein Engel.«

»Da gibt es nichts zu vergeben.«

»Dann sputen Sie sich, sonst bekommen Sie noch meinetwegen Ärger.«

Alma erhob sich. »Ich wünsche Ihnen eine schöne Reise, Mrs Simmons.«

»Danke, mein Kind.«

Alma glaubte, Tränen in den blauen Augen glitzern zu sehen, doch sie war nicht sicher.

Fünf Minuten später war sie zurück auf dem Mitteldeck, ohne jemandem begegnet zu sein. Für den Kaffee war es zu spät, die Pause war vorbei. Aber immerhin war sie nicht aufgeflogen.

Doch sie hatte sich zu früh gefreut. Als sie die Personalmesse betrat, stand Olga Marscholek mitten im Raum, die Arme vor der Brust verschränkt. Die Tische waren gedeckt, Grete war nicht mehr da.

»Wo sind Sie gewesen, Fräulein Engel?«

»Es hat geklingelt, und niemand sonst war da. Also bin ich in die Kabine gegangen. Eine alte Dame brauchte Hilfe beim Schuheanziehen.«

»Welche Kabine?«

Alma schluckte. »Die Franz-Joseph-Suite, Frau Marscholek.«

»Sie waren in der ersten Klasse?«

»Was sollte ich denn sonst tun?«

»Einem der anderen Mädchen Bescheid geben. Das kann doch so schwer nicht sein!«

Alma senkte den Blick. Sie hätte sich gern verteidigt, immerhin war es Grete gewesen, die gesagt hatte, dass sie hochgehen solle. Aber sie wollte ihre Kollegen nicht auch noch in Schwierigkeiten bringen.

»Ihre freie Zeit heute Nachmittag ist gestrichen.«

»Aber …« Alma kämpfte mit den Tränen. Am Nachmittag, wenn sie in Melk bei dem berühmten Kloster anlegten, hätte sie zwei Stunden frei gehabt und an Land gehen können. Sie hatte sich sehr darauf gefreut.

»Sie können froh sein, dass wir jede Hand brauchen«, fuhr Marscholek mit ihrer Strafpredigt fort. »Sonst dürften Sie gleich Ihre Tasche packen und von Bord gehen. Während die anderen frei haben, begeben Sie sich in die Kabine Nummer vierundzwanzig, die ist nicht belegt. Dort ist ein Fleck auf dem Teppich, der beseitigt werden muss.«

»Jawohl, Frau Marscholek.«

»Und sollten Sie die erste Klasse je wieder betreten oder sich sonst irgendwo unbefugt aufhalten, fliegen Sie auf der Stelle raus.«

* * *

Ludwig legte den Stift weg, als er etwas hörte, das wie ein dumpfes Hämmern klang. Was war das? Er horchte, doch das Geräusch war verstummt. Alter Narr. Die Sorge um die rostigen Kessel ließ ihm keine Ruhe. Da mochte der Maschinist noch so gelassen beteuern, dass alles in Ordnung sei, die Erfahrung hatte Ludwig gelehrt, stets auf der Hut zu sein.

Gerade wollte er sich wieder über seine Materialliste beugen, als er eine Veränderung spürte. Das Schiff wurde langsamer. Und nun hörte er auch wieder die Schläge, Metall auf Metall. Was hatte das zu bedeuten?

Sie befanden sich auf Talfahrt, bei Stromkilometer vierundsiebzig, kurz hinter Ybbs. Bis Melk waren es noch zweiundzwanzig Kilometer, also eine gute Stunde. Das Wasser war tief, es gab keine engen Schleifen, die Regina konnte mit voller Kraft durch die Donau pflügen. Warum also die Geschwindigkeit drosseln? Es musste mit der Maschine zu tun haben. Etwas war nicht in Ordnung, genau wie er befürchtet hatte.

Ludwig zog eine Arbeitsjacke über sein weißes Hemd und verließ die Kajüte. Ruhig, aber zügig eilte er zum Abgang in den Maschinenraum. Er stieg die Treppe hinab, das Zischen und Schnauben wurde lauter, unterbrochen von dem metallischen Klopfen. Es klang, als würden zwei Teile aneinanderschlagen. Hoffentlich kein Lagerschaden.

Ein Blick auf den Telegrafen zeigte Ludwig, dass die Geschwindigkeit auf dreiviertelvolle Kraft stand. Opitz stand mit dem Rücken zu ihm und hielt eine Brechstange in der Hand. Neben ihm starrten der zweite Maschinist und drei Heizer wie gebannt auf eine der mächtigen Kolbenstangen, die mit ihrer Masse und Geschwindigkeit ohne Mühe einen Baumstamm hätte zerschlagen können. Opitz hob das Brecheisen und ließ es auf die Stange niedersausen. Ludwig verschlug es die Sprache. Was zum Teufel machte Opitz da? Wollte er die Maschine unbrauchbar machen?

Opitz holte erneut aus, Ludwig packte ihn an der Schulter. Opitz stolperte nach hinten und stieß gegen Ludwig, das Brecheisen fiel scheppernd auf die Stahlplatten des Maschinendecks. Wenn einer der Heizer die beiden nicht aufgefangen hätte, wären sie der Länge nach hingeschlagen.

Ludwigs Herz schlug hart in der Brust. »Herr Opitz, um Gottes willen, was machen Sie da? Mit einem Brecheisen kann man nichts reparieren!«

Opitz drehte sich zu ihm um, er war kreidebleich vor Schreck. »Natürlich nicht, Käpt'n, das hatte ich auch nicht vor.«

Ludwig wandte sich an die Umstehenden. »Danke, meine Herren, für Ihre Nothilfe, doch jetzt darf ich Sie bitten, zurück an die Arbeit zu gehen.«

Die vier gehorchten sofort und verzogen sich.

Ludwig wandte sich Opitz zu, auf dessen weißem Gesicht der Schweiß glänzte. Die Maschine lief vollkommen ruhig, es gab kein störendes Geräusch. »Was sollte das, Opitz? Und warum läuft die Maschine nicht auf volle Kraft?«

»Da Sie nicht auf der Brücke waren, habe ich alles mit Kapitän Lohfink abgesprochen«, erwiderte der Maschinist. »Ich wollte auf keinen Fall etwas beschädigen, das müssen Sie mir glauben. Wir wissen ja, dass die Kessel nicht mehr ganz neu sind und die Heißdampfrohre hier und da ein wenig Temperatur und Druck verlieren. Deshalb klopfe ich alle Wellen und Kolbenstangen in einem bestimmten Rhythmus ab. Das mache ich immer, wenn ich eine Maschine übernehme. Der Klang verrät mir alles, was ich wissen muss. Bisher lief es bestens. Wir werden so bald keine Probleme bekommen.« Er zögerte. »Zumindest nicht mit den Kolbenstangen.«

Ludwig entspannte sich ein wenig. Er hatte schon

davon gehört, dass man auf diese Weise Metall prüfen konnte, zumindest oberflächlich. Eine hundertprozentige Sicherheit gab es aber nicht. Tiefe Fehler im Metall konnte man so nicht feststellen. Dagegen gab es kein Mittel, außer die Teile regelmäßig auszutauschen. Immerhin war es eine gute Nachricht, dass Opitz keine Beschädigungen hatte ausmachen können. Und dass er anscheinend sein Handwerk ausgezeichnet verstand.

»Sollten Sie weitere Spezialprüfungen durchführen wollen, bitte ich Sie, mich vorher zu informieren.«

»Jawohl, Herr Kapitän.« Opitz salutierte.

Dabei huschte ein Lächeln über sein Gesicht, das Ludwig nicht einordnen konnte. Hatte der Maschinist ihn ebenso prüfen wollen wie die Wellen, Kurbeln und Pleuel? Und was war dabei herausgekommen?

* * *

Vincent blickte aus dem Fenster des Salons nach draußen. Sie hatten in Melk festgemacht, die gewaltigen Mauern des berühmten Klosters erhoben sich auf einer Anhöhe direkt über der Anlegestelle.

Gerade führte Tristan Haag, ein ehemaliger Geschichtslehrer, der als Reiseführer auf der *Regina Danubia* arbeitete, seine kleine Gruppe über den Landgang. Er hatte ein Bein im Krieg verloren, bewegte sich aber erstaunlich flink, redete unentwegt und deutete mit seinem Regenschirm nach oben.

Vincent erkannte unter den Ausflüglern das junge Brautpaar, an dessen Tisch er bediente, sowie ein weiteres

Paar, das sich immer ein wenig von den anderen Gästen fernzuhalten schien. Herr und Frau Pöllnitz sonderten sich von der Gruppe ab, sobald sie an Land waren, und verschwanden in die entgegengesetzte Richtung. Vincent konnte sie gut verstehen. Er hätte auch keine Lust auf die schier endlosen Monologe des Geschichtslehrers.

Ein Lastkarren, gezogen von sechs kräftigen Rössern, näherte sich von der Stadt her. Er war mit Holzkisten beladen. Die *Regina Danubia* nahm hin und wieder kleine Mengen Waren mit, wenn es sich anbot, ein nützlicher Extraverdienst. Vincent hatte keine Ahnung, was sich in den Kisten befand, vermutete jedoch, dass es sich um Wein von den klösterlichen Anbauflächen handelte, der nach Wien verschifft werden sollte.

»Du drückst dir noch die Nase platt an der Scheibe«, neckte Julius hinter ihm. »Lass dich lieber nicht beim Faulenzen erwischen. Es heißt, Negele habe seine Augen überall, selbst wenn er nicht an Bord ist.«

Der Restaurantchef war an Land gegangen, um einige edle Tropfen zum Aufstocken der Getränkevorräte auszusuchen. Er hatte zwei der Kellner mitgenommen, die übrigen hatten den Nachmittag freibekommen. Nur Julius und Vincent hatten Dienst. Julius sollte für das Wohl der Gäste sorgen, die es vorzogen, auf dem Schiff zu bleiben. Da das Wetter warm und sonnig war, hatten einige es sich in den Liegestühlen auf dem Promenadendeck bequem gemacht und verlangten nach Cocktails.

Vincent war die Aufgabe zugefallen, das Silber zu putzen, offenbar die übliche Verpflichtung für den Kellner, der am kürzesten dabei war. Er drehte sich vom Fenster weg und blickte ein wenig verzweifelt auf die Körbe mit dem Besteck, die er auf der Arbeitsfläche hinter der Theke aufgereiht hatte. Nie zuvor war ihm aufgefallen, welche Unmengen an unterschiedlichen Arten von Esswerkzeugen es gab. Allein mit den Gabeln würde er Stunden beschäftigt sein. Es gab zweizinkige Schneckengabeln, vierzinkige Fischgabeln und kurzzinkige Austerngabeln, ferner Menügabeln, Salatgabeln und Dessertgabeln. Und das alles in siebzigfacher Ausführung.

Vincent schnappte sich das Tuch und machte sich an die Arbeit. Das Silber war nicht im Geringsten angelaufen, sodass, wie er hoffte, nicht auffallen würde, wenn er nicht alle Teile polierte. Ohnehin hatte er den Verdacht, dass Henri Negele ihm diese Arbeit lediglich zugeteilt hatte, weil es sich um eine Art Initiationsritual für die Neulinge handelte. Und das war Vincents Glück.

Kaum verschwand Julius mit dem Getränketablett auf der Treppe, ließ Vincent das Tuch wieder sinken. Das war die Gelegenheit, auf die er gewartet hatte. Er vergewisserte sich, dass das Schlüsselbund noch in seiner Hosentasche war, und schlich aus dem Salon.

In dem Korridor angekommen, an dem die Kabinen der männlichen Bediensteten lagen, trat er als Erstes ins Bad und ließ Wasser über seinen Ärmel laufen. Falls er erwischt werden sollte, würde er behaupten, versehentlich etwas von der Silberpolitur verschüttet und den Fleck ausgewaschen zu haben.

Er zog das Schlüsselbund hervor und betrachtete es. Lediglich sechs Schlüssel hingen daran. Einer, mit dem alle Kabinen auf der Männerseite geöffnet werden konnten, einer für die Frauenseite sowie je einer für die Kabinen von Alfred Lerch, Olga Marscholek, Henri Negele und dem Chefkoch.

Herr Lerch und Frau Marscholek besaßen je ein solches Schlüsselbund, zudem lag eines für Notfälle an einem versteckten Platz in der Rezeption. Das hatte Vincent an sich genommen, in der Hoffnung, das Fehlen werde nicht sofort auffallen.

Da er nicht wusste, welcher Schlüssel für welche Kabine passte, musste er es auf gut Glück versuchen. Gleich beim zweiten hatte er Erfolg, und die erste Kabinentür öffnete sich.

Vorsichtig spähte Vincent in den fensterlosen Raum, der genauso aussah wie der, den er mit Julius Zacher teilte. Rasch durchsuchte er die wenigen Habseligkeiten der beiden Bewohner. Es waren zwei der Zimmerburschen, die für die Hilfsarbeiten im Hotelbetrieb zuständig waren, etwa Koffer schleppen, Glühlampen wechseln oder kleine Botengänge erledigen.

Vincent hoffte, in einer der Kabinen einen Hinweis zu finden, der ihn bei der Jagd auf den Juwelendieb weiterbrachte. Allerdings wusste er nicht einmal genau, was er suchte. Er vertraute darauf, es zu erkennen, wenn er es vor sich hatte.

Die erste Kabine enthielt nichts Verdächtiges. Ebenso wenig die zweite und die dritte. In der vierten fand er eine größere Menge Zigaretten, versteckt unter den Socken. Für Tabakschmuggel interessierte Vincent sich nicht, dennoch merkte er sich zur Sicherheit den Namen des Besitzers. Als nächste waren die Kabinen der

Kellner dran. Auch hier war die Ausbeute mager. Erst als er in seiner eigenen Kabine hastig die Sachen von Julius durchsah, stieß Vincent auf etwas Verdächtiges. Im Futter des Mantels ertastete er einen Umschlag. Er fand eine offene Naht und zog den Umschlag heraus. Darin lagen zweihundertvierzig Reichsmark.

Einen Moment lang starrte Vincent ungläubig auf die Scheine. Die Kellner bekamen sechzehn Mark in der Woche, in dem Umschlag waren fast vier Monatslöhne. Wie kam Julius zu so viel Geld?

Andererseits handelte es sich vielleicht tatsächlich um den Lohn, den Julius gespart hatte. Auf der *Regina Danubia* hatte er schließlich keine Unkosten. Für den Erlös aus dem Verkauf eines gestohlenen Schmuckstücks war es ohnehin zu wenig. Es sei denn, Julius hätte einen Komplizen. Oder eher noch, einen Auftraggeber. Jemanden, der die gestohlenen Stücke an Land verkaufte und dem Dieb lediglich einen kleinen Anteil am Erlös zukommen ließ. Denn ein einfacher Kellner kannte wohl kaum die Leute, bei denen man Diebesgut loswurde.

Nachdenklich stopfte Vincent den Umschlag zurück an Ort und Stelle, achtete dabei darauf, dass er genau so im Futter steckte wie zuvor. Auch wenn sein Bauchgefühl ihm sagte, dass Julius nicht der Dieb war, würde er ihn im Auge behalten. Denn zum einen konnte man sich in einem Menschen täuschen, und zum anderen war der Geldumschlag im Augenblick die einzige Spur, die er verfolgen konnte.

In Gedanken versunken verließ er die Kabine und schloss ab.

»Da stecken Sie«, fuhr ihn eine Stimme an, die er nur allzu gut kannte.

Henri Negele. Wieso war der Restaurantchef schon zurück? Und was machte er hier unten?

Vincent ließ rasch das Schlüsselbund in die Tasche gleiten, setzte ein zerknirschtes Gesicht auf und präsentierte seinen feuchten Ärmel. »Ich habe Politur verkleckert, tut mir leid.«

Argwöhnisch begutachtete Negele die Stelle. »Und warum mussten Sie auf Ihre Kabine gehen, um das auszuwaschen?«

»Ich dachte, etwas Seife könnte hilfreich sein.«

»Dann los jetzt, zurück an die Arbeit. In zwei Stunden müssen wir für das Abendessen decken, bis dahin muss alles fertig sein.«

»Sehr wohl, Herr Negele.« Vincent deutete eine Verbeugung an und hastete los. Das war gerade noch mal gut gegangen. Nicht auszudenken, was geschehen wäre, wenn Negele ihn dabei erwischt hätte, wie er eine der anderen Kabinen verließ.

Jetzt musste er nur noch eine Gelegenheit finden, das Schlüsselbund an seinen Platz zurückzulegen, bevor irgendwer merkte, dass es fehlte.

* * *

»Haben Sie sonst noch einen Wunsch, gnädige Herrschaften?« Alfred Lerch blickte fragend von Erich Lang zu seiner frisch angetrauten Gemahlin Hedwig. Die zierliche Frau mochte auf den ersten Blick schüchtern wirken, aber Alfred hatte längst durchschaut, dass sie in dieser jungen Ehe den Ton angab.

Erich Lang machte irgendetwas mit Automobilen, was genau, hatte Alfred noch nicht so ganz verstanden. Seine Frau kam aus eher bescheidenen Verhältnissen, aber sie wusste ganz genau, was sie wollte.

Nun ergriff Lang ihre Hand. »Möchtest du noch etwas, Liebste?«

»Im Augenblick nicht.« Sie nahm ihren Hut ab und fächelte sich damit Luft zu.

Das Ehepaar war ein wenig früher als die übrigen Gäste vom Landgang zurückgekehrt, weil Hedwig die Sonne nicht vertrug. Deshalb hatte ihr Mann darum gebeten, die Kabine abzudunkeln. Da es sich um Gäste der Sisi-Suite handelte, hatte Alfred es höchstpersönlich übernommen sicherzustellen, dass alles zu ihrer Zufriedenheit war.

»Dann wünsche ich einen angenehmen Nachmittag.« Alfred wollte die Tür hinter sich zuziehen, als die junge Frau ihn zurückrief.

»Warten Sie.«

»Ja?«

»Ich glaube, eine kalte Zitronenlimonade wäre jetzt genau das Richtige.«

»Ich sorge dafür, dass sie Ihnen gebracht wird, gnädige Frau.«

»Das ist sehr nett, danke.«

Auf dem Korridor fing Alfred Julius Zacher ab, der gerade mit einem leeren Tablett vom Promenadendeck kam, und erteilte ihm den Auftrag, unverzüglich einen Krug Limonade in die Suite zu bringen.

Als Alfred zu seiner Kabine zurückkehrte, wartete zu seiner Überraschung Olga Marscholek vor der Tür.

»Ich muss mit Ihnen reden«, erklärte sie ohne Umschweife.

»Dann kommen Sie doch herein.«

Kaum hatte Alfred die Tür hinter ihnen geschlossen, platzte sie damit heraus, dass die Neue, diese Alma Engel, entgegen strikter Anweisung in einer Kabine der ersten Klasse gewesen sei, und zwar nicht in irgendeiner, sondern in der Franz-Joseph-Suite, wo sie absolut überhaupt nichts verloren hatte. Und damit nicht genug, hatte nun die Passagierin, eine exzentrische alte Dame namens Millicent Simmons, mitteilen lassen, sie wolle in Zukunft vor allen Mahlzeiten die Hilfe des Fräulein Engel beim Ankleiden in Anspruch nehmen.

»Ausdrücklich darauf bestanden hat sie, dass es das Fräulein Engel sein muss«, wiederholte Olga Marscholek missgelaunt. »Ich wusste, dass dieses Mädchen Ärger bedeutet, das habe ich auf den ersten Blick gesehen.«

»Also wenn Lady Alston so zufrieden mit dem Fräulein Engel ist, kann es so schlimm ja nicht sein«, unterbrach Alfred ihren Wortschwall. Er wollte Olga Marscholek, die hervorragende Arbeit leistete, bei Laune halten und durfte ihre Autorität nicht untergraben. Andererseits musste er aber auch verhindern, dass sie Alma Engel gegenüber ungerecht war, einzig und allein weil sie sie nicht selbst eingestellt hatte.

»Lady Alston?«, fragte Marscholek irritiert.

»Bei Mrs Simmons handelt es sich um die Countess von Alston.«

»Also dann eben Lady Alston«, erwiderte Marscholek ungeduldig. »Aber das ändert nichts an der Situation. Mir geht es darum, dass das Mädchen sich nicht an die Regeln hält. So etwas führt früher oder später zu Schwierigkeiten.«

»Wir haben alle am Anfang Fehler gemacht«, erinnerte Alfred sie, obwohl er bezweifelte, dass Olga Marscholek je einen Fehler begangen hatte.

Sie presste die Lippen zusammen.

»Sprechen Sie nur«, forderte er sie auf.

»Ich kann nicht akzeptieren, dass das Mädchen mit dieser Sonderaufgabe nun auch noch für seinen Fehler belohnt wird«, sagte sie. »Falls es überhaupt ein Fehler war.«

Alfred hob eine Braue. »Wie meinen Sie das?«

Marscholek spitzte die Lippen. »Nun ja, falls das Fräulein Engel sich Zugang zur ersten Klasse verschaffen wollte, wo die Trinkgelder besser sind, hat sie es geschickt angestellt.«

Alfred starrte sie ungläubig an. Dann rief er sich die junge Frau ins Gedächtnis, die sich vor zwei Tagen bei ihm vorgestellt hatte. Auf ihn hatte sie unerfahren und ein wenig naiv gewirkt, nicht ehrgeizig und abgebrüht. Aber vielleicht war das alles bloß Theater gewesen, und er war darauf hereingefallen. Er schüttelte den Kopf. Nein, das glaubte er nicht.

»Selbst wenn dem so wäre«, sagte er, »können wir nicht rückgängig machen, was geschehen ist. Lady Alston ist ein ganz besonderer Gast, und ich habe vor, ihr nach Möglichkeit jeden Wunsch zu erfüllen.« Er schritt zur Tür, öffnete sie und rief einen Burschen herbei.

»Kennst du das neue Mädchen?«, fragte er ihn.

»Die Alma?«

»Genau die. Treib sie auf, sie soll sofort zu mir kommen.«

»Sehr wohl, Herr Lerch.«

Keine fünf Minuten später klopfte es an der Tür, und Alma Engel trat ein. Ihr Gesichtsausdruck war angespannt. Als sie Olga Marscholek entdeckte, senkte sie den Blick.

»Sie wollten mich sprechen, Herr Lerch?«

»Sie können sich sicherlich denken, worum es geht, Fräulein Engel.«

»Es tut mir so leid«, sagte sie. »Ich wusste nicht, was ich tun sollte, als die Klingel ging und niemand sonst in der Nähe war.«

Marscholek schnaubte ärgerlich, Alfred hob die Hand.

»Es wird nicht wieder vorkommen, Herr Lerch«, beteuerte das Mädchen. »Ich werde die erste Klasse nie wieder betreten, ich verspreche es.«

»Für ein solches Versprechen ist es leider zu spät, Fräulein Engel«, sagte Alfred.

Sie hob erschrocken den Kopf. »Bin ich …«

»Lady Alston hat den Wunsch geäußert, in Zukunft täglich von Ihnen bedient zu werden«, unterbrach Lerch. »Und wir werden ihr diese Bitte nicht abschlagen, auch wenn wir dafür gegen unsere Hausregeln verstoßen müssen.«

Ein ungläubiger Ausdruck breitete sich auf Alma Engels Gesicht aus.

»Sie werden ab sofort dreimal täglich fünfzehn Minuten vor den Mahlzeiten unaufgefordert die Suite von Lady Alston aufsuchen und ihr beim Ankleiden helfen. Und sollte sie zwischendurch nach Ihnen verlangen, kommen Sie dem jederzeit unverzüglich nach. Was auch immer Lady Alston wünscht, Sie sorgen dafür, dass sie es bekommt. Sollten dabei Fragen oder Probleme auftreten, wenden Sie sich an mich. Trauen Sie sich das zu?«

Alfred entging nicht, dass Alma Engel der Hausdame einen verstohlenen Blick zuwarf, bevor sie antwortete. »Selbstverständlich, Herr Lerch.«

»Ich erwarte, dass Sie die alte Dame bestmöglich versorgen, verstanden?«

»Jawohl, Herr Lerch.«

»Diese Sonderaufgabe entbindet Sie jedoch keineswegs von Ihren anderen Pflichten an Bord, die Sie auch weiterhin mit größtmöglicher Sorgfalt erledigen werden. Welche das im Einzelnen sind, erfahren Sie wie gehabt von Frau Marscholek.« Er nickte der Hausdame zu, die mit stoischer Miene dastand. »Wenn Sie keine Fragen mehr haben, können Sie an Ihre Arbeit zurückkehren.«

»Danke, Herr Lerch.« Das Mädchen knickste und hastete aus der Kabine.

»Dann mache ich mich auch mal wieder an die Arbeit«, sagte Olga Marscholek steif. An der Tür drehte sie sich noch einmal um. »Sie haben der Kleinen eine große Verantwortung übertragen. Hoffen wir, dass sie der Aufgabe gewachsen ist und sich des Vertrauens würdig erweist, das Sie in sie setzen.«

»Davon bin ich fest überzeugt«, versicherte Alfred, obwohl er das keineswegs war.

»Ich teile Ihre Zuversicht nicht«, verkündete Marscholek düster. »Und ich möchte noch einmal betonen, dass Sie gegen meinen ausdrücklichen Rat so entschieden haben. Wenn dieses Experiment missglückt, geht das mit Ihnen heim.«

Nachdem die Tür hinter der Hausdame zugefallen war, trat Alfred ans Bullauge und starrte nach draußen, wo kleine Wellen unruhig an der Kaimauer leckten. Marscholeks unheilvolle Worte hingen schwer im Raum. Sie riefen Erinnerungen in ihm wach, die normalerweise tief in den hintersten Kammern seines Gedächtnisses verborgen lagen.

Einmal vor vielen Jahren hatte er sich fürchterlich in einem Menschen getäuscht, mit fatalen Folgen. Damals hatte er sich geschworen, alles zu tun, damit ihm ein solcher Fehler nie wieder unterlief.

KAPITEL 4

Melk, Freitag, 14. August 1925

»Richten Sie Ihr Augenmerk auf die beiden Statuen rechts und links des Portals, meine Damen und Herren. Dabei handelt es sich um den heiligen Leopold und den heiligen Koloman, entworfen, ebenso wie die Engel auf dem Dachgiebel übrigens, vom Wiener Hofbildhauer Lorenzo Mattielli.«

Claire unterdrückte ein Gähnen. Der ehemalige Lehrer hatte schon auf der Kutschfahrt hoch zum Stift ohne Unterlass doziert. Sein Schatz an Wissen schien nur von seinem Mitteilungsdrang übertroffen zu werden. Sie waren erst am Eingangsportal des Stifts, und schon jetzt hätte Claire am liebsten die Flucht ergriffen. Dabei war die Klosteranlage in der Tat beeindruckend, allein durch ihre schiere Größe. Sie hätte bloß gern auf die unzähligen Informationen verzichtet, die sie sich ohnehin nicht merken konnte.

Einige ihrer Mitreisenden hingen jedoch an Tristan Haags Lippen. Ein älterer Herr hatte sogar ein ledergebundenes Notizbuch dabei und schrieb eifrig mit. Gestern in Linz hatte er den ehemaligen Lehrer zudem mit zahllosen Fragen gelöchert. Vielleicht ging der unermüdliche Redeschwall also nur ihr auf die Nerven.

Als sich die Gruppe durch das Portal in den Hof begab, ließ Claire sich ein wenig zurückfallen und tat so, als wäre sie noch in die Betrachtung der überlebensgroßen Heiligenstatuen vertieft.

»Genießen Sie den Anblick auch lieber in Ruhe?«, fragte jemand.

Claire drehte sich um. Als sie den Mann erkannte, musste sie sich bemühen, ihren Schreck zu verbergen. »Herr Valerian, ich hatte Sie gar nicht bemerkt.«

Ihr Tischgenosse lächelte. »Ich habe mich auf eigene Faust herbegeben. Zu Fuß, um mir ein wenig die Beine zu vertreten.«

»Wie klug von Ihnen. Allerdings entgeht Ihnen so der spannende Vortrag von Herrn Haag.«

»Ich habe meinen Baedeker dabei.« Er zog ein Buch mit rotem Leineneinband hervor. »Da steht alles drin, was ich wissen muss.«

»Ich bin beeindruckt.«

»Wollen Sie mir vielleicht Gesellschaft leisten? Zwar bin ich nicht so eloquent wie Herr Haag, dafür könnte ich Sie nach erfolgreicher Besichtigung auf einen Kaffee im Ort einladen.«

Claire zögerte nur kurz, dann lächelte sie. »Sehr gern.«

Wenn sie Valerian schon die gesamte Reise an ihrem Tisch und als Kabinennachbarn ertragen musste, konnte sie wenigstens die Gelegenheit nutzen, ihm auf den Zahn zu fühlen. Schließlich hatte er sich bisher tadellos benommen. Bloß weil er auf das Wort Belgrad reagiert hatte, musste er nicht derjenige sein, der ihr das Dokument abjagen wollte. Falls es diese Person überhaupt gab. Theodor Keller hatte ihr versichert, dass ihre Gegner höchstwahrscheinlich überhaupt nichts von der Operation wussten und dass alle Vorkehrungen reine Vorsichtsmaßnahmen seien.

Valerian erwies sich als vollendet höflicher, unterhaltsamer Begleiter. Nachdem sie ein wenig durch die Gartenanlage geschlendert waren, die prunkvolle Bibliothek und die Stiftskirche bestaunt hatten, suchten sie ein Café in dem kleinen Ort Melk auf, der unterhalb des Klosters lag.

»Und was führt Sie an Bord der *Regina Danubia*?«, fragte Claire und probierte ein Stück von der Linzer Torte.

In Edmund Valerians Augen flackerte es kurz. »Eine Urlaubsreise.« Er deutete auf den Reiseführer, den er auf dem Tisch abgelegt hatte. »Sieht man das nicht?«

Claire sah ihn an. »Ganz allein? Was ist mit Ihrer Familie?«

Valerian presste die Lippen zusammen. Dann griff er zur Serviette und tupfte sich den Mund ab. »Ich habe keine. Nicht mehr.«

Betroffen ließ Claire die Gabel sinken. »Das tut mir leid.«

»Ich habe beide Söhne im Krieg verloren«, erzählte Valerian. »Und im vergangenen Herbst auch meine Frau.«

»Wie schrecklich. Und Sie haben niemanden sonst?«

»Ich habe meine Fabrik. Ich bin Schuhfabrikant.« Er

lächelte bitter. »Die Verantwortung für mein Werk und meine Arbeiter hält mich aufrecht. Aber es schmerzt, all das … Es tut mir leid, dass ich Sie damit behellige, Fräulein Ravensberg. Das war nicht meine Absicht. Lassen Sie sich von mir nicht den Ausflug verderben.«

»Aber nicht doch.« Sie betrachtete ihn mitfühlend.

Mit einem Mal war sie sicher, dass sie sich in ihm getäuscht haben musste. Solch tiefe Trauer konnte man nicht vorgaukeln. Zum Glück hatte sie sich trotz ihres Argwohns entschieden, ihn zu begleiten, sonst hätte sie womöglich nicht seine Geschichte erfahren und wäre die gesamte Reise über auf Distanz geblieben.

»Mein Schicksal ist wirklich nichts Besonderes in diesen Zeiten«, fuhr Valerian fort.

»Aber das ist kein Trost.«

»Da haben Sie recht.« Er nahm einen Schluck von seinem Kaffee. »Doch lassen Sie uns jetzt von etwas Schönem reden. Ist dies Ihre erste größere Reise?«

»Ich war einmal mit meinen Eltern an der See. Aber da war ich noch ein Kind.«

»Und jetzt ganz allein gleich so weit, wie aufregend. Immerhin erwartet Sie Ihre Cousine am Ziel Ihrer Reise.«

»So ist es.« Claire spürte Unbehagen in sich aufsteigen. Sie hatte sich noch immer keine Einzelheiten zu ihrer angeblichen Verwandten in Belgrad überlegt. Rasch steckte sie ein Stück Torte in den Mund, um nichts weiter dazu sagen zu müssen.

»Werden Sie lange in Belgrad bleiben?«, fragte Valerian.

Claire kaute, schluckte und schüttelte den Kopf. »Nur ein paar Tage«, erwiderte sie vage. »Ich kehre mit dem Zug nach Passau zurück. Dort wartet mein Verlobter auf mich. Wir wollen im kommenden Jahr heiraten.« Das immerhin war nicht gelogen.

»Wie wunderbar, Fräulein Ravensberg. Meinen Glückwunsch.«

»Danke.« Claire blickte auf die Uhr. »Ich denke, wir sollten allmählich aufbrechen. Sonst fährt das Schiff am Ende ohne uns weiter.«

»Natürlich, Sie haben recht.«

Edmund Valerian zahlte, dann machten sie sich zu Fuß auf den Weg zurück zur Anlegestelle.

»Ich danke Ihnen für Ihre überaus reizende Gesellschaft heute«, sagte Valerian, als die *Regina Danubia* in Sicht kam.

»Ich danke Ihnen, dass Sie mich gerettet haben«, gab Claire lächelnd zurück. Ihr fiel auf, dass sie die Zeit an der Seite des Witwers tatsächlich genossen hatte.

Valerian verbeugte sich. »Falls Sie in Zukunft noch einmal Bedarf an einem Baedeker und etwas Gesellschaft haben, stehe ich gern zur Verfügung, Fräulein Ravensberg.«

»Das werde ich mir merken.«

***

Meine liebe Ida,

draußen dämmert es, wir gleiten durch die Weinberge der Wachau, und ich komme endlich dazu, dir ein paar Zeilen zu schreiben. Da du mich gebeten hast, dich mit heiteren Geschichten von Bord zu versorgen, halte ich mich gar nicht lange bei meinem ermüdenden Arbeitstag auf. Leider habe ich wenig Kontakt zu den Gästen, mehr noch, ich darf mich gar nicht auf den Passagierdecks aufhalten und muss versuchen, unsichtbar zu sein. Deshalb muss ich das wenige, was ich aufschnappe, etwas ausschmücken, damit es zu einer unterhaltsamen Geschichte taugt. Da ist zum Beispiel das junge Brautpaar in der Sisi-Suite. Sie wirken so glücklich, wenn sie abends im Salon eng umschlungen Walzer tanzen, dabei mussten sie hart um ihre Liebe kämpfen. Er, nennen wir ihn August, ist reich, der Sohn eines mächtigen Fabrikanten, seine Braut Eleonore ist in einfachen Verhältnissen aufgewachsen. Als der Vater von der Verbindung erfuhr, drohte er, den Sohn zu enterben. Dieser entschied sich gegen das Erbe und für seine Liebe. August und Eleonore beschlossen, ihre Heimat zu verlassen und in der Ferne ihr Glück zu suchen. Deshalb heirateten sie heimlich und schifften sich auf der Regina Danubia *ein. Ihre Zukunft ist ungewiss, doch sie haben einander, das ist alles, was zählt. Sie ahnen nicht, dass in Wien ein Telegramm auf sie wartet, mit einem Versöhnungsangebot des Vaters, der erkannt hat, dass er seinen Sohn nicht verlieren möchte, und deshalb bereit ist, dessen Entscheidung zu akzeptieren. Fragt sich, wie die*

Brautleute sich entscheiden werden. Kehren sie zurück, oder stellen sie sich dem Abenteuer, das in der Fremde auf sie wartet?

Alma brach ab, legte den Stift weg und rief sich das junge Paar ins Gedächtnis, dem sie kurz begegnet war, als sie mit Lady Alston die Suite verließ. Sie hatten so glücklich gewirkt, dass es Alma einen Stich versetzte. Vielleicht hatte sie den beiden deshalb eine Verwicklung angedichtet, die ihr Glück trübte.

Alma rollte sich auf den Rücken und starrte an die Kabinendecke. Sie hatte sich auf ihr Bett zurückgezogen, um den Brief zu schreiben, da in der Personalmesse noch zu viel Betrieb herrschte. Wo Emmi war, wusste Alma nicht, sie war nur froh, dass sie die Kabine für sich allein hatte.

Noch immer konnte sie nicht fassen, wie glücklich ihre Eskapade in die erste Klasse ausgegangen war, wenn auch um den Preis, dass Frau Marscholek nun endgültig ihre Feindin war und jeden ihrer Schritte überwachen würde. Eine weitere Übertretung der Regeln durfte sie sich nicht erlauben.

Statt ihre Stelle zu verlieren, wie sie befürchtet hatte, als Alfred Lerch sie zu sich kommen ließ, war Alma nun also zu so etwas wie der persönlichen Zofe der alten Dame aufgestiegen. Inzwischen wusste sie auch, dass Millicent Simmons' Gemahl nicht bloß Diplomat, sondern ein waschechter Adliger gewesen war, und zwar der Earl of Alston, weshalb sie mit Lady Alston, Mylady oder Your Ladyship angesprochen werden musste, worauf sie selbst allerdings keinen Wert legte.

Alma war inzwischen ein weiteres Mal bei ihr gewesen, um ihr beim Umkleiden für das Abendessen zu helfen. Sie hatte schnell erkannt, dass die alte Dame zwar gebrechlich war, aber eigentlich keine Hilfe benötigte. Es ging ihr um ein wenig Gesellschaft, und die leistete Alma ihr gern.

Sie überlegte, ob sie in den Brief an Ida auch noch einen Absatz über die Lady einfügen sollte. Vielleicht ein kleines Abenteuer, das an Millicent Simmons' Reisen in alle Welt erinnerte? Oder ein Geheimnis?

Nach einigem Überlegen verfasste Alma eine Episode um ein verschwundenes Schmuckstück, ein Jadearmband, das Lady Alston, die in der Geschichte Lady Dorchester hieß, gestohlen wurde. Bei dem Schmuckstück handelte es sich um das Geschenk eines indischen Maharadschas, weshalb der Verlust besonders schmerzlich war. Helle Aufregung herrschte auf der Suche nach dem geraubten Kleinod und dem Dieb. Sogar ein berühmter Detektiv wurde an Bord geholt, um den Fall zu lösen. Dieser fand schließlich heraus, dass das Armband in einen Schuh gefallen war, den das Zimmermädchen zum Putzen mitgenommen hatte. Am Abend beim Kapitänsdinner trug Lady Dorchester das wiedergefundene Armband, und alle im Salon applaudierten.

Alma faltete den Briefbogen und steckte ihn in den Umschlag. Da sie nicht wusste, wann sie selbst Landgang haben würde, hatte sie vor, ihn dem Concierge anzuvertrauen, der mit den Briefen und Postkarten der Gäste auch die Post des Personals aufgab. Zu diesem Zweck gab es extra ein Postfach in der Personalmesse. Das Porto wurde am Wochenende vom Lohn abgezogen.

Als Alma vom Bett sprang, fiel ihr ein, dass ihre Strickjacke noch in der Messe über dem Stuhl hing. Sie würde sie holen und bei der Gelegenheit gleich den Brief ins Fach legen. Zu ihrer Überraschung war die Messe leer. Verwundert fragte sie sich, ob es weitere Aufenthaltsräume für das Personal gab, von denen sie nichts wusste. Dass bereits alle im Bett waren, konnte sie sich nicht vorstellen, es war ja erst Viertel nach neun. Einige hatten sicherlich noch Dienst, denn viele Gäste saßen abends an der Bar oder genossen die laue Sommernacht an Deck. Doch wo die anderen Zimmermädchen stecken mochten, wusste Alma nicht.

Sie legte den Brief ins Fach, nahm ihre Strickjacke und streifte sie über. Langsam schlenderte sie in Richtung ihrer Kabine zurück. Auf dem Korridor war es still, nur hinter einer Tür waren leise Stimmen zu hören. Alma blieb stehen. Sie hatte nicht beabsichtigt zu lauschen, bekam aber dennoch mit, wie jemand sagte:

»Kaum an Bord, und schon eine Sonderbehandlung eingeheimst, du glaubst doch nicht wirklich, dass das ein Zufall ist.«

Alma erstarrte. Sie wusste nicht, welches Mädchen gesprochen hatte, doch sie begriff, dass die Rede von ihr war.

»Ich könnte wetten, dass sie das geplant hat«, sagte nun eine andere Stimme.

»Und wie sollte sie das angestellt haben?«, fragte ein weiteres Mädchen. »Glaubt ihr ernsthaft, sie hat vor der Klingel herumgelungert und darauf gewartet, dass ein Ruf aus der ersten Klasse kommt, in der Hoffnung, sich bei dem entsprechenden Gast einschmeicheln zu können?« Alma erkannte überrascht Emmis Stimme.

»Warum nicht?«, fragte das erste Mädchen trotzig zurück.

»Jedenfalls ist es nicht fair«, schaltete sich eine weitere Stimme ein. »Die Aufgabe hätte einem dienstälteren Mädchen zugestanden.«

Alma spürte Empörung in sich aufsteigen. Es war doch nicht ihre Schuld, dass sie zufällig im Raum gewesen war, als Lady Alston klingelte. Und es war Grete gewesen, die darauf bestanden hatte, dass sie hochgehen sollte. Kurz entschlossen stieß Alma die Kabinentür auf.

Ein halbes Dutzend Köpfe schossen herum und starrten sie an. Nur Grete fehlte.

»Entschuldigt, dass ich störe«, sagte Alma rasch, bevor sie womöglich der Mut verließ. »Ich kam zufällig gerade an der Tür vorbei und konnte nicht verhindern, die letzten Worte mitzubekommen. Ich gehe davon aus, dass ihr über mich geredet habt.«

Sie wartete kurz, und als keines der Mädchen widersprach, fuhr sie fort. »Ich möchte nur klarstellen, dass ich mich nicht darum gerissen habe, in die erste Klasse hinaufzugehen, als es klingelte. Grete war mit mir in der Messe, sie hat mir gesagt, dass es in Ordnung sei, das zu übernehmen, wenn kein dienstälteres Mädchen in der Nähe ist. Darauf habe ich mich verlassen, und das war ein Fehler, den ich sehr bedauere. Aber ich verbitte mir die Unterstellung, dass ich das irgendwie absichtlich eingefädelt habe. Nichts liegt mir ferner, als mich vorzudrängeln. Wenn ihr das nächste Mal etwas an mir auszusetzen habt, wäre ich euch dankbar, wenn ihr mich darauf ansprechen würdet, anstatt hinter meinem Rücken über mich zu lästern. Denn das ist wirklich unfair. Ich wünsche euch noch einen schönen Abend.«

Alma schlug die Tür zu und rannte zurück in ihre Kabine. Ihr Herz klopfte wild, ihr Kopf war heiß, so sehr hatte sie sich in Rage geredet. Sie wischte sich die Tränen der Wut aus den Augenwinkeln. Bestimmt hatte sie sich jetzt all ihre Kolleginnen zu Feindinnen gemacht. Dennoch war sie froh, dass sie ihren Ärger nicht hinuntergeschluckt, sondern klargestellt hatte, was wirklich geschehen war. Auch wenn das die Vorbehalte der anderen ihr gegenüber höchstwahrscheinlich nicht aus dem Weg räumen würde.

Als sie die Strickjacke auszog, spürte sie etwas an den Fingerspitzen. Überrascht griff sie in die Tasche und entdeckte einen mehrfach gefalteten Zettel. Sie war sicher, dass er am Morgen noch nicht dort gewesen war, also hatte irgendwer ihn ihr in die Tasche gesteckt. Hastig faltete sie ihn auseinander.

Heute Abend wieder an der gleichen Stelle? Ich warte auf dich.
V.

Erstaunt bemerkte Alma, wie ihr Herz einen Satz machte. Wie gern würde sie wieder mit Vincent auf dem Promenadendeck eine Flasche Bier teilen und den Sternenhimmel bewundern, ihm vielleicht sogar ihr Herz ausschütten. Aber durfte sie es wagen nach allem, was heute geschehen war?

***

»Ich bin wirklich sprachlos, so etwas ist mir in meinem ganzen Leben noch nicht passiert!« Rudolf Pöllnitz' tief liegende Augen funkelten zornig.

Er war ein großer Mann mit kantigen Gesichtszügen und breiten Schultern. Hätte er nicht so elegante Kleidung getragen, hätte man ihn für ein Mitglied eines der berüchtigten Ringvereine in Berlin halten können. Wobei Alfred Lerch nicht sicher war, ob die Chefs dieser als Geselligkeitsverein getarnten Verbrecherbanden nicht in ähnlich teurem Zwirn herumliefen.

Er hob beschwichtigend die Hände. »Ein unverzeihlicher Fehler, Herr Pöllnitz, da stimme ich Ihnen zu. Ich habe keine Ahnung, wie das passieren konnte. Ich kann Ihnen nur anbieten, den Schaden wiedergutzumachen.«

Pöllnitz war wutschäumend an der Rezeption aufgetaucht, weil seine Frau eine Ratte unter dem Bett gesehen haben wollte. Das Ehepaar Pöllnitz bewohnte eine Kabine der zweiten Klasse auf der Backbordseite der *Regina Danubia*. Lerch erinnerte sich, dass die Frau, eine aparte dunkelhaarige Schönheit, sich bereits beim Einchecken mehrfach erkundigt hatte, ob die Kabinen auch sauber und frei von Ungeziefer seien. Angeblich hätten sie bei einer anderen Reise einmal Probleme mit Wanzen gehabt. Selbstverständlich hatte Alfred versichert, dass es so etwas an Bord der *Regina Danubia* nicht gebe.

Und das stimmte auch, zumindest was die Kabinen der Passagiere anging. Natürlich gab es auf dem Schiff Ungeziefer aller Art, das ließ sich schwer vermeiden. Es wurde jedoch erbittert bekämpft und so weit in Schach gehalten, dass die Passagierbereiche davon frei waren. Meistens zumindest.

Der Concierge war zusammen mit einem Burschen zu der Kabine des Ehepaars geeilt, und tatsächlich war das Viech zwischen ihren Beinen hindurch in den Korridor geschlüpft, kaum dass sie die Tür geöffnet hatten. Die Situation war mehr als unangenehm. Sie hatten nicht nur empörte Gäste, die womöglich allen Mitreisenden von ihrem schrecklichen Erlebnis erzählen würden, sondern auch eine frei in der zweiten Klasse herumlaufende Ratte.

Selbstverständlich hatte Alfred sofort sämtliche Burschen auf die Jagd nach dem Tierchen geschickt. Zudem hatte er dem Kapitän Bescheid gegeben, der dafür sorgte, dass die Schiffsjungen bei der Suche halfen. Alfred selbst fiel die Aufgabe zu, die aufgebrachten Gemüter zu besänftigen.

»Ich kann keine Nacht mehr in diesem Bett verbringen«, jammerte Henriette Pöllnitz. »Allein der Gedanke ist grauenvoll.« Sie zog ein Taschentuch hervor und tupfte sich die Stirn.

»Es tut mir so leid, meine Liebe«, sagte ihr Ehemann mit einer Sanftheit, die Alfred ihm gar nicht zugetraut hätte.

»Selbstverständlich bekommen Sie eine neue Kabine«, versicherte Alfred.

»Und wenn die Ratte sich dort verkrochen hat?«, fragte

Henriette Pöllnitz mit hysterischem Unterton. »Sie haben sie doch noch nicht gefangen, oder?«

»Wir erwischen sie, seien Sie unbesorgt, Frau Pöllnitz.« Alfred schenkte ihr ein beruhigendes Lächeln. »Außerdem werden Sie den Rest der Reise in einer Kabine der ersten Klasse verbringen, als kleine Wiedergutmachung für die Unannehmlichkeiten. Die liegt ein Deck höher, da sind Sie in Sicherheit.«

Natürlich konnten Ratten problemlos Treppen überwinden, doch Alfred hoffte, dass Frau Pöllnitz sich mit der Aussicht auf eine komfortablere Kabine so weit besänftigen ließ, dass sie darüber nicht nachdachte.

Tatsächlich bedachte sie ihn mit einem dankbaren Blick. »Das ist wirklich freundlich von Ihnen.«

»Es ist das mindeste, was ich tun kann. Wenn Sie mir bitte folgen wollen. Ein Zimmerbursche kümmert sich um Ihr Gepäck.«

Herr und Frau Pöllnitz tauschten einen kurzen Blick, dann nickte der Ehemann. »Ich denke, damit sind wir einverstanden.«

Seine Frau griff nach ihrer Handtasche, einem ausladenden Lederbeutel, und schritt zur Tür. »Ich kann es kaum erwarten, hier wegzukommen.«

Alfred führte sie hinauf in die erste Klasse und war erleichtert, dass sie unterwegs niemandem begegneten. Zum Glück war es bereits kurz vor zehn, und die meisten Gäste hatten sich in ihre Kabinen zurückgezogen.

Alfred schloss eine der beiden nicht belegten Kabinen in der ersten Klasse auf, schaltete das Licht ein und ließ dem Ehepaar Pöllnitz den Vortritt.

»Oh, wie nett«, rief Henriette Pöllnitz aus und strich über eines der weinroten Sesselkissen.

»Ich werde ein Mädchen heraufschicken, das Ihnen das Bett aufdeckt.«

»Ich denke, das ist nicht nötig«, sagte Rudolf Pöllnitz. »Meine Frau braucht jetzt Ruhe und möglichst keine weitere Störung.«

Alfred nickte. »Dann lasse ich Ihnen nur noch das Gepäck bringen. Haben Sie sonst noch einen Wunsch? Eine Flasche Champagner vielleicht, auf den Schreck?«

»Das wäre wunderbar.« Henriette Pöllnitz stellte die Handtasche auf dem Boden ab und setzte sich probeweise in den Sessel. »Dann kann ich bestimmt besser schlafen.«

»Ich werde es veranlassen, gnädige Frau.«

Als Alfred die Kabine verließ, trat Pöllnitz mit ihm auf den Gang. »Danke für Ihren Einsatz«, sagte er. »Ich weiß das zu schätzen. Meine Frau ist wirklich sehr heikel.«

»Aber das ist doch selbstverständlich.« Alfred zögerte. »Wenn ich Sie höflichst darum bitten dürfte, über den Vorfall Stillschweigen zu wahren, Herr Pöllnitz.« Er räusperte sich. »Ich möchte verhindern, dass die übrigen Gäste beunruhigt werden.«

»Aber das ist doch selbstverständlich. Falls irgendwer mich darauf anspricht, dass wir die Kabine gewechselt haben, erzähle ich, dass ein Missverständnis bei der Buchung vorlag.«

»Das ist sehr freundlich von Ihnen, Herr Pöllnitz. Ich wünsche Ihnen und Ihrer Frau Gemahlin eine angenehme Nacht.«

Als Alfred zu seiner Kabine zurückkehrte, wartete einer der Burschen vor der Tür.

»Wir haben sie erwischt«, verkündete er stolz.

Alfred atmete erleichtert auf. »Was haben Sie mit ihr gemacht?«

Der Bursche fuhr sich mit der Hand über die Kehle. »Erledigt und über Bord.«

Alfred nickte. Angesichts der Umstände war das wohl die beste Lösung. »Ich erwarte, dass niemand über diesen Vorfall ein Wort verliert, verstanden?«

»Jawohl, Herr Lerch.«

Alfred trat in die Kabine und ließ sich müde auf dem Bett nieder. Was für eine Katastrophe. Eine Ratte in der Gästekabine, so etwas war ihm noch nie untergekommen. Morgen früh würde er den Raum gründlich reinigen und auf verborgene Löcher und Ritzen untersuchen lassen. Und er musste Anton Sailer über den Vorfall unterrichten.

Blieb nur zu hoffen, dass die Geschichte nicht doch noch ein unangenehmes Nachspiel hatte. Rudolf Pöllnitz hatte sich als sehr vernünftig erwiesen, bei seiner Frau war Alfred nicht so sicher. Es stand zu befürchten, dass sie beim Frühstück allen ihr Leid klagte. Dagegen war Alfred machtlos. Er konnte nur abwarten und das Beste hoffen.

* * *

Mit einem beklommenen Gefühl im Bauch schlich Alma die Treppe hinauf auf das Promenadendeck. Nach ihrer Konfrontation mit den anderen Zimmermädchen hatte sie sich bettfertig gemacht und hingelegt, obwohl an Schlaf nicht zu denken war. Vincents Zettel hatte sie zerrissen und in den Papierkorb geworfen. So schön es gewesen wäre, ihn zu sehen, es war einfach zu riskant. Sie wollte ihre Stelle behalten, schon allein um ihren Eltern zu beweisen, dass sie die richtige Entscheidung getroffen hatte.

Als Emmi kurz darauf in die Kabine gekommen war, hatte sie sich schlafend gestellt. Emmi zog sich leise um und legte sich ebenfalls hin. Kurz darauf war ihr gleichmäßiger Atem zu hören. Alma jedoch wälzte sich rastlos hin und her. Um kurz vor elf hatte sie auf die Uhr gesehen und sich gefragt, ob Vincent wohl jetzt irgendwo über ihr an der Reling stand und auf sie wartete.

Schließlich war sie aufgestanden, hatte sich lautlos wieder angezogen und war aus der Kabine geschlichen. Sie wusste, dass es leichtsinnig war, doch das Bedürfnis, mit jemandem zu reden, der sie verstand, war übermächtig. Sie musste eben auf der Hut sein, sich im Schatten halten und möglichst kein Geräusch machen.

Gerade als Alma nach der Klinke greifen wollte, wurde die Tür von der anderen Seite aufgestoßen. Alma konnte sich gerade noch dahinter flüchten. Ein hochgewachsener breitschultriger Mann drängte sich an ihr vorbei. Er kam ihr dabei so nahe, dass Alma seine Körperwärme spüren konnte.

Sie hielt die Luft an. War das Vincent, der es aufgegeben hatte, auf sie zu warten?

Schritte polterten die Stufen hinunter, die Tür krachte zu. Alma stand nun ungeschützt auf dem Treppenabsatz und blickte dem Mann hinterher. Viel mehr als ein dunkler Schemen war nicht zu erkennen, deshalb wagte sie nicht, ihn beim Namen zu rufen. Wenn es doch nicht Vincent war, würde sie auffliegen, und er mit ihr.

Zum Glück drehte er sich nicht um, und Alma entspannte sich, als der Mann aus ihrem Blickfeld verschwand. Sie zögerte. Sollte sie besser zurückkehren? Draußen auf dem Deck wartete ohnehin niemand mehr auf sie.

Wenigstens einmal tief durchatmen, sagte sie sich dann. Vielleicht gelang es ihr danach, etwas Schlaf zu finden. Sie öffnete die Tür und trat lautlos nach draußen. Vorsichtig schlich sie zu dem Kran, auf dessen Sockel sie gestern Abend gesessen hatte. Eine Gestalt kauerte in der Dunkelheit. Jetzt sprang sie auf.

»Alma, zum Glück!«, rief Vincent erleichtert. »Ich dachte, er wäre zurückgekehrt.«

»Wer?«

»Einer der Bootsmänner. Er tauchte plötzlich auf und hat sich an der Kiste mit den Rettungswesten zu schaffen gemacht. Ich konnte mich gerade noch verstecken. Er ist eben erst wieder weg, du müsstest ihm eigentlich begegnet sein.«

»Bin ich«, bestätigte Alma.

»Und?«

»Er hat mich nicht gesehen.«

»Gott sei Dank.« Vincent deutete auf den Sockel. »Möchtest du dich setzen?«

»Nur einen Moment.« Alma ließ sich nieder, Vincent nahm neben ihr Platz. »Eigentlich wollte ich gar nicht kommen. Ich wäre heute beinahe von Bord geschickt worden.«

»Du lieber Himmel, was ist passiert?«

»Eine lange Geschichte.«

»Möchtest du mir davon erzählen? Vielleicht bei einem Glas Wein?« Vincent griff neben sich und zauberte eine Flasche und zwei Gläser hervor.

»Wo hast du die denn her?«

»Die Flasche habe ich ehrlich erworben, die Gläser sind aus dem Speisesaal geborgt.« Er schenkte ein und reichte Alma ein Glas.

Sie betrachtete die rote Flüssigkeit, die im Licht der Sterne geheimnisvoll funkelte, nippte und erzählt dann von ihrem Abenteuer in der ersten Klasse und dem Arrangement, das daraus entstanden war.

»Da hast du aber wirklich Glück gehabt«, sagte Vincent, als sie geendet hatte.

»Das kann man wohl sagen.« Alma nahm einen weiteren Schluck von dem Wein, spürte, wie die Anspannung allmählich nachließ.

»Dann kommst du bei deiner Arbeit nur in die Kabinen der zweiten Klasse?«, fragte Vincent.

»Genau«, bestätigte Alma. »Eigentlich dürfte ich das Deck, auf dem sich die erste Klasse befindet, gar nicht betreten. Diese Regel ist nun natürlich außer Kraft gesetzt.«

Vincent verzog das Gesicht, für einen Moment kam es Alma so vor, als wäre er enttäuscht, doch schon lächelte er wieder. »Bestimmt erfahrt ihr Zimmermädchen so allerhand über die Gäste. Schließlich betretet ihr jeden Tag deren Kabinen.«

»Aber nur, wenn die Passagiere zu Tisch sind«, wandte Alma ein.

»Dennoch. An der Kleidung und an den Gegenständen, die herumliegen, kann man sicherlich einiges ablesen.«

»Vielleicht«, erwiderte Alma vage. Sie fragte sich, worauf Vincent hinauswollte.

»In manchen Kabinen stehen womöglich Fotos auf dem Nachttisch. Oder es liegen Medikamente auf dem Waschbeckenrand.«

»Aber die schauen wir uns doch nicht näher an«, protestierte Alma.

»Manchmal kommt man aber doch nicht umhin, das eine oder andere zu bemerken«, beharrte Vincent. »Ich könnte wetten, dass ihr Mädchen genau wisst, welche Gäste ihre Wertgegenstände sicher verstauen und welche ihre teuren Schmuckstücke leichtsinnig herumliegen lassen.«

Alma starrte ihn an. Ein schrecklicher Verdacht stieg in ihr auf. Sie stellte das Weinglas ab. »Horchst du mich über die Gäste aus?«

»Natürlich nicht. Ich bin nur neugierig.«

»Und warum fragst du nach dem Schmuck?«

»Es war bloß ein Beispiel, vergiss es.«

»Das glaube ich nicht.«

»Was unterstellst du mir da?«

Er wirkte ehrlich empört, doch Alma bemerkte ein verräterisches Blitzen in seinen Augen. Sie sprang auf, zutiefst verletzt. Auch er meinte es also nicht ehrlich mit ihr. Wie dumm sie doch war! Bestimmt hatte er sie ausgewählt, weil sie die Neue war. Und weil sie sich so einfach hinters Licht führen ließ. Er hatte das alles zweifellos von langer Hand geplant. Wahrscheinlich war sogar ihre erste Begegnung im Korridor arrangiert gewesen.

»Ich gehe jetzt«, sagte sie und zog die Strickjacke enger um die Schultern.

Er stand ebenfalls auf. »Bitte, Alma, lass mich erklären.«

»Nicht nötig, ich habe verstanden.« Sie wandte sich ab, ging ein paar Schritte, drehte sich noch einmal um. »Such dir eine andere, die du aushorchen kannst, ich stehe nicht mehr zur Verfügung.«

»Aber Alma …«

Sie rannte los, stieß die Tür auf und stürmte die Treppe hinunter. Erst auf dem Oberdeck besann sie sich und drosselte das Tempo. Dass Vincent sie so mies behandelt hatte, war schlimm genug. Sie wollte nicht auch noch seinetwegen ihre Stelle verlieren.

* * *

Vincent trat an die Reling und boxte einige Male wütend gegen das Geländer. Was war er doch für ein Idiot! Er hätte sich ohrfeigen können. Er hatte es vermasselt, war es völlig falsch angegangen.

Dabei hatte er es sich so einfach vorgestellt: ein bisschen mit den Kollegen plaudern, ihnen auf den Zahn fühlen und dabei Dinge in Erfahrung bringen, die sich später zu einem Bild zusammenfügten, das den Dieb offenbarte. Doch stattdessen hatte er erst Julius misstrauisch gemacht und nun auch noch Alma gegen sich aufgebracht. Dabei mochte er sie wirklich und wollte sie keineswegs bloß aushorchen. Jetzt hatte er sie nicht nur als Informationsquelle, sondern auch als Freundin verloren.

Er trat zurück an den Sockel des Davits, hob die Weinflasche und die beiden Gläser auf. Vater würde auftrumpfen, dachte er bitter, wenn er wüsste, wie jämmerlich ich versagt habe. Habe ich dir nicht gleich gesagt, dass das eine Schnapsidee ist?, würde er sagen.

Und vielleicht war es das ja wirklich. Vielleicht sollte er in Wien von Bord gehen, mit dem Zug heimreisen und seine Niederlage eingestehen.

Vincent drückte mit dem Ellbogen auf die Klinke und öffnete die Tür. Wütend stapfte er die Stufen hinunter und durchquerte den Passagierkorridor der ersten Klasse, statt auf der Hintertreppe zu bleiben. Es war ihm egal, ob er bemerkt wurde. Mehr noch, er wollte am liebsten erwischt und gekündigt werden. Das wäre genau der Dämpfer, den er verdient hatte.

Trotzdem fuhr ihm der Schreck in die Glieder, als tatsächlich eine Gestalt vor ihm auftauchte, die langsam näher kam. Die andere Person bemerkte ihn ebenfalls, zögerte einen Moment, ging dann jedoch weiter auf ihn zu. Genau unter einer der Notlampen, die nachts auf den Korridoren brannten, begegneten sie sich.

»Großer Gott, Vincent!«

»Claire? Was in aller Welt machst du hier?« Ungläubig starrte Vincent seine Verlobte an. Seine Gefühle sprangen unschlüssig zwischen freudiger Überraschung, Unverständnis und Argwohn hin und her. »Ich dachte, du besuchst deine Cousine in Vilshofen.« Ein Teil von ihm hätte Claire gern in die Arme geschlossen, doch der andere fragte misstrauisch, warum sie ihn belogen hatte.

Claire legte den Kopf schief. »Und du hast gesagt, du müsstest geschäftlich nach Regensburg«, konterte sie. »Warum trägst du auf deinem eigenen Schiff eine Bedienstetenuniform?«

»Ich bin tatsächlich geschäftlich an Bord«, erklärte Vincent. »Ich muss etwas Dringendes regeln. Inkognito. Deshalb die Maskerade.«

»Etwas dringendes Geschäftliches, ja?« Claire verschränkte die Arme und blickte hinunter auf die Weinflasche und die beiden Gläser.

Verflucht, auch das noch. »Ich habe mit einem Kollegen ein Gläschen getrunken«, erklärte Vincent.

»Mit einem Kollegen, soso.«

»Vertraust du mir nicht?«

»Ich weiß nicht, ob ich dir vertrauen kann, Vincent. Du hast mich angelogen.«

»Du etwa nicht, Claire?« Vincent betrachtete sie. Das kastanienbraune Haar lag in modischen Wellen um ihr schmales Gesicht. Die dunklen Augen blickten ihn herausfordernd an. So vertraut war sie ihm, und doch zugleich fremd.

Er kannte Claire, seit sie Kinder waren, ihre Eltern hatten seit vielen Jahren geschäftlich miteinander zu tun. Irgendwie war immer klar gewesen, dass sie einmal ein Paar werden würden, auch wenn Vincent als Junge kaum einen Gedanken daran verschwendet hatte. Doch dann war er als Achtzehnjähriger desillusioniert von der Front heimgekehrt, wo die Hälfte seiner Schulkameraden gestorben war, und Claire hatte ihm Halt gegeben. Sie hatte ihm zurück ins Leben geholfen, und dafür war er ihr unendlich dankbar. Seit drei Jahren waren sie verlobt, und allmählich wurde es Zeit, den nächsten Schritt zu tun. Doch immer schien etwas anderes wichtiger zu sein.

»Ich wollte wirklich zu meiner Cousine«, verteidigte sich Claire.

»Und warum bist du dann an Bord? Erklär es mir!«

Auf Claires Gesicht breitete sich ein verlegenes Lächeln aus. »Ich fürchte, du hast mich erwischt.«

Vincents Herz zog sich zusammen. Konnte es sein, dass Claire ihn betrog und dass sie die Reise mit seinem Nebenbuhler angetreten hatte? Teilte sie etwa eine Kabine mit diesem Mann? Und das ausgerechnet auf einem Schiff, das ihrem zukünftigen Schwiegervater gehörte?

»Was soll das heißen?«, fuhr er sie an. »Wobei habe ich dich erwischt?«

»Psst«, machte sie. »Du willst doch bestimmt keine Zeugen bei diesem Gespräch.«

»Warum nicht?«, gab Vincent kampflustig zurück.

»Komm.« Sie ergriff seine Hand und zog ihn zu einer Kabinentür. »Ich erkläre es dir drinnen.«

Sie schloss auf und schlüpfte durch die Tür. Vincent blieb nichts anderes übrig, als ihr zu folgen. Immerhin war es eine Einzelkabine. Aber das musste nichts heißen.

Als Claire das Licht anmachte, blickte Vincent sich nach Spuren um, die die Anwesenheit eines Mannes verrieten. Doch auf den ersten Blick konnte er nichts erkennen.

Claire deutete auf die Flasche. »Möchtest du mir nicht einen Schluck anbieten?«

Vincent nickte resigniert und schenkte die beiden Gläser voll. Sie prosteten sich zu, nippten.

Dann stellte Vincent das Glas auf dem Nachttisch ab. »Also?«, fragte er.

»Ich wollte dich überraschen.« Claire senkte den Blick. »Das ist mir offenbar gelungen.«

»Du wolltest mich überraschen? Aber …«

»Du warst so enttäuscht, dass ich an meinem Geburtstag in Vilshofen sein würde. Also habe ich es mir anders überlegt.«

»Aber außer meinem Vater wusste niemand, dass ich auf der *Regina Danubia* mitreisen würde.«

Claire blickte verlegen in ihr Glas.

»Hat er es dir verraten?«

»Sei ihm nicht böse.«

Vincent schüttelte den Kopf, halb verärgert, halb erfreut. »Du bist wirklich erstaunlich, Claire.«

»Ich hoffe, du freust dich wenigstens ein bisschen.«

»Ach, Claire.« Er nahm ihr das Glas aus der Hand, stellte es weg und schloss sie in die Arme. »Natürlich freue ich mich, dich zu sehen.« Er küsste sie, dann nahm er ihr Gesicht in die Hände und strich sanft mit dem Daumen über ihre Wange. »Auch wenn es meine Mission an Bord ein wenig komplizierter macht. Hat Vater dir erzählt, worum es geht?«

Claire schüttelte den Kopf.

Vincent ließ sich auf dem Bett nieder. »Setz dich zu mir.«

Er erzählte ihr von den Diebstählen und von den vergeblichen Versuchen, seine neuen Kollegen auszuhorchen. Nur von Alma sagte er lieber nichts.

»Heiliger Bimbam, Vincent, was für ein Abenteuer. Und du hast noch nichts in Erfahrung gebracht?«

»Leider nein. Ich habe mich wohl sehr ungeschickt angestellt.«

»Jetzt bin ich ja da und kann dir helfen.«

»Du kannst wohl kaum das Personal aushorchen.«

»Aber die anderen Gäste. Ich könnte herausfinden, wer wertvollen Schmuck dabeihat, und dann könnten wir auf diese Person ein Auge haben, da sie das wahrscheinlichste Opfer ist.«

»Der Gedanke kam mir auch schon, doch leider bin ich mit meinen Nachforschungen nicht sehr weit gekommen.«

Claire lächelte. »Überlass das mir.«

»Aber es darf uns niemand zusammen sehen.«

»Natürlich nicht.« Sie ergriff seine Hand. »Du kannst nach Dienstschluss heimlich in meine Kabine kommen, so wie heute.« Sie beugte sich zu ihm, wieder küssten sie sich.

»Ein verführerischer Gedanke«, murmelte er in ihr Haar.

»Dann machen wir es so.« Sie löste sich aus seiner Umarmung. »Geh jetzt, Liebster. Sonst bekommst du Ärger und wirst am Ende noch gekündigt. Und dann muss ich meinen Geburtstag doch allein feiern.«

KAPITEL 5

Kurz vor Wien, Samstag, 15. August 1925

»Können Sie mir bei den Knöpfen helfen, meine Liebe?«

»Selbstverständlich, Mylady.«

»Und sagen Sie nicht immer Mylady, Kind. Nennen Sie mich Millicent.«

»Wie Sie wünschen, Mylady.« Alma knöpfte vorsichtig die Bluse aus blassrosa Seide zu. So feinen Stoff hatte sie noch nie unter den Fingern gespürt.

»So, und jetzt noch die Kette.« Die alte Dame deutete auf die Kommode, wo die Kette mit dem Schmetterlingsanhänger lag.

Alma ging sie holen. Gerade als sie Millicent die Kette anlegen wollte, gab diese ein leises Stöhnen von sich und fasste sich an die Brust.

Erschrocken stützte Alma die alte Dame. »Großer Gott, Mylady, geht es Ihnen nicht gut? Haben Sie Schmerzen?«

»Alles bestens, ich bin nur müde«, presste Millicent Simmons hervor. »Helfen Sie mir, ich muss mich setzen.«

Alma führte die alte Dame zum Sessel. »Soll ich den Schiffsarzt holen?«

»Liebe Güte, nein! Bringen Sie mir ein Glas Wasser.«

Alma füllte ein Glas und reichte es Millicent, deren Finger so sehr zitterten, dass sie die Hälfte verschüttete. Alma half ihr beim Trinken.

»Ich bin so müde«, sagte Millicent.

»Möchten Sie sich hinlegen?«, fragte Alma.

»Einen Moment vielleicht.«

Alma half der alten Dame ins Schlafzimmer, wo sie sich aufs Bett legte und die Augen schloss. Verunsichert blieb Alma daneben stehen. Sie wusste nicht, was sie tun sollte. Gestern hatte Millicent Simmons den Eindruck einer gebrechlichen, aber dennoch rüstigen alten Dame gemacht. War sie erkrankt? Oder war sie morgens immer so müde? Überschritt Alma ihre Kompetenz, wenn sie ungebeten Hilfe holte?

Sie räusperte sich. »Soll ich nicht doch lieber den Arzt holen, Mylady?«

»Der kann mir nicht helfen«, verkündete die alte Dame, ohne die Augen zu öffnen.

»Kann ich sonst etwas tun? Möchten Sie das Frühstück auf dem Zimmer einnehmen?«

Millicent Simmons schlug die Augen auf. »Ich brauche heute kein Frühstück, nur meine Medizin und etwas Ruhe.« Sie deutete auf die Ablage über dem Waschbecken. »Bringen Sie mir die Tropfen, bitte.«

Alma holte das dunkle Fläschchen, half Millicent Simmons, sich im Bett aufzusetzen, zählte zwanzig Tropfen auf einen Löffel ab, den die alte Dame in ihrer dürren, knochigen Hand hielt. Millicent schob sich den Löffel in den Mund und spülte mit Wasser nach.

Sie seufzte. »Dabei hatte ich mich so auf den Landgang gefreut. Wien!« Ihre Augen begannen zu schimmern. »Vierzig Jahre war ich nicht mehr dort. Ich hätte so gern …« Sie sank zurück ins Kissen, die Augen fielen ihr zu.

»Mylady?«, flüsterte Alma ängstlich. »Millicent? Geht es Ihnen gut?«

»Alles bestens.« Die alte Dame streckte die Hand aus, Alma ergriff sie. »Leisten Sie mir noch einen kleinen Augenblick Gesellschaft, meine Liebe, nur bis ich eingeschlafen bin.«

Während Alma bei der alten Dame am Bett saß, wanderten ihre Gedanken zu Emmi, die heute Morgen auffallend nett zu ihr gewesen war. Statt Alma wie sonst in harschem Ton zur Eile anzutreiben, hatte sie freundlich gesprochen, ihr beim Bettenmachen geholfen und sie sogar gefragt, ob sie gut geschlafen habe. Dann entschuldigte sie sich dafür, dass sie mit ihren Kolleginnen schlecht über Alma gesprochen hatte.

»Du hast uns gestern Abend ganz schön den Kopf gewaschen«, sagte sie. »Das hat uns beeindruckt.«

»Ich war wütend.«

»Und das zu Recht. Es tut mir wirklich leid, dass wir so gemein waren.«

»Schon in Ordnung.«

Emmi hielt ihr die Hand hin. »Freundinnen?«

Alma schlug ein. »Freundinnen.«

Auch die anderen Mädchen entschuldigten sich bei Alma, die das Gefühl hatte, nun endlich an Bord angekommen zu sein. Sie hatte überlegt, Grete damit zu konfrontieren, in was für eine unmögliche Lage sie sie gebracht hatte, es dann aber gelassen. Grete hatte es sicherlich nicht böse gemeint, und da die Geschichte glimpflich ausgegangen war, wollte sie nicht nachtragend wirken.

Tatsächlich schien Grete sich keiner Schuld bewusst zu sein, sie plapperte munter wie eh und je, als sie in der Wäschekammer gemeinsam die frischen Handtücher auf dem Wagen stapelten. Und als Alma sich entschuldigte, um zu Lady Alston hinaufzugehen, kommentierte sie das mit keinem Wort.

Da Alma nun neue Freundinnen hatte, konnte ihr Vincent gestohlen bleiben. Er hatte einen so netten Eindruck gemacht, wie hatte sie sich bloß derart in ihm täuschen können? War sie einfach zu naiv, wenn es um Männer ging? Fehlte ihr die Lebenserfahrung?

Nicht, dass sie in dem Kellner mehr gesehen hätte als einen befreundeten Kollegen, Gott bewahre. Aber dennoch erschien es ihr bemerkenswert, dass ihre Urteilskraft zu versagen schien, sobald ein gut aussehender junger Mann ins Spiel kam. Nun ja, sie hatte ihre Lektion gelernt.

Alma spürte, wie die Finger der alten Dame in ihrer Hand schlaff wurden, ihr Atem ging tief und regelmäßig. Millicent Simmons war eingeschlafen. Alma erhob sich. Es wurde Zeit, dass sie sich wieder an ihre eigentliche Arbeit machte. So leise wie möglich schlich sie aus der Kabine und eilte zurück aufs Mitteldeck.

* * *

Claire kontrollierte ihre Frisur vor dem Spiegel. Heute hatte sie das Bedürfnis, besonders gut auszusehen. Ein wenig fühlte es sich an, als würde sie in die Schlacht ziehen. Nur dass sie drei Schlachten auf einmal schlug. Gegen den unbekannten Gegner, der ihr das Dokument entwenden wollte. Gegen den Juwelendieb, den sie gemeinsam mit Vincent jagte. Und gegen Vincent, in gewisser Weise jedenfalls. Sie musste irgendwie dafür sorgen, dass die Lüge, die sie ihm erzählt hatte, nicht aufflog. Zumindest so lange, bis ihr Auftrag erfüllt war.

Noch immer setzte ihr Herzschlag aus, wenn sie an die Begegnung gestern Abend dachte. Was für ein Schreck, plötzlich vor ihm zu stehen! Da er die Uniform getragen hatte, hatte sie ihn kaum beachtet und erst erkannt, als er unmittelbar vor ihr stand.

Was für ein Glück, dass ihr die Notlüge mit der Überraschung eingefallen war. Und dass Vincent sie geschluckt hatte. Sie hoffte nur, dass er in den nächsten Tagen nicht mit seinem Vater sprechen würde. Ein einziges Telefonat, und das Lügengerüst würde in sich zusammenbrechen.

Claire wandte sich vom Spiegel ab. Alles wäre einfacher, wenn Theodor Keller sie nicht zu absoluter Verschwiegenheit verpflichtet hätte. Sie hatte es ihm geschworen. Kein Wort. Zu niemandem. Das Schicksal Deutschlands hing davon ab. Sie griff nach ihrer Handtasche. Nach dem Frühstück würden sie in Wien anlegen, und sie hatte sich für eine Stadtrundfahrt im Fiaker angemeldet. Das würde sie zumindest auf andere Gedanken bringen. Am liebsten hätte sie mit Vincent die Stadt erkundet, aber der hatte erst am Abend für ein paar Stunden frei. Vielleicht konnten sie sich dann noch einmal heimlich von Bord stehlen. Die *Regina Danubia* würde über Nacht in Wien bleiben und erst morgen Nachmittag wieder ablegen.

Fast alle saßen bereits auf ihren Plätzen, als Claire im Speisesaal eintraf.

»Freuen Sie sich auf Wien, Fräulein Ravensberg?«, begrüßte Edmund Valerian sie.

»Ich bin schon sehr gespannt«, erwiderte sie.

»Das Wetter sieht zum Glück gut aus.« Valerian warf einen Blick aus dem Fenster. »Zwar sind am Horizont ein paar Wolken zu sehen, aber die ziehen nur langsam näher. Heute Nachmittag könnte es regnen.«

»Sie kennen sich ja richtig gut aus«, rief Gräfin Daschkowskajewa bewundernd.

»Aber nicht doch.« Er winkte ab. »Das ist bloß die Lebenserfahrung eines alten Mannes.«

»Aber Sie sind doch kein alter Mann.«

Valerian lächelte traurig. »Manchmal fühle ich mich so.«

Jekaterina Daschkowskajewa machte große Augen, doch bevor sie etwas fragen konnte, wechselte Hans Harbach das Thema.

»Wie gut, dass wir gleich nach dem Frühstück aufbrechen«, sagte er. »Die Gräfin erweist mir heute die Ehre, mir bei der Stadtbesichtigung Gesellschaft zu leisten.«

Claire spürte, wie Edmund Valerian ihr einen Blick zuwarf. »Oh, da kommt der Kaffee, endlich«, rief sie rasch, als ein Kellner mit einer silbernen Kanne auf sie zueilte.

Während er einschenkte, ließ sie ihren Blick durch den Raum wandern und versuchte herauszufinden, wo Vincent bediente, entdeckte ihren Verlobten jedoch nicht. Was für ein Glück, dass er nicht für ihren Tisch zuständig war, sonst müssten sie dreimal täglich eine Scharade aufführen.

»Haben Sie das von dem Ehepaar Pöllnitz gehört?«, flüsterte die Gräfin zwischen zwei Bissen Rührei.

»Was denn?«, fragte Claire, nur mäßig interessiert.

»Die haben mitten in der Nacht die Kabine gewechselt, von der zweiten in die erste Klasse. Angeblich ein Fehler bei der Buchung der Reise.«

»Sie glauben das nicht?«, fragte Valerian.

»Wer schifft sich denn in der zweiten Klasse ein, wenn er die erste gebucht hat, und merkt es erst nach zwei Tagen?«, fragte Daschkowskajewa zurück.

»Schon merkwürdig, das stimmt«, räumte der Schuhfabrikant ein.

»Vielleicht hat es damit zu tun, dass in Wien weitere Gäste zusteigen«, spekulierte Claire.

»Jedenfalls sind sie jetzt quasi meine Nachbarn«, schloss die Gräfin. »Ich habe die letzte Einzelkabine im Korridor und sie die erste Doppelkabine. Dazwischen liegen nur die Treppenaufgänge. Nun ja.« Sie legte ihre Gabel weg und wischte sich den Mund ab. »Ein wenig finster blickt der Pöllnitz immer drein, das ist mir fast unheimlich. Aber seine Frau wirkt nett. Wir haben gestern Nachmittag im Teesalon über Mode und Schmuck geplaudert. Sie ist wirklich kultiviert, eine echte Dame.«

»Sollte ihr Mann Ihnen Furcht einflößen, verehrte Gräfin, rufen Sie mich um Hilfe«, bot Harbach an. »Ich stehe Tag und Nacht zu Ihrer Rettung bereit.«

Eine leichte Röte huschte über Jekaterina Daschkowskajewas Gesicht. »Sie sind ein echter Kavalier, Herr Harbach.«

Claire bemerkte, wie Edmund Valerian schmunzelnd eine Braue hochzog, und konnte sich ebenfalls ein kleines Lächeln nicht verkneifen. Dann wurde der Fabrikant wieder ernst. Er winkte dem Kellner.

Der verbeugte sich. »Ja, gnädiger Herr?«

»Wer hat das Rührei zubereitet?«

»Stimmt etwas nicht damit?«

»Ich wüsste gern den Namen.«

»Da müsste ich nachfragen, gnädiger Herr.« Der junge Bursche war sichtlich irritiert.

»Tun Sie das.«

Der Kellner eilte davon.

»Wollen Sie sich über das Essen beschweren, Herr Valerian?«, fragte Hans Harbach.

»Wir werden sehen«, wich Valerian aus.

Der Kellner kehrte zurück. »Das Ei wurde von einem unserer Hilfsköche zubereitet, gnädiger Herr.«

»Name?«

»Kurt Rieneck, gnädiger Herr. Ist es nicht nach Ihrem Geschmack?«

»Schicken Sie Herrn Rieneck zu mir.«

Der Kellner leckte sich über die Lippen. »Ich weiß nicht …«

»Nun machen Sie schon.«

Claire betrachtete Valerian interessiert. Bisher hatte sie ihn für einen freundlichen, wenn auch ein wenig melancholischen Witwer gehalten. Nun sah sie zum ersten Mal die andere Seite, den befehlsgewohnten Fabrikherrn, der erwartete, dass man tat, was er anordnete.

Der Kellner kehrte zurück, einen etwa gleichaltrigen jungen Mann mit einer langen weißen Schürze im Schlepptau. Claire bemerkte, dass einige Gäste an den anderen Tischen ihre Mahlzeit unterbrachen und neugierig zu ihnen herüberstarrten.

Der Hilfskoch verbeugte sich. »Sie wollten mich sprechen, gnädiger Herr?«

Valerian betrachtete ihn einen Augenblick lang schweigend. Rieneck war groß und schlank, seine Gesichtszüge schmal, das Kinn forsch.

»Sie sind also Rieneck.«

»Ja, gnädiger Herr.«

»Das Ei ist hervorragend. Trauen Sie sich zu, es jeden Morgen auf diese Weise zuzubereiten?«

Der Hilfskoch blinzelte verwirrt. Sicherlich hatte er einen Tadel erwartet. Dann drückte er die Schultern durch. »Selbstverständlich, gnädiger Herr.«

»Gut«, sagte Valerian. »Sehr gut.« Er nickte. »Sie können wieder gehen, junger Mann.«

»Den haben Sie aber ganz schön verschreckt«, kommentierte Harbach, kaum dass der Hilfskoch außer Hörweite war.

»Das muss er aushalten.« Edmund Valerian schob den halb vollen Teller von sich weg. Als er Claires fragenden Blick bemerkte, zuckte er mit den Schultern. »Ich habe die Erfahrung gemacht, dass es die Menschen anspornt, wenn man sie lobt. Sie werden sehen, dass wir den Rest der Reise ein hervorragendes Frühstück bekommen werden.«

Während sich Valerian, Harbach und die Gräfin noch eine Weile über die Schwierigkeiten austauschten, gutes Personal zu bekommen, fragte Claire sich, was der Schuhfabrikant tatsächlich von dem Hilfskoch gewollt hatte. Für sie hatte es beinahe so ausgesehen, als würde er den jungen Mann einer Prüfung unterziehen. Doch was genau hatte er geprüft? Und zu welchem Zweck?

* * *

»Was hat es denn auf sich mit dieser Kabine?«, fragte Alma, während sie sich mit dem Putzeimer abmühte. Es war gar nicht so einfach, ihn durch den engen Gang zu schleppen, ohne etwas zu verschütten.

Emmi und sie waren von Frau Marscholek losgeschickt worden, um eine Kabine besonders gründlich zu reinigen. Sie lag auf der Steuerbordseite, für die sie normalerweise nicht zuständig waren, und Alma fragte sich, warum die Hausdame ausgerechnet sie beide mit der Aufgabe betraut hatte.

»Was soll damit sein?«, fragte Emmi zurück.

»Findest du es nicht merkwürdig, dass wir dort sauber machen sollen, obwohl es nicht zu unserem Bereich gehört?«

Bevor Emmi antworten konnte, öffnete sich eine Tür, und ein Gast kam heraus. Alma erschrak, schließlich sollten sie unsichtbar sein für die Passagiere. Dabei hatte sie längst gemerkt, dass das nicht immer möglich war. Sie traten zur Seite, um den Mann vorbeizulassen, dann setzten sie ihren Weg fort.

Vor der Kabine blieb Emmi stehen, nahm den Schlüssel aus ihrer Schürzentasche und schloss auf.

»Nun sag schon«, forderte Alma sie auf, kaum dass sie die Tür hinter sich geschlossen hatten. »Du weiß doch was, ich sehe es dir an.«

Emmi schob eine Strähne ihrer roten Haare unter die Haube. »Versprich, dass es unter uns bleibt. Du darfst mit niemandem darüber reden.«

»Ich verspreche es.«

»Einer der Zimmerburschen hat es mir im Vertrauen erzählt«, sagte Emmi und begann, die eine Seite des Doppelbetts abzuziehen.

Alma trat auf die andere Seite und ergriff das Kopfkissen. »Was denn?«, fragte sie ungeduldig.

»Es gab einen Vorfall.« Emmi warf den Bettbezug auf den Boden. »Gestern am späten Abend. Ein Problem mit der Kabine, weshalb das Ehepaar, das hier untergebracht war, umgezogen ist. In die erste Klasse.«

»Was denn für ein Problem?« Alma zog das Laken vom Bett.

Emmi senkte die Stimme. »Eines mit vier Beinen.«

»Eine Maus?«

»Schlimmer. Eine Ratte.«

»Grundgütiger. Was für ein Schreck.« Alma überlief ein Schauder. Zwar war ihr der Anblick solcher Tiere nicht völlig fremd, denn sie hausten auch in den Kellern der Passauer Altstadt. Aber das war etwas anderes, als eine Ratte im Schlafzimmer vorzufinden, womöglich sogar im Bett.

»Das kann man wohl sagen«, bestätigte Emmi. »Ein

Glück nur, dass es sich nicht unter den Gästen herumgesprochen hat.«

Alma nahm den Wäschesack und stopfte das Bettzeug hinein. »Kommt das öfter vor?«

»Natürlich nicht, wo denkst du hin?«, fuhr Emmi sie empört an. »Deshalb waren ja alle so geschockt. Die Burschen mussten gestern noch die ganze Kabine auf Löcher und Ritzen untersuchen. Irgendwie muss das Viech ja hereingekommen sein. Aber sie haben nichts gefunden.«

»Könnte es sein, dass die Gäste sich getäuscht haben?«, spekulierte Alma. »Vielleicht haben sie ein Rascheln gehört oder einen Schatten gesehen und nur vermutet, dass es sich um eine Ratte handelt.«

»Wohl kaum.« Emmi schnappte sich den Besen und machte sich daran, die Kabine auszufegen. In der zweiten Klasse gab es nur Bettvorleger auf den Holzböden, keine dicken Teppiche.

»Wie kann man da so sicher sein?« Alma griff nach dem Fensterleder und polierte den Spiegel über dem Waschbecken.

»Weil die Burschen zusammen mit der Schiffsmannschaft Jagd auf die Ratte gemacht haben. Und sie haben sie erwischt und über Bord geworfen.« Emmi unterbrach ihre Kehrarbeit, um den Bettvorleger zusammenzurollen.

»Das arme Tier«, murmelte Alma, von plötzlichem Mitleid erfasst.

»Hättest du es etwa am Leben gelassen?«, fragte Emmi.

»Ich weiß nicht.« Alma legte das Fensterleder weg und machte sich ans Waschbecken. »Aber ungerecht ist es schon. Die Ratte wollte auch nur leben.«

»Das wollen wir alle.« Emmi seufzte. »So ist die Welt. Fressen oder gefressen werden, nur die Starken überleben.«

»Ja, leider.«

Eine Weile widmeten sie sich schweigend ihrer Arbeit. Dann stieß Emmi einen überraschten Laut aus. »Wie kommt das hierhin?«

Alma drehte sich zu ihr um. »Was denn?«

»Holzmehl unterm Bett.« Emmi hielt Alma das Kehrblech hin. »Glaubst du, die Ratte hat am Federrahmen genagt?«

Stirnrunzelnd betrachtete Alma das Blech, nahm etwas von dem Holz auf, zerrieb es zwischen den Fingern. »Das ist kein Holzmehl, das sind Sägespäne. Mein Bruder macht eine Schreinerlehre, ich kenne den Unterschied.«

»Und?«, fragte Emmi, die offensichtlich nicht begriff, worauf Alma hinauswollte.

»Kein Tier hinterlässt Sägespäne, wenn es am Holz knabbert.«

Emmi nickte. »Dann wurde das Bett vielleicht repariert, und die Späne sind zurückgeblieben.«

»Und Grete und Traudel haben so schlampig geputzt?«, wandte Alma ein.

»Hast du eine andere Erklärung?«

Alma nahm noch einmal Späne auf und roch daran. »Die habe ich. Komm, wir müssen mit Frau Marscholek reden.«

* * *

Vincent wartete, bis der Strom von Menschen nachließ, die von Bord strebten. Vor einer halben Stunde hatten sie in Wien angelegt, und alle wollten so schnell wie möglich die Stadt erkunden. Unzählige Fiaker standen bereit, um Passagiere aufzunehmen. Eine kleine Gruppe hatte sich um den Fremdenführer Tristan Haag geschart. Die meisten Gäste machten sich jedoch auf eigene Faust auf den Weg.

Aus seinem Versteck im Korridor sah Vincent auch Claire, die an der Seite eines älteren Herrn über den Landgang schritt. Wie gern hätte er Wien mit ihr zusammen erkundet! Einen Moment lang überlegte er sogar, seine Pläne zu vergessen und ihr einfach zu folgen. Doch das Überleben der Reederei und somit auch ihre gemeinsame Zukunft hingen davon ab, dass er den Dieb erwischte. Also ließ er sie ziehen. Immerhin hätte ihr Begleiter ihr Vater sein können, es bestand also kein Grund zur Eifersucht.

Obwohl gestern Abend alles so überzeugend geklungen hatte, waren ihm über Nacht Zweifel an der Geschichte gekommen, die Claire ihm erzählt hatte. Erst wenige Stunden vor der Abreise hatte sein Vater in den Plan eingewilligt. Wie hätte Claire in der kurzen Zeit davon erfahren sollen? Aber wenn sie sich nicht seinetwegen eingeschifft hatte und wenn kein heimliches Liebesverhältnis dahintersteckte, was in aller Welt machte sie dann an Bord der *Regina Danubia*? Und warum verheimlichte sie ihm die Wahrheit?

Als alle Gäste von Bord gegangen waren, machte sich das Personal bereit für den Ausgang. Fast alle Zimmermädchen, Kellner, Burschen, Bootsleute und Schiffsjungen hatten heute Vormittag ein paar Stunden frei. Nur eine Notbesetzung musste an Bord bleiben sowie die Heizer, denn in Wien wurde frische Kohle gebunkert. Vincent hatte ebenfalls keinen Dienst, hatte sich jedoch unter einem Vorwand davor gedrückt, mit den anderen Kellnern gemeinsam an Land zu gehen.

Als die Zimmermädchen laut schwatzend an seinem Beobachtungsposten vorbeikamen, hielt Vincent nach Alma Ausschau. Er hätte sich gern mit ihr versöhnt, auch wenn er nicht wusste, wie er ihr seine merkwürdigen Fragen erklären sollte, ohne die Wahrheit preiszugeben. Doch er konnte sie nicht entdecken. War es möglich, dass sie als Einzige nicht von Bord durfte?

Vincent presste die Lippen zusammen. Heute wollte er sich die Kabinen der Zimmermädchen vornehmen. Zwar konnte er sich kaum vorstellen, dass eine der jungen Frauen eine abgebrühte Diebin war, aber eine Komplizin, warum nicht? Wenn jedoch nicht alle Zimmermädchen die freie Zeit für einen Landgang nutzten, gefährdete das seinen Plan. Seine Anwesenheit im Korridor des weiblichen Personals zu erklären, falls er erwischt wurde, wäre schon schwierig genug. In einer der Kabinen auf deren Bewohnerin zu stoßen hätte wahrscheinlich seine sofortige Kündigung zur Folge. Er musste es dennoch wagen, denn eine Gelegenheit wie diese ergab sich nicht oft.

Sobald alle von Bord waren und die Rezeption verwaist dalag, schlich Vincent hinter die Theke, um das Schlüsselbund zu holen. Als er die Schublade aufziehen wollte, in der das Schlüsselbund lag, hörte er Schritte. Er schaffte es gerade noch, hinter der Theke hervorzuspringen, da tauchte Alfred Lerch auf der Treppe auf.

»Nanu, was machen Sie denn hier?«, fragte er. »Herr Jordan, nicht wahr, der neue Kellner.«

»Jawohl, Herr Lerch.« Vincent strich die Uniform glatt und stellte sich aufrecht hin, die Beine zusammen, den Rücken durchgestreckt.

»Warum sind Sie nicht an Land?«, fragte Lerch.

Vincent war nicht sicher, ob das, was in seiner Stimme mitschwang, Argwohn war oder einfach nur Verwunderung.

»Ich wollte vorher noch einen Brief schreiben. Bisher bin ich einfach nicht dazu gekommen. Deshalb bin ich auch hier. Ich habe festgestellt, dass ich kein Briefpapier dabeihabe.«

»Dann wollen wir doch mal sehen.« Alfred Lerch trat hinter den Tresen. »Hier ist ein Block. Geben Sie ihn einfach nachher wieder beim Concierge ab.«

»Das ist wirklich sehr freundlich von Ihnen, Herr Lerch.«

»Ich freue mich, wenn ich helfen kann.«

Vincent wollte sich abwenden, als ihm noch etwas einfiel. »Womöglich können Sie mir noch in einer anderen Sache helfen«, sagte er. »Falls es nicht zu viel von Ihrer Zeit in Anspruch nimmt.«

»Worum geht es?«

»Um eine kleine Wette.«

Lerch hob die Augenbrauen.

»Es handelt sich nur um eine Beobachtung«, erklärte

Vincent schnell. »Einer der anderen Kellner behauptet steif und fest, in der ersten Nacht sei ein weiterer Gast an Bord gekommen. Eine Dame, wie er behauptet. Ich bin jedoch sicher, dass wir seit Passau die gleiche Anzahl Passagiere haben.«

Alfred Lerch betrachtete ihn einen Moment, und Vincent hätte schwören können, dass der Hotelchef seine Lüge durchschaute. Schließlich schüttelte er den Kopf. »Es sind keine Gäste verspätet zugestiegen, weder eine Dame noch sonst irgendwer, da muss Ihr Kollege sich täuschen. Erst morgen vor der Abreise aus Wien kommen weitere Passagiere an Bord.«

Vincent lächelte. »Ich danke Ihnen vielmals, Herr Lerch.«

Während er in den Personaltrakt eilte, gratulierte er sich zu seiner guten Idee. Zwar musste die Durchsuchung der Kabinen der Zimmermädchen noch warten, doch immerhin wusste er jetzt, dass Claire auf jeden Fall bereits in Passau an Bord gegangen war. Wenn stimmte, was sie ihm erzählt hatte, musste sie vor der Abreise spätabends noch mit seinem Vater gesprochen haben.

***

Alma klopfte an Olga Marscholeks Tür. Emmi und sie hatten beschlossen, erst die Kabine gründlich fertig zu putzen und dann der Hausdame von ihrem Fund zu berichten. Eigentlich hatten sie seit zehn Minuten frei, und die übrigen Hausmädchen hatten sich bereits umgezogen und waren von Bord gegangen. Alma hatte Emmi angeboten, allein zurückzubleiben, doch das hatte diese nicht zugelassen.

»Ja, bitte?«, ertönte die harsche Stimme der Hausdame.

Alma öffnete die Tür. Olga Marscholek stand im Mantel vor dem kleinen Spiegel über dem Waschbecken und setzte ihren Hut auf. Ohne das streng geschnittene Uniformkleid sah sie trotz der herben Gesichtszüge hübsch aus, wie Alma fand.

»Nanu«, sagte sie, als sie die beiden Mädchen erblickte. »Warum sind Sie noch an Bord?«

»Wir haben etwas in der Kabine gefunden, die wir putzen sollten«, erklärte Emmi.

Olga Marscholek ließ die Hand mit der Hutnadel sinken. »Und was?«

Emmi nickte Alma zu, die das Taschentuch, in das sie die Späne gewickelt hatten, aus der Schürzentasche nahm, auseinanderfaltete und der Hausdame hinhielt. »Die lagen unter dem Bett«, erzählte sie.

Olga Marscholek beugte sich über das Taschentuch. »Das gibt es doch nicht«, murmelte sie.

»Ich glaube, die Späne stammen aus einem Käfig oder einem anderen Behältnis, in dem man ein Tier transportieren kann«, ergänzte Alma. »Sie sind dort als Streu verwendet worden.«

Olga Marscholek blickte sie scharf an. »Wie kommen Sie darauf, Fräulein Engel?«

Emmi räusperte sich. »Wir wissen von der Ratte, Frau Marscholek.«

»Woher?«, fuhr Marscholek sie an.

»Wir haben zufällig ein Gespräch mitgehört. Wir

wollten nicht lauschen, aber wir konnten nicht verhindern, einige Worte aufzuschnappen.«

»Wer weiß noch davon?«

»Wir haben es niemandem sonst erzählt.« Emmi hielt dem strengen Blick der Hausdame stand. »Ehrlich nicht.«

Marscholek nickte und widmete sich wieder dem Taschentuch. »Ein Beweis ist das nicht wirklich.«

»Ich denke schon«, widersprach Alma. »Man kann es riechen.«

Olga Marscholek sah sie mit zusammengekniffenen Augen an, dann beugte sie sich über Almas Hand und schnupperte.

»Großer Gott«, entfuhr es ihr. Sie überlegte. »Geben Sie mir das Tuch«, sagte sie dann.

Sie nahm es von Alma entgegen, faltete es sorgfältig wieder zusammen und verstaute es nach einigem Zögern in der obersten Schublade ihres Schreibtischs. Danach wandte sie sich wieder an Emmi und Alma. »Ich erwarte, dass Sie beide absolutes Stillschweigen über diesen Vorfall wahren. Nichts davon darf nach außen dringen, unter keinen Umständen.«

»Glauben Sie, dass jemand dem Ehepaar schaden wollte?«, fragte Alma.

Die Hausdame sah sie tadelnd an. »Wenn überhaupt, wollte wohl eher jemand der Reederei schaden. Wenn so etwas herauskommt …«

An diese Möglichkeit hatte Alma gar nicht gedacht. »Aber das ist ja schrecklich!«

»In der Tat«, bestätigte Olga Marscholek. »Aber nicht Ihr Problem. Ich möchte, dass Sie die ganze Angelegenheit vergessen. Es geht Sie nichts mehr an, haben Sie verstanden? Ich erwarte, dass Sie kein Wort darüber verlieren, mehr noch, ich erwarte, dass Sie gar nicht mehr daran denken. Ist das klar?«

»Jawohl, Frau Marscholek«, sagte Emmi.

»Fräulein Engel?«

»Ja, Frau Marscholek.«

»Und jetzt raus mit Ihnen beiden.« Sie blickte auf die Uhr. »Sie haben noch knapp zweieinhalb Stunden frei, nutzen Sie die Zeit.«

* * *

Zum zweiten Mal an diesem Tag hatte Vincent einen Beobachtungsposten in einer dunklen Ecke bezogen. Diesmal wartete er jedoch nicht auf eine Gelegenheit, an der leeren Rezeption das Schlüsselbund zu entwenden, sondern er verfolgte seinen Zimmergenossen Julius Zacher.

Als Vincent eine halbe Stunde zuvor mit dem Block in die Kabine zurückgekehrt war, hatte er gerade noch mitbekommen, wie Julius die Schranktür zuschlug. Obwohl er den Umschlag nicht gesehen hatte, war Vincent sicher, dass sein Kollege ihn soeben aus dem Mantelfutter geholt hatte. Dafür sprachen der erschrockene Blick und die Geschwindigkeit, mit der er etwas in seiner Hosentasche verschwinden ließ, als er Vincent bemerkte.

»Ich dachte, du wärst mit den anderen an Land gegangen«, sagte Julius, der sich am Morgen den Fuß vertreten hatte und deshalb an Bord geblieben war.

»Ich muss erst noch einen Brief schreiben.« Vincent wedelte mit dem Block.

Julius betrachtete ihn argwöhnisch. »An deine Familie?«

Vincent bemühte sich um ein verlegenes Lächeln. »An meine Verlobte.«

»Du bist verlobt?«

»Seit ein paar Jahren schon«, erklärte Vincent ehrlich.

Julius nickte wissend. »Es ist nicht einfach, eine Arbeit zu bekommen, mit der man genug verdient, um eine Familie zu gründen.«

»Da hast du recht.«

Da Julius keine Anstalten machte, die Kabine zu verlassen, blieb Vincent nichts anderes übrig, als sich auf die Koje zu legen und so zu tun, als würde er den Brief schreiben. Endlich, vor wenigen Minuten, hatte Julius erklärt, dass es seinem Knöchel ein wenig besser gehe und er versuchen wolle, wenigstens einen Spaziergang am Ufer zu machen.

Vincent hatte scheinbar abwesend genickt und ihm viel Spaß gewünscht. Kaum war jedoch die Tür der Kabine zugefallen, war er von der Koje gesprungen und hatte sich bereit gemacht, Julius zu folgen. Das erwies sich als äußerst schwierig. Auf den langen Korridoren gab es keine Verstecke, und zu großen Abstand wollte Vincent nicht halten, da es zu viele mögliche Türen gab, hinter denen Julius hätte verschwinden können.

Glücklicherweise rechnete der Kellner offenbar nicht damit, dass ihn jemand beschattete, und blickte sich nicht ein einziges Mal um. Zu Vincents Überraschung begab er sich auf nahezu direktem Weg in den Korridor mit den Kabinen der Zimmermädchen. Enttäuscht drückte Vincent sich in einen Türrahmen. Wie es aussah, traf sein Zimmergenosse sich mit seinem Liebchen. Deshalb wohl auch seine Bemerkung über die Schwierigkeiten, eine Familie zu gründen. Und vielleicht hatte der Geldumschlag ja ebenfalls damit zu tun. Bestimmt sparte Julius Zacher für seine Heirat. Und Vincent hatte ihn verdächtigt, ein Dieb zu sein!

Tatsächlich erschien nun am anderen Ende des Korridors eine junge Frau in der Uniform eines Zimmermädchens. Vincent wollte nicht Zeuge des Stelldicheins werden, aber er wagte nicht, sich zu rühren. Wenn Julius ihn jetzt entdeckte, würde er wissen, dass er verfolgt worden war.

Also harrte Vincent aus und beobachtete, wie das Mädchen auf den Kellner zutrat. Doch statt die Arme um seinen Hals zu schlingen und ihn zu küssen, wie Vincent erwartet hatte, blieb sie zwei Schritte entfernt stehen und streckte die Hand aus. Überrascht kniff Vincent die Augen zusammen. Leider konnte er das Gesicht des Mädchens nicht erkennen, weil es von Julius verdeckt wurde. Doch er sah, dass dieser etwas aus seiner Hosentasche nahm und zögernd übergab.

Vincent hätte schwören können, dass es der Umschlag war. Das Mädchen schob ihn hastig in ihre Schürzentasche und sagte etwas. Die Erwiderung von Julius verärgerte sie anscheinend. Sie fauchte ihn wütend an und deutete mit der Hand hinter sich.

Julius, der ohnehin schon dastand wie ein begossener

Pudel, sackte noch weiter in sich zusammen. Vincent spitzte die Ohren, doch von der Unterhaltung der beiden bekam er nichts mit. Was ging hier vor? Wieso übergab Julius der jungen Frau Geld, und das ganz offenbar nicht gerade freiwillig? Hatte das doch irgendwie mit den Diebstählen zu tun? War das Mädchen auch darin verwickelt?

So viele Fragen schwirrten Vincent im Kopf herum, dass er beinahe nicht mitbekam, wie Julius sich abwandte und in seine Richtung zurücktrottete. Vincent drückte sich tiefer in den Türrahmen. Verfluchter Mist!

In dem Moment rief das Mädchen Julius' Namen. Als dieser sich zu ihr umdrehte, zögerte Vincent nicht länger und rannte los. Innerhalb weniger Sekunden war er um die Ecke verschwunden, stürmte den Korridor entlang, bog um eine weitere Ecke und stieß die Kabinentür auf. Einen Augenblick später lag er wieder bäuchlings auf seiner Koje, den Füllfederhalter in der Hand. Nur sein schwerer Atem verriet, dass er nicht die ganz Zeit dort gelegen hatte.

Vincent war sicher, dass Julius und das Zimmermädchen ihn bei seiner Flucht bemerkt haben mussten, denn seine Schritte hatten laut und deutlich durch den Korridor gehallt. Er hoffte bloß, dass sie ihn in dem schwachen Licht von hinten nicht erkannt hatten.

KAPITEL 6

Wien, Sonntag, 16. August 1925

Auf dem Weg zur Wäschekammer musste Alma mehrfach herzhaft gähnen. Sie war so müde, dass sie sich am liebsten wieder in ihrer Koje verkrochen hätte. Nachdem sie gestern Olga Marscholek ihren Fund gezeigt hatten, waren Emmi und sie in ihre Kabine geeilt, hatten sich umgezogen und waren von Bord gegangen.

Es war wunderbar gewesen, endlich einmal aus der Uniform herauszukommen und frei zu sein von Pflichten, unbeobachtet von den strengen Augen der Hausdame. Da sie sich das Geld für einen Fiaker sparen wollten und Alma zudem gar keine Schillinge umgetauscht hatte, die neue Währung, die im März in Österreich eingeführt worden war, spazierten sie zu Fuß von der Reichsbrücke, bei der die *Regina Danubia* angelegt hatte, in Richtung Prater. Alma staunte, wie riesig der Park war, und als Emmi ihr erzählte, dass die Innere Stadt mit der Hofburg und dem Stephansdom noch eine halbstündige Fiakerfahrt entfernt lag, konnte Alma sich das kaum vorstellen. Das Zentrum von Wien, erklärte Emmi, liege am

Donaukanal, einem Flussarm, auf dem seit der Donauregulierung nur noch wenig Schiffsverkehr herrsche.

Sie schlenderten eine Weile über das Gelände des Vergnügungsparks, das Wurstelprater genannt wurde, und Alma kam aus dem Staunen nicht mehr heraus. Vor allem das Riesenrad hatte es ihr angetan. Wie erhaben musste man sich fühlen, dort oben hoch über der Stadt zu thronen und den Blick in die Ferne schweifen zu lassen.

Bevor sie zum Schiff zurückkehren mussten, kaufte Emmi für sie beide Zuckerstangen, die sie auf einer Bank genossen, während sie dem bunten Treiben zusahen. Obwohl Alma von der Stadt selbst kaum etwas gesehen hatte, war es ein schöner Ausflug gewesen, und die freie Zeit war viel zu schnell verflogen. Zurück an Bord hatte ein arbeitsreicher Nachmittag auf sie gewartet, und am Abend war Alma todmüde ins Bett gefallen.

Sie stieß die Tür zur Wäschekammer auf. Emmi war heute Morgen nicht bei ihr, sie musste zusammen mit einem anderen Mädchen Bettwäsche bügeln, eine Aufgabe, die allen verhasst war. Die Bügelkammer war winzig und fensterlos, und es wurde sehr schnell stickig darin.

Alma tastete nach dem Lichtschalter, hielt jedoch mitten in der Bewegung inne, als sie ein leises Schluchzen hörte.

»Ist da jemand?«

Statt einer Antwort war ein Schniefen zu hören.

Rasch schaltete Alma das Licht ein und entdeckte Traudel, die auf dem Boden kauerte, die Hände vors Gesicht geschlagen. Traudel war ein stilles blondes Mädchen, mit dem Alma bisher kaum mehr als ein paar Worte gewechselt hatte.

»Lieber Himmel, was ist los, Traudel?«

»Nichts.« Traudel wischte sich mit dem Handrücken über das Gesicht.

So leicht ließ Alma sich nicht abwimmeln. Sie setzte sich neben Traudel auf einen Wäschesack. »Hast du Kummer? Kann ich irgendetwas für dich tun?«

»Mir kann niemand helfen.«

Alle möglichen Gedanken schossen Alma durch den Kopf. Hatte das Mädchen Liebeskummer? Alma wusste aus eigener Erfahrung, dass sich ein gebrochenes Herz anfühlte wie das Ende der Welt. Sie selbst spürte noch immer den Schmerz, gerade mehr denn je, denn heute würden Paul und Dorothea sich das Jawort geben. Da half es auch nichts, Hunderte Kilometer von Passau weg zu sein.

»Es gibt für alles eine Lösung«, versicherte sie dem Mädchen.

»Dafür nicht.« Tränen schossen Traudel in die Augen.

Alma kam ein anderer Gedanke. Hatte das Mädchen sich etwa mit einem der jungen Männer an Bord eingelassen und erwartete nun ein Kind?

»Sprich mit mir«, drängte sie sanft. »Erzähl mir, was dich bedrückt.«

»Wozu soll das gut sein?« Traudel zog ein Taschentuch aus dem Ärmel und schnäuzte sich.

»Manchmal hilft es, sich den Kummer von der Seele zu reden.«

»Aber es löst das Problem nicht.«

»Das weiß man nie.«

Traudel sah sie eine Weile stumm an, dann nahm sie einen Briefumschlag aus der Schürzentasche. »Der kam gestern Abend. Von meiner Mutter.«

Also lag Alma völlig falsch mit ihren Vermutungen. »Was steht darin?«, fragte sie.

»Wir werden aus der Wohnung geworfen, weil wir seit Monaten die Miete nicht gezahlt haben. Wir haben das Geld nicht, verstehst du? Mein Vater ist tot, Mutter bekommt nur eine winzige Rente. Ich habe noch sechs kleine Geschwister, und ich bin die Einzige, die Geld nach Hause bringt, es reicht einfach nicht.«

»O weh, das ist wirklich schlimm.«

»Es ist eine Katastrophe«, schluchzte Traudel. »Mama kann doch mit den Kleinen nicht in der Gosse leben. Ich habe versprochen, dass das nicht passieren wird, ich habe versagt.«

Alma legte ihr den Arm um die Schultern. »Aber es ist doch nicht deine Schuld. Mit dem Gehalt eines Zimmermädchens kann man keine Familie ernähren.«

»Was soll ich nur tun? Ich kann doch nicht zulassen, dass meine Geschwister das Dach über dem Kopf verlieren.«

»Vielleicht könntest du Lerch um einen Vorschuss auf dein Gehalt bitten. Er scheint ein gutes Herz zu haben.«

»Das hat er«, bestätigte Traudel. »Denn er hat mir schon einen ganzen Monat Lohn vorgeschossen. Mehr kann er nicht tun, hat er gesagt.«

Alma seufzte. »Wie viel Miete seid ihr denn schuldig?«

»Drei Monatsmieten, das sind insgesamt fünfundsiebzig Mark.«

»Und der Vermieter will das alles auf einen Schlag haben?«

»Er würde sich wohl damit zufriedengeben, wenn wir ihm einen Abschlag zahlen würden. Aber meine Mutter hat gerade noch das Geld, um Essen für die Familie zu kaufen. Und ich habe gar nichts mehr.«

Vor der Tür waren Schritte zu hören, Alma erschrak.

»Großer Gott, wir müssen uns beeilen«, sagte sie. »Sonst schaffe ich es nicht rechtzeitig hoch zu Lady Alston.« Sie stand auf und zog Traudel vom Boden hoch. »Verzweifle nicht, ich werde dir helfen.«

»Aber wie?« Traudel tupfte sich die verquollenen Augen.

»Ich habe keine Ahnung«, gab Alma zu. »Aber ich lasse mir etwas einfallen, versprochen.«

* * *

Alfred Lerch schlürfte die Auster aus der Schale. »Delikat«, schwärmte er. »Absolut delikat.«

»Ein Gedicht«, bekräftigte Henri Negele, der Restaurantchef, nachdem er ebenfalls gekostet hatte.

Der Koch, der neben dem Tisch stand, faltete die Hände vor dem Bauch und grinste zufrieden. »Das war erst der Anfang, es wird noch besser.«

Er schnippte mit den Fingern, einer der Kellner eilte herbei und trug die Teller ab, ein weiterer tauschte die

Weingläser. Zum nächsten Gang würde es natürlich auch einen neuen Wein geben.

Alfred und Negele saßen an einem der Tische im ansonsten verwaisten Speisesaal, wo sie wie bei jeder Reise als Vorkoster für das große Galadinner tätig waren, das heute Abend nach der Abreise aus Wien serviert werden würde. Neben dem Kapitänsdinner war dies einer der Höhepunkte der Reise. Es war später Vormittag, die meisten Gäste waren wie gestern schon von Bord gegangen, um die österreichische Hauptstadt zu erkunden.

Der Kellner, der die Teller abgetragen hatte, kehrte mit zwei kleinen Schalen zurück.

»Hummercremesuppe mit Sahnehäubchen«, verkündete der Koch stolz.

Alfred griff nach dem Löffel, ließ die Hand jedoch sinken, als er bemerkte, dass eine Person in den Salon trat und auf ihren Tisch zueilte.

Er erhob sich. »Frau Marscholek.«

»Tut mir leid, Sie zu stören, Herr Lerch, aber ich fürchte, die Angelegenheit duldet keinen Aufschub.«

»Setzen Sie sich doch, Frau Marscholek.« Lerch blickte zu Negele. »Vielleicht können wir ein weiteres Gedeck auflegen?«

»Aber ich bin auf eine weitere Person nicht vorbereitet«, protestierte der Koch.

Olga Marscholek winkte ab. »Machen Sie sich keine Umstände. Wir sollten ohnehin besser unter vier Augen …«

Alfred warf einen bedauernden Blick auf die Suppe

und erhob sich. »Es wird nicht lange dauern«, sagte er zu Negele. »Fangen Sie bitte schon an.«

Sie zogen sich an einen Tisch am Fenster zurück, wo sie außer Hörweite waren.

»Wenn es mit dem zu tun hat, was die beiden Mädchen in der Kabine des Ehepaars Pöllnitz gefunden haben …«

»Damit hat es nichts zu tun«, unterbrach Marscholek ihn. »Obwohl es tatsächlich wieder um diese Alma Engel geht. Das Mädchen ist ein Störfaktor, das wusste ich von Anfang an.«

»Ich fand es sehr aufmerksam von ihr und Emmi Kühn, dass sie sofort begriffen haben, welche Bedeutung die Sägespäne haben könnten.«

»Trotzdem wird die ganze leidige Affäre dadurch noch prekärer. Mir wäre es fast lieber, wir wüssten nicht, dass irgendwer dieses Tier absichtlich an Bord gebracht hat.«

Alfred sah das anders, aber er hatte keine Lust, mit Olga Marscholek zu diskutieren. Zumal seine Suppe währenddessen kalt wurde. »Worüber wollten Sie denn nun mit mir sprechen?«, fragte er.

»Diese Lady aus der Franz-Joseph-Suite möchte heute doch einen Landgang unternehmen.«

»Dann geht es ihr wieder besser?« Alfred erinnerte sich an den Schreck, als er erfahren hatte, dass die alte Dame einen Schwächeanfall erlitten hatte.

»So sieht es aus.«

»Das ist doch eine gute Nachricht.«

»Sie möchte, dass das Fräulein Engel sie begleitet.«

»Aha.«

»Aha? Ist das alles, was Sie dazu zu sagen haben?«, fuhr Olga Marscholek ihn an. Als sie bemerkte, dass der Koch und der Restaurantchef ihnen neugierig die Köpfe zuwandten, fuhr sie leiser fort. »Das gab es noch nie, dass eines der Zimmermädchen als Gesellschafterin für einen Gast fungiert. Wie soll das gehen? Was soll sie überhaupt anziehen? Wir können sie nicht mit Uniform in die Stadt schicken, und in ihren eigenen Kleidern sieht sie vermutlich wie eine Vogelscheuche aus. Diese Mädchen sind doch alle bettelarm.«

»Na, na, Frau Marscholek.«

»Ist doch wahr. Wir hätten dieser Sache einen Riegel vorschieben sollen, als es noch möglich war. Jetzt sind uns die Hände gebunden.«

»Sehen Sie es mal von der positiven Seite«, sagte Alfred, obwohl auch ihm nicht ganz wohl bei der Sache war und er Marscholeks Einwände gut nachvollziehen konnte. »Wir stellen einen Gast zufrieden, ohne dass es für uns mit irgendwelchen Extrakosten verbunden ist.«

»Tut mir leid, ich kann daran nichts Gutes sehen«, zischte die Hausdame zurück. »Ganz im Gegenteil. Ich fürchte, diese Sonderbehandlung wird der Kleinen ordentlich zu Kopf steigen. Am Ende ist sie sich zu fein, die Böden zu schrubben.«

Alfred legte den Kopf schief. »Gab es in dieser Hinsicht bisher irgendwelche Probleme?«

»Noch nicht«, räumte Marscholek ein. »Aber das ist nur eine Frage der Zeit. Ich kenne diese Mädchen, ich weiß, was in ihren Köpfen vorgeht. Wenn man sie nicht an der kurzen Leine hält, schlagen sie über die Stränge.

Da genügt eine Kleinigkeit, und sie halten sich für etwas Besseres und werden aufsässig. Denken Sie daran, wie es mit der kleinen Egger war.«

»Da ging es aber doch um etwas anderes«, erinnerte Alfred sie.

»Es ging um mangelnde Disziplin und moralisches Fehlverhalten.«

Da konnte Alfred nicht widersprechen, so gern er es getan hätte. »Ich weiß, dass Sie die Mädchen gut im Griff haben, Frau Marscholek. Und ich vertraue darauf, dass es Ihnen gelingt, dafür zu sorgen, dass dem Mädchen seine Sonderrolle nicht zu Kopf steigt.«

»Ihr Wort in Gottes Ohr«, erwiderte sie düster und erhob sich. »Dann werde ich das Fräulein Engel mal über seine Aufgabe in Kenntnis setzen und dafür sorgen, dass es der *Regina Danubia* keine Schande macht.«

Alfred blickte ihr nach, bis sich die Flügeltüren des Saals hinter ihr schlossen, und hoffte, dass ihre finsteren Prophezeiungen sich nicht erfüllen würden.

* * *

»Schmeckt es Ihnen?«, fragte Millicent Simmons.

»Ich habe noch nie etwas Köstlicheres gegessen«, erwiderte Alma kauend und schlug verlegen die Hand vor den Mund. »Verzeihen Sie, Mylady.«

Die alte Dame lächelte. »Aber nicht doch. Genießen Sie Ihren Kuchen.«

Alma schluckte den Bissen hinunter. »Sie aber auch, Sie haben Ihr Stück kaum angerührt.«

»Ach wissen Sie, in meinem Alter hat man nicht mehr so viel Appetit.«

Alma konnte sich kaum vorstellen, dass sie irgendwann in ihrem Leben mal keinen Appetit auf Kuchen haben könnte. Aber vielleicht hatte Lady Alston in all den Jahrzehnten so viel davon genossen, dass es ihr nichts mehr bedeutete.

Als Frau Marscholek vorhin zu ihr gekommen war, um ihr mitzuteilen, dass die alte Dame heute doch die Stadt besuchen und sie als Begleitung mitnehmen wolle, hatte sie ihr Glück nicht fassen können. Sie wäre am liebsten vor Freude in die Luft gesprungen und schaffte es kaum, sich auf die vielen Ermahnungen zu konzentrieren, die die Hausdame ihr mit auf den Weg gab.

Am Ende fragte Frau Marscholek, ob Alma wenigstens etwas halbwegs Präsentables zum Anziehen dabeihätte. Das zumindest konnte sie bejahen, denn ohne zu wissen, ob sich überhaupt eine Gelegenheit dafür ergeben würde, hatte Alma ihr Sonntagskleid in die Tasche gepackt, mit der sie an Bord gegangen war. Natürlich sah das Kleid schäbig und ärmlich aus im Vergleich zu dem, was Lady Alston trug, doch als Alma sich der Hausdame darin präsentierte, nickte diese zufrieden.

»Ich denke, das wird gehen«, sagte sie.

Lady Alston wartete bereits im Fiaker und forderte Alma auf, sich zu ihr zu setzen. Auf der Fahrt wies die alte Dame sie auf einige Gebäude hin und erzählte ihr, dass sie genau diese Strecke vor vielen Jahren auf ihrer Hochzeitsreise mit ihrem frisch angetrauten Gemahl gefahren war.

Da Lady Alston nicht gut zu Fuß war, fuhren sie mit dem Fiaker an den Sehenswürdigkeiten vorbei, an der prächtigen Hofburg, am Stephansdom, dem Schloss Schönbrunn und der Staatsoper.

Schließlich hielten sie am Rathausplatz vor dem Café Landtmann, wo sie einen Platz am Fenster ergatterten und Sachertorte bestellten. Alma hatte zunächst gar nichts essen wollen, aus Angst, die Rechnung nicht begleichen zu können. Erst als Lady Alston ihr versichert hatte, dass sie selbstverständlich eingeladen sei, hatte sie sich zu Kaffee und Kuchen überreden lassen. Nun saß Alma in einem weichen Polsterstuhl, vor ihr auf dem weißen Tischtuch der Teller aus feinem Porzellan, über ihr ein funkelnder Kronleuchter, und fühlte sich wie eine Königin.

»Haben Sie noch einen Wunsch, Fräulein Engel?«, fragte Lady Alston, nachdem Alma aufgegessen hatte.

»Nein, danke.«

»Ein Glas Champagner vielleicht?« Lady Alston winkte dem Ober, bevor Alma protestieren konnte, und bestellte zwei Gläser Veuve Clicquot.

Sie stießen an, und Alma nippte an dem feinen, auf der Zunge kribbelnden Getränk.

»Und?«, fragte Lady Alston.

»Wunderbar.«

Die alte Dame lächelte zufrieden. »Ich wusste, dass eine echte Lady in Ihnen schlummert, Fräulein Engel.«

Alma spürte, wie sie errötete. »Sagen Sie so etwas nicht.«

»Sie werden noch an meine Worte denken, Fräulein Engel, da bin ich sicher.« Sie nahm einen weiteren Schluck. »Und jetzt verraten Sie mir, was Sie gern noch sehen würden.«

»Ich kenne mich doch gar nicht aus in Wien«, wandte Alma ein. »Außerdem ist es Ihr Ausflug, ich bin nur Ihre Begleiterin.«

»Ich habe alles gesehen, was ich sehen wollte. Also, meine Liebe, kann ich Ihnen noch einen Wunsch erfüllen?«

Alma zögerte. »Ich würde gern einmal …« Frau Marscholeks Ermahnungen fielen ihr ein, und sie verstummte.

»Was denn, meine Liebe?«

»Ach, nichts.«

»Gönnen Sie mir doch das Vergnügen, Ihnen eine Freude zu machen, mein liebes Kind.«

Alma nippte an dem Champagner. »Ich würde so gern einmal auf dem Riesenrad im Prater fahren.«

Lady Alston klatschte in die Hände. »Abgemacht. Allerdings müssen Sie dabei auf meine Gesellschaft verzichten, mein Kind. In diese luftige Höhe hinaufzufahren ist mir in meinem hohen Alter doch etwas zu gewagt.«

Am Ende stieg Lady Alston doch zu Alma in die Gondel, und zusammen schwebten sie in den Himmel empor und genossen die Aussicht über die Stadt. Sie machten sich gegenseitig auf die Sehenswürdigkeiten aufmerksam, die aus dieser gewaltigen Höhe ganz anders aussahen als von unten, und entdeckten sogar die *Regina Danubia* an ihrem Liegeplatz neben der Reichsbrücke.

»Oh, ich danke Ihnen, Fräulein Engel, für dieses tollkühne Abenteuer«, sagte Lady Alston, als sie wieder im Fiaker saßen, mit einem strahlenden Lächeln. »Sie sind eine wunderbare Reisebegleiterin. So gut unterhalten wie heute habe ich mich lange nicht mehr.«

»Das geht mir ganz genauso, Mylady. Ich glaube, einen schöneren Tag als den heutigen habe ich noch nie erlebt.«

Erst als Alma in ihre Kabine zurückkehrte, um sich umzuziehen, fiel ihr auf, dass sie während des gesamten Ausflugs nicht ein einziges Mal an die Hochzeit in Passau gedacht hatte.

***

Vincent starrte nach unten, doch die junge Frau war im Gewimmel der Besucher verschwunden.

»Was ist los?«, fragte Claire. »Machst du dir Gedanken wegen des Mädchens?«

»Ich hätte schwören können ...« Er hob den Kopf und lächelte seine Verlobte an. »Vergiss es.« Er breitete die Arme aus. »Ist es nicht wunderbar hier? Hättest du vor ein paar Wochen gedacht, dass wir deinen Geburtstag in Wien feiern würden?«

Gestern Abend war er noch spät in ihre Kabine geschlichen, und sie hatten sich für heute, Claires Geburtstag, im Prater verabredet. Vincent hatte am späten Vormittag zwei Stunden frei, auch als Ausgleich dafür, dass es für die Kellner wegen des großen Galadinners ein sehr langer Arbeitstag werden würde.

Sie waren durch den Vergnügungspark geschlendert, hatten in der Gaststätte Zur goldenen Traube ein frühes

Mittagessen zu sich genommen und danach beschlossen, den Ausflug mit einer Fahrt auf dem Riesenrad zu beschließen.

Zwar genoss Vincent die Zeit mit Claire, er fürchtete aber zugleich, dass sie von einem Passagier der *Regina Danubia* gesehen wurden. Er selbst war ohne die Uniform höchstwahrscheinlich nicht wiederzuerkennen, doch Claire war eine wunderschöne junge Frau, die die Blicke auf sich zog. Wenn einer der Mitreisenden sie sah, würde er sich bestimmt über den Mann an ihrer Seite wundern, der eindeutig nicht zu den Gästen zählte.

Hier oben auf dem Riesenrad fiel zum ersten Mal, seit sie sich am verabredeten Treffpunkt unter dem Denkmal auf dem Praterstern getroffen hatten, die Anspannung von Vincent ab. Hier oben hatte er sich sicher gefühlt, zumal sie einen Waggon ganz für sich allein hatten. Bis er Alma in einem der anderen Waggons entdeckt hatte.

Der Schreck war ihm in alle Glieder gefahren. Nicht nur weil sie eine der wenigen war, die ihn auch ohne Uniform erkennen würden, sondern auch weil er plötzlich das Gefühl hatte, sie zu verraten. Es musste an seinem schlechten Gewissen liegen. Wenn er wieder an Bord war, musste er sich bei ihr entschuldigen.

»Vincent?«

An Claires Tonfall erkannte er, dass sie ihn schon mehrfach angesprochen hatte.

»Entschuldige, Liebling, ich war in Gedanken.«

»Du hältst doch nicht noch immer nach dem Mädchen Ausschau?« Schwang da Eifersucht in ihrer Stimme mit?

»Nein, ich …«

»Ich glaube nicht, dass ein Zimmermädchen das Geld hat für eine Fahrt auf dem Riesenrad.«

»Da hast du sicherlich recht.« Er tätschelte ihre Hand. »Ich mache mir einfach zu viele Gedanken. Es hängt einiges davon ab, dass meine Mission erfolgreich ist.«

»Dabei weißt du nicht einmal, ob der Dieb diesmal wieder an Bord ist.«

»Stimmt.«

»Ich habe leider auch noch nichts in Erfahrung gebracht.«

»Bitte mach dir keine Umstände, genieß einfach die Reise.« Vincent erhob sich.

Ihr Waggon hatte seine Fahrt beendet, einer der Jahrmarktangestellten öffnete die Tür und ließ sie aussteigen. Noch ein wenig benommen von dem Höhenflug tauchten sie zurück ins Gedränge.

»Vielleicht solltet ihr die Angelegenheit doch der Polizei überlassen«, sagte Claire, während sie zum Ausgang spazierten.

Sie hatte sich bei ihm untergehakt, und Vincent musste sich eingestehen, dass er die bewundernden Blicke der anderen Männer genoss.

»Dann würde sich in Windeseile herumsprechen, dass auf der *Regina Danubia* Schmuckstücke abhandengekommen sind, und viele Gäste würden ihre Buchung stornieren.«

»Möglich«, stimmte Claire ihm zu. »Ihr könntet einen Privatdetektiv engagieren. Der würde bestimmt diskret vorgehen.«

»Nicht diskret genug, fürchte ich.«

Sie hatten den Ausgang erreicht und wandten sich in Richtung Donau. Vincent hatte Claire nicht erzählt, wie schlecht es um die Reederei Sailer stand und von welch existenzieller Bedeutung die *Regina Danubia* war, um den drohenden Ruin abzuwenden. Damit wollte er sie nicht belasten. Zudem handelte es sich um eine Familienangelegenheit, und noch war Claire nicht unmittelbar davon betroffen. Schließlich wussten nicht einmal Mutter und Sophie, wie ernst die Lage war.

»Du bist noch immer so nachdenklich«, sagte Claire.

»Ich finde es schade, dass wir nicht mehr Zeit haben. Ich hätte gern noch mit dir die Stadt erkundet.«

»Wir kommen wieder«, versprach Claire und küsste ihn auf die Wange. »Wenn du den Dieb geschnappt hast und dich nicht mehr verstecken musst. Was hältst du von einer Hochzeitsreise nach Wien?«

»Ich dachte, du wolltest nach Italien.«

»Wir könnten auf dem Weg nach Venedig in Wien einen Zwischenhalt einlegen.«

Er nahm sie in die Arme. »Klingt nach einem perfekten Plan.« Er trat zurück. »Wir sind beinahe in Sichtweite des Schiffs. Ab hier gehe ich besser allein.«

Claire hielt ihn fest. »Sehe ich dich heute noch? Ich könnte einen Drink auf mein Zimmer bestellen, und du bringst ihn mir.«

»Ich weiß nicht, ob ich es schaffe. Es wird sehr spät wegen des Galadinners. Aber ich versuche es.«

* * *

Ludwig betrat die Offiziersmesse, die gegenüber seiner Kabine lag. Außer einem Kellner, der ihn freundlich grüßte, war noch niemand anwesend. In fünf Minuten würde er sich mit dem Hotelchef, dem Restaurantchef und der Hausdame zu einem außerordentlichen Rapport treffen. Normalerweise setzten sie sich täglich nach dem Frühstück zusammen, doch besondere Ereignisse erforderten besondere Maßnahmen. Immerhin lief die Maschine bisher wider Erwarten reibungslos. Gegen einen Schaden am Kessel oder an den Dampfrohren war das anstehende Problem nichtig, wenn auch extrem unangenehm und lästig.

Zum Glück waren Lerch, Negele, Marscholek und er ein eingespieltes Team. Zwar hatten sie nicht immer die gleichen Ansichten, doch jeder war in seinem Bereich kompetent und zuverlässig.

Ludwig warf einen Blick auf den ovalen Tisch, auf dem vier Kaffeegedecke sowie eine Schale mit Gebäck bereitstanden. Gerade als Ludwig an der Stirnseite Platz genommen hatte, erschienen Negele, Marscholek und Lerch, grüßten und ließen sich auf ihren üblichen Plätzen nieder. Der Hotelchef rechts neben Ludwig, Negele links von ihm und daneben die Hausdame. Der Kellner schenkte Kaffee ein und zog sich zurück.

»Meine sehr verehrte Dame, werte Herren«, begann Ludwig. »Die Zeit ist knapp, das Galadinner steht an, also lassen Sie uns direkt zum Thema kommen.« Er seufzte. »Gibt es Neuigkeiten in Bezug auf unseren blinden Passagier?«

»Leider nicht.« Der Hotelchef machte ein bekümmertes Gesicht. »Wir müssen bei unseren Nachforschungen äußerst diskret vorgehen, damit niemand davon erfährt. Das erschwert die Sache erheblich.«

»Und Sie sind nach wie vor sicher, dass jemand das Tier absichtlich an Bord geschmuggelt hat?«

»Danach sieht es aus.«

»Wissen wir, dass es nur eines war?«

»Liebe Güte!« Olga Marscholek schlug die Hand vor den Mund.

Ludwig warf ihr einen Blick zu. »Wenn jemand der Reederei schaden will, wird er auf Nummer sicher gehen, denke ich. Eine einzelne Ratte dürfte da kaum ausreichen.«

»Malen Sie den Teufel nicht an die Wand«, rief Negele mit unglücklicher Miene aus. »Ich darf gar nicht daran denken, was alles geschehen könnte, wenn wir wirklich weitere Exemplare dieses ekelhaften Ungeziefers an Bord hätten. Stellen Sie sich vor, die Biester vergreifen sich am Kaviar. Oder an den Erdbeeren. Sie können Blechdosen aufnagen, wussten Sie das? Alles wäre verdorben. Der Koch kann ja wohl schlecht Kohlsuppe auf den Speiseplan setzen.«

Ludwig hob beschwichtigend die Hand. »Wir alle wissen, wie unangenehm das wäre, Herr Negele. Die Frage ist, wie wir mit der Angelegenheit umgehen sollen.«

In der Tat war Ungeziefer ein weit verbreitetes Problem auf Schiffen, angefangen von Mehlwürmern bis hin zu Ratten. Aber auf solch luxuriösen Passagierdampfern wie der *Regina Danubia* wurde peinlich genau darauf geachtet, die Parasiten in Schach zu halten.

Da der Dampfer vor der Abfahrt gründlich untersucht worden und definitiv rattenfrei gewesen war, lag die Vermutung von Sabotage tatsächlich nahe. Doch dies war im Augenblick irrelevant. »Wir müssen sicherstellen, dass keine weiteren Exemplare an Bord sind. Was schlagen Sie vor, meine Dame, meine Herren?«

Die Hausdame meldete sich zu Wort. »Ich denke, da hilft nur Gas.«

Lerch zuckte zusammen, und auch Ludwig lief es eiskalt über den Rücken. Gas. Wie im Krieg. Aber vermutlich hatte die Hausdame recht. Es gab zu viele Ritzen, Winkel und Ecken, vor allem im Unterdeck, in denen sich Dutzende Nager verstecken konnten.

»Wir müssen jede Ritze ausgasen«, fuhr Marscholek ungerührt fort. »Fallen nützen da nichts. Diese Viecher sind sehr schlau, sie riechen, wenn ein Köder vergiftet ist.«

»Grundsätzlich stimme ich Ihnen zu, Frau Marscholek«, sagte Ludwig. »Aber wir können Gas schlecht einsetzen, während die Gäste an Bord sind. Zudem dauert es eine geraume Zeit, bis man die Kabinen danach wieder betreten kann.«

Alfred Lerch räusperte sich. »Was wäre, wenn wir Kohlenstoffdioxid nehmen würden?«

»Aber das bringt doch niemanden um«, wandte der Restaurantchef ein. »Wir nehmen es jeden Tag im Champagner zu uns, und in vielen Speisen. Wenn es giftig wäre, wäre ich schon lange bei meinem Schöpfer.«

»Es kommt immer auf die Dosis an«, entgegnete Lerch. »Wenn man zu viel Kohlenstoffdioxid einatmet, erstickt man, weil es verhindert, dass Sauerstoff ins Blut gelangt.«

Ludwig war beeindruckt. »Sie verfügen über erstaunliches Wissen, Herr Lerch.«

»Reiner Zufall. Ich habe in der Zeitung darüber gelesen. Bereits zwölf Prozent Kohlenstoffdioxid in der Atemluft sind tödlich. Wenn wir es schaffen, ausreichend von dem Gas in alle Hohlräume einzubringen, haben wir das Problem aus der Welt geschafft. In dem Artikel stand, dass es sogar festes Kohlenstoffdioxid gibt, das an der Luft wieder zu Gas wird. Es ist sehr kalt, aber man kann Stücke davon einfach in Ritzen und Hohlräume stopfen. Diese werden zu Gas, das Ungeziefer erstickt. Wenn wir fertig sind, müssen wir nur noch gründlich lüften, und die Gäste können gefahrlos in ihre Kabinen zurückkehren. Das dauert nicht länger als ein paar Stunden. So könnten wir das ganze Schiff in kurzer Zeit von den blinden Passgieren befreien.«

»Sehr gut«, sagte Ludwig und rieb sich zufrieden die Hände. »Wenn Sie es einrichten können, Herr Lerch, wäre ich froh, Sie nähmen die Sache in die Hand. Eruieren Sie bitte, welche Mengen an Gas wir brauchen und in welcher Form. Und natürlich, ob es auch bei Ratten wirkt, so wie wir uns das vorstellen. Hier in Wien werden wir auf die Schnelle nicht mehr darankommen, wir legen ja schon in wenigen Stunden ab. Aber Preßburg ist eine Industriestadt, dort dürfte man Kohlenstoffdioxid bekommen. Überlegen Sie sich einen guten Grund, alle Gäste für eine bestimmte Zeit von ihren Kabinen fernzuhalten. Vielleicht ein Konzert an Deck oder ein Dinner im Mondlicht. Ihnen wird schon etwas einfallen. Ich will, dass die Operation beendet ist, bevor wir in Budapest einlaufen.«

* * *

»Wenn wir alle nur ein bisschen geben, bekommen wir zumindest den Betrag für eine Monatsmiete zusammen und verschaffen der Familie etwas Luft«, sagte Alma. »Traudels jüngere Schwester hat eine Putzstelle bekommen. Da verdient sie nicht viel, aber so kann sie auch etwas beisteuern.«

Alma hatte alle Zimmermädchen bis auf Traudel in der Messe versammelt und ihnen die Notlage ihrer Kollegin geschildert. Nur Grete fehlte, sie hatte am Morgen Fieber bekommen und hütete das Bett. Alma hatte einen kleinen Karton besorgt, in den sie selbst schon eine Mark getan hatte, und hoffte, ihre Kolleginnen würden sich ihrem Beispiel anschließen.

»Dein Einsatz in allen Ehren, Alma«, sagte Gundula, ein kräftiges junges Mädchen mit dicken blonden Zöpfen. »Aber ich sehe nicht ein, dass wir unser sauer verdientes Geld für Traudels Familie hergeben sollen. Wir haben doch selbst nicht genug.«

»Aber die Familie ist wirklich in Not. Traudels jüngster Bruder ist erst zwei Jahre alt, die übrigen Geschwister sind kaum älter. Sollen sie auf der Straße leben?«

»Dann muss die Mutter halt arbeiten. Und die Älteren passen auf die Jüngeren auf.«

»Sie ist krank, hat einen Husten, der nicht weggeht.

Deswegen hat Traudels Schwester ja jetzt die Putzstelle angenommen. Aber sie ist erst dreizehn und sollte eigentlich zur Schule gehen.« Alma streckte ihren Kolleginnen den Karton entgegen. »Gebt euch einen Ruck, bitte. Es muss ja nicht viel sein. Jeder Groschen hilft.«

Emmi griff in die Tasche, holte ihre Geldbörse heraus und ließ fünfzig Pfennig in den Karton fallen. »Mehr kann ich leider nicht entbehren«, sagte sie mit einem entschuldigenden Lächeln.

Ein anderes Mädchen stand auf und gab eine Mark, weitere folgten. Hedwig gab zwanzig Pfennige, Klara einen Groschen, Gundula gab nichts. Alma war ihr nicht böse. Sie hatten alle ihre eigenen Sorgen, und keine von ihnen besaß zu viel Geld. Am Ende hatten alle Mädchen bis auf Gundula einen kleinen Betrag gespendet.

Alma nahm den Karton und versuchte es als Nächstes bei den Zimmerburschen. Einige traf sie in der Personalmesse an, andere versahen Dienst an der Rezeption. Als Eugen Roth, der Concierge, mitbekam, worum es ging, tat er ebenfalls eine Mark in den Karton.

»Sie haben ein großes Herz, Fräulein Engel«, sagte er. »Vergelt's Ihnen Gott.«

Danach stieg Alma in die Küche hinunter. Dort herrschte Hochbetrieb, weil die *Regina Danubia* gerade abgelegt hatte und in einer Stunde der erste Gang des Dinners serviert werden sollte.

Der Koch war nicht gerade begeistert, dass Alma die Hilfsköche und die Küchenjungen von der Arbeit abhielt. »Fassen Sie sich kurz, Fräulein«, fuhr er sie an. »Wir haben alle Hände voll zu tun.«

Rasch erklärte Alma, worum es ging. Sie hatte bereits knapp dreißig Mark zusammen, mehr als erhofft. Selbst wenn nicht mehr viel dazukam, konnte sie damit Traudels Familie etwas Luft verschaffen.

Kurt Rieneck warf spontan zwei Mark in den Karton.

»Mensch, Kurt«, rief ein anderer Hilfskoch. »Bist du über Nacht zum Millionär geworden?« Er zog seine Börse hervor und spendete ein paar Groschen.

Fast alle Küchenhilfen gaben ein wenig Geld, und auch die Kellner, die Alma im Speisesaal antraf, wo sie dabei waren, die Tische zu decken, spendeten gern. Als Alma sah, wie Vincent auf sie zukam, schlug ihr plötzlich das Herz bis in den Hals. Er öffnete seine Brieftasche, zögerte, zog einen Schein hervor und legte ihn in den Karton.

»Aber das sind zehn Mark«, protestierte Alma.

»Schon in Ordnung«, sagte Vincent. »Du musst ja nicht überall herumposaunen, dass es von mir ist.«

»Aber …«

Ein anderer Kellner kam auf sie zu. »Was ist mit Vincent? Will er sich drücken?«

»Aber nicht doch«, widersprach Vincent. »Ich habe brav meine Mark gespendet.«

»Dann werde ich das wohl auch tun.« Der andere Kellner grinste Alma an und ließ ein paar Münzen in den Karton fallen.

Als Alma sich umdrehte, war Vincent bereits an seine Arbeit zurückgekehrt. Verwirrt machte sie sich auf den Weg zurück zu den Personalunterkünften. Woher hatte Vincent so viel Geld, dass er, ohne mit der Wimper zu zucken, zehn Mark hergeben konnte? Und wieso war er so großzügig? Sie dachte an die Flasche Wein, die er zu ihrem heimlichen Treffen mitgebracht hatte. Auch die war bestimmt nicht billig gewesen. Als Kellner verdiente Vincent jedenfalls nicht sonderlich gut. Irgendetwas stimmte nicht mit ihm. Sie sollte sich von ihm fernhalten.

Alma war so in Gedanken, dass sie Alfred Lerch erst im letzten Moment bemerkte.

»Hoppla, nicht so hastig, Fräulein Engel.«

»Verzeihen Sie, Herr Lerch. Ich wollte bloß rasch wieder an die Arbeit.«

»Sie sammeln Geld, habe ich gehört?«

Alma schluckte. Erwartete sie jetzt ein Tadel? Vielleicht hatte sie eine Regel übertreten, ohne es zu ahnen. »Für einen guten Zweck«, erwiderte sie vage.

»Für das Fräulein Jakobi, ich weiß.«

»Die Familie soll auf die Straße gesetzt werden. Ich wollte bloß helfen.«

Lerch nickte. »Und? Wie viel haben Sie zusammen?«

Rasch zählte Alma, was sie im Karton hatte. »Fünfundfünfzig Mark, Herr Lerch. Das sind mehr als zwei Monatsmieten.«

»Und wie viele Mieten ist die Familie schuldig?«

»Drei. Das sind fünfundsiebzig Mark.«

Lerch nickte und betrachtete Alma schweigend.

Sie senkte den Blick. »Dann sollte ich jetzt machen, dass ich in die Wäschekammer komme.«

»Einen Moment noch, Fräulein Engel.« Lerch griff in seine Tasche, zog eine Geldbörse heraus, öffnete sie und entnahm ihr zwei Scheine. »Jetzt sind es genau fünfundsiebzig Mark«, sagte er und überreichte Alma das Geld.

»Das ist sehr großzügig von Ihnen, Herr Lerch.«

»Schon gut. Sie müssen dem Fräulein Jakobi ja nichts davon sagen.«

»Wie Sie wünschen, Herr Lerch. Ich laufe rasch zu Traudel und überbringe ihr die gute Nachricht.«

»Machen Sie das. Und dann müssen Sie hoch zu Lady Alston, es ist bald Zeit für das Galadinner.«

***

Vincent rieb sich stöhnend die Oberarme und lehnte sich gegen die Wand. »Ein weiterer Gang, und mir fallen die Arme ab.«

Seit anderthalb Stunden trugen sie Gang um Gang in den Speisesaal. Gratinierte Austern, Hummercremesuppe, pochierter Schinken mit Petersiliensoße, Lachsmousse und zuletzt Kalbskoteletts à la périgourdine.

»Wir haben es fast geschafft, ermunterte ihn Julius. »Nur noch der Nachtisch, und dann der Kaffee.«

»Und dann im Rauchersalon Cognac und Whisky«, schaltete sich Fritz Aumüller ein, ein dürrer, aber zäher Kerl.

»O nein, nicht auch das noch.«

»Nun stell dich mal nicht so an«, neckte Fritz. »Du hast doch kräftige Arme und bist schwere Arbeit gewöhnt, oder etwa nicht?«

So kräftig, wie es schien, waren seine Arme leider nicht, und schwer arbeiten müssen hatte Vincent noch nie, außer einmal als Vierzehnjähriger kurz vor dem Krieg. Da hatte Vater ihn zur Strafe für schlechte Leistungen in der Schule auf einem Frachtkahn ackern lassen, um ihm zu zeigen, was ihn erwartete, wenn er nicht fleißig büffelte. Das hatte gewirkt.

»Den Nachtisch raustragen, los, macht schon«, schaltete sich Henri Negele ein und klatschte in die Hände. »Zeit zum Plaudern haben Sie später.«

Julius nahm ein Tablett auf, auf dem gläserne Schalen standen, gefüllt mit Champagnergelee, garniert mit Himbeeren und Rosenblättern. »Bestimmt sind Vincents Ärmchen so schwach, weil er gewöhnlich in einem bequemen Ledersessel am Schreibtisch sitzt und Zahlenkolonnen notiert«, spekulierte er grinsend. »Vom Füllfederhalterstemmen kriegt man keine Muskeln.«

»Macht euch nur lustig über mich, ihr Schandmäuler«, gab Vincent mit gespielter Empörung zurück. »Ich werd's euch noch zeigen.«

»Ach ja?«, fragte Fritz. »Ich fürchte, mit deinem Augenaufschlag kannst du nur die Mädchen beeindrucken. Apropos ...« Fritz beugte sich vor. »An deiner Stelle wäre ich etwas vorsichtiger.«

Bevor Vincent nachhaken konnte, schnappte Fritz sich ebenfalls ein Tablett und verschwand im Speisesaal. Vincent blieb nichts anderes übrig, als es seinen Kollegen nachzutun.

Hinter der Tür, die den Vorraum mit dem Speisenaufzug vom Saal trennte, wäre er beinahe mit den beiden zusammengestoßen. Sie waren abwartend stehen geblieben, weil, wie Vincent nun bemerkte, ein junger Mann sich erhoben hatte und eine Rede hielt. Neben ihm entdeckte Vincent zu seiner Überraschung Claire, ihnen gegenüber saßen eine zierliche Frau mit einem federgeschmückten Band im kurzen Haar und der ältere Herr, der Claire bei ihrem gestrigen Landausflug Gesellschaft geleistet hatte. Ein verwitweter Schuhfabrikant, wie sie ihm erzählt hatte.

»Ich hoffe, Sie verzeihen mir, meine Damen und Herren, dass ich Sie für einige Augenblicke vom Genuss Ihrer Nachspeise abhalte«, sagte der junge Mann mit einem breiten Lächeln. »Ich verspreche, ich werde mich kurzfassen. Heute habe ich, ein bescheidener Fabrikantensohn aus dem Ruhrgebiet, die zauberhafte, wunderschöne Gräfin Jekaterina Daschkowskajewa um ihre Hand gebeten.« Er strahlte die junge Frau an. »Und, was soll ich sagen, sie hat meinen Antrag angenommen.«

»Bravo!«, ertönte es von einem der anderen Tische.

»Ein Hoch auf das Brautpaar!«, rief der Witwer neben der russischen Gräfin.

Weitere Hochrufe folgten, Applaus setzte ein. Nur mit Mühe gelang es dem frisch Verlobten, sich wieder Gehör zu verschaffen. »Meine Damen und Herren, Ihre Anteilnahme freut mich über alle Maßen, und deshalb sind Sie alle eingeladen, in drei Tagen, wenn wir in Budapest anlegen, mit uns die Verlobung zu feiern.«

Wieder wurden Glückwünsche gerufen, und tosender Beifall brach aus. Vincent schaute zu Claire hinüber, die jedoch nicht ihn ansah, sondern der glücklichen Braut in spe gratulierte und dann ein paar Worte mit dem Witwer wechselte. Der junge Mann nahm Platz, das allgemeine

Gemurmel setzte wieder ein, und Vincent und seine Kollegen konnten die Nachspeise auftragen.

Eine Stunde später saßen nur noch wenige Herren im Rauchersalon, und die Kellner durften Feierabend machen. Vincent eilte hinunter in seine Kabine und spritzte sich am Waschbecken Wasser ins Gesicht. Er war zum Umfallen müde, doch er hatte Claire versprochen, sie noch aufzusuchen, wenn es irgendwie möglich war. Er sagte zu Julius, dass er sich noch einen Augenblick in die Messe setzen würde.

»Kommst du mit?«, fragte er, um nicht unhöflich zu wirken.

»Heute nicht mehr«, antwortete Julius. »Ich muss mich hinlegen, ich bin vollkommen erschöpft.«

Vincent grinste erleichtert. »Ach, wer ist denn jetzt der Schwächling? Ich glaube, du bist derjenige, der bloß dazu taugt, einen Füllfederhalter zu stemmen.«

»Untersteh dich!« Julius warf das Kopfkissen nach ihm.

Vincent duckte sich lachend und verließ die Kabine. Er ging ein paar Schritte in Richtung Messe, drehte um und schlich leise in die andere Richtung. Als er die Tür zum Aufgang aufs Oberdeck aufstieß, sah er eine Gestalt die Stufen heruntereilen und im Korridor verschwinden. Er konnte sie kaum erkennen, doch er hätte schwören können, dass es Alma war. Kurz entschlossen eilte er los.

* * *

Alma hörte Schritte hinter sich und erschrak. Obwohl sie nichts Verbotenes tat, hatte sie jedes Mal ein schlechtes

Gewissen, wenn sie von Lady Alston kam. Hätte sie die Regeln nicht missachtet, wäre sie niemals zu dieser Sonderaufgabe gekommen, die zwar mehr Arbeit, aber auch extra Trinkgeld bedeutete. Und der sie den wunderbaren Ausflug heute zu verdanken hatte.

Zudem war sie noch nie so spät bei der alten Dame gewesen. Die hatte Almas Hilfe gebraucht, um sich nach dem Dinner für die Nacht zurechtzumachen. Alma hatte eigentlich gerade angefangen, einen Brief an Ida zu schreiben, als Lady Alston nach ihr klingelte. Aber nun hatte sie wenigstens noch eine Idee für eine wunderbare Bordgeschichte, die sie ihrem Brief beifügen konnte, denn die Lady hatte ihr erzählt, dass beim Essen eine Verlobung verkündet worden war. Das junge Paar, eine russische Gräfin und ein Fabrikantensohn aus dem Ruhrgebiet, hatte sich wohl erst auf der Reise kennengelernt und sofort unsterblich ineinander verliebt. Wie romantisch, Ida würde entzückt sein!

Alma bog in den Korridor mit den Kabinen der Zimmermädchen. Die Person war noch immer hinter ihr, schien nun sogar ihre Schritte zu beschleunigen.

»Alma«, wisperte eine Stimme.

Sie erstarrte, ihr Herz schlug schneller. Langsam drehte sie sich um. »Vincent, was willst du?«

»Mit dir reden.«

So leicht würde sie sich nicht von ihm um den Finger wickeln lassen. »Es ist spät, ich bin müde.«

»Ich weiß, dass du sauer bist. Ich habe mich idiotisch verhalten. Ich möchte, dass wir wieder Freunde sind.«

Empörung stieg in Alma auf. »Hast du deshalb zehn

Mark gespendet? Wolltest du dir meine Freundschaft erkaufen?«

»Lieber Himmel, nein!«

Eine Tür knarrte.

Vincent trat vor und ergriff Almas Hand. »Komm mit.«

»Wohin?«

»An einen Ort, wo wir hoffentlich ungestört reden können.«

Obwohl Alma ihm noch immer nicht traute, ließ sie sich von ihm mitschleppen, aus Neugier und aus Hoffnung, dass es eine einleuchtende Erklärung für sein Verhalten gab.

Als sie den hinteren Abgang im Bug des Schiffs hinuntereilten, ahnte Alma, wohin Vincent wollte. Sie erreichten die Wirtschaftsräume, er stieß die Tür zur Küche auf und schaltete das Licht ein.

Anders als tagsüber war der Raum verlassen. Alle Arbeitsflächen blinkten, kein Krümelchen lag herum. Wo eben noch ein Dutzend Hilfsköche und Küchenjungen geschnitten, gehackt und gerührt hatten, herrschte absolute Stille.

»Keiner mehr da, das hatte ich gehofft«, sagte Vincent. »Das Dinner war erst nach zehn vorüber, aber die Küche wird immer schon geschrubbt, während die Gäste noch Kaffee und Likör trinken.«

Alma verschränkte die Arme. »Du wolltest mir etwas sagen.«

Vincent seufzte und strich sich eine dunkle Strähne aus der hohen Stirn. In seinen Gesichtszügen lag etwas

Melancholisches, selbst wenn er lachte, und wenn er so ernst dreinblickte wie jetzt, sah es aus, als müsste er allein die Last der Welt auf seinen Schultern tragen.

Doch Alma würde sich nicht von seinem theatralischen Gehabe einwickeln lassen. »Ich warte auf eine Erklärung.«

»Ach, Alma.« Er lehnte sich gegen die Arbeitsplatte. »Bei unserem letzten Treffen hat es so ausgesehen, als würde ich dich über die Gäste ausfragen.«

»Du wolltest wissen, bei wem wertvoller Schmuck zu finden ist.«

»Stimmt.«

»Du streitest es nicht ab?« Alma stemmte die Hände in die Hüften.

»Es gibt einen Grund, warum ich dir diese Fragen gestellt habe, Alma. Aber ich darf nicht darüber reden.«

Ungläubig schüttelte sie den Kopf. Sie war manchmal leichtgläubig, das stimmte. Aber nicht so. »Für wie blöd hältst du mich, Vincent?«

»Es ist die Wahrheit, ich schwöre es.«

»Dann verrate mir diesen mysteriösen Grund.«

»Das kann ich nicht.«

»Natürlich nicht.«

»Alma, versteh doch …«

»Ich verstehe nur, dass du mich benutzt hast, um an Informationen über die Vermögensverhältnisse der Gäste zu kommen. Vermutlich bin ich nicht das einzige Zimmermädchen, dem du mit einem Glas Wein versucht hast, die Zunge zu lockern.«

»Das ist nicht wahr.«

»Du bist neu an Bord, und du bist kein Kellner.«

Er riss die Augen auf. »Wie kommst du darauf?«

Alma war einfach so herausgeplatzt mit ihrem Verdacht, doch jetzt erkannte sie an seinem erschrockenen Blick, dass sie ins Schwarze getroffen hatte.

Sie blickte auf seine schmalen Hände, die keine harte Arbeit kannten. »Kein Kellner verdient genug, um zehn Mark für die Familie eines Zimmermädchens zu spenden«, sagte sie.

Er nickte langsam.

Ihr wurde mit einem Mal mulmig zumute. Wenn Vincent etwas Schlimmes plante und sie ihm nun dabei im Weg war, weil sie ihn durchschaut hatte, was würde er mit ihr tun?

Vorsichtig bewegte sie sich in Richtung Tür. »Ich gehe jetzt besser. Und ich rede mit Herrn Lerch, und zwar auf der Stelle. Selbst wenn ich ihn dafür wecken muss.«

»Nein, bleib!«

Sie drehte sich um, doch er war schneller, packte sie am Handgelenk.

»Au, du tust mir weh!«

Er ließ sie los. »Alma, bitte, hör mich an!«

»Nein.« Sie riss die Tür auf.

»Ein Wort noch, bitte. Wenn du es dir dann nicht anders überlegt hast, geh meinetwegen zu Lerch. Dann werde ich ihn eben einweihen müssen.«

Alma drehte sich um. »Was soll das heißen?«

»Schließ die Tür. Bitte.«

Sie zögerte.

»Du hast doch nicht etwa Angst vor mir?«

»Vielleicht sollte ich die haben.«

Er hob die Hände und trat ein paar Schritte zurück.

Sie ließ die Tür zufallen, blieb aber direkt daneben stehen. »Also gut. Erklär es mir.«

»Es stimmt, dass ich auch andere an Bord befragt habe«, begann er zögernd. »Aber ich schwöre, dass du das einzige Zimmermädchen bist, mit dem ich an Deck Wein getrunken und den Sternenhimmel betrachtet habe. Ich fand das sehr schön.« Er stockte, lächelte, strich sich die widerspenstige Strähne aus der Stirn. »Es gibt einen Grund für meine Fragen, über den ich nicht reden darf, aber ich schwöre dir beim Leben meiner kleinen Schwester, dass es ein ehrenhafter Grund ist. Bitte glaub mir, ich habe nicht vor, irgendwen zu bestehlen.«

»Ich weiß nicht, ob ich dir trauen kann.«

»Gib mir Zeit, nur ein paar Tage, dann erkläre ich dir alles, versprochen.«

»Wie viele Tage?«

Ein schwaches Lächeln huschte über sein Gesicht. »Du lässt nicht locker, was?« Er überlegte. »Drei Tage. In drei Tagen laufen wir in Budapest ein. Dann erfährst du von mir die Wahrheit.«

KAPITEL 7

Wiener Becken, Sonntag, 16. August 1925

Claire blieb vor der Kabinentür stehen und blickte auf die Uhr. Viertel nach elf. Edmund Valerian hatte sie nach dem Dinner noch in ein Gespräch verwickelt, sodass es viel später geworden war, als sie beabsichtigt hatte. Vielleicht war Vincent schon an ihrer Kabine gewesen und wieder fortgegangen, weil er sie nicht angetroffen hatte. Zu dumm, dass es so schwierig war, mit ihm in Kontakt zu treten.

Sie schloss auf und schaltete das Licht ein. Nachdem sie die Tür von innen verriegelt hatte, setzte sie sich aufs Bett, unschlüssig, ob sie sich umziehen oder noch warten sollte. Ihre Gedanken wanderten zu dem Schuhfabrikanten. Er war äußerst zuvorkommend und sympathisch, doch er besaß auch eine Seite, die sie nicht verstand. Nach dem Dinner hatte er den Restaurantchef an den Tisch gerufen und verlangt, in die Küche gebracht zu werden. Als der Chef dies höflich verweigerte, weil die Vorschriften an Bord diesbezüglich sehr streng seien, bestand Valerian darauf, dass das gesamte Küchenpersonal hochgeschickt werde.

»Haben Sie etwas an dem Menü auszusetzen?«, fragte

der Restaurantchef daraufhin. »Dann lasse ich den Koch kommen, er ist dafür verantwortlich.«

»Tut mir leid, aber ich muss darauf bestehen, alle zu sprechen, die in der Küche arbeiten.«

»Das ist höchst ungewöhnlich, mein Herr.«

Valerian hatte den Restaurantchef prüfend angesehen. »Ungewöhnlich, aber nicht unmöglich, hoffe ich.«

»Ich werde sehen, was sich machen lässt.«

Während sie auf die Rückkehr des Restaurantchefs warteten, leerte sich der Speisesaal allmählich. Hans Harbach und die junge Gräfin hatten sich längst verabschiedet, und auch an den anderen Tischen saßen nur noch vereinzelt Gäste.

»Ich denke, ich ziehe mich ebenfalls zurück«, sagte Claire.

»Nur noch einen Moment«, bat Valerian. »Sie haben mir versprochen, einen Schlummertrunk mit mir zu nehmen.«

In dem Moment kehrte der Restaurantchef zurück. »Wenn Sie mir bitte folgen wollen, gnädiger Herr.«

Valerian erhob sich und bedeutete Claire, ihn zu begleiten. Sie wurden in einen kleinen Raum hinter dem Tresen geführt, wo mehr als ein Dutzend junge Männer in weißen Schürzen aufgereiht standen. Vor ihnen hatte sich ein ebenfalls weiß gekleideter Mann mit einem gewaltigen Schnurrbart und einer weißen Mütze auf dem Kopf in Position gebracht und blickte Valerian herausfordernd entgegen. Der Koch, wie Claire annahm.

»Das komplette Küchenpersonal«, sagte der Restaurantchef. »Wie Sie gewünscht haben, gnädiger Herr.«

»Ich danke Ihnen.« Edmund Valerian verschränkte die Hände hinter dem Rücken und blickte einem nach dem anderen in die Augen. »Sie haben heute Abend großartige Arbeit geleistet«, sagte er dann, und Claire konnte sehen, wie die Anspannung von allen abfiel. »Dafür möchte ich Ihnen gern persönlich danken. Und zwar nicht nur mit Worten, sondern auch mit Taten. Gewöhnlich bekommen nur die Kellner Trinkgeld, und das finde ich nicht in Ordnung.«

Valerian zog seine Geldbörse hervor und griff hinein. Er schritt die Reihe der jungen Männer ab und drückte jedem von ihnen eine Münze in die Hand. Dann wedelte er mit dem Arm. »Das war alles. Sicher haben Sie noch zu tun, ich will Sie nicht länger von der Arbeit abhalten.«

Claire wusste nicht, was sie denken sollte. Einerseits fand sie es lobenswert, dass Edmund Valerian die Arbeit des Küchenpersonals würdigte, und sie stellte sich vor, dass er bei seinen Arbeitern in der Fabrik sehr beliebt war. Andererseits irritierte es sie, dass er so viel Aufhebens machte. Wenn er den Männern ein Trinkgeld zukommen lassen wollte, hätte er es auch einfach dem Restaurantchef überreichen können.

Eben, nachdem sie ihren Drink genommen hatten und auf dem Weg in ihre Kabinen waren, hatte sie ein junger Mann angesprochen.

»Verzeihen Sie, gnädiger Herr.«

Es war Kurt Rieneck, der Hilfskoch, den Valerian wegen des Rühreis gelobt hatte.

»Was gibt es?«, fragte Valerian ihn.

»Eigentlich darf ich Sie gar nicht ansprechen, aber es ist wichtig.«

»Sprechen Sie, junger Mann.«

»Ich glaube, Ihnen ist vorhin ein Fehler unterlaufen, gnädiger Herr. Sie haben jedem fünfzig Pfennig Trinkgeld gegeben. Nur bei mir war es ein Zweimarkstück.« Der Hilfskoch hielt ihm die Münze hin.

Edmund Valerian sah erst die Münze und dann Rieneck an. Er nickte. »Es stimmt, ich habe mich vertan. Doch nun haben Sie sich das Geld mit Ihrer Ehrlichkeit redlich verdient. Behalten Sie es.«

»Aber das kann ich nicht annehmen.«

»Es bleibt Ihnen wohl nichts anderes übrig.« Valerian zuckte mit den Schultern. »Laden Sie Ihre Kollegen zu einem Bier ein, wenn Sie ein schlechtes Gewissen haben.«

Der Hilfskoch bedankte sich überschwänglich und eilte davon.

»Was halten Sie von ihm, Fräulein Ravensberg?«, fragte Valerian, als Rieneck außer Hörweite war.

»Ich kenne ihn kaum, aber er macht einen ehrlichen Eindruck.«

»Das denke ich auch.«

Claire kam der Gedanke, dass Valerian gar kein Fehler beim Verteilen des Trinkgelds unterlaufen war und die ganze Inszenierung nur dazu gedient hatte, den jungen Hilfskoch auf die Probe zu stellen. So wie mit dem Rührei. »Suchen Sie Personal, Herr Valerian? Denken Sie darüber nach, ihn einzustellen?«

»So etwas in der Art«, erwiderte dieser gedankenverloren. »Aber zu keinem ein Wort, bitte.«

Claire hatte nachgefragt, was er damit meine, doch Valerian hatte abrupt das Thema gewechselt, und kurz darauf hatten sie bereits ihre Kabinen erreicht und sich eine gute Nacht gewünscht.

Claire gähnte und erhob sich vom Bett. Es sah nicht so aus, als würde Vincent sich noch blicken lassen. Sie trat an den Schrank, um ihr Nachthemd herauszuholen, und stockte.

Die Tür war nur angelehnt. Hatte sie vor dem Dinner vergessen, sie zu schließen? Sie war ein wenig in Eile gewesen, weil sie sich im letzten Moment für ein anderes Kleid entschieden und noch einmal umgezogen hatte. Möglich wäre es also. Und wenn nicht?

Das Zimmermädchen kam abends immer noch, um das Bett für die Nacht fertig zu machen, aber am Kleiderschrank hatte es nichts verloren.

Claire zog die Tür ganz auf und betrachtete den Inhalt. Die Kleider hingen an Ort und Stelle, die Wäsche sah nicht so aus, als hätte sie jemand durchwühlt. Aber ein professioneller Dieb wusste bestimmt, wie man keine Spuren hinterließ.

Claire trat an den Nachttisch und zog die Schublade auf. Das Schmuckkästchen war noch da. Sie nahm es heraus und öffnete es, sah die wenigen Stücke durch, die sie auf die Reise mitgenommen hatte. Erleichtert setzte sie sich aufs Bett. Fehlalarm, zum Glück.

Es sei denn … Sie sprang auf und bückte sich.

Mit klopfendem Herzen tastete sie den Federrahmen ab. Nachdem ihr das Versteck in der Kommode zu unsicher vorgekommen war, hatte sie sich den Kopf zerbrochen und war schließlich darauf gekommen, die Mappe mit dem Gürtel ihres Morgenrocks von unten an den Federn des Bettgestells festzubinden.

Ihre Finger fuhren über die dicken Metallfedern. Nichts. Bestimmt suchte sie an der falschen Stelle. Schließlich wusste niemand, dass sie die Unterlagen bei sich hatte. Sie hatte nicht einmal irgendwem verraten, dass sie für einen Abgeordneten arbeitete. Sie tastete weiter in Richtung Kopfende, dann am Fußende. Ihre Finger berührten etwas Weiches. Der Gürtel. Er war noch immer an dem Federrahmen festgeknotet, aber die Mappe fehlte.

Eine Welle von Panik überrollte Claire. Konnte es sein, dass sie die Mappe woanders versteckt und es vergessen hatte? Hektisch suchte sie das ganze Zimmer ab, schaute im Schrank nach, zwischen den Polstern des Lehnstuhls, hinter dem Spiegel über dem Waschbecken. Doch sie fand nichts, die Mappe war verschwunden.

* * *

Als Alma die Kabine betrat, saß Emmi auf der unteren Koje, ein Buch auf den Knien.

»Du warst aber lange weg«, sagte sie. »Geht es der alten Dame gut?«

»Es geht immer auf und ab«, antwortete Alma. »Mal sprüht sie vor Energie, mal kann sie sich kaum auf den Beinen halten.«

»Sie ist Engländerin, nicht wahr?«

»Und sie war mit einem echten Lord verheiratet. Aber sie will nicht, dass ich sie Mylady nenne. Sie ist sehr nett.«

»Du hast wirklich Glück.« Emmi klappte das Buch zu. »Setz es nicht leichtfertig aufs Spiel.«

Alma, die gerade ihre Uniform ausziehen wollte, hielt mitten in der Bewegung inne. »Wie meinst du das?«

Emmi zuckte mit den Schultern. »Ich denke, du weißt genau, was ich meine.«

Alma spürte Ärger in sich aufsteigen. »Warum machst du immer bloß Andeutungen, Emmi? Erst warnst du mich, nicht jedem zu trauen, verrätst aber nicht, vor wem ich auf der Hut sein muss, und jetzt rückst du wieder nicht heraus mit der Sprache.«

Emmi seufzte. »Ich mische mich nicht gern in die Angelegenheiten anderer Leute ein.«

»Aber genau das tust du gerade.«

Emmi nickte. »Ich habe dich mit diesem neuen Kellner gesehen.«

»Und?«

»Techtelmechtel zwischen Bediensteten sind strengstens untersagt. Sie führen zur sofortigen Entlassung.«

»Wir haben kein Techtelmechtel«, gab Alma zurück. »Wir haben uns nur unterhalten.«

»Du kannst ja versuchen, das der Marscholek zu erklären, wenn sie es erfährt.«

»Du willst mich verraten?«

»Natürlich nicht!« Emmi sah verletzt aus. »Ich will dich warnen. Ich weiß, wie schnell so etwas schiefgehen kann.« Sie senkte den Blick.

»Ist dir schon mal so etwas passiert?«

»Nicht mir, aber meiner Freundin Johanna.«

Alma setzte sich zu ihr. »O weh.«

»Sie war deine Vorgängerin, hat mit mir die Kabine geteilt.«

Plötzlich verstand Alma, weshalb Emmi anfangs so abweisend zu ihr gewesen war. Sie wollte nicht nett sein zu der jungen Frau, die den Platz ihrer Freundin einnahm, auch wenn diese keine Schuld an dem traf, was geschehen war.

»Was ist passiert?«, fragte sie.

»Johanna ist verlobt, mit einem der Heizer. Sie stammen beide aus einem Ort am Inn, etwas südlich von Passau. Sie waren immer sehr vorsichtig, haben sich nie an Bord getroffen. Johanna hätte ihre Stelle nach der Hochzeit aufgegeben, doch bis dahin wollte sie noch ein bisschen Geld zur Seite legen. Und dann sind sie auf der letzten Rückfahrt nach Passau in Linz von der Marscholek gesehen worden. Sie haben nichts Schlimmes gemacht, sind bloß zusammen die Straße entlangspaziert. Die Marscholek hat sie nur von hinten gesehen, deshalb hat sie nur Johanna erkannt. Sie ahnt bis heute nicht, wer ihr Begleiter war. Außer mir weiß es niemand.«

»Und sie hat deiner Freundin gekündigt?«

»Sie hat Johanna zur Rede gestellt, und die hat zugegeben, dass sie verlobt ist. Aber nicht, mit wem. Deshalb wurde nur sie entlassen, ihr Verlobter ist noch an Bord.«

»Er ist ihr nicht beigesprungen?«

»Sie wollte es nicht. Wenn er auch noch seine Stelle verloren hätte, hätte das niemandem genützt.«

»Wie schlimm für die beiden.«

»Johanna war immer besonders fleißig und hilfsbereit. Sie hat ihre Arbeit gründlich und schnell erledigt und oft noch einen Teil von anderen übernommen, die nicht so geschickt waren wie sie. Aber das hat alles nicht gezählt. Ein harmloser Spaziergang ist ihr zum Verhängnis geworden.«

»Das tut mir wirklich leid für deine Freundin«, sagte Alma und legte Emmi die Hand auf den Arm. »Ich hoffe, dass sie bald eine neue Stelle findet.«

»Du begreifst jetzt hoffentlich, warum ich dich gewarnt habe. Ich bin vielleicht nicht die Einzige, die euch gesehen hat. Und es gibt einige an Bord, die verstehen es, ihr Wissen über andere zu ihrem eigenen Vorteil zu nutzen.«

»Willst du damit sagen …«

Ein lautes Türenknallen unterbrach Alma. Eilige Schritte waren auf dem Korridor zu hören, dann eine Stimme, die etwas rief.

Alma stand auf. »Was ist denn da draußen los?«

»Keine Ahnung, aber es klingt nicht gut.« Emmi erhob sich ebenfalls und zog ihr Uniformkleid zurecht.

Schon ertönte ein Klopfen, die Tür wurde aufgestoßen, Traudel streckte den Kopf herein. »Wir sollen alle sofort in die Messe kommen.«

***

Alfred Lerch wartete, bis die letzten Nachzügler eingetroffen waren, ließ dabei seinen Blick über die Gesichter wandern. Einige wirkten verschreckt, andere neugierig, und wieder andere blickten verschlafen drein. Viele Bedienstete hatten schon in ihrer Koje gelegen, als Alfred sie hatte rufen lassen. Es war kurz vor Mitternacht.

Endlich war das gesamte Hotelpersonal in der Messe versammelt, Zimmermädchen, Wäscherinnen, Zimmerburschen, Kellner und Küchenhilfen, alle standen da und sahen ihn erwartungsvoll an. Lediglich ein Zimmermädchen fehlte. Grete Teisbach lag seit dem Vormittag mit Fieber auf der Krankenstation. Alfred warf Olga Marscholek einen Blick zu. Auch sie wusste nicht, worum es ging. Ebenso wenig wie Henri Negele, der Restaurantchef, der mit zusammengepressten Lippen auf einen Punkt an der Wand starrte. Der Concierge hatte sich früh am Abend mit Kopfschmerzen in seine Kabine zurückgezogen, deshalb hatte Alfred ihn nicht wecken lassen.

»Sie wundern sich sicherlich, dass ich Sie zu so später Stunde zusammengerufen habe«, begann er. »Und ich kann Ihnen versichern, ich wundere mich auch. Darüber, dass so etwas nötig ist.«

Er machte eine Pause, studierte erneut die Gesichter.

»Aus einer der Gästekabinen in der ersten Klasse sind wichtige Unterlagen verschwunden. Es handelt sich um unersetzliche private Familiendokumente, die in einer verschlossenen Ledermappe sind. Jemand hat diese Mappe entwendet.«

»Großer Gott«, stieß Olga Marscholek hervor. »Um welche Kabine handelt es sich?«

»Dreizehn. Bewohnt von einer jungen Dame namens Claire Ravensberg.«

Alfred glaubte, einen überraschten Laut aus den Reihen der Kellner zu hören, doch als er den Kopf wandte, blickten alle ausdruckslos nach vorn.

»Klein und Schuster«, bellte Marscholek, »vortreten!«

Die beiden Mädchen machten einen Schritt nach vorn. Alfred ärgerte sich, dass die Hausdame die Angelegenheit an sich riss, doch er wollte ihr nicht in den Rücken fallen. Zumal es tatsächlich sehr wahrscheinlich war, dass sich der Dieb in den Reihen der Zimmermädchen befand, die jeden Tag die Kabinen betraten.

»Sie sind für die Einzelkabinen auf der Backbordseite der ersten Klasse zuständig«, sagte Marscholek zu den Mädchen. »Hat eine von Ihnen die Mappe an sich genommen?«

»Nein, Frau Marscholek«, beteuerte Hedwig Klein. »Wir rühren niemals die privaten Dinge der Gäste an.«

»Was ist mit Ihnen, Fräulein Schuster?«

Das Mädchen war den Tränen nah. »Ganz bestimmt nicht, Frau Marscholek. Ich habe keine Mappe gesehen und auch nichts mitgenommen, aus keiner Kabine.«

Alfred war geneigt, den beiden zu glauben. Aber er wusste, wie sehr man sich in einem Menschen täuschen konnte. »Wir werden jetzt alle Personalkabinen durchsuchen«, verkündete er. »Frau Marscholek kümmert sich um die Unterkünfte der Zimmermädchen, Herr Negele und ich übernehmen den Rest.« Er holte Luft. »Es sei denn, der Dieb erspart uns die Arbeit und stellt sich freiwillig.« Er wartete einen Moment. Niemand rührte sich. »Also gut. Während wir uns die Kabinen vornehmen, bleiben Sie alle hier. Niemand verlässt den Raum, verstanden?«

Er wartete keine Antwort ab, sondern nickte Olga Marscholek zu, die unverzüglich im Frauenkorridor verschwand. Dann teilten Negele und er die Kabinen des männlichen Personals unter sich auf und machten sich an die Arbeit.

Eine halbe Stunde später hatten sie alle Kabinen durchsucht, ohne Erfolg.

»Wenn der Dieb clever ist, hat er die Mappe an einem anderen Ort verschwinden lassen«, sagte Negele mit finsterer Miene. »So ein Schiff ist voller Verstecke.«

»Wäre aber auch möglich, dass es niemand vom Hotelpersonal war«, gab Olga Marscholek zu bedenken. »Vielleicht hat einer der Schiffsjungen die Mappe gestohlen.«

»Wie soll der an den Zimmerschlüssel gekommen sein?«, fragte Alfred. »Die Schiffsjungen haben gar keinen Zugang zum Passagierbereich.«

»Das gilt aber auch für das Küchenpersonal«, erinnerte Negele ihn.

»Aber die haben ihre Kabinen auf demselben Deck wie die übrigen Hotelbediensteten.« Alfred wandte sich an die Hausdame. »Was ist mit dem kranken Mädchen?«

»Sie teilt eine Kabine mit Traudel Jakobi. Die habe ich gründlich durchsucht.«

»Könnte sie etwas wissen?«

»Möglich.« Olga Marscholek zuckte mit den Schultern. »Allerdings halte ich das für unwahrscheinlich. Das Fräulein Teisbach tut nur in der zweiten Klasse Dienst, es darf gar nicht aufs Oberdeck.«

Alfred zog die Brauen hoch. Grete Teisbach arbeitete schon einige Jahre an Bord, wenn sie nicht in die erste Klasse durfte, musste es sich um eine Disziplinarmaßnahme handeln. Doch im Augenblick spielte das keine Rolle.

»Dann müssen wir wohl …«

»Moment«, unterbrach ihn die Hausdame. »Mir fällt gerade ein, dass ich heute Morgen erlaubt habe, dass die Mädchen den Dienst tauschen, weil Grete Teisbach besser mit dem Staubsauger zurechtkommt. Das Fräulein Schuster ist noch immer etwas unsicher damit, und ich wollte verhindern, dass das teure Gerät durch falsche Bedienung Schaden nimmt. In der zweiten Klasse muss ja zum Glück bloß gekehrt und gewischt werden.«

»Dann war das Fräulein Teisbach in der Kabine dreizehn?«

»Das kann ich erst mit Sicherheit sagen, wenn ich den Dienstplan konsultiert habe.«

»Tun Sie das. Ich gehe derweil auf die Krankenstation und spreche mit dem Mädchen«, sagte er. »Auch wenn ich mir nicht viel Hoffnung mache, dass dabei etwas herumkommt. Und danach muss ich dem Fräulein Ravensberg mitteilen, dass wir noch nichts ausrichten konnten.«

»Ich verstehe das nicht«, sagte Negele. »Wer stiehlt denn eine Mappe mit privaten Unterlagen?«

»Vielleicht dachte jemand, es befänden sich Wertgegenstände darin«, spekulierte Olga Marscholek.

Alfred sah sie entsetzt an, und sie wurde blass. Er hätte schwören können, dass sie das Gleiche dachte wie er. Der Juwelendieb, der sie schon zweimal heimgesucht hatte, waren sie ihn noch immer nicht los?

»Beten Sie, dass es nicht so ist«, sagte Alfred. »Und schicken Sie die Leute ins Bett. Heute Nacht können wir nichts mehr ausrichten.«

Auf der Krankenstation wachte eine Schwester, die

Alfred darüber unterrichtete, dass Grete Teisbach ein Schlafmittel bekommen habe und nicht vor dem Morgen zu sprechen sei. Also begab er sich aufs Oberdeck und klopfte an Claire Ravensbergs Kabinentür.

Ein Poltern war zu hören, dann öffnete sich die Tür einen Spaltbreit.

»Entschuldigen Sie die Störung, Fräulein Ravensberg.«

»Haben Sie die Mappe gefunden?«

»Leider noch nicht.«

Die junge Frau schlug die Augen nieder.

»Ich verspreche Ihnen, dass ich alles tun werde, was in meiner Macht steht.«

»Wir legen morgen in Preßburg an, nicht wahr?«

»Gegen Mittag, ja.«

»Was, wenn der Dieb mit seiner Beute an Land geht?«

»Wir werden versuchen, das zu verhindern. Und die Reederei übernimmt selbstverständlich die Verantwortung für den Schaden. Es war unser Versäumnis, dass der Tresor nicht zur Verfügung stand.«

»Die Unterlagen sind unersetzlich, Herr Lerch.«

»Ich weiß, Fräulein Ravensberg. Versuchen Sie dennoch, ein wenig zu schlafen. Gute Nacht.«

Nachdem die junge Frau die Tür geschlossen hatte, blieb Alfred noch eine Weile im Korridor stehen. Er liebte seinen Beruf, und es war ihm eine Ehre, den Gästen zu dienen. Aber es gab Momente, in denen er lieber ein einfacher Arbeiter gewesen wäre, der nicht die Verantwortung für das große Ganze trug.

Ein Knarren war aus der Kabine zu hören, also hatte sich das Fräulein wohl zu Bett begeben. Alfred wandte sich ab und erschrak, als er einen Mann entdeckte, der unmittelbar hinter ihm stand. Es war Edmund Valerian, der Gast, den Alfred im Auge hatte behalten wollen, weil er ihm beim Einschiffen merkwürdig vorgekommen war.

»Ist etwas nicht in Ordnung?«, fragte Valerian.

»Alles bestens«, versicherte Alfred.

»Dem Fräulein Ravensberg geht es gut?«

»Es geht ihr ausgezeichnet, seien Sie unbesorgt.« Alfred setzte ein verbindliches Lächeln auf. »Kann ich noch etwas für Sie tun, Herr Valerian?«

»Ich bin versorgt, danke.«

»Dann wünsche ich Ihnen eine angenehme Nacht.«

***

Vincent stieß vorsichtig die Schranktür auf. »Ist er weg?«

»Ja«, wisperte Claire.

»Ein Glück.« Vincent schob die Kleider beiseite, stieg aus dem Schrank und schloss leise die Tür. »Puh, das war knapp.«

»Du hättest nicht herkommen sollen.«

»Du bist bestohlen worden, Claire. Ich habe mir Sorgen gemacht.«

»Aber dir muss doch klar gewesen sein, dass Herr Lerch noch einmal vorbeikommt. Was, wenn er dich vor meiner Tür gesehen hätte?«

Vincent ergriff Claires Hände. »Mir wäre schon etwas eingefallen, Liebste.« Er studierte ihr Gesicht. Ihre Wangen waren blass, etwas Gehetztes lag in ihren Augen.

Dass jemand in ihre Kabine eingebrochen war, musste sie sehr erschreckt haben. Kein Wunder.

»Du bist leichtsinnig, Vincent«, sagte sie. »Ich dachte, es wäre dir so wichtig, inkognito zu bleiben.«

»Ist es auch. Aber du bist mir wichtiger.« Er zog sie aufs Bett, setzte sich neben sie und küsste ihre Hand. »Und jetzt erzähl mir, was genau dir gestohlen wurde.«

»Nur ein paar Papiere, halb so wild.«

»Lerch hat von einer Mappe mit unersetzlichen Familienunterlagen gesprochen.«

»Ja, so habe ich es ihm erzählt«, räumte Claire ein, den Blick auf den Boden geheftet.

»Was soll das heißen, so hast du es ihm erzählt? Hast du ihn etwa angelogen?« Er fasste sie am Kinn. »Sieh mich an, Claire, und erzähl mir, was geschehen ist.«

»Ich habe nicht gelogen. Es sind Papiere verschwunden.«

»Was für Papiere?«

»Briefe und andere Unterlagen.«

»Und sie waren in einer Mappe, ja? Nicht in einer Dose oder einer Schatulle?«

»Nein, natürlich nicht.« Sie runzelte die Stirn. »Wie kommst du darauf?«

»Es hätte also niemand auf die Idee kommen können, dass sich Schmuck darin befindet?«, hakte Vincent nach.

»Darauf willst du hinaus.« Claire sah auf ihre schlanken Finger hinab, die ein einzelner Diamantring schmückte. Vincents Verlobungsgeschenk. »Gütiger Himmel, da rede ich großspurig davon, dass ich dir bei der Jagd nach dem Juwelendieb helfen will, und dann werde ich selbst sein Opfer.« Für einen Moment wirkte sie fast erleichtert. Sie dachte nach, schüttelte den Kopf. »Nein, unmöglich. Es handelt sich um eine lederne Dokumentenmappe. Ich glaube nicht, dass irgendwer sie mit einer Schmuckschatulle verwechseln würde.«

»Merkwürdig«, murmelte Vincent. »Warum sollte jemand deine Papiere stehlen? Damit kann er doch nichts anfangen.«

»Das begreife ich auch nicht.« Claire presste die Lippen zusammen und erhob sich. »Ich bin müde, Vincent. Ich möchte mich ausruhen.«

Er stand ebenfalls auf, legte die Hände auf ihre Schultern und versuchte, in ihren Augen zu lesen. Da war etwas, das sie ihm nicht sagte. Doch was? Dass sie einen heimlichen Liebhaber hatte, hielt er inzwischen für ausgeschlossen. Er hatte sie beobachtet, im Speisesaal, während er an den anderen Tischen auftrug, an Deck, wenn sie im Liegestuhl saß und las, während er Drinks servierte. Da waren keine verstohlenen Blicke, keine scheinbar zufälligen Begegnungen.

Aber welches andere Geheimnis könnte Claire haben? Vincent hatte hin und her überlegt, ihm war nichts eingefallen. Also war es wohl doch so, wie sie gesagt hatte. Sie hatte ihn überraschen wollen. Bestimmt hatte sie gehofft, sie könnten sich öfter heimlich treffen und mehr Zeit miteinander verbringen. Vielleicht wäre das ja möglich, nachdem er den Dieb gefasst hatte.

KAPITEL 8

Preßburg, Montag, 17. August 1925

Alfred Lerch eilte den Aufgang hinauf. Er hatte schlecht geschlafen, hatte die ganze Nacht gegrübelt, wie er das Problem mit den verschwundenen Unterlagen lösen konnte. Falls es überhaupt eine Lösung gab. Wenn jemand die Mappe über Bord geworfen hatte, würde sich die Sache höchstwahrscheinlich nie aufklären.

Zu allem Überfluss stand am Nachmittag nach dem Ablegen auch noch die Operation Rattenvernichtung an. Sobald die Passagiere in Preßburg an Land gegangen waren, sollte das Gas verladen werden. Je weniger Zeugen es gab, desto besser. Der Landgang bedeutete jedoch auch, dass der Dieb sich mit seiner Beute auf und davon machen könnte.

Im Morgengrauen hatte Alfred veranlasst, dass die Unterkünfte der Schiffsmannschaft durchsucht wurden. Die Organisation hatte er dem Kapitän überlassen, denn in diesem Bereich des Schiffs hatte er keine Befugnisse. Er selbst hatte sämtliche Wirtschaftsräume des Hotelbereichs durchforschen lassen. Seit eben wusste er, dass beide Aktionen erfolglos beendet worden waren. Die Zeit drängte. In einer Stunde würden sie in Preßburg anlegen, dann konnte der Verbrecher sich mit dem Diebesgut von Bord schleichen.

Wobei die Frage blieb, was jemand mit den privaten Papieren von Claire Ravensberg anstellen sollte. Alfred hatte seine Zweifel, was die Behauptungen der jungen Dame anging. Sie war bestohlen worden, keine Frage. Doch was den Rest ihrer Geschichte anging, war Alfred skeptisch. Wer versteckte denn private Familiendokumente unter dem Bettgestell?

Alfred erreichte die Rezeption, wo der Concierge dabei war, alles für den Landgang der Gäste bereit zu machen. Ein Stapel Stadtpläne von Preßburg lag auf dem Tresen, der gefüllte Schirmständer stand neben dem Ausgang, denn das Wetter war umgeschlagen, draußen nieselte es.

»Guten Morgen, Herr Lerch«, sagte der Concierge.

»Guten Morgen, Herr Roth«, erwiderte Alfred. »Geht es Ihrem Kopf besser?«

»Ja, danke.«

»Freut mich zu hören. Ist alles vorbereitet?«

Leider konnte er die Gäste nicht durchsuchen lassen, bevor sie von Bord gingen. Wenn der Dieb nicht unter dem Personal zu finden war, hatten sie schlechte Karten.

»Ich bin fertig«, sagte der Concierge. »Sobald alle Ausflügler versorgt und wohlbehalten an Land sind, kümmere ich mich um die Angelegenheiten, die von gestern liegen geblieben sind.«

»Und was wäre das?«, fragte Alfred scharf. Eigentlich bestand er darauf, dass alles möglichst sofort geregelt wurde. Die Gäste sollten mit ihren Anliegen nicht warten müssen, da waren auch Kopfschmerzen keine Entschuldigung.

»In Kabine zweiunddreißig ist ein Stück Vorhang eingerissen. Ich gebe Frau Marscholek Bescheid, sobald der entsprechende Gast von Bord ist, damit sie eines der Mädchen hinschicken kann, um den Schaden zu beheben. Außerdem wünscht man auf Kabine acht einen Strauß weiße Lilien.«

»Kabine acht?«, fragte Alfred stirnrunzelnd. »Das ist doch das Ehepaar, das aus der zweiten Klasse umgezogen ist.«

»Die unerfreuliche Angelegenheit, genau«, bestätigte Eugen Roth mit gesenkter Stimme.

Alfred dachte an die Sägespäne. Er hatte vorgehabt, dem Paar diskret auf den Zahn zu fühlen, ein paar Erkundigungen einzuziehen. Aber bisher war er nicht dazu gekommen.

»In Ordnung, sonst noch etwas?«

»Nur noch das hier.« Der Concierge zog die Schublade unter dem Tresen auf und entnahm ihr eine Ledermappe. Sie war mit einem Schloss versehen, die Initialen GS schmückten die Vorderseite.

Entgeistert starrte Alfred ihn an. »Woher haben Sie die?«

»Eines der Mädchen hat sie gestern beim Putzen gefunden. Offenbar hatte die Mappe sich unter dem Bettgestell verklemmt, denn sie fiel herunter, als der Staubsauger daran stieß. Sie wissen ja, manche Gäste verstecken Wertgegenstände unter der Matratze.«

Alfred war zugleich erbost und erleichtert. »Und warum hat das Mädchen die Mappe nicht einfach in der Kabine gelassen?«

»Na, wegen des Monogramms: GS. Die junge Dame, die in der Kabine untergebracht ist, heißt Claire Ravensberg. Das Mädchen dachte, ein früherer Gast hätte die Mappe vergessen. Deshalb wollte sie sie Ihnen bringen, um das zu überprüfen, hat Sie aber nicht angetroffen. Also kam sie zu mir. Ich bin aber erst vorhin dazu gekommen, die Namen der letzten Bewohner dieser Kabine herauszusuchen. Es war niemand mit den Initialen GS darunter, deshalb wollte ich nachher das Fräulein Ravensberg fragen, ob die Mappe ihr gehört.«

Alfred legte die flachen Hände auf den Tresen. Er war wütend. Auf das Mädchen. Auf den Concierge. Vor allem aber auf sich selbst. Dabei konnte letztlich niemand etwas dafür. Sie hatten alle korrekt gehandelt, jeder für sich. Wenn überhaupt, trug er selbst den größten Anteil an der ganzen überflüssigen Aufregung, weil er den Concierge gestern nicht dazugeholt hatte.

Fragte sich nur, warum das Mädchen gestern Abend nicht den Mund aufgemacht hatte. »Welches Zimmermädchen hat die Mappe gefunden?«, fragte er.

»Das Fräulein Teisbach.«

Natürlich. Grete Teisbach hatte den ganzen Aufruhr auf der Krankenstation verschlafen. Alfred streckte die Hand aus. »Geben Sie mir die Mappe, ich bringe sie Fräulein Ravensberg.«

»Das ist nicht nötig, Herr Lerch, ich kann mich darum kümmern.«

»Und ob das nötig ist. Und besorgen Sie einen zweiten Strauß Lilien. Für Kabine dreizehn, auf meine Kosten.«

»Wie Sie wünschen, Herr Lerch.«

Alfred nahm die Mappe entgegen, unendliche Erleichterung durchströmte ihn, als seine Finger das Leder berührten. »Dann sind wir ja bereit zum Anlegen.«

»Ja, Herr Lerch. Nur schade, dass das Wetter heute nicht mitspielt.«

»Das macht nichts, mein lieber Herr Roth. Das macht ganz und gar nichts.«

***

Alma klebte den Umschlag zu, der Brief an Ida war fertig. Fünf Seiten hatte sie vollgeschrieben mit ausgeschmückten Geschichten von Bord. Selbstverständlich hatte sie auch das Verschwinden und wundersame Wiederauftauchen der Dokumente eingeflochten, auch wenn sie aus der schnöden Ledermappe ein diamantenbesetztes Diadem gemacht hatte. Den größten Teil hatte aber Lady Alstons Ausflug nach Wien eingenommen, dem sie noch ein paar sentimentale Augenblicke an den Orten beigefügt hatte, die die Countess auf ihrer Hochzeitsreise mit ihrem Gemahl besucht hatte. Alma hatte sich beim Schreiben mehrfach die Augen tupfen müssen, so sehr hatten ihre eigenen Worte sie zu Tränen gerührt. Aus sich selbst hatte sie eine junge Zofe gemacht, in deren Begleitung Lady Alston reiste.

Alma blickte auf die Uhr. Noch fünf Minuten, dann wäre ihre einstündige Pause zu Ende. Eigentlich hatte sie vorgehabt, einen Spaziergang an Land zu machen und den Brief auf einer Parkbank zu schreiben oder vielleicht sogar, wenn sie es wagte, in einem Café. Doch der Regen hatte ihr einen Strich durch die Rechnung gemacht. Also hatte sie sich in die Messe gesetzt, die um diese Zeit leer war.

Sie steckte den Brief ins Postfach und überlegte, ob noch Zeit war, Grete auf der Krankenstation zu besuchen. Einige der Mädchen waren schon da gewesen und hatten erzählt, dass es ihr bereits besser ging. Das Fieber war gesunken. Zwar durfte niemand zu Grete in die Kabine, da Frau Marscholek die Ansteckungsgefahr fürchtete, aber die Krankenschwester nahm Grüße und Leckereien für die kranke Kollegin in Empfang. Allerdings waren fünf Minuten zu kurz, um zum Heck zu eilen, wo sich die Krankenstation befand, und zurückzukehren. Also entschied Alma, noch eben die Schreibsachen in die Kabine zu bringen und sich dann wieder zum Dienst zu melden.

Im Korridor begegnete sie einem jungen Mann in Kellneruniform, der sie an ihre merkwürdige Unterredung mit Vincent erinnerte. Konnte sie ihm vertrauen, oder sollte sie Frau Marscholek oder Herrn Lerch berichten, wie seltsam er sich verhalten hatte?

Wenn sie das tat, lief sie allerdings Gefahr zu offenbaren, dass sie sich mehrere Male verbotenerweise mit dem Kellner getroffen hatte. Zwei Mal sogar auf dem Promenadendeck, wo sie beide nichts zu suchen hatten.

Gestern Abend, als sie von der verschwundenen Mappe

erfahren hatte, war ihr sofort der Verdacht gekommen, Vincent könnte etwas damit zu tun haben. Womöglich hatte er sie sogar in die Küche gelockt, um sich ein Alibi zu verschaffen. Das war ihr dann aber doch zu abwegig erschienen.

Umso erleichterter war sie heute gewesen, als bekannt wurde, was wirklich geschehen war. Zumindest was das anging, war Vincent also unschuldig. Im Augenblick blieb ihr wohl nichts anderes übrig, als ihm zu vertrauen und dennoch wachsam zu bleiben.

Alma kam an der Kabine von Traudel und Grete vorbei und stockte, als sie bemerkte, dass die Tür nur angelehnt war. Stirnrunzelnd blieb sie stehen. Traudel hatte Dienst, und Grete lag auf der Krankenstation, warum also war die Tür nicht geschlossen?

Vorsichtig drückte Alma mit der Hand dagegen. »Hallo? Traudel, bist du da drin?«

Keine Antwort. Alma stieß die Tür ganz auf und trat ein. Die Kabine war leer. Beide Betten waren ordentlich gemacht, über der oberen Koje heftete ein Foto an der Wand, auf dem Traudel inmitten einer Schar Kinder stand, ihre jüngeren Geschwister. Ein Bild, das die Familie in besseren Zeiten zeigte, wie Traudel Alma anvertraut hatte, zu Lebzeiten des Vaters.

Traudel war in Tränen ausgebrochen, als Alma ihr das gesammelte Geld übergeben hatte.

»Das kann ich nicht annehmen«, schluchzte sie.

»Das musst du sogar«, entgegnete Alma. »Wie stehe ich denn da, wenn ich jedem seine Spende wiedergeben muss?«

»Ich kann das niemals zurückzahlen.«

»Das sollst du auch nicht, es ist ein Geschenk.«

»Ach, Alma, ihr seid so gut zu mir.« Traudel umarmte Alma.

Die machte sich verlegen los. »An deiner Stelle würde ich zum Concierge eilen, damit er das Geld so schnell wie möglich auf den Weg bringt.«

»Das werde ich.« Traudel hatte Alma mit Tränen in den Augen angestrahlt, bevor sie losgelaufen war.

Bei der Erinnerung musste Alma lächeln. Dann jedoch wurde sie wieder ernst. Sie ließ den Blick durch den Raum wandern. Wieso stand die Kabinentür offen, wenn niemand da war? War es bloß ein Versehen?

Alma konnte nichts Ungewöhnliches entdecken. Sie zuckte mit den Schultern und kehrte auf den Korridor zurück. Bestimmt war sie so misstrauisch, weil ihr die Sache mit der verschwundenen Mappe noch in den Knochen steckte. Aber die war schließlich gar nicht gestohlen worden, und bei einem Zimmermädchen gab es ohnehin nichts zu holen.

Als Alma die Tür schloss, fiel ihr der Kellner wieder ein. Er hatte sie nur flüchtig gegrüßt und dabei den Kopf nicht angehoben. Eigentlich war es dem männlichen Personal streng untersagt, sich im Korridor der Zimmermädchen aufzuhalten. War er deshalb ihrem Blick ausgewichen, oder hatte er etwas mit der angelehnten Tür zu tun?

* * *

»Darf ich noch Tee nachschenken, Mylady?«

»O ja, gern. Wie aufmerksam von Ihnen.«

Claire musste ein Grinsen unterdrücken, als Vincent formvollendet die Porzellantasse füllte. Er machte das wirklich gut, beinahe so, als hätte er sein Leben lang nichts anderes getan.

Lady Alston, Frau Pöllnitz und sie saßen im Teesalon und plauderten. In der anderen Ecke des Raums hatte sich eine Frau mit einer Illustrierten niedergelassen, die in Wien zugestiegen war. Sie war etwa in Claires Alter, trug eine weit geschnittene Hose und hatte stets eine Kamera dabei, die so klein war, dass sie in eine Handtasche gepasst hätte. Ein solches Modell hatte Claire noch nie gesehen.

Fast alle anderen Gäste hatten sich vom Regen nicht abschrecken lassen und besichtigten Preßburg. Die englische Lady hatte jedoch erklärt, dass sie noch von ihrem Wienausflug erschöpft sei, und Frau Pöllnitz wollte sich nicht vom Regen die Schuhe ruinieren lassen. Claire selbst war zu aufgedreht, um sich auf eine Stadtführung zu konzentrieren. Die ganze Nacht hatte sie kein Auge zugetan, hatte überlegt, ob es genügte, wenn sie am Morgen dem Abgeordneten ihr Scheitern mitteilte, oder ob sie ihm auf der Stelle hätte telegrafieren sollen. Wobei sie gar nicht wusste, ob das an Bord überhaupt möglich war. Mit Sicherheit hätte sie den Kapitän einweihen müssen, was ihr überaus peinlich gewesen wäre.

Auf das Frühstück hatte sie verzichtet, sie hatte keine Nerven gehabt für belanglose Plaudereien. Außerdem hätte sie ohnehin keinen Bissen hinunterbekommen.

Als der Hotelchef kurz vor der Ankunft in Preßburg an ihre Tür geklopft und ihr die Mappe überreicht hatte, wäre sie vor Erleichterung beinahe in Tränen ausgebrochen.

Herr Lerch entschuldigte sich wortreich und erzählte eine Geschichte von einem übereifrigen Zimmermädchen und einem Missverständnis des Concierge, der Claire nur mit halbem Ohr lauschte. Viel zu glücklich war sie, dass die Mappe wieder aufgetaucht war. Und das unversehrt, wie es aussah.

Das Dokument befand sich nun, wie Claire hoffte, an einem sicheren Ort. Doch ruhig schlafen würde sie höchstwahrscheinlich erst wieder, nachdem sie es in Belgrad übergeben hatte.

»Für das Fräulein auch noch Tee?«, fragte Vincent und lächelte sie an. Nichts an seinem Blick verriet, dass sie einander näher kannten, ganz zu schweigen davon, dass sie ein Paar waren.

Lediglich als sie den Teesalon betreten hatte, war Vincent kurz, aber unbemerkt für alle außer Claire aus seiner Rolle gefallen. Durch ein Lächeln und ein Handzeichen hatte er ihr signalisiert, wie sehr es ihn freute, dass die Mappe wieder in ihrem Besitz war.

»Ich bin ja so froh für Sie, dass die Dokumente wieder aufgetaucht sind«, sagte Frau Pöllnitz, nachdem Vincent sich zurückgezogen hatte. »Was für ein unerfreulicher Vorfall.«

Henriette Pöllnitz war eine elegant gekleidete Brünette um die vierzig, die, wie Claire annahm, ohne die viele Schminke, die sie täglich auftrug, ziemlich verlebt aussehen würde. Ihr Mann hatte offenbar ein großes Vermögen in Aktien gemacht, sodass die beiden ihr Leben damit verbringen konnten herumzureisen.

»Bloß eine dumme Verwechslung«, versuchte Claire den Vorfall herunterzuspielen.

Es ärgerte sie, dass sich die Geschichte offenbar beim Frühstück herumgesprochen hatte. Nicht überraschend, wo doch die Kabinen sämtlicher Hotelangestellter durchsucht worden waren. Eines der Zimmermädchen oder einer der Kellner hatte wohl geplaudert. Claire hatte dennoch auf mehr Diskretion gehofft.

Nun stand sie vor dem Problem, dass jeder auf dem Schiff wusste, dass sie eine Mappe mit wichtigen Dokumenten mit sich führte. Wenn wirklich ein Gegner der Regierung an Bord war, der den Auftrag hatte, das Papier an sich zu bringen, wusste er jetzt, in welcher Kabine er suchen musste. Das war äußerst unerfreulich. Und gefährlich. Claire konnte bloß hoffen, dass das neue Versteck sich bewährte.

»Beim nächsten Mal ist es vielleicht keine Verwechslung«, prophezeite Henriette Pöllnitz düster. »In diesen Zeiten ist nichts mehr sicher. Man weiß nicht, wie man sein Eigentum schützen soll.«

»Also, ich fühle mich eigentlich sehr sicher an Bord«, wandte Lady Alston ein.

Pöllnitz lächelte säuerlich. »Sie haben sicherlich einen Tresor in Ihrer Suite. Aber unsereins muss sehen, wie er den Schmuck vor Dieben schützt.«

»In der Suite gibt es keinen Tresor«, korrigierte die Britin. »Aber ich habe auch nicht viel Schmuck dabei.

Auf einer Reise sollte man sich nicht zu viel unnötigen Ballast aufbürden.«

»Da haben Sie natürlich recht, Lady Alston. Aber auch Sie haben doch gewiss ein paar Stücke eingepackt.«

»Das ist wahr. Und ich fürchte, ich lasse sie sträflich leichtsinnig herumliegen. In meinem Alter beginnt der Besitz an Bedeutung zu verlieren. Man kann sowieso nichts auf die andere Seite mitnehmen.«

»Sagen Sie das nicht, Lady Alston«, rief Claire aus. »Sie sind doch noch so rüstig, Sie haben bestimmt noch viele gute Jahre vor sich.« Claire betrachtete die alte Dame bewundernd. Sie strahlte eine Würde und innere Gelassenheit aus, die Claire auch gern besäße, wenn sie in ihr Alter käme.

»Wenn Sie das sagen, junge Dame«, erwiderte Lady Alston mit einem traurigen Lächeln.

»Ich gebe zu, dass ich immer viel zu viel auf Reisen mitschleppe«, gestand Henriette Pöllnitz. »Man weiß ja nie, für welchen Anlass man es braucht.«

»Ich fürchte, ich habe meinen Koffer ebenfalls viel zu voll gestopft«, seufzte Claire und fing einen Blick der Fotografin auf, die sie über den Rand ihrer Illustrierten hinweg ansah. Ein spöttisches Lächeln zuckte in ihren Mundwinkeln.

»Wenn nur der Hoteltresor nicht defekt wäre«, beklagte sich Frau Pöllnitz. Sie beugte sich vor. »Sie haben nicht zufällig einen Tipp für mich, wo ich meinen Schmuck sicher unterbringen könnte?«, raunte sie verschwörerisch.

»Das fragen Sie ausgerechnet mich?« Claire zwang

sich, ihren Blick von der Fotografin zu lösen. Die Frau irritierte sie. »Ich habe doch wohl gerade bewiesen, dass ich nicht gut darin bin, Wertsachen zu verstecken.«

»Wenn Sie das so sagen.« Henriette Pöllnitz griff nach ihrer Teetasse und nahm einen Schluck.

»Meine Damen, ich ziehe mich jetzt in meine Suite zurück«, verkündete Lady Alston. »Ich möchte mich vor dem Mittagessen noch ein wenig ausruhen.«

Sie erhob sich schwerfällig. Claire sprang auf, um sie zu stützen.

»Soll ich Sie begleiten?«, bot sie an.

»Danke, meine Liebe, aber das ist nicht nötig. Wenn Sie mir nur meinen Stock reichen möchten.«

»Sehr gern.«

Nachdem die alte Dame fort war, leerte Claire ihre Tasse. Sie hielt nach Vincent Ausschau, doch der war offenbar durch einen anderen Kellner ersetzt worden. Da sie keine Lust verspürte, mehr Zeit in Gesellschaft von Henriette Pöllnitz zu verbringen, beschloss sie, ebenfalls in ihre Kabine zu gehen.

»Ich möchte noch einen Brief schreiben«, erklärte sie. »Wenn ich Glück habe, kann ich ihn aufgeben, bevor wir wieder ablegen.«

Als sie auf die Flügeltüren des Teesalons zuschritt, öffneten sich diese, und eine Gruppe Männer trat ein, unter ihnen Rudolf Pöllnitz und ein dünner kleiner Mann mit großen Geheimratsecken im sorgfältig frisierten Haar. Sie grüßte flüchtig und trat in den Korridor.

Sie war gerade erst ein paar Schritte gelaufen, als jemand ihren Namen rief.

»Fräulein Ravensberg!«

Sie drehte sich um und entdeckte den unbekannten dünnen Mann, der auf sie zueilte.

»Sie haben den hier verloren.« Der Mann hielt ihr ihren Seidenschal hin.

»Oh, vielen Dank. Wie aufmerksam von Ihnen.«

Der Mann verbeugte sich. »Franz Abel. Ich hatte noch nicht das Vergnügen, Ihre Bekanntschaft zu machen, da ich erst in Wien zugestiegen bin«, erklärte er mit unüberhörbarem österreichischem Singsang in der Stimme.

»Claire Ravensberg.« Sie reichte ihm die Hand. »Aber das wissen Sie ja wohl schon.«

»Ich konnte nicht umhin, heute beim Frühstück von Ihrem Glück im Unglück zu erfahren.« Er ergriff ihre Finger und deutete einen Handkuss an. »Habe die Ehre, Fräulein Ravensberg.«

»Nochmals vielen Dank, Herr Abel«, sagte Claire, entzog ihm die Hand und wandte sich ab.

***

Ludwig nickte Lohfink zu und verließ die Brücke. Sie hatten Preßburg hinter sich gelassen, ab hier bildete die Donau die Grenze zwischen Ungarn und der Tschechoslowakei. Morgen früh würden sie in Esztergom anlegen, aber jetzt stand erst einmal eine andere heikle Aufgabe bevor.

Alfred Lerch hatte jeden, der nicht dringend für andere Arbeiten gebraucht wurde, im Speisesaal antreten lassen. Offiziere, Funker, Kellner, Zimmerburschen, Matrosen,

Heizer und Maschinisten, alle warteten gespannt auf die Anweisungen des Hotelchefs.

Lerch schwieg, bis Ludwig sich hinter ihn gestellt hatte. Dann zeigte er auf die bereitstehenden Utensilien.

»Wir werden heute das gesamte Schiff mit Kohlendioxid abgasen. Jede Ritze, die groß genug ist, um einen Löffel hineinzuschieben, jede Kabine, auch die der Offiziere und der leitenden Angestellten, die meine ebenso wie die von Frau Marscholek und dem Kapitän, das Maschinendeck, die Vorratskammern, die Küche, die Räumlichkeiten für die Passagiere, einfach alles.«

Sie hatten in Preßburg tatsächlich alles auftreiben können, was sie brauchten: Gasflaschen mit Kohlendioxid, mehrere Kühlbehälter, in denen das feste Kohlendioxid, das Trockeneis, transportiert wurde, Lanzetten, um das Gas auch in die kleinsten Ritzen blasen zu können, Cito-Heftpflaster von Beiersdorf, dem man nachsagte, man solle es besser für immer auf der Haut belassen, da man diese sonst mitsamt dem Klebeband abziehen würde. Dazu noch das gute Lasso-Kautschukklebeband, falls Cito versagen sollte.

»Sie werden in Vierergruppen arbeiten«, fuhr Lerch fort. »Sie beginnen mit den Salons und Speiseräumen. Danach kommt die erste Klasse, dann die zweite. Sobald diese Räumlichkeiten wieder betretbar sind, können die Passagiere von Deck kommen. Sie sollten nicht länger als zwei Stunden ausgesperrt sein. Derweil fahren Sie mit den Räumen des Personals fort. Am Schluss sind die Wirtschaftsräume, das Ruderhaus und der Maschinenbereich an der Reihe. Dafür nutzen wir das Trockeneis. So weit alles verstanden?«

»Jawohl, Herr Lerch«, riefen alle wie aus einem Mund.

»Nun zur Vorgehensweise: Handelt es sich um eine Kabine mit Fenster, wird dieses zuerst geschlossen und auf Dichtheit geprüft. Dann wird die Tür von außen abgeschlossen, der Rahmen mit dem Klebeband abgedichtet. Mit den Lanzetten wird das Gas daraufhin durch das Schlüsselloch eingebracht. Sie müssen den Gashahn etwa zwei Minuten lang öffnen, dann ist ausreichend Gas eingeströmt. Danach müssen Sie eine halbe Stunde warten, bevor Sie das Klebeband entfernen. Keinesfalls darf vorher irgendwer den Raum betreten. Es besteht Lebensgefahr. Ist das klar?«

»Jawohl, Herr Lerch!«

Ludwig fing einen Blick von Vincent Sailer auf und nickte ihm unmerklich zu. Vielleicht hätte er vorher mit dem Reedereierben sprechen sollen, doch jetzt war es zu spät. Er würde ihn später unter einem Vorwand in seine Kajüte bestellen.

Auf Lerchs Zeichen hin machten die Männer sich an die Arbeit. Der Hotelchef würde dafür sorgen, dass alles reibungslos lief, Ludwig hatte vollstes Vertrauen in ihn. Er selbst würde unterdessen an Deck nach dem Rechten sehen.

Dort fand eine zweite Sicherheitsübung statt. Auf das Signal des Dampfhorns hin hatten sich alle Gäste so schnell wie möglich nach draußen begeben müssen, gerade so, als handle es sich um einen echten Ernstfall. Da parallel zu der Übung angeblich einige Wartungsarbeiten durchgeführt werden sollten, würde es, so die offizielle Erklärung, etwas länger dauern als gewöhnlich. Zum

Glück regnete es nicht mehr, sonst hätten sie die Aktion verschieben müssen.

Um die Wartezeit zu verkürzen, hatte der Restaurantchef auf dem Promenadendeck ein Büfett mit erlesenen Konditoreiwaren und Kaffee aufbauen lassen und eine Tanzband engagiert. Zuerst jedoch musste, um den Schein zu wahren, die Übung stattfinden.

Als Ludwig an Deck eintraf, waren gerade alle damit beschäftigt, ihre Rettungswesten anzulegen. Dort, wo es nötig war, halfen die Zimmermädchen ihnen dabei. Sie würden auch den Kaffee ausschenken, da die Kellner unter Deck gebraucht wurden.

Einige Gesichter erkannte Ludwig vom Galadinner am Vorabend. Er hatte mit einer kleinen Gruppe von Passagieren aus der ersten Klasse an einem Tisch gesessen. Einer davon kam nun auf ihn zu, die Stirn ärgerlich in Falten gelegt.

»Ich verstehe nicht ganz, was diese erneute Übung soll«, sagte Edmund Valerian. »Wir haben das Anlegen der Westen doch schon nach unserer Abreise aus Passau geübt.«

Ludwig setzte eine bedauernde Miene auf. »Es tut mir leid, dass Sie sich der Prozedur noch einmal unterziehen müssen, Herr Valerian«, sagte er mit Blick auf die Weste, die eng um den Leib des Fabrikanten spannte, immerhin das neueste, sich selbst aufblasende Modell aus Frankreich. »Aber wie Sie sicherlich wissen, sind in Wien weitere Gäste hinzugestiegen. Vorschrift ist Vorschrift.«

Ein zweiter Mann drängte auf ihn zu, Ludwig fiel der

Name nicht ein, doch er erinnerte sich, dass in seiner Kabine die Ratte entdeckt worden war.

»Herr Kapitän«, sprach er Ludwig an. »Meiner Frau ist nicht wohl, sie muss sich hinlegen.«

Ludwig wandte sich ihm zu. »Oh, das tut mir leid. Wenn sie es sich in einem der Liegestühle bequem machen möchte, solange die Übung dauert, kann sie das gern tun. Ich werde dafür sorgen, dass man ihr ein Glas Wasser bringt.« Er hielt nach Olga Marscholek Ausschau, die zusammen mit Negele für das Wohl der Gäste zuständig war, während die Offiziere die »Übung« leiteten. Doch er konnte sie nirgends entdecken.

»Meine Frau möchte sich lieber ins Bett legen«, wandte der Mann ein.

Zum Glück fiel Ludwig nun sein Name ein. »Bedauere, Herr Pöllnitz, aber während der Übung müssen alle Passagiere an Deck bleiben.«

Pöllnitz verzog ärgerlich das Gesicht. »Das ist wirklich eine Zumutung.«

Ludwig blieb eine Antwort erspart, denn in dem Augenblick näherte sich eine junge Frau. Sie trug eine Hose und eine Lederjacke und hatte eine kleine Kamera um den Hals gehängt.

»Genau Sie habe ich gesucht, Kapitän Bender«, sagte sie. »Einige Passagiere haben den Wunsch nach einem Erinnerungsfoto gemeinsam mit Ihnen geäußert, und ich habe angeboten, die Bilder zu schießen. Vielleicht dort hinten mit der Brücke im Hintergrund, was meinen Sie?«

Ludwig konnte sich nichts Schrecklicheres vorstellen, als mit sämtlichen Gästen nacheinander vor der Kamera zu posieren, doch immerhin würde das alle eine Weile beschäftigt halten. Und nur darauf kam es an.

»Eine hervorragende Idee«, sagte er. »Lassen Sie uns gleich loslegen.« Er wandte sich an Pöllnitz, der beleidigt dreinblickte. »Vielleicht wäre das auch etwas für Sie und Ihre Frau Gemahlin, sobald sie sich ein wenig ausgeruht hat.«

»Das glaube ich kaum«, gab der zurück, wandte sich ab und stolzierte davon.

Ludwig blickte ihm hinterher und rätselte, ob er sich nur eingebildet hatte, dass Pöllnitz bei dem Vorschlag, fotografiert zu werden, nervös mit den Lidern gezuckt hatte.

KAPITEL 9

Esztergom, Dienstag, 18. August 1925

Vincent balancierte das Tablett die Treppe hinauf und war erleichtert, als er den sicheren Absatz erreichte. Im Speisesaal fühlte er sich inzwischen seiner Aufgabe einigermaßen gewachsen, doch wenn er etwas durch die langen Korridore des Schiffs tragen musste, brach ihm noch immer der Schweiß aus. Er klopfte.

»Herein.«

Vincent stieß die Tür auf. »Ihr Kaffee, Herr Kapitän.«

»Großer Gott, Herr Sailer.« Bender trat auf ihn zu. »Warten Sie, ich nehme Ihnen das ab.«

»Geht schon, danke.« Vincent platzierte Tasse, Kännchen, Milch und Zucker auf dem wuchtigen Schreibtisch des Kapitäns.

Er kannte Bender, doch auf dieser Fahrt waren sie sich noch nicht persönlich begegnet. Der Kapitän und seine Leute nahmen ihr Essen in der Offiziersmesse ein und hatten dafür gesondertes Personal. Doch morgens hatten immer zwei Kellner auf dem gesamten Schiff Frühschicht, für den Fall, dass irgendein Gast vor dem

Frühstück einen Wunsch hatte, aber auch um den Vorgesetzten zu Diensten zu sein.

Vincent war heute zum ersten Mal zum Frühdienst eingeteilt, zusammen mit Julius stand er seit halb sechs bereit. Immerhin hatte er so mitbekommen, wie die *Regina Danubia* im Licht der ersten Sonnenstrahlen in Esztergom festmachte.

Vincent drehte sich zum Kapitän um. »Ich wollte mich erkundigen, ob die Maßnahme gestern erfolgreich war.«

»Wie man es nimmt, Herr Sailer. Alle Räume wurden gründlich behandelt, aber es konnten keine weiteren, ähm, ungeladenen Gäste aufgescheucht werden.«

»Das ist doch eine gute Nachricht, oder?«

Bender nickte, die Stirn in Falten gelegt.

»Sie wirken nicht zufrieden, Herr Bender.«

»Es gibt da einen hässlichen Verdacht.«

»Und welchen?«, hakte Vincent nach. »Sagen Sie schon, ich habe nicht ewig Zeit, ich muss zurück.«

»Natürlich, verzeihen Sie, Herr Sailer. Zwei aufmerksame Dienstmädchen haben Sägespäne in der Kabine gefunden, in der die Ratte entdeckt wurde.«

Vincent begriff sofort. »Großer Gott. Könnte das Ehepaar Pöllnitz selbst etwas damit zu tun haben?«

Bender hob die Schultern. »Ich kann es mir ehrlich gesagt nicht vorstellen. Was sollten sie damit bezweckt haben?«

»Nun, immerhin haben sie jetzt eine Kabine in der ersten Klasse, oder?«

Bender sah ihn stirnrunzelnd an, dann nickte er. »Und was machen Ihre Ermittlungen?«

»Ich bin da einer Sache auf der Spur. Mehr kann ich jedoch noch nicht sagen. Und jetzt muss ich wirklich los, sonst lässt Negele mich heute Nachmittag erneut das Silber putzen.«

Als Vincent in den Teesalon zurückkehrte, wo für die Frühaufsteher ein kleines Büfett aufgebaut war, fand er Julius dort nicht vor. Er spähte in den Korridor, der von dem Salon in den Vorraum mit dem Speisenaufzug führte, und sah zwei Personen am anderen Ende miteinander reden. Die eine war Julius, der mit dem Rücken zu ihm stand, die andere ein Zimmermädchen, das hier oben gar nichts zu suchen hatte.

Vorsichtig schlich Vincent näher. Er war sicher, dass es das Mädchen war, dem Julius den Umschlag übergeben hatte. Er spitzte die Ohren, konnte jedoch kein einziges Wort von der Unterhaltung verstehen. Die Zeit drängte, es musste inzwischen kurz vor sieben sein, und es gab einige Stammgäste, die um Punkt sieben für ihren ersten Kaffee des Tages auftauchten. Kurz entschlossen streckte er den Rücken durch und lief auf die beiden zu.

»Das kann ich nicht«, hörte er Julius wispern.

»Und ob du das kannst«, zischte das Mädchen zurück.

Ihr Blick fiel auf Vincent, ihre Augen weiteten sich.

Julius fuhr herum. »Vincent!«

»Hier steckst du! Ich habe dich überall gesucht.«

Julius machte ein zerknirschtes Gesicht. »Tut mir leid, ich komme sofort.« Er wandte sich wieder der jungen Frau zu.

Die verschränkte die Arme. »Ich habe jetzt ebenfalls

zu tun, wir sprechen uns später.« Ohne ein weiteres Wort rauschte sie an Vincent vorbei.

Er machte keinen Versuch, sie aufzuhalten. Er wusste, was er wissen wollte. Jetzt musste er nur noch die Falle aufstellen und darauf warten, dass sie zuschnappte.

***

Claire legte sich ein Tuch um die Schultern und setzte ihren Hut auf. Sie trat auf den Flur, versicherte sich, dass die Kabine fest verschlossen war, und machte sich auf den Weg in den Teesalon, wo das Büfett für die Frühaufsteher wartete. Bisher hatte sie nie daran teilgenommen, sondern immer zu späterer Stunde im Speisesaal gefrühstückt, doch nach den Aufregungen der vergangenen zwei Tage hatte sie wieder kaum geschlafen und brauchte eine Stärkung.

Zum Glück begegnete ihr niemand. So früh am Morgen stand ihr noch nicht der Sinn nach Konversation. Als sie den Salon betrat, hätte sie beinahe vor Überraschung aufgeschrien, denn hinter dem Büfetttisch stand ausgerechnet Vincent und verteilte mit einer silbernen Zange Gebäck auf zwei kleine Porzellanteller.

Er blickte auf, den Mund zu einem förmlichen Guten Morgen geöffnet. Seine Augen weiteten sich, als er sie erkannte, statt des Grußes sagte er: »Oh.«

Sie lächelte. »Guten Morgen.«

Er wollte etwas erwidern, doch in dem Augenblick tauchte ein zweiter Kellner mit einem Tablett Kaffeetassen auf, und Vincent fiel sofort in seine Rolle zurück.

»Darf ich Ihnen etwas anbieten, gnädiges Fräulein?«

»Ein Kaffee wäre wunderbar.«

»Nehmen Sie Platz.«

»Ich möchte ihn mit an Deck nehmen.«

»Ich kann Ihnen den Kaffee auch hinaufbringen«, bot er an, ein kaum merkliches Zwinkern in den Augen.

Doch Claire wollte ihre Ruhe. Sie winkte ab. »Das ist nicht nötig.«

»Wie Sie wünschen.«

Vincent füllte aus einer Porzellankanne, die auf einem silbernen Stövchen bereitstand, eine Tasse ab, gab Milch und zwei Stück Zucker dazu, so wie Claire es mochte, und reichte sie ihr. Claire bedankte sich und trat nach draußen.

Einen Moment blieb sie stehen und lauschte. Bis auf das gleichmäßige Stampfen der Maschine und das Plätschern des Wassers, das in kleinen Wellen an die Schiffswand schlug, war nichts zu hören. Die Stille des Tagesanbruchs. Auch wenn sie wusste, dass in den unteren Decks bereits Hochbetrieb herrschte, genoss sie das Gefühl, den Morgen für sich zu haben. Sie stieg die Stufen zum Promenadendeck hinauf und hielt den Atem an. Was für ein Anblick! Der Himmel hatte sich orangerot gefärbt, die riesige Kuppel der Basilika von Esztergom funkelte im goldenen Licht. Valerian hatte gestern beim Abendessen aus seinem Baedeker zitiert, und so wusste Claire, dass sie eines der größten Gotteshäuser Europas war.

Obwohl sie bereits angelegt hatten, standen die Maschinen noch unter Dampf. Es war fast windstill, der Rauch, der aus dem Schornstein quoll, stieg gerade nach oben. Kurz bevor er sich in der Morgenluft verlor, fingen sich ein paar erste Sonnenstrahlen darin und ließen ihn leuchten.

»Ein wunderbares Naturschauspiel, nicht wahr?«

Claire fiel die Tasse aus der Hand, so sehr hatte sie die unerwartete Stimme erschreckt. Das Porzellan zersplitterte, der Kaffee spritzte in alle Richtungen, verschonte auch Claires Rocksaum nicht.

Sie fuhr herum. Vor ihr stand ein verlegen grinsender junger Mann. Der Kleidung nach reiste er in der zweiten Klasse. Sein Anzug wirkte abgetragen und saß nicht richtig, so als hätte er ihn von einem größeren Mann geerbt.

»Oh, Verzeihung«, stammelte er. »Ich wollte Sie nicht erschrecken.«

Dann hätten Sie sich nicht von hinten anschleichen sollen, hätte Claire am liebsten gesagt, aber sie verbiss es sich. Sie wollte nicht unhöflich sein, sondern den Kerl nur so schnell wie möglich loswerden.

»Schon gut. Es ist ja nichts passiert.«

Der Jüngling verzog kummervoll das Gesicht. »O doch, ich bin schuld, dass Ihr Rock verschmutzt ist.« Er zog ein Taschentuch aus der Jacketttasche. »Ich werde den Schaden sofort beheben.«

Bevor Claire einschreiten konnte, sank er vor ihr auf die Knie und streckte die Finger nach ihrem Rock aus.

Claire wich entsetzt zurück. Wie konnte er es wagen? Schlimm genug, dass er sie so erschreckt hatte, wollte er sich nun auch noch über sie lustig machen?

»Lassen Sie das.«

Der Kerl rutschte ihr auf den Knien hinterher. »Ich will doch nur …«

»Unterstehen Sie sich«, zischte Claire.

»Aber …«

»Sie haben doch gehört, was meine Freundin gesagt hat«, ertönte da eine energische Stimme.

Claire fuhr herum. Hinter ihr stand die Fotografin, die Hände in die Hüften gestemmt.

Der junge Mann rappelte sich auf. »Ich wollte wirklich nur helfen.«

»Das habe ich gesehen.« Die Fotografin starrte ihn zornig an.

Er schien unter ihrem Blick zu schrumpfen. Schließlich zog er sich unter gemurmelten Entschuldigungen zurück.

»Geben Sie Bescheid, dass es hier oben ein kleines Malheur gegeben hat«, rief sie ihm hinterher. »Jemand soll die Scherben aufsammeln.« Sie wandte sich Claire zu und hielt ihr die Hand hin. »Hannah Gronau, angenehm.«

Claire war die Situation alles andere als angenehm, dennoch ergriff sie automatisch die Hand, die schmal und feingliedrig in ihrer lag. »Claire Ravensberg.«

»Freut mich, Fräulein Ravensberg. Sonderbarer Zeitgenosse. Er hat die Kabine neben mir, und er schleicht ständig auf den Korridoren herum.«

In Claire stieg ein schrecklicher Verdacht auf. War das eben vielleicht gar kein Missgeschick gewesen, hatte der junge Mann es auf sie abgesehen?

»Kennen Sie seinen Namen?«, fragte sie.

»Nein, aber Herr Lerch wird Ihnen sicherlich weiterhelfen können. Wollen Sie sich über ihn beschweren?«

»Ich weiß es noch nicht«, antwortete Claire nachdenklich.

Hannah Gronau lächelte. »Diesen Blick würde ich für mein Leben gern festhalten.« Sie tippte auf die Kamera, die um ihren Hals hing.

Claire trat einen Schritt zurück. »Das möchte ich nicht.«

»Schade. Dann vielleicht ein anderes Mal.«

»Ich muss jetzt auch wieder in meine Kabine.« Claire fühlte sich mit einem Mal unwohl, dabei hätte sie gar nicht sagen können, aus welchem Grund. Schließlich hatte Fräulein Gronau ihr aus einer misslichen Lage geholfen.

»Möchten Sie denn keinen neuen Kaffee?«, fragte die Fotografin. »Ich könnte uns zwei Tassen hochholen.«

»Nein, danke. Sehr freundlich von Ihnen, aber ich muss jetzt wirklich los.« Ohne eine Antwort abzuwarten, hastete sie davon.

* * *

Alma schob den Wäschewagen in die Kammer und atmete tief durch. Von Esztergom hatte sie nicht viel gesehen, mehr als ein Blick aus dem Fenster auf die mächtige Basilika gemeinsam mit Lady Alston war ihr nicht vergönnt gewesen. Der alten Dame ging es heute schlecht, sie hatte sich das Mittagessen auf ihre Suite bringen lassen, die Speisen jedoch kaum angerührt. Alma machte sich Sorgen, sie fragte sich, ob sie Herrn Lerch um Rat fragen sollte, doch sie wusste nicht, ob sie damit nicht schon wieder eine Grenze überschritt.

Inzwischen hatte das Schiff abgelegt, und bereits heute Abend würden sie in Budapest ankommen. Dort waren zwei Tage Aufenthalt geplant, und es würde sich bestimmt eine Gelegenheit ergeben, die Stadt zu erkunden. Seufzend legte sie das erste Laken auf das Bügelbrett. Zu allem Überfluss war sie heute auch noch mit Bügeln an der Reihe. Die winzige, stickige Kammer war allen Mädchen verhasst, und das aus gutem Grund.

Es klopfte, die Tür wurde einen Spaltbreit aufgeschoben. »Alma?«

Mit klopfendem Herzen fuhr Alma herum. »Vincent! Du lieber Himmel, was machst du hier?«

»Ich muss mit dir reden, es ist dringend.«

»Wenn es dich nicht stört, dass ich dabei bügle.« Alma schaltete das Eisen ein. Immerhin gab es an Bord elektrische Bügeleisen. Das war alles andere als selbstverständlich. Zu Hause hatten sie eines, das man auf dem Herd erwärmen konnte, es gab aber auch solche, die mit Kohlen befüllt werden mussten. Auf dem Schiff wurde jedoch fast alles elektrisch betrieben, soweit es möglich war. Aus Sicherheitsgründen, wie Emmi ihr erklärt hatte. Ein Feuer an Bord wäre die schlimmste denkbare Katastrophe.

Vincent warf einen Blick auf den Wäschestapel. »Musst du das alles allein machen?«

»Nein, ein anderes Mädchen hilft mir. Sie holt gerade einen weiteren Wagen mit Wäsche, sie müsste gleich wieder da sein.«

Vincents Gesicht bekam einen alarmierten Ausdruck. »Aber nicht Grete, oder?«

Neugierig sah Alma ihn an. »Nein. Warum fragst du?«

»Ich fasse mich kurz, denn ich weiß nicht, wann wir die nächste Gelegenheit haben, in Ruhe zu sprechen.«

Alma berührte vorsichtig die glatte Unterseite des Eisens, sie war erst lauwarm. »Ich bin gespannt«, sagte sie.

»Ich habe doch versprochen, dir in Budapest die Wahrheit zu sagen. Nun, wir sind ja so gut wie dort, also sollst du sie jetzt hören.« Vincent senkte kurz den Blick, dann sah er ihr direkt in die Augen. »Ich bin tatsächlich kein Kellner.«

»Da schau an.« Alma war nicht wirklich überrascht.

»Ich bin mit einem offiziellen Auftrag an Bord. Inkognito.«

Alma glaubte, sich verhört zu haben. Das war ja wie in einer Detektivgeschichte. Vor Überraschung vergaß sie beinahe das Bügeleisen. Rasch hielt sie noch einmal in einigem Abstand die Hand davor. Es war schon deutlich wärmer. Obwohl sie sich kaum darauf konzentrieren konnte, begann sie, das Eisen gleichmäßig über das Laken gleiten zu lassen. Die Bewegung beruhigte sie ein wenig.

»In letzter Zeit hat es immer wieder Diebstähle an Bord gegeben«, erzählte Vincent weiter. »Ich habe den Auftrag, den Täter zu entlarven, und zwar so diskret wie möglich.«

Alma betrachtete ihn, ohne ihre Arbeit zu unterbrechen. »Bist du eine Art Detektiv?«

»Nun ja. So ähnlich.«

»Und hast du schon eine Spur?«

Er lächelte. »Ich denke, ja.«

»Wie aufregend.« Alma stellte das Eisen ins Gestell und schob das Laken hoch, um das nächste Stück zu bügeln.

»Und jetzt kommst du ins Spiel«, sagte Vincent.

»Ich?« Alma stellte das Eisen zurück, das sie gerade wieder aufgenommen hatte. »Wie kann ich dabei helfen?«

»Ich möchte dem Verbrecher eine Falle stellen, und dazu brauche ich deine Hilfe.«

Alma fielen seine Worte von eben ein. »Hat Grete etwa damit zu tun?«

»Sie ist seine Komplizin, wenn ich das richtig sehe.«

»Wie schrecklich. Und wer ist er?«

»Einer der Kellner, Julius Zacher. Ich habe die beiden bei der Übergabe eines Geldumschlags beobachtet. Ich vermute, dass es sich dabei um den Lohn für verübte Diebstähle handelt. Höchstwahrscheinlich sitzt der Drahtzieher an Land, und die beiden sind seine Handlanger.«

Alma schwirrte der Kopf. Auch wenn sie inzwischen begriffen hatte, dass Grete nicht so loyal war, wie sie tat, hätte sie niemals angenommen, dass das Mädchen eine Diebin sein könnte. Wie gutgläubig sie gewesen war!

Und Vincent zog ausgerechnet sie ins Vertrauen. Sie durfte ihn keinesfalls enttäuschen.

»Was soll ich tun?«, fragte sie.

In dem Augenblick waren draußen Schritte und das Quietschen von Rädern zu hören.

»O je, das ist Gundula. Du musst verschwinden.«

Schon wurde die Tür geöffnet, Gundula schob den Wagen herein. Sie hatte ihre blonden Zöpfe unter der Haube hochgesteckt, ihre Wangen waren von der Anstrengung gerötet.

Vincent räusperte sich. »Wie gesagt, du sollst nach oben kommen, sobald du hier fertig bist, mehr weiß ich nicht.«

Alma nickte wortlos.

Vincent drängte sich an ihr vorbei nach draußen. Die Kammer war so eng, dass er mit seiner Hand die ihre streifte. Die Berührung war wie ein elektrischer Schlag.

»Wir sprechen uns später«, raunte er ihr zu, dann war er fort.

Alma presste unwillkürlich die Hand auf ihr Herz.

»Alles in Ordnung?«, fragte Gundula. »Musst du zur Marscholek?«

»Ja«, krächzte Alma mit trockenem Hals.

»Die hat dich auf dem Kieker. Aber keine Sorge, solange du nichts falsch machst, kann sie dir nichts.«

Alma murmelte eine Antwort und wandte sich wieder ihrer Arbeit zu. Als sie nach dem Bügeleisen griff, zitterten ihre Finger.

* * *

Ludwig Bender setzte das Fernglas ab. »Das Gewitter kommt näher.«

Max Lohfink, der neben ihm am Steuer stand, knurrte. »Soll es nur, es kann uns nichts anhaben.«

Ludwig nickte. Hier auf dem Fluss stellte ein Gewitter tatsächlich keine große Gefahr dar, anders als auf See. Dennoch ertappte er sich in letzter Zeit häufiger bei dem Gedanken, noch einmal auf große Fahrt zu gehen. Er lauschte dem gleichmäßigen Stampfen der Maschine und stellte sich vor, wie es wäre: die Südamerika-Linie mit einem Frachtschiff oder durch den Suezkanal nach Arabien. Fremde Länder, weites Meer. Er würde wochenlang nichts als Wasser um sich haben und seine Mannschaft, die er so zusammenschweißen würde, dass sie ebenso rundlief wie die Dampfmaschinen, die ihr Schiff antrieben.

Er stockte. Etwas hatte ihn aus seinen Tagträumen gerissen. Er spürte eine Störung in den gleichmäßigen Vibrationen der *Regina Danubia*. Vielleicht war es nur eine besonders starke Unterströmung, die sich am Bug brach und so den Rhythmus durcheinanderbrachte. Er wartete noch eine Minute, doch es blieb dabei: Die Maschine lief nicht rund. Ludwig schloss die Augen. Es war nun schon so viele Tage gut gegangen, dass er sich der trügerischen Hoffnung hingegeben hatte, die Kessel würden es bis ans Schwarze Meer schaffen.

Er spürte Lohfinks Blick. Auch der zweite Kapitän hatte es bemerkt.

Ludwig nickte ihm zu. »Ich schaue mal nach, ob alles in Ordnung ist.«

Er verließ die Brücke, beschleunigte auf der Treppe seine Schritte, das ungute Gefühl in seinem Bauch wuchs. Draußen ging ein steifer Wind, die dunklen Wolken hatten eine frühzeitige Dämmerung eingeläutet. Nicht mehr lange, und die ersten Tropfen würden auf das Deck platschen. Niemand war zu sehen, die Passagiere hatten sich nach drinnen geflüchtet.

Im Maschinenraum fand Ludwig nur Opitz vor, der wie gebannt auf den Druckanzeiger des rechten Kessels starrte, dessen Zeiger sich der roten Linie näherte. Ludwig musste schlucken. Erreichte der Zeiger die Linie oder überschritt sie gar, bestand ernsthafte Gefahr für das Schiff, für Leib und Leben der Passagiere und der Besatzung.

Die Maschine der *Regina Danubia* besaß ein sogenanntes Kesselhaus, in dem zwei getrennte Kessel nebeneinander eingebaut waren. Das hatte den Vorteil, dass die Regina notfalls mit einem Kessel fahren konnte, sollte der andere ausfallen. Doch platzte ein Kessel, konnte es zur Katastrophe kommen. Bei so viel Druck, wie gerade angezeigt wurde, sollten die Notventile dringend überschüssigen Dampf ablassen. Doch sie waren fest geschlossen.

»Was ist los, Opitz?«, fuhr Ludwig den Maschinisten an. »Warum greifen Sie nicht ein?«

Ohne sich umzuwenden, zeigte Opitz auf zwei weitere Messgeräte. »Da stimmt etwas nicht. Der Druck im Vorlaufventil ist deutlich niedriger als vor dem Zylinder. Eines der Manometer zeigt nicht korrekt an.«

Ludwig verstand. Eine der Anzeigen musste falsch sein, denn der Druck in beiden Manometern war normalerweise fast gleich. So wie es aussah, spielte das zweite Manometer verrückt. Wegen des falschen Messwerts forderte es mehr und mehr Dampf an, obwohl der Kessel kurz davor war zu explodieren. Deshalb wurde der eine Pleuel jetzt mit mehr Kraft angetrieben, und die Maschine lief unruhig.

Ludwig kannte das Problem mit den Manometern. Manchmal brauchten sie einen kleinen Klaps, damit sie richtig funktionierten. Mit einem schnellen Griff packte er einen Fäustling, einen Hammer von etwa drei Kilo Gewicht, und schmetterte ihn auf das Rohr, das unmittelbar hinter dem Ventil mit der Überdruckanzeige aus dem Kessel kam.

Opitz zuckte zusammen. »Aber Herr Kapitän ...«

Er kam nicht weiter. Ludwig ließ den Hammer noch viermal auf das Rohr krachen. Dem Metall konnte er mit seinen Schlägen nichts anhaben, es hätte die hundertfache Belastung ausgehalten. Aber wenn sich in dem Manometer die Mechanik verhakt hatte, vor allem die Zugstange und das Zahnsegment, was immer wieder vorkam, konnte er sie mit etwas Glück durch die Vibration der Schläge freibekommen. Nichts geschah. Ludwig hob den Hammer und schmetterte ihn ein weiteres Mal mit voller Kraft auf das Rohr. Schlagartig fiel die Anzeige des Drucks. Kurz darauf glich sich die Leistung der beiden Kessel an, die Regina lief wieder ruhig.

Ludwig legte schwer atmend den Hammer zur Seite. »Sehen Sie, ich kann auch auf die Rohre hämmern.«

Opitz sah ihn an, als wäre er eine Erscheinung. »Keine Frage. Aber woher wussten Sie, dass das Manometer geklemmt hat?«

Ludwig überlegte, ob er Opitz die Wahrheit sagen sollte. Er entschied sich dafür. Der Mann war nicht dumm, eine Lüge hätte er durchschaut. »Ich wusste es nicht. Die Wahrscheinlichkeit stand fünfzig zu fünfzig.«

Der Maschinist nickte. »Wir sollten die Manometer in Budapest tauschen, und auch einige andere Teile. Ich würde zudem gern die Pleuel ausbauen und die Lager genauer prüfen. Und wenn wir schon dabei sind, sollten wir den rechten Kessel abklopfen. Was meinen Sie?«

»Gute Idee. Das werden wir tun.« Ludwig rieb sich den Arm, er fühlte sich plötzlich erschöpft. »Wird die Regina bis Budapest durchhalten, Opitz? Seien Sie ehrlich.«

Der Maschinist legte eine Hand auf das Manometer, das Ludwig mit seinen Hammerschlägen wiederbelebt hatte. »Ich denke schon. Es sind ja nur ein paar Stunden. Sollte etwas Ungewöhnliches passieren, werde ich die Maschinen augenblicklich stoppen und die Kessel löschen.«

»Einverstanden. Wir fahren mit drei viertel Kraft. Das reicht, um den Fahrplan einzuhalten, und die Regina wird geschont.«

»Jawohl, Käpt'n«, rief Opitz und salutierte militärisch.

Ludwig wollte ihn nicht verprellen und erwiderte den Gruß. Dabei fühlte er sich hundeelend. Plötzlich war die Angst wieder da. Er trug die Verantwortung für so viele Leben, und er hatte schon einmal versagt.

***

Alma stellte das Bügeleisen ab und wischte sich den Schweiß von der Stirn.

Gundula lächelte sie an. »Wir haben schon mehr als die Hälfte geschafft.«

Alma wünschte, sie könnte der Aussicht, noch einmal so viel Zeit am Bügelbrett zu verbringen, ebenfalls etwas Positives abgewinnen. Doch ihr taten die Füße weh vom langen Stehen.

Die Lampe flackerte. Beunruhigt blickte sie nach oben. Eben war das Licht bereits einmal kurz ausgegangen. Gundula hatte erzählt, dass das häufiger vorkomme, doch das hatte Alma nicht beruhigt. Sie wusste, wie gefährlich elektrischer Strom sein konnte, auch wenn man ihn nicht sah. Bei den beiden Bügeleisen handelte es sich um Modelle, die statt eines Steckers ein Gewinde für die Lampenfassung hatten, denn nicht in jedem Haushalt gab es Steckdosen. In der Bügelkammer hingen drei Kabel mit Lampenfassungen von der Decke. Zwei wurden für die Bügeleisen verwendet, in der dritten steckte eine nackte Glühbirne.

Wieder flackerte das Licht, und im selben Moment war ein lautes Knistern zu hören, Funken sprühten aus dem Kabel von Almas Eisen.

Erschrocken sprang sie zurück. Die Funken regneten auf das Laken, das sie gerade gebügelt hatte, und hinterließen hässliche schwarze Löcher. Hastig griff Alma nach einem Tuch und presste es darauf, um die Brandherde zu ersticken.

»Heiliger Strohsack«, murmelte Gundula erschrocken.

»Bitte gib Frau Marscholek Bescheid«, bat Alma. »Ich stelle die Eisen aus und passe auf, dass nichts weiter passiert.«

Gundula rannte los. Alma drehte den Stecker von ihrem Bügeleisen aus dem Gewinde und trat an das zweite Brett, schraubte auch hier das Eisen ab. Ihr Herz klopfte wild. Nicht auszudenken, wenn das Laken Feuer gefangen hätte. Sie blickte zu der Glühbirne hinauf. Sollte sie auch das Licht löschen? Aber dann müsste sie im Dunkeln warten, das wollte sie nicht.

Plötzlich nahm sie Brandgeruch wahr, und im selben Augenblick sah sie die Flammen. Der Zeitungskorb! Den hatte sie vollkommen vergessen! Er stand genau unter dem Bügelbrett und musste ebenfalls einen Funken abbekommen haben. Die Zeitungen dienten dazu, Wachsflecken aus den Tischtüchern zu bügeln. Man legte ein Blatt Zeitung auf das Tuch und bügelte darüber. Das Wachs wurde flüssig und vom Papier aufgesogen.

Alma sprang nach vorn und zog den Korb unter dem Brett hervor. Die Flammen leckten bereits an dem Laken, das darüber hing. Da sie nicht wusste, was sie sonst machen sollte, kippte sie den Korb um und versuchte, das Feuer auszutreten.

Da hörte sie eine Stimme hinter sich.

»Wasser, sofort.« Olga Marscholek.

Im selben Augenblick landete ein Schwall Wasser auf ihren Füßen, und dann ein zweiter. Die Flammen bäumten sich ein letztes Mal auf und verloschen.

Alma drehte sich um. Neben Olga Marscholek standen zwei Zimmerburschen mit leeren Blecheimern in der Hand. Ein Glück, dass sie so schnell zur Stelle gewesen waren. Marscholek spähte in die kleine Kammer, sah sich gründlich um, schnupperte und nickte. Dann wandte sie sich zur Tür.

»Los, los«, sagte sie zu den beiden Burschen. »Zurück an die Arbeit. Hier gibt es nichts mehr zu tun.«

Die Burschen eilten davon.

Marscholek ließ ihren Blick erneut durch den Raum wandern, bis er an Alma haften blieb. »Und Sie kommen mit mir, Fräulein Engel.«

***

Ludwig schlich in seine Kabine. Der Vorfall im Maschinenraum hatte ihn schlagartig in die Vergangenheit zurückkatapultiert. Er schloss die Tür hinter sich, aber die Schreie konnte er damit nicht aussperren. Sie gellten in seinem Kopf. Ebenso wie das Kreischen von Metall und die ohrenbetäubenden Explosionen.

Plötzlich stand er wieder auf der Brücke der *SMS Süderstedt*, die Nacht hell erleuchtet von brennenden Schiffen und dem Mündungsfeuer der Geschütze. Was als Aufklärungsmanöver im Skagerrak begonnen hatte, war zum Gefecht auf allernächste Nähe geworden. Sie waren auf einen Verband der Briten gestoßen, und die hatten nicht gezögert und das Feuer eröffnet. Die *Süderstedt* hatte mit zwei Torpedotreffern zwei leichte Kreuzer versenkt, doch dann waren sie abgedrängt worden und zwischen zwei schwere feindliche Kreuzer geraten.

Ludwig hatte auf der Stelle erkannt, dass ihre Position aussichtslos war, und Fluchtfahrt befohlen, also volle Fahrt zuzüglich jedem bisschen Leistung, das sich aus den Maschinen herauskitzeln ließ. Doch es hatte nicht gereicht. Er hatte den Befehl zu spät gegeben und damit das Schicksal von dreihundertvierunddreißig Kameraden besiegelt. Darunter sein eigener Sohn Peter, der als Funker auf der *Süderstedt* eingesetzt war.

Ununterbrochen sendete er Hilferufe, forderte Verstärkung an. Aber niemand tauchte auf, nicht rechtzeitig jedenfalls, um die Katastrophe zu verhindern. Die *Süderstedt* war verloren. Hätte er rascher gehandelt, hätten sie den Torpedos entrinnen können.

Der erste schlug im Heck ein. Die *Süderstedt* begann langsam zu sinken, war zwar noch kampffähig, aber nicht mehr zu manövrieren. Ludwig gab den Befehl, die Fahne zu streichen und das Schiff zu verlassen, doch ein Teil der Männer wollte weiterkämpfen und missachtete seine Order. Er vergeudete wertvolle Zeit damit, sie von ihrem Vorhaben abzubringen. So kam ein Fehler zum anderen. Allerdings wären ohnehin nicht alle Männer rechtzeitig von Bord gelangt, bevor der zweite Torpedotreffer die *Süderstedt* in der Mitte auseinanderriss.

Die Munitionskammer explodierte. Ludwig wurde von der Brücke geschleudert, landete im eiskalten Wasser. Er und sieben seiner Kameraden wurden von einem herbeieilenden Kreuzer halb tot aus dem Wasser gefischt. Unter den Überlebenden war auch Georg Opitz. Peter wurde nicht gefunden. Sein Grab war der kalte Skagerrak, und er, Ludwig, sein Vater, der ihn hätte beschützen sollen, war für seinen Tod verantwortlich.

Vor Gericht wurde er freigesprochen, obwohl er nicht ein Wort zu seiner Verteidigung sagte. Er erhielt sogar einen Orden für besondere Tapferkeit. Was für ein Hohn! An jenem Tag betrank er sich zum ersten Mal. Die Jahre danach verschwammen im Alkoholnebel. Sein Leben drehte sich nur noch darum, wo er den nächsten Schnaps herbekam. Zum Glück war seine Frau damals längst tot, er hätte ihr nicht in die Augen blicken können.

Dann traf er eines Tages Anton Sailer, der auf der Suche nach einem Kapitän war und an Ludwigs Qualitäten glaubte. Von da an ging es langsam, aber sicher wieder aufwärts. Ludwig besiegte den Alkohol, doch er wusste, dass er nie wieder einen Tropfen trinken durfte, wollte er nicht rückfällig werden. In guten Zeiten fiel ihm das nicht schwer. Aber an Tagen wie diesem war der Drang, sich das Hirn zu benebeln, um alles zu vergessen, nahezu übermächtig.

Vielleicht hatte er ja das Schlimmste längst überwunden, und ein kleiner Schluck für die Nerven würde gar keinen Schaden anrichten? Er war schließlich ein ausgewachsener Mann. Ein Gläschen Cognac würde ihn schon nicht umhauen.

* * *

Alma zuckte zusammen, als Olga Marscholek die Tür hinter ihnen zuschlug. Mit vor der Brust verschränkten Armen baute sie sich vor ihr auf.

»Ich kann Ihnen gar nicht sagen, wie wütend ich bin, Fräulein Engel.« Die Hausdame spie ihren Namen aus wie einen Löffel versalzene Suppe. »Sie haben das Leben all der Menschen hier an Bord aufs Spiel gesetzt, Sie haben riskiert, dass die *Regina Danubia* mit Mann und Maus untergeht.«

»Aber es war doch gar nicht meine Schuld!«, versuchte Alma, sich zu verteidigen.

Auf dem Weg in Marscholeks Kabine hatte sie fieberhaft darüber nachgedacht, ob sie einen Fehler gemacht, ob sie etwas übersehen hatte. Seit Neuestem gab es Bügeleisen mit einem Drehschalter, über den sich die Temperatur regulieren ließ. Doch die Eisen an Bord hatten keinen solchen Schalter, man konnte sie nur ein- und wieder ausschalten. Vielleicht hätte sie zwischendurch die Arbeit unterbrechen und das Eisen abkühlen lassen müssen, doch davon hatte ihr niemand etwas gesagt. Zudem hatte Gundula das ebenfalls nicht getan.

Frau Marscholek gebot ihr mit einer Handbewegung zu schweigen. »Ich habe von Anfang an gewusst, dass Sie Ärger bringen. Manchen Mädchen sieht man an, dass sie nichts taugen.«

Alma öffnete empört den Mund.

»Sie reden nur, wenn ich Sie dazu auffordere«, bellte die Hausdame.

Alma biss sich auf die Zunge. Das war so ungerecht. Wenn sie doch nur mit Herrn Lerch reden könnte!

»Sie sind fristlos entlassen«, verkündete Marscholek kalt. »Morgen früh gehen Sie in Budapest von Bord. Für Ihre Heimreise müssen Sie selbst aufkommen. Selbstverständlich werde ich Ihnen das zerstörte Laken und die verschmutzte Uniform vom Lohn abziehen. Und glauben Sie ja nicht, dass Sie so schnell auf einem anderen Schiff eine Stelle bekommen. Ich werde dafür sorgen, dass man

Bescheid weiß darüber, was für eine Laus man sich mit Ihnen in den Pelz setzt.«

Alma spürte, wie ihre Augen sich mit Tränen füllten. Sie blinzelte sie weg, sie wollte der Hausdame nicht auch noch die Genugtuung verschaffen, sie weinen zu sehen. Das alles war schrecklich ungerecht.

»Sie begeben sich jetzt sofort in Ihre Kabine und verlassen sie erst morgen früh auf meine Anordnung hin wieder.«

Alma wollte es noch einmal versuchen. »Frau Marscholek, lassen Sie mich erklären, was passiert ist.«

»Ich weiß, was passiert ist. Raus mit Ihnen!«

»Bitte geben Sie mir …«

»Hinaus!« Die Hausdame trat näher. »Gehen Sie mir aus den Augen, bevor ich mich vergesse.«

* * *

Vincent starrte in den Himmel, wo sich die dunklen Wolken ballten. Ob Alma sich rechtzeitig würde blicken lassen? Es konnte nicht mehr lange dauern, bis der Himmel seine Schleusen öffnete und die Hölle losbrach. Er hatte sich nach dem Abendessen extra beeilt, um möglichst früh an ihrem Treffpunkt zu sein. Zwar hatten sie nichts ausgemacht, doch er war sicher, dass Alma auch so wusste, wo er sie erwartete.

Er nutzte die Zeit, um noch einmal seinen Plan zu überdenken. Ging er nicht ein zu großes Risiko ein, wenn er ihn allein durchführte? Sollte er noch jemanden außer Alma einweihen?

Doch da nur der Kapitän wusste, wer er wirklich war, hatte das wenig Sinn. Bender würde sich wohl kaum mit ihm gemeinsam auf die Lauer legen, das wäre auch viel zu auffällig.

Ein Geräusch riss ihn aus seinen Gedanken, irgendwo auf dem Deck war eine Tür zugeknallt. Vincent trat zurück in den Schatten. Wenn es nicht Alma war, durfte er nicht gesehen werden. Eine Frau näherte sich, doch das Kleid, das sie trug, war viel zu elegant für eine Dienstmädchenuniform, das war auch im Halbdunkel gut zu erkennen.

»Claire!«

»Herrschaftszeiten, Vincent, hast du mich erschreckt.«

»Was machst du hier?«

Sie trat zu ihm und verzog spöttisch den Mund. »Das sollte ich wohl eher dich fragen. Das Promenadendeck ist für das Personal tabu, soweit ich weiß. Oder hast du irgendjemandem einen Drink gebracht?« Sie sah sich um. »Ich sehe jedenfalls niemanden.«

»Ich brauchte ein wenig frische Luft.«

»Ich auch.« Sie hielt das Gesicht in die Brise. »Diese Schwüle unter Deck ist unerträglich.« Sie blickte in den Himmel. »Hoffentlich geht es bald los.«

»Ist es dir nicht zu kühl hier draußen im Wind?« Vincent blickte nervös über ihre Schulter. Hoffentlich kam Alma nicht ausgerechnet jetzt.

»Keine Sorge, wir sind allein.« Claire schlang die Arme um seine Hüften. »Diese Reise hatte ich mir wirklich anders vorgestellt.«

»Tut mir leid, dass ich kaum Zeit für dich habe.«

»Ist doch nicht deine Schuld.« Sie küsste ihn aufs Kinn. »Ich war einfach zu naiv, habe mir eingebildet, wir könnten uns heimlich treffen und gemeinsame Landausflüge machen. Vergibst du mir?«

»Da gibt es nichts zu vergeben.« Wieder wanderte sein Blick an ihr vorbei.

Er wollte nicht, dass Alma ihn so sah, in inniger Umarmung mit einer anderen Frau. Er stockte. Was dachte er da? Es musste das Gewitter sein und die Nervosität wegen seines Plans. Das alles brachte ihn völlig durcheinander.

Wie als Antwort auf seine Gedanken grollte ein Donner. Lange konnte es nicht mehr dauern.

»Du solltest in deine Kabine zurückkehren, Claire, sonst wirst du gleich patschenass.«

»Und du?«

»Soll ich etwa mit dir gemeinsam hineingehen? Was würde dein Verlobter denken, wenn er erführe, dass du während des Besuchs bei deiner Cousine mit einem Schiffskellner geturtelt hast?«

Claire lächelte. »Er muss es ja nicht erfahren.« Sie zog ihn zu sich heran und küsste ihn, diesmal auf den Mund.

Er küsste sie zurück, und für einen Moment vergaß er alles andere um sich herum, genoss die sanfte Berührung ihrer Lippen und das Kribbeln, das sie in seinen Lenden auslöste. Dann donnerte es erneut. Er fuhr zusammen, weil er glaubte, mit dem Krachen am Himmel ein weiteres Geräusch vernommen zu haben.

»Was ist los?«, wisperte Claire.

»Ich dachte, ich hätte etwas gehört.«

»Hast du auch, es nennt sich Gewitter.«

»Du bist unverbesserlich, weißt du das?«

Ein Blitz erhellte Claires Gesicht, ein Regentropfen landete auf ihrer Wange, ein Donner krachte. Diesmal war Vincent sicher, dass er eine Tür gehört hatte. Sie waren nicht allein an Deck.

* * *

Alma rannte den Korridor entlang. Es war ihr gleich, ob die Marscholek sie erwischte, sie hatte ihre Stelle ohnehin verloren, etwas Schlimmeres konnte die Hausdame ihr nicht mehr antun. Vor Alfred Lerchs Kabine blieb sie stehen und strich ihr Uniformkleid glatt. Sie wusste, dass sie schrecklich aussehen musste, doch sie hatte nur diese eine Uniform und keine Zeit, sie zu reinigen.

Vorsichtig klopfte sie. Keine Reaktion. Sie versuchte es erneut, diesmal lauter. Noch immer nichts.

Sie zögerte, dann drückte sie langsam die Klinke herunter. Die Tür war verschlossen. Auch das noch! Wieso war Lerch ausgerechnet jetzt, wo sie ihn so dringend brauchte, nicht in seiner Kabine? Sie war bereit, jede Strafe anzunehmen, zu der man sie verdonnerte, solange sie sie verdient hatte. Doch was das Feuer in der Bügelkammer anging, war sie sich keiner Schuld bewusst. Und sie würde auf ihr Recht pochen, angehört zu werden.

Mit hängenden Schultern wandte sie sich ab. Sie verspürte keinerlei Lust, in ihre Kabine zu gehen und womöglich Emmi erklären zu müssen, was geschehen war. Am liebsten hätte sie sich irgendwo verkrochen, wo sie bis

Tagesanbruch niemandem begegnete. Oder mit jemandem gesprochen, der wirklich auf ihrer Seite stand.

Ein Gedanke kam ihr. Vincent. Sie musste mit ihm reden. Wenn sie wirklich morgen von Bord geschickt wurde, würde er sich eine andere Mitstreiterin suchen müssen. Der Gedanke versetzte ihr einen schmerzhaften Stich. Irgendwie hatte Vincent es geschafft, Paul von seinem Thron in ihrem Herzen zu stoßen, klammheimlich, ohne dass sie gemerkt hatte, wie es geschah. Der Gedanke ließ sie trotz ihres Kummers lächeln. Es war noch nicht alles verloren.

Vincent war vorhin nicht mehr dazu gekommen, ihr die Details seines Plans zu verraten. Sie hatten keinen Treffpunkt ausgemacht, doch was lag näher, als an dem Ort auf sie zu warten, wo ihr erstes heimliches Stelldichein stattgefunden hatte?

Alma rannte die Treppe in die erste Klasse hinauf, ohne sich darum zu scheren, dass ihr ein junges Paar entgegenkam, das entgeistert auf ihre verschmutzte Uniform starrte. Sie stieg weiter hinauf, musste die Tür zum Promenadendeck mit aller Kraft aufstoßen, so fest drückte der Wind dagegen. Ein Blitz krachte, als sie nach draußen trat, und im selben Moment begann es zu regnen wie aus tausend Sturzbächen.

Alma rannte mit gesenktem Kopf los. Immerhin würden sie bei diesem Wetter niemanden sonst hier draußen antreffen. Blieb nur zu hoffen, dass das Gewitter Vincent nicht abschreckte.

Als sie um die Ecke bog und der Davit in Sicht kam, entdeckte sie zwei Gestalten, die unter dem Vordach vor dem Regen Schutz gesucht hatten. Die innige Umarmung der beiden ließ keinen Zweifel daran zu, dass es sich um ein Liebespaar handelte. Der Mann wurde von der Frau verdeckt, sie sah nur seinen Arm, der um ihre Hüfte gelegt war.

Alma wollte sich gerade zurückziehen, als sie erkannte, dass der Mann eine Uniform trug. Die Frau jedoch gehörte mit Sicherheit nicht zum Personal, dafür war sie viel zu elegant gekleidet. Für einen Augenblick vergaß Alma ihre eigenen Sorgen. Herrjemine, welcher der Burschen an Bord riskierte seine Stelle für ein flüchtiges Abenteuer mit einer Passagierin?

Ein weiterer Blitz zuckte über den Himmel, und genau in dem Moment trat der Mann einen Schritt zurück.

»Vincent!«

Alma begriff erst, dass sie den Namen laut ausgesprochen hatte, als die Frau überrascht herumfuhr.

Einen Moment lang sagte keiner von ihnen ein Wort, nur der Regen hämmerte lautstark auf das Deck, und auf Alma, die ihn kaum spürte, die nicht einmal gemerkt hätte, wenn die Wasserfluten sie mitgenommen und in die Donau gespült hätten. Ein Donnerschlag brach den Bann, die angehaltene Zeit lief weiter. Die Frau fasste sich als Erste.

»Sehen Sie nicht, dass Sie stören?«, fuhr sie Alma an.

»Claire, ich glaube, sie will mir etwas Dringendes mitteilen.«

Vincents Blick wanderte über Almas Uniform, die nicht nur voller Ruß, sondern inzwischen auch völlig durchnässt war. Alma war sich noch nie im Leben so hässlich vorgekommen. Und so dumm. Erst Paul und nun Vincent. Was machte sie nur falsch?

»Nun, wenn das so ist, Liebster«, sagte die junge Frau, deren Kleid auf wundersame Weise keinerlei Schaden durch das Unwetter genommen hatte, »dann lasse ich euch beide am besten allein.« Sie schlang ihre Arme um Vincents Hals und küsste ihn.

Alma keuchte. Es fühlte sich an, als würde jemand das Messer in ihrer Brust einmal drehen, um ihren Schmerz auszukosten.

»Schon in Ordnung«, presste sie hervor. »Es eilt nicht.«

Sie war nicht sicher, ob die beiden sie über den Lärm des Gewitters hinweg überhaupt gehört hatten, aber es war ihr egal. Als sie die Treppe hinunter in ihre Kabine rannte, schmeckte der Regen auf ihren Lippen salzig.

KAPITEL 10

Budapest, Mittwoch, 19. August 1925

Vincent klopfte und wartete angespannt. Er war ein Idiot, er hätte gestern noch handeln müssen. Aber er war mit der Situation überfordert gewesen. Nachdem Alma weggelaufen war, hatte Claire spöttisch gefragt, ob er der Kleinen den Kopf verdreht hätte. Aus irgendeinem Grund hatte ihn die Frage wütend gemacht. Sie hatten sich nicht im Streit getrennt, aber der Gute-Nacht-Kuss war deutlich kühler ausgefallen als die Küsse davor.

»Herein«, kam es von drinnen.

Rasch öffnete Vincent die Tür. Wie er gehofft hatte, saß der Kapitän bereits am Schreibtisch und zog überrascht die Brauen hoch, als er Vincent erkannte.

»Ich habe keinen Kaffee verlangt, Herr Sailer«, sagte er.

Vincent stellte das Tablett auf dem Tisch ab, wo ein unberührtes Cognacglas stand. Die bernsteinfarbene Flüssigkeit schimmerte im Licht der Schreibtischlampe. Es war kurz nach sechs, über der Altstadt von Budapest ging gerade erst die Sonne auf.

»Ich muss etwas Dringendes mit Ihnen besprechen, Herr Bender.«

Der Kapitän faltete die Hände auf der Schreibtischplatte. »Nehmen Sie doch Platz.«

»Lieber nicht.« Vincent strich seine Uniform glatt.

»Natürlich. Wir müssen alle unsere Rolle spielen.«

Einen Moment lang war Vincent irritiert von Benders Worten. Doch er hatte keine Zeit, über ihre Bedeutung nachzudenken. Die Zeit drängte. »Einem der Mädchen ist gekündigt worden. Alma Engel. Sie soll beinahe einen Brand in der Bügelkammer ausgelöst haben.«

»Großer Gott, warum weiß ich davon noch nichts?«

»Es ist glimpflich ausgegangen, wie man mir erzählt hat. Nur ein Laken wurde versengt, und ein Korb mit Zeitungen hat gebrannt.« Vincent stockte. »Die Zeitungen sollten zukünftig nicht mehr in der Kammer aufbewahrt werden.«

»Da haben Sie recht, Herr Sailer. Ich werde das bei der Rapportrunde anordnen.«

»Aus diesem Grund bin ich aber nicht hier. Sie müssen verhindern, dass Alma von Bord geschickt wird.«

Vincent senkte den Blick auf das Cognacglas, bemerkte aber trotzdem, dass Bender erneut die Augenbrauen hochzog.

»Aha«, sagte er nur.

»Ich brauche sie.« Vincent schluckte. Warum fiel ihm das so schwer? Er hob den Blick, sah dem Kapitän direkt in die grauen Augen. »Für die Überführung des Diebs. Sie ist eingeweiht, ich bin auf ihre Hilfe angewiesen.«

»Sie haben jemanden vom Personal eingeweiht?«

»Alma kann nichts mit den Diebstählen zu tun haben, es ist ihre erste Fahrt auf der *Regina Danubia*.«

»Verstehe.« Bender nickte. »Aber wenn sie das Feuer verschuldet hat …«

»Hat sie nicht«, unterbrach Vincent. »Ich habe mit dem Mädchen gesprochen, das mit ihr zusammen in der Kammer war. Sie hat mir erzählt, dass plötzlich Funken aus dem Kabel gesprüht sind. Alma hat sogar mit ihrer beherzten Reaktion Schlimmeres verhindert.«

Bender strich sich über den Bart. »Und was sagt das Mädchen selbst dazu?«

Vincent seufzte. Er hatte plötzlich wieder das Bild vor Augen, wie Alma auf dem Deck stand, triefnass. Ihren Blick würde er nie vergessen. Die Enttäuschung darüber, dass er ihr einmal mehr nicht die volle Wahrheit erzählt hatte. So tief, so bitter. In dem Moment hätte er sie am liebsten in die Arme geschlossen und ihr versichert, dass es nicht so war, wie es aussah. Aber das stimmte ja nicht, es war genau so, wie es aussah.

Er verscheuchte das Bild. »Ich konnte noch nicht mit ihr reden. Frau Marscholek hat angeordnet, dass sie in ihrer Kabine bleiben muss, bis sie das Schiff verlässt.«

»Und dort können Sie sie nicht aufsuchen, ohne Ihren eigenen Rausschmiss zu riskieren.« Bender nickte nachdenklich.

»Werden Sie einschreiten?«

Bender faltete erneut die Hände. »Eigentlich überschreite ich damit meine Kompetenzen. Das Hotelpersonal untersteht Herrn Lerch und Frau Marscholek, da mische ich mich ungern ein.«

»Aber als Kapitän haben Sie das Recht zu intervenieren Vor allem, wenn ein solches Unrecht geschieht.«

Bender hob die Hand. »Schon gut, Herr Sailer. Ich tu, was ich kann. Machen Sie sich keine Sorgen. Und danke für den Kaffee.«

***

Alfred Lerch zog sein Jackett über. Er hatte schlecht geschlafen, und der Stoff fühlte sich schwerer an als sonst. So viele Jahre hatte er nicht mehr von damals geträumt. Doch in der vergangenen Nacht hatten ihn die Gespenster der Vergangenheit wieder eingeholt. Anlass war die Kündigung von Alma Engel. Es tat ihm leid für das Mädchen. Er war sicher, dass sie ihre Arbeit fleißig und zuverlässig verrichtete, aber wenn stimmte, was Olga Marscholek ihm erzählt hatte, war ihr ein Fehler unterlaufen, der sie alle das Leben hätte kosten können. Er selbst hätte ein strenges Gespräch mit ihr geführt und ihr die Gelegenheit gegeben, sich zu rehabilitieren. Doch er konnte nachvollziehen, dass Marscholek bei einer Frage, bei der es um die Sicherheit des Schiffs ging, keine Kompromisse eingehen wollte. Jetzt fiel ihm noch die unangenehme Aufgabe zu, Lady Alston mitzuteilen, dass Fräulein Engel nicht mehr zur Verfügung stand. Es tat ihm leid, die alte Dame enttäuschen zu müssen.

Aber schlimmer hatte in dieser Nacht seine Sorge um Alma gewogen. Dreimal war er aus dem Bett gestiegen und an Deck geeilt, weil ihn die Bilder von damals heimsuchten. Dreimal hatte er jede Ecke abgesucht, ins Wasser gespäht, ob da vielleicht ein lebloser Körper trieb. Und jedes Mal hatten ihn die Schatten des nächtlichen Budapests dabei verhöhnt.

Vor vielen Jahren hatte er einmal eine folgenschwere Kündigung ausgesprochen. Das war noch vor dem Krieg gewesen, in einer anderen Zeit. Das Mädchen hatte schlampig und unzuverlässig gearbeitet, und auch nach mehrmaligen Ermahnungen trat keine Besserung ein. Also sagte er ihr, dass sie im nächsten Hafen von Bord gehen müsse. Am folgenden Morgen war die junge Frau verschwunden. Sie suchten überall und fanden sie schließlich an Deck. Sie hatte sich an der Reling erhängt.

Erst Tage später erfuhr Alfred, dass sie krank gewesen war. Sie hatte sich jeden Morgen unter schlimmen Schmerzen aus der Koje und an die Arbeit gequält, weil ihre Familie das Geld so dringend brauchte. Deshalb hatte sie für ihre Aufgaben mehr Zeit gebraucht und sie manchmal nicht gründlich genug erledigt. Und er hatte zwar ihr blasses Gesicht und die Ringe unter den Augen bemerkt, sich jedoch keine weiteren Gedanken darüber gemacht. Er war jung und ehrgeizig gewesen, er hatte gewollt, dass unter seiner Leitung an Bord alles reibungslos lief.

Alfred stellte sich vor den Spiegel und kontrollierte sein Aussehen. Der Anzug saß tadellos, und die schlaflose Nacht sah man ihm kaum an. Als er sich umdrehte, klopfte es energisch an der Tür. Noch bevor er reagieren konnte, wurde geöffnet, und Ludwig Bender trat in den Raum.

»Verzeihen Sie, Herr Lerch, dass ich Sie so überfalle, aber die Angelegenheit ist dringend.«

Lerch war sofort alarmiert. Der Kapitän bemühte sich nur selten zu ihnen herunter, normalerweise ließ er die Leute zu sich kommen. »Ist etwas passiert?«

»Wie ich hörte, wäre gestern beinahe Feuer auf der *Regina Danubia* ausgebrochen.«

Alfred atmete aus. »Das stimmt.«

»Erzählen Sie mir alles.«

* * *

Was für eine Überraschung! Gerade als Edmund Valerian sich vorbeugte und Claire einlud, ihn in die Stadt zu begleiten, trat Hannah Gronau an den Tisch.

»Verzeihen Sie die Störung, meine Herrschaften, aber ich muss das Fräulein Ravensberg leider entführen. Wir sind verabredet.«

Claire war viel zu perplex, um zu protestieren. Außerdem reizte es sie, Zeit in Gesellschaft dieser ungewöhnlichen Frau zu verbringen. Dann würde sie wenigstens nicht ständig darüber nachdenken, was der Blick zwischen Vincent und diesem Zimmermädchen gestern Abend an Deck zu bedeuten hatte. Natürlich war es lächerlich, auf eine Bedienstete eifersüchtig zu sein. Doch die offensichtliche Vertrautheit zwischen den beiden nagte an Claire. Hatte Vincent sie je auf diese Art angesehen? Oder sie ihn? Hatte sie je tief genug empfunden, um ihn mit einem solchen Blick zu bedenken?

Rasch erhob sie sich. »Verzeihen Sie, Fräulein Gronau, ich habe die Zeit vergessen.«

Claire holte ihr Tuch und ihre Handtasche aus der Kabine, dann tauschten sie beim Concierge ungarische Kronen ein und gingen an Land. Hannah Gronau winkte einer der bereitstehenden Kraftdroschken, raunte dem Fahrer etwas zu, und sie stiegen ein.

Erst als Claire sich auf dem weichen Polster niederließ, kamen ihr Zweifel. Wieso hatte sie sich zu diesem überstürzten Aufbruch hinreißen lassen? Sie kannte Hannah Gronau doch gar nicht. Was hatte die Frau überhaupt vor?

»Wohin fahren wir eigentlich?«, fragte sie nervös.

»In die Kunsthalle. Dort gibt es eine Ausstellung mit Porträts von berühmten Schauspielerinnen.«

Das klang immerhin einigermaßen harmlos. »Sind Sie deshalb auf der *Regina Danubia* unterwegs?«, fragte sie. »Um die Kunst zu studieren?«

Hannah Gronau lachte. »Das auch. Aber hauptsächlich wegen eines Auftrags. Ich war in Wien, um meine Agentur zu besuchen. Und da kam zufällig eine Anfrage herein. Eine berühmte Pianistin wird demnächst an Bord spielen und soll dabei porträtiert werden. Also dachte ich, das sollte ich mir nicht entgehen lassen. Eine gute Gelegenheit soll man nie ungenutzt verstreichen lassen, finden Sie nicht auch, Claire?« Sie legte ihr die Hand auf den Arm. »Ich darf doch Claire sagen, oder?«

Claire wusste nicht, ob ihr so viel Vertraulichkeit recht war, aber sie wollte nicht spießig erscheinen. »Selbstverständlich.« Sie räusperte sich. »Sie fotografieren beruflich, Hannah?«

Ihr war aufgefallen, dass die junge Frau nicht nur die illustren Gäste der ersten Klasse, sondern auch die Kellner, die Zimmerburschen und die Matrosen fotografierte. Wenn sie etwas sah, das sie interessierte, riss sie blitzschnell die Kamera hoch, schaute kurz durch den Sucher, drehte an geheimnisvollen Rädchen und machte dann mit einem leisen Klicken eine Aufnahme.

»Ich habe ein Porträtstudio in Berlin.«

»Wie interessant.«

»Nun ja. Leider ist es das nicht. Die Leute kommen zu mir und wollen ein Foto von sich selbst. Und zwar so, wie sie gesehen werden möchten. Insofern weiß ich von vornherein, was ich auf dem Foto zu sehen bekomme. Es sind immer dieselben Bilder. Menschen im Sonntagsstaat, die Hände im Schoß übereinandergelegt, und dann ein möglichst ernster Gesichtsausdruck. Am besten noch umgeben von dem, was ihre Errungenschaften demonstriert. Der Arzt mit Stethoskop und Lehrbuch auf dem Schreibtisch, die Mutter von ihren Kindern umringt.«

Claire dachte an die Fotos von sich und ihrer Familie. Sie entsprachen exakt Hannahs Beschreibung. Als sie noch ein Kind gewesen war, hatte ihre Mutter sie streng zur Ordnung gerufen, wenn sie für das Foto lächelte, und sie ermahnt, dass sich das nicht schicke. Sie wolle doch nicht unanständig und flatterhaft wirken.

»Das ist sicherlich auf die Dauer langweilig«, sagte sie und griff nach ihrem Hut, als die Droschke durch ein Schlagloch ruckelte.

»Zum Glück ist das nur ein Teil meiner Arbeit«, erklärte Hannah. »Meine Agentur verschafft mir interessantere Aufträge. Zudem verdiene ich gut, das macht mich unabhängig. Meine Eltern würden mich sogar unterstützen, sie sind ziemlich vermögend und haben mir das Studium in München finanziert. Aber ich möchte auf eigenen Beinen stehen. Wenn ich abends mein Fotostudio verlasse, gehe ich auf die Jagd nach dem wahren Leben. Nach den Menschen, wie sie wirklich sind, und nicht, wie sie sein wollen oder wie andere wollen, dass sie sich geben.«

Claire hing an Hannahs Lippen. Was sie erzählte, klang gleichzeitig fremd und verlockend. »Aber ist Berlin nicht ein Sündenpfuhl? Man liest immer in der Zeitung von all den Verbrechen, von heruntergekommenen Existenzen, von Nachtlokalen, in denen Drogen genommen werden und Unzucht getrieben wird.«

Hannah lächelte milde. »Das ist zweifellos wahr. Aber das macht auch den Reiz der Stadt aus. Zudem hat Berlin auch eine andere Seite. Es gibt eine Avantgarde von Künstlern, man kann jeden Tag Dutzende Veranstaltungen besuchen. Lesungen und Vorträge berühmter Schriftsteller, Konzerte, Ausstellungen, was immer man sich vorstellen kann. In den Cafés und Lokalen wird über Politik, Philosophie und Wissenschaft diskutiert, zu jedem Thema existiert eine Zeitschrift. Allerdings können sich nur die Wohlhabenden das glamouröse Leben leisten. Die Armut ist viel größer als der Reichtum. Hunderttausende Familien haben nur ein Zimmer, in dem sie mit fünf, sechs oder noch mehr Personen leben, ohne fließendes Wasser, viele sogar ohne Strom, und für Dutzende Wohnungen gibt es oft nur eine einzige Toilette. Aber Berlin ist eben auch eine Stadt der Kunst, der Liebe und des Fortschritts. Niemand dreht sich nach mir um, wenn ich allein mit meiner Kamera unterwegs bin. Die Frauen haben sich Berlin erobert. Immer mehr von uns arbeiten, verdienen ihr eigenes Geld, sie sind Malerinnen, Sängerinnen, Unternehmerinnen.«

»Und Fotografinnen. So wie Sie.« Claire spürte einen Stich im Magen. Was war sie? Eine Sekretärin und bald eine Ehefrau. Dann würde Vincent entscheiden, ob sie weiterhin arbeiten gehen durfte. Er war ein guter Mann, der sie niemals gängeln würde. Aber sobald Kinder kämen, wären die Rollen klar verteilt. Sie würde dem Hauspersonal vorstehen und er der Reederei. Es war nichts Schlechtes daran, sich um Haus und Nachwuchs zu kümmern und sich um Geld keine Sorgen machen zu müssen in dieser unsicheren Zeit. Dennoch hatte Claire das Gefühl, dass etwas fehlte. Doch das lag sicherlich bloß an ihrem Auftrag. Die Sorge um das Dokument brachte sie ganz durcheinander. Hätte sie doch nur nicht eingewilligt, es zu überbringen!

Die Fotografin sah sie an. »So ernsthaft?«

»Ich dachte nur gerade darüber nach, wie schade es ist, dass man die Fotos, die Sie aufnehmen, nicht sofort sehen kann.«

Hannah wiegte den Kopf. »Ich weiß nicht, ob ich das gut fände. Dann würde die Spannung verloren gehen. Wenn ich in der Dunkelkammer das Fotopapier belichtet habe und es im Entwickler hin und her bewege, bin ich immer ganz aufgeregt. Ich sehe zu, wie die ersten

Grauschleier erscheinen, wie immer mehr sichtbar wird, bis ich das ganze Bild vor mir habe. Fiele dieser Vorgang weg, hätte ich womöglich nur halb so viel Freude am Fotografieren.«

Claire verstand. »Das wäre so, als würde man ein Geschenk nicht verpacken.«

Hannah schaute Claire überrascht an. »Ja, genauso ist es. Du … oh, Entschuldigung …« Sie berührte sanft Claires Hand.

»Nein, nein«, beeilte sich diese zu sagen. »Das ist in Ordnung. Wir können das steife Sie gern weglassen.«

»Das ist schön, Claire. Also. Du bist die Erste, die sofort begreift, was ich meine. Meist muss ich es umständlich erklären. Ich wusste gleich, als ich dich gesehen habe, dass wir verwandte Seelen sind.«

Claire blieb eine Antwort erspart, denn in dem Augenblick hielt die Kraftdroschke vor einem imposanten Gebäude mit einem von sechs Säulen getragenen Portikus.

»Ein grässlich pompöser Klotz«, stellte Hannah fest, nachdem sie ausgestiegen waren. »Aber davon lassen wir uns den Genuss der Ausstellung nicht verderben.«

Sie traten ein, und Claire eilte voraus, um zwei Eintrittskarten zu kaufen.

Hannah schaute sie missbilligend an. »Ich wollte dich doch einladen.«

»Du hast schon die Droschke bezahlt.«

»Dann lade ich dich nachher auf einen Kaffee ein. Keine Widerrede.«

Claire lachte. »Ich gebe mich geschlagen.«

Sie liefen die Treppe in die erste Etage hinauf und

kicherten wie zwei Schulmädchen. Claire spürte, wie die Anspannung der vergangenen Tage von ihr abfiel. Hannah war wie die große Schwester, die sie sich immer gewünscht hatte, die ihr die Welt zeigte und sie gleichzeitig beschützte. Hannah war so lebendig und voller Lebensfreude, dass Claire sich gern davon anstecken ließ.

Sie betraten den ersten Saal, und Claire war sofort gebannt. Hier hingen keine langweiligen Ablichtungen von Personen, die mehr oder weniger verkrampft in die Linse starrten, sondern Porträts von echten Menschen. Claire erkannte die Schauspielerin Maly Delschaft in einem Hausfrauenkittel und Anita Dorris, die verkehrt herum auf einem Stuhl saß, den Kopf auf ihre Hände stützte und Claire mit einem so traurigen Blick ansah, dass es sie tief berührte. Sie riss sich los und betrachtete Hanni Weisse, die sie in dem Film *Der Mord ohne Täter* bewundert hatte. Auf der Fotografie wirkte sie so lebendig, dass Claire sich ihr ganz nah fühlte.

»Großartige Porträts, findest du nicht auch, Claire? Sie sind bewegend, anrührend und echt.«

Claire spürte Hannahs Atem in ihrem Nacken, und für einen Moment hätte sie sich am liebsten fallen lassen und Hannah alles erzählt, was ihr auf dem Herzen lastete. Aber das konnte sie nicht. Wenn sie sich nicht einmal ihrem Verlobten anvertrauen durfte, dann erst recht nicht dieser Frau, die sie erst seit wenigen Tagen kannte. Ihr schoss durch den Kopf, dass Hannah ganz sicher das perfekte Versteck für die Mappe gefunden hätte und sich auch viel energischer gegen einen möglichen Angriff zur

Wehr setzen würde. Sie wäre auf jeden Fall der bessere Kurier gewesen.

Claire antwortete, ohne sich umzudrehen. »Ich hätte nicht gedacht, dass Fotos so …« Ihr fehlten die Worte.

»So mächtig sind? So starke Gefühle auslösen können?«

Genau das war es. Mächtige Gefühle. Gefühle, die Claire Angst machten.

* * *

Alma schlug das Herz bis in den Hals. Sie stand da in ihrer notdürftig gereinigten Uniform, den Blick geradeaus gerichtet, darum bemüht, die Tränen zurückzudrängen.

Eine Weile nachdem Emmi am Morgen ihren Dienst begonnen hatte, war Olga Marscholek aufgetaucht und hatte Alma aufgefordert, ihre Uniform anzuziehen und zu warten, bis man sie hole. Seither war Alma unruhig in der Kabine auf und ab gelaufen und hatte vor lauter Grübeln keinen klaren Gedanken fassen können. Inzwischen musste es fast Mittag sein, jedenfalls glaubte Alma gehört zu haben, wie die Passagiere von Bord gingen, um sich die Stadt anzusehen.

Immerhin hatte sich Emmi mit Handschlag von ihr verabschiedet.

»Es tut mir leid, dass du gehen musst«, hatte sie gesagt. »Ich habe gern die Kabine mit dir geteilt. Und verzeih mir nochmals, dass ich anfangs so unfreundlich zu dir war.«

Alma hatte sich um ein tapferes Lächeln bemüht. »Da gibt es nichts zu verzeihen.«

»Du wirst mir fehlen.«

»Du mir auch.«

Sie hatten sich umarmt, dann war Emmi überstürzt aus der Kabine geeilt.

Vor wenigen Minuten hatte sich endlich die Tür geöffnet. Doch nicht Olga Marscholek, sondern Emmi hatte Alma aufgeregt gewinkt.

»Du sollst mitkommen!«

»Wohin?«

»Komm einfach.« Sie hatte Alma kritisch betrachtet und die Uniform zurechtgezupft. »So muss es gehen. Los, mach schon, alle warten bereits.«

Sie waren in die Messe gelaufen, wo sich zu Almas Erschrecken das komplette Hotelpersonal versammelt hatte, einschließlich Olga Marscholek, Alfred Lerch und des Concierge. Emmi war rasch an ihren Platz in der Reihe der Zimmermädchen geschlüpft, doch Alma war wie versteinert bei der Tür stehen geblieben. Einzig Lerchs aufmunterndes Lächeln und Marscholeks Gesicht, das aussah, als hätte man sie gezwungen, eine Zitrone zu verspeisen, machten ihr Hoffnung.

Jemand rief: »Käpt'n in der Messe.«

Alle nahmen Haltung an, und im selben Moment trat der Kapitän an Alma vorbei in den Raum. Ihr brach der Schweiß aus, was hatte das alles zu bedeuten? Sie spürte einen Blick auf sich ruhen, ahnte, dass es Vincent war, und starrte auf ihre Schuhspitzen, um nur ja nicht in seine Richtung zu schauen.

»Guten Morgen allerseits«, rief der Kapitän.

»Guten Morgen, Käpt'n«, scholl es zurück.

»Ich habe Sie herkommen lassen, weil wir gestern Abend um ein Haar an einer Katastrophe vorbeigeschrammt sind«, fuhr der Kapitän fort. »Und nur der Tapferkeit einer jungen Frau ist es zu verdanken, dass wir alle jetzt gesund und munter hier stehen.«

Alma hob überrascht den Kopf und sah den Kapitän an.

Er nickte ihr zu und sprach weiter. »In der Bügelkammer gab es einen Kurzschluss, ein Korb mit Papier fing Feuer.«

Ein Raunen ging durch die Reihen, offenbar hatte sich die Geschichte noch nicht überall herumgesprochen.

»Hätte Alma Engel nicht so beherzt reagiert und das Feuer gelöscht, hätte ihm das gesamte Schiff zum Opfer fallen können. Ich persönlich habe gemeinsam mit Herrn Lerch das schadhafte Kabel inspiziert. Es wird noch hier in Budapest ausgetauscht werden, ebenso wie alle anderen Kabel in der Kammer. Außerdem ist es aus Brandschutzgründen ab sofort untersagt, in der Kammer Papier aufzubewahren. Und eine Löschdecke muss stets bereitliegen.« Er ließ die Worte einen Moment wirken. »Und nun bitte ich um Applaus für unsere Heldin.«

Alle begannen zu klatschen, einer der Burschen stieß sogar einen Pfiff aus, was ihm einen missbilligenden Blick von Olga Marscholek einbrachte.

Alma spürte, wie ihr die Röte ins Gesicht stieg. Sie wusste nicht, wie ihr geschah. Träumte sie, oder passierte das wirklich? Eben noch war sie mit Schimpf und Schande davongejagt worden, und nun war sie die Heldin, die allen das Leben gerettet hatte. Sie fing Lerchs aufmunternden Blick auf, tupfte sich eine Träne aus dem Augenwinkel und lächelte ihn dankbar an. Sie war sicher, dass er seine Hände im Spiel hatte. Wenn Alma vom Kapitän wegen Tapferkeit gelobt wurde, konnte die Hausdame sie nicht feuern.

»So, und nun alle zurück an die Arbeit«, befahl Bender, als der Applaus allmählich abebbte. »Alle bis auf das Fräulein Engel«, fügte er hinzu und tauschte einen raschen Blick mit dem Hotelchef. »In Absprache mit Herrn Lerch gebe ich Ihnen für den heutigen Tag frei, Fräulein Engel. Machen Sie sich eine schöne Zeit, schauen Sie sich Budapest an.« Er trat auf sie zu und streckte die Hand aus. »Wir hatten noch nicht die Gelegenheit, uns persönlich kennenzulernen. Das möchte ich jetzt nachholen. Herzlich willkommen an Bord, Fräulein Engel. Ich freue mich, dass Sie Teil meiner Mannschaft sind.«

***

Erschöpft ließ Alma sich auf einer Bank nieder, die am Rand einer kleinen Grünanlage stand. Ihr taten die Füße weh vom vielen Laufen durch die gepflasterten Gassen. Lady Alston, die sie noch aufgesucht hatte, bevor sie an Land gegangen war, hatte ihr zwar Geld für eine Droschke und ein Mittagessen zugesteckt, doch es erschien Alma als Verschwendung, es zum Herumfahren auszugeben, zumal sie so lange nicht vom Schiff heruntergekommen war, dass sie froh war, sich ein wenig die Beine vertreten zu können.

Anfangs hatte ihr noch immer der Kopf geschwirrt ob

ihres unverhofften Glücks. Sie war von der Anlegestelle aus zum Parlamentsgebäude spaziert, das direkt am Ufer der Donau lag, hatte jedoch keinen Blick gehabt für seine Schönheit. Wieder und wieder waren ihr die Worte des Kapitäns durch den Kopf gegangen. *Ich freue mich, dass Sie Teil meiner Mannschaft sind.* Dazu Lerchs Lächeln und Marscholeks säuerliche Miene. Wie im Kintopp. Sie musste unbedingt an Ida schreiben, die würde aus dem Staunen nicht mehr herauskommen.

Vom Parlament aus war Alma an der Donau entlang in Richtung Süden spaziert, hatte den am anderen Ufer liegenden Stadtteil Buda bewundert, über dem der mächtige Burgpalast thronte. Sie hatte überlegt, die Kettenbrücke zu überqueren, die Idee jedoch dann verworfen und sich lieber die St.-Stephans-Basilika angeschaut, die sie an den Dom in ihrer Heimatstadt erinnerte, der demselben Heiligen gewidmet war.

Alma genoss es, durch die Straßen zu spazieren, als wäre sie eine ganz normale Reisende, die sich Budapest anschaute, und als müsste sie nicht am Abend zurück an ihren Arbeitsplatz unter Deck. Noch lieber jedoch hätte sie Gesellschaft gehabt. Was hätte sie darum gegeben, wenn Emmi bei ihr gewesen wäre, oder besser noch Ida. So hatte sie niemanden, mit dem sie ihre Erlebnisse teilen konnte, niemanden, der sich mit ihr an den prächtigen Bauwerken ergötzte oder über den Triumph über Olga Marscholek freute.

»Ist hier noch frei?«

Erschrocken hob Alma den Blick. »Vincent!«

Er ließ sich neben ihr nieder. »Ich muss mit dir reden.«

»Bist du mir etwa gefolgt?«

Sie war wütend auf sich selbst, weil ihr die Vorstellung gefiel, dass er ihr durch die halbe Stadt nachgelaufen war. Aber sie würde nicht schwach werden, diesmal nicht.

»Bitte hör mir zu.«

Sie sprang auf. »Ich habe dir zugehört, und du hast mir nichts als Lügen erzählt. Ich habe genug davon.« Sie lief los.

»Bitte, lass mich erklären.«

Alma rannte auf die Straße zu. Gerade fuhr eine Straßenbahn in die Haltestelle ein. Kurz entschlossen stieg Alma in den hinteren Wagen, drängte sich zwischen den Menschen hindurch und nahm auf der Bank Platz.

Doch sie hatte sich zu früh gefreut. Vincent sprang im letzten Moment ebenfalls auf. Er kämpfte sich bis zu ihr durch und ließ sich neben ihr nieder. Ein Schaffner kam, Vincent kramte ein paar Münzen aus der Tasche, der Schaffner entnahm dem Apparat, der um seinen Hals hing, zwei Billetts und reichte sie ihm.

»Lass mich erklären, Alma«, sagte Vincent, ohne sie anzusehen.

»Ich will deine Erklärung nicht hören.«

»Diesmal sage ich dir die volle Wahrheit, ich schwöre es. Die kennt niemand außer Bender, nicht einmal Alfred Lerch weiß Bescheid.«

Alma warf ihm einen Seitenblick zu. Er sah nicht so aus, als hätte er viel geschlafen, doch sie bezweifelte, dass er sich ihretwegen die Nacht um die Ohren geschlagen hatte. Bestimmt hatte das feine Fräulein eine Erklärung von ihm verlangt bezüglich des verlotterten Zimmermädchens, das sich ihnen auf so unverschämte Weise genähert hatte.

»Ich bin kein Detektiv«, sagte Vincent, der ihr Schweigen offenbar als Bereitschaft deutete, seine Geschichte anzuhören.

»Warum überrascht mich das nicht?«, fuhr sie ihn an. »Es ist mir egal, wer oder was du bist, begreif das doch endlich. Ich will es nicht wissen!«

»Aber …«

Der alte Herr, der ihnen gegenübersaß, beugte sich vor. »Belästigt der Herr Sie, junges Fräulein?«, fragte er mit schwerem Akzent.

»Nein.« Alma bemühte sich um ein Lächeln. Sie brauchte keine fremde Hilfe, um Vincent loszuwerden.

»Vielleicht sollten wir an einem ruhigeren Ort reden«, schlug Vincent vor.

Sie starrte ihn an, dann nickte sie. Er würde ohnehin keine Ruhe geben, bis sie sich seine Erklärung angehört hatte. Danach wäre sie ihn wenigstens los.

Sie erhoben sich und stiegen aus. Die Bahn fuhr weiter, um sie herum war es mit einem Mal sehr still. Ärmliche Häuser, heruntergekommene Lagerhallen, die verlassen aussahen, kein Mensch weit und breit.

»Wo sind wir hier?«, flüsterte Alma.

»Keine Ahnung.« Vincent schaute sich um. »Der Fluss müsste in diese Richtung liegen, komm.«

Eine Weile liefen sie schweigend nebeneinanderher. Dann räusperte Vincent sich. »Mein Name ist nicht Jordan, sondern Sailer. Ich bin der Sohn des Reeders Anton Sailer.«

Alma blieb stehen und starrte ihn an. »Der Schiffseigner?«

»Ja.«

»Heißt das, die *Regina Danubia* gehört dir?«

Er lächelte verlegen. »Meinem Vater.«

Alma schüttelte den Kopf. Das konnte nicht stimmen. »Ich glaube dir kein Wort.«

»Wenn du willst, gehen wir zu Kapitän Bender, sobald wir zurück an Bord sind, er wird es dir bestätigen.« Er sah ihr in die Augen. »Der Rest von dem, was ich dir erzählt habe, stimmt übrigens. Ich bin inkognito an Bord, um einen Juwelendieb zu überführen.«

Alma konnte es nicht glauben, und gleichzeitig begriff sie, dass es die Wahrheit sein musste. »Dann bist du …« Sie stockte. »Dann sind Sie also mein Vorgesetzter.«

Sie hatte mit einem Mal einen dicken Kloß im Hals. Und ihr war schwindelig, so als würde sie in einen tiefen Abgrund blicken. Sie hatte insgeheim gehofft, dass seine Erklärung ihn ihr wieder näherbringen würde, wenigstens ein kleines Stück, doch das Gegenteil war der Fall. Seine Worte hatten sie noch weiter voneinander entfernt.

»Bitte lass uns beim Du bleiben«, bat er. »Wir sind doch Kollegen.«

»Sind wir nicht.«

»An Bord der *Regina Danubia* sind wir es.«

»Meinetwegen. Dann bist du an Bord auch nicht mein Vorgesetzter.«

»Selbstverständlich nicht.« Er grinste. »Wir unterstehen beide dem strengen Regiment von Alfred Lerch.«

Alma bemühte sich um ein Lächeln, obwohl ihr nicht danach war.

»Siehst du«, sagte er. »Geht doch.«

Sie wurde wieder ernst. »Und das Fräulein von gestern Abend?«

Er mied ihren Blick. »Meine Verlobte Claire Ravensberg. Sie ist mir heimlich an Bord gefolgt, ich hatte keine Ahnung.«

Der Abgrund sperrte sein gieriges Maul auf, Alma kippte nach vorn, stürzte in die Tiefe.

Vincents Worte drangen aus weiter Ferne zu ihr. »Es wäre schön, wenn wir weiterhin Freunde sein können.«

Alma nickte mechanisch.

»Großartig.« Vincents Augen blitzten freudig auf. »Willst du mir noch immer helfen, den Dieb zu überführen?«

Sie nickte wieder, umschlang mit den Armen ihren Oberkörper. Es war kalt in dem Schlund.

Seine Stirn legte sich in Falten. »Lieber Himmel, du frierst ja.« Er zog sein Jackett aus, legte es ihr um. »Lass uns weitergehen, hier ist es kühl und zugig. Ich lade dich zu einem Kaffee ein. Oder zu einem frühen Abendessen, was auch immer du dir wünschst. Und dabei besprechen wir den Plan.«

KAPITEL 11

Budapest, Donnerstag, 20. August 1925

Alma griff nach dem Besen. Sie hatte sich die halbe Nacht den Kopf darüber zerbrochen, wie sie Grete allein erwischen konnte, und dann hatte sich die ganze Grübelei als unnötig erwiesen. Heute Vormittag waren sie beide zum Putzen der Gemeinschaftsräume des Personals eingeteilt.

Bis auf Grete und sie war die Messe leer. Sie hatten bereits das Geschirr gespült, jetzt ging es darum, den Boden zu kehren und zu wischen. Während Alma mit dem Besen zugange war, stellte Grete die Stühle auf die Tische.

»Na, hast du dir einen schönen Tag gemacht gestern?«, fragte sie. »Ich war ja schon mehrmals in Budapest, ich habe alles gesehen, was der Rede wert ist. Wenn ich heute Nachmittag meine freie Stunde habe, bleibe ich vielleicht an Bord.«

»Ich denke, in einer so riesigen Stadt gibt es für jeden noch Neues zu entdecken«, gab Alma gelassen zurück.

»Ich weiß nicht. Am Ende ist es doch immer dasselbe. Prachtbauten vorn und Elendsviertel hinten.«

»Ja, vielleicht«, räumte Alma ein, um Grete bei Laune zu halten. Dann packte sie die Gelegenheit beim Schopf. »Meine Besuche bei Lady Alston werden jedenfalls nie langweilig, sie hat stets etwas zu erzählen.«

Gretes geknurrte Antwort ging im Schaben eines Stuhls unter.

»Allerdings scheint sie in letzter Zeit ein wenig wunderlich zu werden«, warf Alma den Köder aus.

Grete drehte sich zu ihr um. »Wunderlich?«

»Sie fühlt sich beobachtet, glaubt, dass jemand es auf ihren Schmuck abgesehen hat.«

Grete zuckte mit den Schultern. »Gar nicht so unwahrscheinlich, wenn man bedenkt, was bei den vergangenen Reisen …« Sie schlug die Hand vor den Mund.

Alma unterbrach ihre Kehrarbeit und setzte ein neugieriges Gesicht auf. »Bei den vergangenen Reisen?«

»Wir dürfen nicht darüber reden.«

Alma machte große Augen. »Sag bloß, da ist Schmuck weggekommen?«

»Wie ich schon sagte, wir wurden zum Schweigen verdonnert.« Grete schob eine Strähne ihrer dunklen Haare hinter das Ohr und hob den nächsten Stuhl an.

»Dann ist Lady Alstons Idee womöglich doch nicht so dumm.« Alma bückte sich und begann, die Krümel vom Frühstück unter einem der Tische zusammenzukehren.

»Was denn für eine Idee?«

»Ich habe Lady Alston versprochen, es niemandem zu verraten.«

»Traust du mir etwa nicht?«

Alma richtete sich auf. »Natürlich traue ich dir, Grete. Aber ein Versprechen sollte man halten.«

»Wie du meinst.«

Eine Weile arbeiteten sie schweigend weiter. Traudel kam und brachte frisch gebügelte Servietten, die Alma in den Schrank räumte, während Grete Wischwasser in die Eimer laufen ließ. Dann wischten sie den Boden, bewegten sich dabei parallel auf die Tür zu. Die Vorgehensweise war genau festgelegt, und es kam vor, dass Olga Marscholek auftauchte, um zu kontrollieren, ob sie korrekt arbeiteten.

An der Tür angekommen richtete Alma sich auf und streckte den Rücken durch. Noch immer hatte sie sich nicht an die harte Arbeit gewöhnt. Alfred Lerch hatte recht behalten mit seiner Warnung. Es war etwas anderes, eine Wohnung zu putzen, als ein ganzes Schiff sauber zu halten, selbst wenn man mit vielen anderen zusammen schuftete.

Sie fuhr sich mit dem Handrücken über die schweißnasse Stirn. »Lady Alston hat den Concierge gebeten, den Schmuck in der Rezeption aufzubewahren«, sagte sie, als hätten sie das Gespräch nie unterbrochen.

Grete sah sie an. »Wirklich?«

»Sie glaubt, dass er da gut bewacht ist.« Alma hob die Schultern. »Ich habe ihr gesagt, dass dort nachts niemand Dienst hat und der Safe kaputt ist, aber sie wollte nicht auf mich hören. Ich schätze, sie hat mehr Angst davor, von einem Einbrecher im Bett überrascht zu werden, als ihren Schmuck zu verlieren. Die Ärmste.«

»Und der Schmuck liegt nun einfach so in der Rezeption herum?«

»Im Hinterzimmer. In einer Schreibtischschublade, glaube ich. Tagsüber kommt da mit Sicherheit keiner heran. Aber nachts …«

»Na ja, solange es niemand weiß …«

»Das ist ja das Problem.« Alma setzte eine besorgte Miene auf. »Sie erzählt allen davon: ihren Tischnachbarn im Speisesaal und im Teesalon, ihren Kabinennachbarn. Ich glaube, sogar den Mädchen, die bei ihr sauber machen, hat sie es verraten. Und jedem nimmt sie das Versprechen ab, nicht darüber zu reden. Ich sagte doch, dass sie nicht mehr ganz bei sich ist.«

Blitzte da etwas in Gretes Augen auf? Alma war sich nicht sicher. Vielleicht hatte sie es nur gesehen, weil sie es sehen wollte. Weil sie auf eine Reaktion gewartet hatte. Aber wollte sie wirklich, dass Grete eine Juwelendiebin war? Alma unterdrückte ein Seufzen. So oder so würde sich sehr bald erweisen, ob Vincent mit seinem Verdacht richtiglag.

***

Claire stand an der Reling und ließ sich die Sonne aufs Gesicht scheinen. Die Wärme tat gut, besänftigte ihre strudelnden Gedanken. Am gegenüberliegenden Ufer war Buda in goldenes Licht getaucht. Eben war Tristan Haag mit einem Trupp Unverdrossener losgezogen, um den Burgpalast zu besichtigen. Der ehemalige Lehrer hatte noch an Bord mit seinem Vortrag begonnen, und Claire war rasch an Deck geflüchtet.

Sie senkte den Blick und betrachtete den Fluss, der

sanft die Bordwand umspülte. Ein Stoß, schoss es ihr durch den Kopf, ein einziger Stoß, nicht hier in Budapest, sondern irgendwo unterwegs bei voller Fahrt, und sie wäre hoffnungslos verloren. Zwar konnte sie leidlich gut schwimmen, aber gegen die Strömung eines so breiten Flusses hätte sie wohl keine Chance.

Ein Schauder überlief sie. Was für düstere Gedanken an einem Morgen wie diesem! Warum sollte sie irgendwer über Bord schubsen wollen? Das war absurd. Falls wirklich jemand auf der *Regina Danubia* war, der ihr das Dokument abjagen wollte, musste er sie dafür nicht umbringen. Allerdings könnte ihr Widersacher beabsichtigen, sich auf diese Art Zeit zu verschaffen, um ihre Kabine in Ruhe zu durchsuchen. Er würde das Papier nicht finden. Doch das würde Claire nicht retten.

Claire erschrak, als sie Schritte hörte. Im selben Moment hörte sie ein Klicken, und sie stieß erleichtert die Luft aus.

»Guten Morgen, Hannah«, sagte sie, ohne sich umzudrehen. »Ich dachte, du fotografierst keine langweiligen Sehenswürdigkeiten.«

»So ist es.«

Claire wandte sich um, im selben Moment klickte es erneut.

Hannah ließ die Kamera sinken. »Ich fotografiere nur lohnende Motive. Seltene Wesen von überirdischer Schönheit zum Beispiel.«

Claire blinzelte verlegen. »Du Schmeichlerin! Gib zu, du hast den Burgpalast fotografiert.«

»Ja, aber nur als Kulisse. Wenn das Foto entwickelt ist,

wird es dich zeigen, wie du mich skeptisch ansiehst. Es wird ein wenig Bewegungsunschärfe in deinen Haaren zu erkennen sein, weil ich dich noch halb in der Bewegung erwischt habe. Dein Gesicht aber wird makellos sein.« Sie zuckte mit den Schultern. »Zumindest hoffe ich das.«

»Also bist du nicht sicher, ob mein Gesicht makellos ist?«

»So habe ich das nicht gemeint …«

»Jedenfalls hast du mich nicht gefragt, ob ich fotografiert werden will.«

Hannah hob die Kamera. »Damit du dich nicht verstellst. Aber wenn es dir unangenehm ist, reiße ich den Film heraus und werfe ihn in die Donau.«

Sie sah ihr in die Augen, und Claire begriff, dass sie es ernst meinte. »Nein, bitte tu das nicht.«

»Keine Sorge.«

»Und wie komme ich an das Foto? Ich möchte es sehen.«

Hannah grinste. »Da trifft es sich doch gut, dass ich einen Termin in einem Fotostudio gemacht habe, um die Fotografien der Passagiere mit dem Kapitän zu entwickeln. Möchtest du mich begleiten?«

»Jetzt gleich?«

»Hast du etwas anderes vor?«

Claire hatte gehofft, Vincent zu treffen, der am Vormittag eine Stunde frei hatte. Aber sie waren nicht verabredet. Zudem mussten sie vorsichtig sein. Schlimm genug, dass dieses Mädchen sie erwischt hatte.

»Nein, ich habe nichts vor. Lass uns aufbrechen.«

Zu ihrem eigenen Erstaunen begleitete sie Hannah

nicht nur, weil ihre Gesellschaft so erfrischend war. Sie hatte sich bisher noch nie mit Fotografie beschäftigt, doch ihre neue Freundin hatte ihre Neugier geweckt. Es war faszinierend, die Welt mit einem kleinen Kasten für die Ewigkeit einzufangen. Wie viele Augenblicke strichen vorüber, an die man sich später nicht mehr erinnerte. Mit einer Kamera, zumal wenn sie so klein und handlich war, konnte man sie festhalten und, wann immer man das Bild betrachtete, in Gedanken zurückkehren.

Sie nahmen wieder eine Kraftdroschke, und zwanzig Minuten später schaltete Hannah in der Dunkelkammer eine Rotlichtlampe ein. Claire sah sich neugierig um. Auf einer Art Tresen standen mehrere flache Metallschalen, Wäscheleinen waren quer durch den Raum gespannt. Auf einem Tisch prangte eine überdimensionale Stoppuhr, und auf einfachen Holzregalen waren Flaschen mit verschiedenen Flüssigkeiten aufgereiht. Claire verstand kein Ungarisch, konnte also nicht lesen, was auf den Etiketten stand, aber auch wenn die Beschriftung auf Deutsch gewesen wäre, hätte sie wohl wenig damit anfangen können.

»Für den ersten Schritt brauche ich vollkommene Dunkelheit«, erklärte Hannah. »Ich muss darauf achten, dass nicht ein einziger Schimmer Tageslicht eindringen kann. Deswegen sperre ich auch immer die Tür ab, wenn ich einen Film entwickle.«

Sie schaltete das Licht aus, Finsternis umhüllte sie. Claire hörte ein Knacken und ein Rascheln, dann ein Scheppern wie von einer Blechdose. Sie spürte Nervosität in sich aufsteigen, obwohl ja gar nichts Besonderes geschah. Es war, wie Hannah gesagt hatte, sie konnte es kaum abwarten. Was war auf den Fotos zu sehen? Waren sie überhaupt gelungen?

»Ich habe den Film aus der Kamera geholt«, hörte sie Hannahs Stimme. »Jetzt spule ich ihn in die Entwicklerdose. Die ist lichtdicht, deshalb kann ich für den nächsten Schritt die Lampe wieder anmachen.«

Es klickte, und schon war der Raum erneut in rotes Licht getaucht. Claire sah zu, wie Hannah eine Chemikalie durch eine trichterförmige Öffnung in eine Dose goss und die Öffnung dann zuschraubte. »Das ist die Entwicklerflüssigkeit«, erklärte sie. »Jetzt heißt es warten und jede Minute die Dose wenden, damit der Film gleichmäßig entwickelt wird und es keine Schlieren gibt.«

Hannah drückte den Knopf auf der Stoppuhr und drehte sich zu Claire um. Ihre Haut leuchtete warm im Schein der roten Lampe, die Konturen ihres ovalen Gesichts mit den dunkelbraunen, fast schwarzen Augen traten deutlich hervor, die kirschrot geschminkten Lippen hingegen wirkten blasser als im Tageslicht.

Eine Frage kam Claire in den Sinn. »Bist du eigentlich verheiratet? Oder verlobt?«

Die Uhr klingelte, Hannah griff nach der Dose, kippte sie einmal zur Seite und stellte sie wieder ab, bevor sie erneut den Knopf drückte. Dann schaute sie Claire tief in die Augen. »Ich mache mir nichts aus Männern.«

Claire schluckte. Ihr Mund war plötzlich ganz trocken.

Hannah lächelte. »Ich hoffe, das schockiert dich nicht.«

Die Uhr klingelte erneut, Hannah wiederholte die Prozedur. »Ich habe es mit einem Mann versucht«, erzählte sie dabei. »Mehr als einmal. Aber es hat nicht funktioniert. Männer bedeuten mir nichts. Die richtige Frau hingegen kann wilde Leidenschaft in mir entfachen.«

Claire wurde es heiß. Hannah redete über diese Dinge, als handelte es sich um ein Kuchenrezept oder die neueste Mode bei Abendkleidern. Das rote Licht begann vor ihren Augen zu flimmern. Kaum bekam sie mit, wie die Uhr erneut klingelte und Hannah sich abwandte, die Dose ergriff, die Flüssigkeit abschüttete und mehrmals mit Wasser nachspülte.

Sie kam sich plötzlich so dumm und unerfahren vor. Vincent und sie hatten sich kaum mehr als geküsst, und sie war immer davon ausgegangen, dass sie die Ehe in der Hochzeitsnacht vollziehen würden. Sie wusste nicht einmal, ob Vincent schon Erfahrungen mit anderen Frauen gesammelt hatte, wie es bei Männern üblich war, und sie hatte es auch gar nicht wissen wollen.

Hannah schien das Thema bereits wieder vergessen zu haben. »Jetzt wollen wir mal sehen, wie die Negative geworden sind.« Sie zog den Zelluloidstreifen aus der Spule heraus, und tatsächlich konnte Claire darauf winzige Personen erkennen, auch wenn das Schwarz und das Weiß noch vertauscht waren. Je heller eine Stelle auf dem Negativ war, desto dunkler würde sie auf dem fertigen Bild sein.

Hannah schnitt den Negativfilm in gleich lange Streifen, legte sie in ein Gerät, das aussah wie ein Waffeleisen.

»Sobald die Negative trocken sind, werde ich Kontaktabzüge machen. Das heißt, ich lege die Negative direkt auf das Fotopapier, und wir haben dann jedes Foto in klein, aber als Positiv.« Sie nahm eine Lupe in die Hand. »Damit sehe ich mir die Bilder dann genau an und wähle die aus, die gut genug sind, um sie weiter zu bearbeiten.« Sie lächelte. »Fotografieren ist nur die halbe Arbeit. Entwickeln die andere Hälfte. Jedes Foto muss hier ein bisschen heller, da ein bisschen dunkler gemacht werden. Vielleicht stört auch etwas im Bild, das muss ich dann entfernen.«

Wieder war Claire überrascht. »Aber dann sind die Fotos ja nicht mehr echt. Du manipulierst die Realität.«

»Aber ja. Fotografie ist Kunst. Glaubst du, die Bilder, die wir gestern in der Kunsthalle gesehen haben, wären so aus der Kamera gekommen?«

Hannahs Worte waren so klar, so einleuchtend. Trotzdem war Claire enttäuscht. »Aber ich dachte …«

Hannah breitete die Arme aus. »Das echte Leben, meine liebe Claire, das ist hier und jetzt, das kannst du nur im Moment spüren, nicht auf Zelluloid festhalten.«

***

Edmund Valerian trat unruhig von einem Fuß auf den anderen. Er vermied es, Alfred Lerch anzusehen, denn er fürchtete den strengen Blick des Hotelchefs. Dabei hatte dieser viel Verständnis für Edmunds Anliegen gezeigt und sofort eingewilligt, ihm zu helfen.

Edmund hatte es vorgezogen, jemanden in leitender Position in sein Vorhaben einzuweihen, schon allein, um den Jungen nicht in eine unangenehme Lage zu bringen. Deshalb waren sie auch in Lerchs Kabine und nicht in seiner eigenen. Der Himmel wusste, welche Gerüchte sonst die Runde machen würden, falls das Gespräch länger dauerte.

Es klopfte, ein nervöses Kribbeln fuhr durch Edmunds Glieder. Nicht einmal als er um die Hand seiner geliebten Ada angehalten hatte, war er so angespannt gewesen. Doch damals war er jung und siegessicher gewesen und felsenfest davon überzeugt, dass die Welt ihm gehörte, wenn er nur die Hand ausstreckte und danach griff.

»Herein«, rief Lerch.

Die Tür öffnete sich, Kurt Rieneck betrat den Raum. Auch er wirkte nervös. Kein Wunder. Meistens bedeutete es nichts Gutes, wenn man zum Hotelchef zitiert wurde. Er erblickte Edmund, und ein unruhiges Zucken lief über sein Gesicht.

»Schön, dass Sie gekommen sind, Herr Rieneck«, sagte Lerch mit einem Lächeln. »Herr Valerian möchte mit Ihnen reden.« Er sah Edmund an. »Ich ziehe mich dann zurück. Nehmen Sie sich so viel Zeit, wie Sie brauchen.«

Kaum hatte Lerch die Tür geschlossen, deutete Edmund auf den Sessel. »Setzen wir uns.«

Der Hilfskoch zögerte, doch als er sah, wie Edmund den Stuhl hinter dem Schreibtisch hervorholte und sich darauf niederließ, nahm er ebenfalls Platz, wenn auch nur ganz vorsichtig auf der Kante.

Edmund faltete die Hände auf dem Schoß. »Sicherlich ist Ihnen aufgefallen, dass ich ein besonderes Interesse an Ihnen hege«, begann er. »Und dass ich Sie verschiedene Male auf die Probe gestellt habe.«

Der junge Mann fuhr sich mit der Zunge über die Oberlippe, sagte jedoch nichts.

»Nun«, fuhr Edmund fort. »Dafür gibt es einen Grund, einen sehr speziellen Grund.« Er räusperte sich. »Um es kurz zu machen … Kurt, Sie sind … du bist … mein Sohn.«

»Nein.« Rieneck riss erschrocken die Augen auf.

»Es ist die Wahrheit, du kannst es mir glauben. Deine Mutter wird es bestätigen.«

»Das ist nicht wahr, ich habe einen Vater.«

Edmund bemühte sich um ein nachsichtiges Lächeln. Er hatte damit gerechnet, dass es nicht einfach werden würde, doch so schnell würde er nicht aufgeben.

»Es ist vor der Hochzeit deiner Eltern passiert, deine Mutter hat damals in meiner Fabrik gearbeitet.«

»Nein, das glaube ich nicht.« Rieneck rutschte auf der Sesselkante vor. Es war ihm anzusehen, dass er am liebsten aus dem Raum geflüchtet wäre.

»Bitte lass mich erzählen.«

Rieneck betrachtete ihn mit finsterer Miene. »Ich habe ja wohl keine Wahl.«

Edmund seufzte. »Es geschah zu einer Zeit, als es zwischen meiner Frau und mir … nun ja, ich bin nicht stolz darauf. Ich habe bei einer jungen Arbeiterin Trost gesucht. Sie kam in andere Umstände. Ich habe mich bemüht, ihr zu helfen, so gut es ging, habe ihr Geld gegeben. Aber in der Fabrik bleiben konnte sie natürlich nicht. Sie kehrte nach Bayern zu ihrer Familie zurück. Kurz vor der Niederkunft lernte sie einen Mann kennen, der bereit war, sie zu heiraten und das Kind wie sein eigenes großzuziehen.«

»Lüge, alles Lüge!« Rieneck starrte ihn erbost an, doch

seine Augen flackerten unsicher. Er wusste, dass Edmund nicht log.

»Mir ist klar, dass das ein Schock für dich sein muss, mein Junge.«

Rieneck begann, unruhig mit dem Fuß zu wippen. »Warum erzählen Sie mir das? Was wollen Sie von mir?«

Edmund sah ihn an. »Ich habe alles verloren. Meine Ada starb schon vor dem Krieg. Meine Söhne … deine Brüder kehrten beide nicht von der Front zurück. Ich möchte nicht, dass das, was ich mit so viel Mühe aufgebaut habe, in fremde Hände gerät, ich möchte, dass meine Fabrik in Familienhand bleibt, dass mein Sohn sie eines Tages übernimmt.«

Rieneck hörte auf, mit dem Fuß zu wippen.

»Ja, Kurt, ich möchte dich ganz offiziell adoptieren. Dein Stiefvater ist tot, also dürfte das kein Problem sein. Ich bin sicher, dass du ein guter Fabrikherr wirst, klug, umsichtig und gerecht.«

Rieneck sprang auf. »Ihre Söhne sind tot, und jetzt glauben Sie, Sie können sich einfach so einen neuen kaufen?«

Edmund erhob sich erschrocken. »Aber nicht doch, das hast du ganz falsch verstanden.«

»Ich habe gar nichts falsch verstanden«, fuhr Rieneck ihn an. »Jahrelang hast du dich nicht für mich interessiert, es war dir gleich, ob ich tot war oder lebendig, aber jetzt, wo deine Söhne nicht mehr da sind, bin ich dir plötzlich wichtig.«

»Nein, Kurt, du warst mir immer wichtig. Aber ich musste Rücksicht auf Ada nehmen.«

»Natürlich.« Rieneck schüttelte den Kopf. »Und deshalb musstest du mich auch erst begutachten wie einen Gaul auf dem Viehmarkt. Hätte ja sein können, dass der Apfel faul ist.«

Edmund zuckte zusammen. Sein Sohn hatte den Nagel auf den Kopf getroffen.

»Ich will Ihre Fabrik nicht, Herr Valerian.« Rieneck spuckte den Namen voller Verachtung aus. »Ich bin glücklich in der Küche hier an Bord. Suchen Sie sich einen anderen Sohn und lassen Sie mich in Ruhe.« Er stürzte aus der Kabine und knallte die Tür hinter sich zu.

Einen Moment lang blieb Edmund wie vom Donner gerührt stehen, dann ließ er sich langsam zurück auf den Stuhl sinken. Er war es völlig falsch angegangen. Dabei hatte er sich so darauf gefreut, Kurt von der Fabrik zu erzählen, von den eleganten Schuhen, die sie dort produzierten, und von der großen Villa, die endlich wieder mit Leben gefüllt werden sollte, vielleicht sogar mit dem Lachen von Enkelkindern.

Wie hatte er nur so dumm sein können, sich einzubilden, Kurt werde sich über seine Eröffnung freuen? Er hatte den armen Jungen vollkommen überrollt und dann auch noch geglaubt, er werde ihm dafür dankbar sein.

Edmund erhob sich. Er würde nicht aufgeben, noch nicht. Aber er würde Kurt in den nächsten Tagen nicht weiter bedrängen. Der Junge brauchte Zeit, um in Ruhe nachzudenken. Und wie auch immer er sich dann entschied, Edmund würde es akzeptieren.

* * *

Vincent streckte vorsichtig das Bein durch und rieb mit der Hand darüber, um das schmerzhafte Kribbeln zu vertreiben. Was für eine blöde Idee, die Falle ausgerechnet an einem Tag aufzustellen, an dem im Saal lange gefeiert wurde! Aber nun konnte er nicht mehr zurück. Sollten die Diebe heute Nacht zuschlagen, musste er auf seinem Posten sein. Und der befand sich in einer Art Einbauschrank gegenüber der Rezeptionstheke, in dem zusätzliche Uniformen aufgehängt waren. Immerhin hatte er durch die einen Spaltbreit geöffnete Tür einen guten Blick auf die Theke und die Tür dahinter.

Henri Negele hatte er am Abend erzählt, dass er sich nicht wohlfühle. Der Restaurantchef war nicht gerade begeistert darüber gewesen, dass ausgerechnet bei einem so festlichen Anlass wie einer Verlobungsfeier einer der Kellner fehlte, doch er hatte Vincent auf die Krankenstation geschickt und ihm gute Besserung gewünscht. Wann Julius Feierabend und somit die Möglichkeit haben würde, den Diebstahl zu begehen, stand jedoch in den Sternen. Womöglich kam Grete an seiner Stelle. Oder die beiden versuchten es an einem anderen Tag. Vincent wusste ja nicht einmal, ob das Zimmermädchen schon eine Gelegenheit gehabt hatte, mit ihrem Komplizen über das angebliche Schmuckversteck in der Rezeption zu sprechen. Er war jedenfalls auf eine lange Nacht eingestellt und hoffte, dass er nicht einnickte.

Zweimal schreckte er hoch, weil ihn ein Geräusch aus dem Halbschlaf riss, und beide Male war es bloß das Knacken des Holzes. Von ganz weit her hörte er die Musik aus dem Speisesaal. Offenbar war man von Walzer zu moderneren Stücken übergegangen. Vincent stellte sich vor, wie Claire mit anderen Männern Runden über das Parkett drehte. War er eifersüchtig?

Wieder hörte er ein Geräusch und hielt den Atem an. Diesmal waren es eindeutig Schritte. Eine Person bewegte sich auf die Rezeption zu, und zwar nicht leicht und schnell, wie jemand es tun würde, der mit einem legitimen Anliegen kam, sondern leise und verstohlen.

Vincent schob die Tür ein winziges Stück weiter auf. Eine Gestalt näherte sich, blieb nahe der Theke im Schatten stehen, als würde sie lauschen. In der Ecke war es zu dunkel, als dass Vincent sie hätte erkennen können. Er wagte kaum zu atmen vor lauter Angst, seine Anwesenheit zu früh preiszugeben.

Endlich trat die Gestalt ins Licht der Notbeleuchtung, die Tag und Nacht brannte, und Vincent erkannte Julius. Obwohl er damit gerechnet hatte, spürte er einen Stich der Enttäuschung. Er mochte den jungen Mann und bedauerte, dass er sich so in ihm getäuscht hatte.

Julius trat hinter die Theke und schob die Hand in die Tasche seiner Uniformjacke. Als er sie wieder herauszog, hielt er ein Stück Draht in der Hand. Damit war auch der letzte Zweifel hinweggefegt. Vincent wollte dennoch warten, bis Julius das Hinterzimmer betreten hatte. Er wollte den Dieb mit der Hand am Schmuck stellen, damit er sich keinesfalls herausreden konnte.

Julius ließ den Arm sinken. Vincent versuchte zu erkennen, was er tat, doch sein Kollege stand mit dem Rücken zu ihm. Die Sekunden verstrichen, nichts geschah. Dann schob Julius zu Vincents Überraschung den Draht zurück in die Tasche und wandte sich ab. Als er hinter der Theke hervortrat, sprang Vincent aus dem Schrank.

Julius schrie auf vor Schreck und lächelte erleichtert, als er Vincent erkannte.

»Lieber Himmel, ich dachte, der Leibhaftige stürzt sich auf mich.«

»Vielleicht wünschst du dir gleich, er wäre es gewesen«, gab Vincent zurück.

»Ich … ich verstehe nicht.«

»Du verstehst sehr wohl. Was wolltest du mit dem Draht?«

»Was … was denn für ein Draht?«, stammelte Julius.

»Den in deiner Tasche. Ich denke, wir gehen jetzt sofort zu Herrn Lerch, dann kannst du uns beiden erklären, was du damit vorhattest.«

Wie ein Ballon, aus dem die Luft entwich, sackte Julius in sich zusammen. »Ach Vincent, ich bin sowieso verloren. Mein ganzes Leben ist verpfuscht. Dabei habe ich mich so sehr bemüht, es diesmal richtig zu machen.«

Zu Vincents Erstaunen brach der junge Kellner in Tränen aus. »Ich ertrage das nicht mehr. Meinetwegen lass uns zu Lerch gehen, dann kann ich die Last endlich von meinen Schultern werfen. Es hat doch sowieso keinen Sinn mehr.« Er lehnte sich mit dem Rücken an die Wand, rutschte daran hinunter, bis er auf dem Boden saß, und schluchzte hemmungslos.

»Herrschaftszeiten, Julius, was ist los?« Vincent setzte sich neben ihn.

»Du verstehst das nicht.«

»Versuch es.«

Julius nahm die Hände vom Gesicht. Seine Augen schimmerten wässrig. »Wenn ich dir einen Rat geben darf, komm nie vom rechten Weg ab. Sonst bezahlst du ein Leben lang dafür.«

»Julius, wovon redest du?«

Der Kellner senkte den Blick. »Als junger Bursche habe ich eine Dummheit begangen. Niemand ist ernsthaft zu Schaden gekommen, aber ein Verbrechen war es dennoch. Ich habe die Strafe dafür abgesessen. Und als ich rauskam, fand ich keine Arbeit. Niemand wollte einen Mann einstellen, der schon einmal im Gefängnis saß. In meiner Verzweiflung habe ich Papiere gefälscht, um meine Vorstrafe zu vertuschen. Sonst hätte ich niemals die Stelle auf der *Regina Danubia* gekriegt.«

»Du hast deine Vergangenheit verschwiegen?«, fragte Vincent empört.

»Ich habe meine Lebensgeschichte beschönigt, um Arbeit zu bekommen. Aber es hat nichts genützt. Die Grete stammt aus dem gleichen Ort wie ich, sie hat mich erkannt. Und sie hat sogar einen Zeitungsartikel von damals, mit einem Foto von mir.«

»Sie hat dich erpresst«, schloss Vincent, der plötzlich begriff.

Julius nickte. »Ich wollte es beenden, ich habe heimlich ihre Kabine durchsucht, um den Artikel zu finden, aber er war nicht da. Ich habe es wohl nicht besser verdient.«

»Und heute Abend?«

»Grete kriegt den Hals nicht voll, sie will immer mehr und mehr. Vorhin sagte sie mir, dass eine der Passagierinnen ihren Schmuck in einer Schublade im Hinterzimmer der Rezeption hat einschließen lassen. Den sollte ich für sie besorgen. Wenn ich das täte, würde sie mir den Zeitungsartikel zurückgeben.«

Vincent nickte. Der Bursche tat ihm leid. Andererseits hatte er sich seine missliche Lage selbst zuzuschreiben. Ein Verbrechen zu vertuschen, indem man weitere Straftaten beging, war jedenfalls keine Lösung.

»Was hast du damals getan?«

»Ich bin eingebrochen, in die Sakristei unserer Pfarrkirche. Ich wollte unbedingt ein Fahrrad haben, und ich sagte mir, dass ich das Geld ja keinem einzelnen Menschen stehlen würde, sondern der Kirche. Ich war sechzehn Jahre alt und ziemlich dumm.«

»Und wie oft hast du schon für Grete gestohlen?«

»Noch nie, wo denkst du hin!«

»Das glaube ich nicht.«

Julius hob die Hand. »Ich schwöre, dass ich an Bord der *Regina Danubia* noch nie etwas entwendet habe, nicht einmal eine Scheibe Brot.«

Vincent betrachtete ihn mit gerunzelter Stirn.

»Du musst mir glauben«, beschwor Julius ihn. »Grete hat das auch noch nie verlangt. Heute war das erste Mal.«

»Du weißt, dass auf den vorherigen Reisen Schmuckstücke abhandengekommen sind?«

»Damit habe ich nichts zu tun, ehrlich nicht.«

Vincent war geneigt, ihm zu glauben. Immerhin hatte er die Tür nicht aufgebrochen, sondern war auf dem Rückzug gewesen, als Vincent ihn gestellt hatte. Konnte es sein, dass Alma und er beinahe ein Verbrechen angezettelt hätten, das ohne ihr Zutun nie geschehen wäre?

»Du sagst, du hast seit damals keine Straftat mehr begangen?«

»Keine einzige.«

Vincent nickte. »Ich werde das melden müssen, aber nicht heute.«

Julius' Augen wurden groß, dann ließ er den Kopf hängen. »Grete wird mich nicht in Ruhe lassen.«

»O doch, das wird sie. Darauf gebe ich dir mein Wort. Aber nur, wenn du versprichst, sofort zu mir zu kommen, wenn es ein Problem gibt.«

Julius sah ihn an. »Warum tust du das für mich? Du riskierst doch auch deine Stelle, wenn das herauskommt.«

»Keine Sorge. Ich werde meine Arbeit nicht verlieren. Und du auch nicht, wenn du mir die Wahrheit gesagt hast. Und jetzt sollten wir machen, dass wir hier wegkommen, bevor wir erwischt werden.« Er stand auf, hielt Julius die Hand hin.

Der ergriff sie und erhob sich ebenfalls. »Du bist ein echter Freund, Vincent.«

Vincent klopfte ihm auf die Schulter. Er war erleichtert, dass Julius nicht der Dieb war, aber auch enttäuscht, weil er mit seiner Suche wieder bei null anfangen musste. Immerhin hatte er ein Rätsel gelöst. Das musste für heute genügen.

»Lass uns runtergehen zu den anderen. Auf den Schreck spendiere ich uns ein Bier.«

Julius grinste. »Gern. Aber das Bier bezahle ich.«

* * *

Claire lachte atemlos, als Franz Abel sie mit einer eleganten Drehung wieder an ihrem Tisch ablieferte.

Hannah klatschte. »Bravo! Wunderbar.«

Der Wiener verbeugte sich. »Jetzt brauche ich eine Stärkung. Aber glauben Sie nicht, dass Sie sich schon zurückziehen können, verehrtes Fräulein Ravensberg. Sie schulden mir noch einen Onestep.«

»Ogottogott, morgen tut mir bestimmt jeder Knochen weh.« Claire ließ sich neben Hannah nieder. Es hatte sie eine Menge Überredungskunst gekostet, den Restaurantchef davon zu überzeugen, dass ihre Freundin bei der Verlobungsfeier an ihrem Tisch sitzen musste. Normalerweise waren die Tische der zweiten Klasse streng von denen der ersten Klasse getrennt, zudem war die Tischordnung festgelegt. Doch Edmund Valerian war ihr überraschend beigesprungen.

»Nun geben Sie sich einen Ruck, Herr Negele«, hatte er gesagt. »Wir haben doch heute einen freudigen Anlass zum Feiern, warum sollen die beiden Damen nicht nebeneinandersitzen. Ich kann ja den freien Platz an Fräulein Gronaus Tisch einnehmen.«

»Kommt überhaupt nicht infrage«, hatte Negele protestiert und zähneknirschend einen weiteren Stuhl bringen lassen.

Claire hatte Valerian dankbar zugelächelt. Der Mann wirkte heute Abend noch melancholischer als sonst, doch er bemühte sich redlich, Claire und Hannah zu unterhalten, während das glückliche Paar fast nur mit sich selbst beschäftigt war.

Bevor es Zeit gewesen war, sich für den Abend umzuziehen, hatte Claire erneut das Foto betrachtet, das Hannah am Vormittag entwickelt hatte. Noch immer verblüffte es sie, wie fremd sie sich selbst darauf war. Sie musste an die Bilder denken, die anlässlich ihrer Verlobung mit Vincent aufgenommen worden waren. Auf allen stand sie da, als käme sie von einer Beerdigung. Steife Haltung, ernster Ausdruck, obwohl eine Verlobung doch etwas Freudiges sein sollte.

Das Foto, das Hannah geschossen hatte, zeigte eine ganz andere Claire. Die Haare flogen im Wind, der Blick war überrascht und zugleich erfreut. Der Hintergrund war unscharf, sodass ihr Gesicht die ganze Aufmerksamkeit des Betrachters auf sich zog.

Das Bild hatte Claire ermutigt, das schulterfreie Kleid anzuziehen, das sie bisher noch nicht aus dem Schrank geholt hatte. Die Haare steckte sie im Nacken zusammen, ein Stirnband hielt sie in Form. Zum Schluss schminkte sie die Lippen rot. Ja, das war die Claire auf Hannahs Foto.

Die Feier hatte mit einem Menü begonnen, unterbrochen von einigen Reden. Der Champagner war reichlich geflossen, sodass Claire schon ein wenig beschwipst war, als die Tische abgeräumt wurden und die Kapelle zu spielen begann. Zuerst Walzer, Boston und Foxtrott, dann Onestep und eben sogar einen Charleston. Claires Mutter hätte das bestimmt skandalös gefunden.

Wie Claire vermutet hatte, war Edmund Valerian ein vollendeter Tänzer, zumindest wenn es um die ruhigeren Tänze ging. Beim Charleston musste er passen, da sprangen die jüngeren Herren ein. Und Franz Abel, der zwar nicht mehr der Jüngste, aber ausgesprochen flink und wendig war.

Claire trank durstig einen großen Schluck Champagner, obwohl sie eigentlich längst genug hatte. Die Kapelle begann, einen Charleston zu spielen. Ein Mann löste sich aus der Menge und näherte sich ihrem Tisch. Erst als er sie fast erreicht hatte, erkannte Claire, dass es der junge Kerl war, der sie an Deck so erschreckt hatte, dass ihr die Kaffeetasse aus der Hand gefallen war. In Abendgarderobe hätte sie ihn beinahe nicht wiedererkannt. Er setzte zu einer Verbeugung an, doch als er Hannahs bösen Blick bemerkte, entschuldigte er sich und verzog sich wieder.

»Der Ärmste«, sagte Claire. »Du hast ihn verschreckt.«

»Das war auch meine Absicht«, gab Hannah zurück. »Glaubst du, ich lasse zu, dass dieser Tollpatsch dir auf die Füße trampelt?«

»So viele junge Männer gibt es hier nicht, wir sollten sie nicht vergraulen.«

»Wer sagt, dass wir Männer brauchen?« Hannah sprang auf, griff nach Claires Hand und zog sie auf die Tanzfläche.

Im ersten Moment war Claire etwas verlegen, doch dann brachte sie sich neben Hannah in Position und begann, im Rhythmus der Musik ausgelassen die Beine zu schwingen. Es war, als würde sie über die Tanzfläche schweben, in ihrem ganzen Leben hatte sie sich noch nie so leicht gefühlt.

* * *

»Möchten Sie nicht doch auf die Feier gehen, Mylady? Nur für eine halbe Stunde? Es wäre sicherlich eine schöne Abwechslung, Sie sind ja heute noch gar nicht aus Ihrer Kabine herausgekommen.«

Seit zwei Tagen unterstützte Alma die alte Dame nicht nur beim Zurechtmachen vor den Mahlzeiten, sondern auch morgens und abends beim Ankleiden. Eben hatte sie ihr ins Nachthemd geholfen, wenn auch unter Protest, schließlich war es noch früh am Abend.

»Nein, meine Liebe.« Die Lady tätschelte Almas Hand. »Ich bin zu müde. Es ist ja auch schon spät.«

Alma konnte sich nicht vorstellen, dass sie jemals zu müde sein würde für ein Fest. Andererseits hatte die Lady mit Sicherheit schon prächtigere Feiern erlebt, vielleicht sogar Bälle am englischen Königshof. Da konnte die Verlobung einer russischen Adligen mit einem Fabrikantensohn auf einem kleinen Donaudampfer vermutlich nicht mithalten.

Lady Alston versuchte, sich im Sessel aufzurichten, brach ab und verzog schmerzhaft das Gesicht.

»Geht es Ihnen nicht gut, Mylady?«, fragte Alma besorgt.

»Alles bestens.«

Doch Alma sah, dass nicht alles bestens war. Die alte Dame hatte Schmerzen, und sie baute jeden Tag mehr ab. Alma machte sich große Sorgen. Zweimal war sie kurz davor gewesen, mit Herrn Lerch über Millicent Simmons' Gesundheitszustand zu sprechen, doch das hatte diese ihr strengstens untersagt. Trotzdem wagte sie einen weiteren Vorstoß.

»Soll ich nicht den Hotelchef informieren? Ich sehe doch, dass es Ihnen nicht gut geht. Vielleicht brauchen Sie einen Arzt.«

»Ach, Alma, Kind. Der gute Lerch weiß doch Bescheid.«

»Ist das wahr? Aber …«

Noch einmal versuchte Millicent Simmons, sich aufrecht hinzusetzen. Mit Almas Hilfe gelang es ihr, aber danach war sie außer Atem und musste einen Augenblick Luft schöpfen. Alma wartete geduldig, presste dabei beunruhigt die Lippen zusammen.

»Meine gute Alma«, sagte Lady Alston schließlich, »das ist meine letzte Reise. Ich werde die *Regina Danubia* nicht mehr lebend verlassen.«

»Sagen Sie das nicht, Mylady«, rief Alma erschrocken.

»Millicent«, verbesserte die alte Dame sie.

»Millicent«, wiederholte Alma gehorsam. »Sie sind so rüstig, Sie machen bestimmt noch viele Reisen.«

Millicent Simmons lächelte schwach. »Das sieht mein Arzt anders. Ich sterbe, der Krebs zerfrisst mich von innen.«

Almas Augen füllten sich mit Tränen. »Ist das wahr?«

»Ja, meine Liebe.«

»Wie schrecklich.« Alma hockte sich vor den Sessel und ergriff Lady Alstons Hände. »Kann man da nichts tun? Gibt es nicht irgendein Medikament? Oder eine Operation?«

»Nein, mein Kind, da kann man nichts mehr machen. Die Medizin, die Sie mir jeden Tag verabreichen, heilt mich nicht, sie lindert nur die Schmerzen. Es ist Morphium.«

»Aber …«

»Grämen Sie sich nicht, Alma, es ist in Ordnung so. Ich hatte ein wunderbares Leben, nun ist es Zeit für mich zu gehen. Ich habe mir einen letzten Wunsch erfüllt, ich habe Wien noch einmal gesehen und die Donau. Ich bin sogar Riesenrad gefahren. Das war alles, was ich wollte.«

»Ich werde Sie schrecklich vermissen.« Alma wischte sich mit dem Ärmel eine Träne aus dem Augenwinkel.

»Sagen Sie das nicht, Alma. Sie werden mich vergessen, und das ist richtig so.«

»Ich werde Sie niemals vergessen!«

»Vielleicht nicht ganz. Aber selbst wenn … Es gibt jemanden, der an mich denkt und der auf mich wartet.« Ein Leuchten trat in ihre Augen. »Bald werde ich wieder mit meinem geliebten Charles vereint sein, ich kann es kaum erwarten.«

Alma musste lächeln, obwohl ihr die Tränen die Wangen hinunterliefen. »Es muss schön sein, einen Menschen so sehr zu lieben.«

»Das ist es, meine liebe Alma. Und Sie werden Ihrer großen Liebe auch noch begegnen. Denken Sie an meine Worte.«

»Ich weiß nicht.«

»Aber ich.« Wieder lächelte die Lady, verzog aber im gleichen Augenblick das Gesicht. »Würden Sie mir ins Bett helfen, meine Liebe?«

»Aber natürlich.«

Alma zog die alte Dame vorsichtig aus dem Sessel hoch und stützte sie auf dem kurzen Weg zum Bett. Als sie endlich lag, schloss sie vor Erschöpfung die Augen.

Behutsam zog Alma die Decke hoch bis über ihre Schultern.

Sie wollte sich abwenden, als die Lady noch einmal die Augen öffnete. »Versprechen Sie mir etwas, Alma.«

»Was immer Sie wollen, Millicent.«

»Seien Sie nicht traurig meinetwegen, seien Sie glücklich, feiern Sie, genießen Sie das Leben. Für mich.«

»Ich …«

»Bitte.«

Alma ergriff Lady Alstons Hand, die sich welk und zerbrechlich anfühlte. »Ich verspreche es. Ich werde fröhlich sein und feiern und dabei an Sie denken.«

Als Alma auf das Mitteldeck zurückkehrte, war sie erstaunt, Musik aus der Personalmesse zu hören. Neugierig näherte sie sich der Tür und glaubte, ihren Augen nicht zu trauen.

Irgendwer hatte Tische und Stühle zur Seite geschoben, sodass in der Mitte des Raums eine freie Fläche entstanden war. Dort bewegten sich Küchenjungen, Zimmerburschen, Kellner, Wäscherinnen und Zimmermädchen zu der Musik, die aus einem alten Grammophon dröhnte, das auf dem Boden stand. Sie wackelten mit den Beinen, wirbelten mit den Armen in der Luft und lachten ausgelassen dazu.

Einen Moment lang schaute Alma ihnen sehnsüchtig zu. Ein Teil von ihr wollte auch fröhlich sein und feiern, der andere wollte schreien vor Traurigkeit. Gerade als sie sich in ihre Kabine zurückziehen wollte, entdeckte Emmi sie und winkte ihr. Alma lächelte, blieb jedoch bei der Tür stehen. Emmi verließ die Tanzfläche und stand Sekunden später mit zwei Flaschen Bier bei Alma.

»Keine Sorge, Lerch hat es erlaubt«, sagte sie atemlos und reichte Alma eine Flasche. »Er hat sogar das Bier spendiert.« Sie deutete auf die Kiste, die neben dem Grammophon stand.

Alma griff zu. »Wie nett von ihm.« Sie ließen die Flaschen aufploppen und nahmen einen Schluck. Alma spürte, wie sie ruhiger wurde, als das Bier kühl ihre Kehle hinunterrann.

»Komm, tanz mit.« Emmi fasste sie bei der Hand.

»Ich kann nicht.«

»Da gibt es nichts zu können.«

Alma dachte an Millicent, die oben in ihrer Kabine im Sterben lag, dann an ihr Versprechen. »Also gut. Aber ich warne dich, ich bin eine miserable Tänzerin.«

Sie tanzte allein und mit sämtlichen jungen Burschen und merkte, wie die Last der vergangenen Tage allmählich von ihr abfiel. Kurt Rieneck bediente das Grammophon, und wann immer eine Pause eintrat, während er die Platte wechselte, klatschten alle und riefen Zugabe. Kurt selbst wirkte nachdenklich und in sich gekehrt. Sie alle hier an Bord hatten ihre Sorgen. Doch solange die Musik spielte, hatte Alma sich vorgenommen, würde sie nicht daran denken.

Irgendwann tauchten Vincent und Julius auf. Alma erschrak, sie hatte gar nicht mehr an die Falle gedacht. Aber wenn Vincent Julius auf frischer Tat ertappt hätte, wären die beiden bestimmt nicht hier. Sicherlich hatten sie bis eben im Salon Dienst gehabt.

Die Musik endete. Während die anderen nach mehr verlangten und Kurt sich beeilte, die nächste Platte aufzulegen und die Kurbel zu bedienen, kam Vincent auf Alma zu.

»Wir müssen reden«, sagte er leise. »Aber nicht hier und jetzt.«

Sie nickte wortlos. Seit sie wusste, wer er war, fühlte sie sich nicht mehr so unbefangen in seiner Gegenwart. Sie fragte sich, was er darüber dachte, dass sein Personal so ausgelassen feierte.

Er lächelte. »Möchtest du tanzen?«

»Ähm …«

»Du wirst mir doch wohl keinen Korb geben?«

»Natürlich nicht.«

Ausgerechnet jetzt spielte Kurt einen Wiener Walzer. Vincent ergriff ihre Hand, legte die andere um ihre Hüfte, und schon wirbelten sie los. Aus den Augenwinkeln sah sie Julius, der sich mit Traudel im Kreis drehte, und zu ihrer Überraschung auch Kurt, der von Emmi auf die Tanzfläche gezerrt worden war und gar keine schlechte Figur machte. Plötzlich musste Alma wieder an Millicent denken, und daran, wie sie mit ihr im Riesenrad gefahren war und Wien ihnen zu Füßen gelegen hatte.

»Um Himmels willen, was ist los?«, fragte Vincent, als er ihre Tränen bemerkte.

»Millicent, also Lady Alston, ist todkrank.«

»O weh.« Vincent führte sie behutsam an einer Tischkante vorbei. »Wie traurig.«

»Ich kenne sie erst so kurz, aber sie ist mir ans Herz gewachsen.«

»Das kann ich gut verstehen. Möchtest du lieber nicht tanzen?«

Alma sah ihm in die Augen. »Doch, das will ich. Ich will so lange tanzen, bis mir die Füße wehtun.«

Vincent erwiderte ihren Blick und grinste. »Zu Befehl, Mylady.«

KAPITEL 12

Ungarische Tiefebene, Freitag, 21. August 1925

»Herr Lerch, haben Sie noch eine Minute?«

Überrascht drehte sich Alfred zu Kapitän Bender um. Sie hatten soeben die morgendliche Rapportrunde beendet. Er signalisierte Olga Marscholek, die bei der Tür wartete, dass sie vorausgehen solle, und trat auf den Kapitän zu.

»Was gibt es denn?«

Bender zog einen Umschlag aus der Uniformtasche. »Ein Telegramm. Es traf ein, kurz bevor wir abgelegt haben.«

Sie hatten Budapest noch vor dem Frühstück verlassen, längst waren die letzten Häuser der ungarischen Hauptstadt mit dem Morgennebel am Flussufer verschmolzen.

»Worum geht es?«, fragte Alfred alarmiert.

»Nur eine Kleinigkeit. Herr Sailer bittet um äußerste Diskretion bei der Bearbeitung.« Bender lächelte milde. »Offenbar hat einer der Gäste der ersten Klasse die Reise mit einem ungedeckten Scheck bezahlt. Es handelt sich um Hans Harbach, unseren frisch verlobten Fabrikantensohn.«

»Oh.« Alfred schossen sofort alle möglichen Szenarien durch den Kopf, doch er zwang sich, Ruhe zu bewahren. »Ich kümmere mich sofort darum.«

»Davon gehe ich aus«, sagte Bender. »Geben Sie mir Bescheid, wenn die Angelegenheit geregelt ist. Und vergessen Sie nicht, im Umgang mit den Gästen der ersten Klasse stets äußerste Höflichkeit walten zu lassen, es liegt bestimmt nur ein Missverständnis vor.«

Alfred schluckte empört. Er war bestimmt der Letzte, den man daran erinnern musste, wie die Gäste zu behandeln waren. »Sehr wohl, Herr Kapitän«, presste er hervor und verließ die Offiziersmesse.

Kaum war er zurück in seiner Kabine, bat er einen Burschen, Henri Negele zu ihm zu schicken. Während er wartete, schritt er unruhig auf und ab. Die Sache behagte ihm nicht. Normalerweise hatte er ein gutes Gefühl für die Gäste, spürte instinktiv, wem er trauen konnte und auf wen er ein Auge haben musste, doch auf dieser Reise hatte er schon mehrfach danebengelegen. Vor allem in Edmund Valerian hatte er sich getäuscht. Zwar hatte ihn sein Gefühl insoweit nicht getrogen, als der Mann tatsächlich ein Geheimnis hütete, doch dass es dabei um einen verlorenen Sohn ging, hätte er nie geahnt.

Hans Harbach hingegen war ihm vollkommen harmlos erschienen, ein verwöhnter Sprössling, der das Leben in vollen Zügen genoss, bevor er Verantwortung im väterlichen Betrieb übernehmen musste. So einem begegnete man alle Tage. Vielleicht traf das ja auch zu. Doch Alfred fürchtete, dass es so einfach nicht war.

Es klopfte, Henri Negele trat ein. »Nanu, Lerch, haben wir bei der Runde eben etwas vergessen?«

Alfred ging nicht auf seine Frage ein. »Hat Herr Harbach die Rechnung für die Verlobungsfeier schon beglichen?«

»Noch nicht.« Der Restaurantchef runzelte die Stirn. »Er sagt, er habe sein Scheckheft vergessen.«

Grundgütiger! Alfred schloss die Augen und zählte im Kopf die Champagnerflaschen.

»Gibt es ein Problem?«, wollte Negele wissen.

»Harbach hat die Reise nicht bezahlt. Der Scheck war nicht gedeckt.«

»Josef und Maria!« Negele schlug die Hand vor den Mund. »Als ich vorhin mit ihm sprach, hat er angeboten, im nächsten Hafen Bargeld zu besorgen. Ich sagte ihm, dass es bis zum Ende der Reise warten könne. Ich hatte ja keine Ahnung …«

Alfred nickte. »Kommen Sie, wir sprechen mit ihm.«

»Jetzt sofort?«

»Haben Sie eine bessere Idee?«

Negele schüttelte den Kopf. »Was für eine unangenehme Geschichte«, murmelte er.

Wenige Minuten später klopften sie an die Kabinentür auf dem Oberdeck. Harbachs Gesichtsausdruck wechselte innerhalb eines Wimpernschlags von überrascht über verlegen zu besorgt, als er die beiden Männer erkannte.

Er fuhr sich nervös mit den Fingern über sein akkurat

getrimmtes Oberlippenbärtchen. »Wie kann ich Ihnen helfen, meine Herren?«

»Entschuldigen Sie die Störung, Herr Harbach.« Alfred straffte die Schultern. »Dürfen wir kurz hereinkommen?«

Harbach trat zurück und ließ sie ein, Alfred erklärte in wenigen Worten, in welchem Dilemma sie steckten.

»Ach herrje!«, rief Harbach aus. »Sie denken doch nicht, ich wollte die Zeche prellen!«

»Selbstverständlich nicht«, beeilte Alfred sich zu sagen, obwohl er genau das befürchtete. »Sie verstehen nur hoffentlich, wie unangenehm die Situation für uns ist.«

»Aber natürlich, Herr Lerch. Herr Negele, ich habe Ihnen ja bereits angeboten, in der nächsten Stadt zur Bank zu gehen. Bedauerlicherweise dauert es ein oder zwei Tage, bis wir wieder anlegen, wenn ich richtig informiert bin.« Der junge Mann warf einen Blick aus dem Fenster, wo vom Nebel verschleierte Wiesen vorüberzogen.

»Das ist wahr«, bestätigte Alfred. »Wir sollten morgen Abend in Neusatz anlegen, wenn alles nach Plan läuft. Allerdings ist morgen Samstag.«

»Dann wird die Angelegenheit wohl bis Montag warten müssen«, sagte Harbach mit einem bedauernden Lächeln. »Es sei denn, Sie bestehen auf einer schnelleren Lösung. Dann müsste ich meine Verlobte anpumpen, was mir ausgesprochen peinlich wäre.«

»Um Gottes willen«, rief Negele entsetzt. »Ich bin sicher, dass wir uns bis Montag gedulden können, nicht wahr, Herr Lerch?«

Alfred nickte missmutig. »Selbstverständlich können wir das. Vielen Dank für Ihr Verständnis, Herr Harbach. Einen wunderschönen Tag noch!«

* * *

Vincent eilte in den Bedienstetentrakt. Während des gesamten Frühstücks hatte er wie auf heißen Kohlen gesessen. Warum war ihm vorher nie aufgefallen, wie langsam einige Herrschaften ihre Mahlzeit zu sich nahmen?

Im Vorbeigehen hatte er hin und wieder zu Claire geschaut, die sich prächtig zu amüsieren schien mit dem jungen verlobten Paar und dem älteren Herrn an ihrem Tisch. Seit dem Abend des Gewitters, als Alma sie an Deck überraschte, hatte er keine Gelegenheit mehr gehabt, unter vier Augen mit ihr zu reden.

Dafür hatte er in der vergangenen Nacht von ihr geträumt. In seinem Traum standen sie auf verschiedenen Schiffen, die sich voneinander fortbewegten, jedes mit einem anderen Ziel. Sie winkten sich zu, bis sie sich aus den Augen verloren. Als Vincent aufgewacht war, hatte er sich für seinen Traum geschämt. Wünschte er sich etwa, dass Claire ihn verließ? Träumte er deshalb davon, dass sie ein anderes Schiff bestieg?

Er hatte seine Zweifel weggedrückt und sich auf die bevorstehenden Aufgaben konzentriert. Sicherlich würde alles wieder so sein wie zuvor, wenn erst diese Reise beendet war.

Vincent erreichte den Flur mit den Kabinen der männlichen Bediensteten. Ihm war kein besserer Treffpunkt eingefallen, wo niemand mithören konnte. Er machte die Tür hinter sich zu und blickte auf die Uhr. Noch fünf Minuten. Er hatte überlegt, ob Julius dabei sein sollte, dann aber beschlossen, dass es nicht nötig war, zumal Negele seinen Kabinengenossen zum Aufräumen des Speisesaals eingeteilt hatte.

Es klopfte, die beiden Frauen waren überpünktlich. Vincent öffnete die Tür und ließ sie eintreten.

»Was soll das?«, protestierte Grete. »Alma hat gesagt, sie muss etwas mit mir besprechen, aber ich hatte keine Ahnung, dass noch jemand dabei sein würde. Wir dürften nicht einmal hier sein!«

»Alma hat dir nicht gesagt, worum es geht?«

»Nein.« Sie verschränkte die Arme. »Ich will sofort wissen, was los ist.«

Vincent betrachtete sie. Grete war ein hübsches Mädchen, brünett, große dunkle Augen, ein schmales Gesicht.

»Ich will, dass du zum Ende der Reise kündigst, und zwar noch heute.«

Grete schnaubte. »Du bist wohl verrückt geworden!«

Vincent blieb ruhig. Er sah zu Alma hinüber, die bei der Tür stehen geblieben war, um zu verhindern, dass Grete aus dem Raum stürmte, bevor sie mit ihr fertig waren.

»Und ich will, dass du Julius sein Geld zurückgibst«, fuhr Vincent fort. »Und zwar jeden Pfennig.«

Grete wurde blass. »Ich weiß nicht, wovon du redest.«

»O doch, das weißt du ganz genau.«

Grete warf Alma einen verächtlichen Blick zu. »Ich habe keine Ahnung, was Julius euch erzählt hat. Ich habe kein Geld von ihm bekommen, das ist Unsinn. Und jetzt lasst mich gehen.«

Grete wandte sich um, doch Alma trat ihr blitzschnell in den Weg. »Nicht so hastig, Grete«, sagte sie.

»Wenn ihr mich nicht sofort rauslasst, schreie ich.«

»Tu das«, entgegnete Vincent. »Dann erzählen wir der Marscholek von dem Umschlag. Glaubst du, sie wird ihn finden, wenn sie deine Kabine durchsucht?«

Grete drehte sich wieder um. Ihre Wangen färbten sich rot. »Hat Julius dir auch gesagt, warum er mir Schweigegeld gibt? Er ist ein Verbrecher, hat sogar im Gefängnis gesessen!«

»Und da gehörst du auch hin«, gab Vincent zurück. »Erpressung ist ebenfalls ein Verbrechen.«

Grete stemmte die Hände in die Hüften. »Jeder muss sehen, wo er bleibt. Nicht alle haben das Glück, einer reichen Lady dienen zu dürfen und jede Menge Trinkgeld abzustauben.« Sie bedachte Alma mit einem bösen Blick. »Was ist so schlimm daran, wenn man versucht, dem Elend zu entkommen?«

»Nichts«, räumte Vincent ein. »Solange man das nicht auf Kosten anderer tut. Also, du kündigst zum Ende der Reise, und du gibst Julius das Geld zurück.«

»Und den Zeitungsartikel«, ergänzte Alma.

»Pah, den gibt es doch gar nicht.«

»Ach nein?« Vincent legte den Kopf schief.

»Ich musste doch so tun, als könnte ich meine Behauptungen notfalls beweisen.«

»Wehe, wenn das gelogen ist.«

»Du kannst mir nicht drohen.« Grete schob die Unterlippe vor. Mit dem vor Wut verzerrten Gesicht sah sie nicht mehr sehr hübsch aus.

»Ich denke, wir haben uns verstanden«, entgegnete er kühl. »Spätestens heute Abend hat Julius sein Geld zurück und Marscholek die Kündigung auf dem Tisch. Solltest du dich nicht an unsere Absprache halten, erfährt Lerch, was du getan hast, dann kannst du dein Zeugnis vergessen und bekommst nirgendwo eine neue Anstellung. Keine Tricks oder Ausflüchte, und keine Versuche, irgendwen anderes in die Pfanne zu hauen. Alma hat ein Auge auf dich.«

Gretes Unterlippe zitterte, doch sie sagte nichts. Vincent nickte Alma zu, die zur Seite trat und die Tür öffnete. Ohne ein weiteres Wort stürmte Grete nach draußen.

***

Heute Abend hieß es wieder, sich den Gästen zu stellen. Immerhin war der Anlass es wert. Auf dem Programm stand das Konzert mit der Pianistin Clara Faisst, die in Budapest an Bord gekommen war. Sie würde auf dem Flügel Sonaten von Schubert spielen. Ludwig liebte Schubert, seine Sonaten waren voller Sehnsucht und Leidenschaft und erinnerten ihn an seine Lydia, die er auf einem Konzert kennengelernt hatte. Jeden Tag vermisste er sie, seit einunddreißig Jahren. Eine Komplikation bei der Geburt ihres zweiten Sohns hatte sie das Leben gekostet, mit ihr starb das ungeborene Kind. So hatte er zwei Söhne verloren. Einen durch Gottes Hand und den anderen durch seine eigene.

Er betrachtete das Bild auf dem Nachttisch, rückte es zurecht. Dann sah er auf die Uhr. Es wurde Zeit. Er musste die Künstlerin begrüßen, dann die Gäste, denn er hatte die Aufgabe, den Abend zu eröffnen. Er prüfte den Sitz seiner Uniform vor dem Spiegel. Die blank polierten Knöpfe blitzten, kein Stäubchen verunreinigte den Stoff, die Schuhe glänzten schwarz.

Er streckte sich, zog die weißen Handschuhe über und verließ die Kabine. Bevor er die Pianistin in ihrer Kabine abholte, eilte er zum Seiteneingang des Salons, wo er auf Henri Negele traf, der in der Tür stand und sich vergewisserte, dass die Vorbereitungen abgeschlossen waren. Ludwig folgte seinem Blick. Die Beistelltische, Sessel und Lehnstühle waren so umgestellt worden, dass alle Gäste einen guten Blick auf den Flügel hatten, vor dem Frau Faisst Platz nehmen und das Publikum mit ihrem Spiel verzaubern würde.

Negele bemerkte ihn. »Herr Kapitän! Es ist alles bereit.«

»Sehr gut. Dann schaue ich mal, ob Frau Faisst so weit ist.«

Sie hatten die Pianistin in der letzten freien Doppelkabine der ersten Klasse untergebracht, direkt neben dem Ehepaar Pöllnitz. Ludwig klopfte, eine dunkle, volle Stimme forderte ihn auf einzutreten.

Clara Faisst saß mit dem Rücken zu ihm an ihrem Schminktisch und lächelte ihm im Spiegel zu. »Herr Kapitän, welche Ehre.«

»Mir ist es eine Ehre, gnädige Frau.«

Sie wandte sich ihm zu, hielt ihm den Handrücken

hin, er deutete einen Kuss an. Ihre Hand lag in der seinen wie eine Feder.

»Verehrte Frau Faisst, ich hoffe, es ist alles zu Ihrer Zufriedenheit.«

»Aber ja.« Sie zeigte auf den Strauß mit weißen Rosen und den Sektkühler, in dem eine Flasche Veuve Clicquot darauf wartete, entkorkt zu werden. »Ich hatte ja keine Ahnung, dass die *Regina Danubia* ein schwimmendes Luxushotel ist und man mich wie die Königin von Saba behandelt.«

Bender schmunzelte. »Nun, jeder bekommt, was er verdient.«

»Sie schmeicheln mir.«

»Keineswegs. Ich bin ein aufrichtiger Bewunderer Ihrer Kunst.«

»Dann wollen wir die Gäste nicht länger warten lassen.«

Clara Faisst erhob sich. Ihr Kleid aus weißem Satin floss in Wellen um ihren Körper. Sie war inzwischen über fünfzig, aber sie sah deutlich jünger aus. Bestimmt hatte die Musik sie jung gehalten.

Applaus brandete auf, als Ludwig mit seinem Gast den Salon betrat. Clara Faisst lächelte und schritt voran, nahm vor dem Flügel Platz. Ludwig stellte sich neben sie, die Gespräche verstummten, Stille kehrte ein.

»Sehr verehrte Damen und Herren«, begann Ludwig. »Ich darf Sie herzlich zu unserem Konzertabend begrüßen.« Er ließ seinen Blick über die Gäste wandern, erkannte einige Gesichter. Edmund Valerian, das Brautpaar aus der Sisi-Suite, das Ehepaar Pöllnitz, Fräulein Ravensberg und die Fotografin Hannah Gronau. Sie hatte ihre Kamera auf einem Stativ neben sich stehen, und Ludwig erinnerte sich, dass sie im Auftrag der Agentur Aufnahmen von dem Konzert machen sollte.

»Es ist mir eine besondere Freude, den heutigen Gast anzukündigen«, fuhr er fort. »Die unvergleichliche Clara Faisst wird uns mit ihrer Kunst beglücken.« Er trat zur Seite und zeigte auf die Pianistin, die sich im Sitzen verneigte. Erneut gab es Applaus. Ludwig wartete, bis er abebbte. »Große Worte sind hier fehl am Platz, Clara Faissts Musik spricht für sich. Ich wünsche Ihnen einen angenehmen Abend.«

Er begab sich an seinen Platz, während Faisst mit ein paar Worten das erste Stück ankündigte. Wie verabredet, spielte sie nur kurz und machte dann eine Pause, damit die Kellner Champagner servieren konnten. Faisst gesellte sich zu ihm an den Tisch, wo ein Platz an seiner Seite für sie reserviert war. Ludwig wurde ein wenig aus dem Konzept gebracht, weil ausgerechnet Vincent Sailer an ihrem Tisch bediente. Es war ihm unangenehm, sich vom Sohn seines Chefs bedienen zu lassen, doch Sailer schien es nichts auszumachen. Als er Ludwig einschenken wollte, legte dieser die Hand über das Glas.

»Kein Champagner, Herr Kapitän?«, fragte Faisst überrascht.

»Verzeihen Sie, gnädige Frau, aber ich bin im Dienst. Dennoch möchte ich mit Ihnen auf einen wunderbaren Abend anstoßen.« Er griff nach seinem Wasser, die anderen am Tisch hoben ebenfalls ihre Gläser.

Doch bevor Ludwig einen Trinkspruch ausbringen konnte, ging ein Ruck durch das Schiff. Nur mit Mühe konnte er sein Glas festhalten, aber der Inhalt spritzte heraus. Einen Moment lang war er starr vor Entsetzen. Sein Herz begann zu rasen. Waren sie auf Grund gelaufen? War das Schiff leck?

Im Salon kam Unruhe auf. Einige Gläser waren zu Bruch gegangen, ein paar Damen riefen schrill um Hilfe. Einer der Kellner hatte sein Tablett fallen lassen, ein anderer rieb sich das Bein, mit dem er an einen Tisch gestoßen war. Davon abgesehen hatte sich aber offenbar nichts Schlimmes zugetragen. Henri Negele eilte geistesgegenwärtig von Tisch zu Tisch und beruhigte die Gäste, die Kellner nahmen ihre Arbeit wieder auf.

Ludwig erhob sich. »Verzeihen Sie bitte, wenn ich Sie kurz verlasse«, sagte er zu seinen Tischnachbarn. »Ich muss nach dem Rechten sehen.«

»Aber ja, gehen Sie nur, Kapitän Bender«, sagte Clara Faisst. »Wir kommen zurecht, es ist ja niemand verletzt. Ich setze gleich mein Spiel fort, das wird die Leute beruhigen.«

Ludwig nickte knapp und eilte aus dem Salon. Der Maschinist war allein im Maschinenraum. Auf einen Blick erkannte Ludwig, dass die Maschine gestoppt worden war. Opitz stand schwitzend vor dem Hauptdampfregler, der geschlossen war, die Kolben standen still. Hatte er einen fatalen Fehler gemacht? Oder hatte er womöglich die Maschine sabotiert?

»Was ist hier los?«, brüllte Ludwig und eilte zu ihm.

Opitz wandte sich Ludwig zu, zeigte auf die Hauptdampfleitung des rechten Kessels. »Undicht. Druckausfall.«

Jetzt erst erkannte Ludwig, dass das Zischen, das er schon von Weitem gehört hatte, nicht aus dem Überdruckventil kam, sondern aus einem Loch im Heißdampfrohr. Gott sei Dank blies der heiße Dampf nach oben weg, sodass niemand in unmittelbarer Gefahr war.

»Die Heizer haben sofort das Feuer weggezogen.« Opitz lehnte sich erschöpft gegen die Wand. »Die Rohre sind wohl doch maroder, als wir dachten.«

Ludwigs Anspannung ließ nach, er erkannte, dass Opitz richtig gehandelt hatte. Er legte ihm eine Hand auf die Schulter. Es war ihm egal, ob seine weißen Handschuhe dabei Flecken bekamen. »Ich danke Ihnen! Das war gute Arbeit. Sie haben ganz schön was riskiert.«

»Das war doch selbstverständlich.«

»Sie hätten auch einfach den Maschinenraum verlassen können. Dreihundert Grad heißer Dampf ist tödlich. Niemand hätte Ihnen einen Vorwurf gemacht.«

Opitz stieß sich von der Wand ab. »Das würde ich niemals tun, solange ich eine Möglichkeit sehe, das Schiff zu retten. Oder würden Sie als Erster von Bord gehen, käme es zu einer Havarie?«

»Natürlich nicht. Der Kapitän geht als Letzter.«

»Sehen Sie.«

Ludwig dachte nach. »Wir sagen den Gästen, dass wir in der Dunkelheit einem unbeleuchteten Fischerboot ausweichen mussten. Ist das für Sie in Ordnung?«

»Selbstverständlich.«

»Können Sie das Rohr reparieren?«

»Ja. Ich lege eine Manschette darum und prüfe die anderen Rohre gründlich. Dauert keine Stunde. Aber in Neusatz müssen wir die Rohre tauschen.«

»Das hätten wir in Budapest erledigen sollen, zusammen mit den Manometern.« Ludwig atmete tief ein. »Sie haben mich schon in Passau darauf aufmerksam gemacht, dass die Rohre nicht mehr lange halten.«

»Das war nur eine grobe Einschätzung, sicher wusste ich es nicht.« Opitz zuckte mit den Schultern. »Nachher ist man immer schlauer.«

Ludwig nickte müde. »In Neusatz überprüfen wir die Maschine auf Herz und Nieren. Und verzeihen Sie, dass ich Sie so angefahren habe.«

»Schon gut.«

»Wenn Sie hier fertig sind, machen Sie eine Pause, essen etwas und ruhen sich aus.«

»Wird gemacht, Käpt'n.«

Ludwig klopfte Opitz auf die Schulter und ging an Deck. Die Luft war mild und würzig. Sein Herz schlug noch immer wild in der Brust. Großer Gott, das war knapp gewesen.

* * *

»Hören Sie, meine Liebe, Schuberts Sonate G-Dur«, rief Lady Alston. Ihre blauen Augen funkelten jung und lebendig in ihrem faltigen Gesicht. »Und so wunderbar gespielt. Früher waren meine Finger auch sehr beweglich, aber so gut war ich natürlich nie.«

Sie saßen in Millicents Suite, jede in einem Lehnstuhl.

Alma hatte das Fenster einen Spaltbreit geöffnet, damit sie etwas von der Musik hören konnten. Die Kabinen der zweiten Klasse verfügten bloß über kleine Fenster, die sich nicht öffnen ließen, die der ersten Klasse waren deutlich größer, und die beiden Suiten besaßen sogar zusätzlich gläserne Flügeltüren mit einem winzigen Balkon dahinter.

Alma hatte Vincent gebeten, unauffällig eines der Fenster im Salon zu öffnen, der genau unter ihnen lag. So konnten sie von der Suite aus an dem Konzert der berühmten Pianistin teilhaben.

Heute ging es der alten Dame so gut, dass Alma Hoffnung schöpfte, ihr Arzt könnte sich getäuscht haben. Mit etwas Glück hätte sie vielleicht doch noch Wochen oder Monate vor sich. Sie hatte sogar am Mittagessen teilgenommen und danach noch einen Mokka im Teesalon getrunken. Nur zum Abendessen war sie zu müde gewesen. Deshalb hatte Alma ihr ein Tablett mit Speisen gebracht, die Millicent jedoch kaum angerührt hatte.

Den Kellner, der das Tablett abholte, ließ die Lady eine Flasche Champagner und zwei Gläser bringen. Dann erhob sie ihr Glas.

»Auf eine wunderbare Reise.«

»Aber Millicent, ich bin doch noch im Dienst«, protestierte Alma.

»Wollen Sie, dass ich mich bei Herrn Lerch beschwere, weil Sie mir nicht jeden Wunsch erfüllen?«, drohte sie daraufhin scherzhaft.

»Champagner zu trinken gehört ganz sicher nicht zu meinen Pflichten.«

»Heute Abend schon.«

Alma lenkte schließlich ein und nippte an ihrem Glas. Kurz darauf begann unter ihnen das Klavierspiel. In der Pause nach dem ersten Stück ging mit einem Mal ein Ruck durch das Schiff, so kräftig, dass der Champagner aus den Gläsern schwappte. Einen Moment starrten sie sich erschrocken an, doch als nichts weiter geschah, zwinkerte die alte Lady Alma zu.

»Ein Eisberg wird es wohl nicht gewesen sein, mein Kind. Also füllen Sie rasch die Gläser wieder auf.«

Während sie darauf warteten, dass unten die Musik wieder einsetzte, fragte Millicent Alma über ihre Jagd nach dem Diebespärchen aus. Sie sagte Alma auf den Kopf zu, dass etwas vorgefallen war, und gab erst Ruhe, als sie die ganze Geschichte kannte.

»Sie waren sehr großmütig zu dieser Grete«, sagte sie dann. »Wollen wir hoffen, dass sie etwas daraus gelernt hat und ihre Chance nutzt.«

»Das hoffe ich auch.«

»Ihr junger Freund, dieser Vincent, scheint ein anständiger Kerl zu sein.«

»Das ist er.« Alma wich Millicents forschendem Blick aus und sah zu Boden. Die Wahrheit über Vincent war das Einzige, was sie ihr verschwiegen hatte.

»Sie mögen ihn.«

Alma hob den Blick. »Er hat eine Verlobte.«

»Sicher?«

»Ich habe sie gesehen.«

»Sehr bedauerlich.«

In dem Augenblick hatte zum Glück das Klavierspiel

wieder begonnen, und Schubert erlöste Alma von den inquisitorischen Fragen der alten Dame.

***

Alfred Lerch wollte gerade die Schuhe abstreifen, als er Lärm im Korridor vernahm. Er horchte, glaubte die Stimme des Concierge zu erkennen sowie die einer aufgeregten Frau. Herr im Himmel. Nahm das denn nie ein Ende? Er war müde und sehnte sich nach ein paar Stunden Schlaf.

Eben nach dem Konzert hatte ihm Olga Marscholek mitgeteilt, dass Grete Teisbach überraschend zum Ende der Reise gekündigt hatte. Also mussten sie wieder ein neues Zimmermädchen suchen. Was in dem Fall aber offenbar von Vorteil war. Alfred hatte die Gelegenheit genutzt und die Hausdame gefragt, warum das Fräulein Teisbach eine Weile nicht in der ersten Klasse hatte tätig sein dürfen, und erfahren, dass sie nicht so fleißig und gründlich arbeitete wie die anderen Zimmermädchen. Also keine Disziplinarmaßnahme, aber wohl ein Grund, über die Kündigung der jungen Frau nicht allzu bekümmert zu sein.

Wieder vernahm Alfred die aufgeregte Frauenstimme. Rasch schnürte er die Schuhe zu und trat nach draußen. Der Lärm kam aus Richtung der Rezeption, also lenkte Lerch seine Schritte dorthin. Um diese Zeit war sie nicht mehr besetzt, jemand musste die Klingel auf der Theke betätigt und so den Concierge alarmiert haben.

Alfred bog um die Ecke und erkannte das Ehepaar Lang. Erich Lang redete auf den Concierge ein, während seine Frau, die in Tränen aufgelöst war, sich ein Taschentuch vors Gesicht presste. Alfred straffte die Schultern.

»Was ist denn passiert, meine Herrschaften?«

Sofort drehte sich Lang zu ihm um. »Der Schmuck meiner Frau ist verschwunden.«

Auch das noch! Alfred hatte gehofft, dass sie diesmal verschont werden würden. Wenn doch nur der Tresor rechtzeitig repariert worden wäre! Jetzt war es zu spät. Es sei denn …

»Haben Sie gründlich überall nachgeschaut?«

»Selbstverständlich.« Lang musterte ihn empört.

»Es sind alles Familienerbstücke«, jammerte die Frau. »Ich hätte sie nicht mitnehmen sollen, meine Schwiegermutter hat mich noch gewarnt. Aber auf einem Schiff, dachte ich …« Sie brach erneut in Tränen aus.

Alfred atmete tief durch. Wenn der Schmuck wirklich gestohlen worden war, ging es jetzt um Schadensbegrenzung. Dazu gehörte auch, dass die übrigen Gäste möglichst nichts von dem Zwischenfall erfuhren.

»Wären Sie so freundlich, mir zu zeigen, wo Sie den Schmuck aufbewahrt haben?«, bat er den jungen Mann. »Ihre Frau kann derweil hier warten, der Concierge sorgt dafür, dass sie etwas zu trinken bekommt. Einen Kaffee vielleicht oder etwas Stärkeres auf den Schreck.« Er lächelte aufmunternd. »Ich bin sicher, dass sich alles aufklären wird.«

Lang legte seiner Frau die Hand auf die Schulter und murmelte ihr etwas zu, dann richtete er sich wieder auf.

Hedwig Lang wandte sich an den Concierge. »Ein Likör wäre schön.«

»Sehr wohl, meine Dame.« Eugen Roth schob ihr einen Stuhl hin. »Nehmen Sie doch so lange Platz.«

Alfreds Hoffnung, die Angelegenheit auch diesmal diskret bereinigen zu können, wurde auf dem Treppenabsatz zum Oberdeck abrupt zunichtegemacht. Laute Stimmen schlugen ihm entgegen. Er ließ Lang den Vortritt und wappnete sich für eine lange Nacht.

Sämtliche Kabinentüren der ersten Klasse waren geöffnet, die Passagiere standen auf dem Gang und redeten wild durcheinander. Einige trugen noch Abendkleidung, andere hatten sich rasch einen Morgenmantel über das Nachthemd oder den Pyjama geworfen.

»Meine Damen und Herren«, rief Alfred. »Ich verstehe, dass Sie aufgeregt sind, aber ich muss Sie bitten, in Ihre jeweiligen Kabinen zurückzukehren.«

»Aber meine Kette ist weg«, protestierte Jekaterina Daschkowskajewa, die am Arm ihres Verlobten dastand.

Henriette Pöllnitz schob sich nach vorn. »Mir wurde auch Schmuck gestohlen. Eine Kette, zwei Armbänder und eine goldene Uhr.«

Alfred atmete einmal tief ein und aus. »Sind noch weitere Herrschaften bestohlen worden?«, fragte er dann mit erhobener Stimme.

Mehrere Gäste meldeten sich zu Wort. Da wieder alle durcheinandersprachen, konnte Alfred nicht verstehen, was die Einzelnen sagten. Soweit er es überblicken konnten, war aber mindestens drei weiteren Damen Schmuck geraubt worden. Er überlegte kurz, fasste einen Entschluss.

»Bitte begeben Sie sich alle in Ihre Kabinen«, sagte er dann. »Wir werden Sie einzeln aufsuchen, um eine Liste der abhandengekommenen Wertgegenstände anzufertigen, doch bitte haben Sie ein wenig Geduld. Wenn Sie in der Zwischenzeit eine Stärkung brauchen, zögern Sie nicht, nach einem Kellner zu klingeln. Was auch immer Sie sich bringen lassen, geht selbstverständlich auf Kosten der Reederei.«

Es dauerte noch eine Weile, bis die Gemüter beruhigt und alle Kabinentüren geschlossen waren. Schließlich stand Alfred allein mit Erich Lang im Korridor.

»Bitte seien Sie so gut, ebenfalls in der Suite zu warten«, bat Alfred. »Ich muss mit dem Kapitän sprechen.«

»Und meine Frau?«

»Ich sorge dafür, dass sie zu Ihnen gebracht wird.«

Alfred wartete, bis sich die Tür hinter Lang geschlossen hatte, dann wandte er sich ab. Er musste nicht nur mit dem Kapitän reden, sondern auch Anton Sailer telegrafieren, sobald sie in Neusatz ankamen. Was für ein Debakel. Obwohl er nicht daran schuld war, fühlte er sich persönlich verantwortlich. Schließlich musste es jemand vom Personal gewesen sein, der die Diebstähle begangen hatte. Die heutigen und auch die in der Vergangenheit. Eine andere Erklärung gab es nicht. Das bedeutete, dass er einen faulen Apfel an Bord geholt hatte. Seine Menschenkenntnis hatte versagt, er hatte eine Person für gut befunden und ausgewählt, die Böses im Schilde führte.

Alfred wollte die Treppe ins Mitteldeck hinabsteigen, als er von unten jemanden heraufkommen hörte. Im selben Augenblick erkannte er den Kellner Vincent Jordan.

»Sie kommen gerade richtig, Herr Jordan. Bitte sorgen

Sie dafür, dass den Gästen jeder nur erdenkliche Wunsch erfüllt wird. Und der Koch soll eine kleine Stärkung vorbereiten, am besten eine Suppe, die Nacht kann lang werden.«

»Das ist eine gute Idee, aber deshalb bin ich nicht hier.« Jordan sah ihn an. »Ist es richtig, dass erneut Schmuckstücke abhandengekommen sind?«

Alfred schnappte nach Luft. »Das hat Sie nicht zu interessieren, Herr Jordan«, fuhr er den Kellner an.

»Doch, Herr Lerch, das interessiert mich sogar sehr.« Er warf einen Blick über Alfreds Schulter, als wollte er sicherstellen, dass es keine Mithörer gab. »Ich bedauere, dass ich Sie nicht früher darüber informiert habe, doch es erschien uns als das Beste, so wenige Mitwisser wie möglich an Bord zu haben.«

Alfred starrte ihn an. »Mitwisser? Worum geht es hier?«

»Mein Name ist nicht Jordan, sondern Sailer.«

»Vincent Sailer? Der Sohn von Anton Sailer?« Alfred Lerch blinzelte ungläubig. Er erinnerte sich dunkel, dem Sohn des Reeders einmal bei einer Weihnachtsfeier vorgestellt worden zu sein. Doch das war mindestens zwei Jahre her, und er hatte kaum mehr als eine Handvoll Worte mit ihm gewechselt.

»Ich bin inkognito an Bord, um den Juwelendieb zu überführen.«

»Jesus Maria, wer weiß noch davon?« Alfred verspürte einen leichten Stich in der Brust, es schmerzte ihn, dass man ihn offenbar nicht für vertrauenswürdig genug gehalten hatte, um ihn einzuweihen.

»Nur Kapitän Bender. Und … und das Fräulein Engel.«

»Das Fräulein Engel? Hat sie sich aus diesem Grund um die Stelle beworben? Ist sie ebenfalls nicht die, für die sie sich ausgibt?« Alfred dachte an die schüchterne junge Frau, die so leidenschaftlich darum gekämpft hatte zu zeigen, was in ihr steckte. War das alles gespielt gewesen?

»Um Himmels willen, nein«, entgegnete Sailer. »Ich habe sie ins Vertrauen gezogen, weil ich eine Komplizin unter den Zimmermädchen brauchte. Sie erschien mir als die beste Wahl. Da sie neu an Bord ist, kann sie mit den Diebstählen nichts zu tun haben.«

Alfred nickte nachdenklich. Immerhin hatte nur der Kapitän von Anfang an Bescheid gewusst, das war zu verschmerzen. »Was gedenken Sie jetzt zu tun, Herr Sailer?«

»Bitte nennen Sie mich weiterhin Jordan. Man weiß nie, wer gerade zuhört.«

»Wie Sie wünschen. Also, was nun, Herr Jordan?«

»Informieren Sie Bender, und dann sorgen Sie dafür, dass wir eine detaillierte Liste der gestohlenen Schmuckstücke erhalten. Ich vermute, der Dieb hat das Konzert genutzt, um sich ungestört Zugang zu den Kabinen zu verschaffen. Falls das stimmt, können wir die Kellner und Küchenhilfen als Täter ausschließen, sie waren zu der Zeit alle im Dienst.«

»Jawohl, Herr … Jordan.«

»Ich spreche in der Zwischenzeit mit dem Fräulein Engel. Sie war während des Konzerts bei Lady Alston, möglicherweise hat sie etwas gehört oder gesehen. Außerdem will ich mir die Türschlösser näher anschauen. Vielleicht kann man erkennen, ob sie aufgebrochen wurden oder ob der Dieb einen Schlüssel verwendet hat. Wir treffen uns in einer halben Stunde in Ihrer Kabine.«

»In Ordnung«, murmelte Alfred.

Obwohl es ihn einerseits irritierte, dass ihm jemand die Zügel aus der Hand nahm, war er andererseits froh, so beherzte und umsichtige Unterstützung zu haben. Womöglich gelang es ihnen ja diesmal mit vereinten Kräften, den Verbrecher zu stellen. Immerhin hatten sie noch fast vierundzwanzig Stunden, bis sie in Neusatz anlegten.

* * *

Ludwig betrachtete das Glas mit der schimmernden Flüssigkeit darin. Auf den Schreck einen Schluck, war das nicht vollkommen legitim? Warum konnte er nicht tun, was jeder Mann in seiner Situation täte? Warum war er gezwungen, sich zu beherrschen?

Eigentlich müsste er sofort den nächsten Hafen ansteuern, doch das war unmöglich. Es gab weit und breit keine Anlegestelle, die für einen Dampfer von der Größe der *Regina Danubia* geeignet war, geschweige denn eine Werft, um sie zu reparieren, oder wenigstens einen Händler, bei dem man die nötigen Teile erwerben konnte. Er war gezwungen, mit dieser tickenden Zeitbombe voller ahnungsloser Passagiere weiterzufahren, mindestens bis Neusatz, auf Teufel komm raus. Neusatz oder Novi Sad, wie die Serben es nannten, lag noch mehr als dreihundert

Flusskilometer entfernt. Irgendwann im Morgengrauen würden sie die Grenze zum Königreich überqueren, hoffentlich ohne größere Verzögerung, und frühestens morgen Abend würden sie die Stadt erreichen.

Ludwig hielt sich das Glas unter die Nase und atmete den Duft des Cognacs ein, spürte, wie sein Körper danach schrie.

»Ein Schluck, und Sie werden wieder in der Hölle landen«, hallte es ihm durch den Kopf. Diesen Satz hatte er wohl hundert Mal von seinem Arzt gehört. »Sie werden Zeit Ihres Lebens Alkoholiker bleiben. Wenn Sie stark sind, ein trockener, der sein Leben im Griff hat. Wenn Sie schwach sind, landen Sie erneut in der Gosse. Es ist Ihre Entscheidung.«

Ludwig ließ das Glas sinken. In den vergangenen vier Jahren hatte er sich immer gegen den Alkohol entschieden. Doch wie sollte er aus dieser verfahrenen Situation herauskommen, ohne Anton Sailer, seinen Wohltäter, zu ruinieren? Wieso fiel es ihm ohne das Teufelszeug so schwer, einen klaren Gedanken zu fassen?

Er dachte daran, wie Sailer ihn von der Straße aufgelesen und in ein Krankenhaus hatte bringen lassen. Der Reeder hatte gedacht, er sei überfallen worden, erst in der Klinik erfuhr er, was mit Ludwig los war, und sorgte dafür, dass dieser in ein Sanatorium kam.

»Warum haben Sie das für mich getan?«, fragte Ludwig ihn Wochen später, als er wieder klar im Kopf war.

»Mein lieber Kapitän, Sie sind ein Held. Sie haben für Deutschland gekämpft, Ihr Leben aufs Spiel gesetzt. Sie sind nicht der Erste, den das Grauen des Krieges in die

Knie gezwungen hat. Sie müssen wieder auf die Beine kommen. So wie unser Land. Das ist mein Beitrag dazu.«

In den ersten Tagen hätte Ludwig den Reedereibesitzer am liebsten erwürgt, weil er ihm genommen hatte, was ihn am Leben hielt. Ein Jahr später war ihm diese Zeit wie ein Albtraum vorgekommen, aus dem er rechtzeitig aufgewacht war. So wie jetzt.

Mit zwei Schritten war er am Waschbecken, kippte den Cognac in den Ausguss, öffnete den Wasserhahn, spülte das Glas aus, schöpfte mit der Hand Wasser und spritzte es sich ins Gesicht. Er atmete schwer. Es hatten nur noch Millimeter gefehlt, und er wäre abgestürzt, tiefer als je zuvor, hätte nicht mehr aufhören können zu trinken, hätte sich erneut schuldig gemacht. Doch diesmal hätte es kein Entrinnen gegeben. Ein zweites Mal hätte Anton Sailer ihn nicht gerettet, nicht, nachdem Ludwig sein Vertrauen so bitter enttäuscht hatte.

Sein Arzt hatte recht behalten. Einmal ein Trinker, immer ein Trinker. Selbst der Geruch des Alkohols hätte ihn fast dazu gebracht, alle Vorsätze über Bord zu werfen. Ludwig strich sich über die Stirn. Sie war heiß. Seine Hand zitterte.

Es klopfte an der Tür.

Ludwig streckte den Rücken durch, jede Faser seines Körpers schmerzte. »Herein.«

Zu seinem Erstaunen streckte Alfred Lerch den Kopf herein. »Kapitän Bender, es ist etwas passiert.«

* * *

»Alma, bist du noch wach?«, flüsterte Vincent und klopfte an die Kabinentür.

Drinnen waren ein Knarren und ein Murmeln zu hören, dann öffnete sich die Tür einen Spaltbreit. »Vincent, lieber Himmel, was ist los?«

Alma blinzelte verschlafen in den hellen Korridor, ihr Haar war zerzaust.

»Zieh dir rasch etwas über, ich muss mit dir reden.«

Sie zögerte nur einen winzigen Augenblick. »Gib mir eine Minute.«

Drinnen war wieder leises Gemurmel zu hören, vermutlich warnte Emmi ihre Zimmergenossin davor, für einen Burschen ihre Stelle aufs Spiel zu setzen. Aber Alma würde ihre Stelle nicht verlieren.

Als Alma nach draußen trat, trug sie ihre Uniform. Sie hatte sogar die Haube auf, auch wenn sie ein wenig schief auf dem notdürftig hochgesteckten Haar saß.

»Komm mit.« Vincent zog sie in die Personalmesse, die um diese Zeit leer und dunkel war. Er schaltete das Licht ein, sie setzten sich an einen Tisch.

»Heute Abend sind verschiedene Schmuckstücke aus den Kabinen der ersten Klasse abhandengekommen«, platzte er ohne Einleitung heraus.

»O nein, wie schrecklich! Wurde Lady Alston auch bestohlen?«

»Ich weiß es nicht«, gab Vincent zu. »Aber ich glaube nicht, sie hat ja ihre Kabine nicht verlassen. Du warst doch den Abend über bei ihr, hast du vielleicht etwas gehört?«

Alma legte die Stirn in Falten. »Nein«, sagte sie nach

kurzem Überlegen. »Ich habe nichts mitbekommen, leider. Du hattest ja das Fenster geöffnet, und wir haben der Musik gelauscht. Irgendwann wurde Millicent müde, und ich habe ihr ins Bett geholfen.«

»Und als du nach unten gegangen bist? Ist dir vielleicht jemand begegnet?«

»Nein, der Korridor war leer, und die Treppe auch. Tut mir leid, Vincent, ich hätte dir gern geholfen.«

»Das ist eine Katastrophe, die Gäste werden ihr Geld zurückverlangen, und niemand wird mehr mit der *Regina Danubia* reisen wollen.«

»Hat es sich denn schon herumgesprochen?«

»Die gesamte erste Klasse weiß Bescheid.«

»Und was ist mit dem Personal?«

»Bisher wissen nur Lerch, der Concierge, der Kapitän und wir beide davon. Und die Kellner, sie wurden angewiesen, die Geschädigten mit Getränken und einem Imbiss zu versorgen.« Vincent ballte die Faust. »Wir werden das gesamte Schiff durchsuchen müssen. Jeden noch so kleinen Winkel. Wobei fraglich ist, ob wir etwas finden. Es gibt so viele mögliche Verstecke, allein im Maschinenraum. Ich fürchte, es ist aussichtslos.«

»Aber der Täter hatte noch nicht viel Zeit, seine Beute zu verstecken«, gab Alma zu bedenken.

»Das ist wahr. Ich frage mich, wer so viel Dreistigkeit besitzt, an einem Abend nicht nur in eine, sondern gleich in mehrere Kabinen einzubrechen, und es dann auch noch schafft, das Diebesgut einfach verschwinden zu lassen. Bei den letzten beiden Malen wurden sämtliche Personalunterkünfte auf den Kopf gestellt, ohne Ergebnis.

Der Dieb muss ein todsicheres Versteck für seine Beute haben.«

Alma sah ihn an. »Und wenn es niemand vom Personal ist?«

»Du glaubst ... nein, unmöglich. Keiner der Passagiere auf dieser Reise war beim letzten Mal an Bord.«

»Lass es uns trotzdem einmal durchspielen«, beharrte Alma. »Sind die Passagierkabinen nach den vergangenen Diebstählen ebenfalls durchsucht worden?«

»Nein, selbstverständlich nicht.« Vincent schlug mit der Faust auf den Tisch. »Mein Gott, Alma, vielleicht ist das die Lösung!«

Alma knetete nachdenklich ihre Unterlippe. »Waren denn sämtliche Passagiere außer Lady Alston während des Konzerts im Salon?«

»Soweit ich weiß, ja. Aber nicht alle waren die ganze Zeit anwesend.« Vincents Herz schlug plötzlich schneller. »Ich erinnere mich, dass dieser Österreicher kurz hinausgegangen ist. Wie heißt er noch? Abel. Genau, Franz Abel.«

»Sonst noch jemand?«, drängte Alma. Sie war anscheinend genauso aufgeregt wie er. Die Müdigkeit war aus ihrem Gesicht verschwunden, ihre Wangen schimmerten rosig, ihre Augen leuchteten unternehmungslustig.

»Herr und Frau Lang sind in der Pause in ihrer Suite gewesen, ich glaube, als sie wiederkamen, hatte sie eine Stola um. Und Herr Pöllnitz und seine Frau waren auch nicht die ganze Zeit an ihrem Tisch. Ich erinnere mich daran, weil Julius nicht wusste, ob er die halbvollen Champagnergläser wegräumen sollte.«

»Pöllnitz?«, fragte Alma. »Die mit der Ratte?«

»Ja, genau.« Ein Gedanke schoss Vincent durch den Kopf. Verflixt, war das möglich? »Wenn man von der zweiten in die erste Klasse wechseln will, um näher an seinen Opfern zu sein, aber nichts dafür zahlen möchte …«, überlegte er laut.

»… dann müsste man bloß eine Ratte an Bord schmuggeln«, ergänzte Alma, die sofort begriff. Sie sprang auf. »Wir müssen ihre Kabine durchsuchen.«

»Ja«, stimmte Vincent zu und erhob sich ebenfalls. »Aber sie dürfen nichts davon merken. Immerhin ist es möglich, dass wir uns irren.«

»Aber wie soll das gehen?«

Vincent lächelte. »Ich glaube, ich habe da eine Idee.«

KAPITEL 13

Ungarische Tiefebene, Samstag, 22. August 1925

Claire gähnte verstohlen. Nach der Aufregung am vergangenen Abend hatte sie kaum ein Auge zugetan. Zwar war sie glücklicherweise nicht beraubt worden, doch die Sorge um das Dokument hatte sie nicht zur Ruhe kommen lassen. Stundenlang hatte sie sich im Bett hin und her gewälzt und gefragt, ob das Versteck wirklich sicher war.

Hannah, die neben ihr auf dem Sofa saß, zwinkerte ihr zu. »Was hast du heute Nacht getrieben, du bist ja vollkommen erledigt.«

»Du weißt doch, was passiert ist«, gab Claire gereizt zurück.

Der Dieb hatte offenbar nur die erste Klasse heimgesucht, dennoch hatte sich noch vor dem Frühstück in Windeseile auf dem gesamten Schiff herumgesprochen, was geschehen war.

»Aber du bist doch gar nicht betroffen«, flüsterte Hannah.

»Noch nicht.«

Hannah beugte sich vor. »Ich könnte dir in der kommenden Nacht Gesellschaft leisten. Wenn der Dieb auftaucht, schlagen wir ihn gemeinsam in die Flucht.«

Gegen ihren Willen musste Claire lächeln. Für Hannah schien es immer eine einfache Lösung zu geben. Warum konnte sie selbst das Leben nicht auch so leichtnehmen?

Unruhe machte sich im Salon breit, und sie reckten neugierig die Hälse. Kapitän Bender schritt herein, in seinem Gefolge traten der Hotelchef und die Hausdame ein und positionierten sich wie zwei Wachhunde neben den Flügeltüren. Ihre Mienen waren ausdruckslos.

»Verehrte Damen und Herren, liebe Gäste«, sagte der Kapitän. »Ich bitte Sie um Vergebung für die Umstände und hoffe, Sie haben Verständnis dafür, dass wir Sie alle zu dieser frühen Stunde hier versammelt haben. Sicherlich ist Ihnen schon zu Ohren gekommen, dass es gestern Abend einige, nun ja, unangenehme Vorkommnisse gegeben hat.«

Gemurmel setzte ein.

»So kann man es auch ausdrücken«, zischte Hannah Claire ins Ohr.

Bender hob die Hände. »Einige von Ihnen wurden während des wunderbaren Konzerts der liebreizenden Clara Faisst ausgeraubt.« Er lächelte der Pianistin zu, die zusammen mit dem Ehepaar Lang in einer Sitzgruppe saß. »Selbstverständlich tun wir alles, was in unserer Macht steht, um den Verbrecher dingfest zu machen und die geraubten Stücke wiederzuerlangen. Aus diesem Grund sind Sie hier, meine Herrschaften. Wir müssen von Ihnen allen wissen, wo Sie sich gestern Abend aufgehalten haben.«

Wieder kam Unruhe auf. Jemand rief empört etwas von einer unverschämten Unterstellung.

»Das ist ja wie in einer Detektivgeschichte«, flüsterte Hannah. »Wir sind alle verdächtig und werden nach unseren Alibis gefragt. Wie aufregend! Da sage noch einer, nur in Berlin wäre etwas los.«

Eine Geste von Bender brachte die Versammlung erneut zum Schweigen.

»Meine Damen und Herren, bitte verstehen Sie mich nicht falsch. Es geht darum, den Zeitpunkt des Verbrechens möglichst exakt einzugrenzen«, beeilte er sich zu erklären. »Je genauer wir wissen, wann der Dieb auf dem Oberdeck freie Bahn hatte, desto eher können wir herausfinden, um wen es sich handelt.«

»Wir müssen die Polizei hinzuziehen«, rief irgendwer.

»Selbstverständlich werden wir das«, versicherte Bender. »Aber bis dahin wollen wir nicht untätig herumsitzen. Zudem müssen wir wissen, was alles abhandengekommen ist. Einige von Ihnen haben uns ihren Verlust bereits gemeldet. Andere haben vielleicht erst heute Morgen bemerkt, dass etwas fehlt. Also seien Sie so freundlich und berichten Sie Frau Marscholek und Herrn Lerch alles, was Ihnen einfällt. Falls Sie eine ungewöhnliche Beobachtung gemacht haben, vergessen Sie nicht, diese zu erwähnen. Jede Kleinigkeit kann wichtig sein. Ich danke Ihnen für Ihre Mitwirkung und bitte Sie noch mal um Verzeihung.«

Claire musste plötzlich an Vincent denken. Wie es ihm

wohl ging? Bestimmt machte er sich große Sorgen. Nun war die Katastrophe eingetreten, die er um jeden Preis hatte verhindern wollen. Der Dieb hatte erneut zugeschlagen, und alle Passagiere wussten Bescheid. Sie hätte ihm gern irgendwie geholfen, aber sie wusste nicht, wie.

»Schau nicht so betrübt drein, Claire«, sagte Hannah und stupste sie sanft mit dem Ellbogen an. »Es sind doch nur Dinge geraubt worden, kein Mensch ist zu Schaden gekommen. Lass uns lieber versuchen, das Rätsel zu lösen. Das ist ein feiner Spaß, findest du nicht?« Sie legte nachdenklich den Finger an den Mund. »Also, wenn ich tippen müsste, würde ich sagen, Franz Abel ist der Ganove.«

Claire schüttelte den Kopf, halb ärgerlich, halb amüsiert. »Bist du verrückt, wie kommst du denn darauf?«

»Ich weiß nicht. Ich finde, er sieht aus, als führe er etwas im Schilde.«

»Du hast komische Ideen, Hannah.«

»Möglich.« Sie sah Claire in die Augen und schmunzelte. »Vielleicht bin ich auch nur eifersüchtig, weil dieser Schurke auf der Verlobungsfeier ständig mit dir getanzt hat.«

***

»Was für ein Durcheinander!« Einen Moment lang blieb Alma ungläubig in der Kabinentür stehen.

»Nun mach schon, geh rein«, drängte Vincent hinter ihr.

Alfred Lerch hatte ihnen zähneknirschend den Generalschlüssel für die Kabinen der ersten Klasse ausgehändigt und dabei mehrmals betont, er könne sich nicht vorstellen, dass irgendwer von den Passagieren in die Diebstähle verwickelt sei. Allerdings hatte er auch eingeräumt, dass ihn die Geschichte mit der Ratte argwöhnisch gemacht habe.

Alma hatte befürchtet, Lerch könnte etwas dagegen einwenden, dass sie Vincent bei der Durchsuchung der Kabine half, doch zu ihrer Überraschung hatte er sogar darauf bestanden.

»Wenn Sie schon alles durchwühlen müssen«, hatte er mit einem theatralischen Seufzer verkündet, »verlange ich, dass das Fräulein Engel die Wäsche der gnädigen Frau durchsieht. Ich kann nicht zulassen, dass ein Mann die intimsten Kleidungsstücke einer Passagierin begrapscht.«

Immerhin waren so die Aufgaben von vornherein klar verteilt. Kaum hatten sie die Tür leise hinter sich zugezogen, trat Alma auf den Schrank zu, während Vincent sich bückte, um das Bett, die beiden Sessel und das Beistelltischchen näher unter die Lupe zu nehmen.

Beim Durchsuchen der Kleider fiel Alma auf, wie zerschlissen der Stoff an manchen Stellen war. Zwar handelte es sich um gute Materialien, aber sie waren teilweise so oft ausgebessert, dass von dem Originalfaden kaum etwas übrig war.

»Viel Geld scheint das Ehepaar Pöllnitz nicht zu haben«, sagte sie.

»Wie kommst du darauf?«, fragte Vincent, der gerade ein Holzkästchen aus dem Nachttisch genommen hatte.

»Fast jedes Kleidungsstück ist mehrfach geflickt.«

»Vielleicht sind sie nur sparsam.«

»Und machen eine so teure Reise auf der Donau? Selbst eine Karte für die zweite Klasse kostet ein kleines Vermögen. Ich könnte mir das jedenfalls nie im Leben leisten.«

»Das ist wahr«, räumte Vincent ein. Er nahm einen Ohrring aus dem Kästchen und hielt ihn ins Licht. »Ich schätze, du liegst richtig. Das hier ist kein Smaragd, sondern gefärbtes Glas.«

»Das alles muss aber noch nicht heißen, dass sie die Diebe sind.« Alma fuhr mit den Fingern in die Tasche eines Jacketts. Doch bis auf ein paar Tabakkrümel war sie leer. »Vielleicht haben die beiden sich die Reise vom Mund abgespart.«

»Und wir wühlen in ihren Privatsachen herum und stellen sie bloß.« Vincent stellte das Kästchen zurück in die Schublade. »Kein schöner Gedanke. Aber wir haben keine Wahl.« Er zog die nächste Schublade auf.

Alma untersuchte derweil einen Beutel mit schmutziger Wäsche, der jedoch keine Überraschungen enthielt.

Zehn Minuten später hatten sie jeden Zentimeter der Kabine auf den Kopf gestellt, ohne etwas zu finden.

»Ich war so sicher«, murmelte Vincent.

»Wie gut, dass wir die beiden nicht mit unserem Verdacht konfrontiert haben.« Alma drehte sich einmal im Kreis, um sicherzustellen, dass alles so aussah, wie sie es vorgefunden hatten, was wegen des Durcheinanders gar nicht so einfach war.

Vincent rieb sich nachdenklich das Kinn. »Haben wir auch wirklich an alles gedacht?«

»Ich habe in den vergangenen Tagen so viele Kabinen geputzt«, sagte Alma. »Ich kenne jedes Versteck. Glaub mir, wir haben ganz sicher nichts vergessen.«

»Du hast immer nur in der zweiten Klasse geputzt«, erinnerte Vincent sie.

»Das macht doch kaum einen Unterschied, außer …« Alma stockte, ihr Blick wanderte zum Fenster. Unterhalb des Griffs schimmerte etwas Grünes.

»Außer was?«, fragte Vincent ungeduldig.

»Siehst du das da am Fenster?«

Vincent runzelte die Stirn. »Was meinst du?«

»Da ist etwas Grünes.« Alma zeigte darauf.

»Sieht aus wie eine Schnur, die jemand um den Griff gebunden hat. Ich dachte … Teufel auch!«

Mit zwei Schritten war er am Fenster und öffnete es vorsichtig. Alma trat zu ihm und blickte nach draußen. Einen halben Meter unter ihnen baumelte ein prall gefüllter Lederbeutel über der Donau. Vorsichtig zog Vincent ihn nach oben und öffnete ihn. Er war bis obenhin mit Schmuck gefüllt.

»Wir haben ihn gefunden«, jubelte Alma.

»Du hast ihn gefunden«, verbesserte Vincent und nickte ihr anerkennend zu.

Alma lächelte verlegen. »Ich bin froh, dass ich helfen konnte.«

Vincent betrachtete den Inhalt des Beutels. »Jetzt müssen wir nur noch dafür sorgen, dass die beiden sich nicht herausreden konnen.«

»Das werden sie wohl kaum, wenn wir ihnen unseren Fund unter die Nase halten.«

»Sie könnten behaupten, wir hätten ihnen den Schmuck untergeschoben.«

»Aber das ist nicht wahr!«

»Es stünde ihre Aussage gegen unsere. Aber das werde ich zu verhindern wissen.«

»Und wie?«

»Ich werde dafür sorgen, dass sie dabei sind, wenn wir den Schmuck finden.«

***

Ludwig Bender eilte auf die Brücke. Er war froh, dass er dem Salon entfliehen konnte. Alfred Lerch eignete sich viel besser dazu, die Gäste bei Laune zu halten. Hoffentlich lohnte sich der ganze Aufwand. Als Vincent Sailer gestern Nacht mit seinem Verdacht zu ihm gekommen war, hatte er es zunächst nicht glauben können. Doch der junge Mann hatte unschlagbare Argumente für seine Theorie gehabt, denen Ludwig sich hatte beugen müssen.

Allerdings hatte er darauf bestanden, die Operation auf den nächsten Morgen zu vertagen. Der junge Heißsporn hätte am liebsten noch in der Nacht die Kabine der Verdächtigen durchsucht. Doch das wäre undenkbar gewesen. Einige Damen hatten in der Zwischenzeit ein Schlafmittel genommen, damit der Schreck sie nicht die ganze Nacht wach hielt. Über die Hälfte der Gäste war bereits fürs Bett zurechtgemacht. Wie hätte er sich da hinstellen und sie alle noch einmal in den Salon scheuchen können? Welche Erklärung hätte er ihnen liefern sollen?

Zum Glück hatte Sailer schließlich eingelenkt, wenn auch unter der Bedingung, dass der Korridor im Oberdeck die ganze Nacht von zwei Burschen bewacht wurde, offiziell, um die Gäste zu schützen, inoffiziell, damit die Verdächtigen ihre Beute nicht mitten in der Nacht irgendwo anders auf dem Schiff verstecken konnten.

Kaum hatte Ludwig den zweiten Kapitän auf der Brücke begrüßt, stieß ein Schiffsjunge atemlos zu ihnen. »Käpt'n, schnell, Sie müssen sofort in den Kesselraum kommen!«

Nicht schon wieder! Ludwig tauschte einen raschen Blick mit Lohfink und rannte los. Opitz und seine beiden Hilfsmaschinisten standen vor den Kesseln. Aus dem rechten waberten Rauch und Wasserdampf in den Raum. Der Dampf war nicht heiß, er rührte vom Wasser her, das die Heizer in die Glut geschüttet hatten, um das Feuer zu löschen. So wie es aussah, bestand für niemanden unmittelbare Gefahr. Ludwig atmete auf. Immerhin erfüllte der zweite Kessel noch seinen Dienst, sodass sie weiter vorankamen, wenn auch langsamer.

»Schadensbericht, bitte, Herr Opitz«, rief Ludwig.

Opitz wandte sich nicht um, sondern quetschte sich in den noch heißen Kessel, bewaffnet mit einem Holzkeil und einem Wachstuch.

»Ein Leck«, ertönte seine Stimme dumpf aus dem Inneren. »Ein Riss. Muss ein Materialfehler sein. Ich sehe keinen Rost an der Stelle. Die Wandstärke ist nicht geschwächt.«

Erst die Dampfleitung und nun der Kessel selbst. Ludwig presste die Lippen zusammen. Er hatte es befürchtet, er hatte Sailer gewarnt. Die ganze Anlage war marode. Wenn sie ihnen nur nicht um die Ohren flog! Dann gäbe es Tote, und zwar nicht nur im Maschinenraum.

Ludwig bückte sich, um in die Öffnung des Kessels zu schauen, und sah den winzigen Riss in der Metallwand, aus dem Wasser auf die inzwischen abgekühlte Glut tropfte.

Opitz klopfte den kleinen Keil vorsichtig in den Riss, stoppte so den Wasserfluss. Er stieg aus dem Kessel, seine Jacke und seine Hose waren triefnass und rußig.

»Das war's.« Er zog ein Taschentuch hervor und rieb sich das Gesicht trocken.

»Können wir mit einem Kessel bis Neusatz fahren, Herr Opitz?« Ludwig machte sich keine großen Hoffnungen, dass der rechte Kessel schnell wieder in Betrieb genommen werden konnte. Solch ein Leck war keine Kleinigkeit, und es war gut möglich, dass der Kessel noch andere Überraschungen bereithielt. Schlimmstenfalls könnte er den zweiten Kessel beschädigen, etwa wenn ein Teil abriss.

Wie erwartet schüttelte Opitz den Kopf. »Das würde ich nicht empfehlen, nicht, wenn es vermeidbar ist. Aber ich kriege den Kessel schon wieder hin.«

Ludwig schöpfte Hoffnung. »Wirklich? Wie wollen Sie das bewerkstelligen?«

»Der Riss ist in der Innenwand, wie Sie ja gesehen haben. Das kann ich schweißen. Die Wand ist aus Stahlplatten gefertigt, kein Guss, wie bei den Dampfrohren. Ist ein bisschen kniffelig, weil ich ein Stück herausschneiden muss, um sicherzugehen, dass wir die schlechte Stelle vollständig erwischen. Sobald das Leck dicht ist, wird der Kessel abgeklopft, und dann kriegt er anständig Druck, damit wir sehen, ob noch andere Stellen fehlerhaft sind.« Er senkte die Stimme. »Das ist ein Fertigungsfehler. Die Kesselbauer haben geschlampt, sie haben billige Platten genommen. So was dürfte niemals passieren.«

Ludwig war beeindruckt. Bei Weitem nicht jeder Maschinist konnte einen Kessel schweißen. Schweißer war ein eigener Beruf. »Sie sind ein Teufelskerl, Opitz. Was für ein Glück, dass wir Sie an Bord haben.«

Opitz lächelte zaghaft. »Ist mir eine Ehre, Käpt'n.«

»Und jetzt ziehen Sie sich erst mal was Trockenes an. Nicht, dass Sie mir noch krank werden.«

»Aye, aye, Käpt'n.«

Ludwig verließ den Maschinenraum. Ihm würde die unangenehme Aufgabe zufallen, Anton Sailer zu telegrafieren. Beraubte Gäste in der ersten Klasse, eine an Bord geschmuggelte Ratte und ein defekter Kessel, auf dieser Reise blieb ihnen wirklich nichts erspart. Zum Glück war Georg Opitz ein so fähiger Maschinist. Ohne ihn würden sie es nicht einmal bis Neusatz schaffen. Trotzdem war seine Anwesenheit an Bord für Ludwig ein ständiger Stachel im Fleisch. Wann immer er ihm begegnete, dachte er an die Schuld, die er nie würde abtragen können.

* * *

»Ich verstehe noch immer nicht, was das soll«, protestierte Rudolf Pöllnitz. »Warum müssen Sie unsere Kabine durchsuchen?«

Alfred Lerch atmete tief durch. Der Mann war nicht dumm. »Es ist eine reine Vorsichtsmaßnahme.«

»Aber wenn ein Zeuge jemanden vor unserer Kabine gesehen hat, heißt das doch nur, dass er den Dieb bei der Arbeit beobachtet hat«, schaltete Henriette Pöllnitz sich ein. »Und ich sagte Ihnen doch schon, dass ich verschiedene Schmuckstücke vermisse.«

»Es ist etwas komplizierter«, erklärte Alfred und wandte sich an den Concierge. »Wären Sie bitte so freundlich.«

Eugen Roth zog ein Schlüsselbund hervor und sperrte auf. Neben dem Ehepaar Pöllnitz, dem Concierge und Alfred selbst waren auch Olga Marscholek und zwei Zimmerburschen anwesend. Die Marscholek als Zeugin, die Burschen zur Sicherheit. Man konnte nie vorsichtig genug sein. Nicht dass Rudolf Pöllnitz oder seine Frau auf dumme Gedanken kamen. Vincent Sailer hatte beschlossen, sich im Hintergrund zu halten. Er wollte seine Maskerade erst aufgeben, wenn die Angelegenheit erledigt war.

»Das ist eine Unverschämtheit«, schimpfte Henriette Pöllnitz. »Ich werde mich bei Ihrem Vorgesetzten beschweren. Erst die Ratte, und nun das. Ich dachte, die *Regina Danubia* wäre ein Luxusschiff. Nicht zu fassen, wie man uns hier behandelt. Ich sage Ihnen, das wird ein Nachspiel haben!«

Alfred war froh, dass die übrigen Gäste noch im Salon warteten. Dass sie Pöllnitz' Gekeife hörten, hätte ihm gerade noch gefehlt. Sie traten in die Kabine, die genauso unaufgeräumt war, wie Vincent Sailer sie ihm beschrieben hatte. Kleidungsstücke lagen auf dem Bett und auf den Sesseln verstreut, dazwischen Kosmetika, Münzgeld und ein aufgeschlagenes Buch.

Alfred hörte, wie Olga Marscholek scharf die Luft einsog. »Ist hier alles so, wie Sie es verlassen haben?«, fragte er, an Rudolf Pöllnitz gewandt.

»Offenbar war das Mädchen noch nicht hier, um aufzuräumen«, entgegnete dieser kühl. »Noch ein Grund zur Beschwerde.«

»Wie Sie meinen.« Alfred deutete auf das Fenster. »Sie erlauben?«

Henriette Pöllnitz wurde blass. »Was haben Sie vor?«

»Wie gesagt, ein Zeuge glaubt, etwas gesehen zu haben.«

»Aber haben Sie nicht von der Tür gesprochen?« Frau Pöllnitz blickte hektisch zwischen Alfred und ihrem Mann hin und her. »Sag doch etwas, Rudolf!«

»Ich fürchte, Sie haben mich missverstanden«, entgegnete Alfred vollkommen ruhig. »Ich sagte, jemand habe etwas vor Ihrer Kabine gesehen.«

»Rudolf!« Henriette Pöllnitz' Stimme klang schrill.

Ihr Mann funkelte sie wütend an. »Was auch immer Sie da draußen finden mögen, wir haben nichts damit zu tun. Wir haben das Fenster während der ganzen Reise noch nicht geöffnet.«

Alfred nickte dem Concierge zu, der zum Fenster trat, es öffnete und etwas an einer Schnur heraufzog. Er drehte sich um, einen schwarzen Lederbeutel in der Hand. Alfred erkannte, dass es die unförmige Handtasche war, die ihm bereits vorher an Henriette Pöllnitz aufgefallen war. Roth öffnete die Tasche und hielt sie in ihre Richtung. Ketten, Ohrringe, Uhren, eine perlenbesetzte Brosche und vieles mehr glitzerte im Licht der Deckenlampe.

»Ich schätze mal, das sind die Schmuckstücke, die gestern gestohlen wurden«, stellte Olga Marscholek fest.

»Diesen Beutel habe ich noch nie gesehen«, schrie Henriette Pöllnitz.

»Ich auch nicht«, schloss ihr Gatte sich ihr an und fuhr mit den Fingern in seinen Kragen, um ihn zu lockern. »Das Zeug muss uns irgendwer untergeschoben haben. Eine verdammte Verschwörung ist das.«

Alfred lächelte dünn. »Ich denke, die Schuldfrage wird ein Gericht klären. Dafür sind wir hier an Bord nicht zuständig. Wir übergeben Sie im nächsten Hafen der Polizei, bis dahin werden Sie in einer Kabine festgesetzt.«

»Im nächsten Hafen?«, fragte Henriette Pöllnitz panisch. »Aber wir sind doch hier in Serbien!«

»Im Königreich der Serben, Kroaten und Slowenen, um genau zu sein. Und Sie haben den Diebstahl auf serbischem Boden begangen, oder nicht?«

»Noch ist nicht geklärt, ob wir irgendetwas gestohlen haben«, fauchte Pöllnitz wütend. »Ich verlange einen Anwalt!«

»Den wird Ihnen die serbische Polizei sicherlich vermitteln«, entgegnete Alfred. Er musste sich beherrschen, um nicht zufrieden zu grinsen. »Und jetzt kommen Sie bitte mit.« Er deutete auf die Tür. »Gewiss haben Sie Verständnis dafür, dass Sie in einer Kabine der zweiten Klasse untergebracht werden, bis wir in Neusatz sind.«

* * *

Es war eine vollkommen verrückte Idee. Allein der Gedanke, das Foto könnte ihren Eltern oder, schlimmer noch, Vincent in die Hände fallen, verursachte Claire Kopfschmerzen. Nein, sie musste ihre Zusage zurückziehen. Aus einer Laune heraus hatte sie Hannah versprochen, sich von ihr fotografieren zu lassen. Aber nicht so züchtig wie zuvor an Deck, sondern nur von einem Seidentuch bedeckt, das mehr offenbarte, als es verbarg.

Gestern vor dem Konzert hatte Hannah ihr ein paar Bilder gezeigt, die sie von anderen Frauen gemacht hatte, und Claire hatte spontan den Wunsch verspürt, auch einmal so abgelichtet zu werden. Stark und zugleich verletzlich, unverhüllt, einfach so, wie sie war.

Eigentlich hatten sie das Foto gleich heute Morgen aufnehmen wollen, doch die Versammlung im Salon hatte sie daran gehindert. Claire war erleichtert gewesen, denn ihr waren über Nacht Zweifel gekommen. Sie lebte nicht im modernen, wilden Berlin, sondern in Passau, wo die neuen Freiheiten für Frauen kritisch gesehen wurden. Allein das Gerücht, es gebe ein solches Foto von ihr, würde ihren Ruf ein für alle Mal zerstören.

Eben hatte der Hotelchef sie aus dem Salon entlassen, viel schneller als erwartet. Sein grimmiger Blick ließ Claire vermuten, dass es eine neue Entwicklung gab, was die Diebstähle betraf, aber sie hatte nicht die Ruhe gehabt, sich damit zu beschäftigen. Hannah hatte sie gleich mit in ihre Kabine nehmen wollen, Claire hatte jedoch unter einem Vorwand um Aufschub gebeten. Jetzt musste sie Farbe bekennen.

Mit einem nervösen Kribbeln im Magen machte Claire

sich auf den Weg in die zweite Klasse. Vor Hannahs Kabine hob sie die Hand, um zu klopfen, doch sie kam nicht dazu, denn schon schwang die Tür auf, und Hannah breitete die Arme aus.

»Claire! Wie schön, dass du da bist. Komm herein.«

»Aber nur für einen Moment.« Claire trat in die Kabine, die kleiner und einfacher ausgestattet war als ihre.

Hannah schloss die Tür. »Für einen Moment?«, fragte sie. »Hast du es dir anders überlegt?«

»Ich kann einfach nicht. Stell dir vor, das Bild gerät in die falschen Hände.«

»Das wird es nicht, ich verspreche es dir. Aber wenn du nicht möchtest – kein Problem. Das Foto würde sowieso nicht gut werden, wenn du mit Widerwillen posierst. Du musst es wollen, sonst funktioniert es nicht.«

Claire atmete auf. Hannah nahm es ihr anscheinend nicht übel. »Du bist nicht enttäuscht?«

»O doch. Aber ich werde es überleben. Möchtest du ein Glas Sherry?«

Claire ließ sich erleichtert auf dem einzigen Stuhl nieder. Eine Last fiel von ihr ab. »Sehr gern.«

Hannah nahm eine Flasche vom Nachttisch und füllte zwei kleine Gläser, reichte Claire eines. Claire nippte, das Getränk rann heiß ihre Kehle hinunter. Sie nippte noch einmal, trank das Glas dann in einem Zug leer. Der Sherry explodierte in ihrem Magen, angenehme Wärme breitete sich darin aus und dämpfte die Nervosität.

Hannah hielt fragend die Flasche hoch. Claire wollte ablehnen, aber dann besann sie sich. Einen noch würde sie nehmen und dann in ihre Kabine zurückkehren. Diesmal trank sie nicht alles auf einmal, sondern nahm kleine Schlucke und genoss das Gefühl der Leichtigkeit, das sich allmählich in ihrem Kopf ausbreitete.

Erst jetzt nahm sie sich die Zeit, sich in dem Raum umzublicken, und bemerkte das Stativ, das neben dem Bett aufgebaut war. Darauf war nicht die kleine Kamera befestigt, die Hannah überallhin mitnahm, sondern eine große Faltkamera, wie Claires Vater auch eine besaß. Mit ihr hatte Hannah die Aufnahmen während des Konzerts gemacht und ihr erklärt, dass sie nicht mit einem Rollfilm, sondern mit Fotoplatten aus Glas funktionierte.

Hannah trank ihren Sherry aus und bewegte sich langsam hinter die Kamera. »Kannst du einen Augenblick stillhalten?«

Warum nicht, dachte Claire. Ein solches Bild war vollkommen unverfänglich. Hannah hantierte an der Kamera herum, drehte an einem seitlichen Rädchen, sodass der Balgen ausgefahren wurde, dann vorn am Objektiv. Schließlich drückte sie einen kleinen Hebel neben dem Objektiv hinunter, wartete einige Sekunden und bewegte ihn zurück.

»Perfekt«, sagte sie.

»Wenn du das sagst.« Claire stellte das leere Glas auf dem Nachttisch ab. Ihr war ein wenig schwummerig, sie trank sonst nie Alkohol am Vormittag.

»Meinst du, wir können noch ein Foto machen, diesmal mit offenen Haaren?«

»Muss das sein?«, fragte Claire, plötzlich wieder nervös.

»Nein, natürlich nicht.«

Claire zögerte, dann zog sie eine Nadel aus ihren Haaren.

»Warte, ich helfe dir.«

Hannah trat hinter sie und begann, mit sanften Fingern Nadel für Nadel herauszuziehen, sodass die Strähnen nach und nach herunterfielen. Im ersten Moment verkrampfte sich Claire, doch dann genoss sie die sanften Berührungen. Kaum war die letzte Nadel fort, griff Hannah zu einer Bürste. Claire schloss die Augen. Ihr Haar war fein, Hannah schien genau zu wissen, wie sie damit umgehen musste.

Plötzlich spürte Claire Hannahs Atem an ihrem Ohr. »Willst du es nicht doch versuchen, Claire? Für mich? Niemand außer uns beiden wird je davon erfahren.«

Claires Mund wurde trocken. Sie hatte Angst, sich so verletzlich zu machen, aber sie spürte auch den Reiz des Verbotenen, den Drang, sich dieses eine Mal gegen die Konventionen aufzulehnen. Vertraute sie Hannah? Ihr Herz sagte Ja, ihr Verstand schwieg. Sie holte Luft und begann, ihre Bluse aufzuknöpfen.

»Lass mich«, flüsterte Hannah.

Claire ließ es für eine Weile geschehen. Doch dann fiel ihr ein, dass es da etwas gab, von dem Hannah nichts erfahren durfte. Hastig schob sie Hannahs Hand weg und stand auf.

»Ich mache das selbst.«

Sie blickte Hannah auffordernd an, die verstand und sich abwandte. Nach und nach entledigte sich Claire ihrer Kleider. Ihr Herz schlug wild. Außer ihrer Mutter und der Hebamme, die sie auf die Welt geholt hatte, hatte noch kein Mensch sie so gesehen. Seltsamerweise spürte sie nur Nervosität, keine Scham. Sie räusperte sich.

»Darf ich mich umdrehen?«, fragte Hannah.

»Ja.«

Hannah wandte sich ihr zu, ein Lächeln auf den Lippen. »Leg dich aufs Bett, nimm ein Buch und lies darin.«

Claire gehorchte. Sie machte es sich auf der Decke bequem, halb auf der Seite, den Kopf auf die linke Hand gestützt. Auf dem Nachttisch lag ein Band mit Gedichten von Elizabeth Barrett Browning, sie griff danach, schlug ihn auf. *Sag immer wieder und noch einmal sag, dass du mich liebst. Obwohl dies Wort vielleicht, so wiederholt, dem Lied des Kuckucks gleicht* … Zwar konnte sie sich kaum auf die Verse konzentrieren, dennoch lenkte die Lektüre sie ab.

»Und jetzt bitte nicht bewegen, Claire. Gut so, danke. Warte, ich mache noch eines.«

In dem Augenblick knallte draußen eine Tür. Claire sprang erschrocken vom Bett und umschlang ihren nackten Körper mit den Armen.

»Ich muss los«, murmelte sie und stolperte zu ihrem Häuflein Kleider. Wieder wartete sie, bis Hannah sich weggedreht hatte. Als sie sich angezogen und die Haare auf die Schnelle hochgesteckt hatte, trat sie zu ihr. »Ich gehe jetzt zurück in meine Kabine. Danke für dieses besondere Erlebnis.«

Hannah lächelte. »Ich danke dir für dein Vertrauen, und ich schwöre, dass ich auf dieses Bild achtgeben werde, als ginge es um mein Leben.«

Claire nickte.

»Darf ich dir die Platte nachher zeigen? Ich habe ein paar Chemikalien dabei, um sie zu entwickeln.«

Claire wurde es heiß, dann nickte sie. »In Ordnung.« Hastig umarmte sie ihre Freundin. »Dann bis später.«

Hannah hielt sie fest und sah ihr in die Augen. »Bis später, Claire. Ich freue mich.«

Claire erwiderte den Blick, dann machte sie sich los und stürzte aus der Kabine.

* * *

Alfred Lerch hielt Sailer die Tür auf, gemeinsam betraten sie die Kabine. Sailer trug ein Tablett mit Kaffee sowie einen Teller mit belegten Broten und stellte beides auf dem kleinen Tisch ab, den ein Bursche zusammen mit einem weiteren Stuhl in den engen Raum getragen hatte.

Pöllnitz saß am Tisch und rauchte, seine Frau hockte zusammengekauert auf der Bettkante. Unmittelbar nachdem sie festgesetzt worden waren, hatte Alfred versucht, mit den beiden zu reden. Es gab noch jede Menge ungeklärter Fragen, allen voran die nach den früheren Diebstählen. Er hatte noch einmal die Passagierlisten konsultiert und auch mit Henri Negele und Olga Marscholek gesprochen. Henriette und Rudolf Pöllnitz waren nie zuvor an Bord der *Regina Danubia* gewesen, weder unter diesem Namen noch unter einem anderen. Wer also hatte die vorherigen Diebstähle begangen? Existierte überhaupt eine Verbindung zwischen den Taten, und wenn ja, welche? Gaben die Verbrecher sich womöglich gegenseitig Hinweise, wo etwas zu holen war?

Immerhin war das Rätsel um die Ratte nun endgültig gelöst. In dem Beutel hatten sich neben dem Schmuck auch ein paar Sägespäne befunden, von denen ein eindeutiger Geruch ausging. Es stand also fest, dass die beiden Eheleute das Tier an Bord geschmuggelt hatten.

Leider hatten sie sich bisher geweigert, auch nur ein Wort zu sagen. Doch offenbar hatten sie es sich inzwischen anders überlegt, denn Pöllnitz hatte um eine Unterredung gebeten.

»Wäre das alles, Herr Lerch?«, fragte Sailer, das leere Tablett in der Hand.

»Warten Sie bitte bei der Tür, Herr Jordan, für den Fall, dass wir noch etwas brauchen«, erwiderte Alfred.

Sie hatten abgesprochen, dass der junge Reedereierbe als Zeuge dabeiblieb, jedoch seine wahre Identität nicht offenbarte.

Alfred deutete auf den freien Stuhl neben Pöllnitz. »Gnädige Frau, wenn Sie so freundlich wären.«

Henriette Pöllnitz zögerte kurz, dann erhob sie sich vom Bett und setzte sich neben ihren Mann.

Alfred nahm ebenfalls Platz. »Sie wollten mit mir sprechen, Herr Pöllnitz?«

Pöllnitz sah zu Sailer hinüber. »Aber nur mit Ihnen.«

»Mein Personal ist diskret.«

Pöllnitz blies Rauch aus und erdrückte die Zigarette im Aschenbecher. Er schien zu überlegen. Alfred gab ihm Zeit. Schließlich nickte der Mann.

»Ich möchte Ihnen einen Handel anbieten.«

Alfred zog die Augenbrauen hoch. Damit hatte er nicht gerechnet. »Was denn für einen Handel, Herr Pöllnitz?«

»Wir gestehen die Diebstähle, dafür liefern Sie uns erst in Passau an die Polizei aus.«

Alfred warf einen kurzen Blick zu Sailer, der die Stirn in Falten gezogen hatte und kaum merklich den Kopf schüttelte.

»Warum sollte ich mich darauf einlassen?«, fragte Alfred. »Ob Sie gestehen oder nicht, ist nicht mein Problem.«

Tatsächlich zählte für ihn nur, dass die Gäste ihren Schmuck zurückerhalten hatten. Es war ihm eine besondere Freude gewesen, jeder Dame und jedem Herrn die verlorenen Stücke persönlich auszuhändigen. Alle waren überglücklich gewesen und hatten die rasche und effiziente Aufklärung der Angelegenheit in den höchsten Tönen gelobt. Falls sich der Vorfall außerhalb der *Regina Danubia* herumsprechen sollte, dann als Erfolgsgeschichte. Allein darauf kam es an.

Pöllnitz beugte sich über den Tisch. »Aber es wird zu Ihrem Problem, wenn wieder Wertgegenstände verschwinden.«

Alfred schnappte nach Luft. »Was wollen Sie damit sagen? Soll das eine Drohung sein?«

Pöllnitz lehnte sich wieder zurück und verschränkte die Arme vor der Brust. Alfred bekam mehr und mehr das Gefühl, dass der Gauner mit ihm spielte. Das durfte er nicht zulassen.

»Wenn Sie mir etwas zu sagen haben, dann raus mit der Sprache«, sagte er mit scharfer Stimme. »Ansonsten ist das Gespräch an dieser Stelle beendet. Es sind nur noch wenige Stunden bis Neusatz, dann bin ich die Verantwortung für Sie los.«

»Rudolf.« Henriette Pöllnitz sah ihren Mann flehentlich an. Sie war in den vergangenen Stunden merklich gealtert. Nichts war übrig von der eleganten, ein wenig überheblichen Dame.

Ihr Mann warf ihr einen ärgerlichen Blick zu, dann wandte er sich wieder an Alfred. »Sicherlich haben Sie sich schon gefragt, was es mit den Diebstählen auf den früheren Reisen auf sich hat.«

Alfred tauschte einen Blick mit Sailer. »Ich höre.«

»Es gibt mehr von uns«, erzählte Pöllnitz. »Wie viele, weiß ich nicht. Wir bekommen eine Schiffspassage und einen Auftrag. Und fünfzig Prozent vom Erlös.«

Alfred schnappte nach Luft. Also steckte eine ganze Bande dahinter, unfassbar. »Wer ist Ihr Auftraggeber?«

»Das wissen wir nicht.«

Sailer schnaubte ungläubig, Pöllnitz warf ihm einen ärgerlichen Blick zu. »Das ist die Wahrheit«, sagte er dann, an Alfred gewandt. »Aber wenn Sie wollen, können Sie es herausfinden.«

»Und wie?«

»Wir sollen den Schmuck in Belgrad in einem Versteck deponieren. Wir haben genaue Anweisungen, wo wir ihn ablegen sollen. Unser Auftraggeber wird ihn sich dort holen.«

»Und wenn er nur einen Mittelsmann schickt?«

»Das tut er nicht. Der Boss hat gern alles unter Kontrolle, er ist immer in der Nähe, so viel wissen wir, auch wenn wir ihn nicht persönlich kennen. Ich wette, er legt sich bei dem Versteck auf die Lauer, sobald die *Regina Danubia* anlegt.«

»Dann können wir diese Geschichte doch der Polizei erzählen«, sagte Alfred mit einem Lächeln. »Und die kann sich Ihren Auftraggeber schnappen, wenn er den Schmuck aus dem Versteck holen will.«

Pöllnitz' Augen flackerten nervös. »Zu riskant. Wenn der Boss auch nur vermutet, dass die Polizei im Spiel ist, taucht er bestimmt unter. Und Sie wissen nie, auf welcher Ihrer nächsten Fahrten ein schwarzes Schaf unter den Gästen ist.«

Alfred sah wieder zu Sailer hinüber. Der nickte. Alfred verzog zweifelnd das Gesicht, die Sache behagte ihm nicht, er traute Pöllnitz nicht über den Weg. Doch der Sohn seines Arbeitgebers blieb entschlossen.

»Also gut«, lenkte er ein. »Ich spreche mit dem Kapitän darüber. Er hat hier an Bord das Kommando. Wenn er will, dass wir Sie in Neusatz der Polizei ausliefern, wird das geschehen. Aber wenn es mir gelingt, ihn davon zu überzeugen, dass Sie uns von Nutzen sein können, um den Drahtzieher zu erwischen, dürfen Sie bleiben. Zumindest bis Belgrad.«

***

Alma stapelte die frischen Handtücher für den nächsten Morgen auf den Wagen, bis der Turm so hoch war, dass er umzukippen drohte. Mit dem Rücken stieß sie die Tür der Wäscherei auf und bewegte sich rückwärts in den Korridor. Am anderen Ende gab es einen Lastenaufzug, wo sie den Wäschewagen einstellen und ein Deck höher wieder in Empfang nehmen konnte.

Als sie an der Küche vorbeikam, die sich ebenso wie die Wäscherei, der Maschinenraum und der Kohlenbunker im Unterdeck befand, sah sie Kurt Rieneck mit gesenktem Kopf auf dem Treppenabsatz hocken. Der schlaksige junge Mann sah aus, als hätte er eine schlechte Nachricht erhalten.

»Kurt?«, sprach sie ihn an. »Was machst du hier?«

Er blickte auf. »Die Küche ist für heute fertig, ich habe Feierabend.«

»Und warum gehst du dann nicht hinauf?«

»Ich muss noch einen Moment allein sein.«

Alma lächelte verständnisvoll. »Gar nicht so einfach, hier an Bord ein bisschen Ruhe zu finden.«

Kurt nickte.

»Dann lass ich dich am besten allein.«

Sie wollte sich abwenden, doch er rief sie zurück. »Warte.«

»Ja?«

»Würdest du dich für einen Moment zu mir setzen?«

Alma warf einen Blick auf den Wäschewagen. Sie hatte noch nicht Feierabend. Andererseits wurden die Handtücher erst morgen früh gebraucht. Und sie hatte es Kurt zu verdanken, dass sie überhaupt an Bord war. Ohne seine Hartnäckigkeit hätte sie sich nie bei Alfred Lerch beworben.

Sie ließ sich neben ihm auf der obersten Stufe nieder. Eine Weile schwiegen sie und lauschten dem Stampfen der Maschine hinter der schweren Stahltür, die ihnen gegenüberlag.

»Ich möchte dich etwas fragen«, sagte Kurt schließlich.

Alma fühlte sich mit einem Mal beklommen. »Worum geht es?«

»Stell dir vor, du würdest plötzlich erfahren ...« Er stockte, rieb sich mit den Händen über die Oberschenkel. »Stell dir vor, irgendein Fremder würde zu dir kommen und behaupten, er wäre dein Vater.«

»Heiliger Himmel!« Sie starrte ihn an.

»Was würdest du sagen?«

Alma überlegte. »Es käme darauf an«, antwortete sie vorsichtig. »Ob seine Geschichte glaubwürdig ist, zum Beispiel.«

»Und wenn sie das wäre?«

»Du meinst, wenn er beweisen könnte, dass er wirklich mein Vater ist?«

»Wenn er deine Mutter geschwängert hätte, bevor sie deinen Vater kennenlernte, der das Kind des anderen Mannes als sein eigenes annahm.«

»Hätte er mir erzählt, warum er meine Mutter und das Kind verlassen hat?«, fragte Alma weiter und tat dabei noch immer so, als handle es sich um ein Gedankenspiel, obwohl sie längst begriffen hatte, dass Kurt von sich selbst sprach.

»Er war schon verheiratet, hatte bereits zwei Söhne.«

Alma nickte wortlos.

»Er hat meiner ... deiner Mutter Geld gegeben, damit sie versorgt ist.«

Alma sah ihn an. »Was will er so plötzlich von mir?«

Kurt senkte den Blick. »Er hat beide Söhne im Krieg verloren. Seine Frau ist ebenfalls tot. Er sucht einen Erben.«

»Wirklich?« Alma fragte sich, wie es sich anfühlen mochte, plötzlich zwischen zwei Familien zu stehen und zu keiner mehr richtig dazuzugehören. Es musste schlimm sein, so als hätte einem irgendwer die Wurzeln abgehackt.

»Das hat er zumindest behauptet.« Kurt senkte den Blick auf den Boden.

»Ist er vermögend?«

»Ich denke schon. Aber das ist kein Grund …« Er presste die Lippen zusammen.

»Nein, das ist kein Grund«, bestätigte Alma. »Aber es kann bei der Entscheidung helfen.«

»Ich weiß nicht.« Kurt scharrte mit dem Fuß über den Boden.

»Ist er ein anständiger Mensch?«, wollte Alma wissen. »Jemand, den du respektieren kannst?«

»Woher soll ich das wissen?«, brach es aus Kurt heraus. »Ich kenne ihn doch kaum! Er taucht plötzlich auf und bringt mein Leben durcheinander, stellt sich einfach so hin und behauptet, er sei mein Vater und er wolle mich als Erben einsetzen. Aber er ist ein Fremder für mich. Ich habe doch einen Vater.« Er rieb sich über das Gesicht. »Ich hatte einen«, fügte er leise hinzu. »Den allerbesten der Welt, er ist tot.«

»Das tut mir leid.«

Kurt nickte zerstreut. »Was soll ich nur tun?«

Alma legte ihm die Hand auf den Arm. »Vielleicht solltest du versuchen, diesen Fremden näher kennenzulernen, bevor du dich entscheidest. Wenn er es wert ist, wird er sich darauf einlassen.«

Kurt betrachtete sie. »Das ist eine gute Idee.« Ein Lächeln breitete sich auf seinem Gesicht aus. »Du bist eine sehr kluge Frau, Alma Engel, wusstest du das?«

Sie senkte verlegen den Blick. »Unsinn. Jeder andere hätte dir das Gleiche geraten.«

»Sei nicht so bescheiden. Du bist etwas Besonderes, das habe ich gleich gemerkt, als ich dich mit deinem Fahrrad in Passau am Kai gesehen habe. Und wenn Vincent nicht schon ein Auge auf dich geworfen hätte …« Statt den Satz zu beenden, beugte er sich vor und küsste sie auf die Wange. »Danke, Alma, du hast mir sehr geholfen.«

Er sprang auf und stürzte davon. Benommen blieb Alma sitzen. Als sie schließlich aufstand und nach dem Wagen mit der hoch aufgetürmten Wäsche griff, fühlte er sich mit einem Mal ganz leicht an.

* * *

Vincent klopfte an und trat in die Kabine. »Ihr Drink, Fräulein Ravensberg.«

Claire, die vor dem Schminktisch saß, den Blick auf etwas gerichtet, das aussah wie ein dünnes Büchlein oder ein Handspiegel, fuhr herum und starrte ihn an. Dann schoss ihr Blick zur Zimmerecke, und Vincent erkannte, dass sie nicht allein war. Im Sessel hatte es sich eine zweite Frau bequem gemacht. Sie saß quer darin, ihre langen Beine baumelten über der Armlehne. Sie trug eine helle Leinenhose und ein weißes Hemd, das nur halb zugeknöpft war und locker über dem Hosenbund hing. Die Fotografin, die in Wien zugestiegen war. Sie war ihm schon aufgefallen, doch er hätte niemals gedacht, dass Claire sich mit einer solchen Person anfreunden könnte. Bisher hatte sie immer ein wenig abschätzig über Frauen gesprochen, die Hosen trugen und in der Öffentlichkeit laut und selbstbewusst auftraten.

»Ich habe kein Getränk bestellt«, sagte sie nun, ein verlegenes Lächeln auf den Lippen. Sie schob den Gegenstand unter ein besticktes Taschentuch, das auf dem Schminktisch lag.

»Was ist es denn?«, wollte die Fotografin wissen.

»Gin, mit Eis und Zitrone.«

»Den nehme ich.« Sie streckte die Hand aus.

Vincent blieb nichts anderes übrig, als ihr das Glas zu reichen. Sie sah ihn dabei nicht einmal an.

»Nein, meine Liebe«, sagte sie zu Claire, offenbar in Fortsetzung eines Gesprächs, das er unterbrochen hatte. »Ich meine es ernst. Du solltest die Haare offen tragen. Dazu ein kirschroter Lippenstift, dann kann dir kein Kerl widerstehen. Hab ich nicht recht?« Sie sah Vincent herausfordernd an.

Er spürte, wie er errötete. Als Vincent Sailer hätte er eine schlagfertige Antwort parat gehabt, aber als Vincent Jordan durfte er nicht aus der Rolle fallen.

»Lass ihn, Hannah«, fuhr Claire sie an.

»Die liebe Claire muss alle beschützen. Aber ich glaube, er kann sich ganz gut selbst verteidigen, nicht wahr?« Die Fotografin taxierte ihn lächelnd. »Keine Sorge, ich beiße nicht.« Sie hob das Glas und prostete ihm zu. »Zumindest keine Männer.«

»Hannah!«

Vincent zog sich zur Tür zurück. Er hatte vorgehabt, in Ruhe mit Claire zu reden. Seit Tagen hatten sie kein Wort gewechselt, es gab so viel zu besprechen. Aber das würde er wohl verschieben müssen.

»Wenn die Damen sonst nichts mehr benötigen«, sagte er und griff nach der Klinke.

»Warten Sie.« Claire erhob sich und trat zu ihm. »Es wäre schön, wenn Sie mir später eine heiße Milch bringen könnten, zum Einschlafen.« Sie lächelte ihn entschuldigend an. »So in einer halben Stunde?«

Vincent nickte. »Sehr wohl, Fräulein Ravensberg.«

Als er eine halbe Stunde später mit der Milch zurückkehrte, war Claire tatsächlich allein.

»Verzeih mir bitte«, sagte sie, als sie das Glas entgegennahm. »Ich hatte keine Ahnung, dass du kommen würdest, sonst hätte ich Hannah früher fortgeschickt.

»Ihr scheint euch gut zu verstehen.« Vincent hörte selbst, wie distanziert er klang. Dabei freute er sich für Claire, dass sie eine Freundin an Bord gefunden hatte. Es lag wohl daran, wie diese Hannah ihn behandelt hatte. In seiner Maskerade als Kellner hatte er sich so wehrlos gefühlt.

Claire nippte an der Milch und stellte das Glas weg. »Du darfst ihr nicht böse sein, Vincent. Sie ist sehr direkt, nimmt kein Blatt vor den Mund, aber sie ist ein guter Mensch.«

»Davon bin ich überzeugt.« Er umfasste das Tablett mit beiden Händen, hielt es sich wie einen Schild vor die Brust. »Ich habe leider nur wenig Zeit. Im Raucherzimmer sitzen ein paar Herren und trinken einen Whisky nach dem anderen, um den Triumph über das Diebespärchen zu feiern. Sie führen sich auf, als hätten sie selbst die beiden zur Strecke gebracht. Wenn das so weitergeht, muss ich die ganze Nacht Drinks servieren.«

»Dann ist es also wahr, dass das Ehepaar Pöllnitz des Diebstahls überführt wurde?«

»Ja, das stimmt. Und genau deshalb bin ich bei dir. Eigentlich könnte ich jetzt die Kellneruniform ablegen, meine Aufgabe ist erfüllt. Aber so wie es aussieht, haben die beiden im Auftrag einer dritten Person gehandelt, und die würden wir gern ebenfalls erwischen. Wenn wir der Schlange nicht den Kopf abschlagen, haben wir auf der nächsten Reise wieder ein Gaunerpärchen an Bord.«

»Liebes Lieschen!« Claire machte große Augen. »Aber wie willst du das anstellen?«

»Angeblich wartet der Auftraggeber in Belgrad auf die beiden, dort wollen wir ihn schnappen.«

Bei der Erwähnung von Belgrad sah Claire für einen Moment erschrocken aus.

»Keine Sorge«, versuchte Vincent sie zu beruhigen. »Henriette und Rudolf Pöllnitz bleiben zwar so lange an Bord, aber sie wurden in einer Kabine eingeschlossen. Sie können niemandem mehr gefährlich werden.«

»Ja.« Claire lächelte dünn. »Natürlich.«

»Es tut mir leid, dass ich meine Rolle ein paar Tage weiterspielen muss.«

»Das macht doch nichts, dafür bist du ja an Bord.«

Fast kam es Vincent so vor, als wäre sie erleichtert. Er dachte an das Gewitter zurück, an die kühle Verabschiedung.

»Bist du noch verärgert wegen dieses Zimmermädchens?«, fragte er.

Sie sah ehrlich überrascht aus. »Nein, wie kommst du darauf?«

»Nun ja, wir haben seither kaum miteinander reden können.« Er drehte verlegen das Tablett in den Händen. »Es ist nämlich so, dass Alma mir geholfen hat, die Diebe zu überführen.«

»Ach, wie spannend.« Trotz ihrer Worte wirkte Claire nicht sonderlich interessiert. »Sei mir nicht böse, Vincent, aber ich bin müde. Wie du dir sicherlich denken kannst, habe ich in der vergangenen Nacht kaum geschlafen. Die ganze Aufregung um den gestohlenen Schmuck war einfach zu viel. Auch wenn ich selbst nicht von den Diebstählen betroffen war, hat mich das alles ordentlich erschreckt.«

»Aber natürlich, das verstehe ich gut. Dann lasse ich dich jetzt allein.« Er zögerte, dann beugte er sich vor und hauchte ihr einen Kuss auf die Wange. »Gute Nacht, Claire.«

»Gute Nacht, Vincent.«

Auf dem Korridor blieb er einen Augenblick stehen. Während er mit Claire gesprochen hatte, war ihm mit einem Mal klar geworden, dass es ihm überhaupt nicht leidtat, noch eine Weile den Kellner spielen zu müssen. Ganz im Gegenteil, er freute sich über die Verzögerung. Aus irgendeinem Grund fühlte er sich unter den Bediensteten wohler als im Salon bei den Passagieren. Aber er war nicht sicher, woran es lag.

KAPITEL 14

Ungarische Tiefebene, Sonntag, 23. August 1925

Es war noch dunkel, als Ludwig Bender am Sonntagmorgen in den Maschinenraum hinunterstieg. Er hatte Lerch, Negele und Marscholek nur eine vage Version ihrer Kesselprobleme präsentiert und sie gebeten, den Gästen zu erzählen, dass es aufgrund der Witterungsbedingungen zu einer Verzögerung komme, sodass sie Neusatz einen Tag später erreichen würden als geplant. Das war natürlich Unfug, aber immerhin war das Wetter tatsächlich umgeschlagen, starker Wind fegte Nieselregen über die Ebene, daher erschien die Ausrede nicht ganz so abwegig.

Während der Reparatur gestern waren sie fast drei Stunden lang nur mit einem Kessel gefahren, erst am Nachmittag hatte Opitz den zweiten wieder in Betrieb nehmen können. Zur Sicherheit hatte er zusätzliche Wachen eingeteilt, die den Kessel rund um die Uhr im Auge behielten.

Trotz dieser Maßnahme hatte Ludwig schlecht geschlafen. Er konnte es kaum erwarten, endlich in Neusatz anzukommen, wo sie hoffentlich die kaputten Rohre austauschen und den Kessel noch einmal gründlich unter die Lupe nehmen konnten. Bis dahin würde er wie auf heißen Kohlen sitzen.

Im Maschinenraum wurde er von den Wachen begrüßt. Nur einer der Heizer schien ihn gar nicht zu bemerken. Er stand vor dem reparierten Kessel, die Stirn in Falten gelegt.

Ludwig klopfte an eines der Kaltrohre. »Guten Morgen, der Herr.«

Der Heizer fuhr herum und wurde blass. »Ach du jemine«, stieß er hervor und nahm Haltung an.

»Ach du jemine? Begrüßt man so den Kapitän?«

»Ja, ich meine, nein. Guten Morgen, Käpt'n. Entschuldigen Sie, ich war nur …«

Ludwig schmunzelte. »Was waren Sie, Herr Krömer?«

Die meisten Kapitäne duzten die einfachen Arbeiter wie etwa die Heizer, aber Ludwig zollte jedem an Bord Respekt. So wie man in den Wald hineinrief, so schallte es heraus, das hatte er von seinem Großvater gelernt, und meistens hatte er damit recht behalten.

»… vertieft«, beendete Krömer den Satz. »In den Kessel.«

Ludwig schaute ihn fragend an.

»Na ja, ich dachte gerade, dass er vielleicht nicht schon immer hier eingebaut war.«

Ludwig runzelte die Stirn. Das war eine abwegige Idee. Die Regina war 1906 gebaut worden und seit knapp zwanzig Jahren in Betrieb. Sie war quasi neu. Anton Sailer hatte das Schiff nach dem Krieg gekauft, da war es frisch überholt und in einem hervorragenden Zustand gewesen.

Wäre beim Überholen ein Kessel gewechselt worden, hätte Ludwig davon gewusst. Eine solche Maßnahme musste in die Schiffspapiere eingetragen werden. Das Leck im Kessel war schlicht Pech. So etwas passierte. Wer wusste schon, wie frühere Maschinisten mit der Regina umgesprungen waren. Vielleicht hatten sie den Kessel überhitzt und dann zu schnell abgekühlt. Dabei zog sich das Metall schlagartig zusammen, was zu einem Riss führen konnte.

»Soso, Herr Krömer.« Ludwig sah den Heizer scharf an. »Und wie kommen Sie darauf?«

Bevor Krömer antworten konnte, polterte jemand die Treppe herunter. »Ay, Käpt'n. Guten Morgen«, rief Opitz aufgeräumt. »Wie Sie sehen, hat der Kessel die Nacht durchgehalten.«

»Sehr beruhigend. Dennoch bin ich froh, wenn wir endlich in Neusatz ankommen.«

»Noch ein paar Stunden.« Opitz trat näher. »Wir sollten weiterhin keine volle Fahrt machen.« Er sah Krömer an. »Ist noch etwas?«

»Ähm, nein.« Der Heizer machte sich davon.

»Ein kluger Bursche«, sagte Opitz.

»Er sagte etwas davon, dass der Kessel kein Originalteil ist.«

»Ach ja?« Der Maschinist runzelte die Stirn. »Ich werde mir später erklären lassen, was er damit meint.«

»Gut.« Ludwig nickte zufrieden. »Dann hoffen wir mal, dass wir in Neusatz alles bekommen, was wir brauchen, damit die Regina uns sicher ans Schwarze Meer bringt.«

***

Edmund Valerian versuchte, sich auf die Zeitung zu konzentrieren, die auf seinem Schoß lag, aber das war gar nicht so einfach. Er saß im Teesalon hinter einer großen Grünpflanze, wo er sich ein wenig Ruhe erhofft hatte. Doch in der anderen Ecke des Raums plauderte die russische Gräfin angeregt mit dem Ehepaar Lang. Sie war noch immer aufgewühlt wegen der Diebstähle und konnte nicht fassen, dass sie alle Stücke so schnell zurückerhalten hatte.

»Auf jeden Fall haben Sie von Ihrer Hochzeitsreise etwas zu erzählen«, sagte sie gerade zu dem jungen Paar. »Was für ein Abenteuer.«

»Sie sagen es«, bestätigte Hedwig Lang. »Wenn ich bedenke, dass ich mich an dem Abend noch ahnungslos mit Frau Pöllnitz unterhalten habe. Ich habe ihr nicht das Geringste angemerkt, eiskalt, diese Verbrecherin.«

»Leider sieht man einem Menschen nur vor die Stirn«, bestätigte ihr Mann. »Sonst wäre es einfach, die Ganoven von den anständigen Bürgern zu unterscheiden, und die Polizei wäre arbeitslos.«

»Ach, Erich.« Hedwig Lang schnalzte mit der Zunge. »Was hast du nur für Einfälle.«

»Es wäre in der Tat hilfreich«, meinte Lang, der offenbar Gefallen an seiner Idee fand. »Ein Arbeitgeber wüsste schon beim Einstellungsgespräch, ob er es mit einem ehrlichen Mitarbeiter zu tun hat, und eine Frau wüsste, woran sie bei dem Galan ist, der sie umwirbt.«

»Eine interessante Vorstellung.« Das Lachen der Gräfin klang ein wenig gekünstelt.

»Lieber Himmel, Erich«, rief Hedwig Lang. »Schau

mal, wie spät es ist, wir wollten uns doch noch umziehen, bevor wir in Neusatz anlegen.«

Am Nachmittag sollten sie laut Ankündigung des Hotelchefs endlich die serbische Stadt erreichen. Einen Tag Verzögerung hatte das Wetter ihnen beschert. Wenn es wirklich das Wetter gewesen war. Edmund misstraute der offiziellen Erklärung. Er tippte auf technische Probleme.

Die Langs verabschiedeten sich überschwänglich von der Gräfin, es klang, als wäre es ein Abschied für immer und als würden sie sich nicht bereits zum Abendessen wiedersehen.

Als sie fort waren, atmete Edmund auf. Vielleicht kam er jetzt endlich dazu, in Ruhe den Artikel über das Schiffsunglück vor der Küste von Rhode Island zu lesen, das sich am vergangenen Mittwoch zugetragen hatte. Einer der Kessel des Dampfers war explodiert und hatte zweiundvierzig Menschen in den Tod gerissen. Immerhin hatte die Gräfin ihn hinter der Zimmerpflanze wohl noch nicht bemerkt. Andernfalls hätte sie ihn längst angesprochen.

Er freute sich zu früh. Die Langs waren noch nicht ganz aus der Tür, da tauchte Hans Harbach auf, der frischgebackene Verlobte der jungen Russin.

»Hier bist du, mein Engel«, flötete er.

»Ich habe mich mit den Langs unterhalten. Das sind ja so nette Leute.«

»Wirklich nett findet ich es nicht, dass sie mich deiner Gesellschaft berauben«, beklagte sich Harbach in melodramatischem Tonfall.

»Ach, Liebster, als könnte je etwas zwischen uns stehen.«

»Ist das so, meine Prinzessin?«

»Zweifelst du etwa daran?«

Einen Moment herrschte Schweigen, und Edmund überlegte, ob er sich räuspern sollte, um auf seine Anwesenheit hinzuweisen. Doch die nächsten Worte des Fabrikantensohns brachten ihn aus dem Konzept, und er schwieg erschrocken.

»Genau darüber wollte ich mit dir reden, Kati.«

»Wie meinst du das?«

»Es gibt etwas, das ich dir sagen muss.«

»Du klingst so ernst.« Die Gräfin wirkte beunruhigt.

»Es handelt sich auch um eine ernste Angelegenheit.« Es knarrte, offenbar hatte Harbach sich gesetzt.

»Was ist los, Hans? Rede mit mir!«

»Es ist nicht so einfach, und es gibt keine beschönigenden Worte dafür, also sage ich es rundheraus: Die Fabrik meines Vaters ist bankrott. Meine Familie hat kein Geld, nicht einen Pfennig. Ganz im Gegenteil, wir sind überall verschuldet.«

»Großer Gott, Hans!«

Edmund hielt die Luft an. In was für eine missliche Lage war er da geraten! Er wollte kein Zeuge intimer Geständnisse sein, aber wenn er sich jetzt bemerkbar machte, würde er sich fragen lassen müssen, warum er so lange geschwiegen hatte.

»Es tut mir so leid, Geliebte.«

»Aber warum hast du …?«

Hans Harbach seufzte. »Ich habe diese Reise angetreten in der Hoffnung, eine gute Partie zu machen. Ich sah einfach keinen anderen Ausweg mehr.«

»Ist das wahr?« Die Stimme der jungen Frau klang verletzt. »Hast du nur um meine Hand angehalten, weil du dringend Geld brauchst?«

»Hör mir zu, Kati. Bitte.«

»Ach, Hans.« Die Frau schluchzte auf.

»Bitte, Kati, weine nicht. Lass mich erklären. Ja, es ist wahr. Ich habe dich umworben, weil ich gehofft habe, meine Familie mit deinem Vermögen vor dem Ruin zu retten. Ich wollte dein Vermögen. Aber dann ist etwas Unvorhergesehenes passiert. Ich habe mich in dich verliebt.«

»Wirklich?« Jekaterina Daschkowskajewas Stimme war nur ein Flüstern.

»Ja, Liebste, das ist die Wahrheit. Ich liebe dich, und ich würde dich auch lieben, wenn du bettelarm wärst. Ich schwöre es bei allem, was mir heilig ist.«

Einen Augenblick war es still. Edmund wagte nicht zu atmen. Er ließ das Kinn auf die Brust sinken und schloss die Augen. Sollten die beiden ihn bemerken, würde es so aussehen, als wäre er eingenickt.

»Wenn es dir ernst ist, Hans, dann macht es dir wohl auch nichts aus, dass ich gar keine Gräfin bin.«

Harbach schnappte hörbar nach Luft. »Das ist nicht dein Ernst, Kati.«

»Doch.«

»Aber wenn du keine Gräfin bist … ich meine … wer bist du denn dann?«

»Das ist eine komplizierte Geschichte.«

»Erzähl sie mir, Liebste.«

»Jekaterina Daschkowskajewa war meine Herrin, ich

war ihre Zofe.« Die Stimme der Russin klang mit einem Mal todtraurig. »Ich habe sie sehr verehrt, sie war eine fröhliche, liebenswerte Frau und eine gute, großzügige Herrin. Wir hatten wunderbare Zeiten zusammen. Du hättest die Bälle sehen sollen, die auf dem Anwesen gegeben wurden. Am Hof des Zaren wurde nicht prachtvoller gefeiert. Als die Bolschewiki kamen und alle ermordeten, überlebte ich wie durch ein Wunder. Sie stellten uns im Hof an die Wand, richteten die Gewehre auf uns und schossen. Ich fiel um, wurde begraben unter dem Körper des ältesten Sohns, aber keine Kugel hatte mich getroffen. Diese Verbrecher waren so wild darauf, das Haus zu plündern, dass sie gar nicht nachgesehen haben, ob alle tot sind. Als sie fort waren, kroch ich unter den Leichnamen hervor. Es war schrecklich, ich hatte noch nie im Leben solche Angst. Einen Tag lang habe ich mich in einem Schuppen unter einem Haufen Stroh versteckt, weil ich fürchtete, sie könnten wiederkommen. Dann erst habe ich mich herausgewagt. Im Haus war alles kurz und klein geschlagen. So viel Zerstörung, so viel Hass.« Die Stimme der jungen Frau versagte.

»Wie schrecklich«, murmelte Harbach sanft. »Mein armer kleiner Engel.«

»Ich wusste, wo die Gräfin einen Teil ihres Schmucks versteckt hatte, und er war tatsächlich noch da. Natürlich war es nicht richtig, ihn zu nehmen. Doch wenn ich es nicht getan hätte, hätten die Roten ihn sich geholt. Ich bin sicher, Gräfin Daschkowskajewa hätte lieber gehabt, dass ich ihn erhalte. Ich habe auch ein paar Dokumente an mich genommen, nur zur Sicherheit. Ich hatte gar nicht von Anfang an vor, mich als die Gräfin auszugeben, aber irgendwie kam eines zum anderen.«

Wieder verstummte sie. Im Raum war es still, nur das dumpfe Stampfen der Dampfmaschine war zu hören.

»Leider habe ich außer den Schmuckstücken nichts retten können, und davon habe ich bereits einige versetzt, um meine Flucht zu finanzieren. Ich wusste nicht, wie es weitergehen sollte, und ich dachte, auf einem Schiff wie diesem lerne ich vielleicht einen reichen Junggesellen kennen.«

»Dann hast du meinen Antrag nur angenommen, weil ich vermeintlich vermögend bin?«

»Nein, Hans. Das heißt, das war meine Absicht, ja. Ich habe so viel Schreckliches gesehen, ich war so lange auf der Flucht, ich wollte endlich irgendwo in Sicherheit sein. Aber dann habe ich mich verliebt, Hans. Bei dir fühle ich mich auch ohne Geld sicher.« Sie zögerte. »Falls du mich noch willst.«

»Oh, mein Engel, natürlich will ich dich!«

Edmund zwang sich, ruhig sitzen zu bleiben, obwohl sein ganzer Körper kribbelte. Er konnte kaum glauben, was er da hörte. Das war ja wie in einem Groschenroman. Zwei Hochstapler, die aufeinander hereingefallen waren und sich dennoch ineinander verliebt hatten.

Er dachte an Kurt. Für seinen Sohn und ihn würde es wohl kein glückliches Ende geben. Der Gedanke stimmte ihn traurig. Warum hatte er sich so dumm angestellt?

»Wie heißt du eigentlich in Wirklichkeit?«, hörte er Harbach fragen.

»Alexandra Petrowa.«

»Alexandra, ein schöner Name.«

»Meine Mutter hieß auch so. Und meine Großmutter.« Stolz schwang in der Stimme der falschen Gräfin mit. »Und wie geht es jetzt weiter?«

»Das weiß ich noch nicht«, gab Harbach zu. »Ich kann die Rechnung für unsere Verlobungsfeier nicht begleichen. Ich habe noch nicht einmal die Reise bezahlt, aber das wusste ich nicht. Ich dachte, es wäre noch ein wenig Geld auf meinem Konto, doch offenbar war der Scheck nicht gedeckt.«

»O weh. Und nun?«

»Ich werde versuchen, eine Lösung zu finden. Vielleicht ist die Reederei bereit, mir das Geld zu stunden. Ich kann arbeiten, um die Schulden abzuzahlen.«

»Ich kann auch arbeiten, Liebster. Ich bin eine ziemlich geschickte Näherin. Außerdem habe ich ja noch ein paar von den Schmuckstücken. Wir finden einen Weg, solange wir nur zusammen sind.«

»Ja, mein Engel, zusammen finden wir einen Weg.«

***

Ludwig trat zu Lohfink auf die Brücke. »Noch eine Stunde, dann haben wir es geschafft.«

»Ich muss zugeben, dass ich froh bin, wenn wir Neusatz unbeschadet erreichen«, sagte der zweite Kapitän. »Das ist zwar nicht der Nordatlantik, aber bei einer Havarie müssten wir auch hier mit Toten und Verletzten rechnen.«

»Malen Sie den Teufel nicht an die Wand, Lohfink.«

Ludwig ließ seinen Blick über das Deck wandern. Der unangenehme Nieselregen hatte aufgehört, und auch der Wind hatte sich ein wenig gelegt, einige Passagiere spazierten an der Reling entlang und genossen die Sonnenstrahlen, die zwischen den Wolken hervorblitzten.

Er runzelte die Stirn. Was war das? Die Maschine lief nicht mehr ruhig, sondern stampfte, als müsse sie gegen einen großen Widerstand ankämpfen.

»Hören Sie das auch, Käpt'n?«, fragte Lohfink.

Ludwig nickte grimmig. »Ich gehe runter.«

Er hechtete hinunter in den Maschinenraum. Die Tür zum dahinterliegenden Kesselraum war geschlossen, davor standen einer der Hilfsmaschinisten und der Heizer Friedrich Krömer. Beide waren schweißnass und schreckensbleich. Nur einen Moment später gesellte sich Opitz zu ihnen.

»Was ist los?«, rief er. »Warum ist die Tür geschlossen?«

Der Hilfsmaschinist atmete schwer. »Der rechte Kessel ist außer Kontrolle. Das Drecksding lässt sich nicht mehr regeln, es fliegt gleich in die Luft.«

Ludwig spürte, wie der Boden unter ihm wegsackte. Schlimmer konnte es nicht kommen. Dabei waren sie so kurz vor dem Ziel.

Das Schicksal schien sich gegen sie verschworen zu haben, denn ein solcher Totalausfall war eigentlich unmöglich. Das konnte nur geschehen, wenn mehrere Elemente gleichzeitig versagten: Notventil, Dampfauslass und die Luftsteuerung des Brennkessels. Wenn all diese Teile ausfielen, überhitzte der Kessel, die Kohle ließ sich nicht mehr löschen, die Temperatur stieg immer weiter an, bis sie so hoch war, dass sie Eisen schmelzen konnte. Wenn das passierte, ergossen sich schlagartig Hunderte Liter Wasser in den Brennraum, und es kam zur doppelten Katastrophe: Das Wasser verdampfte explosionsartig und riss den Kessel auseinander, sodass noch mehr Wasser in den heißen Brennraum strömte und verdampfte. Der Druck dieser zweiten Explosion konnte ein Loch in den Schiffsrumpf reißen oder ein halbes Deck verwüsten. Sie mussten etwas tun. Sofort.

»Ich gehe rein«, rief Ludwig. »Ich brauche eine Löschdecke, eine Schutzbrille und eine Mütze.«

»Auf keinen Fall, Kapitän Bender. Ich mache das«, widersprach Opitz. »Ich kenne die Maschine am besten. Sie dürfen sich dieser Gefahr nicht aussetzen.«

»Unsinn«, entgegnete Ludwig. »Ich bin der Kapitän, ich trage die Verantwortung. Das ist ein Befehl!«

Während sie noch stritten, kam Friedrich Krömer ihnen zuvor. Blitzschnell wickelte er sich ein feuchtes Tuch um den Kopf und legte eine Schutzbrille an. Als Heizer trug er bereits derbe Kleidung, die mit der Hitze gut fertigwurde. Er riss die Tür auf, schlüpfte in den Kesselraum und schlug sie wieder zu.

»Bei allen Höllenhunden«, fluchte Ludwig. »Ist der Bursche lebensmüde?«

Hastig stieg er in ein Paar bereitstehende Stiefel, riss eine Löschdecke vom Wandhaken, legte sie sich um und setzte eine Brille auf. Opitz tat es ihm gleich. Ludwig wollte zwar kein weiteres Leben gefährden, aber er war dennoch froh, den Maschinisten an seiner Seite zu wissen, wenn auch nur zu dem Zweck, den übereifrigen Heizer nach draußen zu schaffen. Der Teufel wusste, was dieser Dummkopf anstellen würde. Wahrscheinlich machte er alles nur noch schlimmer.

In dem Augenblick eilte Lohfink herbei. »Ich habe einem der Steuermänner das Ruder überlassen. Kann ich etwas tun?«

Ludwig packte ihn am Arm. »Wenn wir in fünf Minuten nicht aus dieser Tür kommen, evakuieren Sie das Schiff. Und zwar in allerhöchster Eile, verstanden?«

Lohfink nickte mit zusammengepressten Lippen.

Ludwig atmete tief ein, zog die Tür zum Kesselraum auf und tauchte in die Hölle aus Dampf und Rauch ein. Er konnte kaum etwas sehen, hörte aber schwere Schläge. Während er sich auf das Geräusch zubewegte, stieß er mit Opitz zusammen, so schlecht war die Sicht.

»Verzeihung, Käpt'n«, rief der Maschinist über den Lärm hinweg. »Können Sie sehen, was los ist?«

»Der Kerl muss irgendwo hinter dem rechten Kessel sein«, brüllte Ludwig. »Er prügelt wie ein Irrer darauf ein.«

»Um Gottes willen!«, schrie Opitz. »Das ist die falsche Stelle. Wenn wir es auf diese Art versuchen wollen, müssen wir den Kessel an der Seite aufschlitzen, nicht hinten.«

Sie kämpften sich zu Krömer durch, der mit einer Spitzhacke auf den defekten Kessel einschlug. Seine Wangen glühten rot, Schweiß lief ihm übers Gesicht.

»Krömer, hören Sie auf«, brüllte Opitz. »Sie bringen uns alle um!«

Er packte den Heizer am Arm, doch der schüttelte ihn ab, holte aus und drosch die Spitzhacke erneut in den Kessel.

Ludwig schloss mit seinem Leben ab. Jeden Augenblick würde das Material nachgeben, der Kessel würde platzen und Krömer, Opitz und ihn in Stücke reißen.

Doch als Krömer die Spitzhacke aus dem Metall herauszog und gleichzeitig zur Seite sprang, schoss nur ein Wasserstrahl aus der Öffnung.

Wie konnte das sein? An dieser Stelle saßen die Dampfkonverter, nicht die Wasserzufuhr. Ein Gedanke kam Ludwig, doch er schob ihn weg. Damit konnte er sich später beschäftigen. Er schnappte sich die Spitzhacke und löste den erschöpften Krömer ab, denn sie hatten nicht eine Sekunde zu verlieren. Mit jedem Loch, das er in den Kessel schlug, ließ der Dampfdruck nach. Opitz begriff ebenfalls, nahm Ludwig die Hacke aus der Hand und vollendete das Werk. Jetzt standen sie zwar bis zu den Knöcheln im heißen Wasser, doch die Gefahr war gebannt. Denn ohne Wasser kein Dampf und somit auch keine Explosion. Der Kessel erhitzte nur noch Luft.

Ludwig sprang zurück ins Trockene, um sich nicht die Füße zu verbrühen. Keuchend rang er nach Atem. Dann fiel ihm Lohfink ein. Großer Gott, er musste ihn stoppen, hoffentlich hatte sein Stellvertreter noch nicht den Befehl zur Evakuierung gegeben! Er stürzte aus dem Kesselraum, rannte durch den Maschinenraum und flog die Treppe hinauf zur Brücke. Er kam nicht eine Sekunde zu früh. Lohfink stand inmitten der Offiziere, auch Lerch war anwesend.

Als Lohfink ihn erblickte, runzelte er fragend die Stirn.
Ludwig nickte.

Der zweite Kapitän lächelte erleichtert und hob die Hand. »Alles klar, meine Herren. Sie können wieder an die Arbeit gehen. Ich denke, die Situation hat sich entschärft.«

***

Claire stand an der Reling, den Blick auf das vorbeigleitende Ufer geheftet. Ihr schwirrte der Kopf, ihre Gedanken sprangen hierhin und dorthin und ließen sich nicht festhalten. Diese Reise brachte sie zunehmend durcheinander. Statt den Luxus an Bord zu genießen und neue Orte kennenzulernen, hatte sie mehr und mehr das Gefühl, dass die Claire, die sie zu sein glaubte, mit jedem Flusskilometer, den sie sich von Passau entfernte, weiter aufbrach, wie eine Nuss, die man knackte und von der man dann allmählich die Schale entfernte. Was darunter zum Vorschein kam, war anders, als sie gedacht hatte.

Bestimmt lag es auch an ihrem Auftrag, der sie seit Beginn der Reise nicht ruhig schlafen ließ. Der Gedanke, ihre Mission könnte scheitern, jemand könnte das Dokument stehlen oder sie würde es verlieren oder der falschen Person übergeben, bereitete ihr Bauchschmerzen. Immerhin war es jetzt nicht mehr weit bis Belgrad, die Stadt lag nur eine halbe Tagesreise hinter Neusatz.

Aber da war noch etwas, das sie in Zweifel gestürzt hatte, und das hing nicht mit ihrem Auftrag zusammen. Seit sie für das Foto posiert hatte, seit Hannah ihr das

Haar gelöst, seit sie sich zum Abschied umarmt hatten, waren ihre Gefühle aus dem Lot geraten. Sie kannte sich selbst nicht wieder. Hannahs Berührungen hatten in ihrem Körper einen Sturm ausgelöst, der sich einfach nicht legen wollte. Allein bei der Erinnerung daran blieb ihr erneut der Atem weg, und ihre Knie wurden so weich, dass sie sich an der Reling abstützen musste. Großer Gott, was war nur los mit ihr?

Alfred Lerch eilte an ihr vorbei und grüßte höflich. Der Hotelchef war vor ein paar Minuten schon einmal in die entgegengesetzte Richtung gelaufen, einen angespannten Ausdruck auf dem Gesicht. Jetzt sah er erleichtert aus. Sicherlich musste er jeden Tag Dutzende kleine Feuer löschen, unzufriedene Gäste besänftigen, Sonderwünsche erfüllen und Probleme lösen.

Claire beschloss, in ihre Kabine zurückzukehren. Es konnte nicht mehr weit sein bis Neusatz, sie freute sich auf einen Landgang, der sie auf andere Gedanken bringen würde. Und in Belgrad, wenn sie das Dokument übergeben hatte und Vincent endlich aus der Kellneruniform schlüpfen konnte, würde sie mit ihm die Stadt besichtigen. Dabei konnten sie Pläne für die Zukunft schmieden, vielleicht sogar endlich einen Hochzeitstermin festlegen. Das würde all die anderen verwirrenden Gefühle vertreiben, und sie würde wieder die alte Claire sein.

Claire atmete tief ein und aus, streckte den Rücken durch und stieg die Treppe zum Oberdeck hinunter. Ihre Kabine lag von hier aus gesehen etwa in der Mitte des Schiffs, kurz bevor es in die Offiziersmesse und zur Kapitänskajüte ging. Als sie näher kam, bemerkte sie, dass die

Tür eine Handbreit offen stand. Drinnen war es heller als im Korridor, und ein schmaler Lichtstreifen fiel durch den Spalt auf den blauen Teppich.

Claire stöhnte auf. Auch das noch. Dabei war sie so kurz vor dem Ziel.

Sie zögerte. Wäre es besser, Hilfe zu holen? Wenn wirklich jemand in der Kabine war, der es auf das Dokument abgesehen hatte, könnte er sie im Handumdrehen überwältigen. Aber was, wenn sie nur die Tür nicht richtig geschlossen hatte? Was für eine Blamage, deswegen falschen Alarm auszulösen!

Sie nahm ihren Mut zusammen und öffnete die Tür ganz. Jemand stand mit dem Rücken zu ihr mitten im Raum und hielt etwas in der Hand. Hannah. Als sie Claire hörte, fuhr sie herum. Claire erstarrte. Ihre Welt zersplitterte in tausend Scherben. Was Hannah in der Hand hielt, war die Dokumentenmappe.

Claire ließ ihren Blick hin und her schnellen und registrierte die herausgezogenen Schubladen und die Matratze, die hochgeklappt war, sodass man die Metallfedern sehen konnte und den Gürtel, mit dem die Mappe in den ersten Tagen der Reise daran befestigt gewesen war. Mit einem Schlag verstand sie.

»Du hast mir etwas vorgemacht«, stieß sie hervor. »Du warst die ganze Zeit nur darauf aus, mir das Dokument abzujagen.«

Hannah sah sie verständnislos an. »Was für ein Dokument? Wovon redest du?«

Claire spürte unbändige Wut in sich aufsteigen. Selbst jetzt, wo sie Hannah auf frischer Tat ertappt hatte, versuchte diese falsche Schlange noch, mit ihr zu spielen. Jeder auf dem Schiff wusste von der Mappe und dass sich darin etwas Wichtiges befinden musste. »Das Dokument, das in der Mappe war. Aber gib dir keine Mühe, es ist an einem sicheren Ort.«

Claire konnte nicht fassen, wie dumm und naiv sie gewesen war, was für ein leichtes Spiel Hannah mit ihr gehabt hatte. Grundgütiger, wie sehr hatte sie sich zum Narren gemacht! Wie hatte sie dieser vollkommen fremden Frau nur so blind vertrauen können! Sie hatte sich von Hannahs Weltgewandtheit blenden und alle Vorsicht fahren lassen.

Hannah schüttelte langsam den Kopf. »Die Mappe lag auf dem Boden. Ich habe sie aufgehoben, als ich hereinkam, um nach dir zu sehen. Die Tür war angelehnt, und du hast nicht geantwortet. Ich habe mir Sorgen gemacht.«

»Alles Lüge!«, schrie Claire. Mit einer schnellen Bewegung riss sie Hannah die Mappe aus der Hand.

Hannah sah sie schockiert an. »Du glaubst doch nicht wirklich, dass ich …« Sie verstummte, ihre Augen wurden schmal. »Vielleicht habe ich dich falsch eingeschätzt, Claire. Was ist in der Mappe, worum geht es hier? Bist du etwa eine Spionin?«

Claire schnappte nach Luft.

»Anscheinend liege ich nicht ganz falsch. Für wen arbeitest du, los, sag schon!«

»Ich rede kein Wort mehr mit dir.«

»Ach nein? Dann habe ich einen anderen Vorschlag: Was hältst du davon, wenn wir beide zu Kapitän Bender gehen, um die Angelegenheit zu klären?« Hannahs Stimme war kalt. »Es wird ihn sicherlich sehr interessieren, was für eine Laus er im Pelz sitzen hat.«

Claire erkannte, dass Hannah mit allen Wassern gewaschen war. Sie drehte den Spieß einfach um. »Verlass auf der Stelle meine Kabine.« Sie verschränkte die Arme, um das Zittern in ihren Fingern zu verbergen. »Und glaub nicht, dass du mir drohen kannst. Sollten wir zum Kapitän gehen, ist die Fahrt für dich beendet, nicht für mich.«

Hannah sah sie einen Moment lang schweigend an, dann nickte sie, als sei ihr soeben etwas klar geworden. »Das war's dann also. Lebe wohl, Claire.«

Sie drängte sich an Claire vorbei aus der Kabine. Claire versuchte nicht, sie aufzuhalten. Langsam drehte sie sich um. Hannah war verschwunden. Für immer. Sie schloss leise die Tür, setzte sich in den Sessel, glättete ihren Rock, strich sich eine Strähne aus dem Gesicht. Das Gefühl unendlicher Einsamkeit überkam sie so plötzlich und so heftig wie ein Gewitter einen einsamen Wanderer in den Bergen. Und sie fühlte sich ebenso schutzlos.

* * *

Ludwig hielt sich nicht mit Erklärungen auf, sondern eilte wieder hinunter in den Kesselraum, wo Opitz, Krömer, der dritte Maschinist und einige Heizer das Wasser aus dem Raum pumpten. Die Regina lief jetzt wieder nur auf einem Kessel, aber wenn sie Glück hatten, war keinem der Gäste etwas aufgefallen. Bei dem kurzen Stück, das ihnen bis Neusatz fehlte, machte das höchstens eine halbe Stunde aus.

Jetzt, da die Gefahr vorüber war, konnte Ludwig seine Gedanken ordnen und tun, was getan werden musste.

»Herr Krömer, Herr Opitz, wenn Sie einen Moment Zeit für mich hätten?«

Er führte die beiden trotz ihrer verschmutzten Sachen in seine Kabine, bot ihnen allerdings keinen Platz an. Er selbst blieb ebenfalls stehen, keinesfalls wollte er die Polster der Sitzmöbel ruinieren.

Krömer studierte den Teppichboden, drehte dabei seine Kappe in den Händen. Er hatte ein schlechtes Gewissen, kein Wunder.

»Herr Krömer!«, sagte Ludwig scharf.

Der junge Mann blickte auf.

»Sie haben den direkten Befehl Ihres Kapitäns missachtet. Sie wissen, was das bedeutet.«

Opitz warf Ludwig einen finsteren Blick zu. Hatte Krömer ihnen nicht das Leben gerettet?, las Ludwig in seinen Augen. War das der Dank des Kapitäns? Ludwig ignorierte ihn.

Krömer nickte wortlos. Er schien in sich zusammenzusinken.

»Sie können nicht mehr als Heizer auf der *Regina Danubia* arbeiten, das ist Ihnen ja wohl klar. Im nächsten Hafen werden wir Ersatz für Sie suchen.«

Opitz räusperte sich, wollte etwas sagen, aber Ludwig schnitt ihm mit einer Handbewegung das Wort ab.

»Ab heute werden Sie als Lehrling unter Georg Opitz arbeiten, Herr Krömer. Haben Sie das verstanden?«

Krömers Gesicht verzog sich ungläubig. Opitz grinste breit.

»Sie haben auf eigene Faust gehandelt, weil Ihnen klar war, dass der Kessel tatsächlich gegen einen ähnlichen ausgetauscht wurde«, sprach Ludwig weiter. »Wir hätten ihn an der falschen Stelle geöffnet und damit den Untergang der *Regina Danubia* verursacht. Ohne Rücksicht auf etwaige Folgen für sich selbst haben Sie sich in Lebensgefahr begeben. Sie haben die Lage überblickt und richtig gehandelt. Ich möchte mich bei Ihnen bedanken. Sie haben mein Leben und das vieler anderer gerettet.« Ludwig streckte Krömer die Hand hin, in dessen Augen Tränen glitzerten.

»Ich weiß gar nicht, was ich sagen soll«, stotterte der frischgebackene Lehrling und ergriff Ludwigs Hand.

»Dann sagen Sie einfach nichts und sorgen Sie gemeinsam mit Herrn Opitz dafür, dass wir nie wieder in eine solche Lage geraten.« Ludwig drückte seine Hand und ließ los.

Krömer salutierte. »Aye, aye, Käpt'n.«

Opitz salutierte ebenfalls, warf Ludwig einen dankbaren Blick zu und bugsierte Krömer aus der Kabine. Als sich die Tür hinter ihnen geschlossen hatte, sackten Ludwig die Knie weg, und er musste sich an der Tischplatte abstützen. Erst jetzt, wo die Anspannung nachließ, drang in sein Bewusstsein, wie knapp sie dem Verhängnis entronnen waren. Seit dem Untergang der *Süderstedt* hatte er dem Tod nicht mehr so direkt ins Auge geblickt.

***

Alma schloss leise die Tür. Sie hatte Millicent ein zusätzliches Kissen gebracht. Die alte Dame verbrachte inzwischen fast den ganzen Tag im Bett, und mit dem Zusatzkissen lag ihr Kopf ein wenig höher.

»So kann ich die Welt da draußen wenigstens durchs Fenster sehen«, hatte sie zu Alma gesagt. »Auch wenn ich kein Teil mehr davon bin.«

Vor zwei Tagen noch hatte es so ausgesehen, als ginge es der alten Dame besser. Doch heute hatte sie es kaum geschafft, sich im Bett aufzurichten. Noch während Alma einen Stuhl zur Seite gerückt hatte, der den Blick aus dem Fenster verstellte, war Millicent wieder eingeschlafen.

Als Alma sich von der Tür wegdrehte, erblickte sie eine Frau am anderen Ende des Korridors. Sie stand auf dem Treppenabsatz und rührte sich nicht. Es sah aus, als wüsste sie nicht, was sie tun sollte. Obwohl die Frau ihr den Rücken zugewandt hatte, erkannte Alma, dass es Hannah Gronau, die Fotografin war. Alma war immer besonders vorsichtig, wenn sie Fräulein Gronaus Kabine reinigte, wegen der teuren Kameras, der empfindlichen Fotoplatten und der Flaschen mit Chemikalien. Ihr fiel ein, dass sie die Fotografin eben, als sie das Kissen gebracht hatte, auch schon gesehen hatte, vor Fräulein Ravensbergs Kabine. Und wie es hinter der halb offenen Tür ausgesehen hatte. Ein ungutes Gefühl stieg in ihr auf.

Hannah Gronau setzte sich in Bewegung, lief die Treppe hinunter und verschwand aus Almas Blickfeld. Alma zögerte. Irgendetwas war nicht in Ordnung. Aber es ging sie nichts an. Sie sollte sich nur um Lady Alston kümmern, ansonsten hatte sie hier oben nichts zu suchen.

Allerdings hatte Herr Lerch ihnen eingeschärft, dass das Wohl der Passagiere immer an erster Stelle stand. Zudem war das Fräulein Ravensberg nicht irgendein Gast, sondern Vincents Verlobte. Falls sie Hilfe benötigte, könnte Alma ihm Bescheid geben.

Kurz entschlossen trat sie vor die Kabine und klopfte. Keine Reaktion. Sie klopfte noch einmal.

»Was denn?«, kam es ungeduldig von der anderen Seite.

Alma öffnete vorsichtig die Tür. Sie sog scharf die Luft ein, als sie das Durcheinander erblickte. Eben hatte sie nur einen winzigen Blick darauf erhascht, nun sah sie, dass es noch schlimmer war, als sie angenommen hatte. Überall lagen Kleidungsstücke und andere Gegenstände auf dem Boden, Schranktüren und Schubladen standen offen, die Matratze war hochgeklappt. Claire Ravensberg saß reglos im Sessel und wirkte so, als würde sie den Zustand der Kabine überhaupt nicht wahrnehmen. Sie schien mit ihren Gedanken weit fort zu sein.

»Brauchen Sie Hilfe, Fräulein Ravensberg?«, fragte Alma behutsam.

»Nein, danke.« Sie lächelte schwach, dann zog sie plötzlich die Brauen zusammen und musterte Alma abschätzend. »Sie? Was machen Sie hier?«

»Ich kam vorbei und dachte, es gebe vielleicht ein Problem.« Alma nickte verlegen zum Bett hinüber. »Wo Ihnen doch schon einmal etwas abhandengekommen ist und …«

»Sie kamen vorbei?« Fräulein Ravensbergs Augen funkelten argwöhnisch.

»Eben, vor ein paar Minuten«, beeilte Alma sich zu

präzisieren. »Ich musste Lady Alston etwas bringen, und als ich an Ihrer Kabine vorbeilief, stand die Tür einen Spalt offen, sodass ich sehen konnte …« Alma deutete vage auf das Chaos. »Das Fräulein Gronau war ebenfalls da, sie klopfte gerade und rief nach Ihnen. Ich fragte sie, ob ich Hilfe holen solle, doch sie versicherte, dass sie sich darum kümmern werde. Haben Sie denn nicht mit ihr gesprochen? Sie ist gerade erst weggegangen.«

Claire Ravensberg starrte sie wortlos an. Da war etwas in ihrem Blick, das Alma Angst machte. Sie hätte nicht sagen können, ob die junge Frau gleich in Tränen ausbrechen oder sich wütend auf sie stürzen würde.

Ihr brach der Schweiß aus. »Ich könnte Vincent, also Herrn Jordan … Herrn Sailer, meine ich, informieren«, bot sie schnell an. Warum war sie nicht einfach vorbeigelaufen? Warum glaubte sie immer, allen und jedem helfen zu müssen?

Fräulein Ravensbergs Augen wurden zu Schlitzen. »Ach ja?«

Alma spürte, wie ihr die Röte ins Gesicht schoss. »Nur wenn Sie das wünschen.«

»Sie scheinen ja bestens darüber informiert zu sein, was an Bord vor sich geht, Fräulein …«

»Engel. Alma Engel.«

Claire Ravensberg nickte, als würde der Name eine Vermutung bestätigen. »Gehen Sie wieder an Ihre Arbeit, Fräulein Engel«, sagte sie dann. »Wenn ich Unterstützung brauche, von wem auch immer, hole ich sie mir selbst.«

»Selbstverständlich, Fräulein Ravensberg.«

Alma trat zurück auf den Korridor, schloss die Tür und lehnte sich dagegen. Sie war wütend auf sich selbst. Wie dumm von ihr, sich einzumischen! Warum konnte sie sich nicht einfach heraushalten und ihre Arbeit machen? Hatte sie denn nichts gelernt? Hoffentlich beschwerte sich das Fräulein Ravensberg nicht bei Herrn Lerch über sie. Oder schlimmer noch, bei Vincent.

KAPITEL 15

Neusatz, Sonntag, 23. August 1925

Sie erreichten Neusatz ohne weitere Zwischenfälle. Sofort nach dem Anlegen machte sich Ludwig mit Georg Opitz, der die Pläne und das Heft mit den technischen Daten der *Regina Danubia* bei sich trug, auf die Suche nach den benötigten Teilen. Er hoffte, dass sie heute, am Sonntag, etwas ausrichten konnten und nicht bis Montagmorgen warten mussten.

Ihre erste Adresse war die Werft der Brüder Horvat, etwa einen halben Kilometer donauaufwärts von ihrem Liegeplatz entfernt. Sie brauchten vor allem Metallplatten, um den Kessel zu reparieren, Hochdruckrohre und einen kompletten Satz Ventile und Manometer, passend zu dem defekten Kessel, der anders aufgebaut war als der originale.

Auch diese Erkenntnis hatten sie Krömer zu verdanken: Beim Wechsel des Kessels waren die Ventile und Manometer nicht an das andere Modell angepasst worden. Ein Wunder, dass er sich nicht schon früher überhitzt hatte. Ludwig schwante Übles. Selbst wenn sie die

Ersatzteile auftrieben, blieb die Reparatur Flickwerk. Nicht, dass er Opitz nicht zutraute, die Teile sinnvoll miteinander zu verbinden und die Schweißnähte stabil und dampfdicht auszuführen. Aber eine Dampfmaschine war etwas Ganzes, ein Organismus, dessen Teile sorgsam aufeinander abgestimmt werden mussten. Ein anderer Kessel war wie eine Prothese. Man konnte damit laufen, aber es folgten unweigerlich Probleme an anderen Stellen des Körpers. Schmerzen in der Hüfte, ein krummer Rücken. Sie würden die gesamte weitere Fahrt auf der Hut sein müssen, in jeder Sekunde musste eine Hand über dem Notaus schweben.

Ludwig kam eine Idee. »Herr Opitz. Können wir ein zusätzliches Sicherheitsventil einbauen? Eines, das manuell ausgelöst werden muss und schlagartig, über ein entsprechend starkes und dickes Rohr, den Dampf nach außen leitet und so einen Überdruck unmöglich macht?«

»Das ist eine hervorragende Idee. Es ist ein halber Tag zusätzliche Arbeit, aber ja, damit könnten wir auf Nummer sicher gehen.« Opitz blieb stehen und schaute Ludwig an. »Sie sollten sich diese Idee patentieren lassen.«

»Unsinn«, widersprach Ludwig verlegen. »Es gibt genügend Patente auf Sicherheitsventile, und üblicherweise funktionieren sie auch hervorragend.«

»Üblicherweise«, sagte Opitz mit Nachdruck.

Sein Tonfall erinnerte Ludwig daran, dass er Anton Sailer informieren musste, bevor etwa dessen Sohn es tat. Sobald sie mehr wussten, spätestens aber am Abend, würde Ludwig ein Telegramm senden, in dem er dem Reeder den Stand der Dinge erläuterte, samt dem Eingeständnis, dass die Fahrt eventuell hier schon zu Ende sein könnte. Kein schöner Gedanke. Aber immerhin wusste Sailer ja, dass die Regina mit einer defekten Maschine unterwegs war, die Nachricht käme also nicht ganz unerwartet.

Eine eher schäbige Halle, von deren Wänden die Farbe abblätterte, tauchte vor ihnen auf. Das musste die Werft sein. Im Trockendock lag ein Schleppdampfer, Hämmern und Klopfen auf Metall klang zu ihnen herüber, Funken von modernen Lichtbogenschweißgeräten sprühten in die Luft. Also wurde hier auch am Sonntag gearbeitet, und das mit hervorragender technischer Ausstattung. Ludwig schöpfte Hoffnung.

Das Büro befand sich in einem kleinen einstöckigen Gebäude, dem ebenso wie der Halle ein frischer Verputz und einige Eimer Farbe nicht geschadet hätten. Das Firmenschild jedoch war nagelneu. In goldener Schrift auf schwarzem Untergrund prangten Worte darauf, von denen Ludwig nur »Horvat« verstand, sowie die Jahreszahl 1832. Darunter stand noch etwas in kyrillischer Schrift, das Ludwig überhaupt nicht entziffern konnte. Auf jeden Fall schien dies ein Unternehmen mit Tradition zu sein.

Ludwig klopfte an der Holztür, die mit filigranen Schnitzereien versehen war, die allesamt Schiffe zeigten. Ein Bariton rief etwas, das Ludwig als Aufforderung interpretierte einzutreten. Er drückte die Klinke, die Tür schwang auf und gab den Blick auf einen Raum frei, der blitzsauber und ordentlich war.

Ein großer Schreibtisch, hinter dem ein rundlicher Mann saß, wurde von zwei kleineren mit Schreibmaschinen darauf flankiert, an denen wohl sonst Sekretärinnen ihre Arbeit verrichteten, die jedoch heute, am Sonntag, frei hatten. In den Regalen dahinter drängten sich Aktenordner. Der Firma Horvat ging es anscheinend gut.

»Herr Horvat?«, fragte Ludwig.

»Ah, Besuch aus Deutschland.« Der Mann erhob sich, kam um den Schreibtisch herum, warf einen Blick auf Ludwigs Uniform und streckte ihm die Hand hin. »Guten Tag, Kapitän …?« Sein Akzent war hart, aber er beherrschte die deutsche Sprache offenbar gut.

Erleichtert nahm Ludwig seine Hand und drückte sie kräftig. »Ludwig Bender.«

»Sveto Horvat mein Name. Ich bin der älteste von fünf Brüdern.« Er wandte sich an Ludwigs Begleiter, streckte ihm ebenfalls die Hand hin.

»Das ist Georg Opitz, mein erster Maschinist«, erklärte Ludwig.

Horvat und Opitz schüttelten sich die Hand. »Sehr erfreut, Herr Opitz. Womit kann ich Ihnen dienen?«

Opitz seufzte. »Wir müssen einen Kessel reparieren. Er steckt in einem Doppelkesselhaus, hat ein paar Löcher, die Ventile passen nicht, und Rohre sind löchrig und müssten ausgetauscht werden.«

»O weh, das klingt nicht gut. Um welches Schiff handelt es sich?«

»Die *Regina Danubia*«, sagte Ludwig. »Jupiter-Klasse. Tausend PS, Doppelkessel, Verbunddampfmaschine von Bechermann & Co. Baujahr 1906. 1919 ist sie generalüberholt worden.«

»Jupiter-Klasse?« Horvat zwickte sich zweimal in sein Doppelkinn. Er war nicht nur rund, sondern auch klein,

Ludwig überragte ihn um fast einen Kopf. Aber Horvat machte den Eindruck, als verstünde er sein Handwerk. »Großes Schiff, nicht wahr?«, fragte er. »Fast achtzig Meter lang. Viele Passagiere.«

Ludwig seufzte. »Richtig. Im Moment ist sie als Hotelschiff unterwegs.«

»Schöne Sache, Kapitän Bender. Bis auf den kaputten Kessel. Das klingt nach einem größeren Problem. Zeigen Sie mal, was Sie da haben.«

Opitz reichte Horvat die Pläne und die Liste der benötigten Teile.

Horvat überflog sie. »Jesus Christus!«, rief er aus. »Einen Moment, bitte.« Er zeigte auf zwei Sessel, die vor seinem Schreibtisch standen. »Bitte, nehmen Sie Platz. Kaffee?«

Ludwig winkte ab. »Nein, danke, sehr freundlich.« Sie durften sich nicht länger aufhalten als nötig. Wenn sie bei Horvat nicht weiterkamen, mussten sie die nächsten Adressen abklappern.

Horvat klemmte sich hinter sein hölzernes Ungetüm, packte den Telefonhörer und ließ sich verbinden. Einen Moment später sprudelte ein serbischer Wortschwall aus seinem Mund. Horvat hätte sich über ein Rezept austauschen können oder eine Revolution planen, Ludwig hätte es nicht verstanden. Serbisch war für ihn ein Buch mit sieben Siegeln. Horvat legte auf, ließ sich erneut verbinden, der nächste Wortschwall folgte. So ging es mehr als zehn Minuten lang. Ludwig brauchte keinen Dolmetscher, um zu begreifen, dass Horvat nichts erreicht hatte. Die Enttäuschung stand dem kleinen dicken Mann ins Gesicht geschrieben.

Er hob die Arme. »Jesus Christus! Nichts. Nicht ein Teil. Die Jupiter-Klasse ist in Budapest gebaut worden, aber kurz nach dem Krieg war die Werft pleite, und wer konnte, sicherte sich für seine Schiffe die nötigen Ersatzteile. Ich fürchte, ich muss Sie enttäuschen, Kapitän Bender. Die einzige Lösung wäre, einen ganz neuen Kessel zu bauen, aber ich fürchte, das dauert zu lang. Wir haben alle Hände voll zu tun und könnten frühestens in zwei Monaten damit anfangen.«

Ludwig tauschte einen Blick mit Opitz. Das war also das Ende. Die Reise für die Gäste und den größten Teil der Besatzung endete hier in Neusatz. Ludwig würde mit einer Rumpfmannschaft nach Passau zurückkehren, und Anton Sailer war aller Wahrscheinlichkeit nach ruiniert. Er musste alle Fahrpreise zurückerstatten, für die Kosten der Heimreise aufkommen und auch das Personal bezahlen. In Zukunft würde niemand mehr mit der *Regina Danubia* reisen wollen. Und auch wenn Ludwig keine Schuld traf, fühlte er die Verantwortung auf sich lasten. Das Debakel war unter seiner Führung geschehen, das konnte er nicht einfach so abstreifen. Das Pech schien an seinen Schuhen zu kleben. Und nun hatte er seinem Gönner Unglück gebracht. Vielleicht wäre es doch besser gewesen, wenn er sich dem Suff ergeben hätte. Dann hätte er wenigstens nur sich selbst ruiniert.

Ludwig quälte sich aus dem Sessel. Er fühlte sich wie ein alter Mann. Über den Schreibtisch hinweg hielt er Horvat die Hand hin, der aufsprang und sie drückte.

»Es tut mir wirklich leid, Kapitän Bender.«

»Ich muss mich bei Ihnen bedanken, dass Sie mir so

viel Zeit geopfert haben, Herr Horvat. Was bin ich Ihnen schuldig?«

»Jesus Christus«, rief Horvat und legte seine andere Hand auf Ludwigs. »Ich bitte Sie. Sie schulden mir doch nichts. Ich habe nicht helfen können, also stehe ich in Ihrer Schuld.« Er ließ Ludwigs Hand los.

»Vielen Dank, Herr Horvat.« Es gab nichts weiter zu sagen.

Ludwig schritt zur Tür. Opitz nahm die Papiere an sich und kam hinterher. Sie traten nach draußen, verließen schweigend das Werftgelände.

Opitz war die Enttäuschung ebenfalls anzusehen. »Ich habe noch nie ein Schiff einfach aufgegeben«, sagte er sichtlich bekümmert. »Noch nie«, bekräftigte er, als würde das etwas nützen.

Ludwig blieb stehen. »Auf jeden Fall haben Sie großartige Arbeit geleistet.« Wenn das hier das Ende war, würde er dem Maschinisten das bestmögliche Zeugnis ausstellen. Dem gesamten Personal würde er gute Zeugnisse ausstellen lassen. Sie alle hatten etwas Besseres verdient als diese Niederlage.

»Aber noch geben wir nicht auf, oder?«, fragte Opitz. »Wir haben noch drei weitere Namen auf der Liste.«

Ludwig zuckte mit den Schultern. »Horvat ist mit Abstand die größte Werft in der Region. Und der Inhaber hat mindestens ein halbes Dutzend Telefonate geführt, sicherlich auch mit seinen Konkurrenten. Wenn er nichts auftreiben konnte, wird es den anderen erst recht nicht gelingen.«

»Dann zurück zum Schiff?«, fragte Opitz.

»Ich muss Anton Sailer telegrafieren.« Ludwig setzte sich wieder in Bewegung.

»Vielleicht weiß er eine Lösung«, meinte Opitz, dessen Optimismus offenbar unerschütterlich war.

Ludwig wollte etwas erwidern, da hörte er jemanden seinen Namen rufen.

»Jesus Christus, Kapitän Bender, rennen Sie doch nicht so.« Sveto Horvats unverkennbarer Bariton.

Ludwig blieb stehen, wandte sich um. Mit einer Geschwindigkeit, die er dem übergewichtigen Mann nicht zugetraut hätte, kam Horvat ihnen hinterhergerannt. Er wedelte mit einem Zettel.

»Mein jüngster Bruder hat angerufen. Ich glaube, er hat etwas für Sie.«

* * *

Claire verspürte nicht die geringste Lust, das Schiff, ja nicht einmal ihre Kabine zu verlassen. Aber die Angst davor, Hannah zu begegnen, trieb sie von Bord. Sie war verletzt, aber vor allem verwirrt. Die Worte dieses Zimmermädchens hatten sie vollkommen durcheinandergebracht. Nicht weil Alma Engel ganz offenbar die Wahrheit über Vincent wusste. Natürlich hatte er mit ihr reden müssen, nachdem die junge Frau sie beide an Deck überrascht hatte. Sonst wäre sie am Ende noch zur Hausdame gelaufen. Aber was Alma Engel ihr erzählt hatte, ergab keinen Sinn. Demnach wären Hannah und sie fast zeitgleich an ihrer Kabine angekommen und hätten diese in dem unordentlichen Zustand vorgefunden. Dann hätte

Hannah die Wahrheit gesagt. Aber warum hatte sie ausgerechnet die Mappe in der Hand gehalten?

Immerhin wäre es auch möglich, dass Hannah das Zimmermädchen dafür bezahlt hatte, dass es ihr diese Geschichte erzählte. Wer würde schon auf die Idee kommen, eine naive Dienstbotin wäre Teil einer Verschwörung? Das Fräulein Engel hatte sich jedenfalls ziemlich forsch Zutritt zu ihrer Kabine verschafft und ihre Hilfe quasi aufgedrängt. Aber hatte sie wirklich in Hannahs Auftrag gehandelt? Einerseits war das eine aberwitzige Vorstellung, andererseits las man jeden Tag in der Zeitung, dass die Feinde der Republik vor nichts zurückschreckten.

Je mehr Claire darüber nachdachte, desto weniger wusste sie, was sie glauben sollte. Deshalb hatte sie sich Edmund Valerian angeschlossen, der die Festung Peterwardein oder Petrovaradin, wie sie von den Einheimischen genannt wurde, besuchen wollte. Der riesige Komplex erhob sich am gegenüberliegenden Ufer und war einst die bedeutendste Festung der Habsburgermonarchie gewesen. Ein kleines Motorboot würde sie übersetzen, da die Brücke noch nicht fertiggestellt war.

Die übrigen Passagiere machten einen Stadtrundgang unter der kundigen Führung von Tristan Haag, der sich heute Verstärkung vom Vorsitzenden des Schwäbisch-Deutschen Kulturbunds geholt hatte, einem der vielen Verbände der deutschen Minderheit in Neusatz nach Gründung des noch jungen Königreichs der Serben, Kroaten und Slowenen.

Edmund Valerians Gesicht schien Claires eigenen Kummer zu spiegeln. Sie fragte sich nicht zum ersten Mal, weshalb ein Mann, der offenbar so wenig Freude daran hatte, eine solch teure Reise buchte. Hatte er gehofft, die Abwechslung könne ihn von seiner Schwermut heilen?

Die Fahrt ans andere Ufer war überraschend wild und ruckelig. Das kleine Boot schwankte gefährlich, Wasser spritzte und benetzte Claires Rock, der Fahrer fluchte, weil er einem Frachtdampfer ausweichen musste. Während sie im Kielwasser des Dampfers auf und ab schaukelten, bangte Claire um ihr Leben. Als sie endlich unbeschadet anlegten, stieß sie erleichtert die Luft aus. Mit wackeligen Knien erhob sie sich.

Valerian half ihr auf den Steg. »Verzeihen Sie, Fräulein Ravensberg. Wenn ich gewusst hätte, wie unangenehm die Fahrt ist, hätte ich Sie nie dazu eingeladen.«

»Schon in Ordnung.« Claire zwang sich zu einem Lächeln und blickte zu der halb fertigen Brücke hinüber. »Es gibt nicht zufällig eine andere Möglichkeit zurückzukehren?«

»Ich fürchte, nein.« Valerian verzog bekümmert das Gesicht. »Ich bin ein grauenhafter Reiseführer und vermutlich auch keine gute Gesellschaft. Bitte vergeben Sie mir.« Er blickte sich suchend um. »Lassen Sie uns schauen, ob man hier irgendwo einen Kaffee bekommt. Das ist das mindeste, was ich Ihnen als Wiedergutmachung anbieten kann.«

Tatsächlich fanden sie in der kleinen Altstadt von Petrovaradin ein Café, in dem sie sich stärken konnten, bevor sie sich an den Aufstieg zur Festung machten. Claire bemühte sich, das Gespräch in Gang zu halten, doch sie ertappte sich immer wieder dabei, dass sie mit ihren Gedanken ganz woanders war.

Schließlich tupfte Valerian sich mit der Serviette den Mund ab. »Bitte entschuldigen Sie, dass ich so direkt frage«, sagte er. »Ich habe den Eindruck, dass Sie etwas bedrückt.«

Claire seufzte. Was sollte sie dazu sagen?

»Natürlich geht es mich nichts an, Fräulein Ravensberg. Aber manchmal hilft es, mit jemandem zu reden, selbst wenn derjenige einem nicht helfen kann.«

Claire nahm einen Schluck von ihrem Kaffee. »Ich habe mich in einer Person getäuscht«, platzte es aus ihr heraus.

»Oh, das ist schlimm.«

»In der Tat. Noch schlimmer ist jedoch, dass ich nicht absolut sicher bin. Es könnte sein, dass mein Urteil vorschnell war.« Claire biss sich auf die Lippe. Vielleicht beging sie gerade den nächsten Fehler. Sie kannte Edmund Valerian ebenso wenig wie Hannah Gronau.

Der Fabrikant faltete seine Serviette. »Gibt es eine Möglichkeit, die Wahrheit herauszufinden?«

Claire zuckte mit den Schultern. »Das dürfte schwierig sein.«

»Hat diese Person sich dazu erklärt?«

Claire knetete ihre Finger. »Sie beteuert ihre Unschuld. Ein Missverständnis, behauptet sie.« Sie spürte, wie ihr die Tränen kamen, und drückte den Rücken durch. »Ich denke nicht, dass es Sinn hat, sich darüber den Kopf zu zerbrechen. Vorbei ist vorbei.«

Valerian sah sie nachdenklich an, dann wanderte sein

Blick zum Fenster. »Ich könnte mir vorstellen, dass diese Person sich nichts sehnlicher wünscht, als eine zweite Chance zu bekommen.«

Etwas an seinen Worten ließ Claire aufhorchen. Es war fast so, als spräche er von sich selbst, nicht von Hannah und ihr.

»Ich weiß nicht«, murmelte sie.

Er wandte sich wieder ihr zu. »Versuchen Sie es.«

»Aber wie kann ich sicher sein?«

»Das können Sie nicht, aber …«

»Aber?«

Valerian sah ihr in die Augen. »Hören Sie auf Ihr Herz, mein liebes Fräulein Ravensberg, es ist oft klüger als der Verstand.«

***

»Sie wollen einen Kessel austauschen, mitten auf der Reise?«, rief Olga Marscholek entsetzt. »Haben Sie eine Ahnung, was das bedeutet?«

Ludwig zwang sich, ruhig zu bleiben. Er hatte eine außerordentliche Rapportrunde einberufen, um das weitere Vorgehen mit dem Hotelpersonal abzustimmen. Bisher hatte er Lerch, Negele und Marscholek über die wahre Dimension ihrer technischen Probleme im Unklaren gelassen, also war die Reaktion der Hausdame verständlich.

»Bedauerlicherweise geht es nicht um das, was ich will«, entgegnete er so ruhig wie möglich. »Der Kessel muss ausgetauscht werden, um die Weiterfahrt zu ermöglichen und die Sicherheit von Passagieren und Personal zu gewährleisten. Wir haben keine andere Wahl.«

»Ich verstehe das nicht. Wie kann ein solch wichtiges Teil so plötzlich kaputtgehen?« Marscholek verzog säuerlich das Gesicht. »Die *Regina Danubia* ist doch gewartet worden, bevor sie ausgelaufen ist.«

Ludwig zuckte innerlich zusammen, als die Hausdame mit schlafwandlerischer Sicherheit den Finger in die Wunde legte. Aber dass sie schon mit Problemen losgefahren waren, würde er ihr nicht auf die Nase binden.

Er legte die Finger zusammen. »Ohne Sie mit technischen Details zu langweilen, liebe Frau Marscholek, kann ich Ihnen dazu nur so viel sagen, dass einer der Kessel offenbar gegen ein anders konstruiertes Exemplar ausgetauscht wurde, bevor die Reederei Sailer das Schiff erwarb. Von außen ist der Unterschied zwischen Original und Austauschkessel nicht zu erkennen. Was Aufbau und Funktionsweise angeht, ist er jedoch entscheidend.«

»Und es ist Ihnen gelungen, hier in Serbien einen passenden Ersatz aufzutreiben?«, fragte Lerch mit ungläubiger Miene.

Ludwig sah ihn dankbar an. »So ist es.«

Sveto Horvats Bruder hatte tatsächlich ein Schwesterschiff der *Regina Danubia* lokalisiert. Es war im Krieg schwer beschädigt worden, aber die Maschine war wie neu. Es lag fast vergessen in einem Trockendock ein Stück donauabwärts, kurz vor Belgrad.

»Das grenzt ja an ein Wunder«, murmelte Negele.

»Das können Sie laut sagen.« Ludwig räusperte sich. »Allerdings ist der Umbau keine Kleinigkeit, die man an einem Nachmittag erledigen kann, während die Passagiere eine Stadtbesichtigung machen.«

»Wie lang?«, fragte Lerch.

»Drei Tage. Mindestens.«

»Großer Gott«, rief Marscholek und rührte hektisch in ihrer Kaffeetasse. »Das bringt ja den ganzen Fahrplan durcheinander!«

»Ein geringer Preis dafür, dass wir danach die Reise gefahrlos fortsetzen können.«

»Aber wie können wir …«

Lerch warf Marscholek einen tadelnden Blick zu, und sie verstummte. »Wie soll es ablaufen?«, fragte er.

Ludwig blickte auf seine Notizen. »Der Kessel befindet sich in einem baugleichen Schwesterschiff, das bei Belgrad im Trockendock liegt. Statt morgen früh werden wir heute Abend noch weiterfahren, dann sind wir in den Morgenstunden in Belgrad. In der Nacht wird auch keinem auffallen, dass wir noch immer extrem langsam unterwegs sind, weil wir nur mit einem Kessel fahren. Das Wetter können wir nämlich nicht noch einmal dafür verantwortlich machen. Sobald wir in Belgrad sind, legen wir los. Die Männer werden in Schichten arbeiten. Während wir auf der *Regina Danubia* den Kessel abmontieren, werden die Werftarbeiter den Kessel aus dem Schwesterschiff ausbauen, verladen und in den Hafen bringen. Derweil müssen wir alle Rohre und Anschlüsse vorbereiten. Für diese Arbeiten habe ich zwei Tage veranschlagt. Am dritten Tag könnte der neue Kessel eingebaut, angeschlossen und geprüft werden. Wenn alles glattgeht.«

»Wir würden also einen Tag länger in Belgrad bleiben als geplant«, schloss Negele und knetete nachdenklich sein Kinn.

»Wenn der neue Kessel so gut ist, wie ich hoffe, können wir den fehlenden Tag bis zum Eisernen Tor wieder reinholen, vielleicht sogar schon bis Golubac«, versprach Ludwig.

»Und wie wollen Sie das alles bewerkstelligen, ohne dass die Gäste etwas davon bemerken?«, fragte Marscholek.

Einen Moment lang schwiegen alle betreten. Die Hausdame nippte mit finsterer Miene an ihrem Kaffee, die anderen hatten ihre Tassen noch nicht angerührt.

»Es ist nicht möglich, solche Umbauarbeiten vorzunehmen, ohne dass die Passagiere es mitbekommen«, sagte Ludwig schließlich. »Ich fürchte, wir müssen ihnen reinen Wein einschenken.«

»Lieber Himmel«, rief Negele. »Wollen Sie ihnen etwa sagen, dass sie die ganze Zeit auf einem kaputten Schiff unterwegs waren?«

»Das wäre wohl keine gute Idee«, schaltete Lerch sich ein. Er überlegte kurz. »Ich denke, das Beste wäre, die ganze Aktion als eine von langer Hand geplante Wartungsmaßnahme zu präsentieren. Bestimmt gibt es unter den Gästen einige, die gern bei den Arbeiten zuschauen würden, aus sicherer Distanz natürlich. So etwas sieht man schließlich nicht alle Tage.«

Sie diskutierten noch eine Weile, beschlossen dann, dass sie es genau so machen würden. Wenn beim Austausch des Kessels nichts schiefging, würden sie die Fahrt ohne weitere Zwischenfälle fortsetzen können. Dann hätten sie nicht nur die Diebe und mit etwas Glück auch deren Hintermann entlarvt, sondern zudem die *Regina Danubia* wieder auf Vordermann gebracht, und das alles auf einer einzigen Reise.

Nachdem die anderen die Offiziersmesse verlassen hatten, blieb Ludwig noch einen Moment zurück, trat ans Fenster und starrte auf den Fluss. Ein Gedanke kam ihm. Im Grunde war er kein Pechvogel, sondern ein Glückspilz. So oft in seinem Leben schon hatte er Glück im Unglück gehabt, war in letzter Sekunde entkommen und gerettet worden. Von einem Kreuzer im Skagerrak, von Anton Sailer aus der Gosse, von Friedrich Krömer vor einem explodierenden Kessel. Er hatte es bloß falsch betrachtet. Von Demut erfüllt nahm er sich vor, in Zukunft dankbarer zu sein.

Als er sich vom Fenster abwandte, klopfte es, und ein Schiffsjunge brachte das Antworttelegramm von Anton Sailer: *Austausch gemäß Vorschlag vornehmen. Treffe am 25.8. in Belgrad ein. Bitte mit Weiterreise warten. A. Sailer*

* * *

»Lieber Himmel, wo hast du den denn her?«, rief Alma und schlug die Hände vor den Mund.

»Von der Krankenstation.« Vincent grinste schief. »Würde doch mit dem Teufel zugehen, wenn wir der alten Dame nicht zu ihrem Kintopp-Nachmittag verhelfen könnten.«

Auf der *Regina Danubia* gab es einen kleinen Raum für Filmvorführungen, in dem sogar ein Klavier stand.

Als Millicent vorhin erfahren hatte, dass die übrigen Passagiere am Abend zuvor *Der Graf von Monte Christo* mit John Gilbert in der Hauptrolle gesehen hatten, war ein sehnsüchtiger Glanz in ihre Augen getreten.

»Ach«, hatte sie gesagt. »Den Film würde ich auch gern noch einmal anschauen.«

Daraufhin hatte Alma beschlossen, es irgendwie möglich zu machen und Vincent für ihren Plan einzuspannen. Alfred Lerch hatte sofort zugesagt, der alten Dame eine private Vorführung zu organisieren, und er hatte sogar die Pianistin Clara Faisst, die noch bis Belgrad an Bord bleiben würde, überreden können, die Darbietung musikalisch zu begleiten. Nun ging es nur noch darum, Millicent in den Vorführraum zu bekommen, denn sie schaffte den Weg nicht mehr auf ihren eigenen Beinen. Mit dem Rollstuhl, den Vincent aufgetrieben hatte, dürfte das kein Problem sein.

Alma ließ ihn in die Suite eintreten, wo Millicent bereits fertig angezogen wartete. Sie war müde und abgekämpft, aber ein glückliches Lächeln umspielte ihre Lippen.

»Ich mache Ihnen viel zu viele Umstände«, sagte sie.

»Aber nicht doch, Mylady«, protestierte Vincent. »Ganz im Gegenteil, Sie verhelfen uns zu einem freien Nachmittag. Schließlich können wir Sie nicht allein vor der Leinwand sitzen lassen.« Er zwinkerte ihr zu.

Das Lächeln wurde breiter. »Wenn das so ist.«

Alma und Vincent hoben Millicent in den Rollstuhl. Dann machten sie sich auf den Weg. Alma hielt die Türen auf, Vincent schob. Zum Glück befand sich der

Vorführraum auf dem Oberdeck, sodass sie keine Treppen zu bewältigen hatten.

Clara Faisst erwartete sie schon. Drei bequeme Sessel standen bereit, ebenso wie ein kleiner Imbiss. Einer der Burschen, der sich damit auskannte, legte die Filmrolle ein. Vincent löschte bis auf eine kleine Tischlampe das Licht, die Pianistin spielte ein paar leichte, melodische Akkorde zur Einstimmung. Als die erste Sequenz auf der Leinwand erschien, mit der *Pharao* auf hoher See, hörte Alma die alte Lady neben sich tief seufzen. Die Einstellung wechselte ins Innere des Schiffs und zeigte Edmond Dantès am Bett des sterbenden Kapitäns. Im selben Moment wurde das heitere Musikstück abgelöst von einer schwermütigen, dramatischen Melodie, und Alma stiegen vor Rührung die Tränen in die Augen.

Im nächsten Moment vergaß sie alles um sich herum und versank in der Geschichte. Sie litt unter der Kerkerhaft, durchstand Todesangst bei der dramatischen Flucht, fieberte mit bei Fechtkampf und Intrigen und weinte erleichtert, als alles ein glückliches Ende nahm.

Nachdem das Licht wieder angegangen war, sah sie, dass Lady Alstons Wangen ebenso nass waren wie ihre eigenen. Sie schaute zu Vincent hinüber und bemerkte, wie er sich verstohlen mit dem Ärmel über das Gesicht fuhr.

KAPITEL 16

Mündung der Theiß, Sonntag, 23. August 1925

Die Auenwälder schimmerten geheimnisvoll im Abendlicht, fremdartige Vögel flatterten dicht über dem Wasser, ein kleines Dorf zog langsam vorbei. Vor zwei Stunden hatten sie in Neusatz abgelegt, noch in der Nacht würden sie Belgrad erreichen.

Alma trat von der Reling weg. Nachdem sie bei Lady Alston gewesen war, stahl sie sich manchmal für ein paar Augenblicke aufs Promenadendeck. Sie wusste inzwischen, zu welcher Zeit man sicher sein konnte, niemanden draußen anzutreffen. Wenn das Abendessen serviert wurde etwa, hielten sich alle Passagiere im Speisesaal auf, und das Deck war verwaist.

Sie schöpfte noch einmal tief Atem, dann eilte sie hinunter. Das Personal hatte bereits zu Abend gegessen, die meisten hatten nun Feierabend, saßen an den Tischen, tranken Bier und plauderten. Nur die Kellner und das Küchenpersonal fehlten, ihr Dienst endete erst nach dem Abendessen der Gäste.

Als Alma sich der Personalmesse näherte, hörte sie

Harry Unterbusch, einen der Zimmerburschen, laut deklamieren. Überrascht blieb sie vor der geschlossenen Tür stehen.

»Da ist zum Beispiel das junge Brautpaar in der Sisi-Suite«, sagte Harry gerade. »Sie wirken so glücklich, wenn sie abends im Salon eng umschlungen Walzer tanzen, dabei mussten sie hart um ihre Liebe kämpfen. Er, nennen wir ihn August, ist reich, der Sohn eines mächtigen Fabrikanten, seine Braut Eleonore ist in einfachen Verhältnissen aufgewachsen. Als der Vater von der Verbindung erfuhr, drohte er, den Sohn zu enterben. Dieser entschied sich gegen das Erbe und für seine Liebe. August und Eleonore beschlossen, ihre Heimat zu verlassen und in der Ferne ihr Glück zu suchen. Deshalb heirateten sie heimlich und schifften sich auf der *Regina Danubia* ein. Ihre Zukunft ist ungewiss, doch sie haben einander, das ist alles, was zählt.«

Alma erstarrte. Das waren ihre Worte, ihr Brief an Ida. Wie kam er in die Hände des Zimmerburschen? Sie hatte ihn doch schon vor über einer Woche abgeschickt. Sie stieß die Tür auf, bereit, Harry den Brief aus der Hand zu reißen und ihm ordentlich den Kopf zu waschen. Es gehörte sich nicht, anderer Leute Post zu öffnen, und erst recht nicht, sie laut vorzulesen.

Doch als sie die Messe betrat, saß der Bursche mit überkreuzten Beinen am Tisch und hielt eine Ausgabe der *Berliner Illustrirten Zeitung* in der Hand.

Er erblickte sie und grinste. »Hör dir das an, Alma.«

»Was ist das?«, fragte sie mit belegter Stimme.

»Wir stehen alle in der Zeitung.« Sein Grinsen wurde breiter. »Wir sind jetzt berühmt.«

Alma knetete nervös ihre Finger. »Ich verstehe nicht, wieso stehen wir in der Zeitung?«

»Irgendwer hat einen Bericht über eine Reise auf der *Regina Danubia* geschrieben«, erklärte Emmi. »Die Personen und Ereignisse sind frei erfunden, aber zugleich ähneln sie Vorkommnissen hier an Bord.«

»Gib acht, Alma, das musst du hören«, sagte Harry eifrig. »›Lady Dorchester ist zutiefst betrübt, denn das Jadearmband ist das Geschenk eines indischen Maharadschas. Zum Glück befindet sich unter den Gästen an Bord ein berühmter Detektiv, der den Fall im Nu löst. Er kommt dahinter, dass das Schmuckstück in einen Schuh gefallen ist, den das Zimmermädchen zum Putzen mitgenommen hat. Am Abend beim Kapitänsdinner trägt Lady Dorchester das wiedergefundene Armband, und alle im Salon applaudieren begeistert.‹«

Alma spürte, wie ihr die Röte ins Gesicht schoss. Sie trat näher, um einen Blick auf den Zeitungsartikel zu erhaschen.

»Abenteuer auf der Donau« prangte in großen Lettern auf der Seite. Und darunter kleiner: »Geschichten von der *Regina Danubia*«. Unter der Überschrift war das Foto eines Dampfschiffs abgedruckt und daneben eines, das einen prächtigen Salon an Bord zeigte. Nicht den der *Regina Danubia*, aber einen ähnlichen.

»Jemand hier auf dem Schiff muss das geschrieben haben«, spekulierte Hedwig. »Irgendeine Person, die die Regina und das Leben an Bord gut kennt.«

»Steht denn der Verfasser nicht dabei?«, fragte Alma bang.

»Nein, sie machen ein Geheimnis daraus.« Harry lachte. »›Von unserem Reporter an Bord‹, steht da.«

Alma atmete auf. Immerhin. Sie beugte sich weiter vor, überflog einige Absätze des Artikels. Es war tatsächlich ihr Brief, Wort für Wort. Nur die ersten Sätze, die persönlich an Ida gerichtet waren, fehlten.

Alma stützte sich an der Stuhllehne ab. Ihre Knie waren mit einem Mal ganz weich. Großer Gott, wenn irgendwer erfuhr, dass sie das geschrieben hatte! Ida musste ihren Brief an die Zeitung geschickt haben. Wie konnte sie nur? Hatte sie nicht darüber nachgedacht, in welch missliche Lage sie Alma damit brachte?

* * *

Alfred Lerch gähnte. Es war noch gar nicht so spät, aber er war zum Umfallen müde. Gleichzeitig befand er sich in einer Art Daueralarmzustand, seit er wusste, wie defekt die Maschine der *Regina Danubia* war. Obwohl er nicht für die Technik zuständig war, fühlte er sich auch in dieser Hinsicht für die Gäste verantwortlich. Nicht auszudenken, wenn unter seiner Leitung jemand verletzt würde oder sonst wie Schaden nahm. Als wären die Diebstähle nicht schlimm genug gewesen, waren jetzt womöglich noch Leib und Leben der Passagiere gefährdet. Auch wenn Kapitän Bender beteuert hatte, dass der defekte Kessel nicht in Betrieb und somit keine Bedrohung sei, horchte Alfred, seit sie wieder abgelegt hatten, auf jedes Geräusch aus dem Maschinenraum.

Er beugte sich wieder über die Liste, auf der er notiert

hatte, welche Mängel in Belgrad behoben werden sollten. Zum Glück waren es nur Kleinigkeiten. In einer Kabine tropfte ein Wasserhahn, in der Personalmesse gab es zwei wackelige Stühle, und im Teesalon war das Polster eines Sessels mit hartnäckigen Flecken verschmutzt. Kaffee, wie er annahm.

Es klopfte an der Tür. Alfred streckte den Rücken durch und hoffte, dass es nicht der Kapitän mit einer weiteren Hiobsbotschaft war. Zu seiner Überraschung kam Edmund Valerian auf seine Aufforderung hin in die Kabine. Rasch erhob Alfred sich und trat hinter dem Schreibtisch hervor.

»Herr Valerian, ist alles in Ordnung?«

»Entschuldigen Sie die späte Störung, Herr Lerch. Ich will Sie auch gar nicht lange aufhalten.«

Alfred betrachtete den Fabrikanten. Er hatte Kurt Rieneck und ihn in den vergangenen Tagen beobachtet. Es sah nicht so aus, als sei das Gespräch zwischen Vater und Sohn besonders gut verlaufen. Das war bedauerlich, aber es ging ihn nichts an.

»Wenn es um Herrn Rieneck geht …«

»Nein«, unterbrach Valerian ihn. »Ich habe ein anderes Anliegen.«

»Wie kann ich Ihnen helfen?«

»Die Angelegenheit ist, nun ja, etwas delikat, und ich möchte Ihnen versichern, dass es normalerweise nicht meine Art ist, fremde Gespräche zu belauschen.«

Alfred fragte sich beunruhigt, wohin das führen mochte, doch er bemühte sich um eine ausdruckslos höfliche Miene und schwieg abwartend.

»Ich konnte nicht verhindern, Zeuge einer Unterredung zwischen Herrn Harbach und der, hm, jungen Gräfin zu werden.«

Valerian sah ihn an, als erwartete er eine Reaktion. Doch als Alfred weiterhin nichts sagte, fuhr er fort.

»Offenbar hat das junge Paar finanzielle Schwierigkeiten.«

Alfred atmete schwer aus. Darum ging es also.

Valerian betrachtete seine Finger, bevor er den Blick wieder hob. »Wie gesagt, normalerweise mische ich mich nicht ein, doch in diesem Fall würde ich das gern tun.«

Alfred räusperte sich. »Ich fürchte, ich verstehe nicht.«

»Ich möchte, dass Sie die Kosten für die Verlobungsfeier auf meine Rechnung setzen. Das junge Glück sollte nicht allzu sehr durch Geldsorgen getrübt werden.«

»Das kann ich unmöglich zulassen, Herr Valerian«, protestierte Alfred.

»Ich denke, das ist ganz allein meine Entscheidung, Herr Lerch«, entgegnete Valerian freundlich, aber bestimmt. »Wenn ich die beiden zu ihrer Verlobungsfeier einladen möchte, ist das mein gutes Recht.«

Alfred schluckte verlegen. »Sie sind sich darüber im Klaren, dass es um eine größere Summe geht?«

Valerian lächelte milde. »Seien Sie versichert, dass ich über ausreichend Mittel verfüge, um jedwede Summe aufzubringen.«

»Um Gottes willen, ich wollte doch nicht andeuten …« Alfred unterbrach sich verlegen. »Wenn es Ihr Wunsch ist, Herr Valerian, dem jungen Glück unter die Arme zu greifen, kommen wir dem selbstverständlich gern nach.«

»Davon gehe ich aus.« Valerian straffte die Schultern. »Dann will ich Sie nicht länger aufhalten, Herr Lerch, Sie haben sicher noch viel zu tun.« Er schritt zur Tür, drehte sich aber noch einmal um. »Und noch etwas, bitte. Die beiden müssen nicht erfahren, von wem das Geld stammt. Sagen Sie meinetwegen, die Reederei habe die Summe gespendet.«

»Das kann ich nicht tun!«

»Dann sagen Sie gar nichts, oder erzählen Sie etwas von einem anonymen Wohltäter, was auch immer. Ich überlasse es Ihnen. Gute Nacht, Herr Lerch.«

* * *

Claire trat nach draußen, sanfter Fahrtwind empfing sie und kühlte ihre heiße Stirn. Nichts war zu hören außer dem leisen Stampfen der Maschine und dem Plätschern des Wassers, das über die Schaufelräder floss. Inzwischen war es dunkel, und die ersten Sterne funkelten am samtblauen Himmel, doch Claire hatte keinen Blick für die Schönheit der Nacht. Ihr ganzer Körper vibrierte vor Nervosität. Wenn nichts dazwischenkam, würde sie morgen in Belgrad endlich das Dokument übergeben. Zwar waren sie einen Tag später dran als vorgesehen, aber für diesen Fall war zum Glück vorgesorgt. Ihre Kontaktperson würde zwischen dem zweiundzwanzigsten und fünfundzwanzigsten August jeden Tag um die gleiche Zeit an der vereinbarten Stelle warten.

Nach der Übergabe würde Claire eine tonnenschwere Last von den Schultern fallen, da war sie sicher. Bestimmt würde sie dann auch klarer sehen, was Hannah anging. Beim Abendessen hatte sie es vermieden, zu ihrem Tisch hinüberzuschauen. Zum Glück waren Harbach und die Gräfin miteinander beschäftigt gewesen und hatten nicht bemerkt, wie einsilbig Claire und Valerian waren. Die ganze Zeit hatten die frisch Verlobten miteinander getuschelt und sich tief in die Augen geblickt. Claire beneidete sie um ihr Glück. Anfangs hatte sie sich darüber amüsiert, wie die beiden umeinander herumscharwenzelten wie Gockel und Henne, doch inzwischen glaubte sie, dass sie sich aufrichtig liebten.

Claire trat an die Reling. Und was war mit ihr? Liebte sie Vincent? Sie hatte ihn gern, keine Frage, sehr sogar. Er war der perfekte Ehemann, klug, aufmerksam und respektvoll. Aber das, was Claire in Jekaterina Daschkowskajewas Augen sah, wenn sie Harbach anschaute, empfand sie nicht.

Claire seufzte. Vielleicht war sie nicht gemacht für die Liebe, vielleicht war sie zu nüchtern. Sie war eine Sekretärin, keine Gräfin. Und auch keine Künstlerin wie Hannah. Sie war blass und farblos, ohne Ecken und Kanten. Eine Frau, die man sah und gleich wieder vergaß.

Eine Tür schlug zu, gleich darauf waren leise Schritte zu hören, die langsam näher kamen. Hatte Vincent sie hinaufgehen sehen und war ihr heimlich nachgeschlichen?

Claire betrachtete das von den Wellen zersplitterte Spiegelbild des Mondes in der Donau und lauschte. Genau hinter ihr verstummten die Schritte. Gerade wollte sie sich umdrehen und die Arme um Vincents Hals schlingen, da ertönte eine Stimme.

»Ziehen Sie sich aus! Und keinen Mucks, sonst sind Sie tot, Fräulein Ravensberg.« Zur Bekräftigung seiner Worte stieß der Mann ihr etwas Hartes in den Rücken.

Claire erstarrte. Die Stimme gehörte Franz Abel.

»Ich verstehe nicht«, flüsterte sie entsetzt. »Was wollen Sie von mir?«

»Ausziehen«, wiederholte Abel.

»Aber …« Claire wurde es heiß und kalt zugleich. Wollte der Kerl sie schänden? Hier oben auf dem Deck, wo jederzeit jemand auftauchen konnte?

Sie warf einen raschen Blick in Richtung Brücke, aber es war nur eine winzige Ecke des Ruderhauses zu sehen. Sie standen im toten Winkel, niemand würde mitbekommen, was der Österreicher ihr antat.

»Was haben Sie vor?«, fragte sie und versuchte, den panischen Unterton in ihrer Stimme zu unterdrücken.

»Herrgott, Sie dummes Weib, was glauben Sie denn?« Abel schnalzte ärgerlich mit der Zunge. »Ich will das Dokument. In Ihrer Kabine war es nicht, ich habe alles durchsucht. Die Mappe habe ich gefunden, das Schloss war aufgebrochen. Sehr clever von Ihnen, das Papier herauszunehmen. Weniger clever allerdings, sich die Mappe erst stehlen zu lassen und dann so viel Theater darum zu machen, dass noch Tage später darüber gesprochen wird. Ihre Geschichte war so ziemlich das Erste, was ich gehört habe, nachdem ich in Wien an Bord gekommen bin. Da wusste ich gleich, wer meine Zielperson ist.«

Grundgütiger! Claire umklammerte das Geländer. Franz Abel also. Und sie hatte Hannah verdächtigt, wie dumm von ihr. Hätte sie doch nur … Aber ihre Einsicht kam zu spät, zu spät für das Dokument, zu spät für sie selbst. Was würde Abel mit ihr machen, nachdem sie es ihm ausgehändigt hatte? Er konnte sie nicht einfach gehen lassen, denn dann würde sie sofort zum Kapitän laufen, und der würde Abel festsetzen, genau wie das Ehepaar Pöllnitz. Von einem Schiff gab es kein Entrinnen.

Claire atmete einmal tief ein und aus. Die tausend Scherben des Monds blinkten ihr noch immer von der Donau entgegen. Würde sie ihnen bald Gesellschaft leisten?

Abel unterbrach ihre Überlegungen, indem er sie grob gegen die Reling stieß. »Her mit dem Papier, los, machen Sie schon!«

Mit zitternden Fingern griff Claire in ihren Rockbund, und für einen Augenblick war die Scham über ihr Versagen größer als die Angst. Theodor Keller vertraute ihr, Carl von Schubert vertraute ihr, Gustav Stresemann vertraute ihr. Sie würde sie alle enttäuschen. Was, wenn die Republik ihretwegen in Gefahr geriet?

»Hände hoch«, ertönte in dem Moment eine weitere Stimme.

Claire hielt mitten in der Bewegung inne. War sie gemeint, oder galt die Aufforderung Abel?

»Waffe weg und Hände hoch«, wiederholte die unbekannte Person. »Sofort.«

Ein leises Fluchen war zu hören, dann fiel etwas mit einem lauten Klacken auf das Deck.

»Sie können sich umdrehen, Fräulein Ravensberg«, sagte die fremde Stimme nun.

Ganz langsam nahm Claire die Hände von ihrem

Rockbund und drehte sich von der Reling weg. Hinter ihr stand Franz Abel, das Gesicht, das im Licht der Positionslampen gut zu erkennen war, wirkte versteinert, die Arme hatte er über den Kopf erhoben. Hinter ihm erkannte Claire den tollpatschigen jungen Mann, dessentwegen sie ihren Kaffee verschüttet hatte.

»Sie?«

»Gestatten, Arno Kleinemann.« Er nickte ihr zu, dann konzentrierte er sich wieder auf Abel. »Stellen Sie sich breitbeinig an die Reling«, forderte er ihn auf. »Aber lassen Sie die Arme da, wo ich sie sehen kann.«

Abel gehorchte wortlos.

»Fräulein Ravensberg, trauen Sie sich zu, Hilfe zu holen?«

»Ja, natürlich.« Claire war noch immer erstaunt, aber zugleich unendlich erleichtert. »Soll ich auf die Brücke laufen? Das geht am schnellsten.«

»Das wäre das Beste.«

Noch bevor Claire losrennen konnte, machte Franz Abel eine ruckartige Bewegung. Kleinemann wollte nach ihm greifen, aber er war nicht schnell genug. Abel ließ sich nach vorn fallen und verschwand über die Reling. Es ging blitzschnell, gerade war er noch da, und im nächsten Moment war er weg. Nicht einmal ein Platschen war zu hören. Das Stampfen der Schaufelräder schluckte das Geräusch des Aufpralls.

»Wir müssen sofort die Maschine stoppen lassen!«, rief Claire. »Und einen Rettungsring brauchen wir auch.«

»Das hat keinen Sinn«, sagte Kleinemann und ließ die Pistole sinken.

»Aber er wird ertrinken.« Claire beugte sich über die Reling und spähte ins Wasser, konnte aber nichts erkennen.

»Würde ihm recht geschehen.«

Claire fuhr herum. »Sie können ihn doch nicht einfach so seinem Schicksal überlassen, auch wenn er ein Verbrecher ist!«

»Ich fürchte, uns bleibt keine Wahl.« Arno Kleinemann zuckte mit den Schultern. »In der Dunkelheit finden wir ihn sowieso nicht. Zumal ich nicht glaube, dass er gefunden werden will.« Er berührte Claire am Arm. »Doch keine Sorge, Fräulein Ravensberg, ich bin davon überzeugt, dass ihm nichts zustößt. Ratten sind sehr gute Schwimmer.«

***

Edmund Valerian ging nach draußen, trat an die Reling und atmete die frische Abendluft. Er stand gern in dem kleinen Außenbereich auf dem Oberdeck. Hier hatte er seine Ruhe, während die übrigen Gäste sich auf dem Promenadendeck tummelten. Zwar wäre es um diese Zeit wohl auch ein Deck höher still, doch er zog diesen Ort vor. Er war ihm vertraut, war so etwas wie sein Refugium.

Er beugte sich vor, hielt das Gesicht in den Fahrtwind. Eben, bei dem Gespräch mit Alfred Lerch, hatte er für einen Moment seinen eigenen Kummer vergessen. Es machte ihn glücklich, das junge Paar ein wenig zu unterstützen. Und dass er es unerkannt tat, vergrößerte die

Freude. Überschwängliche Dankbarkeit wäre ihm bloß peinlich gewesen.

Schade nur, dass er seinem eigenen Glück nicht auf ähnliche Weise auf die Sprünge helfen konnte. Er hatte hin und her überlegt, ob er Kurt noch einmal ansprechen sollte, doch er wusste nicht, was er noch sagen sollte. Von seiner Seite war alles ausgesprochen. Was also konnte er noch tun?

Hinter ihm ging die Tür. Überrascht fuhr er herum.

»Kurt!«

»Entschuldigen Sie die Störung, Herr Valerian.«

»Aber du störst doch nicht, mein Junge.«

Kurt senkte den Blick. Er trug noch die Kleidung, die er während der Arbeit anhatte, nur die große Schürze hatte er abgelegt. »Ich wollte mit Ihnen reden, Herr Valerian.«

Edmunds Herz machte einen Satz. »Aber gern.«

»Es ist nicht so, dass ich meine Meinung geändert hätte, aber ich fände es schön, wenn wir uns näher kennenlernen könnten.« Er hob den Blick und sah Edmund an. »Ich weiß doch gar nichts über Sie.«

Edmund spürte, wie sich ein warmes Gefühl in seiner Brust ausbreitete. »Das ist eine wunderbare Idee, Kurt. Könntest du dir vorstellen, mich in Pirmasens zu besuchen? Ich würde dir die Fabrik zeigen, und wir könnten Zeit miteinander verbringen. Selbstverständlich würde ich die Reisekosten übernehmen.«

»Ich muss das mit meiner Mutter absprechen, aber ich denke, das würde gehen. Natürlich erst, wenn die *Regina Danubia* wieder zurück in Passau ist. Dann habe ich ohnehin ein paar Tage frei.«

»Dann machen wir es so, mein Junge.« Er betrachtete Kurt. Die Augen hatte der junge Mann eindeutig von ihm. Und auch die Mundpartie. Er sah Konstantin ähnlich, seinem ältesten Sohn. Der jüngere war nach der Mutter gekommen, aber Konstantin war Edmunds Ebenbild gewesen. Und Kurt war eindeutig sein Bruder.

Er zögerte. »Wärst du bereit, in Belgrad mit mir auf Landgang zu gehen, vielleicht am Abend, wenn du Feierabend hast? Dann könnten wir schon mal anfangen mit dem Kennenlernen.«

»Ich weiß nicht.« Kurt trat von einem Fuß auf den anderen.

Edmund kam ein Gedanke. »Machst du dir Sorgen wegen deiner Kollegen und dem, was sie denken könnten?«

Kurt nickte.

»Das verstehe ich.« Edmund überlegte. »Und vermutlich wäre es dir nicht recht, wenn sich die Wahrheit herumspräche, richtig?«

Wieder nickte Kurt. »Bisher habe ich niemandem davon erzählt. Bis auf … eine Person, die habe ich um Rat gefragt.«

Edmund sandte der Person, wer auch immer es sein mochte, einen stummen Dank. »Wie wäre es«, schlug er vor, »wenn wir es mit einer Halbwahrheit versuchen?«

»Ich verstehe nicht, wie meinen Sie das, Herr Valerian?«

»Du könntest herumerzählen, dass du in mir einen entfernten Verwandten erkannt hast. Einen Vetter deiner Mutter vielleicht. Ich würde die gleiche Geschichte unter den Passagieren verbreiten. Auf diese Weise würde niemand etwas Unangemessenes darin sehen, wenn wir Zeit miteinander verbringen.«

Kurt blickte nachdenklich auf das dunkle Wasser. »Ich glaube, das könnte funktionieren«, sagte er.

»Unter einer Bedingung.«

Kurt wandte sich ihm zu. »Welche?«

»Du müsstest das förmliche Sie weglassen, wenn du mit mir redest.«

»Und wie soll ich Sie nennen?« Seine Augen flackerten nervös. »Ich kann nicht Vater zu Ihnen sagen, verlangen Sie das nicht.«

»Das wäre wohl auch unangemessen für einen entfernten Vetter. Nenn mich Onkel Edmund, oder besser noch, lass den ›Onkel‹ weg. Kannst du dir das vorstellen?«

»Ich denke, das wird gehen, Herr Valerian.«

»Edmund.«

Kurt lächelte entschuldigend. »Edmund.«

»Dann ist es also abgemacht, wir begeben uns morgen gemeinsam auf einen Abendspaziergang durch Belgrad?«

»Ja.«

»Wunderbar.« Er hätte seinen Sohn gern in die Arme geschlossen, aber das wäre ihm vermutlich unangenehm. Also streckte er ihm die Hand hin. »Ich freue mich.«

Kurt schlug ein. »Ich freue mich auch, Edmund.«

***

Claire stand an der Reling und versuchte vergeblich, Franz Abel im Kielwasser der *Regina Danubia* auszumachen. Trotz Kleinemanns Versicherung fürchtete sie um sein Leben. Auch wenn der Österreicher sie mit einer Waffe bedroht hatte, wünschte sie nicht seinen Tod.

Ihr Herz schlug noch immer wild, gleichzeitig hatte sie das Gefühl, eine Zuschauerin in ihrem eigenen Leben zu sein. Als wäre das alles gar nicht real, sondern nur ein besonders lebhafter Traum. Plötzlich merkte sie, wie schwach sie sich fühlte. Ein Schwindel erfasste sie. Sie hielt sich an der Reling fest, um nicht das Gleichgewicht zu verlieren.

»Kommen Sie«, sagte Arno Kleinemann sanft und ergriff ihren Arm. »Setzen Sie sich einen Augenblick hin. Das war alles etwas viel der Aufregung.«

Claire ließ sich von ihm zu einem Liegestuhl führen. Sie setzte sich, er nahm neben ihr Platz.

»Wer sind Sie?«, fragte sie, nachdem sie sich ein wenig gefasst hatte.

»Ihr Schutzengel.«

»Ich verstehe nicht …«

»Ihr Arbeitgeber hat mich gebeten, ein Auge auf Sie zu haben.«

Claire starrte ihn an. »Sie wissen Bescheid?«

»Ja.«

»Warum haben Sie nichts gesagt?«

»Weil ich so besser beobachten konnte, wer es auf Sie abgesehen hat. Eine Weile hatte ich diese Fotografin im Verdacht. Aber dann sah ich Abel aus Ihrer Kabine kommen, und da wusste ich, dass er bald zuschlagen würde.«

»Das verstehe ich nicht. Woher wussten Sie, dass er das Dokument nicht bereits an sich gebracht hatte?«

»Ich hatte mich zuvor vergewissert, dass Sie es aus der Mappe entfernt hatten. Ein kluger Schachzug, vor allem, nachdem das gesamte Schiff von der Existenz der Mappe erfahren hatte.«

»Großer Gott.« Claire presste die Finger gegen die Schläfen. »Und ich habe nichts von alldem bemerkt.«

»Das war der Sinn der Sache.«

»Soll ich Ihnen das Dokument aushändigen?« Sie tastete nach ihrem Rockbund.

Kleinemann hielt ihre Hand fest. »Nein. Behalten Sie es. Sie haben bisher gut darauf aufgepasst, Sie werden auch noch den Rest des Wegs schaffen.«

Claire war sich da nicht so sicher. Sie war nur deshalb noch im Besitz des Papiers, weil sie ungeheures Glück gehabt hatte. Und einen Schutzengel.

»Wissen Sie, um was für ein Dokument es sich handelt?«, fragte sie.

Kleinemann nickte.

»Aber Sie dürfen es mir nicht verraten.«

»Sie haben es sich nicht angesehen?«

»Natürlich nicht.«

Er nickte. »Ich denke, Sie haben sich als würdig erwiesen, die Wahrheit zu erfahren. Schwören Sie, dass Sie mit niemandem darüber reden werden?«

Claire zögerte nicht. »Ich schwöre es.«

Kleinemann sah sie eindringlich an. »Auch nicht mit Ihrem Verlobten.«

Ungläubig riss Claire die Augen auf. Dieser Kleinemann schien wirklich alles über sie zu wissen.

»Ich habe nicht nur die Gäste, sondern auch das gesamte Personal unter die Lupe genommen«, erklärte Kleinemann mit einem entschuldigenden Lächeln.

»Auch nicht mit meinem Verlobten«, beteuerte Claire resigniert.

Kleinemann nickte. »Anfang Oktober wird im schweizerischen Locarno eine internationale Konferenz stattfinden, die von äußerster Wichtigkeit für die Zukunft Deutschlands ist«, erzählte er mit gesenkter Stimme. »Die Vorbereitungen finden im Geheimen statt, nicht einmal der Stadtpräsident von Locarno weiß Bescheid. Es sollen Verträge abgeschlossen werden, die einen dauerhaften Frieden in Europa sichern sollen. Gustav Stresemann wird dort sein, ebenso wie die Außenminister der Westmächte. Wie Sie sicherlich wissen, will nicht jeder in Deutschland den Frieden. Leider gibt es einflussreiche und skrupellose Mächte, die die Niederlage im Krieg noch immer leugnen und von der Schmach von Versailles sprechen. Sie warten nur auf eine Gelegenheit, wieder zu den Waffen zu greifen. Diese Leute dürfen keinesfalls zu früh von der Konferenz erfahren, damit sie sie nicht sabotieren können. Was Sie am Leib tragen, Fräulein Ravensberg, ist ein Verhandlungspapier, ein Vertragsentwurf, der für den britischen Außenminister Austen Chamberlain bestimmt ist. Leider können wir das Dokument nicht auf direktem Weg übersenden, das Risiko, dass es in die falschen Hände gerät, wäre zu groß.«

Claire runzelte die Stirn. »Aber was hat Abel damit zu tun, er ist doch Österreicher.«

»Auch dort gibt es jede Menge radikale Republikfeinde. Denken Sie an diesen Hitler, der 1923 in München geputscht hat. Er ist bereits aus der Haft entlassen worden, nach gerade mal einem halben Jahr. Und das, obwohl er brandgefährlich ist.«

Claire blickte an sich hinab und schluckte hart. »Wenn ich das Dokument verloren hätte …«

»Es ist noch ein weiteres Exemplar auf den Weg gebracht worden, Sie waren nur die Rückversicherung.«

Claire war zugleich erleichtert und enttäuscht. »Zum Glück.«

»Leider ist der andere Kurier überfallen worden. Er hat schwer verletzt überlebt, und es ist ihm gelungen, das Dokument zu vernichten, bevor es in die Hände des Gegners fiel. Das bedeutet allerdings, dass wir beide nicht scheitern dürfen. Eine weitere Rückversicherung gibt es nicht.«

* * *

Alma klopfte an die Kabinentür. »Vincent, bist du noch wach?«, flüsterte sie.

»Alma?«, kam es von drinnen. »Bist du das?«

Schritte waren zu hören, dann ging die Tür auf. »Lieber Himmel, was ist los?«

»Ich brauche deine Hilfe.«

Sie warf einen besorgten Blick über Vincents Schulter und entdeckte Julius, der gerade das Licht in der unteren Koje angemacht hatte und verschlafen in ihre Richtung blinzelte.

»Ist etwas passiert?«, fragte er.

Vincent drehte sich zu ihm um. »Ich kläre das, schlaf ruhig weiter.«

»Wenn ihr zwei allein sein wollt, kann ich mich irgendwohin verziehen und …«

»Unsinn!«, fuhr Vincent ihn an.

»Es geht um Millicent, also Lady Alston«, erklärte Alma rasch.

Vincent runzelte die Stirn. »Und das kann nicht bis morgen warten?«

»Sie möchte noch einmal die Sterne sehen, dafür ist es morgen früh zu spät.« Alma sah ihn bittend an.

Seit dem späten Nachmittag hatte sie die Suite der alten Lady nicht mehr verlassen, weil es ihr zunehmend schlechter ging. Sie hatte mit Frau Marscholek und Herrn Lerch darüber gesprochen, die sie bis auf Weiteres von ihren anderen Pflichten freigestellt hatten.

Die meiste Zeit hatte Millicent in einer Art Dämmerschlaf verbracht, und Alma hatte bereits befürchtet, dass sie einfach nicht mehr aufwachen würde. Doch eben hatte sie die Augen aufgeschlagen und davon gesprochen, dass der Sternenhimmel im August besonders schön sei.

Vincent seufzte. »Ich weiß wirklich nicht …«

Alma berührte ihn am Arm. »Sie ist sehr krank. Bitte, Vincent, es könnte das letzte Mal sein.«

Er betrachtete sie. »Die alte Lady kann sich glücklich schätzen, dass du dich so hingebungsvoll um sie kümmerst.«

»Nein«, widersprach Alma. »Ich bin diejenige, die großes Glück hat, von ihr ausgewählt worden zu sein.«

»Wenn du das sagst.« Vincent rieb sich das müde Gesicht. »Also gut. Warte kurz, ich ziehe mir etwas über.«

Fünf Minuten später eilten sie gemeinsam hinauf auf das Oberdeck. Als sie das Schlafzimmer der Suite betraten, glaubte Alma im ersten Moment, die alte Lady wäre bereits wieder eingeschlafen. Doch dann öffnete sie die Augen und lächelte.

»Alma, da bist du ja, mein Kind.«

»Ja, hier bin ich, Millicent. Und ich habe jemanden mitgebracht, der mir hilft, Sie hinauf zu den Sternen zu bringen.«

»Ich mache nichts als Umstände.«

»Unsinn.«

Alma schlug behutsam die Decke zurück. Der Anblick des welken Körpers in dem weißen Spitzennachthemd versetzte ihr einen Stich. Heute sah Millicent noch dürrer und zerbrechlicher aus als an den Tagen zuvor.

Da sie den Rollstuhl nicht die Treppe hinaufhieven konnten, trug Vincent die Lady in seinen Armen. Er schien das Gewicht kaum zu spüren. Alma packte sich Kissen und Decke unter den Arm und hielt ihm wieder die Türen auf.

Das Promenadendeck lag verlassen da. Ein leichter Wind ging, aber die Nacht war lau. Sie betteten Millicent auf eine Liege, packten sie in die Bettdecke und ließen sich rechts und links von ihr nieder.

»Ist das nicht der schönste Anblick der Welt?«, rief die alte Dame aus, die Augen gen Himmel gerichtet. »Als Kind habe ich immer gemeinsam mit meinem Vater nach meinen Lieblingssternen gesucht. Die Astronomie war seine große Leidenschaft. Und ich war mächtig stolz, dass er mich in die Geheimnisse der Sternenkunde eingeweiht hat.« Die alte Dame hob ihren Arm ein Stück. »Sehen Sie, da sind Wega, Atair und Deneb.« Sie ließ den Arm sinken. »Die Wega erkennt man sofort, sie ist der hellste Stern am Sommerhimmel.« Millicent holte Luft, das Atmen fiel ihr offenbar schwer. »Zusammen bilden die drei das Dreieck des Sommers. Im August steht es hoch im Süden. Und im Osten sieht man schon das Herbstviereck. Ab jetzt steigt es immer höher, und im Oktober dominiert es den Nachthimmel.«

Alma kannte sich nicht mit Sternbildern aus, doch sie glaubte, das Dreieck und das Viereck zu erkennen, von denen Millicent sprach.

»Am meisten habe ich den Cygnus geliebt … den Himmelsschwan«, erzählte sie weiter. Sie sprach langsam, so als koste sie jedes Wort ungeheure Kraft. »Ich habe mir immer vorgestellt, mit ihm durchs All zu schweben und … neue Welten zu entdecken.« Sie seufzte leise. »Ich glaube … der Moment ist gekommen … auf seinen starken Rücken zu steigen.«

Sie schloss die Augen und tastete nach Almas Hand. Alma hielt sie fest, während Vincent Millicents andere Hand ergriff.

Lange saßen sie so da, hielten die Hände der alten Dame und schauten hinauf in den funkelnden Sternenhimmel. Irgendwo unter ihnen stampfte die Maschine, Wasser rauschte über die Schaufelräder, ansonsten herrschte Stille. Es war ein vollkommener Moment, und Alma wünschte, er würde nie vorübergehen.

Schließlich brach Vincent das Schweigen. »Alma?«, flüsterte er.

Sie löste den Blick vom Himmel und wandte sich ihm zu. »Ja?«

»Ich glaube, es ist vorüber.«

Erst jetzt merkte Alma, dass Millicents Hand in der ihren schlaff geworden war. Tränen stiegen ihr in die Augen, ihre Brust zog sich zusammen. »O nein!«

»Weine nicht, Alma.« Vincent beugte sich vor, legte die Hand an ihre Wange und wischte mit dem Daumen sanft eine Träne weg. »Sie ist in Frieden gegangen, und sie würde nicht wollen, dass wir traurig sind.«

»Ich bin aber traurig«, schluchzte Alma.

»Ach, Alma.« Vincent stand auf, kam um die Liege herum und zog sie hoch. Einen Moment zögerte er, dann schlang er seine Arme um sie und hielt sie fest, während sie um ihre Freundin weinte.

KAPITEL 17

Belgrad, Montag, 24. August 1925

Wie die Bilder eines Albtraums glitten die Häuser von Belgrad an Alma vorüber. Die weiße Stadt – wie sehr hätte sie sich unter anderen Umständen gefreut, sie zu sehen. Doch sie nahm ihre Umgebung kaum wahr. Die Sonne brannte heiß vom Himmel und erhitzte das Innere der Kraftdroschke, der Polsterstoff kratzte an ihren Armen, das Kleid klebte ihr am Körper. Trotzdem war ihr innerlich kalt.

Obwohl Vincent, der sich den Wagen für ein großzügiges Trinkgeld beim Chauffeur ausgeborgt hatte, am Steuer saß, hatte sie Angst. Sie fürchtete sich vor dem Mann an ihrer Seite, vor dem Ziel ihrer Fahrt und vor dem, was dort geschehen würde. Zudem machte der Schmerz sie benommen. Ihr Herz war noch immer wund. Sie hatte Millicent Simmons nur kurz gekannt, aber die alte Dame war ihr in den vergangenen zehn Tagen so sehr ans Herz gewachsen, dass ihr Verlust ein riesiges Loch in ihr Leben gerissen hatte.

Im Morgengrauen war Alma die traurige Pflicht zugefallen, Millicents Koffer zu packen. Es war ein seltsames Gefühl gewesen, all die wunderschönen Kleider zu falten, die die alte Lady nie wieder tragen würde. Trotzdem, oder vielleicht gerade deswegen, war Alma besonders sorgfältig vorgegangen.

Kaum waren die letzten Teile verstaut, näherte sich eine schwarze Kutsche der Anlegestelle unterhalb der Festung, wo die Save in die Donau mündete. Männer stiegen aus und hievten einen schweren Eichensarg an Bord. Als die sterblichen Überreste von Lady Alston an Land gebracht wurden, stand das gesamte Personal der *Regina Danubia* Spalier, vom Kapitän bis zu den Wäscherinnen. Auch die meisten Gäste erwiesen der alten Dame die letzte Ehre. Während der Sarg über den Landgang getragen wurde, tutete das Schiffshorn dreimal.

Ihre allerletzte Reise würde Millicent mit dem Zug antreten, der sie zurück ins heimische Devon bringen würde, wo sie in der Familiengruft neben ihrem geliebten Charles die letzte Ruhe finden sollte.

Beim Anblick des Sargs wären Alma beinahe die Beine weggesackt. Emmi griff rasch zu und stützte sie. Sie war es auch, die ihr ein frisch gebügeltes Taschentuch reichte, damit sie die Tränen trocknen konnte, die nicht aufhören wollten zu fließen.

Kaum war die Kutsche weggefahren, hatte Alma sich umziehen müssen, denn zum Trauern blieb keine Zeit. Auf Anweisung von Herrn Lerch trug sie wieder das Sonntagskleid, das sie bei ihrem Wienausflug mit Millicent angehabt hatte. Nur war der Anlass diesmal kein freudiger. Man hatte sie mit der Aufgabe betraut, in die

Rolle von Henriette Pöllnitz zu schlüpfen und an der Seite von Rudolf Pöllnitz das vermeintliche Diebesgut im Versteck zu deponieren.

Der Kapitän hatte angeordnet, dass nur einer der beiden Diebe das Schiff verlassen dürfe, um sicherzustellen, dass das Ehepaar nicht in einem geeigneten Augenblick die Flucht ergriff. Vincent war daraufhin die Idee gekommen, dass Alma sich als Pöllnitz' Ehefrau ausgeben könnte. Falls der Drahtzieher den Ort wirklich beobachtete, könnte er misstrauisch werden, wenn nicht beide Eheleute dort auftauchten.

Alma hatte erst protestiert, sie fühlte sich der Aufgabe nicht gewachsen, nicht ausgerechnet heute. Doch als Vincent ihr versprochen hatte, sie keine Sekunde aus den Augen zu lassen, hatte sie eingelenkt. Widerwillig war sie zu dem großen breitschultrigen Mann mit den stechenden Augen auf die Rückbank gestiegen, den mit Kieselsteinen gefüllten Lederbeutel unter den Arm geklemmt.

Hinter ihrer Droschke folgte in einigem Abstand eine zweite, in der Alfred Lerch sowie mehrere kräftige Zimmerburschen saßen, die Pöllnitz und auch seinen Auftraggeber im Notfall schnell überwältigen konnten.

Sie verließen die Stadt, die Bebauung wurde spärlicher. Schließlich tauchte ein großes Tor aus hellem Stein vor ihnen auf, dessen drei Bögen von Säulen getragen wurden. Sie hatten den Neuen Friedhof erreicht. Vincent stoppte genau vor dem Tor, stieg aus und hielt Alma und Pöllnitz die Tür auf, so wie ein Chauffeur es getan hätte.

Alma kletterte aus der Droschke, schirmte mit der Hand das stechende Sonnenlicht ab und blickte sich um.

Kein weiteres Fahrzeug war zu sehen, sie waren allein. Sie blickte in die Richtung, aus der sie gekommen waren, doch von der Droschke mit Lerch und den Burschen war nichts zu erkennen. Sicherlich eine Vorsichtsmaßnahme, sagte sie sich. Trotzdem stieg Beklemmung in ihr auf bei dem Gedanken, dass Vincent und sie ganz allein mit Rudolf Pöllnitz und seinem Komplizen waren.

Sie drückte die Tasche fester an sich. »Und nun?«

Vincent sah Pöllnitz an. »Wo liegt das Grab?«

Die Tasche mit der Beute sollte unter der losen Platte einer Grabstätte deponiert werden, das zumindest hatte Rudolf Pöllnitz behauptet.

»Direkt bei der Kapelle dort hinten.« Der Juwelendieb nickte in Richtung Tor, und Alma erkannte nur ein kurzes Stück dahinter ein mit einer Kuppel überdachtes Gotteshaus aus roten Backsteinen.

Vincent nickte unauffällig. »Gehen Sie, ich behalte Sie im Auge, also versuchen Sie keine Tricks.«

Rudolf Pöllnitz warf Vincent einen abschätzigen Blick zu, aber er widersprach nicht. Er griff nach Almas Arm und führte sie durch das Tor. Der Weg zur Friedhofskapelle war von Gräbern gesäumt, deren Steine die Namen der Toten in kyrillischer Schrift verkündeten. Vom Wind gekrümmte Bäume und fremdartige Sträucher verströmten einen süßlich herben Duft, doch die Gräber selbst waren kahl. Alma fühlte sich mit jedem Schritt unwohler, sie hatte das Gefühl, tausend Augen wären auf sie gerichtet und beobachteten jede ihrer Bewegungen.

Als sie die Kapelle erreichten, waren Almas Nerven so angespannt, dass ihr ganzer Körper vibrierte. Sie hätte sich gern versichert, dass Vincent ihnen folgte, aber sie wagte nicht, sich umzusehen. Wenn der Drahtzieher bereits auf der Lauer lag, durfte er keinesfalls den Verdacht schöpfen, dass etwas nicht in Ordnung war.

Ein Weg führte einmal im Kreis um die Kapelle herum, von dem in alle vier Himmelsrichtungen je ein Abzweig fortführte. Pöllnitz blieb stehen und orientierte sich. Dann begann er, den Kreis gegen den Uhrzeigersinn abzuschreiten und dabei leise zu zählen. Vor einem älteren Grab mit einem Riss in der Platte blieb er stehen.

»Das muss es sein.«

»Sicher?« Alma wagte einen raschen Blick über die Schulter, konnte jedoch weder Vincent noch sonst jemanden entdecken. »Die Gräber sehen irgendwie alle gleich aus, finde ich, außerdem kann man gar nicht entziffern, was auf den Steinen steht, und dann sind da noch …« Sie brach ab, biss sich auf die Unterlippe. Sie redete mal wieder zu viel.

Pöllnitz verzog verächtlich die Mundwinkel. »Glaubst du, ich kann nicht zählen, du dumme Pute?« Er ging in die Knie und streckte die Hand aus. »Her mit dem Ding!«

Alma schluckte hart. Sie nahm den Lederbeutel von der Schulter und überreichte ihn Pöllnitz. Der griff nach einem Stock, der neben dem Grabstein lag, schob ihn in den Spalt und hebelte die halbe Platte hoch. Er ließ den Beutel in dem Hohlraum verschwinden und deckte ihn wieder ab.

»So, das wär's.« Er erhob sich und rieb sich die Hände. »Lass uns verschwinden.«

Schweigend machten sie sich auf den Weg zurück zum

Tor. Dahinter konnte Alma die Kraftdroschke erkennen, doch keine Spur von Vincent oder den anderen Männern von der *Regina Danubia*. Ein Schauder lief ihr über den Rücken. Hoffentlich scheiterte ihr Plan nicht!

* * *

Claire lief an der Seite von Arno Kleinemann durch die Belgrader Altstadt. Treffpunkt mit der Kontaktperson war die Reiterstatue von Mihailo Obrenović III. auf dem Theaterplatz. Claire hatte einen Stadtplan konsultiert, trotzdem wäre sie ohne ihren Begleiter in dem Gassengewirr schnell verloren gewesen. Sie konnte ja nicht einmal die Straßenschilder mit den kyrillischen Buchstaben lesen.

Noch war Vormittag, doch die Hitze drückte bereits, und Claire spürte, wie sich Schweiß in ihrem Nacken sammelte. Sie hatte das Dokument wieder in die Mappe gelegt, die sie in einer Tasche bei sich trug. Da sie das Schloss hatte aufbrechen müssen, sicherte nun ein Lederriemen die Mappe vor unbefugtem Zugriff, den Kleinemann mit einem offiziell aussehenden Siegel versehen hatte, um die Echtheit zu bestätigen.

»Ich hoffe, das wird unsere Verhandlungspartner davon überzeugen, dass es sich um das Originalpapier handelt«, hatte er dabei gemurmelt.

Da Claire zu dem Zeitpunkt nicht gewusst hatte, um was für ein Dokument es sich handelte, hatte sie sich keine Gedanken darüber gemacht, welche Konsequenzen es haben könnte, wenn sie das Schloss aufbrach.

»Tut mir leid, dass ich das Schloss zerstört habe«, hatte sie gesagt. »Aber ich wusste mir einfach keinen Rat.«

»Schon in Ordnung.« Kleinemann hatte auf die Uhr gesehen. »Wir sollten uns auf den Weg machen.«

Speiselokale säumten die enge Gasse, durch die sie gerade liefen. Die Tische unter den Markisen waren bereits gut besetzt. Kellner balancierten Flaschen mit Wein und Obstbrand auf ihren Tabletts, der Geruch nach scharf gebratenem Fleisch wehte durch die geöffneten Fenster nach draußen.

Was für wunderbare Fotomotive, schoss es Claire durch den Kopf, und die Vorstellung, dass Hannah womöglich gerade in diesem Moment in einer dieser Gassen mit ihrer Kamera umherlief und Bilder schoss, machte sie unendlich traurig. Sie hatte am Morgen an ihre Kabine geklopft, um sich zu entschuldigen und sich mit ihr auszusprechen, doch Hannah war nicht da gewesen. Beim Frühstück hatte Claire sie ebenfalls nicht gesehen. Womöglich war sie früh von Bord gegangen, um die Stadt im Morgengrauen abzulichten. Claire würde später mit ihr reden, nachdem sie die Übergabe des Dokuments hinter sich gebracht hatte. Hauptsache, es war dann nicht schon zu spät. Sie erinnerte sich dunkel daran, dass Hannah davon gesprochen hatte, in Belgrad von Bord gehen zu wollen.

Der Gedanke, sie könnte Hannah verpasst haben, erschreckte sie so sehr, dass sie aus dem Tritt kam und stolperte. Kleinemann fing sie auf.

»Hoppla. Alles in Ordnung, Fräulein Ravensberg?«

»Mir geht es gut.« Claire richtete sich auf. »Das Pflaster ist so uneben, ich habe wohl nicht richtig aufgepasst.«

Kleinemann betrachtete sie. »Sicher, dass es Ihnen gut geht?«

Sie lächelte verlegen. »Mir ist ein wenig heiß. Und ich bin froh, wenn ich die Mappe endlich los bin.«

»Dann sollten wir uns sputen.«

Zum Glück dauerte es nicht mehr lange, bis der große Platz in Sicht kam, an dem das Theater lag. Die bronzene Reiterstatue auf dem Sockel war nicht zu übersehen.

Claire blieb stehen. »So viele Leute«, murmelte sie. »Wie soll ich da meinen Kontaktmann finden?«

»Er findet Sie, Fräulein Ravensberg. Stellen Sie sich unter das Standbild, aber verhalten Sie sich nicht zu auffällig.«

»Was ist mit Ihnen?«

»Ich halte mich im Hintergrund. Zur Sicherheit.«

Claire wäre es lieber gewesen, wenn Kleinemann ihr zur Seite gestanden hätte. Aber was er vorschlug, klang vernünftig. Sollte jemand im letzten Moment versuchen, das Dokument an sich zu bringen, wäre es so unmöglich, sie beide auf einmal zu überrumpeln. Sie umfasste den Griff der Tasche fester und schritt auf das Standbild zu. Am Treffpunkt angekommen, tat sie so, als würde sie die Figuren auf dem Sockel studieren.

Die Minuten dehnten sich, nichts geschah. Claire vernahm das Rattern von Rädern und das Klappern von Hufen auf dem Pflaster, Gesprächsfetzen in der ihr fremden Sprache drangen an ihr Ohr, irgendwo ging eine Trillerpfeife. Doch niemand sprach sie an. Unsicher trat sie von einem Fuß auf den anderen. Wie lange sollte sie warten? Sie drehte sich um und versuchte, Kleinemann in der

Menge zu entdecken, doch er beherrschte die Kunst, sich unsichtbar zu machen, offenbar sehr gut.

Eine Frau trat lächelnd auf Claire zu. Sie war etwa in ihrem Alter, elegant gekleidet und trug das dunkle Haar in modisch kurzen Wellen. In der Hand hielt sie eine Einkaufstasche.

»Auch zum ersten Mal in Belgrad?«, sprach sie Claire auf Deutsch an und spielte mit der Kette um ihren Hals. »Eine wunderbare Stadt, nicht wahr?«

»Ähm, ja.« Claire überlegte, ob sie die Frau kennen sollte, ob es sich um eine Passagierin der *Regina Danubia* handelte. Aber sie konnte sich nicht erinnern, sie schon einmal gesehen zu haben. Jedenfalls musste sie die Unbekannte rasch loswerden, bevor sie ihren Kontaktmann vertrieb. Sie blickte auf die Uhr. »Tut mir leid, aber ich muss jetzt los, ich bin verabredet.« Sie trat einige Schritte von dem Standbild weg.

»Fräulein Ravensberg«, rief die Frau ihr hinterher.

Claire fuhr herum. Woher kannte sie ihren Namen?

Die Fremde lächelte. »Könnten Sie mir vielleicht sagen, was heute Abend im Theater gespielt wird?«

Claire erstarrte. Das war die Losung. Die Frau war der Kurier.

* * *

Vincent drückte sich tiefer hinter den Grabstein, als Alma und Pöllnitz an ihm vorübergingen. Er hatte bemerkt, wie Alma sich ängstlich umsah, und er hätte ihr gern ein Zeichen gegeben, aber das wäre zu riskant gewesen. Der

Drahtzieher der Diebstähle würde nur aus seinem Versteck kommen, wenn er sich absolut sicher wähnte. Vincent war fest überzeugt, dass er von irgendwo auf dem Friedhof beobachtet hatte, wie Pöllnitz den Beutel deponiert hatte. Hauptsache, sie mussten nicht allzu lange warten, bis er sich herauswagte. Pöllnitz hatte die Anweisung, das Fahrzeug vom Friedhofstor wegzufahren, damit es so aussah, als wäre er auf das Schiff zurückgekehrt. Es handelte sich nur um ein kurzes Stück, schon an der nächsten Straßenecke wartete Lerch bei der zweiten Droschke, trotzdem war es sicherlich eine Tortur für Alma, allein mit dem Verbrecher im Wagen zu sitzen. Vielleicht hätte er ihr das nicht zumuten dürfen, aber jetzt war es zu spät.

Vincent zuckte zusammen, als er ein Geräusch hörte, das Schaben von Stein über Stein. Pöllnitz' Auftraggeber hatte es offenbar eilig. Vincent trat hinter dem Grabstein hervor und näherte sich in gebückter Haltung der Friedhofskapelle. Von der anderen Seite sah er eine weitere Gestalt heranschleichen, Harry Unterbusch, einer der Zimmerburschen.

Jetzt erblickte er auch den Mann, der vor einem Grab kniete und gerade den Lederbeutel unter der Platte hervorzog. Er trug einen schwarzen Anzug, war klein und fast kahl. Vincent ließ alle Vorsicht fahren und rannte los. Der Mann bemerkte ihn nicht. Er riss den Beutel auf, griff hinein und stockte.

»Leider nur Kieselsteine«, sagte Vincent. »Was für eine Enttäuschung.«

Der Mann sprang auf und hatte auf einmal ein Messer in der Hand. »Wer sind Sie? Was wollen Sie?«

Vincent blieb auf Abstand. »Sie an die Polizei ausliefern.«

»Und warum? Weil ich vor einem Grab knie und bete?« Der Mann verzog das Gesicht.

»Weil Sie die Beute abholen wollten, die Ihre Komplizen an Bord der *Regina Danubia* gestohlen haben.«

»Blödsinn! Ich habe keine Ahnung, wovon Sie reden.«

»Lassen Sie das Messer fallen, es ist vorbei.«

»Sie kriegen mich nicht.« Der Mann machte eine Bewegung auf Vincent zu, die Hand mit dem Messer angriffsbereit ausgestreckt, doch in dem Moment sprang Harry von hinten auf seinen Rücken und warf ihn zu Boden.

Sie prallten hart auf, das Messer wurde durch die Luft geschleudert. Weitere Burschen kamen angerannt, im Nu hatten sie den Unbekannten überwältigt und seine Hände auf dem Rücken zusammengebunden.

Vincent bückte sich nach dem Messer, dann trat er vor den Gefesselten. »Sie werden so schnell niemanden mehr ausrauben.«

»Du kannst mich mal.« Der Kerl spuckte Vincent vor die Füße.

Der trat zurück. »Los, lasst uns von hier verschwinden«, sagte er zu den Zimmerburschen. Er überließ es ihnen, den Mann zu eskortieren, und eilte voraus.

Als er bei den Droschken ankam, lief Alma ihm entgegen, die Erleichterung war ihr anzusehen.

»Geht es dir gut?« Ihr Blick fiel auf das Messer in seiner Hand. »Lieber Himmel, bist du verletzt?«

»Nein, alles bestens.« Er grinste zufrieden. »Ich hoffe, Pöllnitz hat sich anständig benommen.«

»Herr Lerch hat ihm sicherheitshalber die Hände gefesselt.« Sie drehte sich zu dem Hotelchef um, der mit stoischer Miene neben der vorderen Droschke stand.

»Waren Sie erfolgreich, gnädiger Herr?«, fragte er nun.

»Allerdings, das waren wir.« Er drehte sich um und deutete auf die Burschen, die gerade mit dem Gefangenen in der Mitte durch das Tor traten.

Als die kleine Gruppe sie erreicht hatte, schnappte Lerch nach Luft. »Herr im Himmel, Sie?«

Vincent sah ihn überrascht an. »Sie kennen den Herrn?«

»Allerdings.« Dem Hotelchef stand die Empörung ins Gesicht geschrieben. »Dieses Subjekt hat früher einmal auf der *Regina Danubia* gearbeitet.«

Vincent blickte ungläubig zwischen Lerch und dem Ganoven hin und her. »Ein ehemaliger Angestellter? Ist das wahr?«

»Sein Name ist Wilhelm Loibl«, erklärte Lerch. »Er ist der ehemalige Concierge, der Vorgänger von Eugen Roth. Vor einigen Jahren mussten wir ihm kündigen, es gab da gewisse Unregelmäßigkeiten.«

»Lüge«, brüllte der Gefangene. »Alles Lüge. Sie konnten mich von Anfang an nicht leiden, Lerch. Deshalb haben Sie ein Komplott geschmiedet, um mich loszuwerden.«

»Das ist eine unhaltbare Unterstellung«, gab Lerch zurück. »Es ist Geld verschwunden, das für Landausflüge bestimmt war, Geld, das Ihnen anvertraut worden war.«

»Das waren Sie, Lerch!« Loibl riss sich von seiner Eskorte los und stürzte auf den Hotelchef zu. »Sie sind ein mieser verschlagener Dreckskerl, aber ich habe es Ihnen und der Reederei heimgezahlt! Sie werden nie mehr …«

Die Zimmerburschen zerrten den Mann grob zurück.

»Ich denke, wir haben genug gehört«, sagte Vincent. »Lassen Sie uns den Verbrecher auf dem Polizeirevier abliefern.«

»Das können Sie nicht machen«, keifte Loibl. »Sie haben keine Beweise!«

Vincent nickte Lerch zu, der den Burschen befahl, Loibl zu Pöllnitz in die Kraftdroschke zu verfrachten. Da keiner von ihnen ein Automobil steuern konnte, mussten sie alle noch mit zur Gendarmerie kommen. Es dauerte fast eine Stunde, bis sie zu einem Kommandanten vorgelassen wurden, der ihr Anliegen verstand und auch die Befugnis hatte, entsprechende Maßnahmen einzuleiten, sowie zwei weitere, bis alle Formalitäten erledigt waren.

Alle mussten eine Aussage machen, auch Alma, und die beiden Gefangenen wurden von den Gendarmen in eine Zelle verfrachtet. Henriette Pöllnitz sollte später ebenfalls von der *Regina Danubia* abgeholt werden. Nachdem das Prozedere mit den zuständigen Behörden geklärt wäre, sollten die drei nach Deutschland ausgeliefert werden.

Als sie endlich auf die *Regina Danubia* zurückkehrten, war es Nachmittag. Aus dem Bauch des Schiffs dröhnten dumpfe Schläge, die Männer hatten bereits damit begonnen, den defekten Kessel auszubauen.

Lerch verabschiedete sich und eilte zum Kapitän, um ihm von der erfolgreichen Operation zu berichten, Vincent brachte Alma zu ihrer Kabine.

»Du bist auf verbotenem Terrain«, sagte sie schmunzelnd, als sie vor der Tür standen.

Er grinste. »Ich kenne den Schiffseigner, ich hoffe, er legt ein gutes Wort für mich ein, falls ich erwischt werde.«

Alma wurde ernst. »Dann endet wohl heute dein Dienst als Kellner an Bord«, sagte sie.

»Ich schätze, ja.« Er sah sie an. »Ich werde das alles hier vermissen.«

»Das glaube ich nicht, du hast doch ein viel besseres Leben.«

»Ich bin mir da nicht so sicher.«

»Du bist reich, wohnst in einem großen Haus und hast eine wunderschöne Verlobte. Jeder Kellner an Bord würde sofort mit dir tauschen.«

Vincent seufzte. »Da hast du wohl recht.«

»Werden das Fräulein Ravensberg und du noch mit der *Regina Danubia* weiterreisen?«

»Ich weiß es nicht. Mein Vater hat telegrafiert, er kommt morgen in Belgrad an. Möglicherweise muss ich mit ihm nach Passau zurückkehren. Ich denke, das Fräulein Ravensberg wird uns begleiten.«

»Verstehe.« Alma presste die Lippen zusammen. »Dann gehe ich mich mal umziehen, die Arbeit macht sich schließlich nicht von allein. Lebe wohl, Vincent.«

Die Worte schnitten ihm ins Herz, er wollte ihr nicht Lebewohl sagen. »Wir sehen uns bestimmt noch vor meiner Abreise.«

»Ja, bestimmt.« Sie wirkte nicht überzeugt.

»Danke für alles, Alma.« Er ergriff ihre Hände. »Es war mir eine Ehre, dich kennenzulernen.« Er hätte gern noch etwas hinzugefügt, er hätte gern noch so viel mehr hinzugefügt, aber ihm fehlten die Worte. Also trat er zurück und stand einfach nur da, als sie in ihrer Kabine verschwand und die Tür sich hinter ihr schloss.

***

Als Claire erwachte, dröhnte ihr der Schädel. Noch immer fühlte sie sich ganz benommen. So lange hatte sie dem Augenblick der Übergabe entgegengefiebert, und dann war alles ganz schnell gegangen. Die fremde Frau hatte sie aufgefordert, sich neben sie zu stellen. Gemeinsam taten sie so, als würden sie das Standbild bewundern, und tauschten dabei blitzschnell die Taschen. Sie wechselten noch ein paar Höflichkeiten, dann verschwand Claires Kontaktperson im Gewimmel der Menschen. Während Claire noch dastand und nicht wusste, was sie mit sich anfangen sollte, nun, wo ihr Auftrag erledigt war, gesellte Arno Kleinemann sich zu ihr und lud sie zu einem frühen Mittagessen ein. Zwar verspürte Claire keinen Hunger, doch sie nahm die Einladung dankbar an, allein schon weil ihr vor dem Weg zurück durch die Mittagshitze graute.

Kleinemann führte sie in ein Restaurant auf einer prachtvollen Allee aus, dessen Räumlichkeiten kühl und dunkel waren. Das Essen war deftig, aber lecker, dennoch rührte Claire es kaum an.

Zurück auf dem Schiff hatte sie es erneut bei Hannah versucht, ohne Erfolg. Immerhin hatte bereits die Nachricht die Runde gemacht, dass der Auftraggeber der beiden Juwelendiebe gefasst worden war. Also war Vincent ebenfalls erfolgreich gewesen.

Da sie von ihrem Abenteuer in Belgrad vollkommen erschöpft war, hatte Claire sich in ihrer Kabine aufs Bett gelegt. Eigentlich hatte sie nur ein wenig ruhen wollen, doch sie war auf der Stelle eingeschlafen.

Sie blickte auf die Uhr. Viertel nach fünf. Großer Gott, sie hatte mehr als drei Stunden geschlafen! Gerade als sie aufstehen und sich frisch machen wollte, klopfte es an der Tür. Ihr Herz schlug schneller, vielleicht war es Hannah?

»Herein«, rief sie und strich sich das vom Schlaf zerdrückte Haar glatt.

Es war nicht Hannah, sondern Vincent. »Ich habe dich doch nicht etwa geweckt?«

»Ich bin vor ein paar Minuten wach geworden. Heute Vormittag war es so heiß in der Stadt, dass ich mich ein wenig hinlegen musste.« Sie stand auf. »Ich habe schon von deinem Erfolg gehört. Glückwunsch, Liebster!«

Er lächelte. »Danke. Allerdings war es nicht allein mein Erfolg. Ich hatte tatkräftige Hilfe.«

»Du bist zu bescheiden.«

Er zuckte ein wenig linkisch mit den Schultern. Obwohl er allen Grund hatte, froh und stolz zu sein, wirkte er nachdenklich, ja sogar fast ein wenig bedrückt. »Ich habe noch einiges zu tun«, sagte er. »Hauptsächlich Papierkram mit Lerch. Mein Vater kommt morgen, bis dahin soll alles fertig sein. Aber danach …«

»Dein Vater kommt nach Belgrad?«, unterbrach Claire ihn erschrocken.

»Er will nach dem Rechten sehen. Wegen des defekten Kessels, der ausgetauscht werden muss, aber auch wegen der Diebesbande, nehme ich an. Kapitän Bender hat ihn über alles informiert.«

Claire schluckte. Nun würde sie Vincent reinen Wein einschenken müssen, und zwar bevor sein Vater eintraf. Immerhin war ihr Auftrag erledigt. Also durfte sie ihm zumindest erzählen, warum sie wirklich an Bord war, auch wenn sie ihm die Details weiterhin verschweigen musste.

»Was ist los?«, fragte Vincent. »Ist etwas nicht in Ordnung?«

»Alles bestens.« Sie strahlte ihn an. »Ich habe dich unterbrochen, was wolltest du sagen?«

»Ich möchte dich heute Abend in Belgrad zum Essen ausführen. Alfred Lerch hat mir ein Lokal im ehemaligen Zigeunerviertel empfohlen, eine traditionelle Kafana, sie heißt ›Die drei Hüte‹ und soll sehr gut sein.«

Es musste sich um eine der Gaststätten handeln, an denen sie am Vormittag vorbeigekommen war. Claire verspürte wenig Lust, Belgrad einen weiteren Besuch abzustatten, aber sie wollte Vincent keinen Korb geben. Zudem wäre der Restaurantbesuch die perfekte Gelegenheit, ihm ihre Lüge zu beichten.

»Wie reizend«, sagte sie deshalb. »Ich freue mich, dass ich dich endlich wieder für mich habe.«

Ein Schatten huschte über sein Gesicht. »Ich freue mich auch, Claire.« Er trat zurück an die Tür. »Dann hole ich dich um sieben hier ab, in Ordnung?«

Um sieben würde die Sonne immerhin schon sehr tief

stehen, und in der Stadt würde es angenehm kühl sein.
»Perfekt. Bis um sieben also.«

***

Ludwig rieb sich zufrieden die Hände. Offenbar war der Ausbau des Kessels tatsächlich für manche Gäste eine willkommene Abwechslung vom Bordleben. Vor allem für die Männer. Einige, denen es heute zu heiß gewesen war, um die Stadt zu besichtigen, hatten freudig von dem Angebot Gebrauch gemacht, aus sicherem Abstand bei den Arbeiten zuzuschauen. Lerch schien nicht ganz so begeistert davon zu sein, den Passagieren Einblicke zu verschaffen, die ihnen gewöhnlich verwehrt waren. Doch er war so beschwingt von seinem Erfolg bei der Diebesjagd gewesen, dass er keine Einwände erhoben hatte. Opitz hatte eine Absperrung errichtet, damit niemand den Mechanikern in die Quere kam und sich womöglich verletzte, und so waren alle zufrieden.

Der erste Tag war vorüber, und bisher war es nach Plan gelaufen. Der Ausbau des Kessels war abgeschlossen, auf dem Promenadendeck diskutierten die Gäste fleißig darüber, was alles hätte fehlgehen können, und waren der einhelligen Meinung, dass die Mechaniker der *Regina Danubia* die besten der Welt seien. Ludwig war geneigt, sich ihnen anzuschließen, denn Opitz und seine Männer leisteten wirklich hervorragende Arbeit.

Morgen würde es mit den Vorbereitungen für den Einbau des neuen Kessels weitergehen. Ludwig wollte noch kurz mit Opitz das Vorgehen besprechen. Er fand den leitenden Maschinisten im Kesselraum, wo er mit einem Schraubenschlüssel hantierte.

Sie grüßten sich, und Opitz zeigte mit dem Werkzeug auf einen Flansch, der zwei Heißdampfrohre miteinander verband und normalerweise fast unzugänglich im Kesselgehäuse verborgen lag.

»Dass ich jemals wieder einen solchen Flansch zu Gesicht bekomme, hätte ich nicht gedacht. Natürlich war die Maschine damals größer, zehn Mal so groß mindestens. Aber dennoch.«

»Wie meinen Sie das? Haben Sie schon einmal einen Kessel gewechselt?«

»Gewechselt? Aber nein. Wissen Sie das nicht mehr?«

»Sie sprechen in Rätseln, Herr Opitz.«

»Auf der *Süderstedt*, mit Ihnen als Kapitän. Wir lagen unter schwerem Beschuss, ein Torpedo nahm Kurs auf uns, und Sie gaben den Befehl ›volle Fahrt voraus‹.«

Ludwig hatte es geahnt. Opitz wusste genau, was damals passiert war und dass er für den Tod fast der gesamten Besatzung verantwortlich war. Er sackte in sich zusammen.

»Ja, es war ein furchtbarer Tag«, sagte Opitz, der ihm seine düsteren Gedanken offenbar ansah. »Aber seitdem sind Sie für mich ein Vorbild.«

»Reden Sie doch keinen Unsinn, Mann. Was wollen Sie von mir? Ständig erzählen Sie mir, wie sehr Sie mich bewundern. Einen Kapitän, der im entscheidenden Moment versagt und Hunderte in den Tod geschickt hat. Das ist einfach lächerlich.«

Opitz starrte Ludwig mit offenem Mund an. Er schwieg

so lange, dass Ludwig schon glaubte, er habe die Sprache verloren. Doch dann räusperte er sich.

»Sie glauben, es war Ihre Schuld, Käpt'n?«

»Ich glaube es nicht, Opitz. Ich weiß es.«

»Großer Gott, ich fasse es nicht.«

Ludwig holte Luft, um Opitz zurechtzuweisen, doch der hob eine Hand. »Sie waren nicht schuld.«

»Natürlich war ich schuld.« Ludwig ballte die Faust. »Ich habe den Befehl zu spät gegeben, deswegen haben wir es nicht geschafft, dem Torpedo auszuweichen.«

»Ich verstehe nicht, wie Sie darauf kommen. Ich habe doch vor dem Militärgericht ausgesagt. Habe genau erzählt, was passiert ist.«

Opitz' Worte ergaben keinen Sinn. »Was in aller Welt haben Sie denn ausgesagt?«

»Dass der Maschinist verantwortlich war. Er hat versäumt, notwendige Reparaturen vorzunehmen, und als der Befehl ›Fluchtfahrt‹ kam, hat er die Maschine vollkommen überlastet. Hat das Überdruckventil gesperrt, und dann ist an einem der vier Kessel eine Naht aufgeplatzt, und bei einem zweiten ist durch den Überdruck der Flansch abgerissen. Ich habe noch versucht, das Leck notdürftig abzudichten, damit wir mehr Fahrt aufnehmen können, aber bevor ich fertig war, schlug der Torpedo ein. Ich bin erst wieder auf dem Kreuzer aufgewacht, der uns aus dem Wasser gefischt hat. Ich wusste nicht, dass Sie ebenfalls an Bord waren, ich dachte, Sie wären tot.« Opitz schlug die Augen nieder. »Ich weiß, dass Sie Ihren Sohn bei dem Unglück verloren haben. Er war ein anständiger Kerl und ein ausgezeichneter Offizier.«

Ludwig musste sich an der Wand abstützen. Er kämpfte gegen den Nebel, der um die Erinnerungen waberte, versuchte, sich die Gerichtsverhandlung ins Gedächtnis zu rufen. Er hatte geschwiegen und auch einen Anwalt abgelehnt. Er war schon betrunken ins Gericht gewankt, weil er geglaubt hatte, die Verhandlung nüchtern nicht zu überstehen, hatte seinen Zustand aber überspielen können. Er hatte alles an sich vorbeirauschen lassen. Dass Opitz als Zeuge gehört wurde, hatte er überhaupt nicht mitbekommen. Kaum war der Freispruch verkündet worden, war er ins nächste Wirtshaus gestolpert. Von dem Tag an war er nie mehr wirklich nüchtern gewesen, bis Sailer ihn von der Straße aufgelesen hatte.

Ludwig atmete schwer. Also hatte er den Befehl zur Fluchtfahrt zum richtigen Zeitpunkt gegeben. Und wenn der Maschinist nicht geschlampt hätte, wäre die *Süderstedt* entkommen, und die Mannschaft hätte sich nicht mit einem manövrierunfähigen Schiff dem Feind stellen müssen.

Ludwig schloss die Augen, seine Knie gaben nach. Opitz stützte ihn. Ludwig spürte die Kraft und die Loyalität des jungen Mannes, Dankbarkeit stieg in ihm auf. Er öffnete die Augen und streckte den Rücken durch.

Opitz sah ihn an. »Sie haben all die Jahre geglaubt, Sie hätten die *Süderstedt* auf dem Gewissen?« Er schüttelte ungläubig den Kopf. »Wie furchtbar. Wie haben Sie das ertragen?«

Ludwig überlegte einen Moment, dann entschied er, Opitz reinen Wein einzuschenken. »Habe ich nicht. Ich habe angefangen zu saufen, bin ganz unten gelandet, in der Gosse. Anton Sailer hat mich da rausgeholt.«

Opitz nahm Haltung an, knallte die Hacken zusammen und salutierte. »Kapitän zugegen«, rief er.

Ludwig standen Tränen in den Augen. Seinen Sohn würde seine Erkenntnis nicht wieder lebendig machen, aber seine Seele war vom Albdruck der Schuld befreit.

Er salutierte ebenfalls. »Offizier und Mann von Ehre zugegen.«

Einen Moment standen sie sich so gegenüber, dann rührten sie sich. Ludwig dachte an das Buch, das er gerade ausgelesen hatte. Er hatte recht behalten. Ahab war von dem Wal in die Tiefe gezogen worden und hatte alle bis auf den Erzähler mit in den Tod gerissen. Er atmete tief ein und aus. Wie gut, dass er nicht Ahab war, sondern Ludwig Bender, Kapitän.

»Dann lassen Sie uns mal die Regina wieder flottmachen, Herr Opitz«, sagte er und klopfte dem Maschinisten auf die Schulter. »Ich denke, wir werden noch den einen oder anderen Flusskilometer gemeinsam hinter uns bringen.«

KAPITEL 18

Belgrad, Montag, 24. August 1925

Alfred Lerch zog die Tür auf und lächelte breit. »Kommen Sie doch herein, Frau Marscholek. Setzen Sie sich.« Er deutete auf den Stuhl vor seinem Schreibtisch. »Darf ich Ihnen etwas zu trinken anbieten? Ein Likörchen vielleicht?«

Olga Marscholek zog argwöhnisch die Brauen zusammen. »Gibt es ein Problem?«

»Nein, wie kommen Sie darauf?«

»Weil Sie mich nie ohne Grund auf einen Likör einladen, Herr Lerch.«

»Meine Liebe, jetzt sind Sie aber nicht fair zu mir.« Alfred holte die Flasche und zwei Gläser aus dem Schrank. »Wir haben doch schon das eine oder andere Gläschen getrunken, ohne dass es einen speziellen Anlass gab.«

»Mag sein«, grummelte Marscholek und setzte sich. »Aber heute führen Sie etwas im Schilde, das sehe ich Ihnen an. Ich hoffe, Sie haben keine weiteren Hiobsbotschaften zu verkünden. Davon hatte ich für eine einzige Reise wirklich genug.«

»Keineswegs, liebe Frau Marscholek.« Alfred konzentrierte sich auf das Einschenken, damit er die Hausdame nicht ansehen musste. Er war nämlich ziemlich sicher, dass sie das, was er ihr zu verkünden hatte, durchaus als Hiobsbotschaft auffassen würde. Er griff nach den Gläsern, drehte sich um und reichte ihr eines. »Auf weiterhin gute Zusammenarbeit.«

»Auf gute Zusammenarbeit.« Marscholek nippte. »Und jetzt heraus damit: Was ist los?«

Alfred seufzte. »Der junge Herr Sailer ist inkognito an Bord.«

Marscholek stellte das Glas ab. »Der junge Herr ist unter den Gästen?«, fragte sie scharf. »Wieso weiß ich davon nichts?«

»Bitte beruhigen Sie sich, Frau Marscholek. Ich habe es auch erst kürzlich erfahren. Nur Kapitän Bender wusste von Anfang an Bescheid.«

»Geht es etwa darum, uns auf die Finger zu schauen?« Die Hausdame klang verletzt. »Sind die Herrschaften nicht zufrieden mit unserer Arbeit?« Sie erhob sich abrupt. »Ich gebe weiß Gott immer mein Bestes, das wissen Sie, Herr Lerch, und ich kann nicht fassen, dass ich auf diese Art und Weise …«

»Um Gottes willen, Frau Marscholek! Es geht doch nicht um Sie oder mich.« Er drückte sie sanft auf den Stuhl zurück, holte seinen eigenen Stuhl hinter dem Schreibtisch hervor und nahm ebenfalls Platz. »Jeder weiß, wie viel Sie leisten. Niemand zweifelt an, wie fleißig und kompetent Sie sind.«

»Aber was soll dann …«

»Es ging um die Diebstähle.«

»Oh.« Olga Marscholek starrte ihn an.

Alfred holte tief Luft. »Der junge Herr Sailer ist kein Gast, sondern einer der Kellner: Vincent Jordan.«

»Heiliger Himmel.« Olga Marscholek schlug die Hand vor den Mund. Dann nickte sie. »Jetzt verstehe ich.« Sie spitzte die Lippen. »Trotzdem war es nicht richtig, Sie und mich im Dunkeln tappen zu lassen. So behandelt man langgediente Mitarbeiter nicht. Wir hätten doch helfen können.«

»Nehmen Sie es nicht so schwer, Frau Marscholek.«

Sie antwortete nicht, starrte an die Wand.

Alfred schenkte Likör nach. »Geben Sie sich einen Ruck, meine Liebe. Uns alte Haudegen haut doch so schnell nichts um, oder?« Er hielt sein Glas hoch. »Auf viele weitere Reisen.«

Olga Marscholek zögerte, dann griff sie nach ihrem Glas. »Aber nur, weil Sie es sind, Herr Lerch.« Sie nahm einen Schluck, ihre Züge wurden weicher. »Einen feinen Likör haben Sie da.«

»Haselnuss.« Alfred hob die Flasche. »Noch ein Schlückchen?«

»Um Gottes willen, Herr Lerch, wollen Sie mich betrunken machen? Zwei sind mehr als genug.«

Alfred stellte die Flasche ab. »Ich bin froh, Sie an meiner Seite zu haben, Frau Marscholek.« Er meinte es ernst. Sie war zwar ein bisschen spröde und oft streng zu ihren Untergebenen, aber er konnte sich keine zuverlässigere Kollegin vorstellen.

»Ich bin auch froh, Herr Lerch.« Olga Marscholek

rang sich ein Lächeln ab. »Ohne Sie wäre ich auf verlorenem Posten.«

***

Alma machte es sich auf ihrer Koje bequem und zog den Umschlag unter dem Kopfkissen hervor. Vorhin nach ihrer Rückkehr an Bord hatte sie in ihrer Kabine einen Brief von Ida vorgefunden und ihn sofort gelesen, bevor sie sich umgezogen und an die Arbeit gemacht hatte. Jetzt, nach Feierabend, nahm sie sich das Schreiben noch einmal vor.

Liebe Alma,

von der Reederei habe ich erfahren, dass Ihr bald in Belgrad seid und ich Dir dorthin schreiben kann. Ich bin gespannt, ob der Brief Dich auch wirklich erreicht. Hier geht es allen gut. Ich hoffe, Du bist ebenfalls wohlauf und erlebst weiterhin so unterhaltsame Abenteuer an Bord! Hier in Passau ist es nämlich schrecklich langweilig, alles läuft im alten Trott. Also komm bloß nicht auf die Idee, früher als nötig zurückzukehren.

Eine Neuigkeit habe ich aber trotzdem für Dich. Ich habe Deinen ersten Brief an die Berliner Illustrirte Zeitung *geschickt (natürlich ohne den persönlichen Teil), und sie haben ihn tatsächlich abgedruckt, sogar mit Fotos! Du wirst es nicht glauben, sie haben mir sogar einen Scheck als Honorar geschickt: zehn Mark, ist das nicht wunderbar? Der Scheck ist natürlich nicht für mich, sondern für Dich bestimmt. Aber Du musst mich auf ein Eis einladen, wenn Du zurück bist, ich finde, das habe ich mir verdient.*

Um Dich nicht in Verlegenheit zu bringen, habe ich der Illustrierten den Namen des Verfassers verschwiegen. Wenn Du magst, kannst Du es ihnen ja selbst verraten. Ich glaube, Du wirst noch mal eine berühmte Schriftstellerin, Alma. Oder eine Reporterin. Die von der Illustrierten wollen nämlich unbedingt noch mehr solche Geschichten haben, stell Dir das vor! Ich finde das alles schrecklich aufregend.

Deine Eltern und Dein Bruder lassen ganz herzlich grüßen.

Alles Liebe
Deine Ida

Alma drehte sich auf den Rücken und zwinkerte die Tränen weg. Eine Welle von Heimweh überrollte sie. Ohne Vincent und ohne Lady Alston fühlte sie sich einsam auf der *Regina Danubia*, und sie hatte mit einem Mal Sehnsucht nach dem eintönigen Leben in Passau, nach ihrer Familie und nach Ida.

Die Tür wurde aufgestoßen, und Emmi kam hereingestürmt. »Hier bist du, Alma! Hast du nichts mitbekommen? Wir sollen uns alle in der Messe versammeln.«

Alma seufzte.

»Nun mach schon, du Faulpelz!« Emmi zupfte sie am Ärmel. »Runter vom Bett, schlafen kannst du später.«

»Komme ja schon.« Alma schob den Brief zurück unter das Kopfkissen und sprang von der Koje.

Zusammen mit Emmi rannte sie zur Messe, wo sich bereits alle aufgestellt hatten, und schlüpfte in die Reihe der Zimmermädchen. Sekunden später kam Olga Marscholek in den Raum geschritten und ließ mit zusammengekniffenen Augen den Blick wandern. Alma hatte keine Zeit, sich zu fragen, was nun wieder los war, denn schon betraten weitere Personen die Messe: Henri Negele, der Restaurantchef, Alfred Lerch und hinter ihm Vincent, der nicht seine Kellneruniform, sondern einen feinen Anzug trug. Er sah schneidig aus, doch Alma hatte er in der Uniform besser gefallen. In dem Anzug kam er ihr vor wie ein Fremder.

Getuschel setzte ein, doch ein strenger Blick von Olga Marscholek brachte alle zum Schweigen.

Lerch trat vor, winkte Vincent zu sich und nickte ihm zu. Der betrachtete die Reihen der Bediensteten, bevor er den Rücken durchstreckte und die Stimme erhob.

»Ich habe euch etwas zu sagen«, begann er. »Aber zuvor muss ich mich entschuldigen, denn ich habe euch alle belogen.«

Wieder setzte Gemurmel ein.

»Ich bin gespannt, was jetzt kommt«, flüsterte Emmi.

Alma sagte nichts. Sie wünschte, sie wäre weit weg. Sie wusste, was Vincent als Nächstes sagen würde, und sie wollte es nicht hören.

»Mein Name ist nicht Vincent Jordan«, fuhr er fort, »sondern Vincent Sailer. Ich bin der Sohn von Anton Sailer, dem Reeder, dem die *Regina Danubia* gehört.«

Diesmal war die Unterbrechung lauter. »Hört, hört«, rief einer der Kellner. Und irgendwer zischte: »Hab mir doch gleich gedacht, dass mit dem was nicht stimmt.«

Alma blickte zu Grete hinüber, die blass geworden war.

»Ich bin inkognito an Bord gekommen«, erzählte Vincent weiter, »um die Diebstähle aufzuklären, die es, wie die meisten von euch wissen, auch schon auf früheren Reisen gab. Tatsächlich ist es gelungen, nicht nur das Diebespärchen, sondern auch seinen Hintermann zu ergreifen, allerdings nicht mir allein. Einige von euch haben mir dabei geholfen, ich danke euch dafür.« Vincent blickte nacheinander die Zimmerburschen an und sah dann zu Alma hinüber, die verlegen den Kopf senkte.

»Mindestens genauso wichtig wie die Ergreifung der Diebe war aber das, was ich an Bord gelernt habe, von euch und mit euch. Ihr seid eine wirklich großartige Mannschaft, und ich bin stolz darauf, dass ich für eine Weile dazugehören durfte.«

»Bravo!«, rief Harry Unterbusch.

Andere stimmten ein, Applaus brandete auf. Alma sah Olga Marscholek an, dass sie am liebsten eingegriffen hätte und sich nur mit Mühe beherrschte. Sie vermutete, dass die Hausdame auch erst vor wenigen Minuten erfahren hatte, wer Vincent wirklich war, und noch ihren Schock verdauen musste.

Vincent hob die Hände, um für Ruhe zu sorgen. »Morgen trifft mein Vater in Belgrad ein, und ich werde die Gelegenheit nutzen, nicht nur über die Diebstähle und den defekten Kessel mit ihm zu reden, sondern auch über einige dringend notwendige Verbesserungen für das Personal. Dazu gehört die Frühstücksration, die deutlich größer ausfallen sollte …«

Jubelrufe unterbrachen ihn, er wedelte mit den Armen. »… und auch die Ausstattung der Bügelkammer.« Wieder sah er zu Alma hinüber.

»Nun möchte ich euch nicht länger von eurem wohlverdienten Feierabend abhalten oder …«, er sah zu den Kellnern hinüber, »… von eurer Arbeit. Tut mir leid, aber heute Abend müsst ihr ohne mich auskommen. Nochmals danke euch allen für die hervorragende Arbeit. Eine solche Reise verläuft nur reibungslos, wenn jeder Einzelne an seinem Platz das Beste gibt, und das tut ihr. Und um meinen Worten auch Taten folgen zu lassen, ist heute Abend noch mal eine Kiste Bier fällig, oder?« Er sah Lerch fragend an, der zustimmend nickte. »Also dann, eine gute Weiterfahrt euch allen, und vergesst mich nicht ganz.«

* * *

»Auf das richtige Leder kommt es an«, erklärte Edmund. »Ohne gutes Leder kein guter Schuh.«

Er stand mit Kurt an der Festungsmauer und blickte hinab auf die beiden Flüsse Save und Donau, die unter ihnen zu einem gemeinsamen Strom wurden. Zuvor hatten sie in einem einfachen Lokal zu Abend gegessen. Edmund hatte absichtlich kein teures Restaurant ausgesucht, um seinen Sohn nicht in Verlegenheit zu bringen. Er besaß keine angemessene Kleidung und fühlte sich höchstwahrscheinlich an einem solchen Ort auch nicht wohl.

Schon dort, wo sie gegessen hatten, hatte Kurt ständig verunsichert um sich geblickt. »Ich bin noch nie bedient worden«, hatte er verlegen gestanden. »Ich komme mir vor wie ein Hochstapler.«

Edmund hatte gelächelt. »Du wirst dich daran gewöhnen – falls du dich dafür entscheidest, mein Erbe anzutreten.«

Bei dem abendlichen Spaziergang hinauf zur Festung war Kurt etwas mehr aufgetaut und hatte angefangen, Fragen zu stellen.

»Woran erkennt man gutes Leder?«, wollte er jetzt wissen.

»Zunächst an der Optik«, erklärte Edmund. »Gutes Leder ist frei von Brüchen oder Rissen. Aber auch daran, wie es sich in der Hand anfühlt. Und an der Herkunft. Mit der Zeit lernt man, worauf man achten muss.«

»Das klingt sehr kompliziert.«

»Am Anfang kommt einem alles kompliziert vor, ist es nicht so? Sicherlich war es in den ersten Wochen in der Küche für dich nicht anders.«

Kurt nickte mit ernsthafter Miene. »Das ist wahr. Als ich angefangen habe, konnte ich nicht einmal eine Wacholderbeere von einem Pfefferkorn unterscheiden, geschweige denn die verschiedenen Arten von Pfeffer auseinanderhalten.«

»Siehst du. Ich weiß nicht einmal, wie eine Wacholderbeere aussieht.«

Kurt sah ihn überrascht an. »Wirklich nicht?«

»Ich habe nicht die geringste Ahnung.«

Kurt lächelte. »Wenn du willst, kann ich es dir zeigen.«

»Das würde mich freuen.«

Kurt wandte sich wieder den beiden Flüssen zu. »Gibt es viele Arbeiter in der Fabrik?«

»Knapp vierhundert.«

»So viele? Dann ist sie sicher sehr groß.«

»Wenn wir nicht die modernen Maschinen zum Zuschneiden und Nähen hätten, wären es noch viel mehr. Wir stellen achtzehn verschiedene Modelle her. Zwölf für die Dame und sechs für den Herrn.«

»Sind es teure Schuhe?«

»Nun ja, die richtig reichen Herrschaften lassen sich ihr Schuhwerk nach Maß anfertigen. Da können wir nicht mithalten, was die Qualität angeht. Aber ich bin stolz darauf, dass wir hochwertige Ware produzieren für Menschen, die sich gern etwas Gutes gönnen: Bankangestellte, Stenotypistinnen, Sekretäre, Geschäftsmänner und ihre Gemahlinnen.«

»Also könnte sich jemand wie ich die Schuhe nicht leisten?«

Edmund räusperte sich. »Eher nicht.«

»Das ist schade.«

Ein Gedanke kam Edmund. »Vielleicht könnten wir das ändern. Zwei oder drei Modelle zu einem günstigen Preis für Arbeiter. Du könntest mir helfen, mir sagen, worauf es ankommt.«

Kurt sah ihn an. »Das würdest du tun?«

»Warum nicht?«

»Und du sagst das nicht nur, um mich für dich einzunehmen?«

»Nein, Kurt. Ich sage das, weil ich Geschäftsmann bin und denke, dass es eine gute Idee ist. Günstige, aber dennoch solide Schuhe für die einfachen Leute. Das könnte ein Kassenschlager werden.«

Kurt nickte, die Stirn in Falten gelegt. »Wie waren eigentlich …« Er verstummte. Sein Blick wanderte wieder hinab auf das Wasser.

»Ja?«, hakte Edmund nach.

»Es geht mich nichts an.«

»Ich habe gesagt, dass du fragen kannst, was immer du willst. Also raus mit der Sprache.«

»Ich würde gern mehr über … deine Söhne, also meine Brüder wissen. Was waren sie für Menschen?«

Edmund schluckte, sein Hals wurde mit einem Mal eng. Er mied dieses Thema, wenn es eben ging, doch er war Kurt eine Antwort schuldig.

»Sie waren zwei vortreffliche junge Männer, jeder auf seine Art. Der jüngere, Johannes, war wild und lebendig. Er kam nach seiner Mutter. Meine Ada war eine so fröhliche, lebenslustige Frau. Selbst als es zu Ende ging, hatte sie noch ein Lächeln auf den Lippen. Mein älterer Sohn, Konstantin, war ernsthafter und stiller. Eher so wie du, Kurt. Du siehst ihm übrigens ähnlich.«

»Wirklich?«

Edmund nickte. »Konstantin glaubte immer, auf Johannes aufpassen zu müssen, dem kein Baum zu hoch und kein Bach zu tief war.« Mit einem traurigen Lächeln schüttelte er den Kopf. »Dieser verdammte Krieg. Obwohl sie an verschiedenen Orten eingesetzt waren, der eine an der Somme, der andere bei Verdun, starben sie im Abstand von nur wenigen Tagen im Sommer 1916, erst Johannes und dann Konstantin. Als hätte der eine nicht ohne den anderen leben wollen.« Edmund atmete schwer. »Du hättest sie gemocht, Kurt. Und sie dich ebenfalls, da bin ich sicher.«

Kurt löste seinen Blick vom Wasser. »Ich dachte immer, ich hätte keine Geschwister. Und nun habe ich plötzlich zwei ältere Brüder. Wie schade, dass ich sie nicht kennenlernen durfte. Aber ich bin genauso stolz auf sie wie du, und ich werde mein Bestes geben, dass du auf mich ebenfalls stolz sein kannst, das verspreche ich.«

Edmund wagte kaum, die Frage auszusprechen. »Heißt das, du hast dich entschieden, Kurt?«

»Ja, Vater. Ich habe mich entschieden, das Erbe anzutreten.«

»Großer Gott, Kurt.« Edmund legte ihm die Hand auf die Schulter, zögerte, dann zog er ihn in seine Arme und drückte ihn fest an sich. »Ich freue mich, mein Sohn, ich freue mich wirklich sehr.«

* * *

Obwohl das Essen wunderbar schmeckte, bekam Vincent kaum einen Bissen hinunter. Noch nie hatte er sich Claire gegenüber so befangen gefühlt. Sie schien ebenfalls nicht viel Appetit zu haben, stocherte lustlos auf ihrem Teller herum. In dem Lokal herrschte Hochbetrieb, in der Ecke des Raums spielten Musiker auf, und am Nachbartisch wurde ein Trinkspruch nach dem anderen ausgegeben. Immerhin half der Trubel, die Verlegenheit zu überspielen. Zudem konnte Vincent von seinem Abenteuer auf dem Friedhof berichten. Als er an der Stelle angekommen war, wo der Kerl das Messer zog, wurde Claire blass vor Schreck.

»Großer Gott, Vincent, das hätte auch anders ausgehen können.«

»Ich war ja nicht allein. Eine Horde Zimmerburschen hat mich bewacht.«

»Und der Kerl war tatsächlich ein ehemaliger Angestellter?«

»Der Vorgänger des derzeitigen Concierge. Offenbar fühlte er sich schlecht behandelt.«

»Und da glaubt er, das gäbe ihm das Recht, die Passagiere seines Arbeitgebers auszurauben?« Claire schüttelte fassungslos den Kopf und nahm einen Schluck von ihrem Wein.

Der Kellner kam und deutete fragend auf ihre halb leeren Teller.

»Wie sieht es aus, Claire? Möchtest du noch eine Nachspeise?«

»Nein, danke.« Sie schob den Teller von sich weg.

Der Kellner griff danach. »Kafa?«, fragte er.

»Für mich gern, was ist mit dir, Claire?«

»Ja, warum nicht.«

»Dve kafe?«, fragte der Kellner und hielt zwei Finger hoch.

»Ja, bitte.« Vincent musste die Stimme erheben, weil gerade am Nebentisch ein weiterer Trinkspruch ausgegeben wurde. Alle lachten, die Gläser mit dem Obstbrand wurden geleert, und die nächste Runde wurde geordert.

Als der Kaffee vor ihnen stand, fingen sie beide gleichzeitig an zu sprechen.

»Du zuerst«, sagte Vincent, dankbar für den Aufschub.

»Ich muss dir etwas gestehen.« Claire drehte die kleine Kaffeetasse in ihren Händen. »Ich habe dich belogen.«

Also doch. Vincent erwiderte nichts, schaute sie bloß erwartungsvoll an.

»Ich habe mich nicht deinetwegen auf der *Regina Danubia* eingeschifft, ganz im Gegenteil, ich war geschockt, dich an Bord zu sehen.«

»Ach ja?« Trotz allem, was inzwischen geschehen war, spürte Vincent einen Stich von Eifersucht. Aber nur für einen kurzen Moment.

Claire stellte die Tasse ab und legte ihre Hand auf die seine. »Es war ein Auftrag von Theodor Keller, ich musste ein Dokument für ihn abliefern, hier in Belgrad, ein Dokument, das nicht mit der Post geschickt werden konnte, sondern persönlich übergeben werden musste.«

Vincent runzelte Stirn. »Die gestohlene Mappe«, murmelte er. »Die angeblichen privaten Unterlagen.«

»Genau.« Claire lächelte entschuldigend. »Ich musste versprechen, niemandem von meinem Auftrag zu erzählen, nicht einmal dir. Es betrifft politische Verhandlungen von höchster Brisanz, mehr darf ich dazu nicht sagen.«

Vincent zog die Brauen hoch. »Verhandlungen hier in Belgrad?«

»Nein. Belgrad ist nur der Übergabeort. In ein paar

Wochen wird alle Welt davon erfahren, dann kann ich dir erzählen, worum es ging.«

Vincent nickte nachdenklich. »Ich verstehe. Der Auftrag war hoffentlich nicht gefährlich.«

Claire biss sich auf die Unterlippe.

Vincent sah sie alarmiert an. »Der Abgeordnete hat eine junge Frau allein auf eine heikle Mission auf dem Balkan geschickt?«

»Ich hatte einen Bewacher dabei.« Claire lächelte. »Ein junger Mann aus der zweiten Klasse.«

Vincent lehnte sich im Stuhl zurück. »Puh, Claire. Das ist ja fast noch aufregender als meine Verbrecherjagd. Wenn ich geahnt hätte …«

»Genau deshalb durfte ich nicht darüber reden.«

»Du überraschst mich, Claire. Ich habe immer gedacht …«

»Dass ich ein verwöhntes, langweiliges Mädchen vom Land bin.« Sie blickte ihn herausfordernd an und nippte an ihrem Kaffee.

»Um Gottes willen, nein«, widersprach Vincent, allerdings nur halbherzig.

»Sprich es ruhig aus, ich habe es ja selbst auch gedacht.« Sie verschränkte die Hände auf dem Tisch. »Und jetzt du. Was wolltest du eben sagen?«

Vincent schluckte. »Vielleicht sollten wir das bei einem Spaziergang besprechen. Es ist eine laue Nacht, und draußen herrscht nicht so viel Lärm.«

Claire sah ihn schweigend an, dann nickte sie. »Also gut, lass uns spazieren gehen.«

Vincent winkte dem Kellner, orderte die Rechnung und

zahlte. Dann half er Claire aus dem Stuhl, legte ihr das Tuch um die Schultern und führte sie nach draußen. Vor dem Lokal hakte sie sich bei ihm unter. Langsam schlenderten sie die Gasse entlang. Ein Lokal reihte sich an das andere, und überall herrschte ausgelassene Stimmung. Es war, als würde ganz Belgrad Vincent verhöhnen, denn ihm selbst wurde mit jedem Schritt das Herz schwerer. Sie erreichten eine ruhige Seitenstraße, an deren Ende sich ein kleiner Park anschloss. Die Luft war warm und duftete süß.

Vincent deutete auf eine Bank. »Setzen wir uns einen Augenblick.«

Als sie saßen, legte Claire ihm die Hand auf den Oberschenkel. »Also, was ist los, Vincent?«

»Es tut mir so leid«, brach es aus ihm heraus.

»Was?«

»Ich kann …« Er rieb sich über das Gesicht. Claire war der letzte Mensch, dem er wehtun wollte. Aber er sah keine andere Lösung. »Du weißt, wie sehr ich dich schätze, Claire. Du bist mir einer der liebsten Menschen. Du hast mich gerettet, als ich erschüttert und voller innerer Qualen von der Front heimgekehrt bin. Allein dafür wirst du immer einen Platz in meinem Herzen haben.«

»Vincent, ich …«

»Bitte lass mich ausreden, Claire. Sonst habe ich vielleicht nie wieder den Mut dazu.« Er holte tief Luft. »Ich habe dir ein Eheversprechen gegeben, und ich bin niemand, der leichtfertig sein Wort bricht. Aber ich kann dich nicht heiraten, Claire.«

»Oh.« Zu Vincents maßlosem Erstaunen sah Claire eher überrascht als verletzt aus.

»Bitte vergib mir, Claire.«

»Ich weiß nicht, was ich sagen soll.« Sie betrachtete ihre Finger. »Es ist nämlich so, dass ich überlegt habe, dich zu bitten, uns einen Aufschub zu gewähren.«

»Einen Aufschub? Was soll das heißen?«

»Auch mich hat diese Reise verändert, Vincent. Ich habe gemerkt, dass ich noch nicht bereit bin für die Ehe. Auf mich wartet noch so viel anderes da draußen.«

Vincent konnte es kaum glauben. Er hatte mit Tränen gerechnet, mit erbitterten Vorwürfen, aber nicht damit, offene Türen einzurennen.

»Ich bin nicht sicher, ob ich dich richtig verstehe, Claire.«

Sie lächelte. »Ich spiele mit dem Gedanken, für eine Weile nach Berlin zu gehen. Ich möchte etwas erleben, Vincent. Frauen müssen heutzutage nicht mehr nur das Haus und die Kinder hüten, sie dürfen etwas aus sich machen, ihre Träume verwirklichen.«

Vincent ergriff Claires Hände. »Das ist eine wunderbare Idee. Weißt du schon, was du in Berlin machen willst?«

Sie zuckte mit den Schultern. »Ehrlich gesagt, habe ich keine Ahnung. Aber ich habe eine neue Freundin, zumindest hoffe ich, dass sie noch meine Freundin ist, und ich glaube, dass sie mir einen Weg aufzeigen kann.«

»Diese Fotografin?«

»Hannah, genau.«

»Dann bist du mir also nicht böse?«

»Aber nicht doch, Vincent.« Sie legte den Kopf schief. »Und was ist mit dir? Welche Pläne hast du?«

Er lächelte. »Ich denke noch darüber nach.«

»Aber es kommt ein gewisses Zimmermädchen darin vor, nehme ich an?«

Er senkte verlegen den Blick. »Bin ich so leicht zu durchschauen?«

Sie lachte auf. »Ach, Vincent.«

Er lachte ebenfalls. Die anstehende Aussprache mit Claire hatte ihm schwer auf der Seele gelegen, und jetzt, wo er sie endlich hinter sich gebracht hatte, fühlte er sich leicht wie eine Feder. Zum ersten Mal sah er seine Zukunft als etwas anderes als eine endlose Reihe Verpflichtungen. Sie erstrahlte plötzlich in schillernden Farben.

Er stand auf. »Lass uns aufs Schiff zurückkehren.«

»Eine gute Idee.« Sie erhob sich und hakte sich bei ihm unter. »Ich muss nämlich noch mit jemandem reden.«

KAPITEL 19

Belgrad, Dienstag, 25. August 1925

Alma strich das Uniformkleid glatt und klopfte. Sie hatte schlecht geschlafen. Mitten in der Nacht war sie aus einem Albtraum erwacht, in dem sie über einen Friedhof rannte und verzweifelt den Ausgang suchte. Jeder Weg, in den sie bog, schien sie nur tiefer in das Labyrinth aus Gräbern zu führen, das Tor war nirgends zu sehen. Aus den gebrochenen Steinplatten, die die Grabstellen bedeckten, streckten sich bleiche, knochige Hände nach ihr aus, die sie in die Tiefe ziehen wollten. Sie rief nach Vincent, aber er war nicht da. Einmal glaubte sie, ihn am Ende eines Wegs stehen zu sehen. Doch als sie näher kam, winkte er ihr zum Abschied und löste sich in Luft auf. Irgendwann hatte sie keine Kraft mehr zum Rennen und ließ zu, dass eine der gierigen Hände sich um ihren Knöchel schlang. Die Finger drückten so fest zu, dass sie vor Schmerz aufschrie. Von diesem Schrei erwachte sie und lag mit klopfendem Herzen in ihrer Koje, bis es Zeit war aufzustehen.

Die Tür öffnete sich, Alfred Lerch bat sie lächelnd

herein. »Unsere Heldin«, begrüßte er sie. »Bestimmt hätten Sie nicht gedacht, dass Ihre erste Fahrt auf der *Regina Danubia* so ereignisreich verlaufen würde. Aber freuen Sie sich nicht zu früh, normalerweise geht es ruhiger zu.«

»Gegen ein bisschen mehr Ruhe hätte ich nichts einzuwenden«, gab Alma zu.

Lerch deutete auf den Stuhl vor seinem Schreibtisch. »Setzen Sie sich.«

Alma gehorchte, Lerch nahm ihr gegenüber Platz. »Es war mir ein Anliegen, der Countess die letzten Tage ihres Lebens so angenehm wie möglich zu gestalten. Und ich bin Ihnen sehr dankbar, dass Sie sich so gut um sie gekümmert haben, Fräulein Engel.«

»Das habe ich gern getan, Herr Lerch.«

»Ich weiß.« Er beugte sich vor, zog eine Schublade auf und entnahm ihr einen Umschlag. »Lady Alston hat Ihre Gesellschaft sehr genossen, mehr noch, sie hat Sie ins Herz geschlossen, Fräulein Engel. Zwei Tage bevor sie starb, hat sie mir das hier anvertraut. Ich sollte es Ihnen nach ihrem Tod geben.« Er hielt Alma den Umschlag hin.

»Was ist das?«

»Das weiß ich nicht, Fräulein Engel. Und es geht mich auch nichts an.« Er nickte ihr aufmunternd zu. »Nun nehmen Sie schon. Was auch immer darin ist, Lady Alston wollte, dass Sie es bekommen.«

Alma griff nach dem Umschlag. Er war dick, so als würde er mehr enthalten als ein oder zwei Bögen Papier. »Danke, Herr Lerch.«

Der Hotelchef erhob sich. »Das war's schon, Fräulein Engel. Sie können wieder an die Arbeit gehen.«

Alma bedankte sich noch einmal und verließ die Kabine. Bis zur Kaffeepause am späten Vormittag konnte sie sich kaum auf die Arbeit konzentrieren. Ständig dachte sie an den Umschlag, den sie in ihre Schürze gesteckt hatte, und wartete ungeduldig auf eine Gelegenheit, ihn zu öffnen. Endlich konnte sie sich für einen Augenblick in ihre Kabine zurückziehen. Emmi trank zum Glück mit den anderen Zimmermädchen in der Personalmesse Kaffee. Alma kletterte in ihre Koje und riss behutsam den Umschlag auf. Ein Briefbogen aus schwerem Papier kam zum Vorschein. Als sie ihn auseinanderfaltete, bemerkte sie, dass in dem gefalteten Blatt Geldscheine steckten. Rasch zählte sie nach. Fünfhundert Mark, ein kleines Vermögen.

Sie legte das Geld zur Seite, faltete den Brief auseinander und überflog die wenigen Zeilen.

Meine liebe Alma,

wenn Du dieses Schreiben in den Händen hältst, bin ich nicht mehr da. Ich hoffe, Du trauerst nicht allzu sehr, ich jedenfalls trauere nicht, sondern freue mich auf das, was als Nächstes kommt. Ich wünsche Dir alles Glück dieser Welt. Gib Deine Träume nicht auf und verlerne nie zu fliegen.

In Freundschaft
Millicent

Die Zeilen verschwammen vor Almas Augen. Sie wischte die Tränen mit dem Ärmel weg und rief sich den Nachmittag im Vorführraum ins Gedächtnis, als sie gemeinsam *Der Graf von Monte Christo* angeschaut hatten. Wie glücklich sie gewesen war, mit Vincent und der alten Lady an ihrer Seite! Jetzt waren beide fort. Millicent war tot und Vincent in sein eigenes Leben zurückgekehrt, in dem ein Zimmermädchen wie sie keinen Platz hatte.

Alma presste die Lippen zusammen. Sie freute sich über das Geld, und sie konnte es gut gebrauchen. Aber sie hätte es gern hergegeben, wenn sie dafür die Zeit hätte zurückdrehen dürfen zu jenem glücklichen Nachmittag.

Sie faltete den Briefbogen zusammen und steckte die Scheine wieder dazwischen. Als sie ihn zurück in den Umschlag schieben wollte, bemerkte sie, dass sich noch etwas darin befand. Im nächsten Augenblick hielt sie die silberne Kette mit dem Schmetterlingsanhänger in den Händen.

»Oh, mein Gott.« Behutsam fuhr sie mit den Fingern über die zarten Flügel mit den funkelnden Rubinen. Noch nie hatte Alma etwas so Kostbares besessen.

»Danke, Millicent«, flüsterte sie. »Ich verspreche dir, dass ich das Fliegen nicht verlernen werde.«

* * *

Claire entdeckte den Hotelchef im Gang vor dem Speisesaal. »Herr Lerch, ich habe Sie gesucht.«

Er drehte sich zu ihr um. »Fräulein Ravensberg, wie kann ich Ihnen helfen?«

Claire leckte sich nervös über die Lippen. »Ich bin auf der Suche nach einem Gast aus der zweiten Klasse, Hannah Gronau, die Fotografin. Sie wissen nicht zufällig, was sie heute vorhat? Oder ist sie bereits von Bord gegangen?«

Sie hatte es gestern Abend und heute früh erneut an Hannahs Kabinentür versucht, ohne Erfolg. Auch beim Frühstück hatte sie vergeblich nach ihr Ausschau gehalten.

»Soviel ich weiß, hat das Fräulein bereits gestern das Schiff verlassen. Sie hatte ja nur bis Belgrad gebucht.«

Großer Gott, also doch.

»Natürlich«, stammelte sie. »Verstehe. Und wohin sie von hier aus wollte, wissen Sie nicht?«

»Bedaure, Fräulein Ravensberg, ich habe keine Ahnung. Vielleicht kann der Concierge Ihnen weiterhelfen. Manchmal ist er den Passagieren bei der Buchung von Hotelübernachtungen und beim Erwerb von Zugtickets behilflich.«

»Dann versuche ich es dort, danke.« Claire wollte weitereilen, doch Lerch hielt sie zurück.

»Einen Augenblick noch, Fräulein Ravensberg.«

Sie ließ sich nur ungern aufhalten. »Ja?«

»Wenn ich richtig unterrichtet bin, haben auch Sie nur bis Belgrad gebucht. Darf ich fragen, wann Sie uns zu verlassen gedenken?«

Himmel, wo war sie nur mit ihren Gedanken? Bis vor ein paar Tagen noch war sie davon ausgegangen, dass ihre Pläne nach der Übergabe des Dokuments in irgendeiner Form Vincent einschlossen. Sie hatte angenommen, dass sie mit ihm gemeinsam heimkehren würde. Im Grunde hatte sie gar nicht über Belgrad hinausgedacht. Wenn ihr Auftrag erledigt wäre, so ihre Annahme, würde sich alles andere irgendwie fügen. Selbstverständlich hatte Theodor Keller ihr Geld für die Heimfahrt gegeben, doch sie hatte überhaupt nicht daran gedacht, sich um eine Fahrkarte zu bemühen. Sie zögerte, dann traf sie eine Entscheidung. »Wäre es möglich, dass Sie meinen Koffer bis Passau transportieren?«

Lerchs Miene blieb ausdruckslos, nur ein Zucken um seine Augen verriet, dass er ihre Frage überhaupt vernommen hatte. »Das ist ein ungewöhnliches Anliegen, Fräulein Ravensberg. Sie wissen, dass wir frühestens in zwei Wochen zurück in Passau sind?«

»Das ist mir klar. Bis dahin komme ich gut ohne die Sachen aus. Ich brauche nur meinen Pass.«

»Den wird Ihnen Herr Roth gern aushändigen.« Lerch räusperte sich. »Und ich werde dafür sorgen, dass Ihr Gepäck an einem sicheren Ort untergestellt wird.«

»Wunderbar, Herr Lerch. Vielen Dank.«

Der Hotelchef deutete eine Verbeugung an. »Keine Ursache, Fräulein Ravensberg. Ich freue mich, wenn ich den Passagieren behilflich sein kann. Ich hoffe, Sie hatten eine nicht allzu aufregende Fahrt auf der *Regina Danubia*, und wünsche eine gute Weiterreise.«

»Das wünsche ich Ihnen auch, Herr Lerch. Machen Sie es gut.«

Claire nickte ihm zu und eilte zur Rezeption. Sie hatte plötzlich das Gefühl, dass sie sich beeilen musste. Zum Glück wurde der Concierge nicht wie sonst von Gästen belagert, sondern stand allein hinter dem Tresen und ordnete Papiere. Als er sie bemerkte, blickte er auf.

»Fräulein Ravensberg, was kann ich für Sie tun?«

»Ich gehe heute von Bord, ich brauche meinen Pass.«

»Selbstverständlich.« Roth verschwand im Hinterzimmer. Zwei Minuten später kehrte er zurück und legte den Pass auf den Tresen. »Ich hoffe, Sie hatten einen angenehmen Aufenthalt an Bord.«

Claire lächelte. »Es war eine unvergessliche Reise.«

»Das höre ich gern.« Er nickte zufrieden. »Dann dürfen wir Sie vielleicht irgendwann wieder auf der *Regina Danubia* begrüßen?«

»Wir werden sehen.« Claire steckte den Pass in ihre Handtasche. »Ich hätte mich gern noch von Fräulein Gronau verabschiedet, der Fotografin. Wie ich hörte, ging sie schon gestern von Bord. Sie haben nicht zufällig eine Ahnung, welche Pläne sie hat?«

»Sie haben Glück, Fräulein Ravensberg, denn ich habe mit ihr darüber gesprochen. Sie hat die Nacht in einem Hotel verbracht und wollte heute Vormittag mit dem Zug über Budapest und Wien nach Berlin zurückkehren.« Er blickte auf die Uhr. »Oh, schon so spät! Ich fürchte, Sie haben sie verpasst.«

Claire erschrak. »Der Zug ist schon weg?«

Der Concierge wiegte den Kopf. »Noch nicht ganz. Wenn ich mich richtig erinnere, wollte sie den um elf Uhr dreißig nehmen, der geht in zwanzig Minuten.«

* * *

»Da steht die Droschke, Vater.« Vincent deutete auf das Fahrzeug, das zwischen weiteren Kraftwagen und einigen Kutschen auf dem Bahnhofsvorplatz stand.

Der Fahrer, der an der Karosserie gelehnt hatte, stieß sich ab, als er sie bemerkte, und hielt ihnen die hintere Tür auf. Anton Sailer stieg ein, Vincent drückte dem Gepäckträger eine Münze in die Hand und achtete darauf, dass der Fahrer den Koffer ordentlich verstaute, bevor er sich ebenfalls auf der Rückbank niederließ.

»Zurück zum Hafen?«, fragte der Fahrer von vorn.

»Ja, bitte.«

Vincent hatte seinen Vater vom Bahnhof abgeholt, in der Hoffnung, ein paar private Worte mit ihm wechseln zu können, doch nun wusste er nicht, wo er beginnen sollte, zumal Anton Sailer selbst ohne Unterlass redete, seit er aus dem Zug gestiegen war.

»Verdammt heiß hier«, sagte er nun und lockerte den Hemdkragen. »In Passau ist es bereits herbstlich kühl. Bevor ich aufgebrochen bin, hat es zudem tagelang ohne Unterbrechung geregnet. Wenn das mal nur kein Hochwasser gibt. Das hätte uns gerade noch gefehlt.« Er spähte aus dem Fenster. »Und? Wie ist Belgrad? Gefällt es dir?«

»Ich habe bisher nicht viel von der Stadt gesehen«, gab Vincent zu.

»Da geht es dir nicht besser als mir. Ich schicke meine Schiffe die Donau rauf und runter, aber selbst habe ich fast noch nichts von der Welt gesehen. Immer nur Arbeit, selbst am Sonntag. Das Schicksal eines Geschäftsmanns.« Er seufzte, zog ein Taschentuch aus der Hosentasche und tupfte sich damit die Stirn ab.

»Vielleicht können wir heute Nachmittag eine kleine Stadtbesichtigung machen«, schlug Vincent vor. Er verspürte zwar keine große Lust dazu, aber er wollte seinen Vater bei Laune halten.

»Mal schauen«, erwiderte der und wandte sich vom Fenster ab. »Ich soll dich von deiner Mutter grüßen, Junge. Seit deiner Abreise ist sie in ständiger Sorge um dich. Täglich hat sie mir in den Ohren gelegen, mich gefragt, ob es dir auch wirklich gut geht. Du kannst dir das Theater nicht vorstellen. Als hätte ich dich auf eine Expedition in die Antarktis geschickt. Aber ganz unrecht hat sie nicht. Du hättest ihr ruhig mal ein paar Zeilen schreiben können.«

»Tut mir leid, Vater, aber ich bin zu nichts gekommen. Das Leben eines Kellners lässt einem nicht viel Freizeit.«

»Du wolltest es ja so.« Anton Sailer schnalzte mit der Zunge. »Hast nicht auf meinen Rat hören wollen.«

Vincent wollte etwas entgegnen, aber sein Vater sprach bereits weiter. »Von deiner Schwester soll ich dich natürlich auch grüßen. Immerhin hat dein Abenteuer sie für eine Weile von ihren Hochzeitsplanungen abgelenkt, und sie hat tatsächlich mal von etwas anderem gesprochen als dem großen Ereignis. Tagein, tagaus das Geplapper über Brautkleider und Menüfolgen, da wird man ja verrückt.«

Vincent ergriff die Gelegenheit beim Schopf. »Vielleicht wäre es an der Zeit, ihr mitzuteilen, dass die Feier nicht allzu pompös ausfallen darf.«

»Unsinn«, knurrte sein Vater. »Sie soll feiern, wie sie will. Was für ein Vater wäre ich, wenn ich ihr das verbieten würde? Schließlich heiratet meine einzige Tochter nur einmal, da will ich mich nicht lumpen lassen.«

Vincent presste die Lippen zusammen. Er konnte seinen Vater verstehen, aber vernünftig war das nicht.

»Was ist eigentlich mit dir, mein Junge?«, fragte Anton. »Willst du nicht auch endlich Nägel mit Köpfen machen?«

Vincent schluckte. »Das will ich in der Tat, aber …«

»Schon gut.« Sein Vater klopfte ihm auf die Schulter. »Im Augenblick bist du mit deinen Gedanken woanders, ist doch klar. Nun erzähl mal, hast du den Drahtzieher dieses Gaunerpärchens geschnappt?«

Vincent lächelte. »Ja, das habe ich. Mit tatkräftiger Hilfe von Alfred Lerch und einigen Zimmerburschen. Es ist übrigens ein alter Bekannter.«

»Wirklich? Wer denn?«

»Wilhelm Loibl, der ehemalige Concierge.«

»Diese Kanaille! Ist es zu fassen?« Anton Sailer schlug sich mit der Faust auf den Oberschenkel. »Was hast du mit ihm gemacht?«

»Bei der Polizei abgeliefert, was dachtest du?«

»Schade, ich hätte ihn mir gern selbst vorgeknöpft, ihm eine ordentliche Lektion erteilt. Aber so ist es natürlich besser.«

Vincent konnte sich nicht recht vorstellen, wie sein Vater einem Verbrecher eine Lektion erteilte, womöglich noch mit den Fäusten. Andererseits wusste er, wie hart und unerbittlich Anton Sailer sein konnte, wenn es darauf ankam.

»Ich denke, er wird für lange Zeit im Gefängnis verschwinden«, sagte er.

Sein Vater sah wieder aus dem Fenster. »Schau mal, was für ein netter Platz.« Er klopfte dem Fahrer auf die Schulter. »Wie heißt das hier?«

»Das ist der Theaterplatz, gnädiger Herr. Mit dem Standbild von Fürst Mihailo Obrenović.«

»Sehr schön, wirklich sehr schön.« Vincents Vater lehnte sich zufrieden ins Polster zurück. »Der Ganove ist gefasst, die Regina wird repariert, alles fügt sich. Ist das nicht wunderbar?«

»Nun ja, alle Probleme sind damit nicht gelöst«, wandte Vincent vorsichtig ein.

»O doch, mein Junge, das sind sie, du wirst schon sehen.«

»Der Austausch des Kessels ist sicher nicht billig. Und es sind weitere Instandsetzungsarbeiten fällig, wenn ich Bender richtig verstanden habe.«

»Kein Problem.« Anton Sailer grinste zufrieden.

Vincent hob die Augenbrauen. »Bist du über Nacht zu Geld gekommen?«

»In gewisser Weise.«

»Wie das?«

»Lass dich überraschen. Ich erzähle es dir gleich, wenn wir uns mit Kapitän Bender zusammensetzen.«

Ein ungutes Gefühl beschlich Vincent. Hatte sein Vater das Kaufangebot der Donaudampfschifffahrtsgesellschaft etwa doch angenommen? Hoffentlich nicht. Sie hatten schließlich darüber gesprochen, dass das unklug wäre. Außerdem war ihm das Schiff in den vergangenen Tagen ans Herz gewachsen, er wollte es nicht verlieren.

»Mach es doch nicht so spannend«, drängte er.

Sein Vater lächelte vor sich hin. »Gönn mir den Spaß, Junge, du wirst es noch früh genug erfahren.«

***

Der Bahnhof lag am anderen Ende von Belgrad, das hatte Claire gestern auf dem Stadtplan gesehen. Zu Fuß würde sie es keinesfalls in zwanzig Minuten dorthin schaffen. Sie hielt mit der einen Hand ihren Hut fest, presste mit der anderen ihre Handtasche vor den Bauch und rannte los, stürmte über den Landgang, erstaunte Blicke folgten ihr. Am Ufer angekommen blickte sie sich suchend um. Sie musste eine Kraftdroschke erwischen, sonst würde sie den Zug verpassen und damit Hannah. Gerade stieg ein Mann in eine Droschke ein, Claire winkte, rief, dass er warten solle, doch der Wagen gab Gas und bog um die nächste Ecke.

Claire blieb stehen, der Verzweiflung nahe. Es geschah ihr nur recht. Jetzt zahlte sie den Preis dafür, dass sie so dumm gewesen war, dass sie nicht vertraut hatte.

Aber noch wollte sie nicht aufgeben. Sie lief wieder los, vielleicht erwischte sie in der Stadt eine Droschke. Ein Hupen ließ sie innehalten.

Ein schneidiger weißer Tatra ohne Verdeck hielt neben ihr. »Brauchen Sie eine Mitfahrgelegenheit, junges Fräulein?«

Claire starrte den Fahrer an, einen älteren Herrn, der die behandschuhten Hände um das Lenkrad gelegt hatte.

»Sie sprechen doch Deutsch, oder? Sie kommen von dem Schiff dort.« Er deutete auf die *Regina Danubia.*

Claire nickte.

»Ich kann Sie mitnehmen, wenn Sie wollen.«

Claire zögerte. Sie konnte doch nicht einfach so zu einem fremden Mann ins Auto steigen. Was konnte da alles passieren? Dann gab sie sich einen Ruck. Natürlich konnte sie, das Schicksal gab ihr eine letzte Chance. Wenn sie die nicht nutzte, war ihr nicht mehr zu helfen. »Ich muss zum Bahnhof. Der Zug geht in wenigen Minuten.«

»Ich hoffe, Sie verzeihen mir, dass ich Ihnen nicht die Tür aufhalte, aber für Höflichkeiten ist keine Zeit.« Der Mann stieß die Beifahrertür auf. »Los, steigen Sie ein. Worauf warten Sie noch?«

Claire warf sich auf den Beifahrersitz, und schon brauste der Wagen mit atemberaubender Geschwindigkeit los. Claire musste mit einer Hand ihren Hut festhalten und sich mit der anderen am Türgriff festklammern, damit sie nicht hin- und hergeworfen wurde, während ihr Retter souverän Fußgänger, Eselskarren und andere Hindernisse umkurvte.

»Was ist mit Ihrem Gepäck?«, wollte er wissen.

»Ist schon am Bahnhof«, log sie, um keine komplizierten Erklärungen liefern zu müssen.

»Sie reisen allein?«

»Nein.« Sie räusperte sich. »Zumindest hoffe ich das.«

»Oh, das klingt romantisch.« Der Mann trat auf die Bremse, als ein Fahrzeug von der Seite vor den Tatra schoss, und drückte dann wieder das Gaspedal durch.

Claire hielt die Luft an und hoffte, dass sie den Bahnhof lebend erreichte. Endlich hielten sie vor einem großen klassizistischen Gebäude. Inzwischen war es fünf vor halb elf.

»Jetzt aber schnell«, drängte der Fahrer. »Sehen Sie den Dampf? Die Lok steht noch im Bahnhof, aber es geht gleich los.«

Claire öffnete die Tür, wandte sich zu ihrem Retter um. »Wie kann ich Ihnen nur danken?«

»Es war mir eine Ehre.«

»Tausend Dank.« Claire beugte sich vor und küsste ihn auf die Wange.

Der Mann lachte auf. »Jetzt aber los. Oder wollen Sie wegen eines alten Mannes Ihr Glück verpassen?«

Claire stürzte los. Der Bahnhof war riesig, aber nur ein Zug stand zur Abfahrt bereit. Als sie auf den Bahnsteig treten wollte, stellte sich ihr ein Schaffner in den Weg und sagte etwas auf Serbisch.

»Ich muss den Zug erwischen«, rief Claire verzweifelt.

»Haben Sie Ticket?«, fragte der Mann in schwerfälligem Deutsch. »Ich Sie kann nur mit Bahnsteigkarte oder Fahrkarte durch Sperre lassen.«

Auch das noch! »Wo kriege ich eine Karte?«

Der Mann zeigte auf einen Schalter gegenüber den Gleisen. »Aber beeilen Sie sich, Zug fährt in drei Minuten los.«

Als wüsste sie das nicht. Sie stürmte an den Schalter. »Eine Karte nach Budapest.«

»Mit welchem Zug?«, fragte der junge Mann hinter dem Schalter, ohne sie anzusehen.

»Mit dem da!«, rief Claire verzweifelt und deutete auf die dampfende Lokomotive.

»Oh.« Der junge Mann blickte auf. »Da müssen Sie sich aber sputen.«

»Ich weiß.« Sie kramte ihre Geldbörse hervor und zog ein paar Scheine heraus, klaubte die Karte von der Theke, die der Mann ihr hingelegt hatte, und drehte sich weg.

»Warten Sie, gnädiges Fräulein, das ist zu viel, Sie bekommen noch Geld zurück.«

»Behalten Sie es«, rief Claire, ohne sich umzudrehen.

Ein schriller Pfiff ertönte. Claire beschleunigte das Tempo. Sie erreichte die Sperre, wedelte mit ihrer Fahrkarte. Der Schaffner winkte sie durch, ohne einen Blick darauf zu werfen. »Machen Sie schnell, er fährt schon an.«

Im letzten Moment gelang es Claire, auf den hinteren Waggon zu springen. Einen Moment lang blieb sie schwer atmend stehen und klammerte sich an den Haltegriff. Wehe, du bist nicht in diesem vermaledeiten Zug, Hannah, dachte sie. Dann schob sie die Fahrkarte in die Tasche und begann, die Abteile abzulaufen.

In Waggon drei wurde sie fündig. Hannah saß allein in einem Abteil am Fenster und war in ein Buch vertieft. Claire blieb stehen und betrachtete sie durch die Trennscheibe. Dann stieß sie die Tür auf.

»Ist hier noch Platz?«

»Claire!« Hannah ließ das Buch sinken. »Was in aller Welt tust du hier?«

»Ich muss mit dir reden.«

»Ach ja?«

»Ich möchte mich bei dir entschuldigen, Hannah. Das alles war ein riesiges Missverständnis. Ich kann es dir erklären. Bitte.«

»Ich glaube nicht, dass es da etwas zu erklären gibt. Lass mich einfach in Ruhe.« Hannah beugte sich wieder über ihr Buch.

Claire würde nicht aufgeben. Und wenn sie bis Budapest auf Hannah einreden musste.

»Hannah, du bist mir wichtig. Gleichzeitig bin ich so verwirrt. So etwas habe ich noch nie erlebt. Ich weiß nicht mehr, was ich fühle, und doch fühle ich so viel.«

Hannah legte das Buch weg und sah sie an, ihr Blick wurde weich. »Das verstehe ich.«

»Darf ich mich setzen?«

»Was ist mit deinem Gepäck?«

»Ist noch an Bord der *Regina Danubia*. Ich lasse es mir in Passau aushändigen.«

Hannah lächelte. »Also gut. Setz dich.«

Der Zug hatte inzwischen an Fahrt aufgenommen. Claire ließ sich Hannah gegenüber nieder und warf einen Blick nach draußen. Sie hatten die Stadt bereits hinter sich gelassen. Vor dem Fenster erstreckten sich golden leuchtende Kornfelder.

»Ich arbeite für einen Abgeordneten der DVP, der aus Passau stammt«, begann sie. »In der Mappe, die du in meiner Kabine gefunden hast, befand sich ein Dokument, das über Krieg oder Frieden entscheiden könnte. Es soll an einen geheimen Ort gebracht werden, an dem ebenso geheime Verhandlungen zwischen den Mächten Europas stattfinden. Ich habe die Mappe gestern an jemanden übergeben, der von nun an dafür verantwortlich ist.«

Hannah runzelte die Stirn. »Und diese Aufgabe hat man ausgerechnet dir anvertraut?«

»Ich war nicht allein, ich hatte einen Beschützer an Bord. Das habe ich aber auch erst kürzlich erfahren.«

»Wer war es?«

»Erinnerst du dich an den Trottel, dessentwegen ich meinen Kaffee verschüttet habe?«

»Heiliges Kanonenrohr! Ich hoffe, seine Qualitäten als Leibwächter sind besser als die als Kavalier.«

»O ja, das sind sie. Er hat mir das Leben gerettet, als Franz Abel mir das Dokument abjagen wollte.«

»Abel wollte dir etwas antun? Ich wusste doch, dass dem Kerl nicht zu trauen ist.«

Claire sah Hannah an. »Verstehst du jetzt, warum ich so misstrauisch war?«

»Ach, Claire, es tut mir so leid.« Hannah beugte sich vor und ergriff ihre Hand. »Ich hätte dich niemals im Stich lassen dürfen. Als du mich beschuldigt hast, eine Diebin zu sein, hätte ich dir beweisen müssen, dass ich nichts mit der Sache zu tun habe. Aber mein Stolz war verletzt, und meine Gefühle ebenfalls. Bitte verzeih mir.« Sie setzte sich neben Claire und nahm sie in den Arm. »Wenn ich daran denke, was alles hätte passieren können!«

Claire spürte, wie schwere Felsbrocken von ihrer Seele fielen. »Wir haben uns beide ziemlich dumm angestellt«, murmelte sie in Hannahs Haar. »Was meinst du? Sollen wir einfach noch einmal von vorn anfangen?«

»Gute Idee.« Hannah löste sich aus der Umarmung, sie

hatte Tränen in den Augen. Lächelnd hielt sie Claire die Hand hin. »Guten Tag, ich bin Hannah Gronau, Fotografin.«

Claire nahm Hannahs Hand. »Sehr angenehm, Claire Ravensberg. Nennen Sie mich doch Claire. Was halten Sie von einer Reise nach Budapest? Dabei könnten wir uns besser kennenlernen.«

* * *

»Es freut mich, Sie an Bord begrüßen zu dürfen, Herr Sailer.« Ludwig Bender strahlte über das ganze Gesicht.

Vincent konnte sich nicht erinnern, wann er den Kapitän in so gelöster Stimmung gesehen hatte. Sie saßen zu dritt in der Offiziersmesse, Anton Sailer, Ludwig Bender und er. Zu einem späteren Zeitpunkt würde Bender die Hausdame, den Hotelchef und den Restaurantchef dazubitten, doch zunächst ging es um Dinge, die mit dem Hotelbetrieb nichts zu tun hatten.

Zum Glück schenkte einer der Schiffsjungen Kaffee aus, Vincent wäre es unangenehm gewesen, sich von einem seiner ehemaligen Kollegen bedienen zu lassen. Der Junge zog sich zurück.

Vincents Vater räusperte sich. »Die Freude ist ganz meinerseits, Kapitän. Es grenzt an ein Wunder, dass Sie einen Ersatzkessel aufgetrieben haben. Sie sind ein Teufelskerl, Bender.«

Der Kapitän lächelte verlegen. »Die Ehre gebührt nicht mir allein, Herr Sailer. Ich habe eine hervorragende Mannschaft.«

»Was ist mit dem neuen Maschinisten, kommen Sie gut zurecht mit ihm?«

»Er ist ein Meister seines Fachs.«

»Freut mich zu hören. Er hatte sich schon vor Monaten um eine Stelle auf einem meiner Schiffe beworben, aber damals war nichts frei gewesen. Ein Glück, dass er noch nichts anderes gefunden hatte.«

»In der Tat.« Bender strich sich über den weißen Bart. »Um die Wahrheit zu sagen, haben wir schon einmal auf demselben Schiff gearbeitet. Im Krieg war das, auf der *Süderstedt.*« Der Kapitän verstummte.

»Ich verstehe«, murmelte Anton Sailer.

Vincent blickte erstaunt zwischen seinem Vater und dem Kapitän hin und her. Da gab es wohl eine Geschichte, die er nicht kannte.

Bender räusperte sich. »Da ist noch jemand, dem besonderer Dank gebührt. Einer der Heizer hat erkannt, dass es sich bei dem defekten Kessel nicht um ein Originalteil handelt. Hätte er nicht mutig die Initiative ergriffen, wäre der Kessel womöglich explodiert, und wir hätten das Schiff verloren. Ganz zu schweigen von den Menschen, die hätten sterben können.«

»So knapp war es?«, fragte Vincent entsetzt. »Warum weiß ich davon nichts?«

»Ist ja noch mal gut gegangen«, sagte sein Vater und klopfte ihm auf die Schulter.

Doch das beruhigte Vincent nicht. Er dachte an all die ahnungslosen Menschen an Bord. »Wusstest du, wie kaputt der Kessel ist?«

Sein Vater sah ihn empört an. »Glaubst du, ich hätte

dich an Bord geschickt, wenn ich geglaubt hätte, dass es lebensgefährlich ist?« Er schob seine Kaffeetasse von sich weg. »Ich hatte mit Kapitän Bender darüber gesprochen, dass ein paar Teile nicht mehr ganz in Ordnung sind und demnächst ausgetauscht werden müssen. Ist es nicht so, Bender?«

»Jawohl, Herr Sailer.«

Bender war nicht der Meinung seines Chefs, das stand ihm ins Gesicht geschrieben, doch Vincent beschloss, es für den Augenblick dabei bewenden zu lassen.

»Dieser Junge, dieser Heizer«, sagte sein Vater. »Er hat sich eine Belohnung verdient.«

»Ich habe mir erlaubt, ihm eine Lehrstelle als Maschinist anzubieten, Herr Sailer. Ein solches Talent darf man nicht verschwenden. Opitz lernt ihn bereits an.«

»Sehr gut, sehr gut.« Vincents Vater nickte zufrieden. »Ich möchte nachher noch mit ihm sprechen.«

»Das lässt sich arrangieren, Herr Sailer.«

Vincents Vater nahm einen Schluck Kaffee. »Dann jetzt die Zahlen auf den Tisch, Bender. Was kostet uns der Spaß mit dem Kessel?«

Bender schob seine Tasse zur Seite und griff nach einer Mappe, die auf dem Tisch lag. »Ich habe heute Morgen alle Kosten aufgelistet, inklusive der neuen Heißdampfrohre und der Manometer.« Bender machte eine Pause.

»Nun spucken Sie's aus, Käpt'n«, drängte Vincents Vater. »Es wird schon keinen armen Mann aus mir machen.«

»Alles in allem komme ich auf eine Summe von viertausenddreihundertdreiundsechzig Mark. Und dabei ist uns die Reederei Horvat schon sehr mit dem Preis für den gebrauchten Kessel entgegengekommen.«

»Über viertausend Mark«, murmelte Vincent fassungslos. »So viel?«

Das war definitiv mehr, als sie stemmen konnten. Und keine Bank würde ihnen eine solche Summe leihen, nicht bei den Schulden, die sie schon hatten. Das also war das Ende.

»Eine ziemliche Stange Geld«, stellte sein Vater unbekümmert fest. »Aber sie stellt uns nicht vor größere Probleme. Lassen Sie die Maschine ordentlich reparieren, Bender. Und wenn wir wieder in Passau sind, überholen wir alles, was sonst noch reparaturbedürftig ist.«

»Aber Vater …«

Er beachtete Vincent gar nicht. »Die nächsten Fahrten der *Regina Danubia* sollten pannenfrei verlaufen, schließlich haben wir einen Ruf zu verlieren.«

»Wenn Sie das sagen, Herr Sailer«, brummte der Kapitän.

Vincent versuchte es noch einmal. »Vater, ich weiß wirklich nicht …«

Anton Sailer hob die Hand. Er zog ein zusammengefaltetes Papier aus der Tasche seines Jacketts. »Die Regina muss in allerbestem Zustand sein, denn sie wird viel zu tun kriegen in nächster Zeit. Wer weiß, vielleicht müssen wir uns sogar ein zweites Schiff zulegen.«

»Wovon redest du?«, fragte Vincent verwirrt.

»Von diesem wundervollen Reisebericht, mein Sohn.« Sailer faltete das Papier auseinander, und Vincent erkannte, dass es sich um einen Artikel aus einer Illustrierten handelte. Er war mit »Abenteuer auf der Donau« überschrieben.

»Was ist das?«

»Irgendwer hat einen Bericht über eine Reise auf der *Regina Danubia* verfasst, und nun wollen alle auf unserem Dampfer mitfahren. Wir können uns vor Buchungen nicht retten, wir haben sogar schon zwei zusätzliche Fahrten im späten Herbst eingeplant, und eine Reise zum Jahreswechsel. Und noch immer haben wir mehr Anfragen als freie Plätze.« Sein Vater sah ihn triumphierend an. »Ist das nicht wunderbar?« Er zog die Brauen zusammen und musterte Vincent prüfend. »Ich hatte ja insgeheim den Verdacht, dass du etwas damit zu tun hast.«

»Ich … ähm, nein.« Ungläubig griff Vincent nach dem Artikel und überflog ihn. »Das ist ja unglaublich.«

»Bedauerlicherweise stammen die Fotos von einem anderen Schiff«, sagte sein Vater. »Aber das scheint den Leuten nicht viel auszumachen.«

»Darf ich mal sehen?«, bat Bender.

»Selbstverständlich.« Vincent schob ihm den Reisebericht hin. »Einige Episoden ähneln Ereignissen, die sich tatsächlich so oder so ähnlich in den vergangenen Tagen hier an Bord zugetragen haben«, sagte er nachdenklich.

»Wer auch immer den Artikel verfasst hat, hat uns einen riesigen Gefallen getan.« Anton Sailer grinste zufrieden.

»Es muss einer der Passagiere gewesen sein«, überlegte Bender laut und gab das Blatt zurück an Sailer. »Vom Personal wäre niemand in der Lage, so etwas zu schreiben.«

Vincent war sich da nicht so sicher, aber er behielt seine Meinung für sich.

Anton Sailer strich sich nachdenklich über das Kinn. »Vielleicht sollte ich heute Abend im Salon eine Ansprache halten und dabei den Verfasser bitten, sich bei mir zu melden, damit ich mich angemessen bedanken kann.« Er faltete das Blatt zusammen und steckte es ein. »Läuft denn alles reibungslos, Kapitän Bender, wird der Einbau des Kessels morgen beendet sein?«

Bender nickte. »Bisher sind wir gut im Zeitplan. Wenn nichts Unvorhergesehenes passiert, können wir die Fahrt morgen Abend mit dem neuen Kessel fortsetzen.«

»Formidabel.« Vincents Vater lächelte. »Wenn Sie gleich das Hotelpersonal hinzurufen, vergessen Sie nicht zu erwähnen, dass ab sofort ein Kellner fehlt. Mein Sohn steht nicht mehr zur Verfügung, er kehrt morgen mit mir nach Passau zurück.« Er zwinkerte Vincent zu. »Du kommst doch mit? Oder hast du Gefallen an deiner neuen Arbeit gefunden?«

KAPITEL 20

Belgrad, Mittwoch, 26. August 1925

Alma spritzte sich Wasser ins Gesicht und rieb sich kräftig mit dem Handtuch trocken. Heute Abend sollte die Reise weitergehen, und der Gedanke daran, Belgrad zu verlassen, verdunkelte ihr das Herz. Sosehr sie sich vorgenommen hatte, nach vorn zu schauen, es fiel ihr unendlich schwer. Es kam ihr vor, als würden alle zu neuen Ufern aufbrechen, nur sie blieb zurück. Zwar würde die *Regina Danubia* weiterfahren, doch sie trat auf der Stelle.

»Was ist denn los?«, fragte Emmi. »Du siehst aus, als hättest du einen Frosch verschluckt.«

Alma musste trotz ihres Kummers lächeln. »Ach, Emmi.«

»Siehst du, alles gar nicht so schlimm.«

»Wenn du das sagst.« Alma hängte das Handtuch weg und zog sich die Haube über.

»Hast du schon gehört, was Anton Sailer gestern verkündet hat?«

»Nein, was denn?«

»Julius hat erzählt, dass er gestern Abend im Speisesaal

eine Ansprache gehalten hat. Dabei ging es um diesen Reisebericht in der Illustrierten.«

Alma erschrak. »Was ist damit?«

»Offenbar kann die Reederei sich vor Anfragen nicht retten. Alle wollen wegen dieses Artikels mit der *Regina Danubia* reisen.«

»Ist das wahr?«

»So hat Sailer es erzählt. Und nun will er sich bei dem Schreiber des Artikels bedanken. Den kennt nämlich niemand. Sicher scheint nur, dass er auf dem Schiff mitgereist sein muss. Und weißt du auch, welche Belohnung ihm winkt? Eine Reise mit der *Regina Danubia*, in der ersten Klasse.«

Almas Herz schlug schneller. »Wirklich?«

»Frag Julius, er hat alles mit angehört.«

»Bemerkenswert«, murmelte Alma. Eine Idee begann sich in ihrem Kopf zu formen. Kurz entschlossen nahm sie ihre Haube wieder ab. »Würdest du mich bei der Marscholek entschuldigen?«

»Was hast du vor?«

»Verrate ich dir später.«

Emmi sah sie besorgt an. »Was auch immer es ist, lass dich nicht erwischen.«

»Keine Sorge.« Hastig zog Alma ihr Sonntagskleid an und eilte zu Alfred Lerchs Kabine. Zum Glück saß der Hotelchef hinter seinem Schreibtisch. Er runzelte die Stirn, als er Alma ohne Uniform erblickte.

»Nanu, haben Sie heute Vormittag frei?«

»Noch nicht, Herr Lerch. Aber ich wollte Sie um einen freien Tag bitten.«

»Einen ganzen Tag? Das geht nicht, Fräulein Engel. Zumal Sie das mit Frau Marscholek abklären müssen, nicht mit mir. So gern ich Ihnen freigeben würde, ich sehe keine Möglichkeit.«

»Es ist wichtig, bitte. Ziehen Sie den Tag von meinem Lohn ab, wenn es sein muss.«

Lerch betrachtete sie nachdenklich. »Olga Marscholek reißt mir den Kopf ab.«

»Ihnen fällt bestimmt eine Erklärung ein.«

»Sie gehen von Bord, nehme ich an?«

»Ja, Herr Lerch.«

»Dann sage ich ihr, dass die Polizei Sie noch einmal sprechen wollte wegen Ihrer Aussage.«

Alma lächelte dankbar. »Eine wunderbare Idee, Herr Lerch.« Sie stockte. »Da wäre noch etwas, wenn es nicht zu unverschämt ist.«

Lerch zog die Brauen hoch. »Ich höre.«

»Könnten Sie heute Nachmittag allen Zimmermädchen für zwei Stunden freigeben?«

»Das kann ich unmöglich …«

»Ich möchte mich bei meinen Kolleginnen bedanken«, unterbrach Alma rasch. »Dafür, dass sie mich so herzlich aufgenommen haben. Und ich möchte sie ein wenig an dem teilhaben lassen, was Lady Alston mir hinterlassen hat.«

»Es war also Geld in dem Umschlag?«, fragte Lerch und hob im selben Moment die Hand. »Sagen Sie nichts, Fräulein Engel, es geht mich nichts an.« Er überlegte kurz. »Also gut. Alle Zimmermädchen bekommen heute Nachmittag zwei Stunden Sonderurlaub als Ausgleich für die Extraarbeit, die sie durch den verlängerten Aufenthalt in Belgrad haben.«

»Danke, Herr Lerch!« Alma hätte den Hotelchef am liebsten umarmt.

Sie eilte los, musste sich zwingen, in einem angemessenen Tempo von Bord zu gehen. Obwohl sie genug Geld für eine Droschke gehabt hätte, ging sie zu Fuß. Während des Spaziergangs in die Stadt legte sie sich ihre Worte zurecht. Sie hoffte nur, dass sie überhaupt jemanden erreichte.

Sie fragte sich zum Postamt durch, ließ die Rufnummer in Berlin heraussuchen und die Verbindung herstellen.

»*Berliner Illustrirte*«, meldete sich ein junger Mann. »Wie kann ich Ihnen helfen?«

Alma schluckte. Jetzt kam es darauf an, dass sie der Mut nicht verließ. »Ich möchte mit jemandem sprechen, der für Reiseberichte zuständig ist.«

»Dafür haben wir niemand Speziellen. Worum geht es denn?«

»Vor einigen Tagen ist bei Ihnen ein Artikel über eine Reise mit einem Dampfschiff auf der Donau erschienen und …«

»Ach, darum geht es. Deswegen rufen ständig Leute an. Wenn Sie die Nummer der Reederei haben wollen …«

»Nein, die brauche ich nicht.« Alma holte tief Luft. »Ich habe den Artikel geschrieben.«

»Sie waren das? Wirklich?«

»Ja.«

»Einen Moment bitte.«

In der Leitung wurde es still. Alma wartete nervös. Schließlich war eine neue Stimme zu hören, wieder die eines Mannes, doch er klang älter.

»Volker Ritter hier. Spreche ich mit der jungen Dame, die den wunderbaren Bericht von der *Regina Danubia* verfasst hat?«

»So ist es, Herr Ritter.«

»Verraten Sie mir Ihren Namen?«

»Alma Engel.«

»Und Sie sind gerade auf dem Dampfer unterwegs?«

»Ja, das heißt, im Augenblick stehe ich im Postamt von Belgrad, um zu telefonieren.«

Der Mann lachte auf. »Wunderbar, Fräulein Engel. Ich hoffe, Ihre Reise ist noch nicht beendet, denn unsere Leser wollen mehr.«

»Sie möchten wirklich einen weiteren Artikel?« Alma konnte ihr Glück kaum fassen. Ida hatte also nichts missverstanden.

»Das wäre fantastisch. Sie haben einen so erfrischend natürlichen Schreibstil, ein solches Talent ist selten.«

»Und Sie zahlen dafür?«

»Selbstverständlich. Wir übernehmen auch gern die Unkosten, wenn Sie weitere Reisen für uns unternehmen.«

»Weitere Reisen?«, flüsterte Alma ungläubig.

»Aber sicher doch. Was halten Sie von einer Fahrt auf dem Nil? Oder im Orientexpress?«

Alma lehnte sich gegen die Wand. Ihr war mit einem Mal ganz flau im Magen.

»Sind Sie noch am Apparat, Fräulein Engel?«

»Ja, Herr Ritter.« Sie richtete sich auf. »Verstehe ich Sie richtig? Die Illustrierte würde mir Reisen finanzieren, von denen ich dann berichte?«

»Genau so, wertes Fräulein Engel. Die Leser lieben solche Geschichten. Vor allem, wenn sie von Frauen verfasst wurden. Denken Sie an Nellie Bly, Mary Montagu oder Ida Pfeiffer. Sie könnten eine eigene Serie bekommen: Die Abenteuer der Alma Engel. Was halten Sie davon?«

Alma straffte die Schultern. Von diesen Frauen hatte sie noch nie gehört, aber das musste Herr Ritter ja nicht wissen. »Ihr Vorschlag klingt wunderbar. Doch ich brauche ein wenig Bedenkzeit. Den zweiten Artikel von der *Regina Danubia* würde ich aber auf jeden Fall schreiben.«

»Perfekt, meine Liebe.«

Alma nahm ihren Mut zusammen. »Allerdings sollten wir noch einmal über das Honorar reden.«

Wieder lachte Ritter. »Geschäftstüchtig sind Sie auch noch, Fräulein Engel, das gefällt mir. Sagen wir, fünfzehn Mark?«

»Abgemacht.«

»Und über die zukünftigen Honorare reden wir später, falls Sie sich dafür entscheiden, weiterhin für uns zu arbeiten. Ich freue mich darauf, von Ihnen zu hören.«

»Ich freue mich auch, Herr Ritter. Auf bald.«

Almas Hand zitterte, als sie auflegte, doch ihr Herz jubelte.

* * *

Alfred Lerch überflog lächelnd das Arbeitszeugnis, das er soeben verfasst hatte. Es war für Johanna Egger bestimmt, ein ehemaliges Zimmermädchen. Ihr war gekündigt worden, weil sie sich mit einem jungen Mann an Bord eingelassen hatte, dessen Identität sie jedoch nicht hatte preisgeben wollen.

Wie sich nun herausgestellt hatte, handelte es sich bei ihrem Verlobten um Friedrich Krömer, den Heizer, der mit seinem mutigen Einsatz das Schiff gerettet hatte. Als Anton Sailer ihm gesagt hatte, dass er einen Wunsch frei habe, bat Krömer darum, dass man seiner Verlobten ein besseres Zeugnis ausstelle, in dem der Fehltritt nicht erwähnt wurde, damit sie sich eine neue Stelle suchen könne. Nicht nur Sailer war gerührt ob des bescheidenen Wunsches des jungen Mannes. Und er befahl nicht nur, das Zeugnis sofort auszustellen, sondern bot zudem an, die Hochzeit des Paares auszurichten, wenn es so weit war.

Friedrich Krömer waren vor Dankbarkeit die Tränen gekommen, doch Sailer hatte betont, dass er es sei, der dankbar sein müsse.

Alfred setzte schwungvoll seinen Namen unter das Papier. Als er den Füllfederhalter zuschraubte, klopfte es an der Kabinentür. Alfred erhob sich und öffnete.

Im Korridor stand Hans Harbach. »Wenn Sie mir ein paar Minuten Ihrer Zeit erübrigen könnten, wäre ich Ihnen sehr verbunden.«

»Aber sicher doch. Treten Sie ein.«

»Ich werde Sie auch nicht lange aufhalten.« Harbach strich sich verlegen mit der Hand über den Schnurrbart.

»Sie halten mich nicht auf.« Alfred schloss die Kabinentür hinter dem jungen Mann und deutete auf den Stuhl vor seinem Schreibtisch. »Möchten Sie sich nicht setzen?«

»Wenn es Ihnen nichts ausmacht, stehe ich lieber.«

»Wie Sie wünschen.«

Harbach zupfte an seinem Jackett. »Das Ganze ist mir sehr unangenehm, Herr Lerch. Ich weiß gar nicht, was ich sagen soll.«

»Ich nehme an, es geht um die unbezahlten Rechnungen?«

»In der Tat, ja.«

»Das trifft sich gut, denn dazu muss ich Ihnen auch noch etwas mitteilen.«

Harbach holte Luft. »Ich sage es Ihnen geradeheraus, Herr Lerch, meine Familie steckt in finanziellen Schwierigkeiten. Aber ich schwöre, dass ich keine Ahnung hatte, dass der Scheck, mit dem ich die Reise bezahlt habe, nicht gedeckt war. Ich hatte nicht vor, irgendwen zu betrügen ...« Sein Gesicht färbte sich rot. »Nun ja, nicht auf diese Art jedenfalls. Ich wollte niemanden bestehlen, wenn Sie verstehen. Ich wollte die Rechnung begleichen, das müssen Sie mir glauben.«

Alfred betrachtete den Mann abschätzend. Seine Reue wirkte echt, dennoch hatte Alfred kein Verständnis dafür, dass jemand in Harbachs prekärer Lage eine kostspielige Schiffsreise buchte. Ob er vorgehabt hatte, sie zu bezahlen, oder nicht, spielte dabei keine Rolle.

»Herr Harbach, wenn Sie ...«

»Ich werde meine Schulden tilgen«, unterbrach ihn der junge Mann. »Das verspreche ich Ihnen. Ich finde eine Stelle als Sekretär. Oder als Buchhalter. Irgendetwas wird sich ergeben.« Harbach leckte sich über die Lippen. »Wenn die Reederei nur so großzügig wäre, mir die Summe zu stunden.«

»Das ist nicht meine Entscheidung, Herr Harbach.« Alfred nahm ein Blatt Papier vom Schreibtisch, warf einen Blick darauf und legte es wieder weg. »Was die Kosten für die Reise angeht, müssen Sie mit dem Schiffseigner, Herrn Sailer, sprechen. Sie wissen vielleicht, dass er sich derzeit an Bord aufhält. Ich werde ein gutes Wort für Sie einlegen, mehr kann ich nicht tun.«

»Ich danke Ihnen vielmals, Herr Lerch, das ist mehr, als ich erhofft habe.«

»Und die Rechnung für die Verlobungsfeier wurde bereits beglichen.«

»Wie bitte?« Wieder leckte Harbach sich über die Lippen. »Ich verstehe nicht, ich habe doch gar nicht …«

»Ein Wohltäter, der anonym bleiben möchte, hat die Kosten übernommen.«

»Aber das kann ich unmöglich annehmen«, protestierte der junge Mann.

Alfred zog die Brauen hoch. »Ich schätze, Sie haben keine andere Wahl. Es sei denn, Sie können den Betrag selbst aufbringen.«

»Ich … großer Gott, wer ist der Spender?«

»Das darf ich Ihnen nicht verraten. Ich kann nur sagen, dass das Geld von Herzen kommt und dass er Ihnen und Ihrem Fräulein Braut alles Gute wünscht.«

»So viel Großzügigkeit habe ich gar nicht verdient.« Harbachs Augen schimmerten verdächtig.

»Es steht mir nicht zu, das zu beurteilen, Herr Harbach«, gab Alfred zurück, obwohl er in Wahrheit sehr wohl eine Meinung dazu hatte. Er hätte dem jungen Mann sicherlich kein Geld in den Rachen geworfen. Reumütig oder nicht, er war ein Hochstapler und Betrüger. »Aber Sie haben es in der Hand, sich des Geschenks würdig zu erweisen«, fügte er hinzu, wohl wissend, dass er damit eine Grenze überschritt. Doch irgendwer musste dem Luftikus ja ins Gewissen reden.

»Oh, das werde ich, Herr Lerch, das werde ich ganz bestimmt.« Harbach ergriff Alfreds Hände und drückte sie. »Übermitteln Sie meinem unbekannten Wohltäter meinen aufrichtigen, tief empfundenen Dank. Und versichern Sie ihm, dass ich alles tun werde, was in meiner Macht steht, um nie wieder in eine solch beschämende Lage zu geraten. Ich weiß nicht, welcher Teufel mich geritten hat. Die pure Verzweiflung hat mich dazu gebracht. Aber ich habe meine Lektion gelernt.«

»Dann ist ja alles gut.« Alfred machte sich vorsichtig los.

Harbach knetete verlegen die Finger. »Unser Zug geht heute Nachmittag. Sicherlich werde ich vorher eine Gelegenheit finden, mit Herrn Sailer zu sprechen.«

»Ich werde sehen, was sich arrangieren lässt.«

»Das ist zu gütig von Ihnen, Herr Lerch.«

»Dann bleibt mir nur, Ihnen und dem verehrten Fräulein Braut eine gute Heimreise zu wünschen und alles Gute für die Zukunft.«

»Ich danke Ihnen, Herr Lerch.« Harbach deutete eine Verbeugung an. »Für alles.«

»Ich tue nur meine Arbeit.«

»O nein, Herr Lerch«, protestierte Harbach. »Sie tun so viel mehr als das.«

Alfred räusperte sich verlegen. »Aber nicht doch.«

Harbach lächelte. »Sie sind ein guter Mensch, Herr Lerch, mit einem großen Herzen. Es war mir eine Freude, Sie kennenzulernen.«

* * *

»Bitte schön, die Damen«, der Kellner platzierte nacheinander die Teller mit dem Kuchen auf dem Tisch. »Vasina torta, eine serbische Spezialität.«

»Sieht köstlich aus«, rief Emmi begeistert, löste mit der Gabel ein Stück und schob es sich in den Mund. »Mm, ein Gedicht!«

Auch Alma probierte und musste sich Emmi anschließen. Die Torte bestand aus drei Schichten, einem Boden aus Biskuitteig, darüber eine Schoko-Nuss-Masse und zuoberst Baisercreme, und sie schmeckte in der Tat unwiderstehlich.

Während sie aßen, plauderten sie über dies und das. Alle Mädchen waren mitgekommen in das Café in der Belgrader Innenstadt, das Alma für den Ausflug ausgesucht hatte. Bloß Grete fehlte. Nachdem sie erfahren hatte, wer Vincent wirklich war, hatte sie es vorgezogen, doch schon vor Ende der Reise zu kündigen, und war am Vortag abgereist. Keines der anderen Mädchen schien sie sonderlich zu vermissen.

»Was für eine fantastische Einladung, Alma«, sagte

Hedwig, nachdem sie das letzte Krümelchen von ihrem Teller gekratzt hatte.

»Ja, wirklich«, pflichtete Klara ihr bei. »So ein schönes Café und so exquisiter Kuchen, ich fühle mich wie eine Königin.«

Alma lächelte. »Das ist noch nicht alles.« Sie gab dem Kellner ein Zeichen, der daraufhin mit einem Tablett Gläser und einer Flasche Champagner an den Tisch trat.

»Aber Alma«, rief Gundula. »Wir müssen doch noch arbeiten!«

»Ein kleiner Schluck schadet nicht.«

Das Zimmermädchen blieb skeptisch. »Ich weiß nicht.«

»Nun hab dich nicht so, Gundula.« Emmi stieß sie sanft mit dem Ellbogen in die Seite. »Wie oft in deinem Leben wirst du wohl Champagner trinken?«

Der Kellner trat zu ihr und sah sie fragend an. »Meinetwegen.« Sie hielt ihm ihr Glas hin.

Als alle Gläser gefüllt waren und der Kellner sich zurückgezogen hatte, räusperte Alma sich. »Ich möchte mich bei euch bedanken. Ihr seid wunderbare Kolleginnen und habt es mir leicht gemacht, mich an das Leben an Bord zu gewöhnen.«

»Na ja, ganz zu Anfang nicht«, räumte Emmi ein und senkte beschämt den Kopf.

»Das ist schon vergessen. Jetzt möchte ich mit euch anstoßen, auf die *Regina Danubia*, unser Zuhause auf Zeit.«

Die jungen Frauen hoben die Gläser. »Auf die Regina!«

Sie nippten.

Klara kicherte. »Das prickelt auf der Zunge.«

Alma musste daran denken, wie sie in Wien mit Millicent ihr erstes Glas Champagner getrunken hatte. So viel war seither geschehen, dabei lag es noch keine zwei Wochen zurück.

Sie stellte ihr Glas ab und griff nach ihrer Handtasche. »Ich habe noch etwas für euch.« Sie holte die Umschläge heraus, die sie vorbereitet hatte. »Lady Alston hat mir ein wenig Geld hinterlassen. Und da es nur ein Zufall war, dass gerade ich in der Messe war, als sie nach einem Zimmermädchen klingelte, dachte ich mir, es wäre nur fair, euch davon etwas abzugeben.« Sie verteilte die Umschläge. »Es ist nicht viel, nur ein kleiner Aufschlag auf den Monatslohn.«

»Aber Alma, das wäre doch nicht nötig gewesen«, protestierte Emmi. »Die alte Dame hat dir das Geld hinterlassen, du kannst damit machen, was du willst.«

»Das tue ich doch auch.«

»Danke, Alma.« Traudel hatte Tränen in den Augen. »Du bist so ein guter Mensch.«

»Gern geschehen.« Alma räusperte sich verlegen. »Es ist auch ein vorgezogenes Abschiedsgeschenk.«

»Du verlässt uns?«, fragte Hedwig erschrocken.

»Nicht sofort, keine Sorge. Ich bleibe noch, bis wir zurück in Passau sind.«

»Gefällt es dir nicht an Bord?«, fragte Klara.

»Doch, das tut es. Ich meinte es ernst, als ich sagte, dass die *Regina Danubia* für mich zu einem zweiten Zuhause geworden ist.« Alma kratzte mit der Kuchengabel über den leeren Teller. »Aber ich habe ein anderes Angebot, das ich nicht ausschlagen kann.«

»Eine andere Stelle?«

»Ja.«

»Aber wo denn?«, wunderte sich Traudel. »Und seit wann weißt du davon?«

»Seit heute Morgen.« Alma warf Emmi einen Blick zu. »Der Reisebericht über die *Regina Danubia*, den habe ich geschrieben.«

Plötzlich riefen alle durcheinander.

»Wirklich, Alma?«

»Das ist nicht wahr!«

»Ich glaube es nicht!«

Alma lächelte. »Es war eigentlich ein Brief an meine Freundin, und die hat ihn an die Illustrierte geschickt.«

»Dann hast du dir eine Reise auf der *Regina Danubia* verdient«, sagte Hedwig und drehte ihr Glas in der Hand. »Aber diesmal als Gast in der ersten Klasse. Und wir müssen dich bedienen. Ist das nicht verrückt?«

Alma nickte. »Das auch, ja.«

»Und die neue Stelle?«, fragte Emmi.

»Die *Berliner Illustrirte* möchte, dass ich weitere Reiseberichte für sie schreibe.«

»Wie aufregend!« Klara klatschte in die Hände. »Heißt das, du wirst demnächst immer auf dem Oberdeck mitreisen?«

Alma lächelte. »Das weiß ich noch nicht.«

Emmi hob ihr Glas. »Dann sollten wir jetzt auf Alma trinken und auf ihre großartige Zukunft als Reisereporterin.«

»Auf Alma!«

»Sie lebe hoch!«

Sie stießen an, nippten und spekulierten, welche exotischen Länder Alma für die Illustrierte bereisen würde.

»Du musst uns unbedingt von unterwegs schreiben«, rief Traudel mit leuchtenden Augen. »Damit wir wissen, wo du dich gerade herumtreibst.«

»Nur wenn ihr mir ebenfalls schreibt.«

»Aber wir haben doch nichts zu erzählen«, protestierte Hedwig.

»Ist das dein Ernst, Hedwig?« Alma stemmte in gespielter Empörung die Hände in die Hüften. »Nach all dem, was in den vergangenen zwei Wochen geschehen ist, behauptest du ernsthaft, es gäbe nichts, was du mir schreiben könntest?«

Hedwig wurde rot. »Nun ja, wenn du es so betrachtest.«

Alle lachten herzhaft, und Hedwig stimmte mit ein.

Viel zu schnell waren die zwei Stunden vorüber, und sie mussten zurück an die Arbeit. Als Alma inmitten ihrer Kolleginnen über den Landgang auf die *Regina Danubia* schritt, fühlte sie sich so leicht und glücklich wie schon lange nicht mehr.

***

»Hier steckst du, Vater.« Vincent schloss die Tür zur Brücke hinter sich. »Ich habe dich überall gesucht. Wir müssen bald los, der Zug geht in einer knappen Stunde.«

»Ich weiß, mein Junge.« Sein Vater sah ihn nicht an, sondern stand vor dem Steuerrad, das so groß war, dass es ihn fast überragte. Die rechte Hand ruhte auf einem der Handgriffe, der Blick war in die Ferne gerichtet.

Abgesehen von ihnen beiden war die Brücke verwaist, die *Regina Danubia* lag ja noch im Hafen von Belgrad, erst heute Abend würde sie wieder unter Dampf stehen, würden sich die Schaufelräder durch das Wasser pflügen und das mächtige Schiff dem Schwarzen Meer entgegentreiben.

Anton Sailer trug heute wieder seinen grauen Reiseeinreiher. Den Hut hatte er auf dem Kartentisch abgelegt. Gestern Abend bei der Ansprache vor den Gästen hatte er einen Anzug aus cremefarbenem Leinen getragen, fast so, als wollte er Ludwig Bender in seiner weißen Uniform Konkurrenz machen.

»Ist etwas nicht in Ordnung?«, fragte Vincent.

»Alles bestens.« Anton drehte sich vom Steuerrad weg. Er seufzte. »Wusstest du, dass ich auch Kapitän werden wollte?«

»Wirklich? Ich hatte keine Ahnung.«

»Ich hätte alles dafür gegeben, ein solches Schiff kommandieren zu dürfen. Das hier«, er breitete die Arme aus, »war meine Welt.« Er griff nach seinem Hut. »Aber mein Vater hat nichts davon hören wollen. ›Warum willst du ein Schiff steuern, wenn du die Reederei leiten kannst?‹, hat er gesagt. ›Warum Knecht sein wollen, wenn du Herr bist?‹« Er schüttelte traurig den Kopf. »Als wäre ein Kapitän irgendjemandes Knecht.« Er setzte den Hut auf. »Aber natürlich hatte dein Großvater recht. Ich hatte eine

Firma zu übernehmen, damit ist viel Verantwortung verbunden. Da ist kein Platz für die Flausen eines jungen Burschen.«

»Du wärst bestimmt ein guter Kapitän geworden«, sagte Vincent mit belegter Stimme.

Sein Vater winkte ab. »Lass uns aufbrechen.«

»Einen Moment noch, Vater. Da ist etwas, das ich dir sagen muss.«

»Hat das nicht Zeit, bis wir im Zug sitzen?«

Bis dahin hätte ihn vielleicht schon wieder der Mut verlassen. »Nein.«

»Also gut, Junge, was ist es?«

»Ich habe mich von, also ... Claire und ich haben die Verlobung gelöst.«

»Wie bitte?«

»Wir sind uns einig, dass es nicht richtig wäre zu heiraten.«

»Aber warum denn nicht, um Gottes willen?«

»Es passt einfach nicht, wir haben beide andere Pläne.«

»Andere Pläne? Was ist denn das für ein Unsinn? Was für Pläne sollte eine Frau wie Claire haben, außer einen jungen Mann von angemessenem Stand und Einkommen zu ehelichen? Und du bist, das kann ich ohne falsche Bescheidenheit sagen, eine der besten Partien in Passau.«

»Vielleicht möchte Claire ja gar nicht heiraten, Vater. Frauen können heute so viele andere Dinge tun. Sie üben Berufe aus, machen Karriere.«

»Papperlapapp. Dieses ganze Gerede von der modernen Frau, das ist doch Unfug. Ich habe ja nichts dagegen, wenn eine Frau arbeitet, solange sie ledig ist. Ein bisschen Lebenserfahrung schadet nicht. Aber am Ende läuft es dann doch auf die Ehe hinaus.« Er kniff argwöhnisch die Augen zusammen. »Oder hat sie einen anderen?«

»Nein, natürlich nicht.« Vincent atmete tief durch. »Ich möchte mich nicht mit dir streiten«, sagte er. »Ich wünsche mir einfach, dass du unsere Entscheidung akzeptierst.«

»Der alte Ravensberg wird das nicht einfach so hinnehmen«, grollte Anton. »Er wird dich mit Schmutz bewerfen.«

»Das kann er gern versuchen.«

Sein Vater sah ihn lange an. »Nun gut, mein Sohn, wenn es nicht passt, dann passt es nicht. Ich dachte immer, Claire und du, ihr wärt füreinander geschaffen. Aber womöglich haben wir alle euch ein bisschen zu sehr gedrängt.« Er klopfte Vincent auf die Schulter. »Du wirst schon die Richtige finden, mein Sohn.«

Vincent lächelte erleichtert. »Ganz bestimmt werde ich das, Vater.« Die erste Hürde war genommen, die zweite wartete am Bahnhof auf ihn.

»Dann lass uns jetzt aufbrechen, Vincent. Wir müssen zurück nach Passau, die Arbeit wartet.«

Vincent trat zur Tür und öffnete sie. Sein Vater warf einen letzten Blick auf das Steuerrad, dann wandte er sich abrupt ab und verließ die Brücke.

***

Alma stieß die Tür zum Promenadendeck auf, trat nach draußen und sog die kühle Nachtluft in ihre Lunge. Es musste kurz vor Mitternacht sein, die meisten an Bord waren längst zu Bett gegangen, doch Alma fand keine Ruhe. Zu viele Dinge gingen ihr im Kopf herum.

Vor mehr als drei Stunden hatte die *Regina Danubia* abgelegt, sie hatten Belgrad hinter sich gelassen und fuhren in Richtung Rumänien. Die nächste Station war die rumänische Stadt Turnu Severin, wo eine Passage begann, die Eisernes Tor genannt wurde. Dabei handelte es sich um einen schmalen Felsdurchbruch in den Karpaten, der als der gefährlichste Abschnitt der Reise galt. Für die Durchfahrt wurde sogar ein Lotse gebraucht, wie Emmi berichtet hatte. Obwohl die schlimmsten Stromschnellen Ende des vergangenen Jahrhunderts durch Baumaßnahmen entschärft worden waren, stellte die mehr als hundert Kilometer lange Strecke noch immer eine Herausforderung dar. Sie würden den Flussabschnitt morgen gegen Mittag erreichen, und die Passagiere freuten sich schon auf das Naturspektakel.

Alma trat an die Reling und blickte in den Himmel. Keine Wolke trübte das Dach aus Sternen, genau wie in der Nacht, als Millicent gestorben war. Alma berührte die Kette mit dem Schmetterling, die sie heute zur Feier des Tages angelegt hatte. Sie entdeckte das Dreieck des Sommers und sandte ihrer toten Freundin einen stummen Gruß.

Leise Musik ertönte. Irgendwo auf dem Oberdeck spielte jemand ein Grammophon ab. Alma lauschte. Sie kannte das Lied, hatte es zusammen mit Ida im Radio gehört. »It Had to Be You« in der Version von Marion Harris.

Plötzlich vernahm sie das Geräusch von Schritten und dann eine Stimme.

»Würden Sie mir die Ehre erweisen, mit mir zu tanzen, Fräulein Engel?«

Alma fuhr herum. »Vincent!« Ihr Herz flatterte nervös. »Ich dachte, du sitzt im Zug.«

»Ich habe es mir anders überlegt. Sehr zum Ärger meines Vaters. Aber er wird mir nicht lange böse sein, keine Sorge.«

Verwirrt schaute Alma sich um und entdeckte das Grammophon, das Vincent auf dem Sockel des Davits aufgestellt hatte. »Was machst du hier?«

»Ich bitte dich um einen Tanz.« Er streckte auffordernd die Arme aus.

»Ich meine es ernst, Vincent.«

»Ich auch, Alma.«

»Was ist mit deiner Verlobten? Es wäre ihr bestimmt nicht recht, dass du nachts an Deck mit anderen Frauen tanzt.«

»Claire und ich haben die Verlobung gelöst.«

»Aber …« Ihr Herz flatterte immer wilder, wie ein Vogel, der sich aus seinem Käfig zu befreien versucht. »Ich verstehe nicht. Was ist denn passiert? Warum habt ihr …« Sie biss sich auf die Lippe, sie redete schon wieder zu viel.

»Hör auf zu fragen und tanz mit mir.« Er umfasste sanft ihre Hüfte und zog sie an sich.

Sie schmiegte sich an ihn und ließ sich führen. Für die

Dauer des Stücks gab es nur sie beide, die Musik, den Sternenhimmel über und die Donau unter ihnen.

Als Marion Harris verstummte, ließ Vincent sie nicht los. »Ich liebe dich, Alma, und ich will mit dir zusammen sein. Heirate mich.«

Sie sah ihn an. »Was würde dein Vater dazu sagen?«

»Das ist mir egal. Mir ist nur wichtig, was du dazu sagst.«

»Du kennst mich doch kaum.«

»Ich weiß alles, was ich wissen muss.« Er strich ihr über die Wange. »Ich weiß, dass du ein großes Herz hast und dich für Menschen in Not einsetzt, ich weiß, dass du für deine Freunde alles tun würdest, und ich weiß, dass du mutig bist und schlau und den Menschen in die Seele blicken kannst.«

Alma lächelte. »Du hast vergessen zu erwähnen, dass ich mich nicht immer an die Regeln halte und mich nachts verbotenerweise an Deck herumtreibe. Und dass ich zu viel rede, wenn ich nervös bin.«

»Stimmt. Gut, dass du mich daran erinnerst.« Vincent lachte leise. »Also, was sagst du?«

Sie umfasste sein Gesicht mit den Händen. »Ich liebe dich auch, Vincent. Ich habe mich schon am ersten Abend in dich verliebt, als wir heimlich hier oben das Bier getrunken haben, obwohl ich da noch glaubte, einen anderen zu lieben.«

»Einen anderen?«

»Einen Taugenichts, den ich angehimmelt habe, weil ich dumm und naiv war.«

Vincent nahm ihre Hände von seinem Gesicht und küsste nacheinander ihre Handflächen. »Lass mich nicht länger zappeln, Liebste, sag endlich, dass du mich heiraten willst.«

»O ja, das will ich, Vincent.«

Er wollte sie küssen, doch sie schob ihn weg. »Unter einer Bedingung.«

»Was auch immer es ist, die Antwortet lautet Ja.«

»Nicht so voreilig.« Sie legte den Kopf schief. »Es gibt da nämlich etwas, das du noch nicht von mir weißt.«

»Ach ja?«

»Ich möchte meine Arbeit nicht aufgeben, nur weil ich heirate.«

Vincent runzelte ungläubig die Stirn. »Du willst weiter als Zimmermädchen auf dem Schiff arbeiten?«

Alma lachte. »Nein, Liebster. Die *Berliner Illustrirte* hat mir angeboten, für sie zu schreiben. Ich darf auf Kosten der Zeitschrift reisen und darüber berichten. Ich bin es nämlich, die den Artikel über die *Regina Danubia* verfasst hat. Was bedeutet, dass dein Vater mir noch eine Reise schuldet.«

»Großer Gott, Alma, ist das wahr?«

»Ja, Vincent.«

»Ich kann es kaum glauben. Du steckst wirklich voller verborgener Talente.«

Alma sah ihn prüfend an. »Ich möchte gern deine Frau werden, Vincent. Ich kann mir nichts Wundervolleres vorstellen. Aber nur, wenn ich auch nach der Hochzeit noch reisen und darüber schreiben darf.«

Ein Lächeln breitete sich auf Vincents Gesicht aus. »Selbstverständlich darfst du das.« Er wurde ernst. »Aber jetzt habe ich eine Bedingung.«

»Und welche?«

»Du musst mich mitnehmen.«

Alma schlang die Arme um seinen Hals. »Natürlich nehme ich dich mit, Liebster. Mit dir reise ich bis ans Ende der Welt.«

Unsere Leseempfehlung

480 Seiten
Auch als E-Book erhältlich

512 Seiten
Auch als E-Book erhältlich

Hamburg 1954. Margot Frei träumt davon, die Welt zu entdecken und die kleinbürgerliche Enge im Nachkriegsdeutschland hinter sich zu lassen. Da liest sie eine Anzeige der neu gegründeten Lufthansa: Stewardessen gesucht! Margot versucht ihr Glück - und ergattert einen der heiß begehrten Plätze. Jahre später hat sie die halbe Welt bereist. Dann bekommt sie die einmalige Chance, für die legendäre Fluggesellschaft Pan Am zu arbeiten. Soll sie alles hinter sich lassen? Auch den Piloten, an dem ihr Herz immer noch hängt?